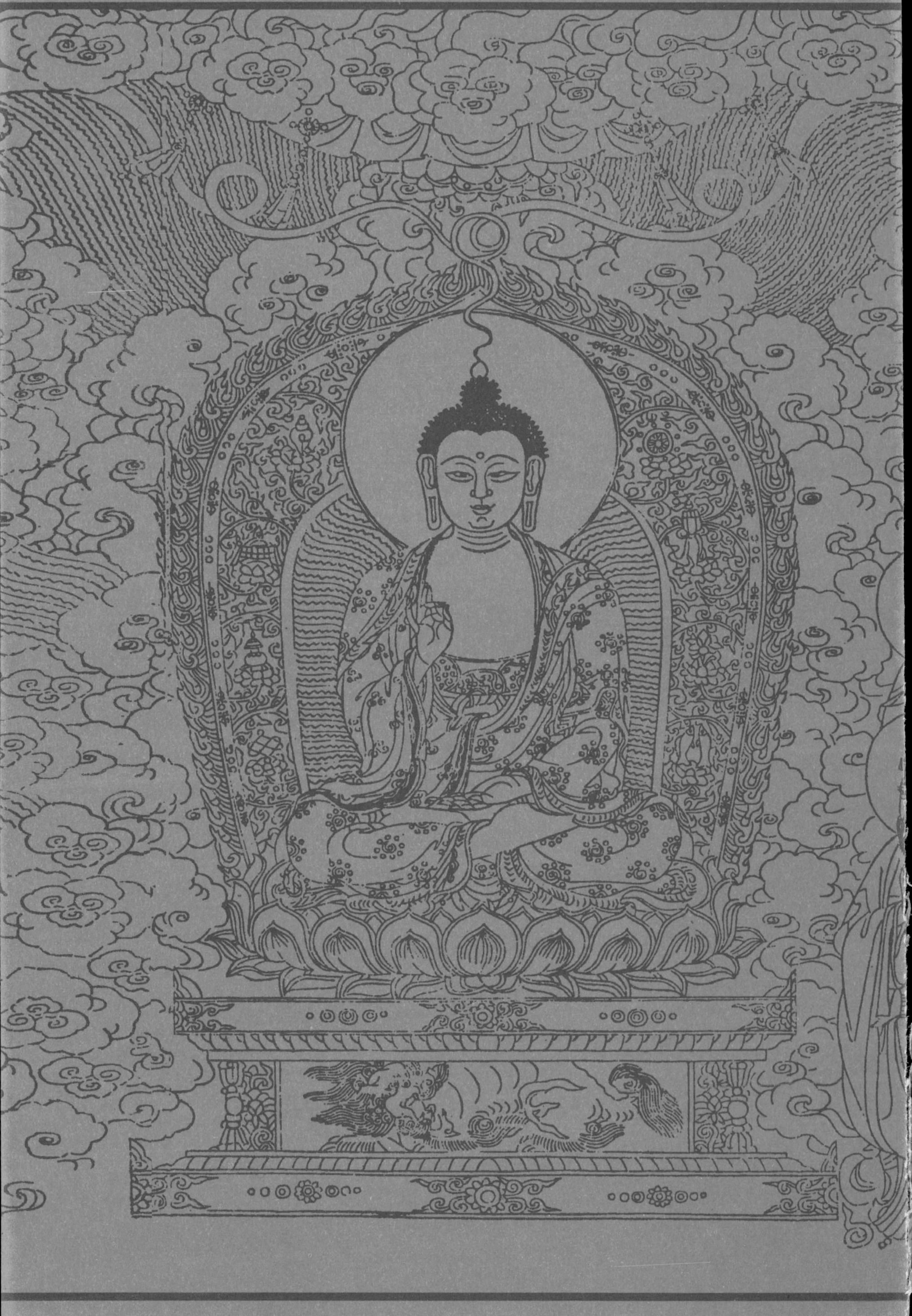

御製

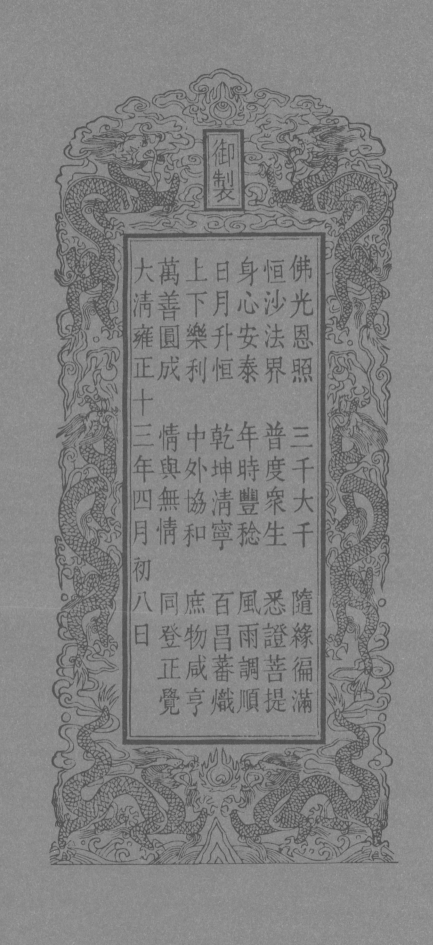

佛光恩照　三千大千　隨緣徧滿
恒沙法界　普度衆生　悉證菩提
身心安泰　年時豐稔　風雨調順
日月升恒　乾坤清寧　百昌蕃熾
上下樂利　中外協和　庶物咸亨
萬善圓成　情與無情　同登正覺

大清雍正十三年四月初八日

第四七冊 大乘經 單譯經（六）

大佛頂如來密因修證了義諸菩薩萬行首楞嚴經卷第一

菩薩戒弟子前正議大夫同中書門下平章事清河房融筆受

唐天竺沙門般剌密帝譯　烏萇國沙門彌伽釋迦譯語

清刻龍藏佛說法變相圖

大佛頂如來密因修證了義諸菩薩萬行首楞嚴經卷第一

唐天竺沙門般剌密帝譯　烏萇國沙門彌伽釋迦譯語
菩薩戒弟子前正議大夫同中書門下平章事清河房融筆受

如是我聞一時佛在室羅筏城祇桓精舍與大比丘衆千二百五十人俱皆是無漏大阿羅漢佛子住持善超諸有能於國土成就威儀從佛轉輪妙堪遺囑嚴淨毗尼弘範三界應身無量度脫衆生拔濟未來越諸塵累其名曰大智舍利弗摩訶目揵連摩訶拘絺羅富樓那彌多羅尼子須菩提優波尼沙陀等而爲上首復有無量辟支無學并其初心同來佛所屬諸比丘休夏自恣十方菩薩咨決心疑欽奉慈嚴將求密義即時如來敷座宴安爲諸會中宣示深奥法筵清衆得未曾有

迦陵仙音徧十方界恒沙菩薩來聚道場文
殊師利而爲上首時波斯匿王爲其父王諱
日營齋請佛宫掖自迎如來廣設珍羞無上
妙味兼復親延諸大菩薩城中復有長者居
士同時飯僧佇佛來應佛勑文殊分領菩薩
及阿羅漢應諸齋主唯有阿難先受別請遠
遊未還不遑僧次既無上座及阿闍黎途中
獨歸其日無供即時阿難執持應器於所遊
城次第循乞心中初求最後檀越以爲齋主
無問淨穢刹利尊姓及旃陀羅方行等慈不
擇微賤發意圓成一切衆生無量功德阿難
已知如來世尊訶須菩提及大迦葉爲阿羅
漢心不均平欽仰如來開闡無遮度諸疑謗
經彼城隍徐步郭門嚴整威儀肅恭齋法爾
時阿難因乞食次經歷婬室遭大幻術摩登
伽女以娑毗迦羅先梵天呪攝入婬席婬躬
撫摩將毀戒體如來知彼婬術所加齋畢旋
歸王及大臣長者居士俱來隨佛願聞法要
于時世尊頂放百寶無畏光明光中出生千
葉寶蓮有佛化身結跏趺坐宣說神呪勑文
殊師利將呪往護惡呪銷滅提獎阿難及摩
登伽歸來佛所阿難見佛頂禮悲泣恨無始
來一向多聞未全道力殷勤啓請十方如來
得成菩提妙奢摩他三摩禪那最初方便於
時復有恒沙菩薩及諸十方大阿羅漢辟支
佛等俱願樂聞退坐默然承受聖旨佛告阿
難汝我同氣情均天倫當初發心於我法中
見何勝相頓捨世間深重恩愛阿難白佛我
見如來三十二相勝妙殊絕形體映徹猶如
瑠璃常自思惟此相非是欲愛所生何以故

欲氣麤濁腥臊交遘膿血雜亂不能發生勝淨妙明紫金光聚是以渴仰從佛剃落佛言善哉阿難汝等當知一切衆生從無始來生死相續皆由不知常住真心性淨明體用諸妄想比想不真故有輪轉汝今欲研無上菩提真發明性應當直心詶我所問十方如來同一道故出離生死皆以直心心言直故如是乃至終始地位中間永無諸委曲相阿難我今問汝當汝發心緣於如來三十二相將何所見誰爲愛樂阿難白佛言世尊如是愛樂用我心目由目觀見如來勝相心生愛樂故我發心願捨生死佛告阿難如汝所說真所愛樂因于心目若不識知心目所在則不能得降伏塵勞譬如國王爲賊所侵發兵討除是兵要當知賊所在使汝流轉心目爲咎

吾今問汝唯心與目今何所在阿難白佛言世尊一切世間十種異生同將識心居在身內縱觀如來青蓮華眼亦在佛面我今觀此浮根四塵秖在我面如是識心實居身內佛告阿難汝今現坐如來講堂觀祇陀林今何所在世尊此大重閣清淨講堂在給孤園今祇陀林實在堂外阿難汝今堂中先何所見世尊我在堂中先見如來次觀大衆如是外望方矚林園阿難汝矚林園因何有見世尊此大講堂戶牖開豁故我在堂得遠瞻見爾時世尊在大衆中舒金色臂摩阿難頂告示阿難及諸大衆有三摩提名大佛頂首楞嚴王具足萬行十方如來一門超出妙莊嚴路汝今諦聽阿難頂禮伏受慈旨佛告阿難如汝所言身在講堂戶牖開豁遠矚林園亦有

衆生在此堂中不見如來見堂外者阿難答言世尊在堂不見如來能見林泉無有是處阿難汝亦如是汝之心靈一切明了若汝現前所明了心實在身内爾時先合了知内身頗有衆生先見身中後觀外物縱不能見心肝脾胃爪生髮長筋轉脉揺誠合明了如何不知必不内知云何知外是故應知汝言覺了能知之心住在身内無有是處阿難稽首而白佛言我聞如來如是法音悟知我心實居身外所以者何譬如燈光然於室中是燈必能先照室内從其室門後及庭際一切衆生不見身中獨見身外亦如燈光居在室外不能照室是義必明將無所惑同佛了義得無妄耶佛告阿難是諸比丘適來從我室羅筏城循乞摶食歸祇陀林我已宿齋汝觀比丘一人食時諸人飽不阿難答言不也世尊何以故是諸比丘雖阿羅漢軀命不同云何一人能令衆飽佛告阿難若汝覺了知見之心實在身外身心相外自不相干則心所知身不能覺覺在身際心不能知我今示汝兜羅綿手汝眼見時心分别不阿難答言如是世尊佛告阿難若相知者云何在外是故應知汝言覺了能知之心住在身外無有是處阿難白佛言世尊如佛所言不見内故不居身内身心相知不相離故不在身外我今思惟知在一處佛言處今何在阿難言此了知心既不知内而能見外如我思忖潛伏根裏猶如有人取瑠璃椀合其兩眼雖有物合而不留礙彼根隨見隨即分别然我覺了能知之心不見内者爲在根故分明矚外無障礙

者潛根內故佛告阿難如汝所言潛根內者猶如瑠璃彼人當以瑠璃籠眼當見山河見瑠璃不如是世尊是人當以瑠璃籠眼實見瑠璃佛告阿難汝心若同瑠璃合者當見山河何不見眼若見眼者眼即同境不得成隨若不能見云何說言此了知心潛在根內如瑠璃合是故應知汝言覺了能知之心潛伏根裏如瑠璃合無有是處阿難白佛言世尊我今又作如是思惟是衆生身腑藏在中竅穴居外有藏則暗有竅則明今我對佛開眼見明名爲見外閉眼見暗名爲見內是義云何佛告阿難汝當閉眼見暗之時此暗境界爲與眼對爲不對眼若與眼對暗在眼前云何成內若成內者居暗室中無日月燈此室暗中皆汝焦腑若不對者云何成見若離外見內對所成合眼見暗名爲身中開眼見明何不見面若不見面內對不成見面若成此了知心及與眼根乃在虛空何成在內若在虛空自非汝體即應如來今見汝面亦是汝身汝眼已知身合非覺必汝執言身眼兩覺應有二知即汝一身應成兩佛是故應知汝言見暗名見內者無有是處阿難言我常聞佛開示四衆由心生故種種法生由法生故種種心生我今思惟即思惟體實我心性隨所合處心則隨有亦非內外中間三處佛告阿難汝今說言由法生故種種心生隨所合處心隨有者是心無體則無所合若無有體而能合者則十九界因七塵合是義不然若有體者如汝以手自挃其體汝所知心爲復內出爲從外入若復內出還見身中若從外

來先合見面阿難言見是其眼心知非眼爲見非義佛言若眼能見汝在室中門能見不則諸已死尚有眼存應皆見物若見物者云何名死阿難又汝覺了能知之心若必有體爲復一體爲有多體今在汝身爲復徧體爲不徧體若一體者則汝以手挃一支時四支應覺若咸覺者挃應無在若挃有所則汝一體自不能成若多體者則成多人何體爲汝若徧體者同前所挃若不徧者當汝觸頭亦觸其足頭有所覺足應無知今汝不然是故應知隨所合處心則隨有無有是處阿難白佛言世尊我亦聞佛與文殊等諸法王子談實相時世尊亦言心不在內亦不在外如我思惟內無所見外不相知內無知故在內不成身心相知在外非義今相知故復內無見當在中間佛言汝言中間中必不迷非無所在今汝推中中何爲在爲復在處爲當在身若在身者在邊非中在中同內若在處者爲有所表爲無所表無表同無表則無定何以故如人以表表爲中時東看則西南觀成北表體既混心應雜亂阿難言我所說中非此二種如世尊言眼色爲緣生於眼識眼有分別色塵無知識生其中則爲心在佛言汝心若在根塵之中此之心體爲復兼二爲不兼二若兼二者物體雜亂物非體知成敵兩立云何爲中兼二不成非知不知即無體性中何爲相是故應知當在中間無有是處阿難白佛言世尊我昔見佛與大目連須菩提富樓那舍利弗四大弟子共轉法輪常言覺知分別心性既不在內亦不在外不在中間俱

無所在一切無著名之爲心則我無著名爲心不佛告阿難汝言覺知分別心性俱無在者世間虚空水陸飛行諸所物象名爲一切汝不著者爲在爲無無則同於龜毛兎角云何不著有不著者不可名無無相則無非無則相相有則在云何無著是故應知一切無著名覺知心無有是處爾時阿難在大衆中即從座起偏袒右肩右膝著地合掌恭敬而白佛言我是如來最小之弟蒙佛慈愛雖今出家猶恃憍憐所以多聞未得無漏不能折伏娑毗羅呪爲彼所轉溺於婬舍當由不知眞際所詣惟願世尊大慈哀愍開示我等奢摩他路令諸闡提隳彌戾車作是語已五體投地及諸大衆傾渴翹佇欽聞示誨爾時世尊從其面門放種種光其光晃曜如百千日

普佛世界六種震動如是十方微塵國土一時開現佛之威神令諸世界合成一界其世界中所有一切諸大菩薩皆住本國合掌承聽佛告阿難一切衆生從無始來種種顚倒業種自然如惡叉聚諸修行人不能得成無上菩提乃至別成聲聞緣覺及成外道諸天魔王及魔眷屬皆由不知二種根本錯亂修習猶如煮沙欲成嘉饌縱經塵劫終不能得云何二種阿難一者無始生死根本則汝今者與諸衆生用攀緣心爲自性者二者無始菩提涅槃元清淨體則汝今者識精元明能生諸緣緣所遺者由諸衆生遺此本明雖終日行而不自覺枉入諸趣阿難汝今欲知奢摩他路願出生死今復問汝即時如來舉金色臂屈五輪指語阿難言汝今見不阿難言

見佛言汝何所見阿難言我見如來舉臂屈指爲光明拳曜我心目佛言汝將誰見阿難言我與大衆同將眼見佛告阿難汝今答我如來屈指爲光明拳曜汝心目汝目可見以何爲心當我拳曜阿難言如來現今徵心所在而我以心推窮尋逐即能推者我將爲心佛言咄阿難此非汝心阿難矍然避座合掌起立白佛此非我心當名何等佛告阿難此是前塵虛妄相想惑汝眞性由汝無始至于今生認賊爲子失汝元常故受輪轉阿難白佛言世尊我佛寵弟心愛佛故令我出家我心何獨供養如來乃至徧歷恒沙國土承事諸佛及善知識發大勇猛行諸一切難行法事皆用此心縱令謗法永退善根亦因此心若此發明不是心者我乃無心同諸土木離此覺知更無所有云何如來說此非心我實驚怖兼此大衆無不疑惑惟垂大悲開示未悟爾時世尊開示阿難及諸大衆欲令心入無生法忍於師子座摩阿難頂而告之言如來常說諸法所生唯心所現一切因果世界微塵因心成體阿難若諸世界一切所有其中乃至草葉縷結詰其根元咸有體性縱令虛空亦有名貌何況清淨妙淨明心性一切心而自無體若汝執吝分別覺觀所了知性必爲心者此心即應離諸一切色香味觸諸塵事業別有全性如汝今者承聽我法此則因聲而有分別縱滅一切見聞覺知内守幽閑猶爲法塵分別影事我非勑汝執爲非心但汝於心微細揣摩若離前塵有分別性即眞汝心若分別性離塵無體斯則前塵分別

影事塵非常住若變滅時此心則同龜毛兔角則汝法身同於斷滅其誰修證無生法忍即時阿難與諸大衆默然自失佛告阿難世間一切諸修學人現前雖成九次第定不得漏盡成阿羅漢皆由執此生死妄想誤爲真實是故汝今雖得多聞不成聖果阿難聞已重復悲淚五體投地長跪合掌而白佛言自我從佛發心出家恃佛威神常自思惟無勞我修將謂如來惠我三昧不知身心本不相代失我本心雖身出家心不入道譬如窮子捨父逃逝今日乃知雖有多聞若不修行與不聞等如人說食終不能飽世尊我等今者二障所纏良由不知寂常心性惟願如來哀愍窮露發妙明心開我道眼即時如來從胷卍字涌出寶光其光晃昱有百千色十方微塵普佛世界一時周徧徧灌十方所有寶刹諸如來頂旋至阿難及諸大衆告阿難言吾今爲汝建大法幢亦令十方一切衆生獲妙微密性淨明心得清淨眼阿難汝先答我見光明拳此拳光明因何所有云何成拳汝將誰見阿難言由佛全體閻浮檀金赩如寶山清淨所生故有光明我實眼觀五輪指端屈握示人故有拳相佛告阿難如來今日實言告汝諸有智者要以譬喻而得開悟阿難譬如我拳若無我手不成我拳若無汝眼不成汝見以汝眼根例我拳理其義均不阿難言唯然世尊既無我眼不成我見例如來拳事義相類佛告阿難汝言相類是義不然何以故如無手人拳畢竟滅彼無眼者非見全無所以者何汝試於塗詢問盲人汝何所見彼

諸盲人必來答汝我今眼前唯見黑暗更無他矚以是義觀前塵自暗見何虧損阿難言諸盲眼前唯覩黑暗云何成見佛告阿難諸盲無眼唯觀黑暗與有眼人處於暗室二黑有別爲無有別如是世尊此暗中人與彼羣盲二黑校量曾無有異阿難若無眼人全見前黑忽得眼光還於前塵見種種色名眼見者彼暗中人全見前黑忽獲燈光亦於前塵見種種色應名燈見若燈見者燈能有見自不名燈又則燈觀何關汝事是故當知燈能顯色如是見者是眼非燈眼能顯色如是見性是心非眼阿難雖復得聞是言與諸大衆口已默然心未開悟猶冀如來慈音宣示合掌清心佇佛悲誨爾時世尊舒兜羅綿網相光手開五輪指誨勑阿難及諸大衆我初成道於鹿園中爲阿若多五比丘等及汝四衆言一切衆生不成菩提及阿羅漢皆由客塵煩惱所誤汝等當時因何開悟今成聖果時憍陳那起立白佛我今長老於大衆中獨得解名因悟客塵二字成果世尊譬如行客投寄旅亭或宿或食食宿事畢俶裝前途不遑安住若實主人自無攸往如是思惟不住名客住名主人以不住者名爲客義又如新霽清暘升天光入隙中發明空中諸有塵相塵質搖動虛空寂然如是思惟澄寂名空搖動名塵以搖動者名爲塵義佛言如是即時如來於大衆中屈五輪指屈已復開開已又屈謂阿難言汝今何見阿難言我見如來百寶輪掌衆中開合佛告阿難汝見我手衆中開合爲是我手有開有合爲復汝見有開有合

阿難言世尊寶手衆中開合我見如來手自開合非我見性有開有合佛言誰動誰靜阿難言佛手不住而我見性尚無有靜誰爲無住佛言如是如來於是從輪掌中飛一寶光在阿難右即時阿難迴首右盼又放一光在阿難左阿難又則迴首左盼佛告阿難汝頭今日因何搖動阿難言我見如來出妙寶光來我左右故左右觀頭自搖動阿難汝盼佛光左右動頭爲汝頭動爲復見動世尊我頭自動而我見性尚無有止誰爲搖動佛言如是於是如來普告大衆若復衆生以搖動者名之爲塵以不住者名之爲客汝觀阿難頭自動搖見無所動又汝觀我手自開合見無舒卷云何汝今以動爲身以動爲境從始洎終念念生滅遺失真性顛倒行事性心失真認物爲己輪迴是中自取流轉

大佛頂如來密因修證了義諸菩薩萬行首楞嚴經卷第一

音釋

遘古候切猶結搆也　矚之欲切視也　脾房脂切土藏也　摶徒官切捏聚也　挃陟栗切撞也　矍居縛切左右驚顧也　揣初委切量也　赩許力切大赤也　盼普患切目流視也

大佛頂如來密因修證了義諸菩薩萬行首楞嚴經卷第二

唐天竺沙門般剌密帝譯　烏萇國沙門彌伽釋迦譯語

菩薩戒弟子前正議大夫同中書門下平章事清河房融筆受

爾時阿難及諸大衆聞佛示誨身心泰然念無始來失却本心妄認緣塵分別影事今日開悟如失乳兒忽遇慈母合掌禮佛願聞如來顯出身心眞妄虛實現前生滅與不生滅二發明性時波斯匿王起立白佛我昔未承諸佛誨勑見迦旃延毗羅胝子咸言此身死後斷滅名爲涅槃我雖值佛今猶狐疑云何發揮證知此心不生滅地今此大衆諸有漏者咸皆願聞佛告大王汝身現在今復問汝汝此肉身爲同金剛常住不朽爲復變壞世尊我今此身終從變滅佛言大王汝未曾滅云何知滅世尊我此無常變壞之身雖未曾滅我觀現前念念遷謝新新不住如火成灰漸漸銷殞殞亡不息決知此身當從滅盡佛言如是大王汝今生齡已從衰老顏貌何如童子之時世尊我昔孩孺膚腠潤澤年至長成血氣充滿而今頹齡迫於衰耄形色枯悴精神昏昧髮白面皺逮將不久如何見比充盛之時佛言大王汝之形容應不頓朽王言世尊變化密移我誠不覺寒暑遷流漸至於此何以故我年二十雖號年少顏貌已老初十歲時三十之年又衰二十于今六十又過于二觀五十時宛然強壯世尊我見密移雖此殂落其間流易且限十年若復令我微細思惟其變寧唯一紀二紀實爲年變豈唯年變亦兼月化何直月化兼又日遷沈思諦觀

剎那剎那念念之間不得停住故知我身終從變滅佛告大王汝見變化遷改不停悟知汝滅亦於滅時汝知身中有不滅耶波斯匿王合掌白佛我實不知佛言我今示汝不生滅性大王汝年幾時見恒河水王言我生三歲慈母攜我謁耆婆天經過此流爾時即知是恒河水佛言大王如汝所說二十之時衰於十歲乃至六十日月歲時念念遷變則汝三歲見此河時至年十三其水云何王言如三歲時宛然無異乃至于今年六十二亦無有異佛言汝今自傷髮白面皺其面必定皺於童年則汝今時觀此恒河與昔童時觀河之見有童耄不王言不也世尊佛言大王汝面雖皺而此見精性未曾皺皺者為變不皺非變變者受滅彼不變者元無生滅云何於中受汝生死而猶引彼末伽黎等都言此身死後全滅王聞是言信知身後捨生趣生與諸大衆踊躍歡喜得未曾有阿難即從座起禮佛合掌長跪白佛世尊若此見聞必不生滅云何世尊名我等輩遺失真性顛倒行事願興慈悲洗我塵垢即時如來垂金色臂輪手下指示阿難言汝今見我母陀羅手為正為倒阿難言世間衆生以此為倒而我不知誰正誰倒佛告阿難若世間人以此為倒即世間人將何為正阿難言如來豎臂兜羅綿手上指於空則名為正佛即豎臂告阿難言若此顛倒首尾相換諸世間人一倍瞻視則知汝身與諸如來清淨法身比類發明如來之身名正徧知汝等之身號性顛倒隨汝諦觀汝身佛身稱顛倒者名字何處號為顛倒

于時阿難與諸大衆瞪瞢瞻佛目睛不瞬不知身心顛倒所在佛興慈悲哀愍阿難及諸大衆發海潮音徧告同會諸善男子我常說言色心諸縁及心所使諸所縁法唯心所現汝身汝心皆是妙明眞精妙心中所現物云何汝等遺失本妙圓妙明心寶明妙性認悟中迷晦昧爲空空晦暗中結暗爲色色雜妄想想相爲身聚縁内揺趣外奔逸昏擾擾相以爲心性一迷爲心決定惑爲色身之内不知色身外洎山河虛空大地咸是妙明眞心中物譬如澄清百千大海棄之唯認一浮漚體目爲全潮窮盡瀛渤汝等即是迷中倍人如我垂手等無差別如來說爲可憐愍者阿難承佛悲救深悔垂泣叉手而白佛言我雖承佛如是妙音悟妙明心元所圓滿常住心地而我悟佛現說法音現以縁心允所瞻仰徒獲此心未敢認爲本元心地願佛哀愍宣示圓音拔我疑根歸無上道佛告阿難汝等尚以縁心聽法此法亦縁非得法性如人以手指月示人彼人因指當應看月若復觀指以爲月體此人豈唯亡失月輪亦亡其指何以故以所標指爲明月故豈唯亡指亦復不識明之與暗何以故即以指體爲月明性明暗二性無所了故汝亦如是若以分別我說法音爲汝心者此心自應離分別音有分別性譬如有客寄宿旅亭暫止便去終不常住而掌亭人都無所去名爲亭主此亦如是若眞汝心則無所去云何離聲無分別性斯則豈唯聲分別心分別我容離諸色相無分別性如是乃至分別都無非色非空拘舍離等

昧爲冥諦離諸法緣無分別性則汝心性各有所還云何爲主阿難言若我心性各有所還則如來說妙明元心云何無還惟垂哀愍爲我宣說佛告阿難且汝見我見精明元此見雖非妙精明心如第二月非是月影汝應諦聽今當示汝無所還地阿難此大講堂洞開東方日輪升天則有明曜中夜黑月雲霧晦暝則復昏暗戶牖之隙則復見通牆宇之間則復觀壅分別之處則復見緣頑虛之中徧是空性鬱𡋯之象則紆昏塵澄霽斂氛又觀清淨阿難汝咸看此諸變化相吾今各還本所因處云何本因阿難此諸變化明還日輪何以故無日不明明因屬日是故還日暗還黑月通還戶牖壅還牆宇緣還分別頑虛還空鬱𡋯還塵清明還霽則諸世間一切所有不出斯類汝見八種見精明性當欲誰還何以故若還於明則不明時無復見暗雖明暗等種種差別見無差別諸可還者自然非汝不汝還者非汝而誰則知汝心本妙明淨汝自迷悶喪本受輪於生死中常被漂溺是故如來名可憐愍阿難言我雖識此見性無還云何得知是我真性佛告阿難吾今問汝今汝未得無漏清淨承佛神力見於初禪得無障礙而阿那律見閻浮提如觀掌中菴摩羅果諸菩薩等見百千界十方如來窮盡微塵清淨國土無所不矚衆生洞視不過分寸阿難且吾與汝觀四天王所住宮殿中間徧覽水陸空行雖有昏明種種形像無非前塵分別留礙汝應於此分別自他今吾將汝擇於見中誰是我體誰爲物象阿難極汝見源

從日月宮是物非汝至七金山周徧諦觀雖種種光亦物非汝漸漸更觀雲騰鳥飛風動塵起樹木山川草芥人畜咸物非汝阿難是諸近遠諸有物性雖復差殊同汝見精清淨所矚則諸物類自有差別見性無殊此精妙明誠汝見性若見是物則汝亦可見吾之見若同見者名爲見吾吾不見時何不見吾不見之處若見不見自然非彼不見之相若不見吾不見之地自然非物云何非汝又則汝今見物之時汝既見物物亦見汝體性紛雜則汝與我并諸世間不成安立阿難若汝見時是汝非我見性周徧非汝而誰云何自疑汝之真性性汝不真取我求實阿難白佛言世尊若此見性必我非餘我與如來觀四天王勝藏寶殿居日月宮此見周圓徧娑婆國退歸精舍秖見伽藍清心戶堂但瞻簷廡世尊此見如是其體本來周徧一界今在室中唯滿一室爲復此見縮大爲小爲當牆宇夾令斷絕我今不知斯義所在願垂弘慈爲我敷演佛告阿難一切世間大小內外諸所事業各屬前塵不應說言見有舒縮譬如方器中見方空吾復問汝此方器中所見方空爲復定方爲不定方若定方者別安圓器空應不圓若不定者在方器中應無方空汝言不知斯義所在義性如是云何爲在阿難若復欲令入無方圓但除器方空體無方不應說言更除虛空方相所在若如汝問入室之時縮見令小仰觀日時汝豈挽見齊於日面若築牆宇能夾見斷穿爲小竇寧無續迹是義不然一切衆生從無始來迷己爲物失於本

心爲物所轉故於是中觀大觀小若能轉物則同如來身心圓明不動道場於一毛端徧能含受十方國土阿難白佛言世尊若此見精必我妙性今此妙性現在我前見必我真我今身心復是何物而今身心分別有實彼見無別分辨我身若實我心令我今見見性實我而身非我何殊如來先所難言物能見我惟垂大慈開發未悟佛告阿難今汝所言見在汝前是義非實若實汝前汝實見者則此見精既有方所非無指示且今與汝坐祇陀林徧觀林渠及與殿堂上至日月前對恒河汝今於我師子座前舉手指陳是種種相陰者是林明者是日礙者是壁通者是空如是乃至草樹纖毫大小雖殊但可有形無不指著若必其見現在汝前汝應以手確實指陳何者是見阿難當知若空是見既已成見何者是空若物是見既已是見何者爲物汝可微細披剝萬象析出精明淨妙見元指陳示我同彼諸物分明無惑阿難言我今於此重閣講堂遠洎恒河上觀日月舉手所指縱目所觀指皆是物無是見者世尊如佛所說況我有漏初學聲聞乃至菩薩亦不能於萬物象前剖出精見離一切物別有自性佛言如是如是佛復告阿難如汝所言無有見精離一切物別有自性則汝所指是物之中無是見者今復告汝汝與如來坐祇陀林更觀林苑乃至日月種種象殊必無見精受汝所指汝又發明此諸物中何者非見阿難言我實徧見此祇陀林不知是中何者非見何以故若樹非見云何見樹若樹即見復云何樹

如是乃至若空非見云何見空若空即見復云何空我又思惟是萬象中微細發明無非見者佛言如是如是於是大衆非無學者聞佛此言茫然不知是義終始一時惶悚失其所守如來知其魂慮變慴心生憐愍安慰阿難及諸大衆諸善男子無上法王是真實語如所如説不誑不妄非末伽棃四種不死矯亂論議汝諦思惟無忝哀慕是時文殊師利法王子愍諸四衆在大衆中即從座起頂禮佛足合掌恭敬而白佛言世尊此諸大衆不悟如來發明二種精見色空是非是義世尊若此前緣色空等象若是見者應有所指若非見者應無所矚而今不知是義所歸故有驚怖非是疇昔善根輕鮮惟願如來大慈發明此諸物象與此見精元是何物於其中間無是非是佛告文殊及諸大衆十方如來及大菩薩於其自住三摩地中見與見緣并所想相如虛空華本無所有此見及緣元是菩提妙淨明體云何於中有是非是文殊吾今問汝如汝文殊更有文殊是文殊者爲無文殊如是世尊我眞文殊無是文殊何以故若有是者則二文殊然我今日非無文殊於中實無是非二相佛言此見妙明與諸空塵亦復如是本是妙明無上菩提淨圓眞心妄爲色空及與聞見如第二月誰爲是月又誰非月文殊但一月眞中間自無是月非月是以汝今觀見與塵種種發明名爲妄想不能於中出是非是由是精真妙覺明性故能令汝出指非指阿難白佛言世尊誠如法王所説覺緣徧十方界湛然常住性非生滅與先梵

志娑毗迦羅所談冥諦及投灰等諸外道種說有真我徧滿十方有何差別世尊亦曾於楞伽山爲大慧等敷演斯義彼外道等常說自然我說因緣非彼境界我今觀此覺性自然非生非滅遠離一切虛妄顛倒似非因緣與彼自然云何開示不入羣邪獲真實心妙覺明性佛告阿難我今如是開示方便真實告汝汝猶未悟惑爲自然阿難若必自然自須甄明有自然體汝且觀此妙明見中以何爲自此見爲復以明爲自以暗爲自以空爲自以塞爲自阿難若明爲自應不見暗若復以空爲自體者應不見塞如是乃至諸暗等相以爲自者則於明時見性斷滅云何見明阿難言必此妙見性非自然我今發明是因緣生心猶未明咨詢如來是義云何合因緣性佛言汝言因緣吾復問汝汝今因見見性現前此見爲復因明有見因暗有見因空有見因塞有見阿難若因明有應不見暗如因暗有應不見明如是乃至因空因塞同於明暗復次阿難此見又復緣明有見緣暗有見緣空有見緣塞有見阿難若緣空有應不見塞若緣塞有應不見空如是乃至緣明緣暗同於空塞當知如是精覺妙明非因非緣亦非自然非不自然無非不非無是非是離一切相即一切法汝今云何於中措心以諸世間戲論名相而得分別如以手掌撮摩虛空秖益自勞虛空云何隨汝執捉阿難白佛言世尊必妙覺性非因非緣世尊云何常與比丘宣說見性具四種緣所謂因空因明因心因眼是義云何佛言阿難我說世間諸因緣

相非第一義阿難吾復問汝諸世間人說我能見云何名見云何不見阿難言世人因於日月燈光見種種相名之爲見若復無此三種光明則不能見阿難若無明時名不見者應不見暗若必見暗此但無明云何無見阿難若在暗時不見明故名爲不見今在明時不見暗相還名不見如是二相俱名不見若復二相自相陵奪非汝見性於中暫無如是則知二俱名見云何不見是故阿難汝今當知見明之時見非是明見暗之時見非是暗見空之時見非是空見塞之時見非是塞四義成就汝復應知見見之時見非是見見猶離見見不能及云何復說因緣自然及和合相汝等聲聞狹劣無識不能通達清淨實相吾今誨汝當善思惟無得疲怠妙菩提路阿難白佛言世尊如佛世尊爲我等輩宣說因緣及與自然諸和合相與不和合心猶未開而今更聞見見非見重增迷悶伏願弘慈施大慧目開示我等覺心明淨作是語已悲淚頂禮承受聖旨爾時世尊憐愍阿難及諸大衆將欲敷演大陀羅尼諸三摩提妙修行路告阿難言汝雖强記但益多聞於奢摩他微密觀照心猶未了汝今諦聽吾當爲汝分別開示亦令將來諸有漏者獲菩提果阿難一切衆生輪迴世間由二顛倒分別見妄當處發生當業輪轉云何二見一者衆生別業妄見二者衆生同分妄見云何名爲別業妄見阿難如世間人目有赤眚夜見燈光別有圓影五色重疊於意云何此夜燈明所現圓光爲是燈色爲當見色阿難此若燈色則非眚

人何不同見而此圓影唯眚之觀若是見色見已成色則彼眚人見圓影者名爲何等復次阿難若此圓影離燈別有則合傍觀屏帳几筵有圓影出離見別有應非眼矚云何眚人目見圓影是故當知色實在燈見病爲影影見俱眚見眚非病終不應言是燈是見於是中有非燈非見如第二月非體非影何以故第二之觀捏所成故諸有智者不應說言此捏根元是形非形離見非見此亦如是目眚所成今欲名誰是燈是見何況分別非燈非見云何名爲同分妄見阿難此閻浮提除大海水中間平陸有三千洲正中大洲東西括量大國凡有二千三百其餘小洲在諸海中其間或有三兩百國或一或二至于三十四十五十阿難若復此中有一小洲秖有兩

國唯一國人同感惡緣則彼小洲當土衆生覩諸一切不祥境界或見二日或見兩月其中乃至暈適珮玦彗孛飛流負耳虹蜺種種惡相但此國見彼國衆生本所不見亦復不聞阿難吾今爲汝以此二事進退合明阿難如彼衆生別業妄見矚燈光中所現圓影雖似前境終彼見者目眚所成眚即見勞非色所造然見眚者終無見咎例汝今日以目觀見山河國土及諸衆生皆是無始見病所成見與見緣似現前境元我覺明見所緣眚覺見即眚本覺明心覺緣非眚覺所覺眚覺非眚中此實見見云何復名覺聞知見是故汝今見我及汝幷諸世間十類衆生皆即見眚非見眚者彼見眞精性非眚者故不名見阿難如彼衆生同分妄見例彼妄見別業一人

一病目人同彼一國彼見圓影眚妄所生此衆同分所現不祥同見業中瘴惡所起俱是無始見妄所生例閻浮提三千洲中兼四大海娑婆世界并洎十方諸有漏國及諸衆生同是覺明無漏妙心見聞覺知虛妄病緣和合妄生和合妄死若能遠離諸和合緣及不和合則復滅除諸生死因圓滿菩提不生滅性清淨本心本覺常住阿難汝雖先悟本覺妙明性非因緣非自然性而猶未明如是覺元非和合生及不和合阿難吾今復以前塵問汝汝今猶以一切世間妄想和合諸因緣性而自疑惑證菩提心和合起者則汝今者妙淨見精爲與明和爲與暗和爲與通和爲與塞和若明和者且汝觀明當明現前何處雜見見相可辨雜何形像若非見者云何見明若即見者云何見見必見圓滿何處和明若明圓滿不合見和見必異明雜則失彼性明名字雜失明性和明非義彼暗與通及諸羣塞亦復如是復次阿難又汝今者妙淨見精爲與明合爲與暗合爲與通合爲與塞合若明合者至於暗時明相已滅此見即不與諸暗合云何見暗若見暗時不與暗合與明合者應非見明既不見明云何明合了明非暗彼暗與通及諸羣塞亦復如是阿難白佛言世尊如我思惟此妙覺元與諸緣塵及心念慮非和合耶佛言汝今又言覺非和合吾復問汝此妙見精非和合者爲非明和爲非暗和爲非通和爲非塞和若非明和則見與明必有邊畔汝且諦觀何處是明何處是見在見在明自何爲畔阿難若明際中必無見

者則不相及自不知其明相所在畔云何成彼暗與通及諸羣塞亦復如是又妙見精非和合者爲非明合爲非暗合爲非通合爲非塞合若非明合則見與明性相乖角如耳與明了不相觸見且不知明相所在云何甄明合非合理彼暗與通及諸羣塞亦復如是阿難汝猶未明一切浮塵諸幻化相當處出生隨處滅盡幻妄稱相其性眞爲妙覺明體如是乃至五陰六入從十二處至十八界因緣和合虛妄有生因緣別離虛妄名滅殊不能知生滅去來本如來藏常住妙明不動周圓妙眞如性性眞常中求於去來迷悟生死了無所得阿難云何五陰本如來藏妙眞如性阿難譬如有人以清淨目觀晴明空唯一晴虛迥無所有其人無故不動目睛瞪以發勞則於虛空別見狂華復有一切狂亂非相色陰當知亦復如是阿難是諸狂華非從空來非從目出如是阿難若空來者既從空來還從空入若有出入即非虛空空若非空自不容其華相起滅如阿難體不容阿難若目出者既從目出還從目入即此華性從目出故當合有見若有見者去既華空旋合見眼若無見者出既翳空旋當翳眼又見華時目應無翳云何晴空號清明眼是故當知色陰虛妄本非因緣非自然性阿難譬如有人手足宴安百骸調適忽如忘生性無違順其人無故以二手掌於空相摩於二手中妄生澀滑冷熱諸相受陰當知亦復如是阿難是諸幻觸不從空來不從掌出如是阿難若空來者既能觸掌何不觸身不應虛空選擇來觸若

從掌出應非待合又掌出故合則掌知離則觸入臂腕骨髓應亦覺知入時蹤跡必有覺心知出知入自有一物身中往來何待合知要名爲觸是故當知受陰虛妄本非因緣非自然性阿難譬如有人談說酢梅口中水出思蹋懸崖足心酸澀想陰當知亦復如是阿難如是酢說不從梅生非從口入如是阿難若梅生者梅合自談何待人說若從口入自合口聞何須待耳若獨耳聞此水何不耳中而出想蹋懸崖與說相類是故當知想陰虛妄本非因緣非自然性阿難譬如暴流波浪相續前際後際不相踰越行陰當知亦復如是阿難如是流性不因空生不因水有亦非水性非離空水如是阿難若因空生則諸十方無盡虛空成無盡流世界自然俱受淪溺若因水有則此暴流性應非水有所有相今應現在若即水性則澄清時應非水體若離空水空非有外水外無流是故當知行陰虛妄本非因緣非自然性阿難譬如有人取頻伽餅塞其兩孔滿中擎空千里遠行用餉他國識陰當知亦復如是阿難如是虛空非彼方來非此方入如是阿難若彼方來則本餅中既貯空去於本餅地應少虛空若此方入開孔倒餅應見空出是故當知識陰虛妄本非因緣非自然性

大佛頂如來密因修證了義諸菩薩萬行首楞嚴經卷第二

音釋

殞羽敏切歿也　腠千候切膚理也　皺側救切皮縮也　面頹徒回切下墜也　瞪瞢瞪澄應切瞢毋亘切瞪瞢直視也　瀛渤瀛餘輕切渤蒲沒切瀛渤海也　鬱𡋯鬱紆勿切𡋯蒲沒切鬱𡋯塵起貌　慴之涉切懼也　矚朱欲切視也　眚所景切目病生翳也　暈適暈音運適音謫暈適日旁氣也　玦古穴切玉珮也如環而有缺　彗祥歲切妖星也　酢倉故切酸也　蹋達合切與踏同

大佛頂如來密因修證了義諸菩薩萬行首楞嚴經卷第三

唐天竺沙門般刺密帝譯　烏萇國沙門彌伽釋迦譯語

菩薩戒弟子前正議大夫同中書門下平章事清河房融筆受

復次阿難云何六入本如來藏妙真如性阿難即彼目睛瞪發勞者兼目與勞同是菩提瞪發勞相因于明暗二種妄塵發見居中吸此塵象名爲見性此見離彼明暗二塵畢竟無體如是阿難當知是見非明暗來非於根出不於空生何以故若從明來暗即隨滅應非見暗若從暗來明即隨滅應無見明若從根生必無明暗如是見精本無自性若於空出前矚塵象歸當見根又空自觀何關汝入是故當知眼入虛妄本非因緣非自然性阿難譬如有人以兩手指急塞其耳耳根勞故頭中作聲兼耳與勞同是菩提瞪發勞相因于動靜二種妄塵發聞居中吸此塵象名聽聞性此聞離彼動靜二塵畢竟無體如是阿難當知是聞非動靜來非於根出不於空生何以故若從靜來動即隨滅應非聞動若從動來靜即隨滅應無覺靜若從根生必無動靜如是聞體本無自性若於空出有聞成性即非虛空又空自聞何關汝入是故當知耳入虛妄本非因緣非自然性阿難譬如有人急畜其鼻畜久成勞則於鼻中聞有冷觸因觸分別通塞虛實如是乃至諸香臭氣兼鼻與勞同是菩提瞪發勞相因于通塞二種妄塵發聞居中吸此塵象名齅聞性此聞離彼通塞二塵畢竟無體當知是聞非通塞來非於根出不於空生何以故若從通來塞則聞

滅云何知塞如因塞有通則無聞云何發明香臭等觸若從根生必無通塞如是聞機本無自性若從空出是聞自當廻齅汝鼻空自有聞何關汝入是故當知鼻入虛妄本非因緣非自然性阿難譬如有人以舌舐吻熟舐令勞其人若病則有苦味無病之人微有甜觸由甜與苦顯此舌根不動之時淡性常在兼舌與勞同是菩提瞪發勞相因甜苦淡二種妄塵發知居中吸此塵象名知味性此知味性離彼甜苦及淡二塵畢竟無體如是阿難當知如是嘗苦淡知非甜苦來非因淡有又非根出不於空生何以故若甜苦來淡則知滅云何知淡若從淡出甜即知亡復云何知甜苦二相若從舌生必無甜淡及與苦塵斯知味根本無自性若於空出虛空自味非汝口知又空自知何關汝入是故當知舌入虛妄本非因緣非自然性阿難譬如有人以一冷手觸於熱手若冷勢多熱者從冷若熱功勝冷者成熱如是以此合覺之觸顯於離知涉勢若成因于勞觸兼身與勞同是菩提瞪發勞相因于離合二種妄塵發覺居中吸此塵象名知覺性此知覺體離彼離合違順二塵畢竟無體如是阿難當知是覺非離合來非違順有不於根出又非空生何以故若合時來離當已滅云何覺離違順二相亦復如是若從根出必無離合違順四相則汝身知元無自性必於空出空自知覺何關汝入是故當知身入虛妄本非因緣非自然性阿難譬如有人勞倦則眠睡熟便寤覽塵斯憶失憶爲忘是其顛倒生住異滅吸習中歸不

相踰越稱意知根兼意與勞同是菩提瞪發勞相因于生滅二種妄塵集知居中吸撮內塵見聞逆流流不及地名覺知性此覺知性離彼寤寐生滅二塵畢竟無體如是阿難當知如是覺知之根非寤寐來非生滅有不於根出亦非空生何以故若從寤來寐即隨滅將何為寐必生時有滅即同無令誰受滅若從滅有生即滅無誰知生者若從根出寤寐二相隨身開合離斯二體此覺知者同於空華畢竟無性若從空生自是空知何關汝入是故當知意入虛妄本非因緣非自然性復次阿難云何十二處本如來藏妙眞如性阿難汝且觀此祇陀樹林及諸泉池於意云何此等為是色生眼見眼生色相阿難若復眼根生色相者見空非色色性應銷銷則顯發一切都無色相既無誰明空質空亦如是若復色塵生眼見者觀空非色見即銷亡亡則都無誰明空色是故當知見與色空俱無處所即色與見二處虛妄本非因緣非自然性阿難汝更聽此祇陀園中食辦擊鼓衆集撞鐘鐘鼓音聲前後相續於意云何此等為是聲來耳邊耳往聲處阿難若復此聲來於耳邊如我乞食室羅筏城在祇陀林則無有我此聲必來阿難耳處目連迦葉應不俱聞何況其中一千二百五十沙門一聞鐘聲同來食處若復汝耳往彼聲邊如我歸住祇陀林中在室羅城則無有我汝聞鼓聲其耳已往擊鼓之處鐘聲齊出應不俱聞何況其中象馬牛羊種種音響若無來往亦復無聞是故當知聽與音聲俱無處所即聽與聲二處虛

妄本非因緣非自然性阿難汝又齅此鑪中栴檀此香若復然於一銖室羅筏城四十里内同時聞氣於意云何此香爲復生栴檀木生於汝鼻爲生於空阿難若復此香生於汝鼻稱鼻所生當從鼻出鼻非栴檀云何鼻中有栴檀氣稱汝聞香當於鼻入鼻中出香說聞非義若生於空空性常恒香應常在何藉鑪中爇此枯木若生於木則此香質因爇成煙若鼻得聞合蒙煙氣其煙騰空未及遥遠四十里内云何已聞是故當知香鼻與聞俱無處所即齅與香二處虚妄本非因緣非自然性阿難汝常二時衆中持鉢其間或遇酥酪醍醐名爲上味於意云何此味爲復生於空中生於舌中爲生食中阿難若復此味生於汝舌在汝口中秖有一舌其舌爾時已成酥味遇黑石蜜應不推移若不變移不名知味若變移者舌非多體云何多味一舌之知若生於食食非有識云何自知又食自知即同他食何預於汝名味之知若生於空汝噉虚空當知何味必其虚空若作鹹味既鹹汝舌亦鹹汝面則此界人同於海魚既常受鹹了不知淡若不識淡亦不覺鹹必無所知云何名味是故當知味舌與嘗俱無處所即嘗與味二俱虚妄本非因緣非自然性阿難汝常晨朝以手摩頭於意云何此摩所知誰爲能觸能爲在手爲復在頭若在於手頭則無知云何成觸若在於頭手則無用云何名觸若各各有則汝阿難應有二身若頭與手一觸所生則手與頭當爲一體若一體者觸則無成若二體者觸誰爲在在能非所在所非

能不應虛空與汝成觸是故當知覺觸與身俱無處所即身與觸二俱虛妄本非因緣非自然性阿難汝常意中所緣善惡無記三性生成法則此法爲復即心所生爲當離心別有方所阿難若即心者法則非塵非心所緣云何成處若離於心別有方所則法自性爲知非知知則名心異汝非塵同他心量即汝即心云何汝心更二於汝若非知者此塵既非色聲香味離合冷煖及虛空相當於何在今於色空都無表示不應人間更有空外心非所緣處從誰立是故當知法則與心俱無處所則意與法二俱虛妄本非因緣非自然性復次阿難云何十八界本如來藏妙眞如性阿難如汝所明眼色爲緣生於眼識此識爲復因眼所生以眼爲界因色所生以色爲界阿難若因眼生既無色空無可分別縱有汝識欲將何用汝見又非青黃赤白無所表示從何立界若因色生空無色時汝識應滅云何識知是虛空性若色變時汝亦識其色相遷變汝識不遷界從何立從變則變界相自無不變則恒既從色生應不識知虛空所在若兼二種眼色共生合則中離離則兩合體性雜亂云何成界是故當知眼色爲緣生眼識界三處都無則眼與色及色界三本非因緣非自然性阿難又汝所明耳聲爲緣生於耳識此識爲復因耳所生以耳爲界因聲所生以聲爲界阿難若因耳生動靜二相既不現前根不成知必無所知知尚無成識何形貌若取耳聞無動靜故聞無所成云何耳形雜色觸塵名爲識界則耳識界復從誰立

若生於聲識因聲有則不關聞無聞則亡聲相所在識從聲生許聲因聞而有聲相聞應聞識不聞非界聞則同聲識已被聞誰知聞識若無知者終如草木不應聲聞雜成中界界無中位則內外相復從何成是故當知耳聲爲緣生耳識界三處都無則耳與聲及聲界三本非因緣非自然性阿難又汝所明鼻香爲緣生於鼻識此識爲復因鼻所生以鼻爲界因香所生以香爲界阿難若因鼻生則汝心中以何爲鼻爲取肉形雙爪之相爲取齅知動摇之性若取肉形肉質乃身身知即觸名身非鼻名觸即塵鼻尚無名云何立界若取齅知又汝心中以何爲知以肉爲知則肉之知元觸非鼻以空爲知空則自知肉應非覺如是則應虛空是汝汝身非知今日阿難應無所在以香爲知知自屬香何預於汝若香臭氣必生汝鼻則彼香臭二種流氣不生伊蘭及栴檀木二物不來汝自齅鼻爲香爲臭臭則非香香應非臭若香臭二俱能聞者則汝一人應有兩鼻對我問道有二阿難誰爲汝體若鼻是一香臭無二臭既爲香香復成臭二性不有界從誰立若因香生識因香有知如眼有見不能觀眼因香有故應不知香知即非生不知非識香非知有香界不成識不知香因界則非從香建立既無中間不成內外彼諸聞性畢竟虛妄是故當知鼻香爲緣生鼻識界三處都無則鼻與香及香界三本非因緣非自然性阿難又汝所明舌味爲緣生於舌識此識爲復因舌所生以舌爲界因味所生以味爲界阿難若因舌生則諸

世間甘蔗烏梅黄連石鹽細辛薑桂都無有味汝自嘗舌爲甜爲苦若舌性苦誰來嘗舌舌不自嘗孰爲知覺舌性非苦味自不生云何立界若因味生識自爲味同於舌根應不自嘗云何識知是味非味又一切味非一物生味既多生識應多體識體若一體必味生鹹淡甘辛和合俱生諸變異相同爲一味應無分別分別既無則不名識云何復名舌味識界不應虚空生汝心識舌味和合即於是中元無自性云何界生是故當知舌味爲緣生舌識界三處都無則舌與味及舌界三本非因緣非自然性阿難又汝所明身觸爲緣生於身識此識爲復因身所生以身爲界因觸所生以觸爲界阿難若因身生必無合離二覺觀緣身何所識若因觸生必無汝身誰有非身知合離者阿難物不觸知身知有觸知身即觸知觸即身即觸非身即身非觸身觸二相元無處所合身即爲身自體性離身即是虚空等相内外不成中云何立中不復立内外性空則汝識生從誰立界是故當知身觸爲緣生身識界三處都無則身與觸及身界三本非因緣非自然性阿難又汝所明意法爲緣生於意識此識爲復因意所生以意爲界因法所生以法爲界阿難若因意生於汝意中必有所思發明汝意若無前法意無所生離緣無形識將何用又汝識心與諸思量兼了别性爲同爲異同意即意云何所生異意不同應無所識若無所識云何意生若有所識云何識意唯同與異二性無成界云何立若因法生世間諸法不離五塵汝觀

色法及諸聲法香法味法及與觸法相狀分明以對五根非意所攝汝識決定依於法生今汝諦觀法法何狀若離色空動靜通塞合離生滅越此諸相終無所得生則色空諸法等生滅則色空諸法等滅所因既無因生有識作何形相相狀不有界云何生是故當知意法爲緣生意識界三處都無則意與法及意界三本非因緣非自然性阿難白佛言世尊如來常說和合因緣一切世間種種變化皆因四大和合發明云何如來因緣自然二俱排擯我今不知斯義所屬惟垂哀愍開示衆生中道了義無戲論法爾時世尊告阿難言汝先厭離聲聞緣覺諸小乘法發心勤求無上菩提故我今時爲汝開示第一義諦如何復將世間戲論妄想因緣而自纏繞汝雖多聞如說藥人眞藥現前不能分別如來說爲眞可憐愍汝今諦聽吾當爲汝分別開示亦令當來修大乘者通達實相阿難默然承佛聖旨阿難如汝所言四大和合發明世間種種變化阿難若彼大性體非和合則不能與諸大雜和猶如虛空不和諸色若和合者同於變化始終相成生滅相續生死死生生生死死如旋火輪未有休息阿難如水成冰冰還成水汝觀地性麤爲大地細爲微塵至鄰虛塵析彼極微色邊際相七分所成更析鄰虛即實空性阿難若此鄰虛析成虛空當知虛空出生色相汝今問言由和合故出生世間諸變化相汝且觀此一鄰虛塵用幾虛空和合而有不應鄰虛合成鄰虛又鄰虛塵析入空者用幾色相合成虛空若色合時合

色非空若空合時合空非色色猶可析空云何合汝元不知如來藏中性色眞空性空眞色清淨本然周徧法界隨衆生心應所知量循業發現世間無知惑爲因緣及自然性皆是識心分別計度但有言說都無實義何難火性無我寄於諸緣汝觀城中未食之家欲炊爨時手執陽燧日前求火阿難名和合者如我與汝一千二百五十比丘今爲一衆衆雖爲一詰其根本各各有身皆有所生氏族名字如舍利弗婆羅門種優盧頻螺迦葉波種乃至阿難瞿曇種姓阿難若此火性因和合有彼手執鏡於日求火此火爲從鏡中而出爲從艾出爲於日來阿難若日來者自能燒汝手中之艾來處林木皆應受焚若鏡中出自能於鏡出然于艾鏡何不鎔紆汝手執尚無熱相云何融泮若生於艾何藉日鏡光明相接然後火生汝又諦觀鏡因手執日從天來艾本地生火從何方遊歷於此日鏡相遠非和非合不應火光無從自有汝猶不知如來藏中性火眞空性空眞火清淨本然周徧法界隨衆生心應所知量阿難當知世人一處執鏡一處火生徧法界執滿世間起徧世間寧有方所循業發現世間無知惑爲因緣及自然性皆是識心分別計度但有言說都無實義阿難水性不定流息無恒如室羅城迦毗羅仙斫迦羅仙及鉢頭摩訶薩多等諸大幻師求太陰精用和幻藥是諸師等於白月晝手執方諸承月中水此水爲復從珠中出空中自有爲從月來阿難若從月來尚能遠方令珠出水所經林木皆應吐流流

則何待方諸所出不流明水非從月降若從珠出則此珠中常應流水何待中宵承白月晝若從空生空性無邊水當無際從人洎天皆同滔溺云何復有水陸空行汝更諦觀月從天陟珠因手持承珠水盤本人敷設水從何方流注於此月珠相遠非和非合不應水精無從自有汝尚不知如來藏中性水眞空性空眞水清淨本然周徧法界隨衆生心應所知量一處執珠一處水出徧法界執滿法界生滿世間寧有方所循業發現世間無知惑爲因緣及自然性皆是識心分別計度但有言說都無實義阿難風性無體動靜不常汝常整衣入於大衆僧伽黎角動及傍人則有微風拂彼人面此風爲復出袈裟角發於虛空生彼人面阿難此風若復出袈裟角汝乃披風其衣飛搖應離汝體我今說法會中垂衣汝看我衣風何所在不應衣中有藏風地若生虛空汝衣不動何因無拂空性常住風應常生若無風時虛空當滅滅風可見滅空何狀若有生滅不名虛空名爲虛空云何風出若風自生被拂之面從彼面生當應拂汝自汝整衣云何倒拂汝審諦觀整衣在汝面屬彼人虛空寂然不參流動風自誰方鼓動來此風空性隔非和非合不應風心無從自有汝宛不知如來藏中性風眞空性空眞風清淨本然周徧法界隨衆生心應所知量阿難如汝一人微動服衣有微風出徧法界拂滿國土生周徧世間寧有方所循業發現世間無知惑爲因緣及自然性皆是識心分別計度但有言說都無實義阿難空性無

形因色顯發如室羅城去河遥處諸刹利種及婆羅門毗舍首陀兼頗羅墮旃陀羅等新立安居鑿井求水出土一尺於中則有一尺虚空如是乃至出土一丈中間還得一丈虚空虚空淺深隨出多少此空爲當因土所出因鑿所有無因自生阿難若復此空無因自生未鑿土前何不無礙唯見大地迥無通達若因土出則土出時應見空入若土先出無空入者云何虚空因土而出若無出入則應空土元無異因無異則同則土出時空何不出若因鑿出則鑿出空應非出土不應鑿出鑿自出土云何見空汝更審諦諦審諦觀鑿從人手隨方運轉土因地移如是虚空因何所出鑿空虚實不相爲用非和非合不應虚空無從自出若此虚空性圓周徧本不動揺當知現前地水火風均名五大性眞圓融皆如來藏本無生滅阿難汝心昏迷不悟四大元如來藏當觀虚空爲出爲入爲非出入汝全不知如來藏中性覺眞空性空眞覺清淨本然周徧法界隨衆生心應所知量阿難如一井空空生一井十方虚空亦復如是圓滿十方寧有方所循業發現世間無知惑爲因緣及自然性皆是識心分别計度但有言說都無實義阿難見覺無知因色空有如汝今者在祇陀林朝明夕昏設居中宵白月則光黑月便暗則明暗等因見分析此見爲復與明暗相并太虚空爲同一體爲非一體或同非同或異非異阿難此見若復與明與暗及與虚空元一體者則明與暗二體相亡暗時無明明時非暗若與暗一明則見亡必一於

明暗時當滅滅則云何見明見暗若明暗殊見無生滅一云何成若此見精與暗與明非一體者汝離明暗及與虛空分析見元作何形相離明離暗及離虛空是見元同龜毛兎角明暗虛空三事俱異從何立見明暗相背云何或同離三元無云何或異分空分見本無邊畔云何非同見暗見明性非遷改云何非異汝更細審微細審詳審諦審觀明從太陽暗隨黑月通屬虛空壅歸大地如是見精因何所出見覺空頑非和非合不應見精無從自出若見聞知性圓周徧本不動揺當知無邊不動虛空并其動揺地水火風均名六大性眞圓融皆如來藏本無生滅阿難汝性沈淪不悟汝之見聞覺知本如來藏汝當觀此見聞覺知爲生爲滅爲同爲異爲非生滅爲非同異汝曽不知如來藏中性見覺明覺精明見清淨本然周徧法界隨衆生心應所知量如一見根見周法界聽齅甞觸覺觸覺知妙德瑩然徧周法界圓滿十虛寧有方所循業發現世間無知惑爲因緣及自然性皆是識心分別計度但有言說都無實義阿難識性無源因於六種根塵妄出汝今徧觀此會聖衆用目循歷其目周視但如鏡中無別分析汝識於中次第標指此是文殊此富樓那此目揵連此須菩提此舍利弗此識了知爲生於見爲生於相爲生虛空爲無所因突然而出阿難若汝識性生於見中如無明暗及與色空四種必無元無汝見見性尚無從何發識若汝識性生於相中不從見生既不見明亦不見暗明暗不矚即無色空彼相尚

無識從何發若生於空非相非見非見無辨自不能知明暗色空非相滅緣見聞覺知無處安立處此二非空則同無有非同物縱發汝識欲何分別若無所因突然而出何不日中別識明月汝更細詳微細詳審見託汝睛相推前境可狀成有不相成無如是識緣因何所出識動見澄非和非合聞聽覺知亦復如是不應識緣無從自出若此識心本無所從當知了別見聞覺知圓滿湛然性非從所兼彼虛空地水火風均名七大性眞圓融皆如來藏本無生滅阿難汝心麤浮不悟見聞發明了知本如來藏汝應觀此六處識心爲同爲異爲空爲有爲非同異爲非空有汝元不知如來藏中性識明知覺明眞識妙覺湛然徧周法界含吐十虛寧有方所循業發現世間無知惑爲因緣及自然性皆是識心分別計度但有言說都無實義爾時阿難及諸大衆蒙佛如來微妙開示身心蕩然得無罣礙是諸大衆各各自知心徧十方見十方空如觀手中所持葉物一切世間諸所有物皆即菩提妙明元心心精徧圓含裹十方反觀父母所生之身猶彼十方虛空之中吹一微塵若存若亡如湛巨海流一浮漚起滅無從了然自知獲本妙心常住不滅禮佛合掌得未曾有於如來前說偈讚佛

妙湛總持不動尊　首楞嚴王世希有
銷我億劫顛倒想　不歷僧祇獲法身
願今得果成寶王　還度如是恒沙衆
將此深心奉塵剎　是則名爲報佛恩
伏請世尊爲證明　五濁惡世誓先入

如一衆生未成佛　終不於此取泥洹
大雄大力大慈悲　希更審除微細惑
令我早登無上覺　於十方界坐道場
舜若多性可銷亡　爍迦羅心無動轉

大佛頂如來密因修證了義諸菩薩萬行首楞嚴經卷第三

音釋

齅（許救切以鼻臨氣也）舐（神帋切以舌餂也）撮（麤括切以取也）爨（七亂切）燧（徐醉切陽燧火鏡也）詰（苦吉切問也）紆（邕俱切勞也）泮（普半切釋也）

大佛頂如來密因修證了義諸菩薩萬行首楞嚴經卷第四

唐天竺沙門般剌密帝譯　烏萇國沙門彌伽釋迦譯語

菩薩戒弟子前正議大夫同中書門下平章事清河房融筆受

爾時富樓那彌多羅尼子在大衆中即從座起偏袒右肩右膝著地合掌恭敬而白佛言大威德世尊善爲衆生敷演如來第一義諦世尊常推說法人中我爲第一今聞如來微妙法音猶如聾人逾百步外聆於蚊蚋本所不見何況得聞佛雖宣明令我除惑今猶未詳斯義究竟無疑惑地世尊如阿難輩雖則開悟習漏未除我等會中登無漏者雖盡諸漏今聞如來所說法音尚紆疑悔世尊若復世間一切根塵陰處界等皆如來藏清淨本然云何忽生山河大地諸有爲相次第遷流終而復始又如來說地水火風本性圓融周徧法界湛然常住世尊若地性徧云何容水水性周徧火則不生復云何明水火二性俱徧虛空不相陵滅世尊地性障礙空性虛通云何二俱周徧法界而我不知是義攸往惟願如來宣流大慈開我迷雲及諸大衆作是語已五體投地欽渴如來無上慈誨爾時世尊告富樓那及諸會中漏盡無學諸阿羅漢如來今日普爲此會宣勝義中眞勝義性令汝會中定性聲聞及諸一切未得二空迴向上乘阿羅漢等皆獲一乘寂滅場地眞阿練若正修行處汝今諦聽當爲汝說富樓那等欽佛法音默然承聽佛言富樓那如汝所言清淨本然云何忽生山河大地汝常不聞如來宣說性覺妙明本覺明妙富樓那言唯然

世尊我常聞佛宣説斯義佛言汝稱覺明爲復性明稱名爲覺爲覺不明稱爲明覺富樓那言若此不明名爲覺者則無所明佛言若無所明則無明覺有所非覺無所非明無明又非覺湛明性性覺必明妄爲明覺覺非所明因明立所所既妄立生汝妄能無同異中熾然成異異彼所異因異立同同異發明因此復立無同無異如是擾亂相待生勞勞久發塵自相渾濁由是引起塵勞煩惱起爲世界靜成虛空虛空爲同世界爲異彼無同異眞有爲法覺明空昧相待成揺故有風輪執持世界因空生揺堅明立礙彼金寶者明覺立堅故有金輪保持國土堅覺寶成揺明風出風金相摩故有火光爲變化性寶明生潤火光上烝故有水輪含十方界火騰水降交發立堅溼爲巨海乾爲洲潬以是義故彼大海中火光常起彼洲潬中江河常注水勢劣火結爲高山是故山石擊則成燄融則成水土勢劣水抽爲草木是故林藪遇燒成土因絞成水交妄發生遞相爲種以是因緣世界相續復次富樓那明妄非他覺明爲咎所妄既立明理不踰以是因緣聽不出聲見不超色色香味觸六妄成就由是分開見覺聞知同業相纏合離成化見明色發明見想成異見成憎同想成愛流愛爲種納想爲胎交遘發生吸引同業故有因緣生羯羅藍遏蒱曇等胎卵溼化隨其所應卵唯想生胎因情有溼以合感化以離應情想合離更相變易所有受業逐其飛沈以是因緣衆生相續富樓那想愛同結愛不能離則諸世間父母子孫

相生不斷是等則以欲貪爲本貪愛同滋貪不能止則諸世間卵化溼胎隨力强弱遞相呑食是等則以殺貪爲本以人食羊羊死爲人人死爲羊如是乃至十生之類死死生生互來相噉惡業俱生窮未來際是等則以盜貪爲本汝負我命我還汝債以是因緣經百千劫常在生死汝愛我心我憐汝色以是因緣經百千劫常在纏縛唯殺盜婬三爲根本以是因緣業果相續富樓那如是三種顚倒相續皆是覺明明了知性因了發相從妄見生山河大地諸有爲相次第遷流因此虛妄終而復始富樓那言若此妙覺本妙覺明與如來心不增不減無狀忽生山河大地諸有爲相如來今得妙空明覺山河大地有爲習漏何當復生佛告富樓那譬如迷人於一聚落惑南爲北此迷爲復因迷而有因悟而出富樓那言如是迷人亦不因迷又不因悟何以故迷本無根云何因迷悟非生迷云何因悟佛言彼之迷人正在迷時倏有悟人指示令悟富樓那於意云何此人縱迷於此聚落更生迷不不也世尊富樓那十方如來亦復如是此迷無本性畢竟空昔本無迷似有迷覺覺迷迷滅覺不生迷亦如翳人見空中華翳病若除華於空滅忽有愚人於彼空華所滅空地待華更生汝觀是人爲愚爲慧富樓那言空元無華妄見生滅見華滅空已是顚倒敕令更出斯實狂癡云何更名如是狂人爲愚爲慧佛言如汝所解云何問言諸佛如來妙覺明空何當更出山河大地又如金鑛雜於精金其金一純更不成雜如木成灰不

重爲木諸佛如來菩提涅槃亦復如是富樓那又汝問言地水火風本性圓融周徧法界疑水火性不相陵滅又徵虛空及諸大地俱徧法界不合相容富樓那譬如虛空體非羣相而不拒彼諸相發揮所以者何富樓那彼太虛空日照則明雲屯則暗風搖則動霽澄則清氣凝則濁土積成霾水澄成映於意云何如是殊方諸有爲相爲因彼生爲復空有若彼所生富樓那且日照時既是日明十方世界同爲日色云何空中更見圓日若是空明空應自照云何中宵雲霧之時不生光耀當知是明非日非空不異空日觀相元妄無可指陳猶邀空華結爲空果云何詰其相陵滅義觀性元眞唯妙覺明妙覺明心先非水火云何復問不相容者眞妙覺明亦復如是

汝以空明則有空現地水火風各各發明則各各現若俱發明則有俱現云何俱現富樓那如一水中現於日影兩人同觀水中之日東西各行則各有日隨二人去一東一西先無準的不應難言此日是一云何各行各日既雙云何現一宛轉虛妄無可憑據富樓那汝以色空相傾相奪於如來藏而如來藏隨爲色空周徧法界是故於中風動空澄日明雲暗衆生迷悶背覺合塵故發塵勞有世間相我以妙明不滅不生合如來藏而如來藏唯妙覺明圓照法界是故於中一爲無量無量爲一小中現大大中現小不動道場徧十方界身含十方無盡虛空於一毛端現寶王刹坐微塵裏轉大法輪滅塵合覺故發眞如妙覺明性而如來藏本妙圓心非心非空非

地非水非風非火非眼非耳鼻舌身意非色非聲香味觸法非眼識界如是乃至非意識界非明無明明無明盡如是乃至非老非死非老死盡非苦非集非滅非道非智非得非檀那非尸羅非毗梨耶非羼提非禪那非般刺若非波羅蜜多如是乃至非怛闥阿竭非阿羅訶三耶三菩非大涅槃非常非樂非我非淨以是俱非世出世故即如來藏元明心妙即心即空即地即水即風即火即眼即耳鼻舌身意即色即聲香味觸法即眼識界如是乃至即意識界即明無明明無明盡如是乃至即老即死即老死盡即苦即集即滅即道即智即得即檀那即尸羅即毗梨耶即羼提即禪那即般刺若即波羅蜜多如是乃至即怛闥阿竭即阿羅訶三耶三菩即大涅槃即常即樂即我即淨以是俱即世出世故即如來藏妙明心元離即離非是即非即如何世間三有衆生及出世間聲聞縁覺以所知心測度如來無上菩提用世語言入佛知見譬如琴瑟箜篌琵琶雖有妙音若無妙指終不能發汝與衆生亦復如是寶覺真心各各圓滿如我按指海印發光汝暫舉心塵勞先起由不勤求無上覺道愛念小乘得少爲足富樓那言我與如來寶覺圓明真妙淨心無二圓滿而我昔遭無始妄想久在輪迴今得聖乘猶未究竟世尊諸妄一切圓滅獨妙真常敢問如來一切衆生何因有妄自蔽妙明受此淪溺佛告富樓那汝雖除疑餘惑未盡吾以世間現前諸事今復問汝汝豈不聞室羅城中演若達多忽於晨朝以鏡照面愛鏡

中頭眉目可見瞋責己頭不見面目以爲魑魅無狀狂走於意云何此人何因無故狂走富樓那言是人心狂更無他故佛言妙覺明圓本圓明妙既稱爲妄云何有因若有所因云何名妄自諸妄想展轉相因從迷積迷以歷塵刧雖佛發明猶不能返如是迷因因迷自有識迷無因妄無所依尚無有生欲何爲滅得菩提者如寤時人說夢中事心縱精明欲何因縁取夢中物況復無因本無所有如彼城中演若達多豈有因縁自怖頭走忽然狂歇頭非外得縱未歇狂亦何遺失富樓那妄性如是因何爲在汝但不隨分別世間業果衆生三種相續三縁斷故三因不生則汝心中演若達多狂性自歇歇即菩提勝淨明心本周法界不從人得何藉劬勞肯綮修證

譬如有人於自衣中繫如意珠不自覺知窮露他方乞食馳走雖實貧窮珠不曾失忽有智者指示其珠所願從心致大饒富方悟神珠非從外得即時阿難在大衆中頂禮佛足起立白佛世尊現說殺盜婬業三縁斷故三因不生心中達多狂性自歇歇即菩提不從人得斯則因縁皎然明白云何如來頓棄因縁我從因縁心得開悟世尊此義何獨我等年少有學聲聞今此會中大目揵連及舍利弗須菩提等從老梵志聞佛因縁發心開悟得成無漏今說菩提不從因縁則王舍城拘舍黎等所說自然成第一義惟垂大悲開發迷悶佛告阿難即如城中演若達多狂性因縁若得滅除則不狂性自然而出因縁自然理窮於是阿難演若達多頭本自然本自其

然無然非自何因緣故怖頭狂走若自然頭
因緣故狂何不自然因緣故失本頭不失狂
怖妄出曾無變易何藉因緣本狂自然本有
狂怖未狂之際狂何所潛不狂自然頭本無
妄何爲狂走若悟本頭識知狂走因緣自然
俱爲戲論是故我言三緣斷故即菩提心菩
提心生生滅心滅此但生滅滅生俱盡無功
用道若有自然如是則明自然心生生滅心
滅此亦生滅無生滅者名爲自然猶如世間
諸相雜和成一體者名和合性非和合者稱
本然性本然非然和合非合合然俱離離合
俱非此句方名無戲論法菩提涅槃尚在遥
遠非汝歷劫辛勤修證雖復憶持十方如來
十二部經清淨妙理如恒河沙秖益戲論汝
雖談說因緣自然決定明了人間稱汝多聞

第一以此積劫多聞熏習不能免離摩登伽
難何須待我佛頂神呪摩登伽心婬火頓歇
得阿那含於我法中成精進林愛河乾枯令
汝解脫是故阿難汝雖歷劫憶持如來祕密
妙嚴不如一日修無漏業遠離世間憎愛二
苦如摩登伽宿爲婬女由神呪力銷其愛欲
法中今名性比丘尼與羅睺母耶輸陀羅同
悟宿因知歷世因貪愛爲苦一念熏修無漏
善故或得出纏或蒙授記如何自欺尚留觀
聽阿難及諸大衆聞佛示誨疑惑銷除心悟
實相身意輕安得未曾有重復悲淚頂禮佛
足長跪合掌而白佛言無上大悲清淨寶王
善開我心能以如是種種因緣方便提奬引
諸沈冥出於苦海世尊我今雖承如是法音
知如來藏妙覺明心徧十方界含育如來十

方國土清淨寶嚴妙覺王刹如來復責多聞無功不逮修習我今猶如旅泊之人忽蒙天王賜與華屋雖獲大宅要因門入惟願如來不捨大悲示我在會諸蒙暗者捐捨小乘畢獲如來無餘涅槃本發心路令有學者從何攝伏疇昔攀緣得陀羅尼入佛知見作是語已五體投地在會一心佇佛慈旨爾時世尊哀愍會中緣覺聲聞於菩提心未自在者及爲當來佛滅度後末法衆生發菩提心開無上乘妙修行路宣示阿難及諸大衆汝等決定發菩提心於佛如來妙三摩提不生疲倦應當先明發覺初心二決定義云何初心二義決定阿難第一義者汝等若欲捐捨聲聞修菩薩乘入佛知見應當審觀因地發心與果地覺爲同爲異阿難若於因地以生滅心爲本修因而求佛乘不生不滅無有是處以是義故汝當照明諸器世間可作之法皆從變滅阿難汝觀世間可作之法誰爲不壞然終不聞爛壞虛空何以故空非可作由是始終無壞滅故則汝身中堅相爲地潤溼爲水煖觸爲火動搖爲風由此四纏分汝湛圓妙覺明心爲視爲聽爲覺爲察從始入終五疊渾濁云何爲濁阿難譬如清水清潔本然即彼塵土灰沙之倫本質留礙二體法爾性不相循有世間人取彼土塵投於淨水土失留礙水亡清潔容貌汩然名之爲濁汝濁五重亦復如是阿難汝見虛空徧十方界空見不分有空無體有見無覺相織妄成是第一重名爲劫濁汝身現摶四大爲體見聞覺知壅令留礙水火風土旋令覺知相織妄成是第

二重名爲見濁又汝心中憶識誦習性發知見容現六塵離塵無相離覺無性相織妄成是第三重名煩惱濁又汝朝夕生滅不停知見每欲留於世間業運每常遷於國土相織妄成是第四重名衆生濁汝等見聞元無異性衆塵隔越無狀異生性中相知用中相背同異失準相織妄成是第五重名爲命濁阿難汝今欲令見聞覺知遠契如來常樂我淨應當先擇死生根本依不生滅圓湛性成以湛旋其虛妄滅生復還元覺得元明覺無生滅性爲因地心然後圓成果地修證如澄濁水貯於靜器靜深不動沙土自沉清水現前名爲初伏客塵煩惱去泥純水名爲永斷根本無明明相精純一切變現不爲煩惱皆合涅槃清淨妙德第二義者汝等必欲發菩提心於菩薩乘生大勇猛決定棄捐諸有爲相應當審詳煩惱根本此無始來發業潤生誰作誰受阿難汝修菩提若不審觀煩惱根本則不能知虛妄根塵何處顛倒處尚不知云何降伏取如來位阿難汝觀世間解結之人不見所結云何知解不聞虛空被汝隳裂何以故空無形相無結解故則汝現前眼耳鼻舌及與身心六爲賊媒自刧家寶由此無始衆生世界生纏縛故於器世間不能超越阿難云何名爲衆生世界世爲遷流界爲方位汝今當知東西南北東南西南東北西北上下爲界過去未來現在爲世方位有十流數有三一切衆生織妄相成身中貿遷世界相涉而此界性設雖十方定位可明世間秖目東西南北上下無位中無定方四數必明與

世相涉三四四三宛轉十二流變三疊一十百千總括始終六根之中各各功德有千二百阿難汝復於中克定優劣如眼觀見後暗前明前方全明後方全暗左右旁觀三分之二統論所作功德不全三分言功一分無德當知眼唯八百功德如耳周聽十方無遺動若邇遥靜無邊際當知耳根圓滿一千二百功德如鼻齅聞通出入息有出有入而闕中交驗於鼻根三分闕一當知鼻唯八百功德如舌宣揚盡諸世間出世間智言有方分理無窮盡當知舌根圓滿一千二百功德如身覺觸識於違順合時能覺離中不知離一合雙驗於身根三分闕一當知身唯八百功德如意默容十方三世一切世間出世間法唯聖與凡無不包容盡其涯際當知意根圓滿一千二百功德阿難汝今欲逆生死欲流返窮流根至不生滅當驗此等六受用根誰合誰離誰深誰淺誰爲圓通誰不圓滿若能於此悟圓通根逆彼無始織妄業流得循圓通與不圓根日劫相倍我今備顯六湛圓明本所功德數量如是隨汝詳擇其可入者吾當發明令汝增進十方如來於十八界一一修行皆得圓滿無上菩提於其中間亦無優劣但汝下劣未能於中圓自在慧故我宣揚令汝但於一門深入入一無妄彼六知根一時清淨阿難白佛言世尊云何逆流深入一門能令六根一時清淨佛告阿難汝今已得須陀洹果已滅三界衆生世間見所斷惑然猶未知根中積生無始虛習彼習要因修所斷得何況此中生住異滅分齊頭數今汝且觀

現前六根爲一爲六阿難若言一者耳何不見目何不聞頭奚不履足奚無語若此六根決定成六如我今會與汝宣揚微妙法門汝之六根誰來領受阿難言我用耳聞佛言汝耳自聞何關身口口來問義身起欽承是故應知非一終六非六終一終不汝根元一元六阿難當知是根非一非六由無始來顛倒淪替故於圓湛一六義生汝須陀洹雖得六銷猶未亡一如太虛空參合羣器由器形異名之異空除器觀空說空爲一彼太虛空云何爲汝成同不同何況更名是一非一則汝了知六受用根亦復如是由明暗等二種相形於妙圓中黏湛發見見精映色結色成根根元目爲清淨四大因名眼體如蒲萄朶浮根四塵流逸奔色由動靜等二種相擊於妙圓中黏湛發聽聽精映聲卷聲成根根元目爲清淨四大因名耳體如新卷葉浮根四塵流逸奔聲由通塞等二種相發於妙圓中黏湛發齅齅精映香納香成根根元目爲清淨四大因名鼻體如雙垂爪浮根四塵流逸奔香由恬變等二種相參於妙圓中黏湛發嘗嘗精映味絞味成根根元目爲清淨四大因名舌體如初偃月浮根四塵流逸奔味由離合等二種相摩於妙圓中黏湛發覺覺精映觸摶觸成根根元目爲清淨四大因名身體如腰鼓顙浮根四塵流逸奔觸由生滅等二種相續於妙圓中黏湛發知知精映法攬法成根根元目爲清淨四大因名意思如幽室見浮根四塵流逸奔法阿難如是六根由彼覺明有明明覺失彼精了黏妄發光是以汝

令離暗離明無有見體離動離靜元無聽質無通無塞齅性不生非變非恬嘗無所出不離不合覺觸本無無滅無生了知安寄汝但不循動靜合離恬變通塞生滅明暗如是十二諸有爲相隨拔一根脱黏内伏伏歸元真發本明耀耀性發明諸餘五黏應拔圓脱不由前塵所起知見明不循根寄根明發由是六根互相爲用阿難汝豈不知今此會中阿那律陀無目而見跋難陀龍無耳而聽殑伽神女非鼻聞香驕梵鉢提異舌知味舜若多神無身覺觸如來光中映令暫現既爲風質其體元無諸滅盡定得寂聲聞如此會中摩訶迦葉久滅意根圓明了知不因心念阿難今汝諸根若圓拔已内瑩發光如是浮塵及器世間諸變化相如湯銷氷應念化成無上知覺阿難如彼世人聚見於眼若令急合暗相現前六根黯然頭足相類彼人以手循體外繞彼雖不見頭足一辨知覺是同緣見因明暗成無見不明自發則諸暗相永不能昬根塵既銷云何覺明不成圓妙阿難白佛言世尊如佛説言因地覺心欲求常住要與果位名目相應世尊如果位中菩提涅槃真如佛性菴摩羅識空如來藏大圓鏡智是七種名稱謂雖别清淨圓滿體性堅凝如金剛王常住不壞若此見聽離於明暗動靜通塞畢竟無體猶如念心離於前塵本無所有云何將此畢竟斷滅以爲修因欲獲如來七常住果世尊若離明暗見畢竟空如無前塵念自性滅進退循環微細推求本無我心及我心所將誰立因求無上覺如來先説湛精圓常

違越誠言終成戲論云何如來眞實語者惟垂大慈開我蒙悋佛告阿難汝學多聞未盡諸漏心中徒知顛倒所因眞倒現前實未能識恐汝誠心猶未信伏吾今試將塵俗諸事當除汝疑即時如來敕羅睺羅擊鐘一聲問阿難言汝今聞不阿難大衆俱言我聞鍾歇無聲佛又問言汝今聞不阿難大衆俱言不聞時羅睺羅又擊一聲佛又問言汝今聞不阿難大衆又言俱聞佛問阿難汝云何聞云何不聞阿難大衆俱白佛言鐘聲若擊則我得聞擊久聲銷音響雙絶則名無聞如來又敕羅睺擊鐘問阿難言爾今聲不阿難大衆俱言有聲少選聲銷佛又問言爾今聲不阿難大衆答言無聲有頃羅睺更來撞鐘佛又問言爾今聲不阿難大衆俱言有聲佛問阿難汝云何聲云何無聲阿難大衆俱白佛言鐘聲若擊則名有聲擊久聲銷音響雙絶則名無聲佛語阿難及諸大衆汝今云何自語矯亂大衆阿難俱時問佛我今云何名爲矯亂佛言我問汝聞汝則言聞又問汝聲汝則言聲唯聞與聲報答無定如是云何不名矯亂阿難聲銷無響汝説無聞若實無聞聞性已滅同于枯木鐘聲更擊汝云何知知有知無自是聲塵或無或有豈彼聞性爲汝有無聞實云無誰知無者是故阿難聲於聞中自有生滅非爲汝聞聲生聲滅令汝聞性爲有爲無汝尚顛倒惑聲爲聞何怪昏迷以常爲斷終不應言離諸動靜閉塞開通説聞無性如重睡人眠熟牀枕其家有人於彼睡時擣練舂米其人夢中聞舂擣聲別作他物或爲

擊鼓或爲撞鍾即於夢時自怪其鐘爲木石響於時忽寤遄知杵音自告家人我正夢時惑此舂音將爲鼓響阿難是人夢中豈憶靜搖開閉通塞其形雖寐聞性不昏縱汝形銷命光遷謝此性云何爲汝銷滅以諸衆生從無始來循諸色聲逐念流轉曾不開悟性淨妙常不循所常逐諸生滅由是生生雜染流轉若棄生滅守於眞常常光現前根塵識心應時銷落想相爲塵識情爲垢二俱遠離則汝法眼應時清明云何不成無上知覺

大佛頂如來密因修證了義諸菩薩萬行首楞嚴經卷第四

音釋

澀 失入切　潬 徒亶切水中沙渚也　鑛 古猛切銅鐵樸也　瞖 於計切障也　縶 去挺切筋肉結處爲縶　霾 莫皆切晦也　隳 許規切壞也　黏 女廉切膠黏也　顙 蘇朗切　殑 其京切　擣 都皓切手椎也　遄 市緣切

大佛頂如來密因修證了義諸菩薩萬行首楞嚴經卷第五

唐天竺沙門般刺蜜帝譯　烏萇國沙門彌伽釋迦譯語

菩薩戒弟子前正議大夫同中書門下平章事清河房融筆受

阿難白佛言世尊如來雖說第二義門今觀世間解結之人若不知其所結之元我信是人終不能解世尊我及會中有學聲聞亦復如是從無始際與諸無明俱滅俱生雖得如是多聞善根名爲出家猶隔日瘧惟願大慈哀愍淪溺今日身心云何是結從何名解亦令未來苦難衆生得免輪迴不落三有作是語已普及大衆五體投地雨淚翹誠佇佛如來無上開示爾時世尊憐愍阿難及諸會中諸有學者亦爲未來一切衆生爲出世因作將來眼以閻浮檀紫金光手摩阿難頂即時十方普佛世界六種震動微塵如來住世界者各有寶光從其頂出其光同時於彼世界來祇陀林灌如來頂是諸大衆得未曾有於是阿難及諸大衆俱聞十方微塵如來異口同音告阿難言善哉阿難汝欲識知俱生無明使汝輪轉生死結根唯汝六根更無他物汝復欲知無上菩提令汝速證安樂解脱寂靜妙常亦汝六根更非他物阿難雖聞如是法音心猶未明稽首白佛云何令我生死輪迴安樂妙常同是六根更非他物佛告阿難根塵同源縛脱無二識性虚妄猶如空華阿難由塵發知因根有相相見無性同於交蘆是故汝今知見立知即無明本知見無見斯即涅槃無漏眞淨云何是中更容他物爾時世尊欲重宣此義而說偈言

眞性有爲空　緣生故如幻　無爲無起滅
不實如空華　言妄顯諸眞　妄眞同二妄
猶非眞非眞　云何見所見　中間無實性
是故若交蘆　結解同所因　聖凡無二路
汝觀交中性　空有二俱非　迷晦即無明
發明便解脫　解結因次第　六解一亦亡
根選擇圓通　入流成正覺　陀那微細識
習氣成暴流　眞非眞恐迷　我常不開演
自心取自心　非幻成幻法　不取無非幻
非幻尚不生　幻法云何立　是名妙蓮華
金剛王寶覺　如幻三摩提　彈指超無學
此阿毗達磨　十方薄伽梵　一路涅槃門

於是阿難及諸大衆聞佛如來無上慈誨祇夜伽陀雜糅精瑩妙理清徹心目開明歎未曾有阿難合掌頂禮白佛我今聞佛無遮大悲性淨妙常眞實法句心猶未達六解一亡舒結倫次惟垂大慈再愍斯會及與將來施以法音洗滌沈垢即時如來於師子座整涅槃僧斂僧伽棃攬七寶几引手於几取劫波羅天所奉華巾於大衆前綰成一結示阿難言此名何等阿難大衆俱白佛言此名爲結於是如來綰疊華巾又成一結重問阿難此名何等阿難大衆又白佛言此亦名結如是倫次綰疊華巾總成六結一一結成皆取手中所成之結持問阿難此名何等阿難大衆亦復如是次第詶佛此名爲結佛告阿難我初綰巾汝名爲結此疊華巾先實一條第二第三云何汝曹復名爲結阿難白佛言世尊此寶疊華緝績成巾雖本一體如我思惟如來一綰得一結名若百綰成終名百結何況

此巾秖有六結終不至七亦不停五云何如來秖許初時第二第三不名爲結佛告阿難此寶華巾汝知此巾元止一條我六綰時名有六結汝審觀察巾體是同因結有異於意云何初綰結成名爲第一如是乃至第六結生吾今欲將第六結名成第一不不也世尊六結若存斯第六名終非第一縱我歷生盡其明辨如何令是六結亂名佛言如是六結不同循顧本因一巾所造令其雜亂終不得成則汝六根亦復如是畢竟同中生畢竟異佛告阿難汝必嫌此六結不成願樂一成復云何得阿難言此結若存是非鋒起於中自生此結非彼彼結非此如來今日若總解除結若不生則無彼此尚不名一六云何成佛言六解一亡亦復如是由汝無始心性狂亂知見妄發發妄不息勞見發塵如勞目睛則有狂華於湛精明無因亂起一切世間山河大地生死涅槃皆即狂勞顛倒華相阿難言此勞同結云何解除如來以手將所結巾偏掣其左問阿難言如是解不不也世尊旋復以手偏牽右邊又問阿難如是解不不也世尊佛告阿難吾今以手左右各牽竟不能解汝設方便云何解成阿難白佛言世尊當於結心解即分散佛告阿難如是如是若欲除結當於結心阿難我說佛法從因緣生非取世間和合麤相如來發明世出世法知其本因隨所緣出如是乃至恒沙界外一滴之雨亦知頭數現前種種松直棘曲鵠白烏玄皆了元由是故阿難隨汝心中選擇六根根結若除塵相自滅諸妄銷亡不真何待阿難吾

今問汝此刧波羅巾六結現前同時解縈得同除不不也世尊是結本以次第綰生今日當須次第而解六結同體結不同時則結解時云何同除佛言六根解除亦復如是此根初解先得人空空性圓明成法解脫解脫法已俱空不生是名菩薩從三摩地得無生忍阿難及諸大衆蒙佛開示慧覺圓通得無疑惑一時合掌頂禮雙足而白佛言我等今日身心皎然快得無礙雖復悟知一六亡義然猶未達圓通本根世尊我輩飄零積劫孤露何心何慮預佛天倫如失乳兒忽遇慈母若復因此際會道成所得密言還同本悟則與未聞無有差別惟垂大悲惠我祕嚴成就如來最後開示作是語已五體投地退藏密機兾佛冥授爾時世尊普告衆中諸大菩薩及諸漏盡大阿羅漢汝等菩薩及阿羅漢生我法中得成無學吾今問汝最初發心悟十八界誰爲圓通從何方便入三摩地憍陳那五比丘即從座起頂禮佛足而白佛言我在鹿苑及於雞園觀見如來最初成道於佛音聲悟明四諦佛問比丘我初稱解如來印我名阿若多妙音密圓我於音聲得阿羅漢佛問圓通如我所證音聲爲上優波尼沙陀即從座起頂禮佛足而白佛言我亦觀佛最初成道觀不淨相生大厭離悟諸色性以從不淨白骨微塵歸於虛空空色二無成無學道如來印我名尼沙陀塵色既盡妙色密圓我從色相得阿羅漢佛問圓通如我所證色因爲上香嚴童子即從座起頂禮佛足而白佛言我聞如來教我諦觀諸有爲相我時辭佛宴

晦清齋見諸比丘燒沉水香香氣寂然來入鼻中我觀此氣非木非空非煙非火去無所著來無所從由是意銷發明無漏如來印我得香嚴號塵氣倏滅妙香密圓我從香嚴得阿羅漢佛問圓通如我所證香嚴爲上藥王藥上二法王子幷在會中五百梵天即從座起頂禮佛足而白佛言我無始劫爲世良醫口中嘗此娑婆世界草木金石名數凡有十萬八千如是悉知苦醋鹹淡甘辛等味幷諸和合俱生變異是冷是熱有毒無毒悉能徧知承事如來了知味性非空非有非即身心非離身心分別味因從是開悟蒙佛如來印我昆季藥王藥上二菩薩名今於會中爲法王子因味覺明位登菩薩佛問圓通如我所證味因爲上跋陀婆羅幷其同伴十六開士即從座起頂禮佛足而白佛言我等先於威音王佛聞法出家於浴僧時隨例入室忽悟水因既不洗塵亦不洗體中間安然得無所有宿習無忘乃至今時從佛出家令得無學彼佛名我跋陀婆羅妙觸宣明成佛子住佛問圓通如我所證觸因爲上摩訶迦葉及紫金光比丘尼等即從座起頂禮佛足而白佛言我於往劫於此界中有佛出世名日月燈我得親近聞法修學佛滅度後供養舍利然燈續明以紫光金塗佛形像自爾已來世世生生身常圓滿紫金光聚此紫金光比丘尼等即我眷屬同時發心我觀世間六塵變壞唯以空寂修於滅盡身心乃能度百千劫猶如彈指我以空法成阿羅漢世尊說我頭陀爲最妙法開明銷滅諸漏佛問圓通如我所

證法因為上阿那律陀即從座起頂禮佛足而白佛言我初出家常樂睡眠如來訶我為畜生類我聞佛訶啼泣自責七日不眠失其雙目世尊示我樂見照明金剛三昧我不因眼觀見十方精真洞然如觀掌果如來印我成阿羅漢佛問圓通如我所證旋見循元斯為第一周利槃特迦即從座起頂禮佛足而白佛言我闕誦持無多聞性最初值佛聞法出家憶持如來一句伽陀於一百日得前遺後得後遺前佛愍我愚教我安居調出入息我時觀息微細窮盡生住異滅諸行剎那其心豁然得大無礙乃至漏盡成阿羅漢住佛座下印成無學佛問圓通如我所證反息循空斯為第一憍梵鉢提即從座起頂禮佛足而白佛言我有口業於過去劫輕弄沙門世世生生有牛呞病如來示我一味清淨心地法門我得滅心入三摩地觀味之知非體非物應念得超世間諸漏內脫身心外遺世界遠離三有如鳥出籠離垢銷塵法眼清淨成阿羅漢如來親印登無學道佛問圓通如我所證還味旋知斯為第一畢陵伽婆蹉即從座起頂禮佛足而白佛言我初發心從佛入道數聞如來說諸世間不可樂事乞食城中心思法門不覺路中毒刺傷足舉身疼痛我念有知知此深痛雖覺覺痛覺清淨心無痛痛覺我又思惟如是一身寧有雙覺攝念未久身心忽空三七日中諸漏虛盡成阿羅漢得親印記發明無學佛問圓通如我所證純覺遺身斯為第一須菩提即從座起頂禮佛足而白佛言我曠劫來心得無礙自憶受生

如恒河沙初在母胎即知空寂如是乃至十方成空亦令衆生證得空性蒙如來發性覺眞空空性圓明得阿羅漢頓入如來寳明空海同佛知見印成無學解脫性空我爲無上佛問圓通如我所證諸相入非非所非盡旋法歸無斯爲第一舍利弗即從座起頂禮佛足而白佛言我曠劫來心見清淨如是受生如恒河沙世出世間種種變化一見則通獲無障礙我於中路逢迦葉波兄弟相逐宣說因緣悟心無際從佛出家見覺明圓得大無畏成阿羅漢爲佛長子從佛口生從法化生佛問圓通如我所證心見發光光極知見斯爲第一普賢菩薩即從座起頂禮佛足而白佛言我已曾與恒沙如來爲法王子十方如來教其弟子菩薩根者修普賢行從我立名

世尊我用心聞分別衆生所有知見若於他方恒沙界外有一衆生心中發明普賢行者我於爾時乘六牙象分身百千皆至其處縱彼障深未得見我我與其人暗中摩頂擁護安慰令其成就佛問圓通我說本因心聞發明分別自在斯爲第一孫陀羅難陀即從座起頂禮佛足而白佛言我初出家從佛入道雖具戒律於三摩地心常散動未獲無漏世尊教我及俱絺羅觀鼻端白我初諦觀經三七日見鼻中氣出入如煙身心内明圓洞世界徧成虚淨猶如瑠璃煙相漸銷鼻息成白心開漏盡諸出入息化爲光明照十方界得阿羅漢世尊記我當得菩提佛問圓通我以銷息息久發明明圓滅漏斯爲第一富樓那彌多羅尼子即從座起頂禮佛足而白佛言

我曠劫來辯才無礙宣說苦空深達實相如是乃至恒沙如來祕密法門我於衆中微妙開示得無所畏世尊知我有大辯才以音聲輪教我發揚我於佛前助佛轉輪因師子吼成阿羅漢世尊印我說法無上佛問圓通我以法音降伏魔怨銷滅諸漏斯爲第一優波離即從座起頂禮佛足而白佛言我親隨佛踰城出家親觀如來六年勤苦親見如來降伏諸魔制諸外道解脫世間貪欲諸漏承佛教戒如是乃至三千威儀八萬微細性業遮業悉皆清淨身心寂滅成阿羅漢我是如來衆中綱紀親印我心持戒修身衆推爲上佛問圓通我以執身身得自在次第執心心得通達然後身心一切通利斯爲第一大目犍連即從座起頂禮佛足而白佛言我初於路乞食逢遇優樓頻螺伽耶那提三迦葉波宣說如來因緣深義我頓發心得大通達如來惠我袈裟著身鬚髮自落我遊十方得無罣礙神通發明推爲無上成阿羅漢寧唯世尊十方如來歎我神力圓明清淨自在無畏佛問圓通我以旋湛心光發宣如澄濁流久成清瑩斯爲第一烏芻瑟摩於如來前合掌頂禮佛之雙足而白佛言我常先憶久遠劫前性多貪欲有佛出世名曰空王說多婬人成猛火聚教我徧觀百骸四肢諸冷煖氣神光內凝化多婬心成智慧火從是諸佛皆呼召我名爲火頭我以火光三昧力故成阿羅漢心發大願諸佛成道我爲力士親伏魔怨佛問圓通我以諦觀身心煖觸無礙流通諸漏既銷生大寶燄登無上覺斯爲第一持地菩

薩即從座起頂禮佛足而白佛言我念往昔普光如來出現於世我爲比丘常於一切要路津口田地險隘有不如法妨損車馬我皆平塡或作橋梁或負沙土如是勤苦經無量佛出現於世或有衆生於闤闠處要人擎物我先爲擎至其所詣放物即行不取其直毗舍浮佛現在世時世多饑荒我爲負人無問遠近唯取一錢或有車牛被於泥溺我有神力爲其推輪拔其苦惱時國大王延佛設齋我於爾時平地待佛毗舍如來摩頂謂我當平心地則世界地一切皆平我即心開見身微塵與造世界所有微塵等無差別微塵自性不相觸摩乃至刀兵亦無所觸我於法性悟無生忍成阿羅漢迴心今入菩薩位中聞諸如來宣妙蓮華佛知見地我先證明而爲上首佛問圓通我以諦觀身界二塵等無差別本如來藏虛妄發塵塵銷智圓成無上道斯爲第一月光童子即從座起頂禮佛足而白佛言我憶往昔恒河沙劫有佛出世名爲水天教諸菩薩修習水觀入三摩地觀於身中水性無奪初從涕唾如是窮盡津液精血大小便利身中旋復水性一同見水身中與世界外浮幢王刹諸香水海等無差別我於是時初成此觀但見其水未得無身當爲比丘室中安禪我有弟子闚牕觀室唯見清水徧在室中了無所見童稚無知取一瓦礫投於水內激水作聲顧盼而去我出定後頓覺心痛如舍利弗遭違害鬼我自思惟今我已得阿羅漢道久離病緣云何今日忽生心痛將無退失爾時童子捷來我前說如上事我

則告言汝更見水可即開門入此水中除去瓦礫童子奉教後入定時還復見水瓦礫宛然開門除出我後出定身質如初逢無量佛如是至於山海自在通王如來方得亡身與十方界諸香水海性合眞空無二無別今於如來得童眞名預菩薩會佛問圓通我以水性一味流通得無生忍圓滿菩提斯爲第一瑠璃光法王子即從座起頂禮佛足而白佛言我憶往昔經恒沙劫有佛出世名無量聲開示菩薩本覺妙明觀此世界及衆生身皆是妄緣風力所轉我於爾時觀界安立觀世動時觀身動止觀心動念諸動無二等無差別我時覺了此羣動性來無所從去無所至十方微塵顛倒衆生同一虛妄如是乃至三千大千一世界內所有衆生如一器中貯百

蚊蚋啾啾亂鳴於分寸中鼓發狂鬧逢佛未幾得無生忍爾時心開乃見東方不動佛國爲法王子事十方佛身心發光洞徹無礙佛問圓通我以觀察風力無依悟菩提心入三摩地合十方佛傳一妙心斯爲第一虛空藏菩薩即從座起頂禮佛足而白佛言我與如來定光佛所得無邊身爾時手執四大寶珠照明十方微塵佛剎化成虛空又於自心現大圓鏡內放十種微妙寶光流灌十方盡虛空際諸幢王剎來入鏡內涉入我身身同虛空不相妨礙身能善入微塵國土廣行佛事得大隨順此大神力由我諦觀四大無依妄想生滅虛空無二佛國本同於同發明得無生忍佛問圓通我以觀察虛空無邊入三摩地妙力圓明斯爲第一彌勒菩薩即從座起

頂禮佛足而白佛言我憶往昔經微塵劫有佛出世名日月燈明我從彼佛而得出家心重世名好遊族姓爾時世尊教我修習唯心識定入三摩地歷劫已來以此三昧事恒沙佛求世名心歇滅無有至然燈佛出現於世我乃得成無上妙圓識心三昧乃至盡空如來國土淨穢有無皆是我心變化所現世尊我了如是唯心識故識性流出無量如來今得授記次補佛處佛問圓通我以諦觀十方唯識識心圓明入圓成實遠離依他及徧計執得無生忍斯爲第一大勢至法王子與其同倫五十二菩薩即從座起頂禮佛足而白佛言我憶往昔恒河沙劫有佛出世名無量光十二如來相繼一劫其最後佛名超日月光彼佛教我念佛三昧譬如有人一專爲憶一人專忘如是二人若逢不逢或見非見二人相憶二憶念深如是乃至從生至生同於形影不相乖異十方如來憐念衆生如母憶子若子逃逝雖憶何爲子若憶母如母憶時母子歷生不相違遠若衆生心憶佛念佛現前當來必定見佛去佛不遠不假方便自得心開如染香人身有香氣此則名曰香光莊嚴我本因地以念佛心入無生忍今於此界攝念佛人歸於淨土佛問圓通我無選擇都攝六根淨念相繼得三摩地斯爲第一

大佛頂如來密因修證了義諸菩薩萬行首楞嚴經卷第五

音釋

翹祈堯切企也　糅女又切雜也　綰烏切繫也　緝七入切續也　呞抽之切食已復噍也　揵渠焉切　闤闠闤胡關切市垣也闠胡對切市外門也　闚苦規切私視也　礫郎擊切小石也　捷疾葉切疾也　啾即由切小聲也

大佛頂如來密因修證了義諸菩薩萬行首楞嚴經卷第六

唐天竺沙門般刺密帝譯　烏萇國沙門彌伽釋迦譯語
菩薩戒弟子前正議大夫同中書門下平章事清河房融筆受

爾時觀世音菩薩即從座起頂禮佛足而白佛言世尊憶念我昔無數恒河沙劫於時有佛出現於世名觀世音我於彼佛發菩提心彼佛教我從聞思修入三摩地初於聞中入流亡所所入既寂動靜二相了然不生如是漸增聞所聞盡盡聞不住覺所覺空空覺極圓空所空滅生滅既滅寂滅現前忽然超越世出世間十方圓明獲二殊勝一者上合十方諸佛本妙覺心與佛如來同一慈力二者下合十方一切六道衆生與諸衆生同一悲仰世尊由我供養觀音如來蒙彼如來授我如幻聞熏聞修金剛三昧與佛如來同慈力故令我身成三十二應入諸國土世尊若諸菩薩入三摩地進修無漏勝解現圓我現佛身而爲說法令其解脱若諸有學寂靜妙明勝妙現圓我於彼前現獨覺身而爲說法令其解脱若諸有學斷十二緣緣斷勝性勝妙現圓我於彼前現圓覺身而爲說法令其解脱若諸有學得四諦空修道入滅勝性現圓我於彼前現聲聞身而爲說法令其解脱若諸衆生欲心明悟不犯欲塵欲身清淨我於彼前現梵王身而爲說法令其解脱若諸衆生欲爲天主統領諸天我於彼前現帝釋身而爲說法令其成就若諸衆生欲身自在遊行十方我於彼前現自在天身而爲說法令其成就若諸衆生欲身自在飛行虛空我於

彼前現大自在天身而爲說法令其成就若諸衆生愛統鬼神救護國土我於彼前現天大將軍身而爲說法令其成就若諸衆生愛統世界保護衆生我於彼前現四天王身而爲說法令其成就若諸衆生愛生天宮驅使鬼神我於彼前現四天王國太子身而爲說法令其成就若諸衆生樂爲人主我於彼前現人王身而爲說法令其成就若諸衆生愛主族姓世間推讓我於彼前現長者身而爲說法令其成就若諸衆生愛談名言清淨自居我於彼前現居士身而爲說法令其成就若諸衆生愛治國土剖斷邦邑我於彼前現宰官身而爲說法令其成就若諸衆生愛諸數術攝衛自居我於彼前現婆羅門身而爲說法令其成就若有男子好學出家持諸戒律我於彼前現比丘身而爲說法令其成就若有女人好學出家持諸禁戒我於彼前現比丘尼身而爲說法令其成就若有男子樂持五戒我於彼前現優婆塞身而爲說法令其成就若有女子五戒自居我於彼前現優婆夷身而爲說法令其成就若有女人內政立身以修家國我於彼前現女主身及國夫人命婦大家而爲說法令其成就若有衆生不壞男根我於彼前現童男身而爲說法令其成就若有處女愛樂處身不求侵暴我於彼前現童女身而爲說法令其成就若有諸天樂出天倫我現天身而爲說法令其成就若有諸龍樂出龍倫我現龍身而爲說法令其成就若有藥叉樂度本倫我於彼前現藥叉身而爲說法令其成就若乾闥婆樂脫其

倫我於彼前現乾闥婆身而爲說法令其成就若阿脩羅樂脫其倫我於彼前現阿脩羅身而爲說法令其成就若緊那羅樂脫其倫我於彼前現緊那羅身而爲說法令其成就若摩呼羅伽樂脫其倫我於彼前現摩呼羅伽身而爲說法令其成就若諸衆生樂人修人我現人身而爲說法令其成就若諸非人有形無形有想無想樂度其倫我於彼前皆現其身而爲說法令其成就是名妙淨三十二應入國土身皆以三昧聞熏聞修無作妙力自在成就世尊我復以此聞熏聞修金剛三昧無作妙力與諸十方三世六道一切衆生同悲仰故令諸衆生於我身心獲十四種無畏功德一者由我不自觀音以觀觀者令彼十方苦惱衆生觀其音聲即得解脫二者知見旋復令諸衆生設入大火火不能燒三者觀聽旋復令諸衆生大水所漂水不能溺四者斷滅妄想心無殺害令諸衆生入諸鬼國鬼不能害五者熏聞成聞六根銷復同於聲聽能令衆生臨當被害刀段段壞使其兵戈猶如割水亦如吹光性無搖動六者聞熏精明明徧法界則諸幽暗性不能全能令衆生藥叉羅刹鳩槃茶鬼及毗舍遮富單那等雖近其傍目不能視七者音性圓銷觀聽返入離諸塵妄能令衆生禁繫枷鎖所不能著八者滅音圓聞徧生慈力能令衆生經過險路賊不能劫九者熏聞離塵色所不劫能令一切多婬衆生遠離貪欲十者純音無塵根境圓融無對所對能令一切忿恨衆生離諸瞋恚十一者銷塵旋明法界身心猶如瑠璃

朗徹無礙能令一切昏鈍性障諸阿顛迦永離癡暗十二者融形復聞不動道場涉入世間不壞世界能徧十方供養微塵諸佛如來各各佛邊爲法王子能令法界無子衆生欲求男者誕生福德智慧之男十三者六根圓通明照無二含十方界立大圓鏡空如來藏承順十方微塵如來祕密法門受領無失能令法界無子衆生欲求女者誕生端正福德柔順衆人愛敬有相之女十四者此三千大千世界百億日月現住世間諸法王子有六十二恒河沙數修法垂範敎化衆生隨順衆生方便智慧各各不同由我所得圓通本根發妙耳門然後身心微妙含容周徧法界能令衆生持我名號與彼共持六十二恒河沙諸法王子二人福德正等無異世尊我一名號與彼衆多名號無異由我修習得眞圓通是名十四施無畏力福備衆生世尊我又獲是圓通修證無上道故又能善獲四不思議無作妙德一者由我初獲妙妙聞心心精遺聞見聞覺知不能分隔成一圓融清淨寶覺故我能現衆多妙容能說無邊祕密神呪其中或現一首三首五首七首九首十一首如是乃至一百八首千首萬首八萬四千爍迦羅首二臂四臂六臂八臂十臂十二臂十四十六十八二十至二十四如是乃至一百八臂千臂萬臂八萬四千母陀羅臂二目三目四目九目如是乃至一百八目千目萬目八萬四千清淨寶目或慈或威或定或慧救護衆生得大自在二者由我聞思脫出六塵如聲度垣不能爲礙故我妙能現一一形誦一

一呪其形其呪能以無畏施諸衆生是故十方微塵國土皆名我爲施無畏者三者由我修習本妙圓通清淨本根所遊世界皆令衆生捨身珍寶求我哀愍四者我得佛心證於究竟能以珍寶種種供養十方如來傍及法界六道衆生求妻得妻求子得子求三昧得三昧求長壽得長壽如是乃至求大涅槃得大涅槃佛問圓通我從耳門圓照三昧緣心自在因入流相得三摩提成就菩提斯爲第一世尊彼佛如來歎我善得圓通法門於大會中授記我爲觀世音號由我觀聽十方圓明故觀音名徧十方界爾時世尊於師子座從其五體同放寶光遠灌十方微塵如來及法王子諸菩薩頂彼諸如來亦於五體同放寶光從微塵方來灌佛頂并灌會中諸大菩薩及阿羅漢林木池沼皆演法音交光相羅如寶絲網是諸大衆得未曾有一切普獲金剛三昧即時天雨百寶蓮華青黃赤白間錯紛糅十方虛空成七寶色此娑婆界大地山河俱時不現唯見十方微塵國土合成一界梵唄詠歌自然敷奏於是如來告文殊師利法王子汝今觀此二十五無學諸大菩薩及阿羅漢各說最初成道方便皆言修習眞實圓通彼等修行實無優劣前後差別我今欲令阿難開悟二十五行誰當其根兼我滅後此界衆生入菩薩乘求無上道何方便門得易成就文殊師利法王子奉佛慈旨即從座起頂禮佛足承佛威神說偈對佛

覺海性澄圓　圓澄覺元妙　元明照生所
所立照性亡　迷妄有虛空　依空立世界

想澄成國土　知覺乃衆生　空生大覺中
如海一漚發　有漏微塵國　皆依空所生
漚滅空本無　況復諸三有　歸元性無二
方便有多門　聖性無不通　順逆皆方便
初心入三昧　遲速不同倫　色想結成塵
精了不能徹　如何不明徹　於是獲圓通
音聲雜語言　但伊名句味　一非含一切
云何獲圓通　香以合中知　離則元無有
不恒其所覺　云何獲圓通　味性非本然
要以味時有　其覺不恒一　云何獲圓通
觸以所觸明　無所不明觸　合離性非定
云何獲圓通　法稱爲内塵　憑塵必有所
能所非徧涉　云何獲圓通　見性雖洞然
明前不明後　四維虧一半　云何獲圓通
鼻息出入通　現前無交氣　支離匪涉入

云何獲圓通　舌非入無端　因味生覺了
味亡了無有　云何獲圓通　身與所觸同
各非圓覺觀　涯量不冥會　云何獲圓通
知根雜亂思　湛了終無見　想念不可脫
云何獲圓通　識見雜三和　詰本稱非相
自體先無定　云何獲圓通　心聞洞十方
生于大因力　初心不能入　云何獲圓通
鼻想本權機　秖令攝心住　住成心所住
云何獲圓通　説法弄音文　開悟先成者
名句非無漏　云何獲圓通　持犯但束身
非身無所束　元非徧一切　云何獲圓通
神通本宿因　何關法分別　念緣非離物
云何獲圓通　若以地性觀　堅礙非通達
有爲非聖性　云何獲圓通　若以水性觀
想念非真實　如如非覺觀　云何獲圓通

若以火性觀　厭有非眞離　非初心方便
云何獲圓通　若以風性觀　動寂非無對
對非無上覺　云何獲圓通　若以空性觀
昏鈍先非覺　無覺異菩提　云何獲圓通
若以識性觀　觀識非常住　存心乃虛妄
云何獲圓通　諸行是無常　念性元生滅
因果今殊感　云何獲圓通　我今白世尊
佛出娑婆界　此方眞教體　清淨在音聞
欲取三摩提　實以聞中入　離苦得解脫
良哉觀世音　於恒沙劫中　入微塵佛國
得大自在力　無畏施衆生　妙音觀世音
梵音海潮音　救世悉安寧　出世獲常住
我今啓如來　如觀音所說　譬如人靜居
十方俱擊鼓　十處一時聞　此則圓眞實
目非觀障外　口鼻亦復然　身以合方知
心念紛無緒　隔垣聽音響　遐邇俱可聞
五根所不齊　是則通眞實　音聲性動靜
聞中爲有無　無聲號無聞　非實聞無性
聲無既無滅　聲有亦非生　生滅二圓離
是則常眞實　縱令在夢想　不爲不思無
覺觀出思惟　身心不能及　今此娑婆國
聲論得宣明　衆生迷本聞　循聲故流轉
阿難縱强記　不免落邪思　豈非隨所淪
旋流獲無妄　阿難汝諦聽　我承佛威力
宣說金剛王　如幻不思議　佛母眞三昧
汝聞微塵佛　一切祕密門　欲漏不先除
畜聞成過誤　將聞持佛佛　何不自聞聞
聞非自然生　因聲有名字　旋聞與聲脫
能脫欲誰名　一根既返源　六根成解脫
見聞如幻翳　三界若空華　聞復翳根除

塵銷覺圓淨　淨極光通達　寂照含虛空
却來觀世間　猶如夢中事　摩登伽在夢
誰能留汝形　如世巧幻師　幻作諸男女
雖見諸根動　要以一機抽　息機歸寂然
諸幻成無性　六根亦如是　元依一精明
分成六和合　一處成休復　六用皆不成
塵垢應念銷　成圓明淨妙　餘塵尚諸學
明極即如來　大衆及阿難　旋汝倒聞機
反聞聞自性　性成無上道　圓通實如是
此是微塵佛　一路涅槃門　過去諸如來
斯門已成就　現在諸菩薩　今各入圓明
未來修學人　當依如是法　我亦從中證
非唯觀世音　誠如佛世尊　詢我諸方便
以救諸末劫　求出世間人　成就涅槃心
觀世音爲最　自餘諸方便　皆是佛威神
即事捨塵勞　非是長修學　淺深同說法
頂禮如來藏　無漏不思議　願加被未來
於此門無惑　方便易成就　堪以教阿難
及末劫沈淪　但以此根修　圓通超餘者
眞實心如是

於是阿難及諸大衆身心了然得大開示觀佛菩提及大涅槃猶如有人因事遠遊未得歸還明了其家所歸道路普會大衆天龍八部有學二乘及諸一切新發心菩薩其數凡有十恒河沙皆得本心遠塵離垢獲法眼淨性比丘尼聞說偈已成阿羅漢無量衆生皆發無等等阿耨多羅三藐三菩提心阿難整衣服於大衆中合掌頂禮心迹圓明悲欣交集欲益未來諸衆生故稽首白佛大悲世尊我今已悟成佛法門是中修行得無疑惑常

聞如來說如是言自未得度先度人者菩薩發心自覺已圓能覺他者如來應世我雖未度願度末劫一切衆生世尊此諸衆生去佛漸遠邪師說法如恒河沙欲攝其心入三摩地云何令其安立道場遠諸魔事於菩提心得無退屈爾時世尊於大衆中稱讃阿難善哉善哉如汝所問安立道場救護衆生末劫沈溺汝今諦聽當爲汝說阿難大衆唯然奉教佛告阿難汝常聞我毗奈耶中宣說修行三決定義所謂攝心爲戒因戒生定因定發慧是則名爲三無漏學阿難云何攝心我名爲戒若諸世界六道衆生其心不婬則不隨其生死相續汝修三昧本出塵勞婬心不除塵不可出縱有多智禪定現前如不斷婬必落魔道上品魔王中品魔民下品魔女彼等諸魔亦有徒衆各各自謂成無上道我滅度後末法之中多此魔民熾盛世間廣行貪婬爲善知識令諸衆生落愛見坑失菩提路汝教世人修三摩地先斷心婬是名如來先佛世尊第一決定清淨明誨是故阿難若不斷婬修禪定者如蒸砂石欲其成飯經百千劫祇名熱砂何以故此非飯本砂石成故汝以婬身求佛妙果縱得妙悟皆是婬根根本成婬輪轉三塗必不能出如來涅槃何路修證必使婬機身心俱斷斷性亦無於佛菩提斯可希冀如我此說名爲佛說不如此說即波旬說阿難又諸世界六道衆生其心不殺則不隨其生死相續汝修三昧本出塵勞殺心不除塵不可出縱有多智禪定現前如不斷殺必落神道上品之人爲大力鬼中品則爲

飛行夜叉諸鬼帥等下品當爲地行羅刹彼諸鬼神亦有徒衆各各自謂成無上道我滅度後末法之中多此鬼神熾盛世間自言食肉得菩提路阿難我令比丘食五淨肉此肉皆我神力化生本無命根汝婆羅門地多蒸溼加以砂石草菜不生我以大悲神力所加因大慈悲假名爲肉汝得其味奈何如來滅度之後食衆生肉名爲釋子汝等當知是食肉人縱得心開似三摩地皆大羅刹報終必沈生死苦海非佛弟子如是之人相殺相吞相食未已云何是人得出三界汝教世人修三摩地次斷殺生是名如來先佛世尊第二決定清淨明誨是故阿難若不斷殺修禪定者譬如有人自塞其耳高聲大叫求人不聞此等名爲欲隱彌露清淨比丘及諸菩薩於岐路行不蹋生草況以手拔云何大悲取諸衆生血肉充食若諸比丘不服東方絲綿絹帛及是此土靴履裘毳乳酪醍醐如是比丘於世眞脫酬還宿債不遊三界何以故服其身分皆爲彼緣如人食其地中百穀足不離地必使身心於諸衆生若身身分身心二塗不服不食我說是人眞解脫者如我此說名爲佛說不如此說即波旬說阿難又復世界六道衆生其心不偷則不隨其生死相續汝修三昧本出塵勞偷心不除塵不可出縱有多智禪定現前如不斷偷必落邪道上品精靈中品妖魅下品邪人諸魅所著彼等羣邪亦有徒衆各各自謂成無上道我滅度後末法之中多此妖邪熾盛世間潛匿姦欺稱善知識各自謂已得上人法詃惑無識恐令失

心所過之處其家耗散我教比丘循方乞食令其捨貪成菩提道諸比丘等不自熟食寄於殘生旅泊三界示一往還去已無返云何賊人假我衣服裨販如來造種種業皆言佛法却非出家具戒比丘爲小乘道由是疑誤無量衆生墮無間獄若我滅後其有比丘發心決定修三摩地能於如來形像之前身然一燈燒一指節及於身上爇一香炷我說是人無始宿債一時酬畢長揖世間永脫諸漏雖未即明無上覺路是人於法已決定心若不爲此捨身微因縱成無爲必還生人酬其宿債如我馬麥正等無異汝教世人修三摩地後斷偷盜是名如來先佛世尊第三決定清淨明誨是故阿難若不斷偷修禪定者譬如有人水灌漏巵欲求其滿縱經塵劫終無平復若諸比丘衣鉢之餘分寸不畜乞食餘分施餓衆生於大集會合掌禮衆有人捶詈同於稱讚必使身心二俱捐捨身肉骨血與衆生共不將如來不了義說廻爲已解以誤初學佛印是人得眞三昧如我所說名爲佛說不如此說即波旬說阿難如是世界六道衆生雖則身心無殺盜婬三行已圓若大妄語即三摩提不得清淨成愛見魔失如來種所謂未得謂得未證言證或求世間尊勝第一謂前人言我今已得須陀洹果斯陀含果阿那含果阿羅漢道辟支佛乘十地地前諸位菩薩求彼禮懺貪其供養是一顛迦銷滅佛種如人以刀斷多羅木佛記是人永殞善根無復知見沈三苦海不成三昧我滅度後勑諸菩薩及阿羅漢應身生彼末法之中作

種種形度諸輪轉或作沙門白衣居士人王宰官童男童女如是乃至婬女寡婦姦偷屠販與其同事稱讃佛乘令其身心入三摩地終不自言我眞菩薩眞阿羅漢洩佛密因輕言未學唯除命終陰有遺付云何是人惑亂衆生成大妄語汝教世人修三摩地後復斷除諸大妄語是名如來先佛世尊第四決定清淨明誨是故阿難若不斷其大妄語者如刻人糞爲栴檀形欲求香氣無有是處我教比丘直心道場於四威儀一切行中尚無虛假云何自稱得上人法譬如窮人妄號帝王自取誅滅況復法王如何妄竊因地不眞果招紆曲求佛菩提如噬臍人欲誰成就若諸比丘心如直弦一切眞實入三摩提永無魔事我印是人成就菩薩無上知覺如我所說名爲佛說不如此說即波旬說

大佛頂如來密因修證了義諸菩薩萬行首楞嚴經卷第六

音釋

闥他達切　唄蒲拜切梵誦也　緒徐呂切絲端也　毳昌芮切獸細毛也　誸姑犬切誘也　捶之累切笞也　詈力置切罵也　噬時制切齧也

大佛頂如來密因修證了義諸菩薩萬行首楞嚴經卷第七

唐天竺沙門般剌密帝譯　烏萇國沙門彌伽釋迦譯語

菩薩戒弟子前正議大夫同中書門下平章事清河房融筆受

阿難汝問攝心我今先說入三摩地修學妙門求菩薩道要先持此四種律儀皎如冰霜自不能生一切枝葉心三口四生必無因阿難如是四事若不遺失心尚不緣色香味觸一切魔事云何發生若有宿習不能滅除汝教是人一心誦我佛頂光明摩訶薩怛多般怛羅無上神呪斯是如來無見頂相無為心佛從頂發輝坐寶蓮華所說心呪且汝宿世與摩登伽歷劫因緣恩愛習氣非是一生及與一劫我一宣揚愛心永脫成阿羅漢彼尚婬女無心修行神力冥資速證無學云何汝等在會聲聞求最上乘決定成佛譬如以塵揚于順風有何艱險若有末世欲坐道場先持比丘清淨禁戒要當選擇戒清淨者第一沙門以為其師若其不遇真清淨僧汝戒律儀必不成就戒成已後著新淨衣然香閑居誦此心佛所說神呪一百八徧然後結界建立道場求於十方現住國土無上如來放大悲光來灌其頂阿難如是末世清淨比丘若比丘尼白衣檀越心滅貪婬持佛淨戒於道場中發菩薩願出入澡浴六時行道如是不寐經三七日我自現身至其人前摩頂安慰令其開悟阿難白佛言世尊我蒙如來無上悲誨心已開悟自知修證無學道成末法修行建立道場云何結界合佛世尊清淨軌則佛告阿難若末世人願立道場先取雪山大

力白牛食其山中肥膩香草此牛唯飲雪山清水其糞微細可取其糞和合栴檀以泥其地若非雪山其牛臭穢不堪塗地別於平原穿去地皮五尺已下取其黃土和上栴檀沈水蘇合薰陸鬱金白膠青木零陵甘松及雞舌香以此十種細羅爲粉合土成泥以塗場地方圓丈六爲八角壇壇心置一金銀銅木所造蓮華華中安鉢鉢中先盛八月露水水中隨安所有華葉取八圓鏡各安其方圍繞華鉢鏡外建立十六蓮華十六香鑪間華鋪設莊嚴香鑪純燒沈水無令見火取白牛乳置十六器乳爲煎餅并諸砂糖油餅乳糜蘇合蜜薑純酥純蜜於蓮華外各各十六圍繞華外以奉諸佛及大菩薩每以食時若在中夜取蜜半升用酥三合壇前別安一小火爐以兜樓婆香煎取香水沐浴其炭然令猛熾投是酥蜜於炎爐內燒令煙盡享佛菩薩令其四外徧懸幡華於壇室中四壁敷設十方如來及諸菩薩所有形像應於當陽張盧舍那釋迦彌勒阿閦彌陀諸大變化觀音形像兼金剛藏安其左右帝釋梵王烏芻瑟摩并藍地迦諸軍荼利與毗俱胝四天王等頻那夜迦張於門側左右安置又取八鏡覆懸虛空與壇場中所安之鏡方面相對使其形影重重相涉於初七中至誠頂禮十方如來諸大菩薩阿羅漢號恒於六時誦咒圍壇至心行道一時常行一百八徧第二七中一向專心發菩薩願心無間斷我毗奈耶先有願教第三七中於十二時一向持佛般怛羅咒至第七日十方如來一時出現鏡交光處承佛

摩頂即於道場修三摩地能令如是末世修學身心明淨猶如瑠璃阿難若此比丘本受戒師及同會中十比丘等其中有一不清淨者如是道場多不成就從三七後端坐安居經一百日有利根者不起于座得須陀洹縱其身心聖果未成決定自知成佛不謬汝問道場建立如是阿難頂禮佛足而白佛言自我出家恃佛憍愛求多聞故未證無爲遭彼梵天邪術所禁心雖明了力不自由賴遇文殊令我解脱雖蒙如來佛頂神呪冥獲其力尚未親聞惟願大慈重爲宣説悲救此會諸修行輩末及當來在輪迴者承佛密音身意解脱于時會中一切大衆普皆作禮佇聞如來祕密章句爾時世尊從肉髻中涌百寶光光中涌出千葉寶蓮有化如來坐寶華中頂放十道百寶光明一一光明皆徧示現十恒河沙金剛密迹擎山持杵徧虛空界大衆仰觀畏愛兼抱求佛哀祐一心聽佛無見頂相放光如來宣説神呪

南無薩怛他蘇伽多耶阿羅訶帝三藐三菩陀寫一薩怛他佛陀俱胝瑟尼釤二南無薩婆勃陀勃地薩跢鞞弊二毗迦切南無薩多南三藐三菩陀俱知南四娑舍囉婆迦僧伽喃五南無盧雞阿羅漢跢喃六南無蘇盧多波那喃七南無娑羯唎陀伽彌喃八南無盧雞三藐伽跢喃九三藐伽波囉底波多那喃十南無提婆離瑟赧十一南無悉陀耶毗地耶陀囉離瑟赧十二舍波奴揭囉訶娑訶娑囉摩他喃十三南無跋囉訶摩泥十四南無因陀囉耶十五南無婆伽婆帝十六嚧陀囉耶十七烏摩般帝十八娑

醯夜耶十九南無婆伽婆帝二十那囉野拏耶二十一槃遮摩訶三慕陀囉二十二南無悉羯唎多耶二十三南無婆伽婆帝二十四摩訶迦羅耶二十五地唎般剌那伽囉二十六毗陀囉波拏迦囉耶二十七阿地目帝二十八尸摩舍那泥婆悉泥二十九摩怛唎伽拏三十南無悉羯唎多耶三十一南無婆伽婆帝三十二多他伽跢俱囉耶三十三南無般頭摩俱囉耶三十四南無跋闍羅俱囉耶三十五南無摩尼俱囉耶三十六南無伽闍俱囉耶三十七南無婆伽婆帝三十八帝唎茶輸囉西那三十九波囉訶囉拏囉闍耶四十跢他伽多耶四十一南無婆伽婆帝四十二南無阿彌多婆耶四十三哆他伽多耶四十四阿囉訶帝四十五三藐三菩陀耶四十六南無婆伽婆帝四十七阿芻鞞耶四十八跢他伽多耶四十九阿囉訶帝五十三

藐三菩陀耶五十一南無婆伽婆帝五十二鞞沙闍耶俱盧吠柱唎耶五十三般囉婆囉闍耶五十四跢他伽多耶五十五南無婆伽婆帝五十六三補師毖多五十七薩憐捺囉剌闍耶五十八跢他伽多耶五十九阿囉訶帝六十三藐三菩陀耶六十一南無婆伽婆帝六十二舍雞野母那曳六十三跢他伽多耶六十四阿囉訶帝六十五三藐三菩陀耶六十六南無婆伽婆帝六十七剌怛那雞都囉闍耶六十八跢他伽多耶六十九阿囉訶帝七十三藐三菩陀耶七十一帝瓢南無薩羯唎多七十二翳曇婆伽婆多七十三薩怛他伽都瑟尼釤七十四薩怛多般怛嚂七十五南無阿婆囉視耽七十六般囉帝揚岐囉七十七薩囉婆部多揭囉訶七十八尼羯囉訶揭迦囉訶尼七十九跋囉毖地耶叱陀你八十阿迦囉蜜唎柱八十一般唎怛

囉耶儜揭唎八十二薩囉婆槃陀那目叉尼八十
三薩囉婆突瑟吒八十四突悉乏般那你伐囉
尼八十五赭都囉失帝南八十六羯囉訶娑訶薩
囉若闍八十七毗多崩娑那羯唎八十八阿瑟吒
泌舍帝南八十九那叉剎怛囉若闍九十波囉薩
陀那羯唎九十一阿瑟吒南九十二摩訶揭囉訶
若闍九十三毗多崩薩那羯唎九十四薩婆舍都
嚧你婆囉若闍九十五呼藍突悉乏難遮那舍
尼九十六毖泌舍悉怛囉九十七阿吉尼烏陀迦
囉若闍九十八阿般囉視多具囉九十九摩訶般
囉戰持一百摩訶疊多一百一摩訶帝闍二摩訶
稅多闍婆囉三摩訶跋囉槃陀囉婆悉你四
阿唎耶多囉五毗唎俱知六誓婆毗闍耶七
跋闍囉摩禮底八毗舍嚧多九勃騰罔迦十
跋闍囉制喝那阿遮一百十一摩囉制婆般囉質

多十二跋闍囉擅持十三毗舍囉遮十四扇多舍鞞
提婆補視多十五蘇摩嚧波十六摩訶稅多十七阿
唎耶多囉十八摩訶婆囉阿般囉十九跋闍囉商
羯囉制婆二十跋闍囉俱摩唎一百二十一俱藍陀
唎二十二跋闍囉喝薩多遮二十三毗地耶乾遮
那摩唎迦二十四崛蘇母婆羯囉跢那二十五鞞
嚧遮那俱唎耶二十六夜囉菟瑟尼釤二十七毗
折藍婆摩尼遮二十八跋闍囉迦那迦波囉婆
二十九嚧闍那跋闍囉頓稚遮三十稅多遮迦摩
囉一百三十一剎奢尸波囉婆三十二翳帝夷帝三十
三母陀囉羯拏三十四娑鞞囉懺三十五掘梵都
三十六印兔那麼麼寫三十七。誦呪者至此句稱弟子某甲受持
烏鈝三十八唎瑟揭拏三十九般剌舍悉多四十薩
怛他伽都瑟尼釤一百四十一虎泮四十二都嚧雍
四十三瞻婆那四十四虎鈝四十五都嚧雍四十六悉

耽婆那四十七虎鈝四十八都嚧雍四十九波羅瑟地耶三般叉拏羯囉五十虎鈝一百五十一都嚧雍五十二薩婆藥叉喝維剎娑五十三揭囉訶若闍五十四毗騰崩薩那羯囉五十五虎鈝五十六都嚧雍五十七者都囉尸底南五十八揭囉訶娑訶薩囉南五十九毗騰崩薩那囉六十虎鈝一百六十一都嚧雍六十二囉叉六十三婆伽梵六十四薩怛他伽都瑟尼釤六十五波囉點闍吉唎六十六摩訶娑訶薩囉六十七勃樹娑訶薩囉室唎沙六十八俱知娑訶薩泥帝隸六十九阿弊提視婆唎多七十吒吒甖迦一百七十一摩訶跋闍嚧陀囉七十二帝唎菩婆那七十三曼茶囉七十四烏鈝十十五莎悉帝薄婆都七十六麼麼七十七印兔那麼麼寫七十八。至此句準前稱名若俗人稱弟子某甲囉闍婆夜七十九主囉跋夜八十阿祇尼婆夜一百八十一烏陀迦婆夜八十

二毗沙婆夜八十三舍薩多囉婆夜八十四婆囉斫羯囉婆夜八十五突瑟叉婆夜八十六阿舍你婆夜八十七阿迦囉密唎柱婆夜八十八陀囉尼部彌劍波伽波陀婆夜八十九烏囉迦婆多婆夜九十剌闍壇茶婆夜一百九十一那伽婆夜九十二毗條怛婆夜九十三蘇波囉拏婆夜九十四藥叉揭囉訶九十五囉叉私揭囉訶九十六畢唎多揭囉訶九十七毗舍遮揭囉訶九十八部多揭囉訶九十九鳩槃茶揭囉訶二百補丹那揭囉訶二百一迦吒補丹那揭囉訶二悉乾度揭囉訶三阿播悉摩囉揭囉訶四烏檀摩陀揭囉訶五車夜揭囉訶六醯唎婆帝揭囉訶七社多訶唎南八揭婆訶唎南九嚧地囉訶唎南十忙娑訶唎南二百十一謎陀訶唎南十二摩闍訶唎南十三闍多訶唎女十四視比多訶唎南十五毗多訶唎

南十六婆多訶唎南十七阿輸遮訶唎女十八質多訶唎女十九帝釤薩耕釤二十薩婆揭囉訶南二百二十一毗陀耶闍瞋陀夜彌二十二雞囉夜彌二十三波唎跋囉者迦訖唎擔二十四毗陀夜闍瞋陀夜彌二十五雞囉夜彌二十六茶演尼訖唎擔二十七毗陀夜闍瞋陀夜彌二十八雞囉夜彌二十九摩訶般輸般怛夜三十嚧陀囉訖唎擔二百三十一毗陀夜闍瞋陀夜彌三十二雞囉夜彌三十三那囉夜拏訖唎擔三十四毗陀夜闍瞋陀夜彌三十五雞囉夜彌三十六怛埵伽嚧茶西訖唎擔三十七毗陀夜闍瞋陀夜彌三十八雞囉夜彌三十九摩訶迦囉摩怛唎伽拏訖唎擔四十毗陀夜闍瞋陀夜彌二百四十一雞囉夜彌四十二迦波唎迦訖唎擔四十三毗陀夜闍瞋陀夜彌四十四雞囉夜彌四十五闍耶羯囉摩度羯囉四十六薩婆

囉他娑達那訖唎擔四十七毗陀夜闍瞋陀夜彌四十八雞囉夜彌四十九赭咄囉婆者你訖唎擔五十毗陀夜闍瞋陀夜彌二百五十一雞囉夜彌五十二毗唎羊訖唎知五十三難陀雞沙囉伽拏般帝五十四索醯夜訖唎擔五十五毗陀夜闍瞋陀夜彌五十六雞囉夜彌五十七那揭那舍囉婆拏訖唎擔五十八毗陀夜闍瞋陀夜彌五十九雞囉夜彌六十阿羅漢訖唎擔毗陀夜闍瞋陀夜彌二百六十一雞囉夜彌六十二毗多囉伽訖唎擔六十三毗陀夜闍瞋陀夜彌六十四雞囉夜彌跋闍囉波你六十五具醯夜具醯夜六十六迦地般帝訖唎擔六十七毗陀夜闍瞋陀夜彌六十八雞囉夜彌六十九囉叉罔七十婆伽梵二百七十一印兔那麼麼寫七十二○至此依前稱弟子名娑伽梵七十三薩怛多般怛囉七十四南無粹都帝七十五阿悉多那

囉剌迦七十六波囉婆悉普吒七十七毗迦薩怛多鉢帝唎七十八什佛囉什佛囉七十九陀囉陀囉八十頻陀囉頻陀囉嗔陀嗔陀二百八十一虎鉡八十二虎鉡八十三泮吒八十四泮吒泮吒泮吒泮吒八十五娑訶八十六醯醯泮八十七阿牟迦耶泮八十八阿波囉提訶多泮八十九娑囉波囉陀泮九十阿素囉毗陀囉波迦泮二百九十一薩婆提鞞弊泮九十二薩婆那伽弊泮九十三薩婆藥叉弊泮九十四薩婆乾闥婆弊泮九十五薩婆補丹那弊泮九十六迦吒補丹那弊泮九十七薩婆突狼枳帝弊泮九十八薩婆突澀比嚟訖瑟帝弊泮九十九薩婆什婆唎弊泮三百薩婆阿播悉摩嚟弊泮三百一薩婆舍囉婆拏弊泮二薩婆地帝雞弊泮三薩婆怛摩陀繼弊泮四薩婆毗陀耶囉誓遮嚟弊泮五闍夜羯囉摩度羯囉六

薩婆羅他娑陀雞弊泮七毗地夜遮唎弊泮八者都囉縛者你弊泮九跋闍囉俱摩唎十毗陀夜囉誓弊泮三百十一摩訶波囉丁羊乂耆唎弊泮十二跋闍囉商羯囉夜十三波囉丈耆囉闍耶泮十四摩訶迦囉夜十五摩訶末怛唎迦拏十六南無娑羯唎多夜泮十七毖瑟拏婢曳泮十八勃囉訶牟尼曳泮十九阿耆尼曳泮二十摩訶羯唎曳泮三百二十一羯囉檀遲曳泮二十二蔑怛唎曳泮二十三勞怛唎曳泮二十四遮文茶曳泮二十五羯邏囉怛唎曳泮二十六迦般唎曳泮二十七阿地目質多迦尸摩舍那二十八婆私你曳泮二十九演吉質三十薩埵婆寫三百三十一摩麼印兔那麼寫三十二〇至此句依前稱弟子某人突瑟吒質多三十三阿末怛唎質多三十四烏闍訶囉三十五伽婆訶囉三十六嚧地囉訶囉三十七婆娑訶囉三十八

摩闍訶囉三十九闍多訶囉四十視毖多訶囉三百四十一跋略夜訶囉四十二乾陀訶囉四十三布史波訶囉四十四頗囉訶囉四十五婆寫訶囉四十六般波質多四十七突瑟吒質多四十八嘮陀囉質多四十九藥叉揭囉訶五十囉刹娑揭囉訶三百五十一閉隸多揭囉訶五十二毗舍遮揭囉訶五十三部多揭囉訶五十四鳩槃茶揭囉訶五十五悉乾陀揭囉訶五十六烏怛摩陀揭囉訶五十七車夜揭囉訶五十八阿播薩摩囉揭囉訶五十九宅袪革茶耆尼揭囉訶六十唎佛帝揭囉訶三百六十一闍彌迦揭囉訶六十二舍俱尼揭囉訶六十三姥陀囉難地迦揭囉訶六十四阿藍婆揭囉訶六十五乾度波尼揭囉訶六十六什伐囉堙迦醯迦六十七墜帝藥迦六十八怛隸帝藥迦六十九者突託迦七十昵提什伐囉毖鉢摩什伐囉三百七十一

薄底迦七十二鼻底迦七十三室隸瑟蜜迦七十四娑你般帝迦七十五薩婆什伐囉七十六室嚧吉帝七十七末陀鞞達嚧制劒七十八阿綺嚧鉗七十九目佉嚧鉗八十羯唎突嚧鉗三百八十一揭囉訶揭藍八十二羯拏輸藍八十三憚多輸藍八十四迄唎夜輸藍八十五末麼輸藍八十六跋唎室婆輸藍八十七瑟栗瑟吒輸藍八十八烏陀囉輸藍八十九羯知輸藍九十跋悉帝輸藍三百九十一鄔嚧輸藍九十二常伽輸藍九十三喝悉多輸藍九十四跋陀輸藍九十五娑房盎伽般囉丈伽輸藍九十六部多毖跢茶九十七茶耆尼什婆囉九十八陀突嚧迦建咄嚧吉知婆路多毗九十九薩般嚧訶凌伽四百輸沙怛囉娑那羯囉四百一毗沙喻迦二阿耆尼烏陀迦三末囉鞞囉建跢囉四阿迦囉蜜唎咄怛斂部迦五地栗剌吒六毖唎

瑟質迦七 薩婆那俱囉八 肆引伽弊揭囉唎
藥叉怛囉芻九 末囉視吠帝釤婆鞞釤十 悉
怛多鉢怛囉四百十一 摩訶跋闍嚧瑟尼釤十二 摩
訶般賴丈耆藍十三 夜波突陀舍喻闍那十四 辮
怛隸拏十五 毗陀耶槃曇迦嚧彌十六 帝殊槃曇
迦嚧彌十七 般囉毗陀槃曇迦嚧彌十八 跢姪他
十九 唵二十 阿那隸四百二十一 毗舍提二十一 鞞囉跋
闍囉陀唎二十三 槃陀槃陀你二十四 跋闍囉謗
尼泮二十五 虎䖘都嚧甕泮二十六 莎婆訶二十七

阿難是佛頂光聚悉怛多般怛羅祕密伽陀
微妙章句出生十方一切諸佛十方如來因
此呪心得成無上正徧知覺十方如來執此
呪心降伏諸魔制諸外道十方如來乘此呪
心坐寶蓮華應微塵國十方如來含此呪心
於微塵國轉大法輪十方如來持此呪心能
於十方摩頂授記自果未成亦於十方蒙佛
授記十方如來依此呪心能於十方拔濟羣
苦所謂地獄餓鬼畜生盲聾瘖瘂怨憎會苦
愛別離苦求不得苦五陰熾盛大小諸横同
時解脫賊難兵難王難獄難風火水難飢渴
貧窮應念銷散十方如來隨此呪心能於十
方事善知識四威儀中供養如意恒沙如來
會中推爲大法王子十方如來行此呪心能
於十方攝受親因令諸小乘聞祕密藏不生
驚怖十方如來誦此呪心成無上覺坐菩提
樹入大涅槃十方如來傳此呪心於滅度後
付佛法事究竟住持嚴淨戒律悉得清淨若
我說是佛頂光聚般怛羅呪從旦至暮音聲
相聯字句中間亦不重疊經恒沙劫終不能
盡亦說此呪名如來頂汝等有學未盡輪迴

發心至誠取阿羅漢不持此呪而坐道場令其身心遠諸魔事無有是處阿難若諸世界隨所國土所有衆生隨國所生樺皮貝葉紙素白氎書寫此呪貯於香囊是人心昏未能誦憶或帶身上或書宅中當知是人盡其生年一切諸毒所不能害阿難我今爲汝更說此呪救護世間得大無畏成就衆生出世間智若我滅後末世衆生有能自誦若教他誦當知如是誦持衆生火不能燒水不能溺大毒小毒所不能害如是乃至龍天鬼神精祇魔魅所有惡呪皆不能著心得正受一切呪詛厭蠱毒藥金毒銀毒草木蟲蛇萬物毒氣入此人口成甘露味一切惡星并諸鬼神磣心毒人於如是人不能起惡頻那夜迦諸惡鬼王并其眷屬皆領深恩常加守護阿難當知是呪常有八萬四千那由他恒河沙俱胝金剛藏王菩薩種族一一皆有諸金剛衆而爲眷屬晝夜隨侍設有衆生於散亂心非三摩地心憶口持是金剛王常隨從彼諸善男子何況決定菩提心者此諸金剛菩薩藏王精心陰速發彼神識是人應時心能記憶八萬四千恒河沙劫周徧了知得無疑惑從第一劫乃至後身生生不生藥叉羅刹及富單那迦吒富單那鳩槃茶毗舍遮等并諸餓鬼有形無形有想無想如是惡處是善男子若讀若誦若書若寫若帶若藏諸色供養劫劫不生貧窮下賤不可樂處此諸衆生縱其自身不作福業十方如來所有功德悉與此人由是得於恒河沙阿僧祇不可說不可說劫常與諸佛同生一處無量功德如惡叉聚同

處熏修永無分散是故能令破戒之人戒根清淨未得戒者令其得戒未精進者令得精進無智慧者令得智慧不清淨者速得清淨不持齋戒自成齋戒阿難是善男子持此呪時設犯禁戒於未受時持呪之後衆破戒罪無問輕重一時銷滅縱經飲酒食噉五辛種種不淨一切諸佛菩薩金剛天仙鬼神不將爲過設著不淨破弊衣服一行一住悉同清淨縱不作壇不入道場亦不行道誦持此呪還同入壇行道功德無有異也若造五逆無間重罪及諸比丘比丘尼四棄八棄誦此呪已如是重業猶如猛風吹散沙聚悉皆滅除更無毫髮阿難若有衆生從無量無數劫來所有一切輕重罪障從前世來未及懺悔若能讀誦書寫此呪身上帶持若安住處莊宅園館如是積業猶湯銷雪不久皆得悟無生忍復次阿難若有女人未生男女欲求孕者若能至心憶念斯呪或能身上帶此悉怛多般怛羅者便生福德智慧男女求長命者即得長命欲求果報速圓滿者速得圓滿身命色力亦復如是命終之後隨願往生十方國土必定不生邊地下賤何況雜形阿難若諸國土州縣聚落饑荒疫癘或復刀兵賊難鬭諍兼餘一切厄難之地寫此神呪安城四門并諸支提或脫闍上令其國土所有衆生奉迎斯呪禮拜恭敬一心供養令其人民各各身佩或各各安所居宅地一切災厄悉皆銷滅阿難在在處處國土衆生隨有此呪天龍歡喜風雨順時五穀豐殷兆庶安樂亦復能鎮一切惡星隨方變怪災障不起人無橫夭

杻械枷鎖不著其身晝夜安眠常無惡夢阿難是娑婆界有八萬四千災變惡星二十八大惡星而爲上首復有八大惡星以爲其主作種種形出現世時能生衆生種種災異有此呪地悉皆銷滅十二由旬成結界地諸惡災祥永不能入是故如來宣示此呪於未來世保護初學諸修行者入三摩提身心泰然得大安隱更無一切諸魔鬼神及無始來寃横宿殃舊業陳債來相惱害汝及衆中諸有學人及未來世諸修行者依我壇場如法持戒所受戒主逢清淨僧於此呪心不生疑悔是善男子於此父母所生之身不得心通十方如來便爲妄語說是語已會中無量百千金剛一時佛前合掌頂禮而白佛言如佛所說我當誠心保護如是修菩提者爾時梵王并天帝釋四天大王亦於佛前同時頂禮而白佛言審有如是修學善人我當盡心至誠保護令其一生所作如願復有無量藥叉大將諸羅刹王富單那王鳩槃茶王毗舍遮王頻那夜迦諸大鬼王及諸鬼帥亦於佛前合掌頂禮我亦誓願護持是人令菩提心速得圓滿復有無量日月天子風師雨師雲師雷師并電伯等年歲巡官諸星眷屬亦於會中頂禮佛足而白佛言我亦保護是修行人安立道場得無所畏復有無量山神海神一切土地水陸空行萬物精祇并風神王無色界天於如來前同時稽首而白佛言我亦保護是修行人得成菩提永無魔事爾時八萬四千那由他恒河沙俱胝金剛藏王菩薩在大會中即從座起頂禮佛足而白佛言世尊如

我等輩所修功業久成菩提不取涅槃常隨此呪救護末世修三摩提正修行者世尊如是修心求正定人若在道場及餘經行乃至散心遊戲聚落我等徒衆常當隨從侍衛此人縱令魔王大自在天求其方便終不可得諸小鬼神去此善人十由旬外除彼發心樂修禪者世尊如是惡魔若魔眷屬欲來侵擾是善人者我以寶杵殞碎其首猶如微塵恒令此人所作如願阿難即從座起頂禮佛足而白佛言我輩愚鈍好爲多聞於諸漏心未求出離蒙佛慈誨得正熏修身心快然獲大饒益世尊如是修證佛三摩提未到涅槃云何名爲乾慧之地四十四心至何漸次得修行目詣何方所名入地中云何名爲等覺菩薩作是語已五體投地大衆一心佇佛慈音瞪瞢瞻仰爾時世尊讚阿難言善哉善哉汝等乃能普爲大衆及諸末世一切衆生修三摩提求大乘者從於凡夫終大涅槃懸示無上正修行路汝今諦聽當爲汝說阿難大衆合掌刳心默然受教佛言阿難當知妙性圓明離諸名相本來無有世界衆生因妄有生因生有滅生滅名妄滅妄名眞是稱如來無上菩提及大涅槃二轉依號阿難汝今欲修眞三摩地直詣如來大涅槃者先當識此衆生世界二顛倒因顛倒不生斯則如來眞三摩地阿難云何名爲衆生顛倒阿難由性明心性明圓故因明發性性妄見生從畢竟無成究竟有此有所有非因所因住所住相了無根本本此無住建立世界及諸衆生迷本圓明是生虛妄妄性無體非有所依將欲復

眞欲眞已非眞眞如性非眞求復宛成非相非生非住非心非法展轉發生生力發明熏以成業同業相感因有感業相滅相生由是故有衆生顛倒阿難云何名爲世界顛倒是有所有分段妄生因此界立非因所因無住所住遷流不住因此世成三世四方和合相涉變化衆生成十二類是故世界因動有聲因聲有色因色有香因香有觸因觸有味因味知法六亂妄想成業性故十二區分由此輪轉是故世間聲香味觸窮十二變爲一旋復乘此輪轉顛倒相故是有世界卵生胎生溼生化生有色無色有想無想若非有色若非無色若非有想若非無想阿難由因世界虛妄輪迴動顛倒故和合氣成八萬四千飛沈亂想如是故有卵羯邏藍流轉國土魚鳥龜蛇其類充塞由因世界雜染輪迴欲顛倒故和合滋成八萬四千橫豎亂想如是故有胎遏蒱曇流轉國土人畜龍仙其類充塞由因世界執著輪迴趣顛倒故和合煖成八萬四千翻覆亂想如是故有溼相蔽尸流轉國土含蠢蠕動其類充塞由因世界變易輪迴假顛倒故和合觸成八萬四千新故亂想如是故有化相羯南流轉國土轉蛻飛行其類充塞由因世界留礙輪迴障顛倒故和合著成八萬四千精耀亂想如是故有色相羯南流轉國土休咎精明其類充塞由因世界銷散輪迴惑顛倒故和合暗成八萬四千陰隱亂想如是故有無色羯南流轉國土空散銷沈其類充塞由因世界罔象輪迴影顛倒故和合憶成八萬四千潛結亂想如是故有想

相羯南流轉國土神鬼精靈其類充塞由因世界愚鈍輪迴癡顛倒故和合頑成八萬四千枯槁亂想如是故有無想羯南流轉國土精神化爲土木金石其類充塞由因世界相待輪迴僞顛倒故和合染成八萬四千因依亂想如是故有非有色相成色羯南流轉國土諸水母等以蝦爲目其類充塞由因世界相引輪迴性顛倒故和合呪成八萬四千呼召亂想由是故有非無色相無色羯南流轉國土呪詛厭生其類充塞由因世界合妄輪迴罔顛倒故和合異成八萬四千迴互亂想如是故有非有想相成想羯南流轉國土彼蒲盧等異質相成其類充塞由因世界怨害輪迴殺顛倒故和合怪成八萬四千食父母想如是故有非無想相無想羯南流轉國土如土梟等附塊爲兒及破鏡鳥以毒樹果抱爲其子子成父母皆遭其食其類充塞是名衆生十二種類

大佛頂如來密因修證了義諸菩薩萬行首楞嚴經卷第七

音釋

膩女利切　樺胡化切木名　磣楚錦切毒也　瞢忙肯切　刳苦胡切　羯邏藍梵語也此云凝滑羯俱謁切邏音羅　蠢蠕蠢尺尹切蠕而兖切蠢蠕並蟲動貌

大佛頂如來密因修證了義諸菩薩萬行首楞嚴經卷第八

唐天竺沙門般剌蜜帝譯　烏萇國沙門彌伽釋迦譯語

菩薩戒弟子前正議大夫同中書門下平章事清河房融筆受

阿難如是衆生一一類中亦各各具十二顛倒猶如揑目亂華發生顛倒妙圓眞淨明心具足如斯虛妄亂想汝今修證佛三摩提於是本因元所亂想立三漸次方得除滅如淨器中除去毒蜜以諸湯水并雜灰香洗滌其器後貯甘露云何名爲三種漸次一者修習除其助因二者眞修刳其正性三者增進違其現業云何助因阿難如是世界十二類生不能自全依四食住所謂段食觸食思食識食是故佛說一切衆生皆依食住阿難一切衆生食甘故生食毒故死是諸衆生求三摩提當斷世間五種辛菜是五種辛熟食發婬生啖增恚如是世界食辛之人縱能宣說十二部經十方天仙嫌其臭穢咸皆遠離諸餓鬼等因彼食次舐其脣吻常與鬼住福德日銷長無利益是食辛人修三摩地菩薩天仙十方善神不來守護大力魔王得其方便現作佛身來爲說法非毀禁戒讚婬怒癡命終自爲魔王眷屬受魔福盡墮無間獄阿難修菩提者永斷五辛是則名爲第一增進修行漸次云何正性阿難如是衆生入三摩地要先嚴持清淨戒律永斷婬心不餐酒肉以火淨食無啖生氣阿難是修行人若不斷婬及與殺生出三界者無有是處當觀婬欲猶如毒蛇如見怨賊先持聲聞四棄八棄執身不動後行菩薩清淨律儀執心不起禁戒成就

則於世間永無相生相殺之業偷劫不行無相負累亦於世間不還宿債是清淨人修三摩地父母肉身不須天眼自然觀見十方世界覩佛聞法親奉聖旨得大神通遊十方界宿命清淨得無艱險是則名爲第二增進修行漸次云何現業阿難如是清淨持禁戒人心無貪婬於外六塵不多流逸因不流逸旋元自歸塵既不緣根無所偶反流全一六用不行十方國土皎然清淨譬如瑠璃内懸明月身心快然妙圓平等獲大安隱一切如來密圓淨妙皆現其中是人即獲無生法忍從是漸修隨所發行安立聖位是則名爲第三增進修行漸次阿難是善男子欲愛乾枯根境不偶現前殘質不復續生執心虚明純是智慧慧性明圓鎣十方界乾有其慧名乾慧地欲習初乾未與如來法流水接即以此心中中流入圓妙開敷從眞妙圓重發眞妙妙信常住一切妄想滅盡無餘中道純眞名信心住眞信明了一切圓通陰處界三不能爲礙如是乃至過去未來無數劫中捨身受身一切習氣皆現在前是善男子皆能憶念得無遺忘名念心住妙圓純眞眞精發化無始習氣通一精明唯以精明進趣眞淨名精進心心精現前純以智慧名慧心住執持智明周徧寂湛寂妙常凝名定心住定光發明明性深入唯進無退名不退心心進安然保持不失十方如來氣分交接名護法心覺明保持能以妙力迴佛慈光向佛安住猶如雙鏡光明相對其中妙影重重相入名迴向心心光密迴獲佛常凝無上妙淨安住無爲得無

遺失名戒心住住戒自在能遊十方所去隨願名願心住阿難是善男子以眞方便發此十心心精發暉十用涉入圓成一心名發心住心中發明如淨瑠璃内現精金以前妙心履以成地名治地住心地涉知俱得明了遊履十方得無留礙名修行住行與佛同受佛氣分如中陰身自求父母陰信冥通入如來種名生貴住既遊道胎親奉覺胤如胎已成人相不缺名方便具足住容貌如佛心相亦同名正心住身心合成日益增長名不退住十身靈相一時具足名童眞住形成出胎親爲佛子名法王子住表以成人如國大王以諸國事分委太子彼剎利王世子長成陳列灌頂名灌頂住阿難是善男子成佛子已具足無量如來妙德十方隨順名歡喜行善能利益一切衆生名饒益行自覺覺他得無違拒名無瞋恨行種類出生窮未來際三世平等十方通達名無盡行一切合同種種法門得無差誤名離癡亂行則於同中顯現羣異一一異相各各見同名善現行如是乃至十方虛空滿足微塵一一塵中現十方界現塵現界不相留礙名無著行種種現前咸是第一波羅蜜多名尊重行如是圓融能成十方諸佛軌則名善法行一一皆是清淨無漏一眞無爲性本然故名眞實行阿難是善男子滿足神通成佛事已純潔精眞遠諸留患當度衆生滅諸度相迴無爲心向涅槃路名救護一切衆生離衆生相迴向壞其可壞遠離諸離名不壞迴向本覺湛然覺齊佛覺名等一切佛迴向精眞發明地如佛地名至一切

處迴向世界如來互相涉入得無罣礙名無盡功德藏迴向於同佛地地中各各生清淨因依因發揮取涅槃道名隨順平等善根迴向眞根既成十方衆生皆我本性性圓成就不失衆生名隨順等觀一切衆生迴向即一切法離一切相唯即與離二無所著名眞如相迴向眞得所如十方無礙名無縛解脫迴向性德圓成法界量滅名法界無量迴向阿難是善男子盡是清淨四十一心次成四種妙圓加行即以佛覺用爲已心若出未出猶如鑽火欲然其木名爲煖地又以已心成佛所履若依非依如登高山身入虛空下有微礙名爲頂地心佛二同善得中道如忍事人非懷非出名爲忍地數量銷滅迷覺中道二無所目名世第一地阿難是善男子於大菩提善得通達覺通如來盡佛境界名歡喜地異性入同同性亦滅名離垢地淨極明生名發光地明極覺滿名燄慧地一切同異所不能至名難勝地無爲眞如性淨明露名現前地盡眞如際名遠行地一眞如心名不動地發眞如用名善慧地阿難是諸菩薩從此已往修習畢功功德圓滿亦目此地名修習位慈陰妙雲覆涅槃海名法雲地如來逆流如是菩薩順行而至覺際入交名爲等覺阿難從乾慧心至等覺已是覺始獲金剛心中初乾慧地如是重重單複十二方盡妙覺成無上道是種種地皆以金剛觀察如幻十種深喻奢摩他中用諸如來毗婆舍那清淨修證漸次深入阿難如是皆以三增進故善能成就五十五位眞菩提路作是觀者名爲正觀

若他觀者名爲邪觀爾時文殊師利法王子在大衆中即從座起頂禮佛足而白佛言當何名是經我及衆生云何奉持佛告文殊師利是經名大佛頂悉怛多般怛羅無上寶印十方如來清淨海眼亦名救護親因度脫阿難及此會中性比丘尼得菩提心入徧知海亦名如來密因修證了義亦名大方廣妙蓮華王十方佛母陀羅尼呪亦名灌頂章句諸菩薩萬行首楞嚴汝當奉持說是語已即時阿難及諸大衆得蒙如來開示密印般怛羅義兼聞此經了義名目頓悟禪那修進聖位增上妙理心慮虛凝斷除三界修心六品微細煩惱即從座起頂禮佛足合掌恭敬而白佛言大威德世尊慈音無遮善開衆生微細沈惑令我今日身心快然得大饒益世尊若此妙明眞淨妙心本來徧圓如是乃至大地草木蝡動含靈本元眞如即是如來成佛眞體佛體眞實云何復有地獄餓鬼畜生脩羅人天等道世尊此道爲復本來自有爲是衆生妄習生起世尊如寶蓮香比丘尼持菩薩戒私行婬欲妄言行婬非殺非偷無有業報發是語已先於女根生大猛火後於節節猛火燒然墮無間獄瑠璃大王善星比丘瑠璃爲誅瞿曇族姓善星妄說一切法空生身陷入阿鼻地獄此諸地獄爲有定處爲復自然彼彼發業各各私受惟垂大慈發開童蒙令諸一切持戒衆生聞決定義歡喜頂戴謹潔無犯佛告阿難快哉此問令諸衆生不入邪見汝今諦聽當爲汝說阿難一切衆生實本眞淨因彼妄見有妄習生因此分開內分外

分阿難内分即是衆生分内因諸愛染發起妄情情積不休能生愛水是故衆生心憶珍羞口中水出心憶前人或憐或恨目中淚盈貪求財寶心發愛涎舉體光潤心著行婬男女二根自然流液阿難諸愛雖别流結是同潤溼不升自然從墜此名内分阿難外分即是衆生分外因諸渴仰發明虚想想即不休能生勝氣是故衆生心持禁戒舉身輕清心持呪印顧盼雄毅心欲生天夢想飛舉心存佛國聖境冥現事善知識自輕身命阿難諸想雖别輕舉是同飛動不沈自然超越此名外分阿難一切世間生死相續生從順習死從變流臨命終時未捨煖觸一生善惡俱時頓現死逆生順二習相交純想即飛必生天上若飛心中兼福兼慧及與淨願自然心開見十方佛一切淨土隨願往生情少想多輕舉非遠即爲飛仙大力鬼王飛行夜叉地行羅刹遊於四天所去無礙其中若有善願善心護持我法或護禁戒隨持戒人或護神呪隨持呪者或護禪定保綏法忍是等親住如來座下情想均等不飛不墜生於人間想明斯聰情幽斯鈍情多想少流入横生重爲毛羣輕爲羽族七情三想沈下水輪生於火際受氣猛火身爲餓鬼常被焚燒水能害己無食無飲經百千劫九情一想下洞火輪身入風火二交過地輕生有間重生無間二種地獄純情即沈入阿鼻獄若沈心中有謗大乘毀佛禁戒誑妄説法虚貪信施濫膺恭敬五逆十重更生十方阿鼻地獄循造惡業雖則自招衆同分中兼有元地阿難此等皆是彼

諸衆生自業所感造十習因受六交報云何十因阿難一者婬習交接發於相磨研磨不休如是故有大猛火光於中發動如人以手自相摩觸煖相現前二習相然故有鐵牀銅柱諸事是故十方一切如來色目行婬同名欲火菩薩見欲如避火坑二者貪習交計發於相吸吸攬不止如是故有積寒堅冰於中凍冽如人以口吸縮風氣有冷觸生二習相陵故有吒吒波波羅羅青赤白蓮寒冰等事是故十方一切如來色目多求同名貪水菩薩見貪如避瘴海三者慢習交陵發於相恃馳流不息如是故有騰逸奔波積波爲水如人口舌自相綿味因而水發二習相鼓故有血河灰河熱沙毒海融銅灌呑諸事是故十方一切如來色目我慢名飲癡水菩薩見慢如避巨溺四者瞋習交衝發於相忤忤結不息心熱發火鑄氣爲金如是故有刀山鐵橛劒樹劒輪斧鉞鎗鋸如人銜冤殺氣飛動二習相擊故有宮割斬斫剉刺槌擊諸事是故十方一切如來色目瞋恚名利刀劒菩薩見瞋如避誅戮五者詐習交誘發於相調引起不住如是故有繩木絞校如水浸田草木生長二習相延故有杻械枷鎖鞭杖檛棒諸事是故十方一切如來色目姦僞同名讒賊菩薩見詐如畏豺狼六者誑習交欺發於相罔誣罔不止飛心造姦如是故有塵土屎尿穢汙不淨如塵隨風各無所見二習相加故有没溺騰擲飛墜漂淪諸事是故十方一切如來色目欺誑同名劫殺菩薩見誑如踐蛇虺七者怨習交嫌發于銜恨如是故有飛石投

礰匣貯車檻甕盛囊撲如陰毒人懷抱畜惡二習相吞故有投擲擒捉擊射拋撮諸事是故十方一切如來色目怨家名違害鬼菩薩見怨如飲鴆酒八者見習交明如薩迦耶見戒禁取邪悟諸業發於違拒出生相反如是故有王使主吏證執文籍如行路人來往相見二習相交故有勘問權詐考訊推鞫察訪披究照明善惡童子手執文簿辭辯諸事是故十方一切如來色目惡見同名見坑菩薩見諸虛妄徧執如入毒壑九者枉習交加發於誣謗如是故有合山合石碾磑耕磨如讒賊人逼枉良善二習相排故有押捺搥按蹙漉衡度諸事是故十方一切如來色目怨謗同名讒虎菩薩見枉如遭霹靂十者訟習交諠發於藏覆如是故有鑒見照燭如於日中不能藏影二習相爭故有惡友業鏡火珠披露宿業對驗諸事是故十方一切如來色目覆藏同名陰賊菩薩觀覆如戴高山覆於巨海云何六報阿難一切衆生六識造業所招惡報從六根出云何惡報從六根出一者見報招引惡果此見業交則臨終時先見猛火滿十方界亡者神識飛墜乘煙入無間獄發明二相一者明見則能徧見種種惡物生無量畏二者暗見寂然不見生無量恐如是見火燒聽能爲鑊湯洋銅燒息能爲黑煙紫燄燒味能爲焦丸鐵糜燒觸能爲熱灰爐炭燒心能生星火迸灑煽鼓空界二者聞報招引惡果此聞業交則臨終時先見波濤沒溺天地亡者神識降注乘流入無間獄發明二相一者開聽聽種種鬧精神愁亂二者閉聽寂

無所聞幽魄沈没如是聞波注聞則能爲責爲詰注見則能爲雷爲吼爲惡毒氣注息則能爲雨爲霧灑諸毒蟲周滿身體注味則能爲膿爲血種種雜穢注觸則能爲畜爲鬼爲糞爲尿注意則能爲電爲雹摧碎心魄三者齅報招引惡果此齅業交則臨終時先見毒氣充塞遠近亡者神識從地踊出入無間獄發明二相一者通聞被諸惡氣熏極心擾二者塞聞氣掩不通悶絶於地如是齅氣衝息則能爲質爲履衝見則能爲火爲炬衝聽則能爲没爲溺爲洋爲沸衝味則能爲餒爲爽衝觸則能爲綻爲爛爲大肉山有百千眼無量咂食衝思則能爲灰爲瘴爲飛砂礰擊碎身體四者味報招引惡果此味業交則臨終時先見鐵網猛燄熾烈周覆世界亡者神識

下透挂網倒懸其頭入無間獄發明二相一者吸氣結成寒冰凍裂身肉二者吐氣飛爲猛火焦爛骨髓如是嘗味歷嘗則能爲承爲忍歷見則能爲然金石歷聽則能爲利兵刃歷息則能爲大鐵籠彌覆國土歷觸則能爲弓爲箭爲弩爲射歷思則能爲飛熱鐵從空雨下五者觸報招引惡果此觸業交則臨終時先見大山四面來合無復出路亡者神識見大鐵城火蛇火狗虎狼師子牛頭獄卒馬頭羅刹手執鎗矟驅入城門向無間獄發明二相一者合觸合山逼體骨肉血潰二者離觸刀劒觸身心肝屠裂如是合觸歷觸則能爲道爲觀爲廳爲案歷見則能爲燒爲爇歷聽則能爲撞爲擊爲剚爲射歷息則能爲括爲袋爲考爲縛歷嘗則能爲耕爲鉗爲斬爲

截歷思則能爲墜爲飛爲煎爲炙六者思報招引惡果此思業交則臨終時先見惡風吹壞國土亡者神識被吹上空旋落乘風墮無間獄發明二相一者不覺迷極則荒奔走不息二者不迷覺知則苦無量煎燒痛深難忍如是邪思結思則能爲方爲所結見則能爲鑒爲證結聽則能爲大合石爲冰爲霜爲土爲霧結息則能爲大火車火船火檻結嘗則能爲大叫喚爲悔爲泣結觸則能爲大爲小爲一日中萬生萬死爲偃爲仰阿難是名地獄十因六果皆是衆生迷妄所造若諸衆生惡業同造入阿鼻獄受無量苦經無量劫六根各造及彼所作兼境兼根是人則入八無間獄身口意三作殺盜婬是人則入十八地獄三業不兼中間或爲一殺一盜是人則入三十六地獄見見一根單犯一業是人則入一百八地獄由是衆生別作別造於世界中入同分地妄想發生非本來有復次阿難是諸衆生非破律儀犯菩薩戒毀佛涅槃諸餘雜業歷劫燒然後還罪畢受諸鬼形若於本因貪物爲罪是人罪畢遇物成形名爲怪鬼貪色爲罪是人罪畢遇風成形名爲魃鬼貪惑爲罪是人罪畢遇畜成形名爲魅鬼貪恨爲罪是人罪畢遇蟲成形名蠱毒鬼貪憶爲罪是人罪畢遇衰成形名爲厲鬼貪慠爲罪是人罪畢遇氣成形名爲餓鬼貪罔爲罪是人罪畢遇幽爲形名爲魘鬼貪明爲罪是人罪畢遇精爲形名魍魎鬼貪成爲罪是人罪畢遇明爲形名役使鬼貪黨爲罪是人罪畢遇人爲形名傳送鬼阿難是人皆以純情墜

落業火燒乾上出爲鬼此等皆是自妄想業之所招引若悟菩提則妙圓明本無所有復次阿難鬼業既盡則情與想二俱成空方於世間與元負人怨對相值身爲畜生酬其宿債物怪之鬼物銷報盡生於世間多爲梟類風魃之鬼風銷報盡生於世間多爲咎徵一切異類畜魅之鬼畜死報盡生於世間多爲狐類蟲蠱之鬼蠱滅報盡生於世間多爲毒類衰厲之鬼衰窮報盡生於世間多爲蛔類受氣之鬼氣銷報盡生於世間多爲食類綿幽之鬼幽銷報盡生於世間多爲服類和精之鬼和銷報盡生於世間多爲應類明靈之鬼明滅報盡生於世間多爲休徵一切諸類依人之鬼人亡報盡生於世間多爲循類阿難是等皆以業火乾枯酬其宿債傍爲畜生

此等亦皆自虛妄業之所招引若悟菩提則此妄緣本無所有如汝所言寶蓮香等及瑠璃王善星比丘如是惡業本自發明非從天降亦非地出亦非人與自妄所招還自來受菩提心中皆爲浮虛妄想凝結復次阿難從是畜生酬償先債若彼酬者分越所酬此等衆生還復爲人反徵其剩如彼有力兼有福德則於人中不捨人身酬還彼力若無福者還爲畜生償彼餘直阿難當知若用錢物或役其力償足自停如於中間殺彼身命或食其肉如是乃至經微塵劫相食相誅猶如轉輪互爲高下無有休息除奢摩他及佛出世不可停寢汝今應知彼梟倫者酬足復形生人道中參合頑類彼咎徵者酬足復形生人道中參合愚類彼狐倫者酬足復形生人道

中絫於很類彼毒倫者酬足復形生人道中絫合庸類彼蛔倫者酬足復形生人道中絫合微類彼食倫者酬足復形生人道中絫合柔類彼服倫者酬足復形生人道中絫合勞類彼應倫者酬足復形生人道中絫於文類彼休徵者酬足復形生人道中絫合明類彼諸循倫酬足復形生人道中絫於達類阿難是等皆以宿債畢酬復形人道皆無始來業計顛倒相生相殺不遇如來不聞正法於塵勞中法爾輪轉此輩名爲可憐愍者阿難復有從人不依正覺修三摩地別修妄念存想固形遊於山林人不及處有十種仙阿難彼諸衆生堅固服餌而不休息食道圓成名地行仙堅固草木而不休息藥道圓成名飛行仙堅固金石而不休息化道圓成名遊行仙

堅固動止而不休息氣精圓成名空行仙堅固津液而不休息潤德圓成名天行仙堅固精色而不休息吸粹圓成名通行仙堅固呪禁而不休息術法圓成名道行仙堅固思念而不休息思憶圓成名照行仙堅固交遘而不休息感應圓成名精行仙堅固變化而不休息覺悟圓成名絕行仙阿難是等皆於人中鍊心不修正覺別得生理壽千萬歲休止深山或大海島絕於人境斯亦輪迴妄想流轉不修三昧報盡還來散入諸趣阿難諸世間人不求常住未能捨諸妻妾恩愛於邪婬中心不流逸澄瑩生明命終之後鄰於日月如是一類名四天王天於已妻房婬愛微薄於淨居時不得全味命終之後超日月明居人間頂如是一類名忉利天逢欲暫交去無

思憶於人間世動少靜多命終之後於虛空中朗然安住日月光明上照不及是諸人等自有光明如是一類名須燄摩天一切時靜有應觸來未能違戾命終之後上升精微不接下界諸人天境乃至劫壞三災不及如是一類名兜率陀天我無欲心應汝行事於橫陳時味如嚼蠟命終之後生越化地如是一類名樂變化天無世間心同世行事於行事交了然超越命終之後徧能出超化無化境如是一類名他化自在天阿難如是六天形雖出動心迹尚交自此已還名爲欲界

大佛頂如來密因修證了義諸菩薩萬行首楞嚴經卷第八

音釋

瑩 縈定切瑩徹也 複 方六切重也 蝡 而兖切蟲動貌 橛 其月切 鴆 直禁切毒鳥名 礰 郎擊切 碾礧 碾女箭切礧魚對切礲也 器也 煽 式戰切熾盛也 愗 莫候切愚貌 餧 奴罪切飢餧也 矟 所角切兵器也 潰 胡對切決也 魃 蒲撥切旱妖也 蛔 戶恢切 嚼 疾雀切咀嚼也

大佛頂如來密因修證了義諸菩薩萬行首楞嚴經卷第九

唐天竺沙門般剌密帝譯　烏萇國沙門彌伽釋迦譯語
菩薩戒弟子前正議大夫同中書門下平章事清河房融筆受

阿難世間一切所修心人不假禪那無有智慧但能執身不行婬欲若行若坐想念俱無愛染不生無留欲界是人應念身爲梵侶如是一類名梵眾天欲習既除離欲心現於諸律儀愛樂隨順是人應時能行梵德如是一類名梵輔天身心妙圓威儀不缺清淨禁戒加以明悟是人應時能統梵眾爲大梵王如是一類名大梵天阿難此三勝流一切苦惱所不能逼雖非正修眞三摩地清淨心中諸漏不動名爲初禪阿難其次梵天統攝梵人圓滿梵行澄心不動寂湛生光如是一類名少光天光光相然照耀無盡映十方界徧成瑠璃如是一類名無量光天吸持圓光成就教體發化清淨應用無盡如是一類名光音天阿難此三勝流一切憂懸所不能逼雖非正修眞三摩地清淨心中麤漏已伏名爲二禪阿難如是天人圓光成音披音露妙發成精行通寂滅樂如是一類名少淨天淨空現前引發無際身心輕安成寂滅樂如是一類名無量淨天世界身心一切圓淨淨德成就勝託現前歸寂滅樂如是一類名徧淨天阿難此三勝流具大隨順身心安隱得無量樂雖非正得眞三摩地安隱心中歡喜畢具名爲三禪阿難復次天人不逼身心苦因已盡樂非常住久必壞生苦樂二心俱時頓捨麤重相滅淨福性生如是一類名福生天捨心

圓融勝解清淨福無遮中得妙隨順窮未來際如是一類名福愛天阿難從是天中有二歧路若於先心無量淨光福德圓明修證而住如是一類名廣果天若於先心雙厭苦樂精研捨心相續不斷圓窮捨道身心俱滅心慮灰凝經五百劫是人既以生滅爲因不能發明不生滅性初半劫滅後半劫生如是一類名無想天阿難此四勝流一切世間諸苦樂境所不能動雖非無爲眞不動地有所得心功用純熟名爲四禪阿難此中復有五不還天於下界中九品習氣俱時滅盡苦樂雙亡下無卜居故於捨心衆同分中安立居處阿難苦樂兩滅鬬心不交如是一類名無煩天機括獨行研交無地如是一類名無熱天十方世界妙見圓澄更無塵象一切沈垢如是一類名善見天精見現前陶鑄無礙如是一類名善現天究竟羣幾窮色性性入無邊際如是一類名色究竟天阿難此不還天彼諸四禪四位天王獨有欽聞不能知見如今世間曠野深山聖道場地皆阿羅漢所住持故世間麤人所不能見阿難是十八天獨行無交未盡形累自此已還名爲色界復次阿難從是有頂色邊際中其間復有二種歧路若於捨心發明智慧慧光圓通便出塵界成阿羅漢入菩薩乘如是一類名爲迴心大阿羅漢若在捨心捨厭成就覺身爲礙銷礙入空如是一類名爲空處諸礙既銷無礙無滅其中唯留阿賴耶識全於末那半分微細如是一類名爲識處空色既亡識心都滅十方寂然迴無攸往如是一類名無所有處識性

不動以滅窮研於無盡中發宣盡性如存不
存若盡非盡如是一類名為非想非非想處
此等窮空不盡空理從不還天聖道窮者如
是一類名不廻心鈍阿羅漢若從無想諸外
道天窮空不歸迷漏無聞便入輪轉阿難是
諸天上各各天人則是凡夫業果酬答答盡
入輪彼之天王即是菩薩遊三摩提漸次增
進廻向聖倫所修行路阿難是四空天身心
滅盡定性現前無業果色從此逮終名無色
界此皆不了妙覺明心積妄發生妄有三界
中間妄隨七趣沈溺補特伽羅各從其類復
次阿難是三界中復有四種阿脩羅類若於
鬼道以護法力成通入空此阿脩羅從卵而
生鬼趣所攝若於天中降德貶墜其所卜居
鄰於日月此阿脩羅從胎而出人趣所攝有
脩羅王執持世界力洞無畏能與梵王及天
帝釋四天爭權此阿脩羅因變化有天趣所
攝阿難別有一分下劣脩羅生大海心沈水
穴口旦遊虛空暮歸水宿此阿脩羅因溼氣
有畜生趣攝阿難如是地獄餓鬼畜生人及
神仙天洎脩羅精研七趣皆是昏沈諸有為
相妄想受生妄想隨業於妙圓明無作本心
皆如空華元無所著但一虛妄更無根緒阿
難此等衆生不識本心受此輪迴經無量劫
不得眞淨皆由隨順殺盜婬故反此三種又
則出生無殺盜婬有名鬼倫無名天趣有無
相傾起輪迴性若得妙發三摩提者則妙常
寂有無二無無二亦滅尚無不殺不偷不婬
云何更隨殺盜婬事阿難不斷三業各各有
私因各各私衆私同分非無定處自妄發生

生妄無因無可尋究汝勗修行欲得菩提要
除三惑不盡三惑縱得神通皆是世間有爲
功用習氣不滅落於魔道雖欲除妄倍加虛
僞如來說爲可哀憐者汝妄自造非菩提咎
作是說者名爲正說若他說者即魔王說即
時如來將罷法座於師子牀攬七寶几迴紫
金山再來凭倚普告大衆及阿難言汝等有
學緣覺聲聞今日迴心趣大菩提無上妙覺
吾今已說眞修行法汝猶未識修奢摩他毗
婆舍那微細魔事魔境現前汝不能識洗心
非正落於邪見或汝陰魔或復天魔或著鬼
神或遭魑魅心中不明認賊爲子又復於中
得少爲足如第四禪無聞比丘妄言證聖天
報已畢衰相現前謗阿羅漢身遭後有墮阿
鼻獄汝應諦聽吾今爲汝子細分別阿難起

立并其會中同有學者歡喜頂禮伏聽慈誨
佛告阿難及諸大衆汝等當知有漏世界十
二類生本覺妙明覺圓心體與十方佛無二
無別由汝妄想迷理爲咎癡愛發生生發徧
迷故有空性化迷不息有世界生則此十方
微塵國土非無漏者皆是迷頑妄想安立當
知虛空生汝心內猶如片雲點太清裏況諸
世界在虛空耶汝等一人發眞歸元此十方
空皆悉銷殞云何空中所有國土而不振裂
汝輩修禪飾三摩地十方菩薩及諸無漏大
阿羅漢心精通溜當處湛然一切魔王及與
鬼神諸凡夫天見其宮殿無故崩裂大地振
坼水陸飛騰無不驚慴凡夫昏暗不覺遷訛
彼等咸得五種神通唯除漏盡戀此塵勞如
何令汝摧裂其處是故鬼神及諸天魔魍魎

妖精於三昧時僉來惱汝然彼諸魔雖有大怒彼塵勞内汝妙覺中如風吹光如刀斷水了不相觸汝如沸湯彼如堅冰煖氣漸鄰不日銷殞徒恃神力但爲其客成就破亂由汝心中五陰主人主人若迷客得其便當處禪那覺悟無惑則彼魔事無奈汝何陰銷入明則彼羣邪咸受幽氣明能破暗近自銷殞如何敢留擾亂禪定若不明悟被陰所迷則汝阿難必爲魔子成就魔人如摩登伽殊爲眇劣彼唯呪汝破佛律儀八萬行中秖毀一戒心清淨故尚未淪溺此乃隳汝寶覺全身如宰臣家忽逢籍沒宛轉零落無可哀救阿難當知汝坐道場銷落諸念其念若盡則諸離念一切精明動靜不移憶忘如一當住此處入三摩提如明目人處大幽暗精性妙淨心未發光此則名爲色陰區宇若目明朗十方洞開無復幽黯名色陰盡是人則能超越劫濁觀其所由堅固妄想以爲其本阿難當在此中精研妙明四大不織少選之間身能出礙此名精明流溢前境斯但功用暫得如是非爲聖證不作聖心名善境界若作聖解即受羣邪阿難復以此心精研妙明其身内徹是人忽然於其身内拾出蟯蛔身相宛然亦無傷毀此名精明流溢形體斯但精行暫得如是非爲聖證不作聖心名善境界若作聖解即受羣邪又以此心内外精研其時魂魄意志精神除執受身餘皆涉入互爲賓主忽於空中聞說法聲或聞十方同敷密義此名精魄遞相離合成就善種暫得如是非爲聖證不作聖心名善境界若作聖解即受羣邪

又以此心澄露皎徹內光發明十方徧作閻浮檀色一切種類化爲如來于時忽見毗盧遮那踞天光臺千佛圍繞百億國土及與蓮華俱時出現此名心魂靈悟所染心光研明照諸世界暫得如是非爲聖證不作聖心名善境界若作聖解即受羣邪又以此心精研妙明觀察不停抑按降伏制止超越於時忽然十方虛空成七寶色或百寶色同時徧滿不相留礙青黃赤白各各純現此名抑按功力逾分暫得如是非爲聖證不作聖心名善境界若作聖解即受羣邪又以此心研究澄徹精光不亂忽於夜合在暗室內見種種物不殊白晝而暗室物亦不除滅此名心細密澄其見所視洞幽暫得如是非爲聖證不作聖心名善境界若作聖解即受羣邪又以此心圓入虛融四體忽然同於草木火燒刀斫曾無所覺又則火光不能燒爇縱割其肉猶如削木此名塵併排四大性一向入純暫得如是非爲聖證不作聖心名善境界若作聖解則受羣邪又以此心成就清淨淨心功極忽見大地十方山河皆成佛國具足七寶光明徧滿又見恒沙諸佛如來徧滿空界樓殿華麗下見地獄上觀天宮得無障礙此名欣厭凝想日深想久化成非爲聖證不作聖心名善境界若作聖解即受羣邪又以此心研究深遠忽於中夜遥見遠方市井街巷親族眷屬或聞其語此名迫心逼極飛出故多隔見非爲聖證不作聖心名善境界若作聖解即受羣邪又以此心研究精極見善知識形體變移少選無端種種遷改此名邪心含受

魑魅或遭天魔入其心腹無端説法通達妙義非爲聖證不作聖心魔事銷歇若作聖解即受羣邪阿難如是十種禪那現境皆是色陰用心交互故現斯事衆生頑迷不自忖量逢此因緣迷不自識謂言登聖大妄語成墮無間獄汝等當依如來滅後於末法中宣示斯義無令天魔得其方便保持覆護成無上道阿難彼善男子修三摩提奢摩他中色陰盡者見諸佛心如明鏡中顯現其像若有所得而未能用猶如魘人手足宛然見聞不惑心觸客邪而不能動此則名爲受陰區宇若魘咎歇其心離身返觀其面去住自由無復留礙名受陰盡是人則能超越見濁觀其所由虚明妄想以爲其本阿難彼善男子當在此中得大光耀其心發明內抑過分忽於其處發無窮悲如是乃至觀見蚊虻猶如赤子心生憐愍不覺流淚此名功用抑摧過越悟則無咎非爲聖證覺了不迷久自銷歇若作聖解則有悲魔入其心腑見人則悲啼泣無限失於正受當從淪墜阿難又彼定中諸善男子見色陰銷受陰明白勝相現前感激過分忽於其中生無限勇其心猛利志齊諸佛謂三僧祇一念能越此名功用陵率過越悟則無咎非爲聖證覺了不迷久自銷歇若作聖解則有狂魔入其心腑見人則誇我慢無比其心乃至上不見佛下不見人失於正受當從淪墜又彼定中諸善男子見色陰銷受陰明白前無新證歸失故居智力衰微入中隳地迥無所見心中忽然生大枯渴於一切時沈憶不散將此以爲勤精進相此名修心

無慧自失悟則無咎非爲聖證若作聖解則有憶魔入其心腑旦夕撮心懸在一處失於正受當從淪墜又彼定中諸善男子見色陰銷受陰明白慧力過定失於猛利以諸勝性懷於心中自心已疑是盧舍那得少爲足此名用心亡失恒審溺於知見悟則無咎非爲聖證若作聖解則有下劣易知足魔入其心腑見人自言我得無上第一義諦失於正受當從淪墜又彼定中諸善男子見色陰銷受陰明白新證未獲故心已亡歷覽二際自生艱險於心忽然生無盡憂如坐鐵牀如飲毒藥心不欲活常求於人令害其命早取解脱此名修行失於方便悟則無咎非爲聖證若作聖解則有一分常憂愁魔入其心腑手執刀劒自割其肉欣其捨壽或常憂愁走入山林不耐見人失於正受當從淪墜又彼定中諸善男子見色陰銷受陰明白處清淨中心安隱後忽然自有無限喜生心中歡悦不能自止此名輕安無慧自禁悟則無咎非爲聖證若作聖解則有一分好喜樂魔入其心腑見人則笑於衢路傍自歌自舞自謂已得無礙解脱失於正受當從淪墜又彼定中諸善男子見色陰銷受陰明白自謂已足忽有無端大我慢起如是乃至慢與過慢及慢過慢或增上慢或卑劣慢一時俱發心中尚輕十方如來何況下位聲聞緣覺此名見勝無慧自救悟則無咎非爲聖證若作聖解則有一分大我慢魔入其心腑不禮塔廟摧毀經像謂檀越言此是金銅或是土木經是樹葉或是氎華肉身眞常不自恭敬却崇土木實爲

顛倒其深信者從其毀碎埋棄地中疑誤衆生入無間獄失於正受當從淪墜又彼定中諸善男子見色陰銷受陰明白於精明中圓悟精理得大隨順其心忽生無量輕安已言成聖得大自在此名因慧獲諸輕清悟則無咎非爲聖證若作聖解則有一分好輕清魔入其心腑自謂滿足更不求進此等多作無聞比丘疑誤衆生墮阿鼻獄失於正受當從淪墜又彼定中諸善男子見色陰銷受陰明白於明悟中得虚明性其中忽然歸向永滅撥無因果一向入空空心現前乃至心生長斷滅解悟則無咎非爲聖證若作聖解則有空魔入其心腑乃謗持戒名爲小乘菩薩悟空有何持犯其人常於信心檀越飲酒噉肉廣行婬穢因魔力故攝其前人不生疑謗鬼心久入或食屎尿與酒肉等一種俱空破佛律儀誤入人罪失於正受當從淪墜又彼定中諸善男子見色陰銷受陰明白味其虚明深入心骨其心忽有無限愛生愛極發狂便爲貪欲此名定境安順入心無慧自持誤入諸欲悟則無咎非爲聖證若作聖解則有欲魔入其心腑一向説欲爲菩提道化諸白衣平等行欲其行婬者名持法子神鬼力故於末世中攝其凡愚其數至百如是乃至一百二百或五六百多滿千萬魔心生厭離其身體威德既無陷於王難疑誤衆生入無間獄失於正受當從淪墜阿難如是十種禪那現境皆是受陰用心交互故現斯事衆生頑迷不自忖量逢此因緣迷不自識謂言登聖大妄語成墮無間獄汝等亦當將如來語於我

滅後傳示末法徧令衆生開悟斯義無令天魔得其方便保持覆護成無上道阿難彼善男子修三摩提受陰盡者雖未漏盡心離其形如鳥出籠已能成就從是凡身上歷菩薩六十聖位得意生身隨往無礙譬如有人熟寐寱言是人雖則無別所知其言已成音韻倫次令不寐者咸悟其語此則名爲想陰區宇若動念盡浮想銷除於覺明心如去塵垢一倫生死首尾圓照名想陰盡是人則能超煩惱濁觀其所由融通妄想以爲其本阿難彼善男子受陰虛妙不遭邪慮圓定發明三摩地中心愛圓明銳其精思貪求善巧爾時天魔候得其便飛精附人口說經法其人不覺是其魔著自言謂得無上涅槃來彼求巧善男子處敷座說法其形斯須或作比丘令彼人見或爲帝釋或爲婦女或比丘尼或寢暗室身有光明是人愚迷惑爲菩薩信其教化搖蕩其心破佛律儀潛行貪欲口中好言災祥變異或言如來某處出世或言劫火或說刀兵恐怖於人令其家資無故耗散此名怪鬼年老成魔惱亂是人厭足心生去彼人體弟子與師俱陷王難汝當先覺不入輪迴迷惑不知墮無間獄阿難又善男子受陰虛妙不遭邪慮圓定發明三摩地中心愛遊蕩飛其精思貪求經歷爾時天魔候得其便飛精附人口說經法其人亦不覺知魔著亦言自得無上涅槃來彼求遊善男子處敷座說法自形無變其聽法者忽自見身坐寶蓮華全體化成紫金光聚一衆聽人各各如是得未曾有是人愚迷惑爲菩薩婬逸其心破佛

律儀潛行貪欲口中好言諸佛應世某處某人當是某佛化身來此某人即是某菩薩等來化人間其人見故心生傾渴邪見密興種智銷滅此名魃鬼年老成魔惱亂是人厭足心生去彼人體弟子與師俱陷王難汝當先覺不入輪廻迷惑不知墮無間獄又善男子受陰虛妙不遭邪慮圓定發明三摩地中心愛綿溜澄其精思貪求契合爾時天魔候得其便飛精附人口說經法其人實不覺知魔著亦言自得無上涅槃來彼求合善男子處敷座說法其形及彼聽法之人外無遷變令其聽者未聞法前心自開悟念念移易或得宿命或有他心或見地獄或知人間好惡諸事或口說偈或自誦經各各歡娛得未曾有是人愚迷惑爲菩薩綿愛其心破佛律儀潛行貪欲口中好言佛有大小某佛先佛某佛後佛其中亦有眞佛假佛男佛女佛菩薩亦然其人見故洗滌本心易入邪悟此名魅鬼年老成魔惱亂是人厭足心生去彼人體弟子與師俱陷王難汝當先覺不入輪廻迷惑不知墮無間獄又善男子受陰虛妙不遭邪慮圓定發明三摩地中心愛根本窮覽物化性之終始精爽其心貪求辨析爾時天魔候得其便飛精附人口說經法其人先不覺知魔著亦言自得無上涅槃來彼求元善男子處敷座說法身有威神摧伏求者令其座下雖未聞法自然心伏是諸人等將佛涅槃菩提法身即是現前我肉身上父父子子遞代相生即是法身常住不絶都指現在即爲佛國無別淨居及金色相其人信受亡失先心

身命歸依得未曾有是等愚迷惑爲菩薩推究其心破佛律儀潛行貪欲口中好言眼耳鼻舌皆爲淨土男女二根即是菩提涅槃眞處彼無知者信是穢言此名蠱毒魘勝惡鬼年老成魔惱亂是人厭足心生去彼人體弟子與師俱陷王難汝當先覺不入輪迴迷惑不知墮無間獄又善男子受陰虛妙不遭邪慮圓定發明三摩地中心愛懸應周流精研貪求冥感爾時天魔候得其便飛精附人口說經法其人元不覺知魔著亦言自得無上涅槃來彼求應善男子處敷座說法能令聽衆暫見其身如百千歲心生愛染不能捨離身爲奴僕四事供養不覺疲勞各各令其座下人心知是先師本善知識別生法愛黏如膠漆得未曾有是人愚迷惑爲菩薩親近其心破佛律儀潛行貪欲口中好言我於前世於其生中先度其人當時是我妻妾兄弟今來相度與汝相隨歸其世界供養其佛或言別有大光明天佛於中住一切如來所休居地彼無知者信是虛誑遺失本心此名厲鬼年老成魔惱亂是人厭足心生去彼人體弟子與師俱陷王難汝當先覺不入輪迴迷惑不知墮無間獄又善男子受陰虛妙不遭邪慮圓定發明三摩地中心愛深入克己辛勤樂處陰寂貪求靜謐爾時天魔候得其便飛精附人口說經法其人本不覺知魔著亦言自得無上涅槃來彼求陰善男子處敷座說法令其聽人各知本業或於其處語一人言汝今未死已作畜生勑使一人於後蹋尾頓令其人起不能得於是一衆傾心欽伏有人

起心已知其肇佛律儀外重加精苦誹謗比丘罵詈徒衆訐露人事不避譏嫌口中好言未然禍福及至其時毫髮無失此大力鬼年老成魔惱亂是人厭足心生去彼人體弟子與師俱陷王難汝當先覺不入輪迴迷惑不知墮無間獄又善男子受陰虛妙不遭邪慮圓定發明三摩地中心愛知見勤苦研尋貪求宿命爾時天魔候得其便飛精附人口說經法其人殊不覺知魔著亦言自得無上涅槃來彼求知善男子處敷座說法是人無端於說法處得大寶珠其魔或時化爲畜生口銜其珠及雜珍寶簡冊符牘諸奇異物先授彼人後著其體或誘聽人藏於地下有明月珠照耀其處是諸聽者得未曾有多食藥草不餐嘉饌或時日餐一麻一麥其形肥充魔

力持故誹謗比丘罵詈徒衆不避譏嫌口中好言他方寶藏十方聖賢潛匿之處隨其後者往往見有奇異之人此名山林土地城隍川嶽鬼神年老成魔或有宣婬破佛戒律與承事者潛行五欲或有精進純食草木無定行事惱亂是人厭足心生去彼人體弟子與師多陷王難汝當先覺不入輪迴迷惑不知墮無間獄又善男子受陰虛妙不遭邪慮圓定發明三摩地中心愛神通種種變化研究化元貪取神力爾時天魔候得其便飛精附人口說經法其人誠不覺知魔著亦言自得無上涅槃來彼求通善男子處敷座說法是人或復手執火光手撮其光分於所聽四衆頭上是諸聽人頂上火光皆長數尺亦無熱性曾不焚燒或水上行如履平地或於空中

安坐不動或入鉼內或處囊中越牖透垣曽無障礙唯於刀兵不得自在自言是佛身著白衣受比丘禮誹謗禪律罵詈徒衆訐露人事不避譏嫌口中常說神通自在或復令人傍見佛土鬼力惑人非有眞實讚歎行婬不毀麤行將諸猥媟以爲傳法此名天地大力山精海精風精河精土精一切草木積劫精魅或復龍魅或壽終仙再活爲魅或仙期終計年應死其形不化他怪所附年老成魔惱亂是人厭足心生去彼人體弟子與師多陷王難汝當先覺不入輪迴迷惑不知墮無間獄又善男子受陰虛妙不遭邪慮圓定發明三摩地中心愛入滅研究化性貪求深空爾時天魔候得其便飛精附人口說經法其人終不覺知魔著亦言自得無上涅槃來彼求空善男子處敷座說法於大衆內其形忽空衆無所見還從虛空突然而出存沒自在或現其身洞如瑠璃或垂手足作栴檀氣或大小便如厚石蜜誹毀戒律輕賤出家口中常說無因無果一死永滅無復後身及諸凡聖雖得空寂潛行貪欲受其欲者亦得空心撥無因果此名日月薄蝕精氣金玉芝草麟鳳龜鶴經千萬年不死爲靈出生國土年老成魔惱亂是人厭足心生去彼人體弟子與師多陷王難汝當先覺不入輪迴迷惑不知墮無間獄又善男子受陰虛妙不遭邪慮圓定發明三摩地中心愛長壽辛苦研幾貪求永歲棄分段生頓希變易細相常住爾時天魔候得其便飛精附人口說經法其人竟不覺知魔著亦言自得無上涅槃來彼求生善男

子處敷座說法好言他方往還無滯或經萬里瞬息再來皆於彼方取得其物或於一處在一宅中數歩之間令其從東詣至西壁是人急行累年不到因此心信疑佛現前口中常說十方衆生皆是吾子我生諸佛我出世界我是元佛出世自然不因修得此名住世自在天魔使其眷屬如遮文茶及四天王毗舍童子未發心者利其虛明食彼精氣或不因師其修行人親自觀見稱執金剛與汝長命現美女身盛行貪欲未逾年歲肝腦枯竭口兼獨言聽若妖魅前人未詳多陷王難未及遇刑先已乾死惱亂彼人以至殂殞汝當先覺不入輪迴迷惑不知墮無間獄阿難當知是十種魔於末世時在我法中出家修道或附人體或自現形皆言已成正徧知覺讚歎婬欲破佛律儀先惡魔師與魔弟子婬婬相傳如是邪精魅其心腑近則九生多踰百世令眞修行總爲魔眷命終之後必爲魔民失正徧知墮無間獄汝今未須先取寂滅縱得無學留願入彼末法之中起大慈悲救度正心深信衆生令不著魔得正知見我今度汝已出生死汝遵佛語名報佛恩阿難如是十種禪那現境皆是想陰用心交互故現斯事衆生頑迷不自忖量逢此因緣迷不自識謂言登聖大妄語成墮無間獄汝等必須將如來語於我滅後傳示末法徧令衆生開悟斯義無令天魔得其方便保持覆護成無上道

大佛頂如來密因修證了義諸菩薩萬行首楞嚴經卷第九

音釋

貶悲檢切謫也　渻音泯　斫之若切斬也　魘於琰切睡中魘也　寱魚祭切睡中語也　謐彌畢切安也　訐居竭切斥人隱過也　媟先結切媟嫚也　瞬舒閏切目動也

大佛頂如來密因修證了義諸菩薩萬行首楞嚴經卷第十

唐天竺沙門般剌密帝譯　烏萇國沙門彌伽釋迦譯語

菩薩戒弟子前正議大夫同中書門下平章事清河房融筆受

阿難彼善男子修三摩提想陰盡者是人平常夢想銷滅寤寐恒一覺明虛靜猶如晴空無復麤重前塵影事觀諸世間大地山河如鏡鑒明來無所黏過無蹤跡虛受照應了罔陳習唯一精眞生滅根元從此披露見諸十方十二衆生畢殫其類雖未通其各命由緒見同生基猶如野馬熠熠清擾爲浮根塵究竟樞穴此則名爲行陰區宇若此清擾熠熠元性性入元澄一澄元習如波瀾滅化爲澄水名行陰盡是人則能超衆生濁觀其所由幽隱妄想以爲其本阿難當知是得正知奢摩他中諸善男子凝明正心十類天魔不得其便方得精研窮生類本於本類中生元露者觀彼幽清圓擾動元於圓元中起計度者是人墜入二無因論一者是人見本無因何以故是人既得生機全破乘于眼根八百功德見八萬劫所有衆生業流灣環死此生彼祇見衆生輪迴其處八萬劫外冥無所觀便作是解此等世間十方衆生八萬劫來無因自有由此計度亡正徧知墮落外道惑菩提性二者是人見末無因何以故是人於生旣見其根知人生人悟鳥生鳥烏從來黑鵠從來白人天本豎畜生本橫白非洗成黑非染造從八萬劫無復改移今盡此形亦復如是而我本來不見菩提云何更有成菩提事當知今日一切物象皆本無因由此計度亡正

徧知墮落外道惑菩提性是則名爲第一外道立無因論阿難是三摩中諸善男子凝明正心魔不得便窮生類本觀彼幽清常擾動元於圓常中起計度者是人墜入四徧常論一者是人窮心境性二處無因修習能知二萬劫中十方衆生所有生滅咸皆循環不曾散失計以爲常二者是人窮四大元四性常住修習能知四萬劫中十方衆生所有生滅咸皆體恒不曾散失計以爲常三者是人窮盡六根末那執受心意識中本元由處性常恒故修習能知八萬劫中一切衆生循環不失本來常住窮不失性計以爲常四者是人既盡想元生理更無流止運轉生滅想心今已永滅理中自然成不生滅因心所度計以爲常由此計常亡正徧知墮落外道惑菩提性是則名爲第二外道立圓常論又三摩中諸善男子堅凝正心魔不得便窮生類本觀彼幽清常擾動元於自他中起計度者是人墜入四顛倒見一分無常一分常論一者是人觀妙明心徧十方界湛然以爲究竟神我從是則計我徧十方凝明不動一切衆生於我心中自生自死則我心性名之爲常彼生滅者眞無常性二者是人不觀其心徧觀十方恒沙國土見劫壞處名爲究竟無常種性劫不壞處名究竟常三者是人别觀我心精細微密猶如微塵流轉十方性無移改能令此身即生即滅其不壞性名我性常一切死生從我流出名無常性四者是人知想陰盡見行陰流行陰常流計爲常性色受想等今已滅盡名爲無常由此計度一分無常一分

常故墮落外道惑菩提性是則名爲第三外道一分常論又三摩中諸善男子堅凝正心魔不得便窮生類本觀彼幽清常擾動元於分位中生計度者是人墜入四有邊論一者是人心計生元流用不息計過未者名爲有邊計相續心名爲無邊二者是人觀八萬劫則見衆生八萬劫前寂無聞見無聞見處名爲無邊有衆生處名爲有邊三者是人計我徧知得無邊性彼一切人現我知中我曾不知彼之知性名彼不得無邊之心但有邊性四者是人窮行陰空以其所見心路籌度一切衆生一身之中計其咸皆半生半滅明其世界一切所有一半有邊一半無邊由是計度有邊無邊墮落外道惑菩提性是則名爲第四外道立有邊論又三摩中諸善男子堅凝正心魔不得便窮生類本觀彼幽清常擾動元於知見中生計度者是人墜入四種顛倒不死矯亂徧計虛論一者是人觀變化元見遷流處名之爲變見相續處名之爲恒見所見處名之爲生不見見處名之爲滅相續之因性不斷處名之爲增正相續中中所離處名之爲滅各各生處名之爲有互互亡處名之爲無以理都觀用心别見有求法人來問其義答言我今亦生亦滅亦有亦無亦增亦滅於一切時皆亂其語令彼前人遺失章句二者是人諦觀其心互互無處因無得證有人來問唯答一字但言其無除無之餘無所言說三者是人諦觀其心各各有處因有得證有人來問唯答一字但言其是除是之餘無所言說四者是人有無俱見其境枝故

其心亦亂有人來問答言亦有即是亦無亦無之中不是亦有一切矯亂無容窮詰由此計度矯亂虛無墮落外道惑菩提性是則名爲第五外道四顛倒性不死矯亂徧計虛論又三摩中諸善男子堅凝正心魔不得便窮生類本觀彼幽清常擾動元於無盡流生計度者是人墜入死後有相發心顛倒或自固身云色是我或見我圓含徧國土云我有色或彼前緣隨我廻復云色屬我或復我依行中相續云我在色皆計度言死後有相如是循環有十六相從此或計畢竟煩惱畢竟菩提兩性並驅各不相觸由此計度死後有故墮落外道惑菩提性是則名爲第六外道立五陰中死後有相心顛倒論又三摩中諸善男子堅凝正心魔不得便窮生類本觀彼幽清常擾動元於先除滅色受想中生計度者是人墜入死後無相發心顛倒見其色滅形無所因觀其想滅心無所繫知其受滅無復連綴陰性銷散縱有生理而無受想與草木同此質現前猶不可得死後云何更有諸相因之勘校死後相無如是循環有八無相從此或計涅槃因果一切皆空徒有名字究竟斷滅由此計度死後無故墮落外道惑菩提性是則名爲第七外道立五陰中死後無相心顛倒論又三摩中諸善男子堅凝正心魔不得便窮生類本觀彼幽清常擾動元於行存中兼受想滅雙計有無自體相破是人墜入死後俱非起顛倒論色受想中見有非有行遷流內觀無不無如是循環窮盡陰界八俱非相隨得一緣皆言死後有相無相又計

諸行性遷訛故心發通悟有無俱非虛實失措由此計度死後俱非後際昏瞢無可道故墮落外道惑菩提性是則名爲第八外道立五陰中死後俱非心顛倒論又三摩中諸善男子堅凝正心魔不得便窮生類本觀彼幽清常擾動元於後後無生計度者是人墜入七斷滅論或計身滅或欲盡滅或苦盡滅或極樂滅或極捨滅如是循環窮盡七際現前銷滅滅已無復由此計度死後斷滅墮落外道惑菩提性是則名爲第九外道立五陰中死後斷滅心顛倒論又三摩中諸善男子堅凝正心魔不得便窮生類本觀彼幽清常擾動元於後後有生計度者是人墜入五涅槃論或以欲界爲正轉依觀見圓明生愛慕故或以初禪性無憂故或以二禪心無苦故或以三禪極悅隨故或以四禪苦樂二亡不受輪迴生滅性故迷有漏天作無爲解五處安隱爲勝淨依如是循環五處究竟由此計度五現涅槃墮落外道惑菩提性是則名爲第十外道立五陰中五現涅槃心顛倒論阿難如是十種禪那狂解皆是行陰用心交互故現斯悟衆生頑迷不自忖量逢此現前以迷爲解自言登聖大妄語成墮無間獄汝等必須將如來語於我滅後傳示末法徧令衆生覺了斯義無令心魔自起深孽保持覆護銷息邪見教其身心開覺具義於無上道不遭枝岐勿令心祈得少爲足作大覺王清淨標指阿難彼善男子修三摩提行陰盡者諸世間性幽清擾動同分生機倏然隳裂沈細綱紐補特伽羅酬業深脉感應懸絕於涅槃天

將大明悟如雞後鳴瞻顧東方已有精色六根虛靜無復馳逸內外湛明入無所入深達十方十二種類受命元由觀由執元諸類不召於十方界已獲其同精色不沈發現幽祕此則名為識陰區宇若於羣召已獲同中銷磨六門合開成就見聞通鄰互用清淨十方世界及與身心如吠瑠璃內外明徹名識陰盡是人則能超越命濁觀其所由罔象虛無顛倒妄想以為其本阿難當知是善男子窮諸行空於識還元已滅生滅而於寂滅精妙未圓能令已身根隔合開亦與十方諸類通覺覺知通𣽼能入圓元若於所歸立眞常因生勝解者是人則墮因所因執娑毗迦羅所歸冥諦成其伴侶迷佛菩提亡失知見是名第一立所得心成所歸果違遠圓通背涅槃城生外道種阿難又善男子窮諸行空已滅生滅而於寂滅精妙未圓若於所歸覽為自體盡虛空界十二類內所有衆生皆我身中一類流出生勝解者是人則墮能非能執摩醯首羅現無邊身成其伴侶迷佛菩提亡失知見是名第二立能為心成能事果違遠圓通背涅槃城生大慢天我徧圓種又善男子窮諸行空已滅生滅而於寂滅精妙未圓若於所歸有所歸依自疑身心從彼流出十方虛空咸其生起即於都起所宣流地作眞常身無生滅解在生滅中早計常住既惑不生亦迷生滅安住沈迷生勝解者是人則墮常非常執計自在天成其伴侶迷佛菩提亡失知見是名第三立因依心成妄計果違遠圓通背涅槃城生倒圓種又善男子窮諸行空

已滅生滅而於寂滅精妙未圓若於所知知徧圓故因知立解十方草木皆稱有情與人無異草木爲人人死還成十方草樹無擇徧知生勝解者是人則墮知無知執婆吒霰尼執一切覺成其伴侶迷佛菩提亡失知見是名第四計圓知心成虛謬果違遠圓通背涅槃城生倒知種又善男子窮諸行空已滅生滅而於寂滅精妙未圓若於圓融根互用中已得隨順便於圓化一切發生求火光明樂水清淨愛風周流觀塵成就各各崇事以此羣塵發作本因立常住解是人則墮生無生執諸迦葉波并婆羅門勤心役身事火崇水求出生死成其伴侶迷佛菩提亡失知見是名第五計著崇事迷心從物立妄求因求妄冀果違遠圓通背涅槃城生顛化種又善男

子窮諸行空已滅生滅而於寂滅精妙未圓若於圓明計明中虛非滅羣化以永滅依爲所歸依生勝解者是人則墮歸無歸執無想天中諸舜若多成其伴侶迷佛菩提亡失知見是名第六圓虛無心成空亡果違遠圓通背涅槃城生斷滅種又善男子窮諸行空已滅生滅而於寂滅精妙未圓若於圓常固身常住同於精圓長不傾逝生勝解者是人則墮貪非貪執諸阿斯陀求長命者成其伴侶迷佛菩提亡失知見是名第七執著命元立固妄因趣長勞果違遠圓通背涅槃城生妄延種又善男子窮諸行空已滅生滅而於寂滅精妙未圓觀命互通却留塵勞恐其銷盡便於此際坐蓮華宮廣化七珍多增寶媛縱恣其心生勝解者是人則墮眞無眞執吒枳

迦羅成其伴侶迷佛菩提亡失知見是名第八發邪思因立熾塵果違遠圓通背涅槃城生天魔種又善男子窮諸行空已滅生滅而於寂滅精妙未圓於命明中分別精麤疏決眞僞因果相酬唯求感應背清淨道所謂見苦斷集證滅修道居滅已休更不前進生勝解者是人則墮定性聲聞諸無聞僧增上慢者成其伴侶迷佛菩提亡失知見是名第九圓精應心成趣寂果違遠圓通背涅槃城生纏空種又善男子窮諸行空已滅生滅而於寂滅精妙未圓若於圓融清淨覺明發研深妙即立涅槃而不前進生勝解者是人則墮定性辟支諸緣獨倫不迴心者成其伴侶迷佛菩提亡失知見是名第十圓覺溜心成湛明果違遠圓通背涅槃城生覺圓明不化圓種阿難如是十種禪那中塗成狂因依迷惑於未足中生滿足證皆是識陰用心交互故生斯位衆生頑迷不自忖量逢此現前各以所愛先習迷心而自休息將爲畢竟所歸寧地自言滿足無上菩提大妄語成外道邪魔所感業終墮無間獄聲聞緣覺不成增進汝等存心秉如來道將此法門於我滅後傳示末世普令衆生覺了斯義無令見魔自作沈孽保綏哀救銷息邪緣令其身心入佛知見從始成就不遭歧路如是法門先過去世恒沙劫中微塵如來乘此心開得無上道識陰若盡則汝現前諸根互用從互用中能入菩薩金剛乾慧圓明精心於中發化如淨瑠璃内含寶月如是乃超十信十住十行十迴向四加行心菩薩所行金剛十地等覺圓明入

於如來妙莊嚴海圓滿菩提歸無所得此是過去先佛世尊奢摩他中毗婆舍那覺明分析微細魔事魔境現前汝能諳識心垢洗除不落邪見陰魔銷滅天魔摧碎大力鬼神褫魄逃逝魑魅魍魎無復出生直至菩提無諸少乏下劣增進於大涅槃心不迷悶若諸末世愚鈍衆生未識禪那不知說法樂修三昧汝恐同邪一心勸令持我佛頂陀羅尼呪若未能誦寫於禪堂或帶身上一切諸魔所不能動汝當恭欽十方如來究竟修進最後垂範阿難即從座起聞佛示誨頂禮欽奉憶持無失於大衆中重復白佛如佛所言五陰相中五種虚妄爲本想心我等平常未蒙如來微細開示又此五陰爲併銷除爲次第盡如是五重詣何爲界惟願如來發宣大慈爲此大衆清淨心目以爲末世一切衆生作將來眼佛告阿難精眞妙明本覺圓淨非留死生及諸塵垢乃至虚空皆因妄想之所生起斯元本覺妙明眞精妄以發生諸器世間如演若多迷頭認影妄元無因於妄想中立因緣性迷因緣者稱爲自然彼虚空性猶實幻生因緣自然皆是衆生妄心計度阿難知妄所起說妄因緣若妄元無說妄因緣元無所有何況不知推自然者是故如來與汝發明五陰本因同是妄想汝體先因父母想生汝心非想則不能來想中傳命如我先言心想醋味口中涎生心想登高足心酸起懸崖不有醋物未來汝體必非虚妄通倫口水如何因談醋出是故當知汝現色身名爲堅固第一妄想即此所說臨高想心能令汝形眞受酸

澀由因受生能動色體汝今現前順益違損二現驅馳名爲虛明第二妄想由汝念慮使汝色身身非念倫汝身何因隨念所使種種取像心生形取與念相應寤即想心寐爲諸夢則汝想念搖動妄情名爲融通第三妄想化理不住運運密移甲長髮生氣銷容皺日夜相代曾無覺悟阿難此若非汝云何體遷如必是真汝何無覺則汝諸行念念不停名爲幽隱第四妄想又汝精明湛不搖處名恒常者於身不出見聞覺知若實精真不容習妄何因汝等曾於昔年覩一奇物經歷年歲憶忘俱無於後忽然覆覩前異記憶宛然曾不遺失則此精了湛不搖中念念受熏有何籌算阿難當知此湛非真如急流水望如恬靜流急不見非是無流若非想元寧受妄習非汝六根互用開合此之妄想無時得滅故汝現在見聞覺知中串習幾則湛了內罔象虛無第五顛倒微細精想阿難是五受陰五妄想成汝今欲知因界淺深唯色與空是色邊際唯觸及離是受邊際唯記與忘是想邊際唯滅與生是行邊際湛入合湛歸識邊際此五陰元重疊生起生因識有滅從色除理則頓悟乘悟併銷事非頓除因次第盡我已示汝劫波巾結何所不明再此詢問汝應將此妄想根元心得開通傳示將來末法之中諸修行者令識虛妄深厭自生知有涅槃不戀三界阿難若復有人徧滿十方所有虛空盈滿七寶持以奉上微塵諸佛承事供養心無虛度於意云何是人以此施佛因緣得福多不阿難答言虛空無盡珍寶無邊昔有衆

生施佛七錢捨身猶獲轉輪王位況復現前虛空既窮佛土充徧皆施珍寶窮劫思議尚不能及是福云何更有邊際佛告阿難諸佛如來語無虛妄若復有人身具四重十波羅夷瞬息即經此方他方阿鼻地獄乃至窮盡十方無間靡不經歷能以一念將此法門於末劫中開示未學是人罪障應念銷滅變其所受地獄苦因成安樂國得福超越前之施人百倍千倍千萬億倍如是乃至筭數譬喻所不能及阿難若有衆生能誦此經能持此呪如我廣說窮劫不盡依我教言如教行道直成菩提無復魔業佛說此經已比丘比丘尼優婆塞優婆夷一切世間天人阿脩羅及諸他方菩薩二乘聖仙童子并初發心大力鬼神皆大歡喜作禮而去

大佛頂如來密因修證了義諸菩薩萬行首楞嚴經卷第十

音釋

殫（都寒切盡也）孽（魚列切妖孽也）霰（蘇佃切）媛（于願切美女也）褫（丈爾切奪也）串（古患切與慣同習熟也）

七佛所說神呪經卷第一 一名廣濟衆生神呪

失譯師名開元附東晉録

清刻龍藏佛說法變相圖

七佛所說神呪經卷第一（一名廣濟衆生神呪）

失譯師名開元附東晉録

第一惟越佛說有一萬八千病以一呪悉以治之此陀羅尼名蘇盧都訶（此言梵音決定）

支波晝　支波晝　呼奴波晝　呼奴波晝　浮流波晝　浮流波晝　支波晝　支波晝　阿若波晝　阿若波晝　都呼奴那波晝　奢摩奴波晝　胡修帝那波晝　闍耆呼那波晝　伊呼帝那波晝　彌梨耆帝帝那波晝　娑若奴帝那波晝　蜜若奴帝那波晝　鬱遮兜帝那波晝　莎呵

誦呪三徧黄色縷結作十四結一句一結繫項此陀羅尼力悉能摧伏移山斷流乾竭大海摧碎諸山猶如微塵若日月失度能使正行悉能禳灾風雨失時能使時節穀米不登

能使豐熟隣國侵境悉能禳却大臣謀反惡心即滅疫病劫起悉能禳之疫鬼入國能驅遣之刀兵劫起能摧滅之此陀羅尼力能禳災消怪無量無邊若廣說者窮劫不盡此陀羅尼句七十二億諸佛所說神呪

第二式佛所說陀羅尼名胡蘇多（此言除一切鬱蒸熱惱）此陀羅尼句七十二億諸佛所說神呪

陀摩帝那　遮波兜帝那　舍副帝那　奢副奢副帝那　烏蘇多烏蘇多帝那　浮浮奢浮浮奢帝那　阿輸帝阿輸帝帝那　尼梨遮尼梨遮帝那　支波晝支波晝帝那　蘇訶兜蘇訶兜帝那　耶無奢耶無奢帝那　奢破不帝那　漚奢不帝那　蘇奢不帝那　奢破不帝那莎呵

誦呪三徧黃色縷結作三結繫項此陀羅尼神力能使三千大千世界六種震動山河石壁巔峩湧没其中衆生悉發無上菩提之心能除七十二億劫生死重罪衆生一切病苦悉能消滅無有遺餘其中衆生書寫讀誦此陀羅尼一句名者百千萬億恒河沙世重罪惡業摧滅無餘

第三隨葉佛所說神呪名寠耆兜（此言金鼓）衆生所有業障報障垢重煩惱障悉能摧滅無有遺餘

浮律帝那　若無兜醯那　寠耆兜醯那　若無兜醯那　遮浮浮醯那　若無兜醯那　烏奢浮浮醯那　若無兜醯那　睒婆呿呿醯　究梨吒呿呿醯那　遮波都醯那　遮波都醯那　若無晝那醯那　烏奢呿呿醯那　遮兜梨那醯那　莎訶

誦呪七徧黃色縷結作四結繫項此陀羅尼句恒河沙等諸佛所說其有書寫讀誦此陀羅尼者此人恒河沙等刧所有重罪惡業般重悔過報障業障及以五逆一闡提罪悉滅無餘及餘衆生所有重病障道罪垢及以業垢聞其所說悉滅無餘其中有書寫讀誦之者所至到處國邑聚落山林丘墓其中衆生得聞此陀羅尼名一經耳者命終已後悉得往生阿閦佛國乃至成佛不墮三塗行此呪法於四月十六日在東向塔內一日遶塔八十帀於塔西壁下東向立誦呪二十四徧乃至七日七夜不得睡眠須胡麻油燈七枝安置塔四角頭淨潔洗浴著新淨衣不食酒肉五辛禺中一食我於爾時當現其人前放大光明以金色手摩其頂上即與授決此人所有業障罪垢悉滅無餘

第四拘留秦佛所說大陀羅尼名金剛幢三昧并能療治三界五滓衆生諸惡煩惱瘡疣重罪一切業障及以報障諸垢煩惱悉能消除禪那兜醯吒(此言拔衆生苦)令出愛慾淤泥聞者脫三垢貪欲瞋恚慢

阿若那醯晝　婆者醯晝　伊那波梨帝那醯晝　耆菩阿若帝那醯晝　耆富摩醯晝　若無不醯晝　烏奢欽摩醯晝　耆浮摩醯晝　遮兜梨那醯晝　浮梨帝那醯晝　阿呼呼若醯晝　浮梨帝那醯晝　莎訶

禪那牟梨帝(此言大豐飽滿)耆浮牟牟唌　拘吒牟牟唌　牟梨嵬浮浮唌　婆若兜浮浮唌　支不破浮浮唌　鶱耆奴浮浮唌　不梨帝那浮浮唌　莎訶

誦呪一徧黃色綖結作十三結繫項上來所說陀羅尼句及我所說悉是過去九十九億諸佛所說其有讀誦書寫之者現身當得金剛幢三昧所有結使摧滅無餘拔衆生苦如上所說神力自在不可限量

第五拘那含牟尼佛所說大陀羅尼名畢多者訶嵬（此言聲振十方）莫不歸伏覺悟衆生猶如雷震無明衆生令得慧眼此陀羅尼句乃是過去七十二億諸佛所說我今說之

禪那波羅帝囊　阿那囊者訶囊　烏畓者訶囊　陀無者訶囊　不梨帝者訶囊叉耶呵囊者訶囊　欽波羅帝囊者訶囊　蜜者兜帝囊者訶囊　阿蘭者帝囊毗訶囊　呼婆帝囊者蘭囊　蜜者兜帝囊　若無訶帝囊　烏烏訶帝囊　支不破帝囊　莎訶

誦呪三徧黃色縷結作三結繫痛處此陀羅尼力能令三千大千世界六返震動其中所有一切衆生得聞說此陀羅尼句一經耳者百千萬億巨億姟劫所有重罪誹謗五逆悉滅無餘其有衆生修行讀誦七日七夜減省睡眠其人現身得師子王定三昧百千諸佛現前授記又其國土隣國強敵欲來侵凌國王爾時與諸群臣淨潔洗浴著新淨衣於高樓上隨其方面先禮十方諸佛然後禮我拘那含牟尼佛三稱我名燒香散華爾時即說陀羅尼句以此陀羅尼威神力故大梵天王帝釋四天大王於虛空中悉雨刀劍四面大黑風起令其兵衆皆悉不得見日月光諸夜叉衆吸其精氣應死者死自然退散大陀羅尼威神之力乃至如是

第六迦葉佛欲説大陀羅尼名初摩梨帝（此言拯濟群生）出生死苦一切痛處悉能消滅
阿若提婆梨帝　遮富摩提婆梨帝　烏奢那提婆梨帝　丘沙波羅帝提婆梨帝　呼沙都婆羅帝　提婆梨帝那呼婆羅帝　提婆梨帝　那支富婆羅帝　提婆梨帝那呼多羅帝　提婆梨帝　婆若不羅帝提婆梨帝　那婆都羅帝提婆梨帝　奢若蜜都羅帝　提婆羅帝　莎呵

誦呪七徧黄色綖結作六結繫痛處此陀羅尼句乃是過去七十七億諸佛所説此陀羅尼力能令百佛世界六種震動所有山河石壁皆悉摧碎猶如微塵通爲一佛世界其中所有一切萬物皆作金色浩汗滉瀁悉不復現唯見金色更無餘色此陀羅尼力故能令百佛世界衆生宿業重罪及三塗苦悉皆除滅無有遺餘其中衆生修行讀誦此陀羅尼者未發無上菩提心者皆使發心至不退轉先已發心者修行此陀羅尼者超過七住乃至十住此陀羅尼金剛三昧大空解脱門菩薩從初發心修行此三昧直至道場菩提樹下入金剛定莫不由是

第七釋迦牟尼佛欲説大陀羅尼名烏蘇耆晝臟多（此言金光照曜）除三界衆生幽冥隱滯拔其尼難此陀羅尼句乃是過去九十九億諸佛所説我今説之
耆路不帝那置　畢耆帝那置　烏蘇哆帝那置　耆牟多帝那置　若不都帝那置　阿若婆若兜帝那置　若波都帝那置　耆牟波若帝那置　烏奢副帝那置　蜜耆蘇

帝那置　邪蜜者帝帝那置　破如彌帝那置　畢梨帝吒帝那置　莎訶
誦呪四徧黄色綖結作十四結繫痛處此陀羅尼力能令三千大千世界六種震動其中衆生宿命罪垢纏裹縛束處在幽隱聞此陀羅尼一音經耳悉得徃生忉利天上有諸行人受持讀誦書寫此陀羅尼者未發心者咸使發心到堅固地先發心者入法流水中八住齊階疾至佛地以此陀羅尼力故一誦超過菩提樹下乃至佛地坐於道場此三昧名金光明王定覺悟群生踊出三界拔衆厄難超衆群聖自成佛道若有衆生欲修行此陀羅尼者欲得現身四沙門果欲除過去億百千劫障道五逆犯四重禁現世除滅令無遺餘應當修行此陀羅尼三七二十一日護持禁戒猶如明珠一日一夜六時行道懺悔十方淨潔洗浴著新淨衣用七色華三種名香供養恭敬釋迦牟尼佛於舍利塔前五體投地悔過自責爾時當誦此陀羅尼句八十一徧日日常爾乃至如是一七日不得復至二七日乃至三七日億百姟劫所有重罪悉滅無餘十方諸佛放大光明來觸其身是人爾時心意愢怡猶如比丘得第三禪爾時當有大梵天王釋提桓因四大天王即時授與四沙門果大集云莊嚴大乘瓔珞有四戒定慧無上陀羅尼是故當好持戒戒淨生定定能生慧

第一文殊師利菩薩所説陀羅尼名閻摩蓅此言解衆生纏縛現在病苦悉得消除能却障道拔三毒箭九十八使漸漸消滅度三有流現身

得道
支富多奈帝　闍浮支奈帝　蘇車不支奈帝　祝者不支奈帝　烏蘇多支奈帝　婆遮不支奈帝　闍摩賴長支奈帝　阿恕波賴長支奈帝　恕波帝支奈帝　莎呵
誦呪三徧五色縷結作二結繫項此陀羅尼四十二億諸佛所說若諸行人有能書寫讀誦此陀羅尼者現世常爲千佛所護此人命終以後不墮惡道當生兜率天上面覩彌勒又有衆生能修行此陀羅尼者斷食七日純服牛乳中時一食更無雜食一日一夜六時懺悔禮十方佛悔先所作億千姟劫所有重罪一時都盡分部破戒亦悉都盡五逆殃惡及一闡提殷重悔過悉得除滅於六時中一時十徧空閑浮室若在塔中此人心若淳厚我於爾時當往其所此人以見我故心轉淳厚心淳厚故得見千佛手摩其頭即與授記宿罪殃惡求滅無餘

第二我虛空藏菩薩欲說大陀羅尼名阿那者晝寧(此言拔衆生苦)三界特挺無比若有衆生迴波六趣無能救者我以救之令得脫難
阿那者晝蘇　不梨帝那者晝蘇　若波晝者晝蘇　畢梨帝那者晝蘇　如波毙者晝蘇　烏奢帝那晝蘇　若波晝者晝蘇　訶若浮娑者晝蘇　莎訶
誦呪五徧縷五色結作十四結繫兩手此陀羅尼乃是過去七十二億諸佛所說我今已說欲護正法故欲度衆生故成諸行人得從萬行故諸聲聞人未證果者令得果故令緣覺人度十二因緣大河拯濟群萌故令諸菩

薩從初發心乃至十地願果成故說此陀羅尼又此陀羅尼力能令三千大千世界其中衆生處在幽隱及三塗苦聞此陀羅尼一經耳處得宿命智乃至十四生悉得解脫若有善男子善女人欲修行此陀羅尼者應當三七二十一日淨自洗浴著新淨衣若於刹中若清淨地於夜後分明星出時語此大明星謂我語虛空藏菩薩如是三說除我根本罪如是三說除我障道罪如是三說與我四沙門果如是三說我於爾時即往其所住其人前授與四沙門果我誓當與如是三說燒沉水香若夢得阿摩勒果若得訶梨勒果若得頻婆勒果若得毗醯勒果若杏等爾時當勤精進若雞子等若拳等爾時即明星出時誦呪七徧若心好時復誦七徧我虛空藏菩薩常遊諸國土爲諸行人得從萬行

第三我觀世音菩薩欲說大陀羅尼名阿那者不智究梨智那（此言大極濟）普及十方無邊衆生

烏奢帝那　者那智帝那　不迦毗帝那　那殊不梨帝那　阿摩殊不梨帝那　烏奢那呼吒帝那　者浮浮帝那　若都晝帝那　若浮暮那賴帝那　漚究那賴帝那　支波副那賴帝那　闍浮呼賴帝那　莎訶

誦呪五徧縷五色結作二十四結繫項此陀羅尼句乃是過去九十九億諸佛所說九十九億諸佛爲諸行人修行六度者未發心者若諸聲聞人未證果者若三千大千世界内諸神仙人未發無上菩提心者皆使發心有諸凡夫未得信心我以種子令生法芽已此

陀羅尼威神力故及我方便威神力故令其所修悉得成辦及三千大千世界内幽隱黒闇滯礙及三塗衆生又聞我此陀羅尼者皆得拔苦又諸菩薩未階初住者令得初住次第令得乃至十住已得階級十住地者已得此陀羅尼勢力故於一念頃直至佛地三十二相八十種好自然成就若聲聞人聞此陀羅尼一經耳者讀誦書寫修行此陀羅尼以質直心如法而住四沙門果不求而得以此陀羅尼力故三千大千世界山河石壁四大海水能令湧沸須彌山及鐵圍山令如微塵其中衆生悉發無上菩提之心有諸菩薩聲聞修行之者障道滯礙患苦嬰身我悉救之令得脱難令其所修悉得成辦若有衆生現世求所願者修行陀羅尼者於三七二十一日淨持戒地一日一夜六時行道燒衆名香散五色華懺悔十方自責罪咎從生死際至生死際自責慚愧爾時三稱我觀世音菩薩燒香散華叩頭求哀悔過自責億百千劫所有重罪於一念頃悉得消滅淨身口已爾時當誦此陀羅尼三七二十一徧日夜六時從初一日乃至三七二十一日其鈍根者未得初果者我於爾時授與初果第二第三乃至第四果隨其利鈍階差所應若諸菩薩欲趣證地滯礙不進如法行者即得證地如前法網我今説此陀羅尼句三千大千世界内其中諸佛諸大菩薩釋梵四天王諸神仙人及諸龍王皆悉證知大誓成就願果不虛真實如是

第四我救脱菩薩欲説大陀羅尼名阿那者

智羅此言救諸病苦消衆毒藥振濟衆生出於生死未度者度未安者安未涅槃者令得涅槃此陀羅尼句乃是過去七十七億諸佛所説我今説之

陀摩賴帝　阿那婆賴帝　究支那帝　耆摩那帝　究吒婆賴多帝　阿奢摩梨難帝　婆若不梨那帝　烏奢欽帝　婆吒羅耆帝　烏蘇那波賴帝　陀摩賴帝　莎訶

誦呪三徧五色縷結作六結繫兩臂我今説此陀羅尼句時三千大千世界其中所有一切衆生所有罪垢殃惡重病以我法音聲震三千散入一切衆生毛孔六情諸根現在病苦鬱蒸毒氣及過去業諸結惱熱一切消盡令無遺餘又諸行人猒離三界欲求出要而不能得我當爲設無量方便令其所求各得成辦如其國土有諸隣敵欲來侵凌我當救之令得脱難爾時國王應當慚愧悔過自責歸謝萬民淨潔洗浴著新淨衣若高樓上若宫殿中燒香散華禮十方佛爾時當三稱我名救脱菩薩我今歸依如是三説爾時即當誦此陀羅尼三七二十一徧隨其方面有賊來處爾時當有八部鬼神雨沙礫石放大黑風雷震霹靂猶如天崩震動大地爾時怨賊自然退散我救脱菩薩振濟衆生神力如是

第五我跋陀和菩薩欲説大陀羅尼此陀羅尼句乃是過去七十七億諸佛所説我今欲説有陀羅尼名阿那耆置盧此言度脱衆生生老病死苦及三塗苦衆生現在病苦悉皆拯濟

阿那支波晝　求守羅波晝　支富盧波晝　阿那蘇訶兠波晝　烏奢欽波羅迦波晝

者復那波晝　訶若呼帝奴波晝　者摩浮梨帝那波晝　烏蘇帝樓波晝　者波瞢波晝　阿婆婆羅帝那波晝　呼婆都波晝　者摩梨帝那波晝　莎訶

誦呪五徧六色縷結作五結繫痛處此呪能令地作水相水作地相風作火相火作風相三千大千世界作微塵相色作空相空作色相下至金剛際上至淨居天變爲非色相若三千大千世界内有諸行人四大不調行道滯礙互不調適我以金色手摩其頂上授與湯藥令其所患消滅無餘行道得進四大輕便有諸衆生爲宿業罪垢纏裹縛束在三界獄無復出要我時當以智慧火及禪定水燒然洗澤令出三界以薩婆若膏漬潤令濕令生法芽拔其毒鏃咸使令發無上菩提道心若諸衆生於今現身欲求所願者欲求尊貴欲求聰明欲求總持欲求智慧欲求見十方諸佛面對共語得授記莂欲見我跋陀和菩薩授與四沙門果欲得命終生兜率天上見彌勒者欲生他方淨佛國土者現在佛前當書寫讀誦修行此陀羅尼當少欲知足淨持戒地常當慚愧修質直行於一日一夜六時之中精進不闕五辛酒肉不得過口如是精進一百一十四日内外明徹面對十方諸佛面前授記善男子汝過如是若干劫數當得作佛國土如是弟子衆數壽命如是若聲聞人欲求四果者亦當如是修行此陀羅尼功用正等無異隨根利鈍所證差别我跋陀和菩薩所說陀羅尼句神力如是誠諦不虛

第六我大勢至菩薩欲說大陀羅尼名阿那

耆置盧（此言救諸病苦）斷諸疑網拔四毒箭令出三界

耆富吒那帝　阿輸波羅帝　耆晝盧　波羅帝　阿輸多波羅帝　烏那呼波羅帝　若牟耶波羅帝　圖故晝波羅帝　若牟耶波羅帝　莎訶

誦呪三徧縷三色結作三結繫項此陀羅尼呪七十七億諸佛所說我今說竟此陀羅尼力能令三千大千世界地皆震裂其中衆生自然涌出我時即以大智慧力一時接取安置一處即以禪定清涼法水洗澤塵垢摩拭拂拭安慰其心譬如比丘入第三禪然後我當隨根利鈍應得阿耨多羅三藐三菩提者隨其階次悉皆給與若聲聞人應得四沙門果者次第給與令滿其願有諸行人書寫讀誦此陀羅尼句現在身中四百四病破戒五逆及障道罪宿世徵殃悉皆消滅無有遺餘我大勢至菩薩威神力故令此行人所修轉勝悉得成辦有諸行人在所生處得宿命智百生千生百千萬億生通達無礙如觀掌中阿摩勒果欲得聞持旋持總持欲得四辯說法無礙欲得佛十力四無所畏欲得修佛三十二相八十種好速得成辦欲得金剛三昧超過十地入佛正位應當書寫讀誦修行此陀羅尼晝夜六時不曾廢忘淨持戒地五辛酒肉悉不食之少欲知足修質直行修行此陀羅尼故無有非人能觸惱者我時當與釋梵四天王往詣是人所住之處安慰其心令其所修日日增廣

第七我得大勢菩薩欲說大陀羅尼名烏蘇

波置樓(此言救諸病苦)拯濟群生出於三界令諸行人得從萬行

阿那耆置樓　波羅帝那耆置樓　若摩陀羅置耆置樓　阿輸陀羅尼耆置樓　烏蘇波置那耆置樓　胡盧波置那波置樓　遮波副波置樓　若無利置波置樓　若耆浮呼梨那波置樓　若無阿遮不梨帝那莎訶

誦呪五徧縷三色結作三結繫咽此陀羅尼句乃是過去四十億恒河沙等諸佛所説我今已説此陀羅尼力能令十佛世界六種震動其中所有一切衆生以此陀羅尼法音光明入其毛孔塵勞垢集一切消除以我得大勢威神力故及此陀羅尼威神力故此諸衆生命終已後悉得往生兜率天上面覩彌勒若諸行人欲求解脱而爲業障之所滯礙懈怠懶惰三業不勤我時即以智慧火禪定水燒然洗澤業垢障道令其醒悟皆使令發菩提之心有諸行人四大不調病苦嬰身有能讀誦此陀羅尼者我時當與八部鬼神四大天王往是人所即時授與阿伽陀藥如意寶珠令無所乏是善男子善女人以我神力及陀羅尼力轉倍精進以精進故即得大果

第八我堅勇菩薩欲説大陀羅尼名阿那耆置樓(此言拯濟衆生)出生死苦拯濟三界貧窮衆生如寶掌菩薩亦如國王解髻中明珠施與貧人猶如慈父示子寶藏此陀羅尼力亦復如是

若無呼婆置樓　烏蘇多置樓　若無耆置樓　烏蘇呼那耆置樓　若物殊置樓　毗梨帝那置樓　烏奢欽置樓　遮不呼蘇多

置樓　若無蜜多置樓　阿支不置樓　毗梨帝那置樓莎訶

誦呪三徧縷三色結作七結繫痛處此陀羅尼句乃是過去七十七億諸佛所說我今說之有諸國王其國土境水旱不調穀米不登爾時應當誦此陀羅尼七十七徧三稱我名堅勇菩薩我勑阿耨大龍娑伽羅龍使諸小龍給足其水令國豐實若其國內疫病流行有諸衆生病苦殃身我時當往詣是人所隨其徧發療治救濟有諸衆生乏於財物我當給施令無所乏若諸國王欲求所願應當修行此陀羅尼若在塔中若空閑地淨潔洗浴著新淨衣七日七夜受持八戒六時行道於一一時中七徧誦此陀羅尼若其國王心淳厚者三日三夜即得如願極到七日無不剋果燒黑堅沉水香白栴檀香散五色華然胡麻油燈於月八日十四日十五日是時三稱我名堅勇菩薩我時當與天龍八部往是人所與其所願是人若於夢中若醒悟心或得珍寶或見白象或得果實爾時當知即得所願

我釋摩男菩薩今欲說大神呪擁護諸衆生國土虛弱事刀兵及寇賊疫病悉皆消滅所說大神呪功力如是

曇無呼蘇兜流　曇蜜耆兜流　曇蜜畢梨兜流　奢副都兜流　莎訶

誦呪三徧縷八色結作四結繫兩脚此神呪力能令百閻浮提千閻浮提萬閻浮提六返震動一佛境界悉能爲之其中諸王統理民物不以節度故使隣國兵刀競起天龍恚怒

水旱不調國王爾時責已修德慈惠天下寬縱民物徵善捨惡寬饒衆生懺悔慚愧與民更始從此日夜萬惡都息衆善普集天龍歡喜雨澤以時五穀熟成疫氣消滅王於爾時日日三時應當讀誦此陀羅尼所願成就真實不虚釋摩男菩薩所說如是勸囑諸國王事

阿難比丘所說神呪名支富敦胡（此言生死長夜令得惺悟）烏啄支富敦胡（此言衆生五欲淤泥中卧提拔令出）畢梨帝囊支富敦胡（此言衆生為無明貪欲瞋恚所中我今拔出）此陀羅尼力能令衆生心得解脱畢竟一乘不墮小乘畢竟清淨圓滿具足有諸衆生迷於大乘以呪力故還得決定猶如濁水置諸神珠以珠力故水則湛清此陀羅尼勢分所及衆生蒙祐悉得解脱此陀羅尼呪三千世界須彌山王皆悉動搖不安其所帝釋天王驚怖出宮是誰神變乃至如是諸龍王宮皆悉震動懔懔不安如動華樹諸龍驚走逃竄孔穴諸神仙人心迷悶轉山山相搏不安其所四大海水為之涌沸魚鼈黿鼉飛藏孔穴此大神呪神力如是其有讀誦書寫竹帛此人現得佛光三昧能除七百七十億劫生死重罪悉滅無餘阿難比丘說此陀羅尼呪竟真實如是

普賢菩薩所說大陀羅尼神呪經名支波啄（此言決定）毗尼波啄（此言斷結）烏蘇波啄（此言生盡）此呪能令衆生心得解脱滅三毒病却障道罪他方怨賊悉得摧滅境內所有怨家盜賊悉能攘之若行曠野惡獸毒蟲聞此陀羅尼神呪口則閉塞不能為害此陀羅尼神呪乃是過去

四十億諸佛所說我今說之其有修行此陀
羅尼者願果不虛今故略說
大悲觀世音菩薩摩訶薩說大陀羅尼神呪
南無勒囊利蛇蛇　南無阿利蛇　婆路吉
坻舍伏羅蛇　菩提薩埵蛇　摩訶薩埵蛇
摩訶迦嚕尼迦蛇　伊賸多崩　婆羅婆
叉彌佛婆禪摩　比至穴至躭薩埵　南無
勒囊利蛇蛇　南無阿利蛇　婆路吉坻舍
伏羅蛇　菩提薩埵蛇　摩訶薩埵蛇　多
擲哆修目佉　毗目佉　伏流伏流修目流
比修目流　輸那濘比輸那濘　摩訶思多
婆兠　摩首羅兠　摩富坻婆婆坻多婆首
沙兠　莎訶
此陀羅尼若人癩病若白癩若赤癩若黃癩
病若狂狗嚙若身惡瘡若被箭射刀槍傷破
以此陀羅尼呪呪土三七二十一徧以塗瘡
上即得瘥愈眞實如是 十五
觀世音菩薩願果
南無勒囊梨蛇蛇　南無阿利蛇　婆路吉
坻舍伏羅蛇　菩提薩埵蛇　摩訶薩埵蛇
多擲哆　南無摩訶迦留尼迦　南無薩
婆薩埵布多兎劒毘濘　南無薩婆薩埵囊
彌多羅質多多蛇　南無薩婆膞蛇散那木
叉迦羅蛇　南無薩婆槃但侈迦羅蛇　南
無薩婆槃但侈陀迦羅蛇　南無薩婆婆蛇
睒摩囊迦羅蛇　南無薩婆比蛇　耶木
叉迦羅蛇　南無薩婆薩埵　涅槃波羅耶
舍迦羅蛇　南無摩訶菩提薩埵　摩吉埵
囊伊賸呵利蛇　婆路吉坻舍伏羅蛇　希
力提蛇　摩扳提霜彌薩婆羯摩　力陀莎

陀羅尼　薩婆比蛇蛇　波羅慕羼尼多擲哆　秀留秀留秀留　兜流兜流兜流　希利希利　彌利彌利　思利思利　提利提利　闍利闍利闍利濘　郁勒利目勒利摩訶迦斯具利　乾陀梨陀邏邲蛇　摩登祈福迦羅斯　豆離豆豆離離　曇彌曇彌曇彌濘　羶坻羶多摩那斯　目俙毗目俙折移肥折移肥　[illegible]利侈跧力彌希利彌富旦濘　蘇慕坻修賴斯　闍彌律坻闍彌律多　婆多婆但坭　難提難提難提　目佉旃陀離旃陀羅　目佉鉢陀哆半陀莾　目佉修陀迦絺修利蛇　波羅沙脾修利蛇賴世　彌婆迦律[illegible]婆羅　吟哆哆婆羅㯭因陀羅因　坻羅伽羅伽羅侈名婆移阿祇祇闍彌坻　摩訶波[illegible]脾屯豆蓽莎離　摩豆

莎離摩豆莎離　薩婆薩埵　阿嵬劍婆婆陀蛇　婆陀蛇婆陀蛇　佛馱摩嵬沫羅傾曇摩摩耨沫羅希　僧伽摩耨沫羅希佛陀蛇佛陀蛇希　韸提蛇　摩耨沫羅希菩提蛇菩提薩埵薩婆羯莎訶　阿婆羅陀羅陀蛇莎訶　迦留尼迦蛇莎訶　羯摩哆莎訶　莎陀蛇莎訶　南無阿利蛇　婆路吉坻舍伕羅蛇　悉纏兜墓陀羅鉢陀莎訶

行此呪法於二月十五日以牛屎泥塗地以瓦器新好者盛香十一瓦器盛乳須一燈須燒好香華貫髮三日斷食一日三時澡浴應布草於地於七日中誦呪八百徧應觀世音像前應著新淨衣燒黒堅沉水香三時誦此呪必得吉祥隨心所願必得不虛若呪水若

呪土若結縷若呪芥子燒之若呪草隨意所便用治身病要於食前呪之衆病除愈此呪隨心所願應七日七夜中行之亦使上來所說能得行之吉是呪隨心自在呪是觀世音菩薩摩訶薩大悲故說諸欲所求悉得如願是呪能滅一切怖畏能除一切病痛能解一切繫縛能除一切怨害能除一切蠱道毒藥能滅一切熱病能除伏一切魔怨能除一切顛狂鬼病若欲遠行當誦此呪若自結衣角能除一切衆惡若結染色縷繫病人身無不除愈若以水噴灑若以黑縷結之能自護身幷護他人能令至墮地獄悉蒙解脫此觀世音菩薩摩訶薩本所誓願拔度一切廣救衆生眞實如是誠諦不虛

佛說曠野鬼神阿吒婆拘呪經除衆生苦患諸疹爾時鬼神即說呪曰

頭留彌頭留彌　陀咩多陀咩　頭留咩頭留咩　頭留咩吟尼利尼利　那羅那羅尼利尼利尼利尼利　那羅龜富尼利　豆荼濘豆荼濘　摩訶豆荼濘豆荼濘究吒濘摩訶究吒濘　摩訶究吒濘　究吒濘多吒濘　摩訶多吒濘多吒濘　吒吒吒吒吒吒摩訶吒吒　阿毗阿毗摩訶阿毗　阿毗利阿毗利　摩訶阿毗利　阿毗阿婆阿毗阿婆阿毗阿娑阿毗阿娑　阿徙阿徙　摩訶阿徙阿徙　利尼利尼　摩訶利尼利尼首婁首婁　摩訶首留首婁　仇婁摩訶仇婁仇婁　筏留仇牟　優仇牟婁仇牟　仇摩仇摩仇摩仇摩　希利希利希利希利希利　伊持伊持伊持伊持　比持比持比持

比持　呵羅呵羅呵羅呵羅　希尼希尼希
尼希尼　休尼休尼休尼休尼休尼休尼休
尼　訶那訶那訶那訶那　牟尼牟尼牟尼
牟尼　摩訶牟尼牟尼　婆羅婆羅　尼利
師知路迦遮利耶　時那時那時那時那賴
沙婆　時那時那時那時那賴沙婆　那墓
蛇修竭多牟尼　那墓蛇　修竭多牟尼
迦羅摩闍竭提多蛇　舍摩陀摩舍摩陀摩
舍摩陀摩　目多咩提那比時多彌　羅留
師多彌牟尼那比闍那彌　修竭都多摩牟
尼那比闍那彌

世尊此陀羅尼句爲四部衆令得安隱離諸惱患衆魔惡鬼盜賊水火旋嵐惡風羅刹惡鬼熱病冷病風病等分諸病家業衰耗所向不利惡獸卒暴急誦此呪一切解脱今當重説陀羅尼呪

阿車阿眵牟尼摩訶牟尼牟尼奧尼休休摩
那力迦休休　鬪迦那吒呵吒呵迦那吒
阿多那知阿多波吒　阿吒那吒那吒那吒
那　流豆流豆休休豆　希尼希尼希尼希
尼　烏仇摩烏仇摩烏仇摩烏仇摩　希利
希利希利尼利尼利　摩訶尼利　莎呵

令爲某甲等在所作護若有諸鬼食人精氣者若損人資産者耗人財物者如是一切諸怖畏等悉爲某甲等作無量救護即説呪曰

流摩流摩流摩流摩流摩　希利希利
希利希利　仇那仇那仇那仇那仇嵬仇嵬
仇嵬仇嵬仇留仇留仇留仇留　休婁休婁
休婁休婁　希利希利　暮休暮休暮休暮
休暮休暮希利暮希利暮希利暮希利暮希

利休休牟休摩休咩呡摩咩斯　摩訶提迦
羅咩升　莎呵
如上所説莫令其甲等有王畏賊畏水畏火
畏風畏日月星辰鬼神等畏或有餘惡知識
心懷惡害悉皆愚闇癡噤迷悶忘失不越此
界不犯此呪一切天龍阿脩羅夜叉羅刹諸
龍等惡人非人等不能爲害爾時四部衆聞
説此呪歡喜奉行

七佛所説神呪經卷第一

音釋

巇峩　巇音犬切峩音我　睒　失冉切　咻　音休　禺中　禺元俱切日在巳曰禺中　滓　側史切濁也　疣　羽求切瘤也　淤泥　淤依倨切淤泥滓濁泥也　綖　私箭切與線同縷也　姟　古哀切數也十京曰姟　滉瀁　滉胡廣切瀁以兩切滉瀁深廣貌　膩　女利切　哆　丁可切　漬　疾智切浸潤也　鏃　作木切箭鏑也　懍　力稔切危懼也　竄　七亂切藏匿也　啄　竹角切　攘　汝陽切竊也　瞢　莫登切　企　去智切　濘　奴丁切　嚙　五巧切齧也　脾　符支切　邏　郎佐切　邲　毘必切　僀　都計切　衚　音胡　侈　天氏切　跂　去智切　拶　子合切　櫴　音賴　薜　步迷切　傾　平結切　屎　詩止切　瘆　丑刃切病也　咩　迷彌切　呡　音民　噤　巨禁切口閉也

七佛所說神咒經卷第二

失譯師名開元附東晉録

我文殊師利今欲說神咒拔濟衆生除其婬欲本有呪名烏蘇吒（此言除婬欲却我慢）

句梨句梨帝那　憂拙憂拙帝那　度呼度呼帝那　究吒究吒帝那　若窰都若窰都帝那　究吒呼究吒呼帝那　憂守憂守帝那　耶窰若耶窰若帝那　度呼吒究吒多莎呵

誦呪三徧結縷七結繫脚是呪能令諸失心者還得正念滅婬欲火心得清涼除其我慢滅結使火三毒垢障悉得消除若諸女人及善男子精神處在無明重淵下久處於生死不能得出要廻波生死流没溺婬欲海莫能覺之者莫知求出要嗚呼甚可傷若善男子善女人心得惺悟還猒婬欲應當與此陀羅尼令其讀誦婬欲之火漸漸消滅婬欲滅已慢心自滅慢心滅已其心則定其心定已結使都滅結使滅已心得解脱心解脱已即得道果是則名爲大神呪力誠諦不虚神力如是斷酒肉五辛七七四十九日諸不淨肉悉不得食若善男子行者九九八十一日若女人行者七七四十九日復晝夜六時勤心讀誦燒黒沉水香白栴檀香散華供養十方諸佛六時讀誦曾不廢忘日數足已結使即滅其心泰然無復婬欲

名支波晝　毗尼波晝　烏蘇波晝

我文殊師利菩薩今欲說大神呪消諸精魅鬼并及妖邪蠱道有呪名漚帝𡍼囊（此言消衆生病淨其五藏六府三焦以禪定水洗澤令淨）

胡摩若帝晝　胡蘇摩帝晝　烏殊畢梨帝晝　具殊蜜帝晝　烏舍彌帝晝　耆毗若帝晝　烏啖彌帝晝　蜜耆都帝晝　具若烏蘇多帝晝　維淙蜜耆帝晝　烏蘇多帝晝　毗梨帝囊帝晝　莎呵

誦呪七徧縷結作七結繫膝此大神呪能令行人心得清涼離諸疾病心得解脫慧得解脫消衆毒藥無衆惱患衆邪妖魅悉皆消滅如爲一人衆多亦然應當讀誦極令通利在在處處我爲閻浮提諸衆生讀誦極令通利在在處處我爲閻浮提諸衆生故結此神呪治諸蠱魅消衆毒藥當令流布徧閻浮提末法衆生薄福所罝莫不爲此衆邪所惱勤教讀誦普使令知我定自在王菩薩今從妙樂世界來爲此娑婆世界五滓衆生故爲除禪定障拔其無明闇開其慧眼目賜其禪定水蕩滌心垢障種以菩提芽漸漸鬱茂長開闡三乘門示其果實相有呪名求稚兕（此言名照明却黑闇罪除慧眼垢）

若蜜帝都　烏殊那帝都　具若帝都　胡摩樓帝都　烏蘇彌帝都　胡蘇富多帝都　烏耆彌帝都　胡耆那帝都　烏輸求提帝都　莎呵

誦呪三徧縷五色結作三結繫脚此大神呪勢分所及徧閻浮提若諸行人欲修禪定或爲天魔衆邪蠱魅之所惱者以魔惱故衆緣事起外惡知識競來侵嬈以侵嬈故內惡復起求名利養諂曲嫉妬憍慢貢高來集其心行人爾時應當自責我爲不善爲魔所縛慚愧自責低頭愧恥諸佛及衆賢聖我於往劫

墮大地獄畜生餓鬼迴波六趣數受生死今得人身鈍根少智欲修禪定而不能得爲諸結使之所覆蔽我今寧當破身如塵終不爲此結使所蔽作是誓已五體投地歸命十方現在諸佛多陀阿伽度阿羅呵三藐三佛陀赦我僁咎滅除我罪洗我慧眼令得明淨以慈悲水蕩滌心垢照明我心内外清徹作是悔已復更投地如是三返復起叩頭悔已却坐淨身口已誦此神呪二十一徧爾時當三稱我名定自在王菩薩悔過僁咎如是三說一心禪思於一一時悔過自責隨根利鈍億百姟劫重惡之業障道黑闇衆邪蠱魅天魔罪垢悉皆消滅無有遺餘我時當與大菩薩衆往是人所隨根利鈍示其證相我定自在王菩薩所說神呪誠諦不虛神力如是我妙眼菩薩今從日月燈明王佛國來到此娑婆世界爲大阿羅漢欲得初禪三明六通今欲說神呪令其速成辦除其習結垢并及微薄障淨其天眼通宿命智習氣他心智明了未來一切事國土之名號及以弟子衆壽命劫多少及諸神通事耳根通徹聽百佛世界事身通能飛行石山無罣礙以滅度受想行漏盡令說竟有神呪名漚闍波置盧此言衆累都盡具足三明及六神通及八解脫

民若婆呵帝盧　烏蘇吒帝盧　耶蜜帝盧
烏蘇晝呵帝盧　波支呵呵帝盧　波蘇
呵呵帝盧　究晝呼呼帝盧　烏若蜜帝盧
究晝呼奴呵呵帝盧　莎呵

誦呪三徧縷三色結作六結繫項此大神呪能令行人斷除習氣及障道垢洗澤三明六

通令淨應當諷誦極令通利我功德相嚴菩薩今從阿彌陀佛國來今欲勸助遂成菩薩行教以巧妙方便遂成百福德令速得初住具諸相好故以美妙方便教令行之何等美妙一者其德弘廣普慈衆生二者蔭覆一切如母愛子不見其過三者積德行善不計其勞四者精勤修習捨慧精進轉以化人五者行十善行轉教衆生六者持戒淨潔猶如明珠內外明徹無有瑕塵七者身口意業所出言教以慈悲爲本八者所作事業拯濟爲先九者常以微妙方便爲衆說法和顏悅色不違其意十者常遊諸國爲大國師荷負衆生包含一切心無疲倦是名菩薩欲登初住始發心時十大妙行如是十行是名百福成一相好我今略說今欲說呪令速成辦有呪名

陀摩盧具低（此言成就相好莊嚴功德斷除習結滅障道垢）

阿提阿提陀摩盧　具多具多陀摩盧　支富支富陀摩盧　波晝波晝陀摩盧　烏奢烏奢陀摩盧　胡蘇彌佉陀摩盧　者奢者奢陀摩盧　烏吒烏吒陀摩盧　若彌若彌陀摩盧　烏晝烏晝陀摩盧　波守波守帝陀摩盧　漚周漚周帝陀摩盧　波瘦波瘦帝陀摩盧　余涂比余涂比呵　陀摩盧　者毗兜者毗兜陀摩盧　莎呵

誦呪五徧縷青綠二色結作三結繫腰是呪能令行人莊嚴功德具諸相好必登初住勤心讀誦極令通利晝夜諷誦心莫暫捨轉教他人我善名稱菩薩今從北方善寂月音王佛國來到此娑婆世界佛法欲滅人多造惡貪著利養更相是非無有君臣父子之義亦

無師徒弟子之禮五濁鼎沸三毒熾盛皆是前世不修德行積習衆惡今得此身雖受人身心似畜生羅刹鬼心人身畜心示同人類哀哉大苦千載欲末其中或有若一若兩行錯衆生墮在下流爲當愍此諸衆生耳今欲說呪以救接之令其奉行還得如初有呪名雲若蜜堄（此言返之拔諸行人罪垢根本摩洗拂拭令得鮮白）

烏富烏富波羅帝那　殊求殊求波羅帝那　喻若喻若蜜波羅帝那　烏瘦烏瘦都波羅帝那　支波支波都波羅帝那　烏瘦都支波那　具若具若都波羅帝那　耶蜜都究吒究吒都波羅帝那　舒波舒波都波羅帝那　莎呵

誦呪三徧縷黃白二色結作三結繫項此大神呪猶如大蓋陰覆一切亦如大雨潤澤一切亦如橋船運度一切三界群萌無不蒙賴道俗殊異稟味是一蒼生萬品會歸一空菩薩所以示權方適化爲於群品度脫之耳今說此呪爲行人故救濟拯拔令其速得三乘聖果勸諸行人勤心讀誦誠諦不虛必當得之寶月光明菩薩今欲說神呪除諸禪定罪及去諸垢障五陰四大病一切皆除却衆生無量劫不得修禪定是故久流轉沒在生死海迴波生死流莫能覺之者我愍此等故今欲說神呪除其三毒垢拔其愚癡足照以智慧鏡賜其禪定水生長菩提芽令到涅槃岸有呪名烏耆帝（此言除禪定垢却障道罪諸魔邪鬼悉能滅之）

耆摩帝晝　烏帝晝　具若帝晝　耆帝晝　耶蜜帝晝　烏囊帝晝　具若帝晝　呼帝晝　莎呵

誦呪三徧縷黄紫二色結作八結繫痛處是呪能令諸失心者還得正念億百姟劫所有重罪悉能摧滅無有遺餘若有衆生欲修禪定心亂黒闇不見境界煩惱數起睡眠所覆是人爾時應作是念我爲宿罪陰蓋所覆應當慚愧懺悔自責然燈續明燒香散華供養諸佛供養佛已別復供養我寶月光明菩薩然七枝燈燒沉水香七日七夜減省睡眠晝夜六時深自尅責説悔先罪多陀阿伽度阿羅呵三藐三佛陀知人見人明見弟子所犯罪相及十方佛諸大菩薩釋梵四天王悉皆證知明見我所犯罪相我今懺悔亦悉證知願滅我罪令無遺餘於一一時中懺悔已竟誦此神呪七徧乃止誦七徧已默然而坐一心禪思如是罪垢漸漸當除其心轉定境界明了其利根者三日四日乃至七日即得見我寶月光明菩薩除障滅罪授果與之其鈍根者二七三七日極鈍根者七七四十九日有得心定有得果者終不虛過此大神呪其力如是我北辰菩薩名曰妙見今欲説神呪擁護諸國土所作甚奇特故名曰妙見處於閻浮提衆星中最勝神仙中之仙菩薩之大將光目諸菩薩曠濟諸群生有大神呪名胡捺波（此言擁護國土佐諸國王消災却敵莫不由之）

目佉帝屠蘇吒　阿若蜜吒　烏都吒　具耆吒　波賴帝吒　耶彌若吒　烏都吒　拘羅帝吒　耆摩吒　莎呵

誦呪五徧縷七色結作三結繫痛處此大神呪乃是過去四十億恒河沙諸佛所説我於過去從諸佛所得聞説此大神呪力從是以

來經七百劫住閻浮提爲大國師領四天下衆星中王得最自在四天下中一切國事我悉當之若諸人王不以正法任用臣下心無慚愧暴虐濁亂縱諸群臣酷虐百姓我能退之徵召賢能代其王位若能慚愧改惡修善若能任善退諸惡人其心弘廣普慈一切容受拯濟猶如橋船包含民物猶如父母國有賢能當徵召之敬賢尊聖如視父母王自躬身臨政斷事不枉民物猶如明鏡若其國王能修是德改往修來悔先所作慚愧自責鄙悼懺咎自悔責已當修三德一者恭敬三尊二者憐愍貧窮國土孤老當撫恤之三者於怨親中心常平等斷理怨枉不枉民物若能修行上來諸德我時當率諸大天王諸天帝釋伺命都尉天曹都尉除死定生滅罪增福益筭延壽白諸天曹差諸善神一千七百邏衛國界守護國土除其灾患滅其姧惡風雨順時穀米豐熟疫氣消除無諸強敵人民安樂稱王之德是王若能兼行讀誦此陀羅尼譬如轉輪聖王得如意寶珠是珠神氣消伏灾禍我今以此大神呪力上來諸德悉能辦之消灾滅惡亦復如是當知是此大神呪力如王明珠亦復如是我太白仙人今欲說神呪我是五通仙本修菩薩行五星中最勝我於神仙中神通光明勝統領四天下及諸人天事國土灾變異壽命延縮短陰陽及運變圖書讖記等姧僞質直事攘灾消姧惡所應盈縮者悉是我所知我愍諸衆生今欲說神呪并護其國土有呪名阿那呼吒盧（此言欲護國土及閻浮提十方衆生故）

波吒呼娑盧　闍摩呼娑盧　黝摩兜呼娑盧　烏耆那呼娑盧　炎彌呼娑盧　烏晝呼娑盧　具耆呵呼娑盧　胡若兜呼娑盧
莎訶
誦呪三徧縷二色黃白結作二結繫項此大神呪乃是過去三恒河沙諸佛所說我於過去從諸佛所得聞是呪從是以來已經百劫所修功德於神仙中無能及者內祕菩薩大乘戒行外現神仙淨妙法身菩薩六度諸波羅蜜具足修竟外現方便處神仙中雖共和光不同其塵是名菩薩烏和拘舍羅方便處身若閻浮提諸國王等前身薄福處在末法微末善根得爲人王身無福力心闇少智復值五滓鈍濁衆生譬如癡人破車遲牛欲過險道甚難可過我見此已慈心憐愍爲度没溺勤苦衆生爲欲携將令得出難并濟其王遲牛之厄故我今日說此神呪若其國王聞此語已心生慚愧自知薄福改往修來發弘廣心慈悲臨覆愍苦衆生忍惡修善不枉民物逮護正法任賢用智賞善退惡與民更始其王若能修是諸德復能讀誦此陀羅尼晝夜專念心不廢忘王心爾時轉當聰辯志性和柔不念諸惡諸天善神漸來親附增其智慧益其神力以天護故轉當精進以精進故我等諸天日月五星二十八宿咸來擁護求願與願遣諸龍王給其雨澤穀米豐熟疫氣消除諸災消滅善徵日生當知悉是大神呪力我熒惑仙人今欲說神呪擁護諸國土拔濟諸群生除其我慢心消滅諸非姧厭鎮諸毒藥一切諸非法無不消伏者我是五通仙

消伏諸姦宄一切國土事世間之災殃兵刀及疫氣饑饉豐儉等隣國惡心生大臣欲謀反如是諸災禍我皆悉知之天子衰惡事隱沒及覆蓋滅筭及增壽悉是我所知欲得消災者我亦能辦之却敵及姧非我亦能厭之除却災殃變一切皆由我我於五星中聰明利智勝揵疾機關辯神通猛利勝於四天下中神通揵疾勝我於四天下無能及我者是故我今日欲說大神呪名具吒呼盧兕（此言擁護國土濟拔諸王難消伏諸姧非療治衆生病厭禱及毒氣）

呼都帝晝盧　阿支不帝晝盧　閻浮摩帝晝盧　不梨帝囊帝晝盧　烏蘇兕帝晝盧　具帝帝晝盧　耶摩畬耆帝晝盧　烏奢不梨帝帝晝盧　究守波帝晝盧　莎呵

誦呪三徧縷一色緋結作七結繫痛處此大神呪能令諸國王等及諸國土悉皆安隱消災攘禍莫不由是一切行人及疾病者悉應讀誦皆令通利若欲修行此陀羅尼者一者斷酒二者斷肉三者斷辛於三七日中香湯澡浴著新淨衣若於塔中若空淨處安置佛像燒香散華離衆憒閙於六時中勤心讀誦懺悔十方慚愧自責淨身口已應當讀誦於一一時中三七二十一徧誦已默然專心念我熒惑仙人五住菩薩我今歸依如是三說如是說已默然而坐我於爾時當往其所令其所求皆得成辦亦當授與如意寶珠滅結使火國土災殃豐儉疫氣皆悉攘之當知此是大神呪力我大梵天王欲說大陀羅尼以護衆生有陀羅尼名呼盧鉢都（此言治衆生病覆育三界濟諸貧窮）

閻羝呼蘇都　伊波都　閻摩呼蘇都　摩閻蜜呼蘇都　憂波帝那呼蘇都　莎呵

誦呪三徧縷二色青緑結作七結繫兩乳此大神呪乃是過去諸佛所説我今愍念諸衆生故爲令解脱拔濟三界勤苦本故爲欲弘廣佛正法故普慈衆生猶如慈父此陀羅尼神力盡一日月所照之處四天下中無不蒙賴此陀羅尼力能使四海涌沸須彌山崩碎如微塵及十寶山四大海水江河淮濟入一毛孔四天下中悉能爲之若諸國土疫病劫起其王爾時應當精進七日七夜受持八戒應當淨心六時行道爲萬民故調伏其心勅其境内一切人民以慈悲心勸令行善其王爾時於宮殿内然百千燈以救民命請召十方諸大菩薩梵釋四天王三自歸依叩頭求哀十方諸佛大菩薩衆釋梵四天王諸來大士救我民命如是三説如是説已當誦此陀羅尼三七二十一徧誦此陀羅尼已王與群臣夫人婇女默然而坐禪思一心我大梵天王爾時當與梵衆釋衆四天大王諸大龍王八部鬼神飲其毒氣悉得消除王於爾時於禪思中得見我身大梵天王釋提桓因四天大王以見我故倍復精進以精進故其國土境舊住鬼神惱民人者我又當遣四大天王驅令出界以我大梵天王慈悲力故其國土境悉得安隱我大自在天王今欲説神呪有陀羅尼名呵梨樓此言拔衆生苦濟衆厄難

阿若娑梨樓　毗梨帝那娑梨樓　遮波晝娑梨樓　彌梨帝那娑梨樓　殊訶兜支波晝　莎呵

誦呪三徧一色緑綖結作四結繫項是呪乃是過去十萬億諸佛所說此陀羅尼威神力故四天下中晝一日月所照之處能爲光明貧窮者能施寶藏盲冥衆生施其慧眼病苦之者與法藥療治若諸衆生欲求三乘聖果者我能佐助令得成辦若在幽隱受三塗苦以此陀羅尼力三塗命終生忉利天若諸行人書寫讀誦此陀羅尼者得宿命智憶十四生事來今往古如現目前欲修禪定者陰蓋所覆者當誦此陀羅尼其心則定睡眠速除欲修學問者其心散亂不能專一觸事滯礙不得義味當修行此陀羅尼欲得聞持者當修行此陀羅尼欲得十方諸佛所說諸大菩薩所說諸大天王所說一聞歷耳總持不忘即得義理百千義理自然現前持而不忘應當讀誦此陀羅尼晝夜六時恒不廢忘精勤修習助佛道法是人爾時當於夢中即得見我大自在天王坐白蓮華臺往是人所其人以見我故心大歡喜我時授與如意寶珠以珠力故所願自在百千諸佛當隨護助此大陀羅尼神力如是我化樂天王欲說大陀羅尼名阿那耆富盧（此言法忍柔順忍）堪任荷負三界衆生譬如大海其量難知我天王心亦復如是悉能救接漂流衆生出三界海

那耆富盧　憂多羅富盧　龍若呼婆婆富盧　憂禪叉富盧　陀摩耆富盧　毗梨帝那富盧　憂殊知富盧　莎呵

誦呪三徧五色縷結作一結繫項此大神呪乃是過去百千萬億諸佛所說愍念衆生故今欲說之此大神呪勢分所及三天下中惟

鬱單越獨不得聞力所至處其中衆生三種毒箭自然拔出得音響忍法意光明入毛孔中所有鬱蒸三垢重罪自然涌出此諸衆生命終已後悉得往生忉利天上若諸行人三垢覆蔽久處生死纏綿難解爲業垢河之所漂流我時當乘大乘法船撈接救拔以智慧火燒其結使以禪定水灑澤令淨以烏和拘舍羅拂拭搓摩教以六度布以四禪令出三界若諸行人欲得令身欲得音響忍欲得柔順忍欲得無生忍當修行此陀羅尼淨持戒地減省睡眠忍辱柔和少諸緣務心意質直見修功德者讚歎其德見貧窮者及病疾者慈心憐愍如已無異如是修行調其心已復欲增上果所願者當於三七二十一日連中一食白飯酥酪得食若鮮潔處若在塔中六時行道於一一時中禮十方佛懺悔宿罪燒衆名香散華供養栴檀熏陸諸雜華香三稱我名化樂天王我是五住菩薩爾時於一一時中誦此陀羅尼二十一徧從初一日乃至七日極鈍根者三七二十一日我於爾時往是人所隨根利鈍授與法忍應得音響忍者授與諸音響忍應得柔順忍者授與柔順忍應得無生法忍者授與無生法忍悉授與之眞實不虛我兜率陀天王我欲說大陀羅尼名耆蜜屠蘇兜（此言救諸病苦）賑給貧窮令諸行人速得三乘聖果如天降雨令諸農夫多收果實

支畢度蘇兜　民若度蘇兜　畢梨帝那支蘇兜　阿支都那度蘇兜　那度蘇兜　究吒呼奴度蘇兜　若富那度蘇兜　烏兜莎

呵垙度蘇垙　蜜若無度蘇垙　莎呵
誦呪六徧縷五色結作三結繫兩手此大神呪力能令此閻浮提所有地種碎如微塵弗婆提瞿耶尼悉能爲之海水枯涸須彌山崩令如微塵須能還復如本無異令諸行人諸結重病塵勞垢習爲渴愛河之所漂流没溺生死無能覺者我今以此大神呪力撈接救拔令出三界以大乘河滅結使火禪定膏油潤漬令濕種植無上菩提根芽令諸衆生收諸果實此陀羅尼力亦復如是若諸衆生現身欲修此陀羅尼得宿命智齊四百生未來世事亦四百生悉能知之現在世事知他人心智所緣境界天文地理圖書讖記知諸衆生死此生彼至四百生悉能知之應當受持讀誦此陀羅尼應當精進淨持戒地少欲知足修質直心晝夜六時省其睡眠精進修定節食少語乃至六年必得剋果先得宿命智次得無生智後得他心智來今往古未然之事靡不通達得此宿命智已陀羅尼力故所得智慧如五住菩薩等無有異我焰摩天王今欲説大神呪名求低胡蘇多(此言美妙音聲)

波罝呼盧多　不梨帝那呼盧多　烏吒句呼盧多　耶無呼盧多　不梨帝那呼盧多　烏奢副呼盧多　莎呵

誦呪三徧縷五色結作五結繫項是名畢法性海美妙音聲此大神呪乃是過去十恒河沙等諸佛所説是呪能令小千世界悉皆震動其中衆生以大神呪威神力故三毒病惱纏勞垢習自然涌出法音光明從毛孔入鬱蒸熱惱自然清涼小千世界其中衆生聞此

陀羅尼美妙音聲和雅柔輭有得音響忍者有得柔順忍者有得大無生法忍者有能堪任久住度衆生者有得畢法性海四辯無礙者有得大總持神通自在常遊諸國以美妙音聲而爲衆生演說法要悉是大神呪威神力故能辦此事我忉利天王愍念衆生故欲說大神呪名胡蘇兜那（此言去除垢穢慈悲拯濟拔衆生苦）

支不帝梨那　阿支不帝梨那　彌耆帝梨那　烏蘇帝梨那　若副多帝梨那　驅蘇帝梨那　莎呵

誦呪三徧白色縷結作六結繫項此大神呪乃是過去十恒河沙諸佛所說我忉利天王以此大神呪力於四天下中得大神力觸事無礙盡一日月所照之處悉能爲之衆生壽命帝王暴虐兵刀寇賊饑饉疫疾大臣宰相佞諂不忠國家衰忌星宿失度雨澤不時晚雨早霜比丘懈怠三業不勤故使世界三災並起若其國王放逸著樂縱諸群臣貪濁自恣多取民物枉殺無辜民怨天怒故使國界兵刀競起有諍奪之心行此惡行欲求長生終不可得若其國王心生慚愧悔過自責虛負萬民空頑不及謙下自卑惠下利民退惡任善尊聖敬德拯濟貧窮如其國王改往修來遵修此德可得長生延年益壽復能讀誦此陀羅尼修行信順上來所說諸惡災怪悉得消滅無有遺餘

七佛所說神呪經卷第二

音釋

佉丘迦切 憏丘虔切過也 姧古閑切與姦同 宄音軌姦也外為盜內為宄也 憒閙憒古對切亂也閙奴教切喧也 禈甫移切 撈路高切沉水取 搓七何切搓挪也 賑章刃切賙也 涸下各切水竭也 辜音孤罪也

七佛所説神呪經卷第三

失譯師名開元附東晋録

我摩醯首羅天王今欲説神呪愍念諸衆生爲除苦本除其我慢心令修忍辱行有呪名句多吒呪此言慈悲忍辱

殊呼多一烏耆多二句多吒三烏蘇蜜多四提梨帝吒五若蜜殊吒六句喻吒七烏蘇蜜者吒八句那吒九那蜜者吒十烏蘇帝梨吒十一莎呵十二

誦呪五徧縷一色青結作十二結繫兩手此大神呪乃是過去七恒河沙諸佛所説又我過去從諸佛所得聞説此大神呪名從是已來神通自在徧領三千大千世界一切鬼王皆悉屬我我有神力悉能摧伏我今説此陀羅尼呪如王解髻明珠與人譬如強力轉輪聖王威勢自在無有前敵未摧伏者力能摧伏已調伏者增加守護所須之物令無所乏時轉輪王威伏百姓復能養育增加守護猶如慈父等無有異我大摩醯首羅天王神力自在亦復如是典領三千大千世界鬼神諸王養育守護亦復如是摧伏外道及諸邪見悉令靡伏安住正法復以神通飛騰十方遊諸佛國佐佛揚化守護正法亦復如是我今以此大神呪力六道化身度脱衆生現作鬼王降伏諸鬼摧滅邪見内修菩薩清淨戒行久以得處法流水中八住齊階功勲成就當知皆是大神呪力其諸行人欲得現世離衆患難欲護正法欲得安隱欲得國土無諸灾疫豐實安樂其王應當勤心讀誦研精修習此陀羅尼亦當勸勵后妃婇女諸王子等勤

心修習晝夜讀誦極令通利於月八日十四日十五日離常住處在空淨地淨潔洗浴妙香塗身著新淨衣於夜後分明星出時燒香散五色妙華三種名香供養十方佛已然後三稱我名摩醯首羅大天王滿我所願如是三說令我所求皆得吉祥作是願已默然而坐我於爾時當往其所王於爾時即當誦此陀羅尼呪二十一徧默然而坐其王爾時若於夢中若惺悟心得見我身在虛空中處白蓮華臺放大光明照觸王身王見光已即得清淨解脫無垢光三昧得是三昧已心大歡喜心歡喜已所願悉得我時當遣八部鬼神守護國土國界清夷無諸災橫當知此是大神呪力八臂那羅延今欲說神呪名阿波盧者兜帝梨置此言護助佛法消諸姧惡摧滅邪見建立法幢

度呵兜一　支波兜二　若勿兜三　波羅帝兜四　度呵兜五　究吒兜六　阿若勿兜七　耶蜜兜八　究吒兜九　度呵兜十　莎呵十一

誦呪五徧縷青一色結作四結繫項此大神呪乃是過去八恒河沙諸佛所說我於過去從諸佛所聞是神呪是故今日得此奇特威猛德力神通無礙三界奇特人無等雙移山駐流手轉日月能接須彌擲置他方還置本處令此四天王帝釋諸天都不覺知令此須彌入芥子中四天王宮忉利諸天悉皆不知已之所入令四天下洲合爲一洲各還本處如本無異其中衆生不知往來神通自在遊騰十方歷事諸佛守護正法當知皆是大陀羅尼力若諸國土諸人王等欲護已身及國土者是王應當建立佛法當修十德何等爲

十一者以慈悲心養育民物二者怨親平等心無憎愛三者治國正法不枉民物四者退惡任善識賢別愚五者謙下自卑不輕賢士六者有來求者不違其意隨其所求悉皆給與七者於三寶所其心純厚八者拯濟貧窮愍諸孤老九者國有賢士當徵召之十者普慈人民捨恨念舊猶如慈父愛念其子溫潤清流若諸人王能行是德當知是王諸佛所護我等諸天亦護是王不令隣敵來侵是界有諸善人福德賢士皆集其國雨澤順時不被災霜人民安樂惡龍攝毒無病苦者是王若能修是十德復能兼誦此陀羅尼專念在心而不廢忘常於月八日十四日十五日於正殿上若高樓上香湯沐浴著新淨衣正東而坐日未出時燒香散華供養十方諸佛然後禮我八臂那羅延天王神力自在令我所求皆得如願爾時即誦此陀羅尼二七徧已默然而坐至一食頃我於爾時當往其所住虛空中身出光明照觸王身其王爾時見光明已轉復精進以精進故所求皆得隨其所願無不剋獲當知皆是大神呪力我大功德天女今欲說神呪名兜樓呼帝盧（此言護助正法愍苦衆生）

耆摩羅呼帝盧（一）烏晝呼帝盧（二）句吒那呼帝盧（三）若簺耆呼帝盧（四）莎呵（五）

誦呪三徧縷六色結作六結繫項是大神呪乃是過去七恒河沙諸佛所說我於過去從諸佛所得此神呪令得此身端正殊妙光明照曜諸天中勝神智通達靡所不知得他心智來今往古如在目前得宿命通具足三明

八解脱事亦悉備足功德備舉如初住菩薩等無有異爲度衆生現作天女見諸衆生迴波六趣没溺苦海無能覺者我今愍此諸衆生故以此神呪欲擁護之若諸行人欲求所願病者求差貧者求富賤者求貴若諸國王惡賊侵境雨澤不時所種不收疫病流行爾時應當勤心讀誦修行此陀羅尼七日七夜六時不廢燒香散華供養十方諸佛供養佛已爲我大功德天敷好妙座以三種妙華莊嚴此座赤白紫色三種妙漿蒲萄石蜜安石榴漿以待於我若在塔中若於靜室於一一時中勤心讀誦此大神呪七徧乃止默然而坐我時當與天衆龍衆往是人所受其供養受供養已與其所願是人爾時若於夢中若惺悟心即得見我大功德天威顔相貌光明挺特見已歡喜轉復精進以精進故所求皆得當知是此大神呪力我難陀龍王欲説一頭陀羅尼名耆那膩置此言護諸衆生拔其四毒箭

若不帝梨那一　伊帝帝梨那二　伊無帝梨那三　若晝若令帝梨那四　伊不帝梨那五　者呼吒帝那六　莎呵七

誦呪五徧黄羊毛縷結作六結繫項此大神呪乃是過去十恒河沙諸佛所説我難陀龍王已得大神呪力故常遊諸國十方佛前神通自在無有罣礙諸佛所説悉能總持爲衆生説如聞而行拔其毒鏃補智慧膏以薩婆若水洗除垢穢拂拭搓磨令心調淨我難陀龍王常遊諸國觀察衆生有病苦者隨其徧發療治救濟令得解脱乃至於王後宮變爲女身爲諸女人演説法要女人姿態多諸過

惡皆使令發菩提之心猒惡女身皆因此大神呪力得階十地六道和光現龍王身雖示龍身不同其塵當知悉是大神呪力日誦七徧煩惱結使悉得消除現在病苦悉得消滅欲得如上所說大智慧方便自利利人懃修讀誦此大神呪誠諦不虛我婆難陀龍王欲說一頭陀羅尼名陀摩羅提此言守護國土滿衆生願

阿支不陀摩羅提　烏蘇兜那陀摩羅提

破殊阿陀摩羅提　烏蘇兜那陀摩羅提

若蜜者陀摩羅提　烏蘇呵陀摩羅提　置者呼奴陀摩羅提　支兜梨那陀摩羅提

莎呵

誦呪五徧縷七色結作十四結繫項此大神呪乃是過去九十九億諸佛所說我於過去值遇諸佛從諸佛所得此大陀羅尼有大神力神通自在常遊諸國度脫衆生在所國土若諸國王欲以正法治國土者以天位治世不枉人物欲得國家無諸灾禍欲得隣敵不生惡念國王爾時應當深心敬重三寶恩惠貧窮謙敬仁義恩德普覆尊聖敬德退惡任善謙敬履信如其國王行此德者十方諸佛常隨護念釋梵四天王等龍王當隨護助爲消灾害滿其所願求願與願不違其意是王爾時欲滿願故應當讀誦此陀羅尼於宮殿内若正殿上於月八日十四日十五日日未出時正南而坐香湯澡浴著淨潔衣於其國内諸人民等及諸隣敵起慈悲心憐愍之心爾時應當誦此陀羅尼二十一徧燒殊妙香栴檀沉水熏陸香散七色華先當供養十方諸佛釋迦如來應正徧知諸大菩薩天龍八

部然後三稱我名娑難陀龍王燒香供養滿我所願如是三說我時當與天龍八部隨其所願即當與之是王爾時即滿所願云何當知得果其願若於夢中若惺悟時見白龍象及白蓮華在虛空中當前而住當知爾時即得所願我娑伽羅龍王今欲說神呪名阿那耆置盧（此言普雨法雨）於四天下中無不蒙潤除諸衆生鬱蒸熱惱諸渴乏者令得豐足

烏奢都波梨那（一）耆摩都呼那（二）蘇耆蜜都呼那（三）阿支不奴都呼那（四）烏啄呵呼那（五）畢梨帝那都呼那（六）温耆不都呼那（七）莎呵（八）

誦呪三徧駝毛縷結作八結繫項是大神呪乃是過去十恒河沙諸佛所說我娑伽羅龍王於七百阿僧祇劫已來常修行此陀羅尼以是之故於諸龍王最上最勝端正殊妙神通自在能以神力聲振三千極佛境界無不蒙益一四天下小千世界四天下中三千大千世界無不蒙潤慈悲普覆等雨法雨能令衆生增長採育菩提根芽若諸衆生處在三惡三垢覆蔽爲開慧眼令覩光明若諸國王渴乏須雨我能給足令其豐實四天下中普皆令等而其國王欲得豐實無他怨賊欲來侵境於其國内熾然正法恩惠普覆斷理怨枉賑諸貧窮有孤老者生憐愍心若其國王能行是德十方諸佛諸大菩薩釋梵四天王天龍鬼神常隨護助求願與願無不獲果王於爾時應當修行此陀羅尼於淨潔處離大憒閙於七日中不食酒肉五辛食白淨素食酥酪聽食香湯沐浴著白淨衣七日七夜受

持八戒燒衆名香栴檀沉水及熏陸香散五色華供養十方諸佛我釋迦如來應正徧知爾時應當三稱我名娑伽羅龍王即便誦呪二七徧於六時中從初一日國王爾時心轉淳厚一日二日乃至七日便見我身在其前住若白龍象像若轉輪聖王像隨其所求能滿其願爲除宿罪令得道果我和修吉龍王今欲說神呪名支富提梨那此言慇苦衆生令出三界

憂波支兠那一如波帝支兠那二⿱宀蚤若兠支兠那三提梨帝那支兠那四烏蘇欽帝支兠那五莎呵六

誦呪三徧羖𦇧毛縷結作十四結繫項此大神呪乃是過去八恒河沙諸佛所說我於過去從諸佛所得此陀羅尼句不與諸龍同其事業常遊諸國修菩薩行面覲諸佛諮受教誨慇念衆生佐佛化愚常以正法攝持守護於生死海拔濟令出身爲大船口爲法橋心爲大海出慈悲水溉灌衆生枯槁福田悉令生長菩提根芽我所饒益其喻如是若諸國王欲求所願欲令其國豐實安樂欲令無有他方怨賊欲使國土無諸疫病怨家讎對自然殄滅衆官承法不復惱人其王爾時於其國內熾然正法率諸群臣以正法教溫良恭儉孝養父母慈悲憐慇孤窮衆生躬自迴駕供養三寶於三寶所不生疑悔生父母師長想朋友知識想於身命財生不堅想我及國土如幻如化慇傷衆生如視赤子若其國王能修是德復能讀誦此陀羅尼於月八日十四日十五日淨潔洗浴著新淨衣於正殿上若高樓上正東而坐日未出時散三色華三

種名香栴檀沉水熏陸香等供養十方佛已應當爲我和修吉龍王敷置法座正南而坐以青氈覆我座上三種華三種漿蒲萄石蜜安石榴漿燒黒沉水以待於我其王爾時正東而坐叉手合掌誦此陀羅尼二十一徧誦呪已訖其王即出與諸群臣黙然而坐我和修吉龍王當與諸天龍神八部八萬四千到是王所於虛空中黙然而受其王供養王於爾時若於夢中若惺悟心得見我身如轉輪聖王七寶侍從見已歡喜轉更精進以精進故我及天龍八部鬼神便當勤心守護國土求願與願不違其意眞誠如是我德叉迦龍王今欲說神呪度脫諸衆生有呪名蘇富羅

阿低帝者晝　支富層蘇羅若蜜者晝　烏脯都呵晝　甲梨那者毗若蜜烏都晝　莎呵

誦呪五徧縷紫白二色結作十二結繫項是大神呪乃是過去七恒河沙諸佛所說是呪能令諸失心者還得正念度五逆津獲諸神通具足三明超出三界獨步無畏我於往古從諸佛所得聞讀誦此大神呪雖現龍身而無龍業遊諸佛國修菩薩行遊騰十方度脫衆生出生死海迴波六趣悉能救接扶持携將到涅槃岸又我過去於閻浮提作國王女王於爾時國土褊狹人民單索恒畏怨敵來侵其境又復薄福水旱不調穀米踊貴人民饑饉我於爾時在宮殿內父王爾時愁憂不樂語諸群臣當設何計令國豐實人民還復群臣爾時黙無答者我時見父愁憂如是我念過去曾從諸佛受持讀誦此大神呪是神

呪力譬如大蓋能覆三千況此一國普雨法雨無不蒙益枯木石山皆能生華強者能伏弱者能佐作如是念即詣王所禮覲問訊問王所憂王時答我非汝所知我時答王有智慧者不問男女行之則是王時歡喜而言說之我時答王我念過去九十九億諸佛所說大神呪王設其功力如上所說王於爾時躬自讀誦精誠尅勵七日七夜受持八戒六時不廢於一一時中懺悔十方散五色華燒三種名香一一時二七徧誦王於爾時悔過自責薄福不肖謬得爲王孫負天下慚愧自責以慚愧故十方諸佛大菩薩衆釋梵四天王八部鬼神諸大龍王風伯雨師皆悉來集至其國界雨大法雨枯木石山枯泉河井悉皆盈滿先逃人民還其本土他國人民聞國豐實亦來投歸爾時隣敵悉來歸伏拜爲大王八方靡伏遂置太平我念往古大神呪力神通自在乃置如是若諸人王欲求所願皆應如是修行此德阿那婆達多龍王今欲說神呪名婆差盧（此言美音讚歎三寶）長衆生信擁護正法震大法雷生長衆生菩提根芽鞠育成就令得成辦悉皆令得無上佛果

支波晝提梨那（一）阿若盧波晝提梨那（二）和婆盧波晝提梨那（三）阿那盧波晝提梨那（四）阿支不提梨那（五）若蜜者那兠提梨那（六）胡蘇波吒兠提梨那（七）蘇副審者那阿支副烏者支（八）莎呵（九）

誦呪三徧縷青黃二色結作六結繫項此大神呪乃是過去七十七億諸佛所說是呪能令諸失心者還得正念無智慧者令得智慧

無辯才者令得辯才無陀羅尼者令得陀羅尼狂者得正瘂者呪其舌根乃至七日還得能語盲瞎者呪其眼根三七二十一日日初出時病者東向坐心念口言令我眼根隨日而生呪師爾時日日呪之一日三呪日初出時日正中時日欲入時乃至三七二十一日眼根還生即還得眼若諸衆生手脚瘺躄呪已還復如本無異有諸比丘懈怠不勤觸事滯礙闇鈍瞢瞢為諸罪垢之所覆蔽當知是人曾於過去或殺父母或殺和尚阿闍梨或殺發心菩薩真人阿羅漢或殺時君國政破塔壞僧此人或曾於大衆中作大妄語輕毀衆僧或時在俗輕秤小斗欺劫百姓見孤窮者輕毀凌侮為子不孝為臣不忠見人行善輕毀憎嫉見諸惡人防護佐助造此衆惡自纒其身其人命終入阿鼻獄動經劫數罪畢乃出還得為人諸根闇鈍示同人類如是罪人若得值遇善知識者得聞說此陀羅尼一經耳者復能讀誦修行通利慚愧自責悔先罪咎謙敬自卑敬諸比丘孝順父母恭敬師長耆舊宿長生謙敬心愛語和順鄙悼自卑慚愧低頭或時人請施與飲食當持此食色香美味施與諸佛和尚阿闍梨我之鄙惡不消此食餘殘滓惡我能敢受施衣裳湯藥亦復如是不自高身卑下他人恒自改悔無數劫罪勤心讀誦此陀羅尼於四十八日在空閑處六時行道供養禮拜十方諸佛於一一時中七徧誦此陀羅尼精誠改悔莫生疲猒散五色華三種名香栴檀沉水及熏陸香滿四十八日已罪垢滅盡無有遺餘隨其前世

根有利鈍其利根者即得道果第二第三終不能得阿羅漢果其根鈍者止得滅罪不墮地獄我今所說饒益衆生分別罪福令其惺悟善惡報應是名護法美妙功德今已說竟我摩那斯龍王今欲說呪名陀摩叉帝（此言爲護法故拯濟群萌拔生死苦令得脫難）

陀無梨陀尼帝一阿支晝尼梨帝二眦梨帝那尼梨那三烏支晝尼梨帝四胡梨帝那五尼梨帝六莎呵七

誦呪三徧白氎縷結作七結繫項是大神呪乃是過去七恒河沙諸佛所說我於往昔在閻浮提作大國王十六小國皆悉屬我我有威猛大策謀力降伏諸國三十六國悉皆屬我我時得病命垂欲終薄福少兒正有三子最大太子闇鈍少智中者尫弱其最小子聰明勇喆博學多聞策謀威勇見我欲終悉皆來集一萬大臣亦悉來集一萬夫人亦悉來集王時欲終語諸群臣言我三子中誰中爲王諸群臣言任大王意王時答言不應任我我去之後治國之法覇王之事汝曹當知云何任我諸臣咸言善哉大王慈悲臨覆心無憎愛一萬大臣同聲唱言第三王子堪任爲王一萬大臣言已辭退時王正殿身體疲懈語諸子言我今欲卧第三王子抱父王頭中者捉脚第一王子捉父王手時王仰卧即便命終群臣聞之號哭來集一萬夫人亦悉號哭舉身投地第三王子見父背喪號咷懊惱自投於地良久乃穌第一太子默然不哭第二王子坐啼脚頭諸群臣言諸王子等相貌有異有一大臣是王叔父大王在時恒以國

事付此大臣宰相念言大王在時恒以國事付囑於我今此王子意志有異我宜問之即前問言今王背喪諸群臣等皆悉已集人子之情不應如是默然而坐而不涕泣王子答言我與父王都無因緣第三王子獨是王子我等二人猶如賓客暫來相過大臣答言不應如是國是汝有非兄則弟第三王子號咷宛轉前抱兄足我小幼稚不應爲王願兄臨顧紹父王位兄時答言父王臨終告勅於汝我父先王不見告勑是父王過非汝僭咎我等二人且當入山精誠剋勵求神仙道言已即去精誠不久獲得五通移山駐流手挽日月第三王子葬送父訖得紹王位統領諸國四十八年其後漸漸貪濁心起人民猒賤諸小國王及諸群臣咸皆思念山中神仙無貪之性乃得爲仙我等往昔咸皆愚癡聰聖王子以爲愚癡貪濁王子以爲賢聖作是念已咸相謂言我等諸人當共入山勸請神仙以爲大王兼有神化威伏諸國作是念已一萬大臣皆共入山推覓求索會遇見之一萬大臣拜覲問訊神仙尊者我等頑愚不識正眞爲此貪王之所荒亂人民逃迸國將空虛惟願尊仙垂顧留眄慈悲普覆今國還復仙人答言我無是事諸臣答言實不得止仙人答言我寧此死終不戀國還爲人王一萬大臣咸相謂言我若返國亦皆當死貪王所殺不如住此求道神仙飲水食果清閑寂寞精誠不久皆獲五通飛騰清虛靡不周遍爾時貪王心生慚愧即捨王位出家學道開父王藏欲大布施見一金匱七處印印之以手開匱

得陀羅尼是過去諸佛所説如前無異得陀羅尼已開父王藏著四衢道頭恣其人民擔負而去我於爾時得此陀羅尼已即入靜室七日七夜精勤修習漏盡意解即獲五通爾時國王福力少故隣國侵境風雨不時人民饑餓是時國王即請比丘以爲國師共我治化比丘是時即受王請愍衆生故爲作國師教其國王治化正法不貪爲本慈悲爲性賞善罰惡尊敬道德慈愍人民如視赤子爾時教王此陀羅尼句王於爾時精誠至固七日七夜精進不懈以精進故十方諸佛諸大菩薩釋梵四天王二十八部諸大鬼神諸大龍王擁護國土集其國界雨澤時節穀米豐熟人民安樂以安樂故諸小國土皆悉歸屬當知皆是大神咒力威神乃爾若諸國王於釋迦牟尼佛千載末頭欲求所願亦應如是古者國王等無有異我漚波羅龍王今欲説神咒名伊提姤摩（此言稱衆生心不違其意）譬如大海七珍具足取者皆得其不取者非龍王咎

烏都胡盧都一　支波都二　宿佉都三　耆摩都四　烏吒都五　若蜜者都六　畢梨帝那都七　烏蘇都八　莎呵九

誦咒三徧縷紅白二色結作八結繫項此大神咒乃是過去二十恒河沙諸佛所説我從諸佛得此陀羅尼從是已來百阿僧祇劫有大神力神通自在遊騰十方歷事諸佛常以愛語輭語利益同事調伏衆生於諸衆生猶如慈父心意寬弘猶如大海容受衆生無所不包堪任荷負無量重擔愍苦衆生施其安隱若諸衆生來求索者隨其所願不逆其意

求官職者令得職爵求大富者施其寶藏疾病者施其安隱若諸國王欲求所願我悉與之不違其意求長壽得長壽欲令國土無諸灾害雨澤時節不旱不澇正得其中無諸灾霜穀米豐熟人民安樂疫毒不行滿其所願不違其意是王爾時復能讀誦上來所說陀羅尼句兼以十善化諸人民如我上說所修功德其王亦應如是修行修行得已兼復讀誦此陀羅尼億劫所作極重惡業皆悉消滅無有遺餘是王爾時罪垢滅已其心泰然無衆惱患怨憎平等無有親愛常以月八日十四日十五日沐浴受齋於清旦時日光未出若正殿上若高樓上正東而坐七徧誦此陀羅尼呪燒白栴檀及沉水香散七色華供養十方佛已爾時應當三稱我名漚波羅龍王滿我所願如是三說即尋誦此陀羅尼句七徧乃止是王爾時以精誠故十方諸佛諸大菩薩釋梵四天王八大龍王我漚波羅龍王以慈悲善覆其國土以甘露水灑其國界令其疾病疫毒惡氣悉得消滅是名大神呪力滿願不虛

七佛所說神呪經卷第三

音釋

研五堅切窮究也　勵音例勉勵也　毄𣯬毄音古𣯬音曆　氎徒協切細毛布也　脯方武切　褊狹褊俾緬切狹侯夾切褊狹鄙隘也　癵躄癵力員切手拘縮病也躄必亦切足不能行也　豋都鄧切　尫音汪羸弱也　喆陟列切智也　眄莫甸切斜視也

七佛所説神呪經卷第四

失譯師名開元附東晉録

文殊師利菩薩我欲爲説有四弘誓何等爲四一者覆育一切衆生猶如橋船度人無倦二者包含萬物猶如太虚三者願使我身猶如藥樹其有聞者患苦悉除四者願我當來得成佛時所度衆生如恒河沙是爲菩薩廣濟之心

虚空藏菩薩我欲樂説菩薩摩訶薩修行淨土清淨妙行有四事何等爲四一者損已利人拯濟群生二者利衰毀譽不生憂喜三者貞潔不婬戒行清淨如白蓮華四者我當來世得作佛時國土所有一切衆生妙行成就人天無别是爲菩薩莊嚴淨土清淨妙行

觀世音菩薩復欲樂説菩薩有四攝法何等爲四一者菩薩修行六波羅蜜兼以化人拯濟一切二者生慈悲心育養群生三者自利利人彼我兼利四者有病苦者其心憐愍如視赤子是爲菩薩四攝法攝取衆生菩薩廣利衆生攝取淨土妙善功德

救脱菩薩復欲樂説有四弘誓不與聲聞辟支佛共何等爲四一者願使我心猶如大地一切草木叢林萌芽因之增長地無憎愛二者願使我心猶如橋船普度衆生無有疲猒三者願使我心猶如大海容受一切百川衆流投之不溢四者願使我身猶如虚空包含萬物猶如法性是爲菩薩四大弘誓不與聲聞辟支佛共

跋陀和菩薩我欲樂説菩薩妙行有八事何等爲八一者菩薩處於五滓世界拔濟衆生

不生疲猒二者見諸衆生興起福事營護佐助不生穢心三者見人爲惡敎喻呵諫令得捨離四者有厄難者拯濟憐愍如母愛子五者有來求者不惜身命六者有厄難處扶持携接令得脫難七者見邪見人憐愍敎喻令得正見八者鞠育衆生猶如赤子所有功德悉持施與共用迴向無上菩提是爲菩薩八事利益無量衆生

大勢至菩薩復欲樂說菩薩有四事利益衆生心無疲猒何等爲四一者菩薩摩訶薩自捨已樂施與衆生見他受苦如已無異慈心流惻痛徹骨髓二者菩薩摩訶薩於沒溺處設大橋船運度衆生無有疲猒三者菩薩摩訶薩於生死海中衆生洄澓自手撈接令達彼岸四者知諸衆生往古來今猶如幻化雖達此理度人無猒是爲菩薩四事利益拯濟群生

得大勢菩薩復欲樂說誰能於釋迦牟尼佛遺法之中作佛事者我等八人常當擁護略說有四事何等爲四一者憶無量苦見衆生苦如我無異二者我等所持戒功德悉捨施與衆生共用迴向無上菩提三者能忍苦事荷負一切衆生到於彼岸四者發舉一切衆生心猶如慈父念子無異是爲菩薩自利利人清淨妙行

堅勇菩薩復欲樂說菩薩妙行有四事何等爲四一者願我常生無佛世界喻如日月行閻浮提爲其除冥二者如以金錍抉其眼瞙令覩光明三者作大藥樹一切衆生得聞香者病苦悉除四者常演說法澍雨法雨萌芽生長成就果實悉發無上菩提之心是爲菩

薩四大弘誓
我文殊師利今欲說妙偈
令此經流布　衆生無疑心　七佛菩薩衆
所說深妙法　諸天龍王神　言辭甚奇特
純說妙行呪　護國及行人　書寫讀誦者
必共千佛會
虚空藏菩薩今欲說二偈半
美歎書寫者　書寫讀誦者　上來賢聖教
稱揚轉教人　言辭婉約美　妙善無窮盡
猶如大海水　深廣叵窮盡　比人之功德
巨億過於彼
我文殊師利今欲說一偈半
一切衆生類　迴波婬鬼界　無能覺之者
惟我能救拔　永斷生死本　普處寂滅樂
梵天王所說一偈

我常修行四無量　今來至此聞妙言
濟拔衆生生死苦　永以無復憂惱患
兜率天王今欲說一偈半
我於往昔值諸佛　得昇兜率爲天王
今以得聽一妙言　抉了心瞙開慧眼
其有衆生一經耳　不墮三塗昇梵天
他化自在天王欲說一偈半
聞化閻浮提　諸大菩薩衆　演說微妙義
我心大歡喜　永拔生死種　得昇泥洹堂
化樂天王所說二偈半
我聞閻浮提　菩薩大士等　各各說妙行
四攝及弘誓　我聞此句已　心眼矌然開
願使諸天衆　得此淨眼根　永斷生死流
普得昇泥洹
燄摩天王欲說一偈如意珠

我等久處於生死　猒離三界生死苦
何時如蛇脫故皮　永得寂滅涅槃樂

忉利天王欲說一偈半

久處於生死　猒離欲淤泥　興起大慈悲
濟拔生死苦　永離生死苦　得入涅槃城

提頭賴吒天王欲說四偈

四大天王中　我最爲第一　我雖作天王
不脫鬼神苦　我作鬼神王　已經五百歲
東西常馳騁　濟度諸群生　哀哉過去世
曾作人中王　治化不以理　今受鬼王身
又願諸國王　正治於國事　莫作貪濁行
復受鬼神身

毗樓博叉天王欲說一偈半

我念過去世　生於閻浮提　豪富得自在
諂曲不端直　今雖作鬼王　猶受鬼神苦

毗樓勒叉天王欲說三偈

我今作鬼王　得離三塗苦　涉歷四天下
救諸病苦者　憶念過去世　曾作人中王
放逸著五欲　今受鬼王身　又願人中王
謹慎不放逸　度脫諸衆生　普得涅槃樂

毗沙門天王欲說一偈半

我於往昔修菩提　爲衆生故作鬼王
衆生久處無明闇　我以金錍開其眼
慧眼旣開度生死　生死旣度昇泥洹

難陀龍王欲說二偈半

我現處龍宮　欲度諸龍衆　聞諸菩薩等
各各說妙行　諸天龍神等　咸皆側耳聽
天衆及龍衆　歡喜不自勝　我及諸營從
得脫諸龍身

婆難陀龍王今欲說一偈半

我處於龍宮　猶如蠶處繭　願得智慧力
壞此無明闇　濟拔衆厄難　超度生死流
娑伽羅龍王欲說二偈
我念過去世　曾作人中王　慳恪於寶藏
今受龍王身　又願諸國王　普慈惠拯濟
治化以正法　莫復受龍身
和修吉龍王欲說二偈半
我雖受龍身　不受熱沙苦　又於過去世
曾作人中王　貪濁著世樂　今受龍王身
又願諸國王　猒離於世樂　如因猒於獄
超出三界門
德叉迦龍王欲說二偈半
又我於過去　曾作人中王　妻子及奴婢
悉皆用布施　坐以一瞋故　今受龍王身
又願諸國王　謙敬以仁義　莫復自豪貴
後受龍王身
阿那婆達多龍王欲說四偈
我念過去世　生於閻浮提　曾作國王女
端正無等雙　父王甚愛重　名曰白蓮華
嫁與隣國王　不得適其意　瞋恚自害死
經歷三塗苦　今受龍王身　又願諸女人
猒惡女姿態　莫復懷妬忌　後受毒龍苦
難得脫苦時
摩那斯龍王今欲說二偈半
我處於龍宮　猒患諸龍臭　腥臊如溷豬
處厠不覺苦　三界諸人天　亦皆復如是
樂在三界獄　如豬不猒厠　哀哉甚可傷
不知求解脫
漚波羅龍王今欲說五偈半
我於過去世　曾於閻浮提　婆羅門家生

聰明甚黠慧　時有隣國王　送女以娉我
此女不貞良　思共外人通　我時伺捕得
斬之於都市　我時惡賤彼　送之歸本國
思惟欲穢惡　出家行學道　復遇惡知識
不值好同學　引置諸婬女　我時悗歎恨
持刀自刎死　經歷三塗苦　從是受龍身
甚苦不可言
胡蘇低羅龍王今欲白二偈
我於閻浮提　典主十六國　餘國皆易化
惟此國難教　群臣皆諂僞　貪濁多姦宄
旱澇不平均　莫不由此事
金剛藏菩薩所說衆生有五種不信一者疑佛二者疑法三者疑僧四者疑諸法不實五者所有正法生疑不信衆生有五種信根能得阿羅漢道一者信佛決定正覺二者信法實決定無疑三者信比丘僧良厚福田四者所有正行戒定智慧不生疑惑五者見世諦事不生著心此五根能拔五疑能得寶幢三昧現身得道第一放光三昧能斷地獄有無垢三昧能斷餓鬼有燋惱三昧能斷畜生有難伏三昧能斷阿脩羅有光明三昧能斷弗婆提有焰幻三昧能斷閻浮提有白光三昧能斷俱耶尼有青光三昧能斷欝單越有黃色三昧能斷四天王有黑色三昧能斷忉利天有赤色三昧能斷焰摩天有妙善三昧能斷兠率天有得長三昧能斷化樂天有音聲三昧能斷他化自在天有妙善三昧能斷初禪有得樂三昧能斷二禪有白光三昧能斷三禪有雷音三昧能斷四禪有妙善三昧能斷阿那含天有空三昧能斷空處有無分別

三昧能斷識處有響化三昧能斷不用處有
賈積三昧能斷非想處有此是二十五三昧
之王衆生遊居涉歷之處賢聖患猒三乘聖
衆莫不由是法華三昧光目童子涅槃三昧
迦葉童子文殊師利等童子首楞嚴三昧寱
善童子放光三昧妙眼童子華嚴三昧善才
童子維摩詰三昧惟無童子大集三昧佛寶
童子金光明三昧滅罪性童子佛藏三昧覺
垢童子華首三昧障罪根童子金剛藏三昧
慧明童子菩薩藏三昧洪濟童子妙達童子
善住童子妙眼童子善覆童子烏耆波童子
寱善童子周羅童子法住童子阿寱耆童子
婆醯羅童子奢覆卑童子頗卑都童子此二
十六童子主衆生命
釋迦牟尼佛出世時度一萬八千九十四國

人第一説法在他化自在天第二説法在波
羅柰國第三説法在王舍城第四説法在竭
者國度七千羅漢第五説法在舍衛國第六
説法在王舍城度女人憍曇彌第七説法在
維羅衛國度白淨王第八説法在王舍城三
乘雜教第九説法在摩竭提國度洴沙王第
十説法在拘尸那竭國度百千萬億無量無
邊不可稱計
建者生氣萌芽陰陽亦長除者代謝移易之
體滿者神祇受供無復盈平者陽氣凝澍無
增減定者鬼神交會惡氣不行執者陰氣偏
多陽氣少破者陰陽交解説破之議危者天
牕開地户閉成者陽氣足陰氣并故名成收
者陽氣流行陰平萌芽生故言收開者陰性
開陽氣出故名開閉者天牕地户儼然閉塞

萬神不行故名閉
此五戒神名
殺戒有五神一名波吒羅二名摩那斯三名婆睺那四名呼奴吒五名頗羅吒
盜戒有五神一名法善二名佛奴三名僧喜四名廣領五名慈善
婬戒有五神一名貞潔二名無欲三名淨潔四名無染五名盪滌
欺戒有五神一名美音二名實語三名質直四名直答五名和合語
酒戒有五神一名清潔二名不醉三名不亂四名無失五名護戒
三歸有九神名
歸佛有三神一名陀摩斯那二名陀摩婆羅那三名陀摩流支
歸法有三神一名法寶二名呵責三名辯慧
歸僧有三神一名僧寶二名護衆三名安隱
護僧伽藍斯有十八人各各有別名一名美音二名梵音三名天鼓四名巧妙五名歎美六名廣妙七名雷音八名師子音九名妙歎十名梵響十一名人音十二名佛奴十三名歎德十四名廣目十五名妙眼十六名徹聽十七名徹視十八名徧觀照畢律兠是大鬼神王
四天王所說大神呪經
赤下鬼名
羅單那一 迦羅富單那二 波都者三 摩訶波都者四 莎呵五
誦呪三徧三色縷黃赤綠作二十一結先繫脚後繫腰却繫手

白下鬼名

浮流摩訶浮流一烏摩勒呵暮多二呲摩呵暮多三波羅吒呵暮多四浮流呵暮多五莎呵六

呪二色縷白黒結作十四結繫項

失瘖鬼名

頓浮流睺睺摩一波吒羅睺睺摩二波吒羅睺睺摩三呲摩勒睺睺摩四漢吒奴睺睺摩五莎呵六

呪縷黄赤緑結作三七結繫項

調語鬼名

畀多羅波波浮一波波浮二烏摩勒波波浮三莎呵四

呪水七徧洗面洗左耳嗽口㖡之各三徧

翳人目鬼名

支富羅一支富羅二支富羅三浮奴支富羅四波吒羅五莎呵六

呪水七徧㖡目

瞋鬼名

頗波羅一破婆羅睺二破波羅睺三破波羅睺四烏奴破波羅睺五烏吐睺六莎呵七

七徧呪之

食吐鬼名

都睺兠睺一烏奴破二兠睺烏奴破三莎呵四

一七徧呪

羅聚鬼名

阿那波那兠一阿那波那兠二呲摩波那兠三莎呵四

一七徧呪

障善根鬼名

浮流浮流睺睺摩浮流一阿那毗那睺睺浮流二支兠那毗摩睺睺浮流三浮阿那毗摩睺睺浮流四莎呵五

一七徧呪水喺之亦七徧

燋渴鬼名

波波睺一浮奴多波波睺二阿那毗那呼奴多波波睺三浮律多波波睺四莎呵五

呪二十一徧五色縷青黃赤白黒結作三七結

眼上白睆鬼名

阿富羅一破多奴阿富羅二毗摩破多奴阿富羅三浮婆阿富羅四莎呵五

呪三七徧呪鬱金青黛水常使病人向東方日月淨明德佛懺悔洗目至七日

不禁鬼名

修修羅一波波摩摩睺修修羅二阿那波那修修羅三毗摩呵那修修羅四莎呵五

用水三升雞子黃許鹽和三徧呪常使病人向北方禮得内豐嚴王佛三禮然後服之一升餘者印以修修羅字

銼鬼名

胡兠羅一阿尼那胡兠羅二阿波浮胡兠羅三阿波羅胡兠羅四阿波波呼那胡兠羅五耶無多胡兠羅六莎呵七

須七色縷結作二十一結先繫頂次繫兩手復繫腰繫腕

直下鬼名

舍波帝一阿波睺睺舍波帝二毗摩睺睺舍波帝三浮律多睺睺舍波帝四阿摩奴睺舍

波帝五莎呵六
須五色氎縷青黄赤白紫結作三七二十一
結繫脚次繫腰復繫手復繫項
惡瘡鬼名
破波羅一睺睺奴破波羅二呼吐浮律多破
波羅三阿奢兠破波羅四阿奢呼兠破波羅
五莎呵六
呪五升水三徧著半雞子黄許鹽梁上塵釜
底黒塵墨各一掌許煑七迴三徧呪煑竟亦
三徧呪於日初出時七徧洗瘡七徧呪
不得下食鬼名
胡摩兠一烏奢睺睺胡摩兠二阿鴦竭毘胡
摩兠三破摩波羅胡摩兠四莎呵五
呪水七徧與病人飲之
腰脚痛鬼名

呼盧兠一波吒羅呼盧兠二毗摩羅呼盧兠
三彌梨耆梨毘呼盧兠四莎呵五
呪三色縷青黄緑結作七結繫脚腕次繫䏶
後繫腰
頭痛鬼名
胡摩兠摩訶迦吒羅毗摩迦吒羅二呼呼
羅迦吒羅三伊呼迦吒羅四伊末迦知迦吒
羅莎呵五
七徧呪楊枝打二七下
闇鈍鬼名
呼吒吒一浮律置呼吒吒二阿支拏呼吒吒
三浮律置支呼吒吒四伊呼呼破羅支呼吒
吒五私審兠伊呼支破羅六莎呵七
三七徧呪七日日三徧呪
耳痛鬼名

毗膩波一阿制置毗膩波二呼膩置毗膩波
三伊呼支膩置毗膩波四耆摩膩置毗膩波
五莎呵六
於月生一日設使左耳痛南向坐右耳痛北
向坐東向門病人門内坐呪師門外坐水亦
門外呪二七徧三噀之
淋鬼名
破波羅一浮梨浮梨置破波羅二車暮那破
波羅三呼呼羅支破波羅四迦波置車波羅
五莎呵六
五七徧呪水以葦筩拄陰上以水從筩中七
徧呪一唾之末後以一掬水望面灑之
小便不通鬼名
烏都羅一呼若耆梨吒烏都羅二呵若時律
吒烏都羅呼拏時律吒烏都羅三莎呵四

取釜下炊湯二升半雞子黄許白蜜和與病
人服之正南而坐念日月燈明王佛作四拜
禮七徧吸半雞子已唾
卒得心腹痛鬼名
蜜耆羅一阿吒膩吒蜜耆羅二支波副尼耆
羅三呼呼那尼耆羅四阿不梨知尼耆羅五
支波置尼耆羅六莎呵七
呪水三七徧先唾之三徧餘者三吸
瘧病鬼名
須蜜多一阿膩吒二迦知膩吒三烏呼那須
蜜多四支波吒睺須蜜多五伊知膩吒須蜜
多六莎呵七
須五色縷呪作七結從頭下先繫項繫脚繫
手設之大急呪水七徧噀之
匿病鬼名

究水水羅一阿知那知水水羅二嗚呼吒水水羅三阿知拏知水水羅四莎呵五
須一斤艾一斗水煑取三升呪三徧病人東向坐服之日服一升三日服

黄病鬼名

呼都盧一阿知那知支破波二阿那者支破波三呼梨吒支那吒支破波四伊者那知支破波五莎呵六
三七枚瓜蔕二七枚杏子一斗水煎得三升呪七徧日取一升目中著一藾鼻中二藾餘者服之三日服之黄白綖結作七結先繫頭次繫兩耳繫項兩肘後繫手七徧呪

食人腦髓及心肝鬼名

句羅帝一阿吒拏支知二阿若耆遮知三阿闍涅遮知四阿奴多遮知五若不那遮知六阿多尼遮知七阿睺睺睺睺遮知八阿副副副副遮知九莎呵十
三斛熱湯一斗白粉和之洗浴一榼飲之呪三七徧日用一斛五斗先從頭淋之吉

卒得旋風頭眩轉鬼名

美音呪一名阿睺耆那二不不不睺耆那三阿若若若不耆那四莎呵五
呪水二十一徧三縣之

嗜酒鬼名

阿羅毘一烏那呵烏那呵二呼律多呼律多三若不呵若不呵四舍摩呵舍摩呵五莎呵六
若十四日十五日取七升水三粒鹽呪三徧三淋頂三唾耳三唾鼻餘者飲之此人北向坐

不嗜食鬼名

安多睺一 頞捺畀頞捺畀安多睺二 烏睺睺睺安多睺三 波羅私兜若安多睺四 遮捺迦知安多睺五 阿若羅知安多睺六 莎呵七

縷二色白黒呪作十四結七徧呪水與使飲

食少而吐多鬼名

者多睺一 阿若摩若多捺知二 跋羅知那知三 唎若知那知四 阿若奴摩知那知五 阿呵者那知六 莎呵十

呪水七徧噀面三徧殘水飲之作麻繩常於朝時以用摎項使病人面東向坐一日不差乃至七日

聾鬼名

胡樓兜一 睺睺睺睺胡樓兜二 阿呵呵那胡樓兜三 阿若若若若胡樓兜四 阿吒吒胡樓兜五 莎呵六

須三升小豆一斗水煎得三升蜜安半升酥煎得二升接取清七七徧呪於晨朝時滋其豆安綿搨耳七徧一一稱鬼名

健睡鬼名

浮浮流兜一 阿吒膩知浮浮流兜二 睺睺睺睺若浮流兜三 蘇摩帝浮流兜四 呼呼呼呼阿吒那浮流兜五 莎呵六

三徧呪水唾病人面

支兜那是土公鬼名

副梨副梨支兜一 阿呵呵呵那二 胡律兜支兜那三 呼呼呼呼阿若兜支那四 莎呵五

病人東向坐三徧呪一瓮水七枚楊枝東西南北安置瓮上呪竟以此水四方灑之三噀面三過飲

注鬼名凡二十五種

破梨吒一破破破破梨吒二烏呼呼呼呼破梨吒三阿睺睺睺破梨吒四阿鵄鵄鵄鵄破梨吒五迦梨吒支休那破梨吒六莎呵十

呪水七徧唾之五色綖結作七結繫項

一切毒蛇鬼名

阿那耆一阿帝囊二阿那耆三梨帝囊四阿那耆五阿若帝那阿那耆六莎呵七

呪水二七徧唾五情根及以唾瘡并洗瘡三徧

蟽蟄鬼名

摩甲一阿羅那帝摩甲二畬若陀摩甲三阿不梨多陀捺甲四莎呵五

呪水七徧唾五情根并以洗瘡

蝦蟇毒鬼名

波舍尼一烏睺流兠修波舍尼二若波晝波舍尼三阿若梨知波舍尼四莎呵五

呪水三徧唾五情根并洗瘡餘水飲之

竈鬼名

破知那一流流兠破知那二車那兠破知那三阿摩耆兠破知那四阿呼梨兠破知那五莎呵六

三升水一掌白粉和之七徧呪㕮三口餘者洗瘡水至三日用

厭蠱鬼名

睺睺一奴吒兔睺睺二尼多那睺睺三阿若兠睺睺四阿吒兔睺睺五毗律多睺睺六奴吒兔睺睺七莎呵八

三升水銅瓫盛以白練副上以七枚楊枝縱横安上呪三十徧用竟棄之厠中

鼠漏鬼名

遮吒尼一波賴帝遮吒尼二阿若帝遮吒尼三摩賴帝遮吒尼四阿摩賴帝遮吒尼五莎呵六

用三束葱白五寸縷束之一升椒一斗水煎得一升呪三七徧取一升飲餘者洗瘡

赤眼鬼名

烏奴多一阿若兜毙奴吒烏奴多二牟律帝那烏奴多三若晝毙多烏奴多四耆摩帝烏奴多五莎訶六

取三升麴一斗水煎得三升接取二升呪二七徧日取一蒳用唾之亦洗眼二七日

齆鼻鬼名

遮波晝一阿若兜遮波晝二浮律多尼遮波晝三波浮律多尼遮波晝四阿若多尼遮波晝五波律多尼遮波晝六莎呵七

一斗苦酒三十水煎得二升呪三七徧日用二蒳灌鼻三十一日用

腋臭鬼名

若多奴知一睺睺睺睺多奴知二浮流流流流多奴知三摩賴帝多奴知四阿那那那多奴知五莎呵六

石灰三升苦酒三升槃上和之呪三七徧搏之男先安左腋女先安右腋下

毗樓勒叉天王所説神呪

水腫鬼名

胡樓兜寧一妃律妃帝胡樓兜寧二阿睺睺睺睺胡樓兜寧三若呼胡樓兜寧四波晝寧胡樓兜寧五莎呵六

用三斛水三斗鹽煎得一斛五斗呪三十五

徧封以鬼名日服一升
頽鬼名
波置樓一阿尼兜樓吒波置樓二若無波置樓三阿扠梨吒嵬波置樓四阿若梨吒奴波置樓五莎呵六
用八斗水小豆二斗呪二十一徧煎得五升接取清日服二蘭餘下稠者用作餅大如掌用上向班之
青盲鬼名
鳩槃荼阿若兜一副梨帝阿若兜二蜜者帝阿若兜三摩賴帝阿若兜四阿路帝阿若兜五慢者帝阿若兜六莎呵七
用胡椒安石榴子細辛人參薑末小豆麻子各一銖末和石蜜漿若蒲萄漿日呪七徧乃至七日用作餅大如錢許用搭眼上以水從頭後噀之
疥蟲鬼名
休由一波帝那休由二摩耆帝那休由三阿若頻那休由四牟律帝那休由五莎呵六
用一斛水五升鹽呪二七徧煑七徧用洗瘡
壁蝨鬼名
睺牟樓帝一毗摩多睺牟樓帝二阿若兜尼睺牟樓帝三浮律多尼睺牟樓帝四莎呵五
用三斛水三斗艾煑七迴呪二七徧灑四壁及以屋間
鼠鬼名
不利兜一呪呪呪不利兜二妃妃妃妃不利兜三守守守守不利兜四牛牛牛牛不利兜五餓餓餓餓不利兜六莎呵七
呪灰七徧當孔前呪水七徧瀉孔中乃至三

日
狗鬼名
支鼻帝一烏奢支鼻帝二具吒睺支鼻帝三
那蜜若支鼻帝四烏吒呼支鼻帝五莎呵六
黄腫鬼名
耶牟烏都一婆副波烏都二具者彌烏都三
耶牟多烏都四阿非破羅帝烏都五莎呵六
以三升鬱金水七徧呪飲之
赤腫鬼名
阿兠那一蘇區都阿兠那二闍摩卑阿兠那
三阿富摩阿兠那四究吒嵬阿兠那五莎呵
六
取方寸氎二七徧呪赤處搭之
白腫鬼名
耆蜜卑一波羅帝耆蜜卑二具殊呵帝耆蜜
卑三烏啄若耆蜜卑四呼婆兠耆蜜卑五莎
呵六
一升水半雞子白粉呪三七徧乃至七日
丁腫鬼名
卑低一呵柔卑柔卑低二呵蜜耆牟卑低三
握瘦呼丘卑低四具耆呵蜜卑低五莎呵六
誦此呪鬼箭拔出一呪三七二十一徧日三
呪
齲齒鬼名
胡殊兠一烏啄那胡殊兠二耶蜜卑胡殊兠
三莎呵四
取井華水呪七徧三啥嗾地歲月久者著石
香啥水嗾地竟已石香塗之
猫鬼方道厭蠱毒毋藥和東卑閣牟丁蘇安日
觸婁卑受虛牽斗卯移代鬼

引猫微芭糟毒一扶殊呵眦畢帝二呪水奢
羅不烏吒由奢暮帝三奢波吒四莎呵五
三徧呪水縣之大吉
頻婆娑索羅鳩槃茶王字
呼羅都波羅帝一烏蘇多奢富殊二具耆呵
具吒那支富殊三莎呵四
是呪能令鳩槃茶王及其兵衆碎如微塵諸
有卒得熱渴心痛及其頭痛手脚煩熱疼痛
得聞是呪尋得清涼呪水三徧已縣痛處
毗沙門父字婆難陀毋字蘇富
提頭賴吒父字難陀毋字蜜耆盧
博叉天王父字波伽羅毋字憂季畢
毗樓勒叉父字和修吉毋字漚波帝
鬼子毋夫字得叉迦鬼子毋大兒字惟奢叉
中者字散脂大將小者字摩尼拔陀耆首那
拔陀女字功德天
瓔鬼名
扠波彌鞞波羅帝那一扠波彌鞞波羅帝那
二烏晝若扠彌鞞波羅帝那三莎呵四
須黒石蜜漿呪七徧一徧一吸一彈指
舐膿鬼名
阿富具梨帝 具梨帝二莎呵三
喉痺鬼名
阿富車一呵蜜阿富車二呵蜜阿富車三呵
蜜阿富車四莎呵五
我鬼子毋字那蜜畢今當説神呪擁護衆生
除其邪見令得正見費損家財設肴供餧此
世間魍魎鬼不如飼狗用備守我今爲汝説
正眞俱用華香酥乳糜致意恭敬下天神令
其所求悉皆得之

敷宿波敷宿波 一 阿注波阿注波 二 究吒波究吒波 三 莎呵 四

鬼子毋所説神咒能令衆生拔邪救濟危厄盜賊王難無不解脱所求男女皆悉端正婚娶產生怨家債主悉得解脱無不安隱

拂至兜 一 波羅帝囊拂至兜 二 烏晝拂至兜 三 莎呵 四

能令諸鼠散走他方悉滅無餘三徧唾刀呪灰作緋紫字

毗樓勒叉天王所説神呪

賓頭樓守　賓頭樓守 二 摩訶賓頭樓守 三 莎呵 四

七佛所説神呪經卷第四

音釋

鉀 邊迷切正作鎞掠器也　瞙 慕各切醫瞙也　婉 於阮切順也　矐 闊鑊切正作霩開朗貌　繭 古典切　腥臊 腥桑經切臊蘇遭切腥臊犬豕臭也　溷豬 溷胡困切濁也豬陟魚切與猪同　廁 初吏切圊也　黠 胡八切慧也　娉 匹正切娶也　惋 烏貫切驚歎也　刎 武粉切割也　澇 郎到切霪雨也　詰 溪吉切　洴 旁經切　頟 五陌切　盪滌 盪徒浪切滌徒歷切　喑 於金切　讇 丑琰切與諂同　嗽 蘇奏切正作嗽　㖨 蘇困切與巽同　睆 戶板切　腕 烏貫切手腕也　竭 苦曷切又音竭　䏶 傍禮切　筩 徒紅切截竹筩也　掬 居六切手捧也　蔕 都計切　肘 陟柳切脈也　胘 黃絹切　畀 必至切　摎 音交束也　瓮 烏貢切汲瓶也　鵄 處脂切　蟽蠆 蟽音達蠆盧逹切　瓫 蒲奔切與盆同　齆 烏貢切鼻塞也　銖 市朱切重十黍曰銖　罽 居例切毛布也　匿 尼質切　唅 胡紺切　癭 於郢切　舐膿 舐神恀切膿奴冬切　餧 於偽切　飼 音寺　糜 靡爲切粥也　緋 甫韋切

文殊師利寶藏陀羅尼經亦名文殊師利菩薩八字三昧法

唐天竺三藏法師菩提流志譯

清刻龍藏佛說法變相圖

文殊師利寶藏陀羅尼經（亦名文殊師利菩薩八字三昧法）

唐天竺三藏法師菩提流志譯

如是我聞一時婆伽婆在淨居天宮與大菩薩摩訶薩衆及無量淨居天子前後圍繞供養恭敬尊重讚歎瞻仰如來是時世尊正於衆中爲諸大衆說陀羅尼無量妙法復爲利益未來世中薄福諸衆生等便入三昧名曰演光於其頂上放無量種種光明其光旋環照無量無邊諸佛世界照已却來繞文殊師利童子便入於頂其光從頂入已文殊師利即入三昧名曰陀羅尼自在王入此三昧已文殊師利從於口中出無量種種色相光明其光出已便入金剛密迹主菩薩頂中爾時金剛密迹主菩薩即從座起偏袒右肩右膝著地向佛合掌恭敬頂禮瞻仰尊顏而白佛

言世尊往昔爲我說如是言我法滅後於贍部洲惡世之時文殊師利廣能利益無量衆生當作佛事唯願世尊爲我分別演說於何處住復何方面能行利益矜愍擁護諸衆生故願爲說之爾時世尊告金剛密迹主言善男子乃能爲諸有情發問於我善哉善哉汝今諦聽諦聽善思念之我今爲汝分別演說是時金剛密迹主菩薩聞佛語已歡喜踊躍整衣服一心受聽爾時世尊復告金剛密迹主菩薩言我滅度後於此贍部洲東北方有國名大振那其國中間有山號爲五頂文殊師利童子遊行居住爲諸衆生於中說法及有無量無數諸天龍神藥叉羅刹緊那羅摩睺羅伽人非人等圍繞供養恭敬於是世尊復告金剛密迹主言是文殊師利童子有如是等無量威德神通變化自在莊嚴廣能饒益一切有情成就圓滿福德之力不可思議復告金剛密迹言文殊師利有陀羅尼最極祕密心呪并畫像壇印等法於後末世佛法滅時惡法增長諸災興盛如此之時於當來世贍部洲中薄福少智諸衆生輩惡業增長五行失序陰陽交錯風雨不調惡星變怪天阿脩羅鬪戰競起天人減少脩羅增長種種諸災如此之時流行於世惡鬼下降變爲女身與諸衆生作種種病所謂喉閉疔瘡疥癩腹痛瘧病或一日二日三日四日乃至七日一發或患風黄痰病或頭痛瘡腫眼痛大小便利諸雜等病其惡鬼神變身爲蟲狼虎豹師子種種獸身於世間中攝諸衆生噉其精氣威失力衰如此之時此贍部洲無量衆生

橫遭枉死縱有諸醫不能救療如是世時一日之時有三十眦末囉數是故金剛密迹主我今令汝轉與此陀羅尼法令使衆生展轉受持何以故此贍部洲所有衆生一念發菩提大善願心我輩衆類何日能得離此煩惱苦海無明愛獄如是善男子善女人汝當擁護教化使益善根廣爲流布此陀羅尼勿令斷絶常於三寶及佛塔形像處發正信心虔誠頂禮時時勿闕勤修善根學菩薩行莫起非法孝順父母尊重師長於諸賢善生奇特想常以香華百味甘膳朝夕供養勿令猒怠尊重讚歎若解法人處珍重請法若得陀羅尼呪已於七日七夜每日受八關齋戒誦此陀羅尼爾時世尊大悲愍念即說廣深智雷音如來陀羅尼即說呪曰

南謨（上聲）微補羅勃地嚴避囉孽嘌尒多囉（去聲）社野怛他（去聲）孽多（去聲）野怛侘他（去聲）微補羅孽囉尒諦微補羅莎（去聲）喙微補羅瑜寧（上聲）勢阿曩（上聲）攞細阿曩（上聲）攞娑孽底孕孽多莎訶

次說除一切障如來陀羅尼曰

南麼薩沫寧（去聲）嚩囉儜微色剱眦嬭（去聲）怛他（去聲）孽多（去聲）野怛侘他（去聲）醯袂醯袂摩醯莎訶

次說阿彌陀如來陀羅尼曰

南謨阿（上聲）弭多（去聲）婆（去聲）野怛他（去聲）孽多（去聲）野怛侘他（去聲）阿弭多（去聲）那婆（上聲）吠阿弭多三婆（上聲）吠阿弭多微乞囒諦莎訶

次說功德處如來陀羅尼曰

南謨（上聲）愚（上聲）儜羯囉（引）野怛他（去聲）孽多（去聲）野怛侘（去聲）他伽（輕呼）伽曩（上聲）羯喙伽伽曩（上聲）三婆（上聲）吠伽伽曩（上聲）枳嘌底羯喙莎訶

次說徧覆香如來陀羅尼曰

南麽三曼多言(上聲)馱野怛他(去聲)蘖多(去聲)野怛侄(去聲)他三莽糝袂莎訶

次說難勝行如來陀羅尼曰

南麽阿鉢囉(引)介多微乞囉莽蘖嘌介多縒(且何切)弭寧(去聲)怛他(去聲)蘖多(去聲)野怛侄他(去聲)麽袂莎訶

次說除慢如來陀羅尼曰

南謨(上聲)忙曩(上聲)娑䭾曩野怛他(去聲)蘖多(去聲)野怛侄他(去聲)莽怒(輕呼)微輸(上聲)悌莽曩微戍誕寧(去聲)莎訶

次說斷一切障如來陀羅尼曰

南麽薩麽勃馱菩提薩怛嚩(引)難(引)南麽薩沫寧(去聲)嚩囉儜(上聲)微色劔避孋(去聲)怛他(去聲)蘖多(去聲)夜阿囉訶諦三藐三勃馱野怛侄他(去聲)契諦羯囉陛入嚩里陛莎(去聲)訶淥(而閻切)拔寧(去聲)娑擔拔寧(上聲)謨訶寧(上聲)莎(去聲)訶(去聲)莽(去聲)拏(上聲)唎迦(引)野莎訶(去聲)護袂達嘌摩達嘌摩質多(去聲)曳莎訶(去聲)達嚩微達嚩羯羅微孕羯嚕多(去聲)曳莎訶(去聲)扇諦誥寧(去聲)嘌嚩(引)粁孋(去聲)莎訶(去聲)杜嚕杜嚕地曳莎訶(去聲)鉢特忙娑(去聲)嚩鉢特忙三婆(上聲)吠枳羯嚩訶蹬羯唎曳莎訶

次說月光菩薩陀羅尼曰

南麽薩嘌嚩勃馱菩提薩怛嚩(引)難怛侄他(去聲)戰捺嚩鉢囉陛栴娜曩(上聲)注嘌孋(去聲)罽羅娑嚩底薩囉嚩勃馱地瑟恥多(去聲)南謨(上聲)弭諦莎訶

次說文殊師利菩薩陀羅尼曰

南謨(上聲)痾(去聲)哩也曼殊室哩曳菩提薩怛嚩

(引)野怛侘他(去聲)若(而也切下同)曳若曳若野臘悌若野摩訶(去聲)摩醯莎訶

次說觀世音菩薩陀羅尼曰

南謨(上聲)痾(去聲)哩夜嚩路枳諦濕嚩囉(引)野菩地薩怛嚩(引)野怛侘他(去聲)伽(輕呼下同)伽囊務伽伽囊(上聲)糝謨(上聲)楈蘖諦伽伽囊(上聲)微訖囒多微訖囒多曀尒袂尒波若袂尒莎訶

次說普賢菩薩陀羅尼曰

南謨(上聲)痾(去聲)哩也三曼多拔捺囉(引)野菩地薩怛嚩(引)野怛侘他(去聲)醯拔捺㖨摩訶(去聲)拔捺㖨阿底(下以切)拔捺㖨微蘖多囉若細摩訶(去聲)微蘖多囉若細醯莽嚩底羯嘌忙嚩囉寧微戍誕寧(去聲)莎訶

次說彌勒菩薩陀羅尼曰

南謨(上聲)痾(去聲)哩也眛怛㖨野菩地薩怛嚩(引)野怛侘他(去聲)眛怛㖨眛怛囉忙囊(上聲)細莎訶

次說虛空藏菩薩陀羅尼曰

南麽痾(去聲)哩夜迦(去聲)賒蘖嘌婆(去聲)野菩地薩怛嚩(引)野怛侘(去聲)他蘖嘌陛蘖嘌陛微戍誕寧(去聲)莎訶

次說無盡意菩薩陀羅尼曰

南麽痾(去聲)哩夜訖灑野沫底菩地薩怛嚩(引)野怛侘(去聲)他惡訖灑曳護惡訖灑曳護惡訖灑野羯嘌忙微戍誕寧(去聲)護莎訶

次說維摩詰菩薩陀羅尼曰(又云無垢稱菩薩)

南麽痾(去聲)哩也微沫羅枳(去聲)嘌多(上聲)曳菩地薩怛嚩野怛侘他(去聲)枳(去聲)嘌底多(去聲)薩囉麽尒寧(去聲)囉底多(去聲)薩囉麽尒寧(去聲)嚩日囉羯㖨嚩日囉三婆(上聲)吠嚩日囉(引)陛諾迦㖨莎

訶
次說除一切障菩薩陀羅尼曰
南麽薩囉麽寧去聲嚩囉儜上聲微色劒避孏平聲
薩菩地薩怛嚩引野怛侄他去聲薩囉摩嚩囉
儜上聲微色劒避孏平聲莎訶馱覩微羯囉孏平聲
莎訶去聲誕寧去聲莎訶阿嚩嘌尒多迦引曳莎
訶去聲沫羅娜那寧去聲娑訶去聲菩地孕伽娜那
寧去聲莎訶去聲閼囉忙涅嘌嚩嚩引比多迦引
曳莎訶去聲噎迦引囉引忙曳莎訶去聲瑜伽橾
囉引曳莎訶去聲薩囉麽勃馱毗色訖多去聲曳
莎訶去聲没囉訶謀跛麌訶去聲曳莎訶去聲薩嘌
麽達囉忙毗色訖多去聲曳莎訶去聲薩囉麽勃
馱毗數多去聲曳莎去聲訶噎迦室啵伽引曳莎
訶去聲河部多去聲曳莎訶去聲阿㦜部多去聲曳莎
訶薩嘌麽耨區去聲鉢閦滿寧去聲莎訶

次說月光童子陀羅尼曰
南麽戰捺囉鉢囉婆去聲野矩忙囉部多去聲野
怛侄他去聲鉢囉陛鉢囉婆去聲嚩底達嘌忙微
輸上聲地嘌娑鍐覩袂莎訶
爾時佛告金剛密迹主菩薩言若有善男子
善女人念誦此十八大陀羅尼者七日七夜
彼人所有過去及現在世三業等罪乃至一
切諸障悉皆消滅身心清淨所有世間風痰
冷熱諸餘病等悉得除瘥一切鬼神布單那
鬼癲狂鬼藥叉羅刹執富那鬼毗舍闍者鬼
荼枳你鬼弁吸人精氣諸餘一切鬼神常去
此人十二由旬及飢荒疫病閃電霹靂之患
不相損害若男子女人身有灾厄當於宅内
安置舍利塔弁佛形像畫文殊師利童子像
燒種種香沉香白膠等香然燈散華上妙果

菰百味飯食每日供養書寫受持讀誦此經依法修行勤加念誦繞塔行道所有諸患及餘灾厄悉當除滅爾時世尊復告金剛菩薩言此文殊師利法藏中有眞實法最上殊勝無可比法能爲衆生作如意寶能令所在國土人民皆發十善若國王勸化十善所作悉皆圓滿此八字大威德陀羅尼者乃往過去無量百千恒河沙諸佛所說爲擁護一切行十善國王令得如意壽命長遠福德果報無比最勝諸方兵甲悉皆休息國土安寧王之所願常得增長此陀羅尼能大利益憐愍一切有情諸衆生故能斷諸三惡道能爲一切作法如佛現在處世無異此是文殊師利菩薩自身爲利諸衆生故自變其身爲八字呪神像能滿一切有情意樂等事若人能暫聞憶念此陀羅尼者即能滅四重五逆等罪何況常念誦者設使一切諸天有大福德及十地一生補處於中二大威力人亦不能奪其福德所作事業不能爲障持八字人福何況餘小天人及無威德龍神鬼而作障難設我住世恒沙億劫說文殊師利童子菩薩八字陀羅尼爲諸有情除罪生福成就事業具滿一切衆生諸願之法非口所宣能盡其福勤心念誦證者乃知於今略說汝金剛菩薩於我滅後以汝神力於贍部洲廣宣流布使薄福衆生持此八字陀羅尼同汝神力令速超於三界加功不退勿就餘法日夜精勤作法念誦不計日月畢見文殊童子爲現其童子身悉了一切事斷一切苦果於現身中超入六地具六波羅蜜即能悉捨一切進修不退

速入八地任運自在分身百億隨類教化衆生悉滿其願見身獲報如是爾時世尊說此語已默然而住顧視金剛菩薩時金剛菩薩即於會中從座而起踊躍歡喜繞佛三帀胡跪合掌瞻仰世尊復白佛言向者如來所說大聖文殊師利童子八字大威德陀羅尼名字句義何者是也八部之類願皆樂聞唯願說之我亦欲聞聞已受持持已常當益後未來一切有情令離三癡八苦十纏爾時世尊告金剛菩薩言汝今諦聽諦聽當爲汝說此大威德八字祕密心陀羅尼若有聞者如從佛口稟受此陀羅尼句義亦如佛住世無有異耳能與衆生於黑闇中作大明燈爾時如來即爲大衆而說呪曰

南麼 阿鉢哩弭多一壞曩徵寧濕嚩囉引噬捺囉野怛他去聲蘖多去聲野南謨上聲曼殊室哩曳矩忙囉部多去聲野怛佗去聲他去聲唵痾去聲末囉絆却浙囉

爾時世尊告金剛菩薩言是八字最勝威德心陀羅尼我今重復告汝一切大衆心勿有疑若見聞之者如佛在世亦見文殊師利童子無有異也能見諸佛神力不可思議亦能作大神通變化自在我今略讚此陀羅尼少分功能若具說無量俱胝那庾多百千大劫不可說盡如前已釋金剛菩薩若男女人於此陀羅尼發心念誦者不能廣辦供養在家種種迫迮不可具依法則但能禁其身三口四制勒三癡如上十惡永絕其源者即念誦此陀羅尼憶持不忘依時隨分不闕多少供養漸漸亦得成就除不正心不發大乘菩提

之心於三寶處起不善心行惡業之人一切小法尚不成就何況佛之大法文殊聖者軌儀而能成就爾時佛重告金剛菩薩言善男子若有男子女人發心能憶誦此陀羅尼一徧者即能擁護自身兩徧能護同伴三徧即能大擁護國王住十地菩薩亦不能越過此陀羅尼力者何況諸小天魔龍神鬼類惡衆生等而能障礙若誦四徧即能擁護妻妾男女若誦五徧擁護一切眷屬若誦六徧能護一切城邑村坊若誦七徧能護一切衆生若欲著衣之時當呪衣七徧能除一切内外惡毒及諸灾難若洗手面時當呪水七徧能令一切衆人生貴重心所有諸惡人見者悉當降伏自當敬重日夜憶念見即歡喜心無捨離若人患身體支節疼痛呪煖水一百八徧洗浴即得除愈若每日早朝以水一掬呪七徧飲之在身所有惡報悉得消滅何況無灾厄者及諸三業者亦得除愈并得壽命長遠若呪飲食喫者一切諸毒不能爲損若見惡人及有怨家當須念誦此呪所有怨家起惡心者當自降伏惡心即滅慈心相向有恐怖處當須攝心念誦此呪即得除怖若欲卧時當誦此呪一百八徧即得好夢善知吉凶若人或患瘧病持此呪者視患瘧人面切誦此呪一千八徧其患即除若欲入陣當取牛黃書寫此呪帶於身上一切刀仗弓箭鉾槊不能爲害若入陣時畫文殊師利童子像安於象馬上當於三軍前先頭而行引諸軍衆彼兇愚賊自然退散畫像之法須作童子相貌乘騎金色孔雀若有一切衆生見畫像者所

有四重五逆等罪悉得消滅常得面覩文殊聖者童子親爲教授即得究竟解脱乃至佛果於其中間不被三界煩惱癡心相應是故勸念一切有情行住坐卧當須念呪憶持不忘時時每誦一百八徧勿令斷絶常得一切衆生見者皆來歸伏惡人自當退散若能每日三時念誦各一百八徧所作稱意所求諸願悉得隨心一切皆得圓滿具足得大富貴所遊無障自在恣情受諸快樂設臨命終即得聖者文殊師利童子親現靈儀爲説大乘深妙法藏聞法心大歡喜即得普門三昧得此三昧已於煩惱生死當永隔别即與文殊聖者及大菩薩同爲眷屬位階三地進修不退住文殊聖者之位同得佛智慧三摩地門

爾時佛告金剛菩薩言善男子此文殊師利童子八字大威德力陀羅尼若有國王王子妃后公主及諸宰輔并凡庶類等能書寫此呪安於宅中其家即得大富貴饒財常富皃女聰明利智辯才巧計相貌端嚴具好人所愛樂所出言音衆人所奉施行無違象馬畜類悉盛成群奴婢寶貨受用無盡宅中災禍自然消滅善神護宅人福强盛鬼神無嬈設有鬼神皆是有福之鬼皆護其人不求人短

爾時世尊復告金剛菩薩言善男子此祕密陀羅尼不可思議諸佛威德亦不可思議若有人能誦此八字大威德陀羅尼者復有畫像之法能建此像爲益一切諸修行十善國王設能於此陀羅尼用少功力得大覆護諸王王子妃后宫人婇女百官宰相及諸士女并諸國土一切人民所有田宅悉皆擁護凡

此畫像已有人但能所在處安置於中土境皆得安寧設有惡賊水火刀兵劫賊之横並得除滅乃至非時疫病旱澇不調蟲霜損害亦悉除滅常得依時龍王降雨苗稼茂盛國土豐熟無諸災難爾時金剛菩薩摩訶薩白佛言世尊向者所說廣畫像法當云何作唯願說之爾時世尊告金剛菩薩善男子凡欲畫像先看上好細氎須揀擇日月吉宿善曜太白直次好時刻分吉祥善時然後畫像於清淨處掃灑已牛糞塗地懸諸旛幢香華供養燒龍腦香其氎須闊八肘長十二肘於中先畫釋迦牟尼佛坐七寶蓮華座作說法勢佛右邊畫文殊師利童子像身佩瓔珞頸挂胭珠種種妙服莊嚴其身童子色相如鬱金色胡跪合掌瞻仰如來作請法勢次畫觀音像觀音右邊畫普賢菩薩次普賢右邊畫虛空藏菩薩次虛空藏右邊畫無盡意菩薩又釋迦牟尼佛左邊畫彌勒菩薩彌勒左邊畫無垢稱菩薩無垢稱左邊畫除一切障菩薩次除一切障左邊畫月光童子次月光左邊畫金剛菩薩（已上十菩薩兩邊各五位侍佛側）各處其位坐七寶蓮華上皆畫本形乃至手執並依本法又於釋迦牟尼佛上空中更畫七佛所謂廣大智甚深雷音王如來除一切障如來第三阿彌陀如來功德處如來普香佛難勝勇雷音行佛心不動佛此之七佛皆須次第畫之其身皆作金色各如作說法像其畫像上兩邊空處各畫一天仙頭戴華冠各手捧華槃一手散華現於半身於雲中形貌端正種種嚴飾其體其釋迦牟尼佛所坐蓮華出水池

内池中復現二龍王一名難陀二名憂波難陀其二龍王於其池中現出半身人身蛇首具有七頭並皆白色種種雜寶莊嚴其身左邊難陀龍王以右手託佛華莖瞻仰如來以左手竪其五指以大母指指於額上作歸依勢右邊龍王一如左邊其文殊師利童子下畫野曼德迦瞋怒王仰觀文殊師利童子作悚懼曲躬受教勢於彌勒菩薩下畫持法人勿失本相手執香鑪胡跪而坐瞻視世尊如聽法勢畫像四邊散畫龍王次畫蓮華及諸妙華諸華等下畫梵天摩醯首羅天四天王天等次畫四箇阿脩羅王次畫四箇執鬼神曜王（已上左邊侍從也）右邊畫那羅延天王帝釋天王四天王次畫四箇阿脩羅王次畫四箇執鬼神王（已上右邊侍從也）各依本相貌畫其身形皆須手執器仗不得差錯次畫九箇執鬼神現出半身合掌向佛觀如來像說此畫像法已爾時如來便以讚誦即說偈言

此妙畫像法　最勝殊功德　三世一切佛
同讚不思議　我今演少分　文殊童子德
若有諸智者　能起壹念心　依法畫此像
獲福德無量　供養生恭敬　所有俱胝劫
四重五逆罪　極苦諸惡業　觀敬童子像
報障皆當滅　世間中所有　諸惡類衆生
不信有三寶　放逸破戒行　不懼一切罪
墮於泥犂中　楚毒湯火惱　輪轉受諸苦
經於無量劫　若遇此畫像　能發一念心
忻樂暫瞻視　或少剎那頃　須臾不散亂
内發歡喜心　此諸惡業輩　一切皆當滅
獲果福無量　何況行善業　能修清淨因

後得妙好相　具足菩薩身　四衆常瞻仰
常行勤精進　愍念惡趣衆　於中常饒益
趍走爲給使　和光不同塵　教化令生信
引之脫苦縛　過去有諸佛　及現未來佛
無量俱胝劫　皆行菩薩道　敷具與娛樂
象馬諸珍寶　頭目髓腦等　於諸三世中
上至於有頂　下極風輪界　橫括諸十方
六趣四生類　有情之含識　一心徧供養
事事無空過　皆令給足之　使得心歡喜
令發菩提心　速證無漏果　或超三賢行
越階初地位　其福不可量　神力無比類
雖有如是德　誦此陀羅尼　能畫文殊像
彼人獲果報　其福不可說　十方恒河沙
尚有知其數　畫像福德力　無能知其邊
若天及人王　供養恒沙佛　幷諸菩薩衆
聲聞及緣覺　大威八部衆　劫劫恒供養
其福不可筭　若覩文殊像　或能持此經
晝夜不廢忘　取華香旛蓋　果味諸飲食
及持上七寶　幷敷妙衣服　不計年月歲
日夜六時中　虔誠不忘念　以施設上供
文殊童子像　幷持八字呪　復於時時中
常於畫像前　禮懺諸愆罪　及讚大聖德
求願諸悉地　金剛三昧門　及佛菩提果
乞證六神通　速悟七辯才　願如文殊等
演法無窮極　導引群生類　令達於彼岸
願我久住世　似如大聖類　不願取佛果
於苦衆生中　同共一處生　不計劫長遠
恒持祕密藏　八字陀羅尼　轉轉相囑授
悉皆令受持　幷諸別部呪　皆於文殊像
於前而作法　速超佛地果　轉勸諸餘人

一念生隨喜　八字陀羅尼　願證深法門
一切三摩地　由如文殊等　一切諸天人
持於本部呪　不獲悉地願　瞻仰童子像
賫持一華果　或以一塗香　捧持遏伽水
胡跪而供養　至心恭敬禮　期求心中願
悉獲無有疑　稱心依本願　我今重告汝
聲聞及天人　龍王阿脩羅　金鳥王眷屬
摩睺羅伽等　鬼母及族類　羅刹并藥叉
人主及小王　群臣凡庶衆　速發大弘願
願践文殊跡　行業速超齊　上中下悉地
願願令成就　一切諸有情　願皆同我願
令使諸衆生　習氣皆頓滅　願登佛寶山
内外悉圓滿　證常妙法身　見眞佛性珠
如掌金剛寶　永寂入無餘

爾時世尊復告金剛菩薩言此八字大威德陀羅尼法中有祕密最勝不可思議壇印軌則於諸法中最廣殊勝若有比丘比丘尼善男子善女人依法受持讀誦書寫修行現世成就一切吉祥諸事圓滿壽命長遠衆人愛敬生珍重心命終之後得生天上受樂無量或生王宮處尊重位受富快樂身無病苦得宿命智薄貪恚癡善知因果寶重佛法雖紹貴位心無憍慢宿因力強習讀大乘慇念一切心無勝負心常利有情若下流生於諸人中貴豪英俊宣言辯利人所愛樂壽命長遠中無灾横所於求願事與心規者無人違信

爾時金剛菩薩白佛言世尊向者所説於此法中有祕密壇法其事云何唯願如來當爲廣説爾時世尊告金剛言善哉善男子善女人等發信敬心作壇法者先須揀擇清淨殊

勝上地當得地已皆須深掘除去瓦礫塼石荆棘毛髮灰糠糞等穢除去不淨物已取好淨土堅築令平量取其地東西南北正取八肘或四肘取於香水塗其地上使令明淨然後取其牛糞以香水和復塗地面使令三徧然後復取稠香水以灑壇地即取白繩量取八肘東西南北以等度其地以粉點定長短分布壇院以作三重四面開門量定位界勿使闊狹不等方始五色粉下於界位凡位畫壇之法及以器仗印契皆從東面起首先畫五頂印次畫優鉢羅華印次畫牙印次畫文殊童子面印次畫槊印（已上五印壇內東面畫之）次畫蓮華印次畫優鉢羅華印次畫幢印次畫旛印次畫傘蓋次畫烏頭門次畫車路車印次畫迦半悉娑縛吉祥印次畫孔雀印次畫白象次畫馬次畫犎牛次畫水牛次畫羖羊次畫白羊次畫人次畫童子（已上印契皆須門外次第分明畫之）如是三種壇壇外院更畫藥叉將梵名摩尼跋羅東方次畫藥叉將梵名布拏跋陀羅南方次畫藥叉將梵名毗嚧波叉西方次畫藥叉將梵名毗沙門王北方如上四將各住本方掌壇四面領諸鬼神護其方界次畫日月次畫七星次畫二十八宿次畫訶唎底母神鬼子母是如上所說壇外所畫形像器仗印契等悉皆如法畫之勿使雜亂差錯皆用色彩畫法如是今已釋訖修行之人依此軌儀進功修業必獲稱心無虛謬耳

又法若爲羅闍作者於淨宅內修耳若欲求於白象者往象坊作之必獲本願若欲求馬者於馬坊作法必獲本願若蛇螫者於大池

有龍之處作法即可若患瘧病一日乃至七日當於本住村坊舍宅處近南邊作法即愈若鬼魅及羅刹所著者當於空室或屍陀林處作法其患即得除愈若毗舍闍鬼所著者當於萞麻樹下作法其患即得除愈若一切鬼神及諸熱鬼所著者當於死人室中或於新生孩子室中作之若被諸毒所中者誦此八字呪呪水七徧與飲即得除愈若有畜生疫病所著者當於果樹下作法其疫即除若欲得田疇苗稼茂盛豐熟實者當於園苑之内作之即得如願若有婦人患諸惡病或被鬼神迦樓羅乾闥婆等吸人精氣成病疥者當於河邊或於山頂上作之其鬼神等悉當遠離身體平復於後無諸難厄若被一切茶枳你鬼於空閑淨處或流水邊作法其鬼即離其人無諸疥咎此等法則於盛日中或夜半作之事將畢已欲除壇時當誦八字呪其壇内物當送水中或施貧者於後所求諸事並得圓滿爾時世尊而說偈言

此大陀羅尼　威力不可說　若人常受持
能除一切病　所作諸事業　一切皆圓滿
及得壽命長　若得見此壇　諸罪悉皆滅
若求世間樂　富貴自在力　或能猒世間
欲求出生死　超過諸苦海　學習菩提行
摧伏諸魔軍　若入此壇者　必獲大威力
此大祕密法　爲信法國王　執正行平等
當須廣爲說　若無信惡人　假使得重寶
滿於三千界　其價不可量　當奉上是寶
欲聞此法藏　祕密陀羅尼　八字眞言義
亦不合爲說　何以法如此　久遠修善根

廣達三乘法　信根尚無退　猶未合得聞
已入十住位　由未達其原　八字陀羅尼
印壇壇軌則　瑜伽相應法　何況諸惡人
合聞如是義　八字真言門　呼召設大法
現身而證事　三部聖者法　具含八字中
菩薩及金剛　諸天呪祕藏　皆屬八字攝
過去一切佛　現在及未來　一切諸菩薩
修行此法門　悉證菩提果　文殊大菩薩
不捨大悲願　變身爲真童　或冠或露體
或處小兒叢　遊戲邑聚落　或作貧窮人
衰形爲老狀　示現飢寒苦　巡行坊市鄽
求乞衣財寶　令人發一施　與滿一切願
令使發信心　信心已發已　爲說六度法
領萬諸菩薩　居於五頂山　放億衆光明
人天咸悉覩　罪垢皆消滅　或得聞持法

一切陀羅尼　祕密深藏門　修行證實法
究竟佛果願　具空三昧門　習盡泥洹路
文殊大願力　與佛同境界　豈況輕心人
欲聞此法門　而能修行者　設使欲修行
或遭王難起　或不值良伴　魔官嬈心神
惡鬼得其便　誑說非法語　國土之豐儉
自身受刑害　皆由不信故　現報招此殃
謗毀祕密藏　八字陀羅尼　當來正苦報
具受阿鼻獄　經於無量劫　始乃當得出
受於餓鬼苦　經於千萬劫　復墮傍生中
負重常受苦　於後得人身　六根不具足
常處貧窮家　衣服不蓋形　飢飡麤澀味
常受飢渴苦　復饒多疾病　無人救療治
斯人受苦報　不可說窮盡　謗斯陀羅尼
真祕之要門　具受斯苦報　諸天八部衆

一切咸應知　勿生一念謗　於此陀羅尼
若生少分疑　一念不信者　同獲如前罪
必定無有疑

爾時釋迦牟尼佛復告金剛菩薩言汝當受持八字陀羅尼并契印法囑付傳受出家在家大悲淳厚行菩薩行具四無量慈愍一切不捨衆生心者如是大士乃可囑受與之聲聞凡夫未發大意不能堪受此法門故亦不勝菩薩慈悲重擔小器之類豈能饒益有情唯有大人能建大事堪可受持此陀羅尼祕密之藏印信法門能持佛法久久不絕宣流徧布一切有情令使受持證法實性彼自不退善男子汝之神力魔官外道幻惑之人無能與汝雜者假汝威力令法久住盲聾凡衆聞法見道令漸修學至三乘路善男子此八字法中有印名曰精進能滿一切持誦人願作法之時先結此印其事速成一切吉祥日夜增長與心規者皆得就手恣情快樂受用無窮金剛菩薩白佛言世尊結印之法軌則云何佛爲我說我今樂聞祕要之法乃至證佛菩提以將此法宣布教化一切有情令使速悟佛祕藏門得大威力如我無異還以神通折伏天魔外道徒輩使入大乘佛正法門令見道跡昇超彼岸爾時世尊告金剛菩薩言善男子凡欲念誦此八字陀羅尼欲作結印法時淨洗其兩手取白檀鬱金龍腦沉水等上妙好香石上和水磨之於後以用香泥塗於兩手熟指使遣香氣入肉即於佛前胡跪合掌廣發大願頂禮諸佛而作是言

敬禮娑羅王佛(梵名)娑(引)禮捺囉囉(引)惹　敬

禮開敷華王佛梵名三矩蘇上聲弭多　敬禮寶幢佛梵名羅怛曩計都　敬禮阿彌陀佛梵名阿弭跢婆去聲野　敬禮無量壽智佛梵名阿弭跢庾枳孃曩　敬禮山王佛梵名勢禮捺囉惹　敬禮作日光佛梵名你崩去聲迦囉　敬禮極安隱佛梵名蘇乞史麼　敬禮善眼佛梵名蘇上聲寗怛囉　敬禮法幢佛梵名達麼計都　敬禮光鬘佛梵名不叱婆去聲麼引里

已上十一佛名至心稱念運心頂禮想本師釋迦牟尼佛及文殊五髻童子像請乞加被便結其大精進印印曰兩手合掌八指相叉皆屈掌內以二大指少屈相並壓著二頭指屈節上名曰大精進印此是一切佛所說欲念誦結印之時呪用八字陀羅尼呪曰

唵　阿味羅吽却唽囉

次說如意寶印印曰以兩手相叉二頭指相拄屈其大母指入於掌內相叉此印亦名大精進如意寶印即說呪曰

唵　帝儞二合嚩羅薩婆邏吒二合娑陀迦悉地耶　悉地也眞多摩呢囉多娜吽

若持誦八字陀羅尼人皆須用前兩印誦前陀羅尼然後結印此印能廣作一切事悉得成就若欲身上莊嚴冠帶之時皆須呪衣七徧然後著之即得擁護自身常得一切人恭敬若欲入陣戰鬭去時所有器仗並呪一千單八徧隨身將入御敵其賊恐怖無敢當鋒自然退散無停足者又法若欲降伏一切怨敵惡人者緣身所著衣服呪一千八徧著於身上以就怨敵其兇惡人並來降伏又法以取珠珍或瓅瓓諸雜寶等呪一千八徧安幢

上或置軍將身或安馬象之上隨入戰陣於前而行彼賊遥見自然降伏如是等法無量無邊不可稱數其前二印常須依清淨結用以護其身得長命報能除一切病破一切毗那夜迦惡魔外道及諸惡人不能作障如法用印一切呪神時時現身持誦之人速得悉地亦得十方一切諸佛遥讚歎之勑菩薩金剛并八部等隨逐擁護爲助其力文殊師利童子日夜隨逐爲伴不捨其側現種種身同行事業爲說勝法不令修此法人退菩提果其二印功能爲衆生除罪獲福唯佛能知非凡測度所明達處作法之人用心勤功日夜不住意勿餘緣自當有證爾時金剛菩薩復從座起頂禮佛足右遶三帀右膝著地合掌向佛瞻仰如來作如是言妙法希聞善哉甚奇殊特難思我今得聞祕密大威德陀羅尼法藏力故使我福德神通倍加增盛魔宫震動光明殄滅娑婆世界此贍部洲國王大臣八部群輩福盛威增無諸痛惱壽命延長人民和安惡賊寇擊之類各居本境侵嬈情息敬佛信法請僧求福以陀羅尼福力令我威神使諸天及人獲如是益願此法門於閻浮提廣行流布利益一切未來衆生唯願世尊說此陀羅尼功能利益現在未來若有衆生發心受持能成何事獲福云何唯願如來爲我具說爾時世尊告金剛菩薩言善哉善男子汝於此陀羅尼往昔曾經少分聞故一念隨喜而受持故於今號汝爲金剛忿怒大力上至有頂下極風輪横及十方一切魔王并諸眷屬常於四生及六趣内惑亂衆生能使

有情不猒五欲唯汝金剛忿怒之力閉六趣門淨五欲境建佛道場天人詣至見法實性摧魔癡欲依汝取正汝曾往昔暫一聞故隨喜誦念尚獲如是大威神力何況菩薩及諸緣覺聲聞之人并及有情聞此陀羅尼八字神呪并二印受持讀誦書寫憶念或能自作及勸人受持此法決定速證阿耨多羅三藐三菩提果善男子此陀羅尼所流布處當知皆是文殊師利童子威力得聞此法若有國土城邑有此法處菩薩辟支聲聞之輩若行大仙及呪仙等天龍脩羅金翅鳥王乃至人非人等於中正住常當圍繞讚歎供養守護此經金剛菩薩善男子此陀羅尼八字密藏是如來法藏出佛身經亦名文殊童子變身八字呪經若有善男子善女人我滅度後法欲滅時受持此法讀誦書寫尊重讚歎種種香華塗香抹香傘蓋幢旛鍾鼓磬鐸微妙音聲歌詠讚頌及上妙衣服恭敬供養者當知此人現世獲十種果報何等爲十一者國中無有他兵怨賊侵境相嬈二者不爲日月五星二十八宿諸惡變怪而起灾患三者國中無有惡鬼神等行諸疫疾善神衛國萬民安樂四者國中無諸風火霜雹霹靂等難五者國土一切人民不爲怨家而得其便六者國中一切人等不爲諸魔所逼七者國中人民無諸橫死者著身八者不值惡王行諸虐苦無非時風暴損苗稼五穀熟成甘果豐足九者善龍八境及時降雨非時不雨名華藥木悉皆茂盛天人仙類時時下現無有旱澇不調之名十者國中人民不爲虎狼兇獸諸惡

雜毒之所損害金剛菩薩善男子此八字陀羅尼祕密藏門所在之處有人迴心一念恭敬供養者獲前十種果報何況有人正意發心受持念誦勤苦不退日夜坐禪觀此文殊師利童子形像供養無虧不闕時時行道稱念其名不爲現身滿其願者無有是處爾時世尊爲諸大衆重說偈言

供養救世者　祕密藏殊勝　此法文殊說
若人能受持　稱彼前人願　圓滿福具足
大富貴饒財　名聞徧十方　若人於此經
隨喜一念善　持一陀羅尼　或誦八字呪
其福不空過　速獲大吉祥　顔貌悉端嚴
由如天童像　身形稱十六　具足七辯才
常受大富貴　世世恣情樂　無諸疾病苦
文殊悲願力　令諸有情類　現世獲安隱
若有諸國王　欲往他方國　入陣擬鬭戰
書此陀羅尼　八字眞言句　頂帶及身上
心常懷憶念　不爲怨家害　刀仗不及身
復有殊勝法　能伏他兵力　更畫文殊像
五髻童子身　騎乘於孔雀　安置於幢頭
或遣人手執　使令軍前行　諸賊遥望見
自然皆退散　或取金銀等　造作童子像
種種妙莊嚴　置於旛幢上　將入戰陣中
三軍悉勇健　鉾甲器仗等　威光炎熾盛
諸賊惡愚等　應時尋退散　或迷失本心
歸款自降伏　國主人非人　諸人仙類等
藥叉及羅刹　乾闥緊那羅　布單羯吒等
鬼母及龍神　蟲狼與虎豹　師子諸象類
如上諸惡毒　見幢悉歸心　我今重告汝
一切諸菩薩　緣覺及聲聞　金剛眷屬等

諸天龍神類　脩羅金鳥衆　乾闥緊那羅
一切摩睺羅　羯吒布單那　鬼母并男女
阿婆娑摩羅　人王及非人　今當復諦聽
我今復重說　文殊悲願行　一切諸世界
有佛國土處　大乘所流布　皆是文殊力
十方國土中　菩薩及聲聞　得登地位者
皆是文殊力　九十五種輩　修仙苦行業
得生非想者　皆是文殊力　生餘諸天者
受持五欲樂　壽命得長存　皆由文殊力
諸脩羅王等　遊行周四海　威力勇難當
皆是文殊力　天帝共脩羅　於其大海上
鬪戰無恐怖　皆是文殊力　諸龍無怖難
不懼金鳥食　解脫還死憂　皆是文殊力
諸小薄福龍　不被熱沙惱　身體得清涼
皆是文殊力　大威金翅鳥　能噉諸珍寶

入腹悉消化　皆是文殊力　梵王大自在
下至四天王　救護諸人民　皆是文殊力
功德大天女　能滿貧窮者　衣服雜七寶
皆是文殊力　文殊童子願　一切十方佛
尚不知其邊　何況凡夫類　測度知原際
設欲興心測　恒沙乃可筭　文殊童子願
不知毛頭分　文殊童子慧　唯除等妙覺
初地至十地　無能知塵分　何況聲聞衆
辟支佛等類　而知文殊慧　文殊四辯才
皆說究竟法　聞者皆解脫　至於佛彼岸
我今重重讚　文殊妙慧行　志願深極廣
能滿一切衆　菩薩第一樂　十方佛亦讚
童子行悲願　汝諸菩薩衆　緣覺及聲聞
并諸八部衆　勿以輕慢心　文殊童真子
常須恭敬禮　取上妙香華　并修香甘味

飲食諸果子　供養童眞子　一切諸菩薩
金剛眷屬衆　八部諸龍神　人王凡庶類
雖聞餘菩薩　神通不思議　由故不如畫
玉髻童子像　及持陀羅尼　八字眞言句
作法不懈息　速超佛地果　畢定無有疑

爾時世尊告金剛菩薩言善男子諸佛威德及諸菩薩神通變化亦不可思議此法寶藏亦不可思議是故金剛汝常精勤憶念恭敬乃至國王人民百官比丘比丘尼清信士女并諸法師能常憶念此陀羅尼法寶功能不可思議此法與一切衆生廣行流通從國至國乃至村坊有人住處遞相傳受於諸大衆流布不絕令人受持得福無量乃至他國聞有善人及國王等愛樂大乘尋訪善友即須往彼國令彼國王及諸人民令使受持書寫讀誦敬信無疑若欲擁護結界應用此陀羅尼一切諸處皆通用之若有法師樂持此法者亦傳受與之其法師得此法已常須恭敬此陀羅尼如佛無異若人於此法師處生大尊重心金剛菩薩善男子若人聞此法寶藏經不能受持讀誦書寫供養不爲他人廣說利益不傳與人此陀羅尼者此等諸人亦不能發衆生無上菩提之心如此人輩當獲大罪如犯四重五逆等罪無有異也一切諸佛及諸菩薩常當遠離佛告金剛菩薩言善男子於後末世若有善男子女人等誹謗是經及出麤語云此經法非佛所說當知是一切諸佛怨於阿鼻地獄千劫受於大苦劫盡更生餘地獄中受諸苦惱未可窮盡爾時金剛菩薩聞佛說是法已即於佛前歡喜踊躍以

偈讚佛

廣饒益有情　說此陀羅尼　并宣最勝經
亦爲利益我　亦利諸衆生　令獲大安樂
由如佛世尊　稱歎諸佛德　一切諸呪義
能修勤行者　希有未曾有　說利衆生故
我今當頂禮　最勝大菩薩　文殊童子像
如教頂戴行

爾時釋迦如來告金剛菩薩言善哉善哉汝今能攝一切諸有情故發是大心廣能修行大利益事善男子我今此法付囑文殊師利法王子手令後世中於贍部洲廣爲衆生宣傳流布文殊師利童子即於佛前歡喜踴躍熈怡含笑而白佛言世尊令蒙如來於大衆前付囑我此陀羅尼法藏經我當擁護我當受持世尊涅槃後於惡世中令諸衆生依法受持廣行流布常不斷絕於是世尊說斯法時無量無邊諸衆生等聞此法者皆得離憂惱無量衆生發阿耨多羅三藐三菩提心爾時世尊說此經已文殊師利童子及金剛菩薩諸天龍神八部衆類同聲讚歎釋迦如來能說此法善哉希有所未曾聞頂禮佛足歡喜踴躍一心奉行

文殊師利寶藏陀羅尼經

音釋

疔音丁　孽蘖並魚列切　嘌力質切　伲你也切　嚟郎計切　攞來可切　儜女耕切　嬭奴蟹切　囒落干切　糝桑感切　粄博管切　蹬徒亘切　娜奴可切　豸直尔切　榾音骨　曀於計切　閼烏葛切　麌五矩切　唛音陵　鑁亡犯切　癲都年切狂病也　蓏郎果

切草實曰蘇噬音誓訡五感切鉾槊鉾莫浮切鉤兵也槊所角切矛屬悚息拱切怖也犎府容切牛名螌施僂切蟲行毒也舵并亏切舡麻也跢得何切哳陟鎋切玏瑒玏盧則切石次玉也瑒居謁切

僧伽吒經

元魏南天竺優禪尼國王子月婆首那譯

清刻龍藏佛說法變相圖

僧伽吒經卷第一

元魏南天竺優禪尼國王子月婆首那譯

如是我聞一時婆伽婆在王舍城靈鷲山中共摩訶比丘僧二萬二千人俱其名曰慧命阿若憍陳如慧命摩訶謨伽略慧命舍利子慧命摩訶迦葉慧命羅睺羅慧命婆俱羅慧命跋陀斯那慧命賢德慧命歡喜德慧命網指慧命須浮帝慧命難陀斯那如是等二萬二千人俱共菩提薩埵摩訶薩埵六萬二千人俱其名曰彌帝隸菩提薩埵一切勇菩提薩埵童眞德菩提薩埵發心童眞菩提薩埵童眞賢菩提薩埵無滅菩提薩埵文殊師利菩提薩埵普賢菩提薩埵金剛斯那菩提薩埵如是等六萬二千人俱復有萬二千天子其名曰阿疇那天子跋陀天子須跋陀天子

希法天子栴檀藏天子栴檀天子如是等萬二千天子俱復有八千天女其名曰彌隣陀天女端正天女發大意天女歲德天女護世天女有力天女隨善臂天女如是等八千天女俱復有八千龍王其名曰阿波羅羅龍王伊羅鉢龍王提彌羅龍王君婆娑羅龍王君婆尸利沙龍王須難陀龍王須賖佉龍王伽婆尸利沙龍王如是等八千龍王俱皆向靈鷲山詣世尊所頭面禮足右遶三帀却住一面爾時一切勇菩提薩埵摩訶薩埵從座而起偏袒右肩合掌向佛白佛言世尊唯願世尊演說正法利益衆生世尊無量億天衆無量億婇女無量億菩提薩埵無量億聲聞皆悉已集欲聞正法世尊如是大衆皆欲聞法惟願如來應供等正覺爲說妙法令長夜安

隱斷諸業障爾時世尊讚一切勇菩提薩埵善哉善哉一切勇能爲大衆請問如來如是之事汝今諦聽善思念之當爲汝說唯然世尊願樂欲聞爾時世尊告一切勇菩提薩埵有法門名僧伽吒若此法門在閻浮提有人聞者悉能除滅五逆罪業於阿耨多羅三藐三菩提得不退轉一切勇於汝意云何若人聞此法門福德之聚過於一佛福德之聚一切勇白佛言云何世尊佛告一切勇如恒河沙等諸佛如來所有福德若人聞此法門所得福德亦復如是一切勇若人得聞如是法門於阿耨多羅三藐三菩提一切不退轉見一切佛一切得阿耨多羅三藐三菩提惡魔不惱一切善法皆得成就一切勇聞此法者能知生滅爾時一切大衆從座而起偏袒右

肩右膝著地合掌向佛白佛言世尊一佛福德有幾量也佛言善男子諦聽一佛功德譬如大海水滴如閻浮提大地微塵如恒河沙等衆生悉作十地菩薩如是一切十地菩薩所有福德不如一佛福德之聚一切勇若人聞此法門福多於此筭數譬喻所不能及爾時一切大衆聞是說已踊躍歡喜多增福德時一切勇菩提薩埵白佛言世尊何等衆生渴樂正法爾時世尊告一切勇菩提薩埵摩訶薩埵一切勇有二衆生渴仰於法何等爲二一者於一切衆生其心平等二者旣聞法已等爲衆說心無希望一切勇菩提薩埵白佛言世尊聞何等法得近菩提一切勇渴仰聞法得近菩提常信樂聽受大乘法者得近菩提爾時人天諸龍婇女從座而起白佛言世尊我等渴法願佛世尊滿我所願爾時世尊即便微笑種種色光從口中出徧照十方上至梵世還從頂入爾時一切勇菩提薩埵從座而起偏袒右肩右膝著地白佛言世尊以何因緣如來現此希有之相爾時世尊告一切勇菩提薩埵於此會中一切衆生當得阿耨多羅三藐三菩提成就一切如來境界是故佛笑一切勇菩提薩埵白佛言世尊何因緣故此會衆生得阿耨多羅三藐三菩提佛言善哉善哉一切勇能問如來如是之義一切勇以願勝故一切勇乃往過去無數阿僧祇劫有佛世尊號曰寶德如來應供正徧知明行足善逝世間解無上士調御丈夫天人師佛世尊一切勇爾時我作摩納之子此會衆生住佛智慧者往昔之時悉在鹿中我

時發願如是諸鹿我皆令住佛智慧中時鹿聞已尋皆發言願得如是一切勇此會大衆因彼善根當得阿耨多羅三藐三菩提爾時一切勇菩提薩埵摩訶薩埵白佛言世尊若有衆生聞此法者壽命幾劫佛言其人壽命滿八十劫一切勇菩提薩埵白佛言世尊劫以何量佛言善男子譬如大城縱廣十二由旬高三由旬盛滿胡麻有長壽人過百歲已取一而去如是城中胡麻悉盡劫猶不盡一切勇又如大山縱廣二十五由旬高十二由旬有長壽人過一百歲以輕繒帛一往拂之如是山盡劫猶不盡是名劫量時一切勇菩提薩埵摩訶薩埵白佛言世尊一發誓願尚得如是福德之聚壽八十劫何況於佛法中廣修諸行善男子若有聞此法門者所得壽命滿八十劫何況書寫讀誦之者一切勇若有人以淨信心讀誦此法門福多於前九十五劫白識宿命六萬劫中爲轉輪王於現在世人所敬重刀不能害毒不能傷妖蠱不中臨命終時得見九十五億諸佛安慰之言汝莫怖畏汝在世時聞僧伽吒法門九十五億佛各將其人至其世界一切勇況復有人得具足聞如是法門爾時一切勇菩提薩埵白佛言世尊我當聽受如是法門得何福德佛告一切勇如恒河沙諸佛如來所有福德聞是經者所得福德亦復如是時一切勇菩提薩埵白佛言世尊我聽此法心無疲猒佛告一切勇善哉善哉汝能如是聞法無猒我亦如是聞法無猒況復凡夫心生猒想一切勇若有善男子聞此法門生信心者於千劫中

不墮惡道五千劫中不墮畜生萬二千劫不墮愚癡萬八千劫不生邊地二萬劫中生處端正二萬五千劫常得出家五萬劫中作正法王六萬五千劫修行念死一切勇彼善男子善女人無少不善惡魔不得其便不入母胎一切勇聞此法門者生生之處九十五阿僧祇劫不墮惡道於八萬劫常得聞持十萬劫離於殺生九萬九千劫離於妄語一萬三千劫離於兩舌一切勇如是法聞難值難聞

爾時一切勇菩提薩埵摩訶薩埵從座而起偏袒右肩右膝著地合掌白佛言世尊謗此法者其罪多少佛告一切勇其罪甚多時一切勇菩提薩埵白佛言世尊得幾數罪佛告一切勇莫問此事善男子若有於十二恒河沙諸佛如來起於惡心若有謗者罪多於彼一切勇若於大乘起惱心者如彼衆生被燒燋然一切勇菩提薩埵白佛言世尊如是衆生云何可救佛告一切勇譬如有人刀斷其頭使醫治之塗以石蜜酥油諸藥以用塗之一切勇於汝意云何如是衆生還可活不一切勇白佛不也世尊一切勇又如有人刀害不斷若得良醫治之則瘥彼人瘥已知其大苦我今知已更不復作惡不善業一切勇若善男子念布施時亦復如是離一切惡集諸善法諸善具足譬如死屍父母憂愁啼泣不能救護凡夫之人亦復如是不能自利不能利他無依父母如是如是一切勇彼諸衆生臨死之時無所依止一切勇無依衆生有二種何等爲二一者作不善業二者誹謗正法如是二人臨死之時無依止處時一切勇菩

提薩埵白佛言世尊彼謗法者生何道中佛告一切勇謗法之人入大地獄在大呌喚地獄一劫受苦衆合地獄一劫受苦燒然地獄一劫受苦大燒然地獄一劫受苦黒繩地獄一劫受苦阿鼻地獄一劫受苦毛豎地獄一劫受苦睺睺地獄一劫受苦一切勇謗法衆生於此八大地獄滿足八劫受大苦惱爾時一切勇菩提薩埵摩訶薩埵白佛言世尊大苦大苦我不能聞爾時世尊而說頌曰

何故不能聞　此語甚可怖　地獄爲大苦
衆生受苦痛　若造善業者　則有樂果報
若造不善業　則受於苦報　生則有死苦
憂悲苦所縛　凡夫常受苦　無有少樂時
智慧人爲樂　能憶念諸佛　信清淨大乘
不墮於惡道　如是一切勇　本業得果報
作業時雖少　得無邊果報　種子時雖少
得無量果實　植種佛福田　能生果實處
智者得安樂　樂於諸佛法　遠離於惡法
修行諸善法　若以一毫物　用布施諸佛
八十千劫中　巨富具財寶　隨所受生處
常念行布施　如是一切勇　施佛得福深

爾時一切勇菩提薩埵摩訶薩埵白佛言世尊云何修佛智慧云何聞此法門增長善根佛告一切勇菩提薩埵若有人供養六十二億恒河沙諸佛施諸樂具若復聞此法門者所得福德與前正等一切勇菩提薩埵白佛言世尊云何善根滿足爾時世尊告一切勇菩提薩埵摩訶薩埵言功德如佛者當知滿足一切勇白佛言世尊何人功德與如來等佛告一切勇菩提薩埵善男子法師善根

與如來等一切勇菩提薩埵言世尊何等是法師佛告一切勇菩提薩埵流通此法門者名爲法師一切勇菩提薩埵白佛言世尊聞此法門得何等福書寫讀誦此法門者得幾所福佛告一切勇菩提薩埵言善男子於十方面一一方各十二恒河沙諸佛如來一一如來住世說法滿十二劫若有善男子說此法門功德與上諸如來等若有善男子書寫此經四十八恒河沙諸佛如來說其功德不能令盡況復書寫讀誦受持時一切勇菩提薩埵問佛言世尊若讀誦者得幾所福爾時世尊說頌答曰

讀誦四句偈　得此最勝福　如八十四恒
諸佛所說法　讀誦此法門　得如是福德
如是諸功德　言說不能盡　十八億諸佛
住世滿一劫　十方一切佛　常讚大乘法
善說此法門　而無有窮盡　諸佛難值遇
此法亦如是

爾時八十四億天子至於佛所合掌頂禮白佛言善哉世尊如是法藏願住閻浮提爾時復有十八千億尼揵子來詣佛所白佛言勝也沙門瞿曇佛告尼揵如來常勝汝等住顛倒云何見汝等勝汝無勝也汝等善聽今爲利益汝等爲汝等說

凡夫無慧樂　何處得有勝　不知於正道
云何得有勝　我視衆生道　以甚深佛眼

爾時尼揵子於世尊所心生瞋恚爾時帝釋捉金剛杵以手摩之用擬尼揵時十八千億諸尼揵子惶怖苦惱悲泣啼哭如來隱形令其不見爾時諸尼揵子不見如來悲泣頌曰

父母及兄弟　無能救濟者　見曠野大澤
空無人行路　彼處不見水　亦不見樹蔭
亦不見人衆　無伴獨受苦　彼受諸苦惱
由不見如來
時諸尼揵從座而起右膝著地出大聲言如
來哀愍願見救濟我等歸依佛爾時世尊即
時微笑告一切勇菩提薩埵摩訶薩埵言善
男子汝往外道尼揵子所爲其説法爾時一
切勇菩提薩埵摩訶薩埵白佛言世尊譬如
須彌山王小山無能出者如是世尊於如來
前我不能説爾時世尊告一切勇菩提薩埵
摩訶薩埵善男子莫作是説如來有多方便
一切勇汝往觀十方一切世界如來在何處
住於何處所敷如來座一切勇於尼揵所我
亦當自説法一切勇白佛言世尊乘何神力
爲以自神力去以佛神力去也佛告一切勇
汝以自神力去還時以佛神力而來爾時一
切勇菩提薩埵摩訶薩埵從座而起偏袒右
肩爲佛作禮即没不現爾時世尊爲尼揵説
生苦生惱人生多怖生有病苦病有老苦老
有死苦復有王難賊難水難火難毒難自作
業難時諸外道心懐恐怖白佛言世尊我等
於今更不忍生爾時世尊説此法時十八千
億諸外道等得離塵垢發阿耨多羅三藐三
菩提心自身十八千億住於十地大菩提薩
埵現菩提薩埵種種神力或作象形馬形師
子虎形金翅鳥形或作須彌山形或作老形
或作獼猴或作華臺結跏趺坐十千億菩提
薩埵在其南面作九千億菩提薩埵在其北
面皆作如是神通變化如來常在三昧以方

便力故為衆生說法爾時如來知一切勇菩提薩埵自用神力去已七日至華上世界時一切勇菩提薩埵以佛神力屈伸臂項來至佛所到已右繞三帀發清淨心合掌禮佛白佛言世尊我以一神力至十方諸佛世界見九十九千億諸佛世界第二神力見百千億諸佛世界至第七日到華上世界亦至不動如來世界世尊我至彼國見九十二千億諸佛說法又見八十億千世界八十億千諸佛即日成阿耨多羅三藐三菩提我悉供養復過而去世尊我即日至三十九億百千佛國見三十九億百千菩提薩埵出家得阿耨多羅三藐三菩提世尊我悉恭敬禮拜右繞三帀復過而去世尊又於六十億世界見六十億佛我悉供養恭敬禮拜而去世尊我見百億世界百億如來入般涅槃我亦供養恭敬禮拜復過而去世尊我見六十五億世界諸佛正法滅盡我心焦惱而懷悲泣見天龍夜叉憂惱啼哭如箭入心世尊彼佛世界劫火所燒大海須彌悉皆燒盡無有遺餘我亦供養復過而去乃到華上世界世尊我到彼世界見數百千億座世尊見彼南面數百千億座東西北方及以上下各數百千億高座世尊彼一一座七寶成就一一座上有一如來結跏趺坐為衆說法世尊我既見已生希有心問彼世尊此世界者名為何等彼佛如來即告我言此世界者名曰華上世尊我禮彼佛問其佛言如來世尊名號何等彼佛答我號蓮華藏於此世界常作佛事我復問言此世界中無量如來何者是蓮華藏如來之身

彼世尊曰我當示汝蓮華藏佛爾時諸佛悉隱不現唯見一佛其餘座上悉是菩薩我時禮佛時有一座從地涌出我於此座結跏趺坐時我坐已有無量座忽然而出空無人坐我問彼佛此座何故空無人坐時佛世尊而告我言善男子不種善根衆生不得在於此會之中世尊我時問彼如來言世尊作何善根得在此會時佛告言諦聽善男子得聞僧伽吒法門者以是善根得在此會何況書寫讀誦一切勇汝聞僧伽吒法門故得在此會無善根人則不能得見此佛國爾時一切勇菩提薩埵摩訶薩埵白彼佛言世尊得聞此法門者得何福德爾時蓮華藏如來即便微笑世尊我時作禮問彼佛言佛何故笑現希有相時蓮華藏如來告一切勇善男子一切勇菩提薩埵得大勢力譬如轉輪聖王主四天下於四天下種滿胡麻善男子如彼胡麻其數多不一切勇菩提薩埵白世尊言甚多世尊甚多善逝佛告一切勇有人聚彼胡麻以作一聚一切勇有人能數知其數不一切勇菩提薩埵白彼世尊不可數也善逝世尊時蓮華藏如來告一切勇菩提薩埵善男子若胡麻等數諸佛如來說聞經功德不能令盡何況書寫讀誦一切勇菩提薩埵白佛言世尊書寫得何等福佛告一切勇善男子譬如三千大千世界一切沙塵樹葉草木以如此等數轉輪王如是輪王寧可數不一切勇菩提薩埵白佛言世尊不可數也善逝世尊佛告一切勇善男子聽此法者如是一切諸轉輪王所有福德不及此福於此法門書一

字者功德勝彼一切輪王所有福德如是善男子此法門者攝於一切大乘正法不得以輪王福德爲喻如是一切勇此法門功德非譬喻說如此法門能示法藏滅諸煩惱然大法炬降諸惡魔照明一切菩提薩埵之舍說一切法爾時一切勇菩提薩埵摩訶薩埵白佛言世尊行梵行者甚爲希有何以故世尊如來行難得佛告一切勇如是善男子梵行難得若行梵行若晝若夜常見如來若見如來則見佛國若見佛國則見法藏臨命終時其心不怖不受胎生無復憂惱不爲愛河之所漂没爾時世尊復告一切勇菩提薩埵摩訶薩埵善男子如來出世難可值遇一切勇言如是世尊如是善逝如來出世難得值遇佛告一切勇菩提薩埵摩訶薩埵言此法難值亦復如是一切勇若有得聞如是法門經於耳者八十劫中自識宿命六十千劫作轉輪王八十劫中作天帝釋二十五千劫作淨居天三十八千劫作大梵天九十九千劫不墮惡道百千劫中不墮餓鬼二十八千劫不墮畜生十三億百千劫不墮阿脩羅中刀劒不傷二十五千劫不生愚癡中七千劫具足智慧九千劫中生處端正具足善色如如來身十五千劫不作女人十六千劫身無病惱三十五千劫常具天眼十九千劫不生龍中六千劫中無瞋恚心七千劫中不生貧賤家八十千劫主二天下極最無窮受如是樂十二千劫不生盲冥十三千劫不生聾中十一千劫修行忍辱臨命終時識行將滅不起倒想不生瞋恚見東方恒河沙等諸佛如來面

見南方十二億佛面見西方二十五恒河沙諸佛如來面見北方八十恒河沙等諸佛如來面見上方九十億恒河沙諸佛世尊面見下方百億恒河沙等諸佛世尊善男子彼諸世尊安慰其人善男子汝莫恐怖汝已聽受僧伽吒法門善男子汝見如是恒河沙等百千億佛世尊不唯然已見世尊告曰此諸如來故來見汝是善男子問言我作何善諸佛見我諸佛告言善男子汝在人中曾聞僧伽吒法門是故諸佛故來見汝是善男子白佛言世尊我曾少聞得如是福況復具足受持是經彼佛告言善男子莫作是說聞四句偈所有功德我今說之善男子譬如十三恒河沙諸佛如來所有福德聞此法門福德勝彼若有供養十三恒河沙諸佛如來若有於此法門聞一四句偈此福德勝彼況具足聞佛復告一切勇菩提薩埵言善男子若三千大千世界滿中胡麻以此胡麻數轉輪王若有人布施如是轉輪王不如布施一須陀洹若施三千世界一切須陀洹所得福德不如施一斯陀含若施三千世界諸斯陀含不如施一阿那含若施三千世界諸阿那含不如布施一阿羅漢若施三千世界諸阿羅漢所得福德不如布施一辟支佛若施三千世界諸辟支佛所得福德不如施一菩提薩埵若施三千大千世界菩提薩埵不如於一如來所起清淨心若於三千大千世界諸如來所生清淨心不如凡夫聞此法門功德勝彼何況書寫讀誦受持一切勇況復有人以清淨心憶念此經一切勇於意云何頗有凡人能度

大海不一切勇言不也世尊佛告一切勇於意云何頗有凡夫以手一撮能竭海不一切勇言不也世尊佛告一切勇樂小法者亦復如是不能聽受如是法門一切勇若不曾見十八億恒河沙諸佛如來不能書寫如是法門若不曾見九十億恒河沙諸如來者不能聞此法門若人曾見百千億如來者聞此法門不生誹謗一切勇若有曾見百千億恒河沙如來聞此法門能生淨信起如實想不生誹謗一切勇聽若有書此法門一四句偈彼過九十五億千世界如阿彌陀國彼人佛土亦復如是一切勇彼諸衆生壽命八萬四千劫一切勇若菩提薩埵摩訶薩埵於此法門聞四句偈諸衆生設使造五逆罪教人隨喜若能聽受一四句偈所有罪業能令除滅爾時世尊復告一切勇菩提薩埵摩訶薩埵言往昔有人破塔壞僧動菩提薩埵三昧壞滅佛法殺害父毋作已生悔我失今世後世之樂當於惡道一切受苦生大愁憂受大苦惱一切勇如是之人一切世人所共惡賤作如是言此人失於世間出世間法此衆生於無量劫猶如燋樹不能復生譬如畫堂不以燋柱而作莊嚴此人亦爾今世後世所至之處人皆輕賤打罵毀辱不施飲食彼受飢渴打罵苦惱自憶念言我造逆罪破塔壞僧作是思惟我向何處誰能救我作如是念我當入山自滅其身無人救我爾時彼人而說偈言

我造不善業　猶如燋木柱　今世不莊嚴
他世亦如是　室內不莊嚴　在外亦如是
惡因造惡業　因之入惡道　後世受苦痛

不知住何處　諸天悉聞我　悲泣啼哭聲
無有救護者　必入於地獄　自作不善業
自受苦痛報　我無歸依處　必受苦痛受
殺父母壞塔　我作五逆業　我登高山頂
自墜令碎滅　時諸天告言　莫去愚癡人
莫作不善業　汝作多不善　作已今悔過
殺害自身命　必受地獄苦　尋即墮於地
如被憂箭射　不以此精進　而得成佛道
不得菩薩道　不得聲聞果　更起餘精進
汝詣仙聖山　往見大聖主　頭面禮彼仙
願救苦衆生　善作利益我　驚怖不安隱
仙人聞告言　汝坐暫時聽　驚怖苦不安
當悔衆惡業

仙人告言我施汝食汝可食之愁憂苦惱飢渴恐怖世間無歸我施汝食汝當食之然後我當爲汝說法令汝罪業悉得消滅彼食訖已須臾澡手繞仙人已前面胡跪仙人問言汝說作惡業答仙人言我殺母殺父破塔亂菩提薩埵三昧壞滅佛法爾時仙人告彼人言汝作不善造斯惡業自作教人諸不善業汝當懺悔爾時彼人心驚惶怖悲泣而言誰救護我我作惡業必受苦報爾時彼人長跪合掌而作是言我作惡業自作教人莫使我得不善之報勿使受苦願大仙人當見救濟我爲仙人常作僮僕所作不善願令消滅爾時仙人慰喻彼人汝莫惶怖吾當救汝令受輕報汝今現前聽法汝曾聞僧伽吒法門不白仙人言我未曾聞仙人言火燒之人誰能爲其說法唯大悲者乃能說耳

僧伽吒經卷第一

音釋

吒陟駕切　薩埵梵語也此云成衆生謂用佛道成就衆生也埵音朶　翅施智切　趺音夫跏趺疊足坐也

僧伽吒經卷第二

元魏南天竺優禪尼國王子月婆首那譯

爾時仙人告彼人言乃往古昔無數阿僧祇劫時有國王名曰淨月如法治世善男子時淨月王生一太子時淨月王召諸占相婆羅門等而問之言今此童子有何等相爾時相師白大王言今此太子有不祥相生此太子必有不祥大王問言汝何所說相師白言如是太子若至七歲當害父母王時答言寧當殺我不殺我子人身難得於無量劫修行乃得人身不應以此身而殺人物爾時太子始生一月如一歲兒王知太子當殺我身時淨月王捨位與子作如是言汝治國事一切財物自在隨意如法治世勿爲非法既授位已時淨月王於其國內不復行於王之教令爾時無量億大臣至淨月王所白言大王何故不行王之教令大王答言我無量劫常爲王事心無猒足我已猒矣捨之修行爾時太子未經多時並殺父母集五逆罪善男子我亦憶念往昔之事既殺王已愁悲啼哭自責悔過爾時我以大悲之心爲彼說法彼聞法已逆罪消滅問言當於爾時說何等法答言爾時演說僧伽吒法門若聞此法當至阿耨多羅三藐三菩提滅一切罪煩惱休息汝今諦聽當爲汝說令汝聞已速得解脫聞四句偈令不中闕盡一切惡得須陀洹然後布施遠離諸苦受苦衆生令得解脫怖畏衆生令得遠離爾時彼人合掌頂禮讚言善哉善哉眞善知識善能除滅諸不善業善說僧伽吒法門善哉聞者爾時虛空中萬二千天子至大

仙所合掌頂禮白如是言大仙憶念幾時事耶復有四龍王十八千億夜叉王頭面禮敬白大仙言憶念幾時事耶大仙答言我憶念百千億阿僧祇劫問大仙言以何善根憶爾許事答言以曾聽受僧伽吒法門在彼衆中聞此法門發淨信者皆得授阿耨多羅三藐三菩提記若人造作五逆之罪聞此法門須臾之間悉能除滅無量百千億劫閉惡道門開生天道於此法門聞四句偈功德如是況復書寫讀誦供養華香旛蓋恭敬尊重合掌禮拜一言讚善如是功德不可思議爾時一切勇菩提薩埵白佛言世尊云何合掌得功德等誰讀此經一合掌禮佛告一切勇善男子若人造作五逆之罪若教人作若隨喜作於此法門聞四句偈合掌淨信能滅五逆何況有人於此法門具足書寫讀誦供養如此功德多彼無量善男子譬如阿那婆達多池日光不照從彼池中出五大河一切勇於意云何頗有人能數此五大河水滴數不一切勇言不也世尊佛告一切勇菩提薩埵善男子聞此法門善根亦復如是百千萬劫數不可盡一切勇於意云何須臾得聞如是法門是難有不一切勇言難有世尊佛告一切勇於此法門能生信者復難於彼譬如阿那婆達多池出五大河如是五河水之滴數數不可盡一切勇菩提薩埵摩訶薩埵白佛言世尊何等名爲五大河也佛告一切勇菩提薩埵五大河者所謂恒伽河私陀河博叉河耶牟那河月分河是五大河悉皆入海此五大河一河各有五百小河以爲眷屬一切勇復

有五大河在虛空中一河各有一千小河以爲眷屬一切勇菩提薩埵白佛言世尊何等是五河有千眷屬佛告一切勇菩提薩埵第一河者名須陁羅有千眷屬第二河者名曰羶佉有千眷屬第三河者名婆呵帝有千眷屬第四河者名質多斯那有千眷屬第五河者名曰法蓋有千眷屬一切勇是名五大河有千眷屬一切勇是五大河利益閻浮提時時降雨增長華果於閻浮提雨清淨水增長苗稼一切勇如護世天安樂閻浮提波提波渚也此經亦爾利益安樂閻浮提波一切衆生如三十三天一切勇菩提薩埵白佛言世尊何等是三十三天佛告一切勇菩提薩埵言釋迦提婆之所住處是三十三天一切勇彼三十三天作如是語若有衆生口行善語者彼人功德不可數知若有衆生行口惡者彼墮地獄餓鬼畜生不可數知衆生墮於地獄畜生餓鬼受大苦惱時彼衆生無救護者於三惡趣獨受劇苦口行惡者是惡知識口行善者是善知識若見善知識則見如來若見如來則滅一切不善之法一切勇如護世天爲閻浮提波而作利益一切勇此經亦如是於閻浮提波而作佛事若不聞此法門者不能至阿耨多羅三藐三菩提不能轉法輪不能擊法鼓不能坐於師子法座不能入於涅槃之界不能成就無邊光明如是如是一切勇不聞如是法門不能坐於菩提樹下時一切勇菩提薩埵摩訶薩埵白佛言世尊我有少疑欲問世尊佛告一切勇隨汝所問當斷汝疑一切勇白佛言世尊爾時仙人度彼五逆

人令住不退地者是何人也佛告一切勇菩提薩埵善男子汝今諦聽如來所説微細難知此僧伽吒法門示仙人像如此法門能示佛身如恒河中處處見沙此法亦爾自作示現爲人説法唯佛如來量與佛等此法如是與佛平等有此法處常有諸佛爾時世尊復告一切勇菩提薩埵善男子我念往昔九十九阿僧祇劫爾時有佛號曰寶上如是次第有十二億佛皆號寶上我於爾時名曰淨月行大布施時十二億如來我悉供養以衣服卧具飲食湯藥香華燈明一切樂具悉以供養彼諸如來不爲我授阿耨多羅三藐三菩提記一切勇我念往昔有十八億如來出興於世皆號寶明我於爾時名曰龍正行大布施以香華瓔珞供養彼佛彼諸如來亦不授我阿耨多羅三藐三菩提記一切勇我念往昔有二十億佛出興於世皆號式棄如來應供正徧知我於爾時行大布施以諸樂具供養彼佛彼諸如來亦不授我阿耨多羅三藐三菩提記一切勇我念往昔有二十億諸佛出興於世皆號迦葉我於爾時行大布施以諸香華旛蓋衣服一切樂具供養彼佛彼諸如來亦不授我阿耨多羅三藐三菩提記一切勇我念往昔有十六億諸佛如來出興於世皆號淨光我於爾時作大長者子行大布施捨一切物彼十六億諸佛如來我悉供養以香華旛蓋衣服卧具飲食湯藥亦不授我阿耨多羅三藐三菩提記一切勇我念往昔九十五億諸佛如來出興於世皆號釋迦牟尼應正徧知我於爾時作大國王如法治世

彼九十五億釋迦如來我悉供養以香華旛蓋飲食衣服卧具湯藥一切樂具亦不授我阿耨多羅三藐三菩提記一切勇我念往昔有九億佛出興於世皆號迦羅迦鳩村陀如來應供正徧知我於爾時作婆羅門子巨富無量行一切施以諸香華旛蓋衣服卧具飲食一切樂具供養諸佛彼諸如來亦不授我阿耨多羅三藐三菩提記一切勇我念往昔有十八億如來出興於世皆號迦那迦牟尼如來應供正徧知我於爾時行大布施彼諸如來我悉供養以香華旛蓋衣服卧具飲食湯藥一切樂具供養彼諸如來亦不授我阿耨多羅三藐三菩提記一切勇我念往昔有十三億諸佛如來出興於世皆號光明德如來應正徧知我悉供養以諸華香旛蓋衣服卧具飲食一切樂具供養尊重彼諸如來亦不授我阿耨多羅三藐三菩提記一切勇我念往昔二十五億諸佛如來出興於世皆號弗沙如來應正徧知我於爾時出家作沙門行如法供養以諸香華瓔珞旛蓋衣服卧具飲食一切樂具尊重讚歎彼諸如來亦不授我阿耨多羅三藐三菩提記一切勇我念往昔有十二億諸佛如來出興於世皆號毗婆尸如來應正徧知彼諸如來我悉供養以華香旛蓋衣服飲食卧具湯藥一切樂具悉以供養我時出家彼諸如來亦不授我阿耨多羅三藐三菩提記最後毗婆尸如來說此法門閻浮提衆生聞已於虛空中即雨七寶爾時閻浮提衆生悉無貧窮我於爾時亦不得授阿耨多羅三藐三菩提記但聞空聲而告

我言汝不久當得受阿耨多羅三藐三菩提記一切勇菩提薩埵白佛言世尊經於幾時得受阿耨多羅三藐三菩提記佛告一切勇菩提薩埵言諦聽善男子過九十二億阿僧祇劫有佛出世號然燈如來應正徧知我於爾時作摩那婆子名曰彌伽(彌伽者此言雲)於然燈佛所作摩那婆修清淨行我見彼佛以七莖青蓮華供養然燈如來以此善根迴向阿耨多羅三藐三菩提爾時然燈如來即授我記摩那婆未來過阿僧祇劫當得作佛號釋迦牟尼如來應正徧知一切勇我於爾時聞授記聲踊身虛空高十二多羅住虛空中得無生法忍無量阿僧祇劫所修淨行與六波羅蜜相應一切善根悉皆現前如視掌中菴摩羅果一切勇我於爾時今無量百千億衆生住於善法一切勇況今我成阿耨多羅三藐三菩提利益衆生我觀衆生以何應度隨其方便爲其說法若爲諸天現作天身而爲說法若在龍宮示作龍身而爲說法於夜叉中示夜叉身而爲說法於餓鬼中作餓鬼身而爲說法若爲人道示作人身而爲說法應以佛身而受化者示作佛身而爲說法應以菩提薩埵身而受化者示菩提薩埵身爲之說法我觀衆生以何應度如是如是爲衆生現隨應說法一切勇我爲衆生演說諸法有多方便何以故一切勇具足善根衆生得聞此法一切善根悉得增長慳者布施無福德者修行福德自利利他修行念死彼聞法故作此善根以聽法故過去善根亦得增明彼得長夜利益安樂一切天人一切勇如是法門

一經於耳得生無量功德一切勇爾時衆生各相謂言更有餘善法修行得阿耨多羅三藐三菩提不善衆生言有法布施修行口說善語如是等法得善果報至無上道愚癡之人作如是言無法無施無善惡果無口善報彼愚癡人得大罪報展轉墮於惡道之中於八大劫墮於地獄受大苦報十六劫中墮阿脩羅九千劫中生墮鬼神十二劫墮餓鬼中受餓鬼苦萬四千劫生處瘖瘂萬六千劫母胎傷墮萬二千劫生作肉團萬一千劫生處生盲彼諸父母作如是言我所生子虛受懃苦九月護胎飢渴寒熱諸苦具受而不得子報恩之力一切勇如是如是謗法衆生墮於地獄畜生餓鬼臨命終時爲憂惱箭射之而去一切勇口善語者作如是言有法有施有善惡業果報彼人以是善根因緣二十五劫生鬱單越二十五劫生三十三天受諸天樂從天命終生鬱單越不入母胎目見百千世界悉名安樂見一切國土諸佛不移本處成三菩提一切勇如此法門有大神力能發清淨信心不生邊地具清淨戒一切勇復有衆生作如是言如來晝夜度諸衆生而衆生界猶不盡耶無量衆生願於菩提無量衆生生於天上無量衆生入般涅槃何因緣故而不盡耶時諸外道婆羅門等作如是語我當問難沙門瞿曇如是之義爾時有九十四億諸外道婆羅門等來詣王舍城爾時世尊熈然微笑爾時彌帝隸菩提薩埵（彌帝隸者此云慈也）從座而起頂禮佛足向佛合掌白佛言世尊何因緣故如來微笑若無因緣如來終不現希有

事願世尊說何故現笑佛告彌帝隸菩提薩埵善男子汝今諦聽當為汝說彌帝隸今日王舍城必有大衆集會彌帝隸菩提薩埵白佛言世尊何衆集會為天龍夜叉若人非人佛告彌帝隸菩提薩埵善男子此諸天龍夜叉等悉來集會復有八萬四千諸婆羅門九千億諸尼揵子來欲談論我悉降伏諸婆羅門為其說法皆發阿耨多羅三藐三菩提心九千億尼揵陀皆得須驢多波帝（此言逆流）萬八千億龍王悉來集會聞我說法悉發阿耨多羅三藐三菩提心六萬億淨居天子亦來集會復有三萬億惡魔及其眷屬亦來集會有萬二千阿脩羅王悉來集會五百大王及諸眷屬悉來集會聽我說法既聞法已皆發阿耨多羅三藐三菩提心爾時彌帝隸菩提薩埵從座而起頂禮佛足右繞三帀即沒不現

爾時一切勇菩提薩埵摩訶薩埵從座而起偏袒右肩右膝著地向佛合掌白佛言世尊彼五百國王名字何等佛告一切勇諦聽善男子一名歡喜王二名善歡喜王三名優波難陀王四名勝踊王五名梵將軍王六名梵響王七名善見王八名善歡喜王九名歡喜將軍王十名歡喜正王十一名頻婆娑羅王十二名波斯那王十三名增長王如是等有五百大王一一大王有千億眷屬皆發阿耨多羅三藐三菩提心唯除增長王從於東方有三萬億菩提薩埵俱來集會從於南方有五萬億菩提薩埵俱來集會從於西方有六萬億菩提薩埵俱來集會從於北方有八萬億菩提薩埵俱來集會從於下方有九萬億

菩提薩埵俱來集會從於上方有百千億菩提薩埵俱來集會彼諸菩提薩埵悉住十地一切皆詣王舍大城至如來所於阿耨多羅三藐三菩提得不退轉爾時世尊告一切勇菩提薩埵摩訶薩埵言善男子汝詣十方諸佛世界告諸菩提薩埵今日如來於王舍城演說大法汝等十方菩提薩埵合掌恭敬汝於須臾速還及此衆會聽法爾時一切勇菩提薩埵從座而起頂禮佛足繞佛三帀忽然不現時一切勇菩提薩埵到十方國告諸菩提薩埵言曰今日如來於王舍城演說大法汝等今者應讚善哉令汝永得安樂利益爾時一切勇菩提薩埵到十方國供養諸佛告諸菩提薩埵言已還歸此土譬如壯士屈伸臂頃至王舍城住如來前時一切婆羅門諸外道悉已集會天龍夜叉阿脩羅人非人等皆悉集會五百大王及其眷屬亦來集會三萬億惡魔及諸眷屬亦來集會爾時王舍城地大震動時十方諸佛世界雨栴檀末香雨天妙華雨如來上成大華臺金剛力士執金剛杵在如來前爾時四方有四風王入王舍城悉吹城內糞穢土沙遠置城外爾時十方世界雨衆香水十方世界雨優鉢羅華拘物頭華分陀利華在虛空中化成華蓋於虛空中有八萬四千億師子之座七寶所成一切座上皆有如來宣說妙法爾時三千世界六種震動時一切勇菩提薩埵摩訶薩埵白佛言世尊何因緣故於王舍城現希有事佛告一切勇菩提薩埵善男子汝今善聽譬如有人吾我自高家居貧窮日至王門既至王門

自高直入時守門者尋捉打縛王聞有人直入王門王作是念此人直入必欲相害時王瞋恚敕諸臣言汝將此人斷其命根并其父母兄弟姊妹其人眷屬皆悉憂愁悲泣啼哭如來說法亦復如是吾我自高諭諸凡夫得見佛身耳聞說法自生高慢說種種語住吾我地自不聽受亦不說法若人說法一偈一喻亦不聽受作如是言如此之法我已先知何以故住我慢地或恃多聞自縱放逸與愚癡人共住不聞正法自以多聞放逸不如法說自作手筆而自說之一切世人欺誑自身作如是言有財施我我是福田彼愚癡人自誑其身亦誑世間食他信施不能消故命欲終時生大恐怖諸人告言汝是技術何不自救答言今日技術不能自救憂悲苦惱衆人語言爲一人故父母兄弟親里眷屬無事誅戮衆生如是近惡知識墮於地獄畜生餓鬼如是如是諸婆羅門諸尼揵子我今告汝汝莫放逸譬如鳥子未生羽翼不能高翔飛於虛空汝等如是無有神力不能飛至涅槃之界所以者何汝所行法非畢竟道終歸破壞汝等臨終自生悔心我等虛受如是身命修行不得天樂不受人樂不得涅槃我等此身便爲虛過我當生何道受何等身爾時世尊告諸婆羅門尼揵子諸外道言閻浮提中滿中珍寶汝等莫失所望於佛法寶中莫作異學汝等所疑悉問如來佛當爲汝分別說之爾時一切婆羅門尼揵子等從座而起偏袒右肩右膝著地合掌禮佛白佛言世尊如來晝夜多度生死衆生衆生界不減不增世尊

何因緣故衆生等如是生滅爾時藥上菩提薩埵摩訶薩埵大誓莊嚴爲然法炬欲問大事白佛言世尊當來世無少衆生無老衆生作生滅者佛告藥上衆生有老作少如是生滅善男子如人沐髮著新衣服從舍而出餘人語言善沐頭髮著新淨衣又如有人洗沐頭髮著故洗衣善沐頭髮衣服非妙如是如是藥上衆生老者於閻浮提以爲非妙少者雖妙現有生滅爾時一切婆羅門諸外道尼犍子白佛言世尊何等名老何者爲少佛告諸外道所言老者數數往來餓鬼畜生地獄之中受苦無猒爾時一切諸婆羅門天龍大王白佛言世尊我等更不能受生死苦惱彼諸尼犍作如是言無少衆生爾時藥上菩提薩埵白佛言世尊觀此衆生如是難度佛告藥上菩提薩埵如來今日分別解說汝善諦聽有九萬四千億新學衆生在如來前不禮如來亦不問訊爾時藥上菩提薩埵白佛言世尊何因緣故此諸衆生不禮如來亦不問訊請決所疑佛告藥上菩提薩埵善男子汝今諦聽當爲汝說善男子若作是說無少衆生如是之人是少衆生彼人問言我等諸人是少衆生世尊我等是少衆生佛言如是如是汝等是少衆生以不能知自身量故爾時九萬四千億新學衆生皆得十地住於虛空爾時藥上菩提薩埵摩訶薩埵白佛言世尊此諸衆生快得善利得盡生死世尊此諸衆生離於生死得住十地爾時一切婆羅門諸外道尼犍子諸龍國王惡魔眷屬來到佛所白佛言世尊我等詣佛聽此法門願我等輩

皆得如來妙色之身形色像貌顧如如來應正徧知佛言如是如是善男子汝等來詣佛所聽此法門發阿耨多羅三藐三菩提心汝等不久當得阿耨多羅三藐三菩提爾時如來說此語已諸外道尼犍子等皆得無生法忍住於十地時諸菩提薩埵以自神通踊在空中高七多羅於虛空中化成七寶臺奉施如來在於空中作種種神通而自變化爾時諸天於虛空中當如來上雨衆妙華念佛如來於其自身起佛身想無量百千諸天子以華散佛作如是言得大利益沙門瞿曇真是世間大良福田具足三昧自在之力如是等衆生漸具方便說一善語得離生死爾時藥上菩提薩埵摩訶薩埵從座而起偏袒右肩右膝著地合掌白佛言世尊此諸天子何因緣故作如是語現諸神通善讚如來佛告藥上菩提薩埵言善男子彼諸菩薩不讚歎我自讚其身以其自身坐法王位以其自身坐於法座以其自身放法光明諸佛所護於阿耨多羅三藐三菩提正覺說法爾時藥上菩提薩埵摩訶薩埵白佛言世尊大德世尊日夜常度無量衆生然諸衆生猶不可盡爾時世尊告藥上菩提薩埵摩訶薩埵言善哉善哉善男子能以此義問於如來善男子譬如有人大富饒財多有奴婢多有田宅園林穀米大小麥豆稻秫胡麻彼於春時一切種植至時則熟熟復收穫各各別盛盛已食之至於春時種之如前善男子衆生本業亦復如是受樂報盡復作善業種諸善根種善根已增長善法增善法已得大歡喜藥上以歡喜

心於百億劫樂報不失善男子如初發意菩提薩埵不墮惡道總知諸法藥上菩提薩埵白佛言世尊云何初發意菩提薩埵而見夢也佛告藥上菩提薩埵言善男子初發意菩提薩埵於其夢中多見怖畏何以故淨一切業不可以身而受衆苦以是罪故夢見怖畏藥上白佛言世尊初發心菩提薩埵夢中見何等怖佛告藥上菩提薩埵善男子其人夢見熾然火聚彼菩提薩埵應作是念以此火聚燒我一切煩惱藥上是名第一夢見怖畏又見水流垢濁不淨彼初發心菩提薩埵應作是念漂我一切結縛煩惱藥上是名初發心菩提薩埵第二夢見大怖畏也藥上菩提薩埵白佛言世尊見何怖畏佛告藥上菩提薩埵言於其夢中自見剃髮藥上菩提薩埵見已不應恐怖何以故應作是念剃貪瞋癡墮六道生善男子如是菩提薩埵不墮地獄不墮畜生不墮餓鬼不墮龍中不墮天中藥上初發心菩提薩埵惟生清淨佛國土中佛告藥上當來末世後五百歲有諸菩提薩埵心願菩提以發心故得衆多人毀辱打罵藥上於彼但應爲其說法菩提薩埵不應起於瞋恚之心佛告藥上我於無量百千億劫行諸苦行善男子我不爲資生國土財産爲知諸法實相故藥上我行苦行不得阿耨多羅三藐三菩提善男子我聞此法即日得阿耨多羅三藐三菩提藥上此法甚深如是法門難得聞名若得聞此法門名者一切得阿耨多羅三藐三菩提藥上是人得超千劫生死生淨佛國土善知滅道知第一道識第一善

根成就無比神通知無比滅藥上於汝意云何云何名滅藥上菩提薩埵白佛言世尊法處名滅佛言藥上何等法處藥上白佛言世尊法是法處如世尊說勤行精進勤持戒勤忍辱是名法藏佛讚藥上菩提薩埵言善哉善哉善男子佛問此義汝善解說

僧伽吒經卷第二

音釋

劇（竭戟切尤甚也）誅戮（誅陟輸切戮音六）秫（食聿切穀名也）穫（胡郭切刈也）

僧伽吒經卷第三第四同卷

元魏南天竺優禪尼國王子月婆首那譯

爾時藥上菩提薩埵摩訶薩埵白佛言世尊何因緣故如來出世佛告藥上菩提薩埵言善男子爲令衆生多聞具足是故如來出現於世如來出世開甘露法若如來出世則知一切法以方便故知世間法出世間法知世間智出世間智藥上菩提薩埵白佛言世尊世尊知何等法佛告藥上菩提薩埵言藥上如來知正法智藥上以是智故總攝一切法藥上若衆生聞如來出世信法者此是第一利益藥上譬如有人出行治生爲得利故將千人衆擔負金寶彼人父母告其人言子善諦聽此金寶者是他人之物汝好守護莫使亡失其人持寶未經多時自縱放逸所持金寶悉皆散失是時彼人憂箭射心羞愧慚恥不能歸家時彼父母聞已憂愁悲泣而說此言我等生此惡子但有子名生我家內財物悉皆散失令我等貧苦爲他奴僕絶望而死子聞父母既喪亡已亦絶望死如是如是藥上佛說此法於我法中無淨信者彼無所望臨命終時爲憂惱箭射心而死如彼父母爲彼金寶絶望憂惱如是藥上於我法中無淨心者臨命終時受諸苦痛先福受盡後不種善臨死時至憂惱箭射墮於地獄畜生餓鬼受諸苦痛作如是言誰救濟我令我得離地獄畜生餓鬼之苦又如父母告其子言未來病苦病有死苦汝等得解脫時見行識生身受苦痛徧體燋惱自觀已死眼不見色耳不聞聲四支皆痛必歸於死徧體頑癡猶如木

石無所覺知父母語言莫作是語令我怖畏觀身無熱亦無餘病惟見死怖我當歸誰誰救濟我父母若天誰能救拔父母議言祭祀天神必得安隱子答父母當速祭祀以求安樂速至天祀問守廟人時彼父母到天祀中燒香求願守廟者言天神瞋怒須殺羊殺人以用祭祀汝子可脫爾時父母自思惟言我等云何我既貧窮若天神瞋我子必死若天神喜必得大恩時速歸家盡賣家財得羊一口復語餘人且貸我金十日相還若無相還我身當爲君作奴僕其人得金詣市買人所買之人不知當殺以祭天祀病人父母愚癡無智竟不至家直詣天祀語守廟者汝速爲我設祭天祀爾時父母自殺羊殺人然火祭天然後天下告彼父母汝等莫怖我護汝子令得安隱爾時父母踊躍歡喜作如是言天神與我大恩令我子差時彼父母歡喜還家見兒已死爾時父母見子死已生大愁惱憂箭射心絶望而死佛告藥上善男子近惡知識亦復如是爾時藥上菩提薩埵白佛言世尊如是衆生墮於何處佛告藥上菩提薩埵善男子莫問是事藥上菩提薩埵白佛言世尊願佛慈悲說如是人墮在何處佛告藥上菩提薩埵言善男子汝今諦聽其人毋者墮於大叫喚地獄之中其父墮於衆合地獄其子墮於火燒然地獄守天廟者墮於阿鼻大地獄中爾時藥上菩提薩埵摩訶薩埵白佛言世尊彼枉死人生於何處佛告藥上菩提薩埵言彼枉死人生於三十三天之上藥上菩提薩埵白佛言世尊彼枉死人何因緣故

生於三十三天之上佛告藥上菩提薩埵言善男子汝今諦聽彼人臨死時起一念淨心歸依佛陀以此善根當六十劫受於三十三天之樂八十劫中自識宿命所生之處離諸憂惱生生之處離諸憂惱一切苦滅藥上近惡知識不得入於涅槃藥上菩提薩埵白佛言世尊云何衆生不能入於涅槃佛告藥上菩提薩埵言欲求涅槃者當勤精進藥上菩提薩埵白佛言世尊云何名精進佛告藥上菩提薩埵善男子精進者名須驢多波帝逆流之果名精進處娑吉利陀伽彌果名精進處阿那伽彌果名精進處阿羅訶果名精進處波羅提迦佛陀果名精進處緣覺之智名精進處菩提薩埵名字菩提薩埵地果名精進處藥上如是等處名精進處藥上菩提薩埵白佛言世尊世尊云何逆流云何逆流果佛告藥上菩提薩埵善男子譬如有人種於樹木彼種樹已即日生芽彼樹一日上下各生長一由旬復有一人亦復種樹不得其所風動不生移置異處二人共諍互相誹謗彼人如是共相諍論國王聞之即勑臣言其處二人互相誹謗速往喚來傍臣受勑遣使往捉時彼使人微服而去至彼人所作如是言王喚汝等時彼二人驚怖憂愁王今何故命我二人是時二人旣至王所默然而立時王問言汝等何故共相誹謗而起鬭諍時彼二人白大王言聽我所說我借得少許空閑之處種植樹林即日生芽及葉華果熟者中半此人種植不生芽葉及以華果須臾數移彼種不生來見謗毀而起鬭諍大王如是之事

大王應知我無罪過爾時大王集諸大臣滿三十億告諸臣言汝等各說諸臣白言我等不知說何等語王問諸臣汝等頗見即日種樹即生芽葉及以華果熟者中半爾時諸臣從座而起白大王言大王我等不能決定信受如此之語何以故大王此事希有爾時大王問彼人言如汝所說是事實不爾時彼人白大王言此實不謬王復答言如汝所說如此之事即日種樹即生芽葉及以華果此事難信爾時彼人白大王言願王自植知其虛實時王集三十億臣禁守彼人然後大王自種其樹不生芽葉不生華果爾時大王心大恚怒勑諸臣言汝等速取利斧彼所種樹仰令斫伐爾時諸臣受王勑令斫斷彼樹一樹斷已生十二樹斫十二樹斷生二十四樹莖葉華果皆是七寶爾時二十四樹變生二十四億鷄鳥皆是金嘴七寶羽翼爾時大王復生瞋怒自執利斧往伐彼樹王斫樹時從樹出生甘泉美水時王慚愧勑諸臣言放彼二人諸臣白言大王受勑諸臣去已放彼二人將至王所王問其人汝種此樹斫汝一樹生十二樹斫十二樹生二十四樹我所種樹不生芽葉不生華果此事云何其人答王如我此福德大王則無如是福德爾時三十億大臣互跪白其人言汝可治國而居王位爾時其人爲諸臣衆而說偈言

我不求王位　不求世財寶　心懷無上願
願成二足尊　得寂滅涅槃　到彼成如來
爲汝等說法　令到涅槃城　往昔作不善
令我入王獄　獄縛受諸苦　罪報悉已盡

爾時有三萬二千高座一一高座高二十五由旬一高座上有二十五億鷄而在其上以金爲嘴七寶羽翼出人音聲告彼王言大王不善不善斫伐諸樹以此罪業必入惡道王不知耶種此樹者是何等人大王答言我未審之願爲我說何等大人種此樹耶雞鳥告王如此人者照明世間名無上士當度一切衆生生老病死王復問言彼是何人種樹不生彼作何等不善之業不生當爲我說鳥答王言彼是提婆達多種樹不生無少善根樹云何生爾時三十億大臣聞此法門皆得十地成就神通時彼國王亦得十地得通達一切善法三昧爾時藥上菩提薩埵摩訶薩埵白佛言世尊何因緣故此三十億臣皆得十地成就神通爾時世尊告藥上菩提薩埵善男子汝今諦聽即時微笑從其面門放八萬四千光明無量種種青黃赤白紅紫光明其光徧照無量世界照世界已還至佛所遶佛三帀從佛頂入爾時藥上菩提薩埵摩訶薩埵白佛言世尊何因緣故如來現此希有之相若無因緣如來終不現希有事佛告藥上菩提薩埵言善男子汝見衆人從四方來集會此不藥上菩提薩埵白言不見也世尊佛告藥上菩提薩埵言善男子汝觀十方一切世界爾時藥上菩提薩埵摩訶薩埵即觀十方見東方面有一大樹覆七千由旬見二萬五千億衆生在彼集會默然而坐不飲不食復見南方有一大樹覆七千由旬下有二萬五千億衆生俱共集會不語不食不行默然而住復見西方有一大樹覆七千由旬下有

二萬五千億衆生俱共集會不語不食不行默然而住復見北方有一大樹覆七千由旬下有二萬五千億衆生俱共集會不語不食不行默然而住復見上方有一大樹覆七千由旬下有二萬五千億衆生俱共集會不語不食不行默然而住復見下方有一大樹覆七千由旬下有二萬五千億衆生俱共集會不語不食不行默然而住爾時藥上菩提薩埵白佛言世尊我欲少問如來應正徧知若佛聽許乃敢發問爾時世尊告藥上菩提薩埵言善男子隨汝所問如來悉能爲汝解說爾時藥上菩提薩埵白佛言世尊何因緣故從於十方有無量衆生而來集會以誰神力而來至此佛告藥上菩提薩埵言自以神力而來至此爾時藥上菩提薩埵白佛言世尊我欲觀諸世界以誰神力而往至彼佛告藥上菩提薩埵以汝神力自往至彼爾時藥上菩提薩埵繞佛三帀忽然不現過九十六億世界有一世界名日月明彼國有佛號日月土如來應供正徧知與八萬億菩提薩埵恭敬圍繞而爲說法藥上菩提薩埵摩訶薩埵旣到彼國至日月土如來前頂禮佛足白佛言世尊何因緣故於娑婆世界在釋迦牟尼佛前觀於十方見無量衆生集會在此不見爾時藥上菩提薩埵摩訶薩埵至日月土如來前白佛言世尊我過九十六億諸佛國土來至於此不見一人世尊誰見誰聞無知無覺樹上而生衆生佛告藥上菩提薩埵言不也善男子汝頗見頗聞無知無覺之樹能生人不藥上白佛言世尊不見不知佛告藥上

菩提薩埵汝欲見不我今示汝藥上白佛言世尊願欲見之爾時日月土如來屈伸臂頃百千億衆皆悉來集一一衆生手執香華供養如來藥上汝今見不藥上菩提薩埵白佛言已見世尊見已善逝佛告藥上善男子此諸衆生無覺無知皆悉如幻時彼三萬億衆生各伸兩手以諸香華供養如來藥上菩提薩埵白佛言世尊此事希有須臾之間此諸衆生各生百手供養如來尚不得脫況兩手者佛告藥上菩提薩埵言如是如是善男子此諸衆生無覺無知而生而滅善男子我身亦如是如幻如化而示生滅藥上白佛言世尊何等是少衆生何者是老衆生佛告藥上善男子亦有老者亦有少者藥上白佛言世尊願佛解說何者是也佛告藥上無福衰者

是老衆生從彼樹生者是少衆生藥上白佛言世尊我欲見彼少衆生等爾時日月土如來即伸右臂從於四方有百千億衆生俱來集會至如來所頂禮佛足繞佛三帀在佛前立默然而住藥上白佛言世尊此諸衆生何故佛前默然而住佛告藥上善男子汝不知耶地大之性無言無說法聚無知無覺何以故藥上此諸少衆生不見生不見滅不見老病死憂悲苦惱具受一切苦痛之惱云何而語是故藥上如是衆生應當教之爾時藥上菩提薩埵摩訶薩埵白佛言世尊少衆生者從何所來何處終當生何處不知法者佛告藥上善男子汝今諦聽此諸衆生非是人作非金師作非鐵師作非木師作非窯師作非王者作男女和合惡業而生受諸苦痛作不

善行受如是苦名少衆生藥上彼不與佛言不禮如來彼受無量無邊之苦藥上有少衆生不共佛語者受如是無量無邊苦惱藥上以不善知苦因緣故不共佛語不共佛語故不知善不知惡雖得人身不知生不知滅藥上是名年少衆生藥上菩提薩埵白佛言世尊年少衆生云何生云何滅佛告藥上菩提薩埵言善男子譬如有人以木挑火木則漸燒如是藥上衆生之類初生時苦中苦死苦藥上白佛言世尊生時誰生滅時誰滅佛告藥上善男子如佛之生如佛之滅譬如有人閉在暗室眼無所見復有異人曾受苦惱作是思惟此人受苦甚爲可愍若不得脫是人必死以火與之令得少明時暗室人見火歡喜心得安隱爾時彼火以少因緣熾然火焰燒彼暗室爾時彼人被燒而死時王聞之作如是念我國衆生若有所犯更不繫縛爾時國王告下人民汝等諸人莫生怖畏於我國內施汝無畏若有所犯不加害汝亦不殺汝皆當安隱莫生怖畏藥上如來亦復如是燒諸煩惱滅諸病苦猶如彼人爲令暗室衆生安隱自燒而死如來如是爲諸衆生令得安隱不惜身命拔諸繫縛令得解脫如是藥上如來永離三毒之惱爲諸世間作大燈明於地獄畜生餓鬼阿脩羅老少衆生拔令解脫

爾時諸天於虛空中而說偈言

最勝好福田　一切田中勝　世間無上尊
增長諸佛子　佛田最勝田　能除諸怖畏
大師善方便　守護諸衆生　住於涅槃界
而示在世間　令世間寂滅　佛爲無上師

救護少衆生　亦救老衆生　三界諸衆生
方便而度之　閉諸地獄門　及畜生餓鬼
此世得安樂　他世亦安樂

爾時如來即時微笑而說偈言

善哉見善人　善哉見佛陀　善哉聞法者
善哉能敬僧　善哉此法門　滅除一切惡

爾時藥上菩提薩埵摩訶薩埵白佛言世尊何因緣故如來微笑若無因緣如來終不現希有相佛告藥上善男子汝見此等少衆生不藥上白佛言世尊唯然已見佛告藥上善男子此諸衆生今日皆得住於十地爾時藥上菩提薩埵摩訶薩埵踊身虛空高八萬由旬共八萬億天子於如來上散衆妙華地上年少諸衆生等皆禮佛足爾時藥上於虛空中而作是言三千大千世界衆生皆聞此聲地獄衆生聞此聲者悉得解脫三十三天聞此音聲皆來集會時三千大千世界六種震動時大海中八萬四千龍王動而來集三萬億閻浮提夜叉俱來集會二萬五千億羅刹餓鬼俱來集會時如來所大衆悉集爾時如來爲諸年少衆生說法從十方世界有百千億諸菩薩衆各以神力俱來集會爾時藥上菩提薩埵白佛言世尊從十方國有無量菩薩俱來集會無量天龍夜叉乾闥婆阿脩羅迦樓羅餓鬼地獄皆來集會欲聞正法惟願世尊當爲說之佛告藥上菩提薩埵摩訶薩埵言善男子汝下至此爾時藥上菩提薩埵以自神力從上而下向佛合掌頂禮佛足白佛言世尊法聚法聚者何因緣故名爲法聚佛告藥上善男子法聚者名曰淨行淨行者

能離一切不善之法善男子汝見如此少衆生不藥上白佛唯然已見佛告藥上此諸衆生離邪婬故必得諸陀羅尼必得具足一切諸法

僧伽吒經卷第三

僧伽吒經卷第四

元魏南天竺優禪尼國王子月婆首那譯

爾時藥上菩提薩埵摩訶薩埵白佛言世尊以何方便令諸衆生悉聞正法佛告藥上菩提薩埵摩訶薩埵言善男子有諸衆生我說生苦而不聽受老苦病苦憂悲之苦怨憎會苦愛別離苦死滅之苦藥上是名一切苦時少衆生聞此法已合掌禮佛白佛言世尊我等亦有死耶佛告年少等汝一切衆生亦歸於死彼少衆生白佛言世尊云何死至佛言善男子臨死之時滅行識風起識轉風起識相應風起善男子是三種風臨死之時動於行識彼少衆生白佛言世尊何等三法臨死之時惱於身識佛言善男子一者刀惱二者針惱三者杖惱是三種風惱切其身彼少衆生白佛言世尊何者是身佛言善男子身名火聚身名燒然身名愚癡身名崩壞身名刺聚身名丘塚身名水泡身名重擔身名生惱身名老病苦惱身名爲死愛別離怨憎會是名爲身彼諸年少復白佛言世尊如此之身云何名死云何名生佛言善男子識滅名死福德因緣識起名生善男子名爲身者有無量億筋脉相纏身有八萬四千毛孔復有八萬四千戶蟲在中而住彼諸蟲等亦有死滅人將死時諸蟲怖畏互相噉食受諸苦痛男女眷屬生大悲惱遞相食噉諸蟲相食唯有二蟲七日鬪諍過七日已一蟲命盡一蟲猶在如彼蟲鬪臨死不息凡夫之人亦復如是乃至臨終諍鬪不息不畏生苦不畏老苦不畏病苦不畏死苦如彼二虫至死不息凡夫

衆生亦復如是死至之時賢聖呵言丈夫汝作不善汝豈不見世間苦耶不見生苦不見病苦不見老苦不見死苦答言如是已見生苦病苦老苦死苦汝若見如是苦何不作諸善根何故不爲後世樂故修諸善法丈夫我復問汝何不作善離於生苦老苦病苦及以死苦云何不修正念之觀汝於閻浮提豈可不聞揵椎聲耶不見衆生行布施耶不見衆生於佛福田種善根子香華旛蓋施佛之時汝不見耶如來所有四衆弟子比丘比丘尼優婆塞優婆夷於佛法中有此四衆能救苦戹賢聖呵言不善丈夫造作如是不善之業爾時法王說偈告曰

見如來出世　聞擊法鼓音　見演說法時
寂滅至涅槃　見於多衆生　作福者甚少
福能後世樂　何故而不作

爾時彼人以偈答法王言

我愚癡無智　親近惡知識　造作不善業
由欲迷於心　我以多習欲　今受苦痛報
多殺害衆生　破壞和合僧　破壞佛塔寺
愚癡無智慧　口作不善語　呵罵於父母
我以不覺知　自多造衆過　我見所生處
在於大叫獄　於衆合地獄　受於大苦痛
復有阿鼻獄　受無量劇苦　大蓮華地獄
受於無量苦　黒繩大地獄　百千生受苦
於一切地獄　徧受諸苦惱　無數百千劫
受於大苦痛　行於黒暗獄　不見其門户
復墮火鑊中　展轉受衆苦　復有一地獄
名曰刀劒獄　百千億刀劒　行列在我前
以此割截身　自業受苦惱　非工師所作

業感自然生　大風吹令起　割切徧其身
我應受如是　地獄諸苦惱　一切諸衆生
見我受此苦　我所有財寶　盡留在世間
男女及兄弟　姊妹親眷屬　父母及知識
奴婢作使人　牛羊諸畜生　我意迷於此
貪著金銀寶　及精妙衣服　貪著造舍宅
善工畫舍宅　衆妓女娛樂　箜篌簫笛音
以此癡心著　香湯自澡浴　如是自娛樂
頑癡無智身　種種而供養　我亦無兄弟
虛妄心貪著　今日受無量　苦痛不可盡
世間勝上味　貪著而噉食　香澤以塗髮
寶珠以爲鬘　貪色自迷醉　今無救濟者
眼爲惡業因　見已則生貪　耳因諸音聲
聞已則生貪　臂貫以寶釧　指著金寶環
咽頸著寶瓔　脚著於金釧　作金寶羅網
交絡覆其身　身著種種寶　以此自莊嚴
世間第一者　以爲身莊嚴　細輭上妙氎
增長於愛欲　種種妙牀榻　以自悅其身
種種妙好香　以塗其自身　栴檀龍腦香
以此自塗身　麝香等諸香　用之自塗身
瞻蔔須摩那　以此塗其髮　第一精妙衣
白氎自衣身　若捨白象乘　復乘於馬乘
爲王治國政　人衆悉敬重　宮中諸妃后
善學歌舞戲　禽獸在曠野　無事獵殘害
作如是等惡　不知後世報　食噉他肉故
受如是苦報　愚癡無智慧　不知當有死
我以愚癡意　養育於身命　今日至死門
無能救濟者　汝等諸親族　何用視我爲
何不服勝衣　何故自憂哭　何故不梳髮
而受於苦惱　我命終不存　造惡增多故

孤狼烏鵲等　食我此身肉　長養此身體
爲諸蟲所食　生死因此身　衆生則有生
應如是授藥　令得離此難　世醫不能治
無人救濟者　今日授法藥　令滅煩惱病
種種養此身　會必歸於死　世間無上尊
救度諸衆生　寂滅諸佛子　亦能救衆生
施諸妙法藥　令遠離生死　食肉長此身
不知諸苦報　長養於此身　無有少利益
此身頑癡聚　不知少恩分　妻妾男女等
自視不能救　怨結心悲惱　啼哭而號泣
妻妾男女等　不知其恩力　長養得成立
無能救濟者　絶望無有知　憂愁入地獄
衆生生有苦　後則有死苦　想行觸受等
是則爲中苦　愚癡愛所轉　生在於諸有
爲愛欲所縛　樂著於境界　衆生無知故
唯有憂惱苦　善法不識知　心但著名利
不知於後世　猶如惡毒蛇　無明縛衆生
遠離於解脱　不識解脱故　惡業所流轉
心有煩惱故　衆生住生死　煩惱燒衆善
如火焚乾木　流轉於五道　無有少樂受
不知好妙樂　在於何處所　清淨佛國土
世尊轉法輪　如來淨音聲　説戒定智慧

爾時世尊復告藥上菩提薩埵摩訶薩埵言如是如是惡行衆生命終之後受諸苦惱無救濟者善果報者今説伽陀

造惡不善業　必入於地獄　吞噉熱鐵丸
飲於沸鎔銅　雨火灑其身　徧身體火燒
無處而不徧　展轉受苦惱　不知於淨樂
於法亦不知　愚癡作非法　遠離於樂果
信佛禁戒法　修習於智慧　以淨戒具足

速疾成菩提　精進爲第一　生淨佛國土
宣說善法要　攝護諸衆生　具足慈悲心
修行淨梵行　具解脫知見　成如來善名
世間之父母　菩提心第一　說此法門者
第一善知識　聽此法門者　必作無上尊
具世尊十號　寂滅心相應

爾時藥上菩提薩埵摩訶薩埵白佛言世尊何因緣故大地震動爾時世尊告藥上菩提薩埵言汝觀何故大地震動爾時藥上觀四方時見下方界有二十億衆生從地踊出見上方界二萬五千億衆生同時而生時諸年少見是事已白佛言世尊今出生者是何等人佛言汝等見此大衆不耶白佛言世尊唯然已見佛言此衆生出爲汝徒伴問言世尊此諸衆生亦有死不佛告年少一切衆生悉皆有死此亦不免時諸年少合掌向佛頂禮佛足白佛言世尊我等更不能忍流轉生死佛告年少汝等能起大精進不年少白佛言世尊我等面見如來耳聞如來說甘露法見菩提薩埵現大神力見佛弟子諸聲聞衆集會於此世尊願修精進不能忍受生死流轉爾時藥上菩提薩埵及五百眷屬以神通力踊身虛空身出師子猛虎白象現大神通於高山頂結加趺座滿二萬由旬化作十千億日月時諸年少白佛言世尊何故世間有此光明爾時世尊告諸年少善男子汝等見此日月不耶時諸年少白佛言世尊唯然已見佛告年少此是菩提薩埵自身光明現作日月示於衆生爲之說法安樂利益一切天人人中修行得此神通時諸年少白佛言世尊

願說如此光明因緣爾時世尊告藥上菩提薩埵摩訶薩埵言善男子汝見此三千大千世界六種震動不時藥上菩提薩埵白佛言世尊唯然已見我有少疑欲問如來願佛聽許佛告藥上菩提薩埵言善男子隨汝意問當爲汝說令汝歡喜過去未來現在三世之事當爲汝說藥上白佛言世尊我見如來有八萬四千天子圍繞恭敬復有八萬四千菩薩亦圍繞恭敬又見萬二千億諸龍圍繞恭敬復有萬八千億諸天神等圍繞恭敬復有二萬五千億諸餓鬼神圍繞世尊何因緣故有此衆集爾時世尊告藥上菩提薩埵摩訶薩埵言善男子在此衆集爲欲聽法藥上此諸衆生今當背生死今日當得住於十地住十地已得離煩惱得寂滅佛法藥上菩提薩埵白佛言世尊此諸衆生雜業所生如來云何淨此衆生佛告藥上菩提薩埵言善男子汝今諦聽當爲汝說藥上此諸衆生愚癡無智不知解脫在於何處多有年少諸衆生等今日當得法陀羅尼得知一切法得於十地至十地已能作佛事能轉法輪雨於法雨紹無上佛法安樂衆生天龍阿脩羅乾闥婆餓鬼等聞法歡喜皆住十地擊大法鼓吹大法螺此年少等勤修行故得此十地今所得法如十方佛爾時五千年少衆生從座而起白佛言世尊此身爲重擔大可怖畏不知道以非道我等猶如盲冥之人願佛憐愍我等勸請世尊願佛說法我等生無智慧不知法藥願世尊爲我等說法令得遠離生死之苦所生之處願見佛身爾時藥上菩提薩埵摩訶

薩埵語諸年少衆生言汝等食已然後爲汝演說正法時諸年少語藥上言我不識汝汝爲是誰色相寂滅離三惡道怖如汝身相離諸惡法見汝掌中七寶莊嚴身服寶瓔以功德聚我不知汝是何等人我等不須食亦不須飲以食入身甚可憎惡變成屎尿作血肉筋皮是故我等不須食飲不須一切細輭衣服不須臂印金釧眞珠瓔珞莊嚴身具皆所不欲以無常故我等亦不顧惜身命爲離惡道我等求於法施爲安樂天人爲求善知識不求轉輪聖王以轉輪王雖主四方不免磨滅男女妻子不能隨從所有七寶亦不逐去無量人衆亦不隨去於四天下無復自在一身爲王多見無常作惡業故墮呌喚地獄七寶自在遊四天下竟何所在仁者且聽我等所說速至佛所佛觀一切慜之如子我等無父無母無兄弟親族一切皆無佛爲我父如來是母佛如日月示人善道於生死中能救衆生令不復生諸煩惱河甚可怖畏衆生在中煩惱漂溺如來救之令不復入世尊憐慜爲說正法示人無上菩提之處我等不貪飲食不欲世間富貴不願生天不畏墮惡道得人身已願見世尊衆生短壽流轉無常以惡業故貪著五欲不覺死至知死必至亦不怖畏不念生滅不知細法不知修細業不知寂滅界無明覆心生已歸死死已復生心亦不生猒離之想長夜受苦鞭撻撾打不生猒離但起劫奪受獄縛苦五縛所繫本惡業故命識欲滅悲泣而言誰救濟我一切悉與金銀雜寶身爲奴僕一切作使我悉能爲王位自

在我悉不欲不須財物但求活命如是仁者我等不須飲食諸王自在食則上味會歸於死天食甘露亦歸磨滅種種百味王所貪著求實則無欲食等味我等不須我等求聞正法令得離苦願離愛縛諸結煩惱歸依世尊願離諸縛我等敬禮大仙世尊爲諸衆生未知仁者名字何等願自說之藥上菩提薩埵言世界廣博衆生名字寧可盡知諸年少言我等願知仁者名字甚深名字願爲宣說藥上答言我名藥上治衆生病藥中最上我今爲汝等說令離諸病滅除一切世界病苦世間貪爲大病能除滅之瞋爲大病無智衆生流轉地獄畜生餓鬼癡爲大病衆生受苦皆能滅除諸年少言聞此妙法離諸苦難凡夫無智受諸苦惱聞此淨法離諸惡業離惡業故無惡道畏速見如來救一切病醫王施藥療治衆苦仁者速去禮敬如來以我等語向世尊說世尊能除我等之病滅煩惱火欲火燒身不能滅除我等極苦願佛憐愍身爲重擔甚可怖畏三毒所壓不可得勝去來常擔不能遠離不知死至不生驚怖不知解脱道亦不知示解脱道者以愚癡意自謂不死見父母死猶不生怖諸業煩惱濁亂其心受諸苦惱云何而食我等無明覆心有如是苦大怖重擔想行及受癡愛無智流轉諸有世間妄生不識解脱世人愚癡浴以香湯衣以上服食以上味耳聽樂音種種自娱種種好色樂欲觀之一切好味舌求貪食細輭之觸身欲著之二身和合癡心謂樂此身頑癡何處有樂著好履屣衣服飲食無如之何臨終困

至無有能救自不能救衣服之具豈能救濟生在世間馳諸象馬當作惡業不求解脱自作教人不知後報我等前死有生今生有死憂悲苦惱我具見父母兄弟姊妹妻子喪亡悲哀憂愁苦惱皆悉見之諸行皆空智者云何而生樂著不求寂滅法不求離生死法以貪覆心生在世時不行布施一切過中無過貪心著於世法多作有行不知修習禪定解脱之道不知發大誓願成無上道佛是父母佛是示解脱道者能雨利益衆生愚癡衆生不知護法發心願求無上菩提名爲護法一切行空財物亦空若觀我空不復受生願仁者憐愍以我等語具向佛説爲諸菩提薩埵故諸菩薩法不應懈怠勤修精進捨惡行善仁者爲我往至佛所禮敬如來作如是言世

尊知一切法悉無有疑惡魔眷屬佛已調伏如來已能然大法炬令衆得樂如是之法能成佛者我等未聞仁者速往佛所爲我等故我等不見如來猶未得度三十二相八十種好見此身已然後得度爾時藥上菩提薩埵語諸年少汝觀上方有何等相諸人聞已即觀上方見五百化佛又見三千大臺七寶嚴飾七寶羅網以覆其上如蓮華葉出種種香時諸年少問藥上言此諸華座是何等相藥上答言此是汝座遠至佛所禮敬如來諸年少言我等不知所行之路不見如來知詣何方禮敬如來藥上告言汝但禮敬如來世尊如虚空塵無有住處如來亦如是如來安住處如須彌山如來等須彌山如大海水三千世界微塵數等十方菩薩欲求佛住不知所

在十方諸菩提薩埵但遥禮敬諸年少言願仁慈恩满我所願心欲見佛親近禮敬藥上告言如來不求香華爲衆生作因令離生死惡魔眷屬不共諍論歸依佛者不入死門速得法陀羅尼發淨心願即得見佛爾時世尊以迦陵頻伽音熈然微笑從其面門放八萬四千光明徧照三千大千世界下至十八地獄上至阿迦尼吒天其光雜色青黄赤白玻瓈等色如是等光從面門出徧照三千大千世界遇斯光者一切衆生皆得安樂照世界已還至佛所繞佛七帀從佛頂入爾時藥上菩提薩埵從座而起合掌向佛白言世尊我欲少問若佛聽者乃敢發言爾時世尊告藥上言善男子隨汝所問如來爲汝分别解説令汝歡喜藥上白佛言世尊此三萬億年少欲聽如來微妙深法願爲説之佛告藥上善男子若聞如來深妙法者當學諸法得具足一切功德今日即得住於十地能擊大法鼓建大法幢藥上汝見如是大臺不耶藥上言世尊唯然已見佛告藥上此諸年少今日得坐此臺證一切法滿足一切善根之法今日當得擊大法鼓無量天人得聞法已悉得利益無量地獄衆生得聞法已得背惡道説此語時衆中九千億老衆生得須陀洹果藥上聞此法者得離一切苦具一切善法藥上一切皆能成就佛身藥上汝觀四方諸大菩提薩埵爾時藥上即觀四方見東方界五十億恒伽沙菩薩而來向此見南方界六十億恒伽沙菩提薩埵而來向此見西方界七十億恒伽沙菩提薩埵而來向此見北方界八十

億恒伽沙菩提薩埵而來向此見下方界九十億恒伽沙菩提薩埵而來向此見上方界百億恒伽沙菩提薩埵而來向此到已皆於佛前在二面住藥上白佛言世尊於虛空中見黑色黃色是何等相佛告藥上汝不知耶藥上白佛惟佛如來能一切知佛告藥上此是惡魔及眷屬欲來至此藥上汝欲見不藥上白佛言世尊我欲見之佛令藥上即見惡魔藥上見已白佛言世尊何因緣故惡魔至此佛告藥上魔欲亂此法座藥上白佛言世尊此諸菩提薩埵爲觀諸年少受位故來藥上汝見此諸菩薩種種形色種種相貌種種力不藥上白佛言世尊唯然我見百千億恒伽沙菩提薩埵自在神通而來至此爾時世尊說此法已一切勇菩薩藥上菩薩一切老少衆生一切天人世間阿脩羅乾闥婆聞佛所說皆大歡喜頂戴奉行

僧伽吒經卷第四

音釋

貸他代切借也　嶲即委切與觜同　釧尺絹切鐶釧也　鎔于封切銷鎔也　撾陟爪切捶也　屣所綺切履屬

出生菩提心經

佛說佛印三昧經

開元錄

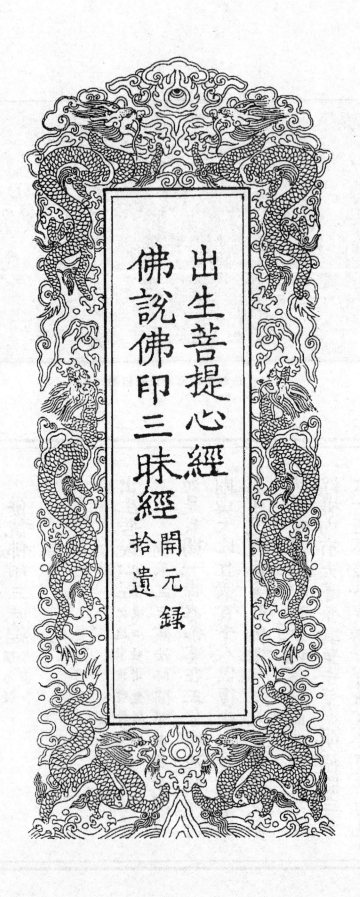

拾遺

清刻龍藏佛說法變相圖

二經合卷

出生菩提心經

佛說佛印三昧經 開元錄拾遺

出生菩提心經 與趙宋施護發菩提心破諸魔經同

隋天竺三藏法師闍那崛多等譯

如是我聞一時婆伽婆在王舍城迦蘭陀竹
園與大比丘衆百千人俱復與無量阿僧祇
不可說大菩薩衆所謂十方來集爾時王舍
大城有婆羅門姓大迦葉於睡眠中夢見閻
浮提內有大蓮華其華千葉光明徧照三千
大千世界微妙最勝七寶所成於蓮華內見
有月輪彼月輪內又見丈夫放大光明普照
一切此四天下所有衆生見斯光者生大歡

喜踊躍無量皆受快樂爾時迦葉婆羅門睡覺已念所夢事心喜生疑此何因緣竟有何事於先現此未曾有相昔所未聞如我夢見作是念已生大歡喜未曾見有復作如是念此有沙門瞿曇我從他聞六年苦行降伏魔衆證大菩提轉妙法輪摧諸外道爲諸智人之所讚歎聰明善巧知諸事相我今應往詣彼沙門瞿曇問此夢相爾時迦葉婆羅門夜既過已從王舍城往詣迦蘭陀竹園往到佛所到已頂禮佛足却住一面住一面已如夢所見而向佛說時婆羅門具說夢已爾時世尊告迦葉婆羅門言汝善男子有四種善夢得於勝法何等爲四所謂於睡眠中夢見蓮華或見繖蓋或見月輪及見佛形如是見已應自慶幸我遇勝法爾時世尊欲重宣此義而說偈言

若有睡夢見蓮華　及以夢見於繖蓋
或復夢裏見月輪　應當獲得大利益
若有夢見佛形像　諸相具足莊嚴身
衆生見者應歡喜　念當必作調御人

爾時迦葉婆羅門聞此偈已復白佛言世尊何者是大利諸衆生等若爲能得此利益求菩提道爾時佛告迦葉婆羅門言大利者所謂一切智者是其利也時迦葉婆羅門復白佛言世尊所言一切智利者有何因緣而可得也爾時世尊爲迦葉婆羅門而說偈言

我今說大利　婆羅門善聽　若有利和合
當作兩足尊　若作轉輪王　自在四天下
衆生欲作者　須發菩提心　若作梵天主
於衆得自在　衆生欲作者　須發菩提心

欲界及色界　無色及上界　衆生欲作者
須發菩提心　若有衆生等　若欲作賓主
爲賓作導師　須發菩提心　若有衆生等
欲作大光明　破滅諸黑暗　須發菩提心
若有衆生等　欲滅諸顛倒　及以三有等
須發菩提心　若有衆生等　欲滅諸蓋障
及諸惡法者　須發菩提心　若有衆生等
欲滅於無明　及斷貪愛網　須發菩提心
若有衆生等　欲滅有及愛　及滅垢無垢
須發菩提心　若有衆生等　欲滅於我慢
及色使我慢　須發菩提心　若有衆生等
欲離於貢高　無病命我慢　須發菩提心
若有衆生等　欲滅老我慢　無常常住慢
須發菩提心　若有衆生等　欲滅多聞慢
及以持戒慢　須發菩提心　若有衆生等
欲滅蘭若慢　乞食等諸慢　須發菩提心
若有衆生等　欲滅知識慢　受糞掃衣慢
須發菩提心　若有衆生等　欲滅神通慢
一食以爲淨　須發菩提心　若有衆生等
欲滅一切慢　所有有爲慢　須發菩提心
若有衆生等　當欲供養佛　於先滅度者
須發菩提心　若有衆生等　當欲供養佛
所有諸如來　須發菩提心　若有衆生等
欲得轉法輪　世間無能轉　須發菩提心
若有衆生等　欲滅應當滅　當思所多思
須發菩提心　若有衆生等　當欲行梵行
初中後最上　須發菩提心　若有衆生等
欲攝諸精進　往來諸有中　須發菩提心
若有衆生等　欲說諸行苦　見衆生受苦
須發菩提心　若有衆生等　諸法無有我

欲爲衆生説　須發菩提心　若有衆生等
欲轉於法輪　欲獨上菩提　須發菩提心
若有衆生等　欲説寂涅槃　當證勝菩提
須發菩提心　如是等功德　發心者能得
梵志當聞已　應行菩提道

爾時迦葉婆羅門聞此偈已復白佛言世尊發菩提心者應攝幾許福聚爾時世尊即以偈頌向迦葉婆羅門説如是言

若此佛刹諸衆生　令住信心及持戒
如彼最上大福聚　不及道心十六分
若此佛刹諸衆生　令住信心於法行
如彼最上大福聚　不及道心十六分
若諸佛刹恒河沙　皆悉造寺求福故
復造諸塔如須彌　不及道心十六分
若有佛刹如恒沙　皆悉遍施諸七寶
如彼最上大福聚　不及道心十六分
如鐵圍山高廣大　造塔無量爲諸佛
如是求福衆生等　不及道心十六分
若諸衆生具滿劫　若頭若髆常擔戴
如彼最勝福德聚　不及道心十六分
如是人等得勝法　若求菩提利衆生
彼等衆生最勝者　此無比類況有上
是故得聞此諸法　智者常生樂法心
當得無邊大福聚　速得證於無上道

爾時迦葉婆羅門復白佛言世尊如是發菩提心者有退轉不是時佛告迦葉婆羅門言如是發菩提心者於解脱中無有退也但就事别有三種菩提何等爲三所謂聲聞菩提辟支佛菩提阿耨多羅三藐三菩提大婆羅門何者是聲聞菩提若善男子善女人發阿

耨多羅三藐三菩提而不教他發菩提心不令他住亦不爲說如是經典不自受持亦不爲人廣說其義亦有親近是富伽羅而不承事供養所須若有來者及不來者亦不恭敬而於彼所不生隨喜以此因緣心得解脫婆羅門是則名爲聲聞菩提復次何者是辟支佛菩提若善男子善女人自發菩提心而不教他發菩提心不令他住亦不爲說如是經典不自受持亦不廣爲他人解說亦親近如是富伽羅而不承事供養所須若有來者及不來者亦不恭敬亦不隨喜以此因緣心證辟支菩提是故名爲辟支佛道復次何者是阿耨多羅三藐三菩提若善男子善女人自發阿耨多羅三藐三菩提心亦復教他發阿耨多羅三藐三菩提心既令彼住復爲人說如是經典悉令受持親近如是富伽羅等承事供養若有來者及不來者亦悉恭敬亦生隨喜如此解脫自利利他爲多人利益故爲多人安樂故憐愍世間利益安樂諸人天等故名阿耨多羅三藐三菩提也以何義故名阿耨多羅三藐三菩提於上更無有勝可求是故名爲阿耨多羅三藐三菩提爾時世尊欲重宣此義以偈頌曰

自發菩提心　不教他受持　因自心力故
於後獨涅槃　爲自利勤劬　不教他受持
是故名沙門　佛子最勝師　彼發菩提心
教他生歡喜　是故自得道　果報如是知
自成不成他　諸仙中福田　得名爲緣覺
婆羅門當知　自發菩提心　復脫多衆生
爲世作利益　故名佛導師　成就自利益

復令他解脫　此彼無差別　故名不思議

爾時迦葉婆羅門白佛言世尊解脫解脫有差別不佛言婆羅門解脫於解脫無有差別道於道無有差別乘於乘而有差別譬如王路有象轝者有馬轝者有驢轝者彼等次第行於彼路同至一城婆羅門於汝意云何如是等乘有差別不婆羅門言大德世尊然彼諸乘實有差別佛言如是如是婆羅門聲聞乘辟支佛乘阿耨多羅三藐三菩提乘有差別道與解脫無有差別婆羅門譬如恒河有三種人有從此岸至於彼岸其初人者以草爲筏倚之而度第二人者若以皮囊若以皮船倚之而度第三人者造作大船乘之入河於彼船中載百千人其第三者復勑長子安置守護如此船舫所有衆生來者汝從此岸度至彼岸爲多人等作利益故婆羅門於意云何夫彼岸者有差別不婆羅門言不也世尊佛復問言婆羅門於汝意云何彼乘之乘有差別不婆羅門言所乘之乘實有差別佛言如是如是婆羅門然聲聞乘辟支佛乘阿耨多羅三藐三菩提乘實有差別婆羅門如第一人依倚草筏從於此岸至於彼岸獨一無二聲聞菩提應如是知第二人者若倚皮囊及以皮船從於此岸度至彼岸辟支佛菩提應如是知婆羅門如第三人成就大船共多人衆從於此岸至於彼岸如來菩提應如是知爾時世尊欲重宣此義而說偈言

路及解脫無有二　諸乘皆悉有差別
智者如是應校量　當取最勝最上乘

諸法教如是　正覺說此言　揀擇諸法已

勝者應當學

爾時迦葉婆羅門復白佛言世尊菩薩摩訶薩當云何行云何念住得至摩訶衍爾時佛告迦葉婆羅門作如是言婆羅門汝聽是義若諸菩薩摩訶薩如念修行至摩訶衍婆羅門若善男子善女人自發菩提心亦教他人發菩提心自樂修行勸他令修亦令他住復爲解釋如是修多羅義如是等富伽羅人不來親近承受接事當以四攝而攝取之何等爲四所謂布施愛語利益同事爾時世尊欲重宣此義而說偈言

種種大布施　一切所有物　欲攝受他故
菩薩無畏者　示現引接道　衆生不依來
能以妙善語　數數當安慰　爲自他安樂
彼所生善處　晝夜常隨順　如是衆生等
不信教令信　破戒令住戒　慳悋令布施
一切巧利益　教人行菩提　牢固常精進
同於利益事　智者如教行　如此智慧者
菩薩之導師　智慧所行者　常樂於大乘
勇猛是最勝　智者應當學　以彼勝法故
最勝到彼岸

爾時迦葉婆羅門復以偈頌而白佛言

大德示彼行　菩薩諸導師　當學彼所行
得至兩足尊　爲我說彼行　及行行所依
菩提深廣大　慈愍願爲說

爾時世尊告迦葉婆羅門言善哉婆羅門諸菩薩有三種行何等爲三所謂天行梵行聖行婆羅門於中何者名爲天行若有善男子善女人以慈身業以慈意業以慈口業徧滿東方無量世界慈行充滿行此徧已復能善

入南西北方四維上下皆以慈身業慈意業慈口業普徧充滿是名天行於中何者名爲梵行所謂四無量何等爲四慈悲喜捨是名梵行婆羅門於中何者名爲聖行所謂三解脫門何者爲三空無相無願是名聖行爾時世尊欲重宣此義而說偈言

勇猛行精進　菩薩之導師　若有具天行
是人樂菩提　聖行及梵行　是行聖所說
若有修行者　是人得不動

爾時迦葉婆羅門復以此偈而白佛言

我樂深菩提　今問大導師　此等當來世
如何習諸行　爲後衆生等　故我問世尊
於佛菩提中　我意無分別　令我發道心
利益衆生故

爾時世尊復以偈頌報彼迦葉婆羅門言

說此修多羅　令發大菩提　梵志佛菩提
未曾有分別　說此修多羅　令發大菩提
能斷一切疑　隨順衆生問　說此修多羅
令發大菩提　能斷一切疑　稱彼衆生欲
得聞此經者　彼於未來世　能行大布施
至於檀彼岸　得聞此經者　彼於未來世
護持戒無缺　至於戒彼岸　得聞此經者
彼於未來世　行忍爲衆生　至於忍彼岸
得聞此經者　彼於未來世　精進爲衆生
至於精進岸　得聞此經者　彼於未來世
常入諸禪定　至於禪彼岸　得聞此經者
彼於未來世　爲衆求勝智　至於智彼岸
已曾作供養　憐愍衆生者　得聞此經典
後世到其手　比丘住蘭若　意欲佛菩提
得聞此經者　於後最先得　過去數億佛

已持此經典　爲利諸菩薩　發起意欲故
若有婆羅門　欲樂佛菩提　彼時得信已
是經至其手　我見彼衆生　悉知彼所行
亦知彼名字　我見悉無礙　一切願具說
恐迷未來人　懼彼起諸過　是故少分說
爾時迦葉婆羅門復以此偈而白佛言
大德此善時　令生廣大意　此世大丈夫
不久我當作　過去及未來　導師之所說
爲彼生善利　故住於菩提
爾時世尊復以偈報婆羅門言
彼等住此智　爲誰之所說　已知彼心行
我今當記彼　所聞此經者　今現在我前
彼等於後世　此經當現前　若有諸女人
抄寫此經典　此經當在手　能生大菩提
我於先已說　比丘樂蘭若　手得此經典
於後常現前　比丘聞此經　悲泣而雨淚
我先作何業　今世得此利　我於如是經
未曾善思惟　我已得授記　何業獲此果
我昔婆羅門　依於比丘活　時比丘放逸
說此修多羅　梵志於彼聞　時至而乞食
泣淚已行出　是時心作願　我於修多羅
鈔義及文字　後世作證明　亦復作擁護
以彼善業果　於彼後末世　得此修多羅
執持在其手　彼時有比丘　悲泣淚滿目
當時作懺悔　後得此經法　於先業滅盡
彼時有相現　於其睡夢中　得此修多羅
生死諸流轉　欺誑大恐怖　斯由阿彌陀
願力如是果　破戒諸比丘　爲他所輕賤
如是多諸過　流轉大恐怖　如是多諸惡
由得聞此經　當至彼邊際　於後常顯曜

爾時迦葉婆羅門復以此偈而白佛言

此大修多羅　令發大道心　爲我及未來

分别廣宣説

爾時世尊復以偈告迦葉種姓婆羅門言

未來諸音聲　乃至我所説　此是廣經典

是故汝當知　説此大經典　此當作阿含

當作祕密藏　聲聞所修學　此處之所説

及餘得道者　此是諸經母　梵志如此知

彼時諸比丘　於我滅度後　雜及長阿含

復名中阿含　彼時有阿含　其數名增一

復説雜經典　篋藏聲聞説　復當作毗尼

亦作阿毗曇　或於三篋藏　得名諸比丘

八萬有四千　法聚我已説　一切從此出

名爲最勝經　於此説聲聞　及説辟支佛

諸智之根本　不思議經典　世間之所有

三界未現者　諸福之根本　由發菩提心

施戒等功德　忍辱精進行　禪定勝功德

此經中善説　智慧勝功德　解脱忍寂滅

一切皆示現　此經中善説　苦集及以道

寂滅於此現　諸法皆佛法　此經之所説

説諸苦無常　亦説無我法　説寂静涅槃

在此修多羅　此處説聲聞　所住諸因緣

大乘此經典　攝受一切法　諸法甚廣大

在於菩提心　此爲最勝典　普説修多羅

現前見諸佛　及爲彼説法　當時現前聞

斯由此經典　三界諸衆生　少有聞此經

聞已生愛樂　爲求佛乘故

爾時迦葉婆羅門復白佛言希有世尊若諸衆生無有智慧若聞如是無上無邊乃至如是等衆生當無有智慧若如是等無邊無上

修多羅聞已不能於此法中不生堅固樂欲大德世尊有何因緣既有如是妙法然彼衆生而當虛過也爾時佛告彼婆羅門言此三千大千世界有百俱致（梵語俱致此云數千萬）諸魔宮殿彼一一魔有俱致數魔衆眷屬圍繞彼諸魔輩常勤方便欲滅此經作種種因緣因彼因緣隨所在處作諸障礙所以者何若以三千大千世界所有衆生皆悉得於阿羅漢果若有善男子善女人聞此修多羅已當發阿耨多羅三藐三菩提心婆羅門以是因緣今俱致數諸魔勤求方便欲滅此經所以者何婆羅門此修多羅是一切諸法種性根本以是義故俱致諸魔勤求方便欲滅此經爾時佛告婆羅門今有修多羅名曰破魔衆會汝等受持讀誦即得破彼魔天衆會婆羅門譬如日輪既出現時能滅一切幽冥黑暗如是如是婆羅門說破魔衆會修多羅時一切諸魔隱沒不現婆羅門何者名爲破魔衆會修多羅爾時世尊即說陀羅尼曰

多（上聲）經他（一）阿蒐謩大那（二上聲）菩提三摩陀波那多（三）伏哆（四）紆伏哆（五）怛怛羅伏哆（六）尼興（引）伽魔（七）波羅破（八）多羅破（九）哆嚧（十）哆隆（引）伽磨伽魔那（十一）毗唎磨（十二）磨素磨（十三）系（上聲）履婆伽磨（十四）毗達囉魔（十五）大囉麴磨（十六）阿邏彌邏（十七）伊迦叉邏那喻（十八）

婆羅門此陀羅尼是過去未來現在諸佛世尊同說此破魔衆會修多羅婆羅門說此破魔衆會修多羅時一切魔宮皆悉震動大動搖大搖一切諸魔各各從彼本座顛倒墮落不能語言所以者何彼等常爲多人作不利

益常爲多人作苦惱事令失利益以是事故現得如是恐怖果報如佛世尊常與一切衆生樂故乃至慈悲喜捨是故令彼諸波旬等皆生恐怖婆羅門若復有人當能轉此發菩提修多羅者於彼人所無有障礙若諸天龍夜叉若人非人若魔魔子若魔眷屬若水火刀杖若惡行者若諸惡獸若身所苦若意所苦而有受者無有是處何以故彼善男子善女人常爲多人作利益事安樂故常爲多人作憐愍故爲諸天人等作覆護故彼等諸善男子善女人慈行力故應如是知婆羅門彼善男子善女人不作身惡行不作口惡行不作意惡行故彼等諸苦事不逼其身亦不逼心婆羅門此因緣故能滅一切苦爾時世尊欲重宣此義而說偈言

魔勤於此經　當欲壞滅之　是故此經典
調御令爲說　令魔悉迷亂　叢聚坐戰慄
相視不能言　此惡行果報　恐怖衆生故
常懷作惡心　顛倒而墮落　是故得現報
慈悲和合者　喜心有所說　平等說法時
惡心意悉散　降伏諸魔王　及散魔軍衆
夜叉諸鬼等　自然皆墮落　彼刀仗不害
水火不漂然　言說呪詛毒　不能有傷害
逼身及逼心　彼等不曾有　常當所作誓
身口如是住　閉塞諸惡道　遠離一切難
諸魔悉摧滅　爲說此經故　一切法巧智
若欲度彼岸　須聞此經典　聞已即能學
若能學此經　無畏諸菩薩　最上覺菩提
是向菩提句

佛說此經時迦葉婆羅門及諸大會衆乾闥

婆天人阿脩羅等聞佛所說歡喜奉行

出生菩提心經

佛說佛印三昧經

後漢安息國三藏法師安世高譯

佛在羅閱祇耆闍崛山中時摩訶比丘僧萬二千人皆阿羅漢時諸菩薩有四百億萬人皆賢者如彌勒輩也及八方上下諸菩薩稍增無央數不可復計皆飛到佛所前以頭面著佛足起繞佛七帀却坐上下相次百千億萬重不可復勝數文殊師利菩薩最高才第一光明智慧與諸菩薩絶異無能及者時佛坐三昧佛身神外衣中衣佛坐光照悉不見即八方上下無數佛國悉皆明諸有佛國皆自然供養諸佛菩薩及辟支佛羅漢諸比丘僧八方上下無數諸佛各遣諸菩薩飛到佛所坐處邊坐諸菩薩皆會其數如恒水邊流沙一沙者爲一菩薩如是三十恒邊沙皆悉上下相次一菩薩者自然坐一大蓮華上佛都却化天地界數千萬里諸菩薩皆坐滿其中巳彌勒菩薩等及舍利弗即前叉手問文殊師利菩薩言仁者最高才佛向者三昧今皆不見不知所至疑當有意願欲聞之文殊師利謂彌勒言仁者高才旦暮當作佛舍利弗者卿是佛弟子得羅漢道最智慧才猛何不各自一心坐禪推索佛身神知何如行乎即諸菩薩及阿羅漢等無央數皆坐一心推索八方上下無數諸佛國無窮無極無有能知佛身神處者彌勒菩薩等舍利弗等復前長跪叉手問文殊師利菩薩我等一心推索佛身神無能知處者願欲知其說文殊師利言皆悉安坐須臾頃自當來還佛還處坐坐中皆見佛來還時皆歡喜起爲佛作禮禮彌

勒菩薩等舍利弗等前長跪叉手問佛向者三昧時佛身神外衣中衣皆悉不見亦不知行何如我等共一心禪索佛身神八方上下無窮無極了不知佛處願從佛聞佛言所至到處者大深非汝曹所知也獨諸佛自知之耳佛言三昧者甚難值也與相值聞知者甚快不可言也所以者何甚難聞也佛言諸菩薩求道奉行六波羅蜜不毁失千億萬劫尚不能得值佛三昧時亦不能得聞知佛三昧名也復行六波羅蜜精進不懈三千億萬劫聞佛三昧名與相值尚復不信向之有也復行六波羅蜜不毁失七千億萬劫聞佛三昧者尚復不信向之有也復行六波羅蜜不毁失八千億萬劫聞佛三昧名者乃信向值之耳信向有者一時之聞若與相值者心中歡喜踊躍一日一夜勝復行六波羅蜜却後三千億萬劫也所以者何聞知三昧者其後求道得佛疾佛三昧名者是摩訶般若波羅蜜經智慧印也菩薩求道得聞摩訶般若波羅蜜經智慧印者大善不可得聞也菩薩求道欲得作佛要當得摩訶般若波羅蜜經摩訶般若波羅蜜者是八方上下諸佛大父母也得摩訶般若波羅蜜經乃得作佛耳菩薩求道要當積功累德滿乃聞摩訶般若波羅蜜經耳菩薩求道不得摩訶般若波羅蜜經者不得作佛也佛言其有善男子善女人信向有佛三昧經名對其跪拜慈心歡喜者其人即得其福後世亦復得其福壽終盡生天上作天王壽盡下生世間復作遮迦越王如是壽終生天上天上壽終下生王侯家展轉天

道人道中終不復更泥犁禽獸薜荔鬼神龍却後無數劫皆當作佛其有聞三昧名小有狐疑不信大如毛髮者其人壽終已入十八泥犁中燒煑終無有出時然後得出來道者未央作佛也所以者何佛三昧經是八方上下諸佛要決印明也佛言我所語如是汝曹皆當信之無得疑也誰當證明之者獨有三十恒水邊流沙諸菩薩是我小弟皆證明之耳佛說經已文殊師利菩薩彌勒菩薩等舍利弗阿羅漢等及諸天人民聞經皆大歡喜起爲佛作禮

佛說佛印三昧經

音釋

繖 蘇旰切繖絲綾爲蓋也　髆 補各切肩髆也　絰 徒結切　覍謩 嶤奴侯切謩莫胡切　紆 憶俱切　系 胡計切　慄 力質切慄懼也　薜荔 梵語具云薜荔多此云餓鬼薜毗意切荔力霽切

佛說十二頭陀經 一名沙門頭陀經 劉宋天竺三藏求那跋陀羅譯

佛說樹提伽經 劉宋天竺三藏求那跋陀羅譯

佛說法常住經 出安祐二録開元録云今附西晉録

佛說長壽王經 開元録云安祐二録並失譯師今附西晉第二出

清刻龍藏佛說法變相圖

四經合卷

佛說十二頭陀經

佛說樹提伽經

佛說法常住經

佛說長壽王經

佛說十二頭陀經 一名沙門頭陀經

劉宋天竺三藏求那跋陀羅譯

如是我聞一時佛在舍衛國給孤獨園精舍與八千比丘僧菩薩萬人皆著衣持鉢遊行乞食食已至阿蘭若處跏趺而坐爾時世尊怡然微笑時長老摩訶迦葉從座起整衣服長跪合掌而白佛言世尊我從昔來未曾見佛無緣而笑願見哀愍告示我等佛告迦葉我見阿蘭若處十方諸佛皆讚歎無量功德皆由此生求聲聞者得聲聞乘求緣覺者得

緣覺兼求大乘者速得無上正眞之道我今住此是故喜耳爾時摩訶迦葉聞佛所說歡欣踊躍歎未曾有重白佛言世尊此阿蘭若處利益弘深能令衆生依此修學成三乘道惟願世尊開示我等阿蘭若法佛告迦葉諦聽諦聽善思念之我當爲汝略說其義迦葉白佛言世尊唯然受教佛告迦葉阿蘭若比丘遠離二著形心清淨行頭陀法行此法者有十二事一者在阿蘭若處二者常行乞食三者次第乞食四者受一食法五者節量食六者中後不得飲漿七者著弊納衣八者但三衣九者塚間住十者樹下止十一者露地坐十二者但坐不臥

一者阿蘭若比丘行頭陀時應作是念我今在此空閑之處爲無上道捨身命財修三堅法死當如獸死不生顧戀若至病苦須人之時當作是念我今一身爲法出家法爲我伴若勤行法者即是救護是爲阿蘭若法行者本以居家多惱捨父母妻子出家行道而師徒同學還生結著心復多嬈亂是故受阿蘭若法令身遠離憒閙住於空閑遠離者離衆閙聲若放牧處最近三里能遠益善若得身遠離已亦當令心遠離五欲五蓋阿蘭若比丘法當如是

二者欲入聚落乞食之時當制六根令不著色聲香味觸法又不分別男女等相得與不得其心平等若好若惡不生增減不得食時應作是念釋迦如來捨轉輪王位出家成道入里乞食猶有不得況我無福薄德之人而有得耶是爲乞食法行者若受請食若衆僧

食起諸漏因緣所以者何受請食者若得食便作是念我是福德好人故得若不得食則嫌恨請者彼無所別識不應請者請應請者不請或自鄙薄懊惱自責而生憂苦是貪憂法則能遮道僧食者入衆中當隨衆法斷事擯人料理僧事處分作使心則散亂妨廢行道有如是等惱亂事故應受常乞食法

三者頭陀比丘不著於味不輕衆生等心憐愍不擇貧富故受常次第乞食法

四者應作是念我今求一食尚多有所妨何況小食中食後食若不自損則失半日之功不能一心行道爲佛法故爲行道故不爲身命如養馬養豬法是故斷數數食應受一食法

五者得一食時應作是念我今若見渴乏衆生以一分施之我爲施主彼爲受者施已作是願言令一切衆生與覆救之莫墮慳貪持食至空靜處減一摶食著淨石上施諸禽獸亦如上願若欲食時當敷尼師壇淨手作是念言身中有八萬戶蟲蟲得此食皆悉安隱我今以食施此諸蟲後得道時當以法施汝是爲不捨衆生若不見困乏者但食三分之二以自支身命所以者何行者若貪心極噉令腹脹氣塞妨廢行道若留一分則身輕安隱易消無患於身無損則行道無廢是故應受節量食法

六者節量食後過中飲漿則心生樂著求種種漿果漿蜜漿等求欲無猒不能一心修習善法如馬不著勒左右噉草不肯進路若著轡勒則噉草意斷隨人意去是故受中後不

飲漿法

七者應入聚落中拾故塵棄物浣之令淨作弊納衣覆除寒露有好衣因緣則四方追求墮邪命中若得人好衣則生親著若不親著檀越則恨若僧中得衣如上說僧中之過有好衣是未得道者生貪著處好衣因緣招致賊難或至奪命有如是等患故應受弊納衣

八者應少欲知足衣取蓋形不多不少白衣爲好故畜種種衣或有外道苦行裸形無恥是故佛弟子應捨二邊處中道受但三衣法

九者若佛在世若滅度後應修二法所謂止觀無常空觀是佛法初門能令猒離三界塚間常有悲啼哭聲死屍狼籍眼見無常又火燒鳥獸所食不久滅盡因是屍觀一切法中易得無常想又塚間住若見死屍臭爛不淨易得九想觀是離欲初門是故應受塚間住法

十者行人已作不淨無常等觀得道事辦若未得道者心則大猒是故應捨至樹下思惟求道又如佛生時成道轉法輪般涅槃時皆在樹下行者隨諸佛法常處樹下有如是等因緣故應受樹下坐法

十一者在樹下住如半舍無異蔭覆涼樂又生愛著我所住者好彼樹下不好如是等生漏故至露地住作是思惟樹下有種種過一者雨漏濕冷二者鳥屎汙身毒蟲所住有如是等過空地則無此患露地者著脫衣裳隨意快樂月光徧照令心明利易入空定是故應受露地坐法

十二者身四威儀中坐爲第一食易消化氣

息調和求道者大事未辦諸煩惱賊常同其便不宜安卧若行若立心動難攝亦不可久是故應受常坐法若欲睡時脇不著席是爲十二頭陀之法

佛告比丘汝等今者繫心一處無令散亂禪定功德從是得生一切凡夫以顚倒故計有我人衆生壽命隨逐假名起諸妄見從本以來五陰清淨空無我所不生不滅不出不在非凡夫非不凡夫非聖人非不聖人離諸名數言語道絶諸佛不能行不能到汝等今者宜各靜緣諦觀身相時諸比丘聞佛所説心生歡欣即觀此身皮膚血肉膿爛穢惡筋骨脉髓肪膏腦膜目淚洟唾肝膽脾腎心肺痰癊生熟二藏小腸大腸大小便利髮毛爪齒胞胎垢汙等三十六物九孔不淨從外至内從内至外推求我相了不可得精勤不已遂見其心念念生滅如水流燈焰生無所從來滅無所至現在不住知此五陰從本以來空無所有滅除諸相證如實智成阿羅漢諸菩薩等思惟法已得無生忍滿足十地佛告諸大衆誰能於後像法之中護持此經廣宣流布使求佛道者識其要妙時天帝釋與龍神八部聞佛宣告從空而下稽首佛足而白佛言世尊若像法之中有三乘人在空閑處求佛道者我等爲作衛護不令諸惡鬼神得嬈亂之文殊師利法王子白佛言世尊我當承佛威神於未來世護持此經使不斷絶有修學者爲作開導爾時阿難前白佛言世尊當何名此經云何奉持佛告阿難此經名爲頭陀苦行亦名離著集諸善本汝當奉持爾時

天龍八部一切大衆聞佛所説歡喜奉行

佛説十二頭陀經

佛說樹提伽經

劉宋天竺三藏求那跋陀羅譯

佛言有一長者名爲樹提伽倉庫盈溢金銀具足奴婢成行無所乏少有一白氎手巾掛著池邊遇天風起吹王殿前王即大會群臣坐共參論羅列卜問怪其所以諸臣皆言國欲將興天賜白氎唯樹提伽默然不言王語樹提伽諸臣皆喜卿以無言樹提伽答言不敢欺王是臣之家拭涕之巾掛著池邊遇天風起吹王殿前以是之故默然不言却後數日有九色之華大如車輪遇天風起吹王殿前王大會群臣坐共參論羅列卜問怪其所以諸臣皆言國欲將興天賜金華樹提伽默然不言王語樹提伽諸臣皆喜卿亦無言提伽答言不敢欺王是臣之家後園之中萎落之華遇天風起吹王殿前以是之故默然不言王語樹提伽卿家乃爾命卿約勑家中廣作調度朕須還歸將領二十萬衆到卿家看提伽答言願王共臣相隨臣家自然牀褥不須人敷自然飲食不須人作自然擎來不須呼喚自然擎去不須反顧王將領二十萬衆到樹提伽南門直入閤中有一童子顏容端正肉色豐悅甚復可愛王語樹提伽是卿家兒郎以不答言臣不敢欺王是臣之家守閤之奴小復前進至內閤有一童女顏容端正肉色豐悅甚復可愛王語樹提伽卿家女婦以不答言臣不敢欺王是臣之家守閤之婢小復前進至樹提伽堂前白銀爲壁水精爲地王見謂呼水流疑不得前樹提伽即導王前以入將王企金牀踞王机樹提伽婦一百

二十重金銀幃帳裏出爲王設拜眼中淚出王語樹提伽卿婦爲我設拜有何不掩眼中淚出答言臣不敢欺王聞王煙氣以是之故眼中淚出王言庶民然脂諸侯然蠟天子然漆亦無煙氣何得淚出樹提伽言臣不敢欺王臣家有一明月神珠掛著殿堂無晝無夜不須火光王是煙中之王是故聞氣耳樹提伽堂前有一十二重高樓將王上視東望西視南望北瞻黵黵惱惱已經一月大臣白王國計事大事須還歸料理人民王謂須史小復可忍樹提伽復將王後園之中看流泉浴池各皆可美甚復可愛黵黵惱惱已經一月大臣白王國計事大事須還歸料理人民王謂呼須史小復可忍樹提伽七寶布施綾羅繒綵二十萬衆人馬車乗一時還國王即大會群臣共坐參論羅列卜問怪其所以樹提伽是我之民婦女宅舍過甚於我我欲伐之可取以不諸臣皆言宜可取之王將領四十萬衆椎鍾鳴鼓圍樹提伽舍數百餘重樹提伽門中一力士手捉金杵一擬四十萬衆人馬俱倒手脚繚戾腰髖阿婆狀似醉容頭脚跛蹴不復得起樹提伽乗雲之車在虛空中來問諸人來時何意卧地不起大王遣來欲伐長者門中有一力士手捉金杵一擬令四十萬衆人馬俱倒繚戾腰髖阿婆狀似醉容頭脚跛蹴不復得起樹提伽問諸人欲得起不諸人皆言欲得起樹提伽舉一神杖令四十萬衆人馬俱起還國王即遣使喚樹提伽我共同車而載往詣佛所問言世尊樹提伽是我之臣前身有何功德女婦宅舍過甚於

我佛言樹提伽五百商主將諸賫人齎持重寳經過險路于時深山之中見一病道人給其庵屋厚敷牀褥給其水漿鎢錥米糧給其燈燭于時乞願願得天堂之供今得果報于時布施者是誰樹提伽是也病道人者我身是也五百賫主人皆得阿羅漢道也佛説經竟王及諸臣發阿耨多羅三藐三菩提心禮佛即退

佛説樹提伽經

佛說法常住經

出安祐二錄開元錄云今附西晉錄

聞如是一時佛遊舍衛國祇樹給孤獨之園佛告諸比丘法者常存有佛無佛法住如故如來至眞出現世間因爲宣解分別深義敷演至慧志在小乘爲說四諦苦習盡道生苦老苦病苦死苦求不得苦舉要言之有陰身苦設無有身當有何患是曰苦諦目貪於色耳鼻身口意亦復如是由此因緣成其六衰從來劫數甚大久矣旣諦見斯已知爲惡習悉無益身因守身行護其心口十惡以拔十二因緣根本則滅除三毒空無相願由成羅漢緣十二因知其牽連斷其根源轉成緣覺解身本空奉六度無極四等四恩道品之法三十有七空無相願無此三事不爲取證六通善權常濟危厄等心一切無所適莫故曰菩薩逮不退轉當成無上正眞之道爲最正覺度脫十方故號爲佛道法常存行者與合無彼無此猶如衆流未到海時各有本名以合于海無有異號道德若茲去來今佛合一法身行與道合因爲衆生分別演說陰衰諸入十二牽連皆爲病疾諸度無極四等四恩爲大法藥療衆生病淨如虛空明踰日光德超須彌神聖巍巍莫能譏謗衆罪消滅無復諸苦更以大慈悲度脫十方佛說是時諸比丘衆漏盡意解無數菩薩尋時逮得無所從生法忍佛說如是諸比丘及諸菩薩諸天龍神阿須倫聞經歡喜皆前爲佛作禮而去

佛說法常住經

佛説長壽王經

開元録云安祐二録並失譯師今附西晉第二出

聞如是一時佛在舍衛國祇樹給孤獨園爾時佛告諸比丘昔者有菩薩爲大國王名曰長壽王有太子名曰長生王以正法治國無刀杖之惱不加吏民風雨時節五穀豐饒有隣國王治行暴虐不修正法國民貧困謂傍臣曰我聞長壽王國去是不遠熾饒富樂而無兵革之備我欲今往攻奪其國爲可得不傍臣對曰大善遂興兵而來到長壽王國界界上吏民走行白王彼貪王興兵而來欲攻明王之國惟願預備長壽王即召群臣而告之曰彼所以來者但貪我國人民倉穀珍寶耳若與其戰必傷害吾民夫諍國殺民吾不爲也群臣曰臣等皆曉習戰法必能勝彼不使明王之兵爲彼所侵也王曰若我勝彼即有死傷彼兵我民俱惜壽命愛我害彼賢者不爲也群臣不聽留王於宫乃自相與於外發兵出往界上逆而拒之王告太子長生曰彼貪我國故來攻我今群臣以我故欲逆拒之夫兩敵相向必有缺傷今欲與汝俱委國亡去太子曰諾即父子共踰城而出幽隱山間於是貪王遂入其國募求長壽王金千斤錢千萬誰能得者長壽王後日出於道邊樹下坐有遠方婆羅門來亦息於樹下問長壽王曰卿何處人何緣在此王曰我此國中人偶來到此戲耳長壽王問婆羅門曰賢者從何所來將欲所至婆羅門曰我遠方貧鄙之道士也遥聞此國長壽王好喜布施賑極貧窮吾故遠來欲從乞匃用自生活不知王意

於今云何卿是國中人聽聞其意於今何如故肯布施不王默然自念子用我快故從遠來值我失國到無所得而當空去甚可哀念於是王乃涕泣而謂婆羅門曰我即是長壽王也有他國王前來攻我我委國亡來隱藏此間今賢者故來相歸值我困乏無以相副將奈之何兩人相向哽噎啼泣王曰我聞新王募我甚重卿可取我頭往可得重賞婆羅門言我遥聞大王周救一切故來乞匃庶得幾微以養餘命值王失國自我薄福今教斷頭不敢承命王曰卿故遠來欲有所得值我困窮無以相副且人生世皆當趣死以身相惠何爲辭讓之也今若不取後有來者我猶與之不如早取婆羅門曰我不忍殺大王大王若有弘慈之意必欲殞命以相惠施者但當散手相隨去耳王即隨去到城門前而令縛之以白貪王王即酬婆羅門金錢之賞遣令還去貪王於是乃使人於四街道頭燒殺長壽王王故群臣白貪王曰此臣等故君今就終歿之罪願得爲設微具以遣送之貪王聽之群臣具饌哽噎臨之人民觀者皆言王枉死郭邑草野莫不呼天太子長生時出道邊聽聞人語知父爲貪王所得乃徉擔樵薪出於市賣之問鬧人中當父前立覩見父當死心中悲疾父見長生恐其瞋恚爲父報怨父乃仰天歎息曰夫爲人子欲爲至孝使汝父樂死而不懷恨慎無爲汝父報怨則汝父樂死而不憂也若違父言而行殺他人者即令汝父死有餘恨長生不忍視其父死因還入山長壽王遂就燒死之誅長生久後思念

我父仁義深篤至死不轉而此貪王無狀不別善惡枉殺我父雖我父有慈惻淳仁之心死而不恚然我不能忍也我不出殺此貪王者我終不苟生於世矣遂出傭賃國中大臣徇園於市賃人得長生使種菜種菜甚好後日大臣案行園田見菜甚好呼問園監監對曰前賃得一人使爲之故好如是大臣因呼長生問之卿頗能作飲食不曰能作便使作飲食飲食甚甘美因以請王往臨飲食飲食甚美王因問誰作此食者大臣對曰前賃得一人能作此食王遂呼録將歸宮中使作飲食後日王問長生汝寧便習兵法不對曰實便習之王因取置邊而告之曰我有怨家是長壽王子恒恐行來卒與相逢今相恃怙卿幸相助備之長生對曰唯然當爲大王展力效命後日問長生汝寧好射獵不對曰臣少小好獵王便勑外嚴駕因與長生共行遊獵適入山林便見走獸王與長生馳而逐之轉入深山或失道徑迷惑三日不得出路遂至飢困王下馬解劒以授長生曰我甚疲極汝坐我欲枕汝膝卧長生言諾王便得卧長生自念我前後以來求索方便今日已得我所願便拔劒欲殺貪王念我父臨死之時囑我慇懃奈何快我愚意而違慈父之教非孝子也即内劒而止王便驚寤告曰我夢見長壽王子欲來殺我我大驚怖何以如此長生曰此山中有強鬼神見大王在此故來恐怖大王耳臣自侍衛王但安卧無所畏懼也王即還卧長生復拔劒欲殺之重憶父言復止王復驚寤告長生言我復夢見長壽王子故欲

來殺我我大畏之何以爾也長生曰是山神所爲耳王無所畏懼也王復還卧長生復拔劒欲殺之思惟父言復止遂棄劒於地無復殺王之意王復驚寤告長生曰復夢見長壽王子自言原意不復殺我於是長生曰我即是長壽王太子長生也我故實來出欲殺大王以報父讎耳念我父臨死之時慇懃囑我不欲使我報怨而我愚癡故違父之言詳思父教懇惻慇懃不敢違之是故今投劒於地以順父言雖爾猶恐後日迷惑失計而違亡父之教今故自告願大王便誅伐我身早滅其惡意可使終始絕斷王乃自悔曰我爲兇逆不別善惡賢者父子行仁淳固至死不轉而我貪酷初不覺知今日如是命屬子手子故懷仁惟憶父言而不相害誠感淳潤今欲還國當從何道長生言我知道徑前故來者迷惑大王欲報父讎耳長生遂與王俱出林外便見群臣散滿林際王便止坐施設飲食王問群臣卿等寧識長壽王子長生不中有不識者對曰不識中有識者昔受長生恩恐王殺之亦言不識王便指示言是即長生也王曰從今日始我自還故國願以此國還付太子自今以後卿爲我弟若有他國來相侵奪當相救助王遂引率臣兵歸其本國國有奇珍更相貢遺佛告諸比丘時長壽王者我身是也太子長生者阿難是貪王者調達是調達與我世世有怨我雖有善意向之故欲害我阿難與之本無惡意故至相見即有和解之心菩薩求道勤苦如是至見賊害無怨恚之意自致得佛爲三界尊諸比丘歡喜爲

佛作禮

佛説長壽王經

音釋

肪甫良切脂也　萎於爲切蔫也　㤿於檢切甘心也　黯乙減切黯然傷别貌　繒疾陵切帛也　推直追切擊也　繚戾繚落蕭切纏也戾郎計切　髖苦官切兩股間也　娿倚可於何二切娿娜弱態也　跛䟴跛布火切行不正也䟴音我傾側也　鎢錥鎢哀都切錥余六切鎢錥温器也　匃古太切乞也　賃乃禁切傭賃也

佛說海龍王經

西晉三藏法師竺法護譯

清刻龍藏佛說法變相圖

佛說海龍王經卷第一

西晉三藏法師竺法護譯

行品第一

聞如是一時佛遊王舍城靈鷲山與大比丘衆俱比丘八千菩薩萬二千一切大聖十方來會衆德具足得諸總持無所不博辯才至真決一切疑入大神通分剖慧義諸度無極濟於彼岸究暢開士定意正受諸佛咨嗟普遊殊域神足飛行降伏衆魔分別諸法知如本諦觀見一切衆生之原積累道品於世八法而無所著以大慈哀嚴身口意被無極鎧過大精進於無數劫而不厭倦爲師子吼開化外道以不退轉印如印之曉了諸佛深要法藏其名曰山光菩薩慧山菩薩大明菩薩總持山剛菩薩山鐙王菩薩山頂菩薩山幢

菩薩山王菩薩石磨王菩薩雷音菩薩雷震雨王菩薩寶雨王菩薩寶事菩薩寶英菩薩寶首菩薩寶藏菩薩寶明菩薩寶幢菩薩寶頂菩薩寶印手菩薩寶暢菩薩寶嚴菩薩寶水菩薩寶光菩薩寶鎧菩薩寶現菩薩寶造菩薩樂嚴法菩薩淨王菩薩嚴頂相菩薩金光飾菩薩寶髻菩薩天冠菩薩千光菩薩原熖菩薩照明菩薩月辯菩薩發意轉法輪菩薩金光淨菩薩常施無畏菩薩萬二千菩薩德皆如是也賢劫中大士彌勒輭首等六十大聖不可思議解縛等十六正士帝釋四天王與忉利天人俱鹽天兜術天不憍樂天化自在天魔子導師梵天王梵淨天王善梵天王梵具足天王大神妙天淨居天離垢光天乃至一善天燕居天無善神王各與眷屬六萬山樹神王四萬二千力士神王一名持華三萬二千與香音神俱無焚龍王與七萬二千諸龍俱四方金翅鳥王及餘一切諸大尊神天龍鬼神無善神鳳凰神王山樹神王恬柔神等各與眷屬來詣佛所稽首畢一面住比丘比丘尼清信士清信女前爲佛作禮各坐一面彼時佛與若干百千之衆營從圍遶佛處諸天嚴淨師子高廣之座爲四部衆而普說法佛在衆中如安明山王現于大海德超諸天世無雙比光明巍巍靡所不照如來威變應時空中化有寶蓋衆珍雜校遍覆四方無數百千垂珠瓔珞青黃赤白無垢寶珠照虛空珠光從珠出其色無量不可稱計雨諸香華華至于膝虛空之中出大雷音雨衆名香於是賢者大目揵連承佛聖旨前問佛

言今所感動未曾見聞此何瑞應佛告目連今海龍王欲來見佛故先現瑞佛語未竟尋時龍王與七十二億婇女八十四億眷屬皆賫香華幢旛寶蓋百千妓樂往詣佛所前稽首畢遶佛七帀各以所持用散佛上妓樂供養與中宮眷屬俱住佛前以偈讚曰

慈施愍傷俗　示現與世眼　雖生於世俗
無著如蓮華　施俗之安隱　在世照三世
解法如日光　稽首世最上　十力超施戒
自調成眷屬　燒除塵勞冥　御衆如調象
施與七大財　恩慈加衆生　爲一切父母
稽首最福田　眉間相光曜　如日白雪光
梵天人在上　無能見其頂　佛面出大光
蒙光獲安隱　普照百千國　至于無擇獄
柔輭言無短　解決衆疑結　音遍天世間
清淨無垢穢　除婬怒塵冥　照以智慧光
施安令歡喜　爲示現解脫　無礙達三世
求比無等倫　知人羣萌行　了善惡所趣
觀察人根原　一時咸能覩　開心令解脫
稽首諸慧上　百千億諸魔　詣樹求佛便
至德顯威神　降化伏邪心　不瞋不猒倦
導以慈哀力　供養世之尊　孰敢懈慢者
觀法無所有　譬之如虛空　猶電霧泡沫
幻化及野馬　本空緣相與　計之無吾我
照示生死法　是故莫不供　所以無數劫
勤行億那術　供養億萬姟　不可計諸佛
布施及戒忍　精進禪智慧　尊顯已具足
稽首大聖神

於是海龍王說此偈讚佛已前白佛言願欲有所問儻肯聽者乃敢宣陳佛言在汝所問

若有疑者如來當爲具發遣之龍王見聽喜踊問曰何謂菩薩除諸惡趣何謂菩薩超出諸難何謂菩薩生天上人間何謂菩薩不離諸佛何謂菩薩得值善友何謂菩薩常在安隱何謂菩薩常懷篤信何謂菩薩多所悅護何謂菩薩濟衆因緣何謂菩薩長益善法何謂菩薩喜造德本何謂菩薩常樂於義何謂菩薩不著五陰何謂菩薩常好於法何謂菩薩樂於法樂何謂菩薩所聞無厭何謂菩薩請益觀義何謂菩薩聞能奉行何謂菩薩具出家德何謂菩薩離居順戒何謂菩薩集於重擔何謂菩薩常處樹下何謂菩薩樂處閑居何謂菩薩而獨燕處何謂菩薩離諸諛諂何謂菩薩具出家慧何謂菩薩入深要法何謂菩薩觀法如幻何謂菩薩不墮滅見何謂菩薩不墮常見何謂菩薩超因緣法何謂菩薩離諸邪見何謂菩薩神通自樂何謂菩薩而得六通何謂菩薩而得慧通何謂菩薩漏盡神通何謂菩薩見無盡慧何謂菩薩所見無礙何謂菩薩曉了衆生心之所行何謂菩薩行無厭足何謂菩薩分別所受教化之言何謂菩薩降伏魔怨何謂菩薩離諸恐懼何謂菩薩御退轉者何謂菩薩得不退轉何謂菩薩逮不起忍何謂菩薩過於諸淨何謂菩薩諸行清淨何謂菩薩世尊受決佛言善哉善哉海龍王乃問如來如此之義諦聽諦聽善思念之龍王曰唯然世尊願樂欲聞佛言菩薩有四事棄諸惡趣何等爲四菩薩無害心於衆生常護十德不説人短亦不輕慢自省已過不訟彼穢是爲四復有四事超出諸

難何等爲四常歎三寶佛法聖衆有樂法者而不嬈亂不造人疑有猶豫者悉開導之是爲四復有四事生天上人間何等爲四不捨道心而教化人亦不毁戒心願清淨爲人説經而發大哀是爲四事復有八事不離諸佛何等八當念諸佛供養如來嗟歎世尊作佛形像勸化衆生使見如來其所向方聞佛之名願生彼國志不怯弱常樂微妙佛之正慧是爲八事復有四事得值善友何謂四不慢無諂常加恭敬柔和順言而不自大常受言教是爲四復有三事常在安隱處何等三不剛不鞕而不諛諂除諸貪嫉見人得供代其歡喜是爲三復有五事常懷篤信何等五曉樂脱力積功德力入報應力尊道心力將御法力是爲五復有二事多所悅護何等二不捨歡喜不在瞋恨是爲二復有二十事護衆因緣何等二十常信佛教不著他緣所作自護他作他受法法相應法法相照善惡報應無亂不順心無想念無我無人都無所有亦無往來無所歸趣除因緣報由罪福安危將護諸緣諸佛世尊皆由清淨而成道德除衆惡事以故吾等修行善本是爲二十復有二事長益善法何等二知於三品行無放逸是爲二復有二事何等二喜造德本亦不想報是爲二復有五事常樂於義何等五不著色聲香味觸是爲五復有五事常好於法何等爲五不貪色痛想得智慧擁護一切是爲五復有六事常樂於法何等六樂於五根不樂五欲常樂法會不樂世談樂講說經不樂衣食常樂觀法不樂不淨樂遵修法不樂文字

樂於佛法不樂聲聞緣覺法是爲六復有八事樂於法樂何等八樂講佛道不樂卑賤樂度無極不樂聲聞緣覺道樂講四恩不樂非法樂大慈哀不樂世事樂說大道不樂終始樂講深法緣起之本不樂常無常我人壽命樂空無相不願眞諦之法不樂調戲離放逸想樂嚴佛國不樂觀滅是爲八復有五事所聞無厭何等五博聞智慧利於明達聞無厭足普聽不懈決諸狐疑聞無厭足因聞覺了塵勞恚恨故無厭足因聞斷欲而除一切衆生垢著故無厭足因聞勇猛決一切疑故無厭足是爲五復有二事觀義求聞不倦何等二與於賢聖正見之行得無礙辯總持之要是爲二復有十事聞能奉行何等十利知厭足在於閑居身口心寂進止安詳所聞觀淨獨處少事不樂衆閙初夜後夜常觀精進敬重善友志懷羞恥常以大哀護於一切等賢聖禪至德具足以慧救護天上世間是爲十復有五事具出家德何等五所作已成不復忘失滅除塵結其心當捨一切諸著諸佛世尊不說其短已得解脫見諸縛者爲說脫法是爲五復有五事出家順戒何等五救濟毁戒順諸所聞救濟少聞順所定意救濟亂心順所智慧救濟惡智順所度智立於衆人安隱無爲是爲五復有五事何等五棄於重擔而除五陰斷恩愛結及諸所習常以寂定捨於寂滅入于道德奉行八道入於聖諦立一切人於正諦法是爲五復有四法常處樹下何等四不惜身命奉行一切諸德善法發神通慧行寂然事天人欣悅是爲四復有四事

樂處閑居何等四發於大哀以處閑居諸佛所歎欲救衆生無偏邪行坐成佛時莊嚴自身不爲塵勞學餘菩薩究竟之行積閑居德入於郡國縣邑聚落爲衆說法是爲四復有三事而習燕坐最尊無上功德微妙爲賢聖行何等三不習憎愛亦無所慕自在離欲心無縛著行步自由等心一切疾得定意是爲三復有三事離諸諛諂其心質直而無恚恨已住於行衆結便斷是爲三復有八事具出家德何等八賢聖知足在於獨處得知限節遠諸博聞棄恨忍辱不捨道心行四意止專精定意而應智慧一切所與以行爲要是爲八復有十事入深要法何等十見身自然諸法自然身入於淨一切法淨見已無吾諸法無我自觀身空不疑諸法空已身無聲諸法如響察身寂寞諸法靜默我者審諦觀諸法諦我志深妙見諸法與已身無聞諸法如聾吾無所受見一切法無可取者是爲十復有十事諸法如幻與誑詐相諸法如夢所見無實諸法如野馬起顛倒想見不諦故諸法如影所作因緣無以爲樂諸法如水月捉不可得其相離行諸法如響本末悉空諸法如電光現隨滅諸法如畫離婬怒癡諸法本淨不爲客垢之所玷汙諸法如虛空適起尋滅無有處所是爲十復有二事不墮滅見何等爲二隨時之慧入於罪福了別諸佛聖智之明是爲二復有二事不墮常見何等爲二一切說無常慧適起便滅意無永存是爲二復有四事起因緣法何等爲四無黠之習入生死習無慧已滅生死便除不墮滅見不住常觀

是爲四復有四事離諸邪見何等四曉空慧不見彼我解無相不見壽命了無願不見三處分別緣起離常無常是爲四復有六事以諸神通而自娛樂何等六不以惡眼視於衆生得天眼淨聞惡聲音則能忍辱逮天耳淨其心不亂覩他心淨植衆德本則識過事如口所語身行亦爾獲神足淨修行諸法不欺法師盡諸漏淨是爲六復有六事而得六通何等六以然燈故得天眼淨施諸音樂得天耳淨施無希望了衆生心植衆德本知過去事却諸陰蓋決衆狐疑逮神足淨以法布施盡諸漏淨是爲六復有六事而得通慧何等六適見如來逮天眼淨合會說法得天耳淨制伏其心見衆生意常習六念得識宿命棄諸貪濁逮成神足輕舉能飛導修諸法得盡

諸漏是爲六佛復告龍王有以神通而自娛樂聲聞緣覺眼及外道神仙天龍鬼神無善神鳳凰神王山神王恬柔神人與非人所有天眼計菩薩眼最上無極清淨明徹除如來眼菩薩之眼無所不見天人光色諸法之本無所罣礙又聲聞緣覺及天龍神人與非人計菩薩耳最上無極清淨明徹除如來耳菩薩之耳無所不聞天人音聲諸法之講無所罣礙聞諸音聲知三達事皆了一切衆生之心所行造念因緣報應往來之想淨不淨著不著若干種心若逆心若順心縛心解心依心不依心惑心定心有處所心無處所心若興衰心已曉了之悉見人根如應說法已識宿命知彼我本終始所起無所不達至誠不虛神足無倚無所不現是爲菩薩五神通又

心自在所作具足是爲娛樂示現佛身而般泥洹不永滅度何謂菩薩盡漏神通菩薩超越聲聞緣覺所得解脫倚於佛慧曉了衆生一切本淨不盡諸漏而不取證爲一切人讚諸漏盡是爲六神通復有四事見無盡慧何等四遵修慧德致此五通行大慈大哀知四解行奉善權慧逮四無色定意正受空無相無願致三十七道品之法是爲四佛復告龍王何謂所見無礙諸有塵勞除一切垢所有罣礙現生死本導御泥洹現聲聞緣覺乘化至道場隨勸習俗示人行寂是謂無礙復有無礙現一切數至無所有現滅諸數逮無所著雖在有數諸行之事於無數法無所罣礙彼無陰蓋得至無爲於有爲法亦無罣礙是謂菩薩現無礙慧復有四事曉了衆生心之所行隨習俗慧正受明了識意所爲善權方便於諸法自在是爲四復有五事行無厭足何等爲五已獲大安令衆生安大哀堅强視一切人如己骨髓隨人所行而示現行立於極上奇特之德是爲五復有六事分別所受教化之言何等六逮得總持心立寂然入審諦淨心入諸慧辯才無著無止方便之慧次第解說是爲六復有八事降伏魔怨何等八曉了五陰譬如若幻離貪見塵而行空事知一切法皆無所生隨其所生如開導之不捨道意堅强精進不捨佛道不畏三界離於所有觀於人物求審諦慧觀無常相積德不厭合集智慧不樂聲聞緣覺之智是爲八復有十事離諸恐懼行菩薩事何等十行於布施以莊嚴想立于禁戒斷諸惡趣遊於忍辱諸

根不亂堅强精進種善不倦修行禪定其心不慌成于智慧而離塵勞善權方便曉了無邊聖智之願得分別事解知法義辯才隨順逮得總持決除衆生諸所狐疑得住佛位護一切法是爲十復有八事御退轉者何等八言行相應自省已過不說彼闕寧失身命不造輕重獲利不喜無利不慼心不懷害誘導一切興衆祐意等敷禁戒不捨師法安悅衆人不自求安一切所愛施而不悔是爲八復有五事得不退轉於無上正眞道何等五善權方便成諸度無疑入深妙法了審諦義神通無礙見衆生根分別諸慧諸行無所著行不可盡遊於緣起不盡一切諸漏之證是爲五復有三事逮不起忍何等三察人清淨而無吾我法淨寂寞慧淨無著是爲三復有三事過諸清淨過去清淨諸法當盡當來清淨法無所起今現清淨法無所住是爲三復有三事身行清淨功德巍巍口言清淨智慧巍巍意念清淨定而不轉是爲三復有四事爲佛世尊所見授決何等四情性和順奉遵于法具足諸行觀清白行逮得慧力解一切心了諸法本淨不起不滅所由不亂佛告龍王是爲四法菩薩所行爲佛世尊所見授決

分別品第二

佛說是已十二億百千諸天龍神香音神人與非人皆發無上正眞道意七萬二千菩薩得不起法忍百四十萬衆得法眼淨遠塵離垢八千比丘漏盡意解五千天子得離愛欲三千大千世界六反震動其大光明普照世界空中自然而雨天華諸天在上鼓百千妓

樂共歎頌曰今者如來所說經法爲再轉法輪在波羅柰所轉法輪今說斯經復加增倍所以者何於此經者爲無央數不可計人開導利義若人聞此德本不忘何況受持能奉行者善得人身快見如來諦聞此法聞此法已便發無上正眞道者閉塞惡趣開天人迹當觀此比如獲滅度於是世尊讚諸天子曰善哉善哉快說此言聞斯經法歡喜信者佛所建立開化大乘是等之類逮如來慧不退轉印而以印之終不餘趣順至佛道超諸苦難於是龍王聞說斯經欣然喜踴善心生焉有摩尼珠名曰立海清淨寶嚴普明價直三千大千世界以奉世尊其珠之光覆蔽日月之明一切衆會得未曾有禮佛而住同音而歎佛與難值既與於世乃現若茲未曾有法時海龍王獻寶珠已而白佛言以是德本逮得無礙佛身光明令其光明普照十方諸佛國土若人蒙光除諸塵勞如今如來眉間光明令我如是蠲㓜衆冥逮平等覺其入邪者令立正道

六度品第三

海龍王白佛言何謂菩薩蠲㓜衆冥佛語龍王菩薩智慧殊異手執慧燈分明智慧智慧最勝持智慧劒有所興造皆以智慧建立智慧而以布施持戒忍辱精進禪思智慧建立智慧修行於戒忍辱精進一心普觀諸法建立智慧開化衆生菩薩何謂建立智慧而行布施等於布施布施已等等於吾我吾我已等便等於人已等於人諸法得等諸法已等得諸佛等雖有所施不捨是等既所施者不

隨塵勞而以施時捨一切塵亦復如是捨一切生則一切施離諸住見棄諸所有是爲菩薩建立智慧而以施彼何謂菩薩建立智慧而奉禁戒見身意寂斯護禁戒不倚身口意不倚今世後世亦無內外不倚陰蓋四大諸入不倚覺意不倚滅度於一切法亦無所倚則爲護戒不以戒戲亦不放逸是爲菩薩建立慧戒彼行忍辱亦不得我亦不得人亦不得我人不住吾所不住我所我淨人淨我淨人淨見一切法淨是爲行忍彼雖行忍於諸法無作於法不起不滅彼雖行忍於諸法無寂不寂彼雖行忍見人空寂而無吾我亦不恐怖彼雖行忍亦不得身口意彼雖壞身段節解之自觀其身如草木墻壁則爲忍辱彼聞惡言罵言自在言不可取言清淨言無處所曉了所言則爲忍辱彼雖亂心心無所結本無之心各各無實須臾滅盡以觀如此則爲忍辱是爲菩薩建立慧忍彼修精進長諸善法觀其法界不增不減等御法界察一切法不見諸法立成就者觀倚世者由從不實顛倒而興彼以清淨智慧之明觀一切法不隨諸法不捨諸法不覩諸法之所積聚不見去來何所從來何所從去曉了諸法導法如是分別苦諦顛倒之事爲人說法修行精進彼諸衆生無實無諦若人無得一切諸法亦不可得所以者何人不離法法不離人如人自然吾我自然吾我自然諸法自然佛法自然其以如是求諸佛法如自然者解自然已便逮佛法其有求者若已求者甫當求者彼求此已求無所得是爲菩薩建立智慧精進

之行彼於禪定而以正受不壞平等亦不成就彼於禪定而以正受諸法無思亦無所捨亦不合會於諸境界行無著禪立諸禪法於諸法等亦無錯亂非身非心思惟禪定志性無所應行不以禪行等於本無而以正受於本淨法而致平等等一切人則致平等諸法本淨本無有色不以三昧所行如應心而不住內亦不起遊外識無所住度於一切顚倒者超外五通聲聞緣覺禪定正受彼以禪定出智慧上陰界塵勞彼以禪定志願于道開化衆生是則如來常一禪定至于滅度是爲菩薩建立慧定彼觀諸法以慧眼察亦非肉眼亦不天眼觀諸法已見諸法寂觀諸法黙諸法寂寞無行無處諸法淡然無所成就普觀諸法皆已如是如是觀者是爲法觀法觀如是不見諸法之所歸趣其有見法而不觀者不以見法而成觀也無求無曉不知不見是爲見法無我無人無壽無命是爲見法假使菩薩觀法如此見人顚倒益於衆生而發大哀法淨如是衆人倚著於是菩薩發弘大志欲度羣萠是羣萠者常無萠類是爲菩薩建立慧法

無盡藏品第四

佛告龍王何謂菩薩建立智慧爲人說法不見有人人者無我無人非身人者寂寞人無所有人者本淨人者音聲人者名耳人空無相無願人非有數人如審諦人無所生人不有起爲人說法講人清淨不懷吾我無壽無命不滅自然不滅所有隨人本行而爲說法何況衆生本淨自然無我自然無形自然則

人自然設人自然以此自然諸法自然設諸法自然一切佛亦復自然是謂一切諸法悉爲佛法一切諸法但假名耳因號有名設說諸法則講非法所以者何如法所言非法亦然如呼法音則非法音所以者何諸法法界及與本淨不可言說亦無所得法界本淨亦無所持一切法界諸法本淨壞一切法何所成就是爲諸佛法爲說經法以是因緣寂寞如是不有諸佛法聲之化識也佛法無教而不可處有爲無爲所以者何不離有爲無爲而以解脫寧有異法可計數乎龍王答曰不也世尊諸法無數如來無數佛言如是如是如仁所言諸法無數如來無數則無有二於龍王意云何無數之言有處所乎答曰不也世尊佛言以故當知當作斯觀佛法無處無言如佛法無言無處一切諸法無言無處亦復如是龍王觀視如來大哀巍巍若茲開化衆生令立堅固又一切法無處無教說因緣教是法有漏是法無漏是有現世是度世事有著無著有數無數有爲無爲塵勞瞋恨習是捨是凡法聖法學法不學法聲聞法緣覺法菩薩法佛法佛言龍王如來如是爲人說法講其處所亦不見法無諸法想譬如有人虛空無色無見欲以諸色畫於虛空而作天像及諸人像象馬步乘彼人畫是寧難不乎答曰甚難甚難至未曾有天中之天佛言龍王如來所爲甚難於彼諸法無色無取而不可見亦無文字亦無所得而爲一切講說言教示現文字設以方便此乃甚難其有信入如是像法是等諸人多所成辦若有受此深

妙義者不爲諸魔之所得便憶念我過世龍王更見供事無央數佛恒輙捨家淨修梵行彼如來等未曾爲吾說深妙法應病如講布施持戒學道之法聽聞忍辱仁和之教宴居靜處止足行德所以者何行德未了了行德已從大珠曜如來即得聞斯深妙之法應時逮成柔順法忍以是之故當知此義當作是觀聞是深法功德具足從過去正覺受此深經無相無名衆穢因緣無我無人無壽無命信樂受持諷誦爲他人說其福甚多若有菩薩愍傷一切欲令安隱使三千大千世界一一衆生皆得所安諸天人民合集此德施與一人於龍王意云何其菩薩寧爲衆生加無極安不乎答曰甚多甚多天中天佛言其有菩薩施諸衆生若干安隱若爲人說一句無常苦空非身之義空無相無願無我無人無壽無命不生不起之事則是施安福難稱量所以者何有爲之安衆生皆得無爲之安未曾歷也彼其以此深妙之法而暢音聲於無爲安以爲服食是故菩薩欲自立義具他人願當學深妙之法若有菩薩所在會坐捨深妙法說雜句飾則爲斷絶正法之化所以者何是深妙法布閻浮利而不沒盡人所聽受樂於法者不足言耳非人最多假使法師藏深妙法讀雜句者不樂深法天則不歡悅是族姓子隨世所樂而說俗事嗚呼痛哉此衆會中無說法者心懷悄慼而退捨去時海龍王白世尊曰布施持戒學道之法是俗事耶棄家出學淨修梵行非佛法耶世尊答曰諸佛興已起無起法於三界行有所救護皆是

俗事非是佛語彼則何謂四禪四等心四無色定五通十善之行布施持戒忍辱精進一心智慧書疏校計經卷體醫方藥巧工技術計身身想衣食財物所受禪定在三界行皆是俗事非爲佛語佛告龍王佛興於世聞所未聞非常之苦非我之寂除於苦義斷于集義證於盡義導修道義入乎空義度於無相導御無願於諸衆行不生不起義意止意斷根力神足覺意觀八寂路求眞諦本淨如無所起陰種諸入爲空寂義所由諸義不壞諸法不壞非法解一切法不生不長皆無所起不計有常無常由因緣起得無所生逮於本淨而離色欲現無數法入於道法在於道法無想不想無應不應捨於一切念淨不淨想無舉無下陰幽冥門自然如空得平等行於想等想無想於想離想均於一想離一切想無所觀見寂諸所見現諸顛倒一切平等謂得果跡皆音聲耳彼無所得亦無不得不受不捨佛語龍王是所先說諸法之御不可得不可稱說至於聲聞獲聲聞乘上於緣覺獲緣覺乘菩薩逮得不起法忍成於如來無上正眞道爲最正覺斯謂佛言是所言者隨習俗教皆是佛法救於眞諦佛道無文佛言無言佛教無跡佛教無相佛教無歎佛教無化佛教無止佛教無名佛教無思佛教無心意識亦無所念是謂佛教而不可說亦無言教不可指現佛語龍王如是比教乃爲佛言如來不以文義說法無文字教而爲說法是故無文則爲佛教佛所說法不有所逮滅一切得佛所說法是故無得爲佛所言佛所說經

曾無言教寂滅言教以故言曰無教佛所說法無取法無倚法無放逸法無想法無起法無壞法無究竟法無所得法無所志法無所念法無所行法無分別法無有想法無所至法無所推法佛語龍王如來爲人說法未曾有行有所證也吾之所言一切本淨法無形色是故龍王諸法無像是名佛言又復何謂號爲佛言解一切音無所不達故曰佛言除去來今無所罣礙故曰佛言覺了衆言故曰佛言報答諸問故曰佛言一切所說因緣有言無所不博故曰佛言覺諸所說如呼聲響故曰佛言無字無說故曰佛言諸所字說亦皆佛言所以者何是諸文字去來今佛所說今佛所說者已說之者當來說者以是之故一切文字諸所言教皆名佛言入如此比曉了衆慧是謂菩薩分別道義故曰文字言說皆號佛言不壞法界志一味慧是謂菩薩分別經本故曰文字言說皆號佛言其有如應順于法慧是謂菩薩分別順寂故曰文字言說皆號佛言其有說慧無處無著是謂菩薩分別曉了是故龍王一切諸法莫不歸此分別四義菩薩解四義者文字言說諸所歸趣身有所在莫不誘進皆入佛教是故無著本無所住於百千劫有所言說無能制者所以者何是名曰無盡藏總持門也假使菩薩逮斯持者說無盡句善順於教棄去來瑕如應無倚莊嚴百千眞妙之句忍於本淨將護不亂尊卑之義曉了平等光曜所有塵勞瞋恚入一切行而順解脫八萬四千諸根尋如所應善講本性而爲說法不盡八難音聲諸法

亦無有盡及譬喻慧三世無盡及報應果願可盡耶經典順普可盡耶心之所入可盡耶因緣愚跡可盡耶順在愛欲可盡耶發于所持可盡耶說乘所處可盡耶分別法處可盡耶深妙雜句可盡耶至於究竟可盡耶逆順之言可盡耶名字之訓可盡耶歎佛法衆可盡耶宣說正諦可盡耶佛道法品可盡耶罪福所應可盡耶講度無極可盡耶佛語龍王是名曰所說無盡故號無盡法藏爲總持門也

佛說海龍王經卷第一

音釋

鎧苦亥切鉀也　鐙都騰切　恬徒謙切　沫莫割切水沫也　姟古哀切十京曰姟也　嬈而沼切亂也　鞕五孟切與鞭同堅強也　黠胡八切慧也　悁烏玄切憂也

佛說海龍王經卷第二

西晉三藏法師竺法護譯

總持品第五

佛告龍王有四事法無盡之教無盡之藏爲總持也何等四分別無盡明慧無盡明智無盡總持辯才無盡是爲四復有四事難攝無盡藏爲總持也何等四其性難攝道心難攝入法難攝入衆生行難攝是爲四復有四堅固要無盡之藏爲總持也何等四所願堅固奉行堅固立忍堅固度於因緣所造堅固是爲四復有四所說無盡之藏爲總持也何等四講諸至誠講諸緣起講衆生行講諸乘本無慧是爲四復有四光無盡之藏爲總持也何等四照于法界照于智慧照于慧明照于如應之所說法是爲四復有四上曜無盡之藏爲總持也何等四精進爲上禁戒修行勤力爲上求積功德爲上合集求慧爲上是爲四復有四無窮無盡之藏爲總持也何等四求諸度無極而無窮極不厭生死而無窮極開化度人而無窮極求諸通慧而無窮極是爲四復有四無厭無盡之藏爲總持也何等四佛前聽經而無厭足爲人說經而無厭足求諸德本而無厭足供養如來而無厭足是爲四復有四無能勝者無盡之藏爲總持也何等四一切塵勞亦無能勝一切諸魔亦不能勝諸外異道亦不能勝一切怨敵亦不能勝是爲四復有四無習無盡之藏爲總持也何等四不習聲聞緣覺之乘不習一切供養之利不習一切諸所著求不習一切諸凡夫行是爲四復有四無得無盡之藏爲總持也

何等四不得所生不得開化惡戒之人不得說經在於有爲爲上大乘不得乞求是爲四復有四力無盡之藏爲總持也何等四忍力忍於一切所作衆惡慧力蠲除一切衆生疑結神通力見一切衆生心之所念善權力爲一切人如應說法是爲四復有四大藏無盡之藏爲總持也何等四不自侵欺不斷三寶是則大藏入於無量之法是則大藏得一切心隨其所志是則大藏慧等如空是則大藏是爲四復有四無極無盡之藏爲總持也何等四博聞無極智慧無極所願無極順衆生說無極是爲四菩薩復有四事不自侵至無盡之藏爲總持也何等四說法不自侵說至誠不自侵順法行不自侵得至道極不自侵是謂四復有四事得無所畏無盡之藏爲總持也何等四不畏惡趣不畏衆會不畏決疑不畏失佛道是爲四無盡之德爲總持也佛告龍王是無盡藏總持說德無量入無極慧集菩薩行所可由慧光曜莊嚴菩薩所求菩薩財寶所入法藏入總持門分別言教嚴身口意得淨諸國合集自在護念正道入衆生數慧化導正法力精進具諸度無極嚴淨道場逮諸佛法是謂無盡之藏總持其有文字名號之數及佛法諸數遊于正法皆來歸斯無盡之藏爲總持也菩薩入斯於諸文字無所分別諸法清白不壞本淨故樂一切法不侵樂法故究竟諸法所志諸法亦無侵欺一切眼法不侵諸法明故諸法假號不侵會法故以逮諸法不侵行精進故諸法調定於柔順法無所侵故諸法說之無侵光曜焚燒諸

法於無起法而無侵故信一切法於所好法亦無侵故說一切法於諸言教無所侵故諸法本無於無趣法而無侵故諸法審諦等三世法亦無侵故諸法常住於不動法亦不侵故諸法有哀隨本所樂而爲現法故諸法悉等說無差特故諸法求跡示現諸法至平等故諸法所至示現入深道門故諸法至力現諸上法故諸法愚冥爲現智明故懷來諸法示現諸法無所亡失故總持諸法示現諸法爲無盡故諸法寂然現憺怕故諸法虛空而爲示現廣普之法故諸法無明現癡本故諸法悉住現所立處諸法入慧現離癡法故諸法入也而爲示現分別諸法故諸法離有而爲示現離所有法故諸法有難而爲示現諸法瑕穢故諸法常念而爲示現宿命事故諸法有緣示現諸法而有侵故諸法入志而爲示現寂諸亂故諸法極重而爲示現無所動法故諸法住處而爲示現衆法界處故諸法導師而爲示現審諦之法故諸法致果而爲示現志無所念故諸法唯陰而爲示現蠲除五陰諸法苦患故諸法生死示現諸法無塵故諸法空寂示現諸法無所倚故諸法如固示現諸法斷衆固故諸法寂滅示現諸法斷因緣故佛語龍王是名曰文字緣會無盡藏總持菩薩得是分別一切文字所興譬如文字而不可盡諸法所說不可盡亦復如是譬如文字亦不從身出不從心出諸法如是不可知處不住在身不住在心譬如文字無所依倚而求解脫塵勞之事亦無所淨菩薩已得無盡藏總持雖說塵勞不著塵垢究竟本

淨譬如文字不合在身然爲他人有所解說諸法如是有所發起教心清淨如文字有所說時無所至湊無所言時不處在内諸法如是假使說時無所至到設不說時不積在内如文字無色無見而現在外諸色如是無色無見由心因緣而有退轉如文字虛空自在寂寞悉以恍惚無作字者諸法如是虛靜寂寞無有造作如文字不出染汙嗔恚愚癡又因文字而有音教諸法如是不出染汙貪婬之惑由從想念起婬怒癡如文字因諸會緣說得果證文字無得亦無有證諸法如是因其緣對說有果證計於本法無果無證譬如諸法無果無證如諸法無不因文字諸行如是所有諸法皆由佛道

總持身品第六

佛語龍王菩薩已住無盡藏而以文字求於佛道總持文字力也歸趣文字身也滅盡像色也入法門頂也觀瞻額也慧眼眼也天耳耳也說名字鼻也制亂意眉間闕庭也攝一切心面也解喻一切可衆生心舌根也調定其心齒也師子觀奮迅髭也藏匿空語脣也觀一切法咽也勉出衆生令其歡悅肩也端正所講脾也察諸法等腹也入於深門膂也入左右路掌也合會諸法臂也十善之句爲善救護指也清淨法銅爪也來致虛無之念脇也次第講法脊也說不侵時無所爲度尻也具足寂觀髖也趣審諦法膝也曉知一切踹也心意寂然足趺也遊到十方足心也次第說諦步也知羞慚恥衣也法鬘莊嚴傅飾也法樂若干卧具也說種種法枕也不瞋不

諍塗香也所行如應無所不了雜香也入深戒說香也於諸法自在眷屬也嗟嘆梵跡則親友也快得安隱衆知識也斷諸結縛開化衆人則親昵也曉了諸事家室也其心清淨母也一切巧便無所依信慧父也諸通慧心從等也施度無極漿食也戒度無極泰安也忍度無極莊嚴也精進度無極信作善尅辦也一心度無極無飽滿也智度無極隨時順也善權度無極二和合義也道品身支黨也講說至誠未曾侵欺一切世間尊豪自由於法自恣佛語龍王是為無盡之藏總持無色像身也其菩薩於是總持樂法之樂譬如國王在於中宮如天帝釋在須彌頂威神巍巍如梵天尊豪貴自在如燕居阿須倫難可制持如海無邊功德超殊如寶大山天所娛樂如父母獨有一子愛重無極如月盛滿衆星獨明莫不稽首如世尊為天世人奮大光明如日初出光曜柔和如孔雀在林樹間放妙音聲如師子在巖窟中服美飲食如龍心意調和以時澍雨如轉輪王大法化國如衆龍舞動發震雷亦如龍王已得自在降大法雨如天帝釋撫化一切諸外異道如勇猛將摧伏嚴敵除諸勞垢降納衆魔如水消火如風靡草心計如地開化萌者順化衆生如火焚草皆忍苦樂猶如乳母養長者子療治衆病持心堅强具衆人願如如意珠王總持諸寶佛語龍王其有菩薩住無盡之藏總持門者則可謂入佛之道場亦如大海含受衆寶諸珍篋府無盡之藏總持如是苞弘諸法道寶篋藏如無數香篋令無量人恣意所欲菩薩

已住無盡之藏總持門者以真妙言開化一切令各得所是總持者入一切聲此土名道心者彼無盡世界佛一寶蓋如來國曰目前此名諸通慧者彼超得度世界道龍王如來佛國曰普達此名施度無極者彼寂定世界吉祥如來佛國曰精氣此名戒度無極者彼無憂世界離憂如來佛國曰多安此名忍度無極者彼無垢世界離垢如來佛國曰無盡句此名進度無極者彼普明世界無垢光如來佛國曰上度此名禪度無極者彼導御世界堅要如來佛國曰寂行此名智度無極者彼陰雨世界雨王如來佛國曰清淨此名善權方便者彼尊調世界離垢辟如來佛國曰隨習俗宜此名慈哀喜護者彼豐盛世界吉祥義如來佛國曰憐傷仁攝彼我二寂此名苦集盡道者彼無悅世界首寂如來佛國曰本原由根原盡歸本此名四意止者他方世界曰無止此名四意斷者彼曰上勝此名神足者彼曰超步此名五根者彼曰悅原此名五力彼曰堅强此名覺意彼曰無冥此名八由彼曰所度此名分別彼曰自見此名護御彼曰隨順此名法施彼曰善攝此名寂觀彼曰定察此名脫門彼曰離癡此名功德彼曰嚴辯此名智慧彼曰了便此名棄家彼曰修行此名具戒彼曰無犯此名安隱無爲彼曰寂滅度此名曰莫佛無量彼曰佛眼放光佛語龍王計諸佛國音聲言訓若千種教菩薩若逮無盡之藏皆知一切諸佛之土所說音聲文字所誨佛以一劫若過一劫讚歎有爲言說章句之教十方所說不能究竟諸佛國

土音聲義也佛説是無盡之藏總持門時六萬菩薩皆得總持八千菩薩得不起法忍三萬二千人皆發無上正眞道意

總持門呪品第七

爾時佛告龍王菩薩以是離諸幽冥之結趣諸通慧往古不可計無央數劫不可思議彼時有佛號曰梵首天王如來至眞等正覺明行成爲善逝世間解無上士道法御天人師號佛世尊世界曰集異德劫名淨除彼時集異德世界豐盛安隱五穀自然快樂無極天人繁熾如我此土百億四域合爲一佛國則爲彼土一大四域如是之比百億須彌山此梵首天王如來集異德世界廣大無邊乃如兹乎其世界如金剛光明摩尼之寶自然常普大明以寶交絡周帀覆蓋懸繒幢旛百千妓樂於虛空中不鼓自鳴其妓樂音普聞佛土彼妓樂音不出婬怒癡欲之音聲也唯演寂然憺怕法樂歡喜之音諸天人民聞樂音者則逮一心寂定安隱宴然不爲塵勞之所危害也其土平等如柔軟衣無有惡趣音聲誨也天人清淨皆解微妙志于大乘少求聲聞縁覺之乘心有所念衣食室宇所欲隨意悉自然至天人一等無有窮厄匱乏者也衣服飲食如兜術天上其國所有等無差特其如來壽命滿六十七萬二千歲其土人民壽亦復如是無中夭者佛土菩薩七十二那術聲聞甚少爾時有轉輪聖王號無盡福王十六四天下其無盡福王有八十四那術夫人如天玉女有四太后一名離垢二曰無垢光三曰清淨四曰淨句子有八萬四千皆大猛

勇身相有八端正姝好皆志大乘彼時無盡福王處於大城名曰具樂其城東西長二千四百四十里南北亦爾梵首天王如來與於彼國無盡福王建立精舍植大林樹名上香光園佛所遊止城之中央造王宮殿七寶合成城中八萬四千街巷八萬四千欄楯一一街巷有八萬四千家居其大城壁七重七重欄楯七重行樹七重交露繞城有萬遊觀園其塹七重滿八味水生青蓮紅蓮黃蓮白蓮皆有美香鴛鴦鳧鴈相隨而鳴其城如是名等無量不可思議王供養佛奉進所安衆事具足無所乏少於百千歲不可稱限率其宮中子孫親族友黨眷屬國中人民往詣上香光叢林見梵首天王如來稽首佛足退住一面佛告王曰有四事爲大國王君子聖主猶得自在與衆不同增益善法何等爲四立於篤信數詣賢聖樂欣請益求德慕義以法自娛常觀無常苦空非身之法覩世所有有爲之法皆歸離別自攝其心入無放逸覺察欲樂無所僥羨不可虧斷宿世福德不廢道心務志妙慧是爲四事大國聖主猶得自在與衆不同無盡福王白世尊曰菩薩有幾法而得自在佛告王曰菩薩有八法而得自在何謂爲八得五神通以自娛樂未曾有退無所罣礙併除瞋恨而無害心具暢聖慧攝乎道明所作已辦見得敵達誠信神足拔諸所有智慧聖明捨離一切邪見塵垢得四解明佛所建立無著不住具足力處逮乎無盡福海印三昧能悅衆生攝御一切諸佛之教以成總持其心清淨所聞不忘應如所欲亦爲說

法入一義味住於本際不計吾我不起法忍是爲八事菩薩而得自在佛告王曰又有總持名曰寶事菩薩逮得此總持者於法自在時佛爲王說寶事總持之慧滿百千歲普分別義王捨國事一切衆緣專精一心及與眷屬聽受道化於百千歲未曾想欲無瞋恨意不念想害不顧妻子國土眷屬一切所有永不以計唯願法樂立志佛道大慈清淨等心一切而行大哀被大德鎧而聽受法如是之比具百千歲受佛誨已因此寶事總持之要所作則辦越七百萬劫終始之患積十萬劫除諸罪殃見億百千佛從受德本於恒沙等作天帝釋若爲梵天轉輪聖王積功累德以清淨心志御諸法因心不亂聞百千佛受法不忘時王諸子皆悉逮得柔順法忍中宮婇女八萬四千普發道意爲菩薩學八萬四千人逮得法忍九十那術諸天人民皆發無上正眞道意三十六那術學聲聞乘得法眼淨萬六千比丘漏盡意解無盡福王棄國捐王不慕天上世間諸樂唯志無上正眞之道因家之信出家爲道而作沙門諸子亦然皆作沙門時國人民見王棄國六萬人悉爲沙門中宮婇女四大夫人亦爲沙門佛教清淨寂然安隱植諸德本衆行具足佛言龍王爾時無盡福王轉輪聖帝非是餘人則爾身是也爾時轉輪聖王諸子今此會中諸菩薩大士是也時彼梵首天王如來爲王無盡福所說寶事總持則今佛所說無盡藏總持是佛語龍王今如來以無著慧觀察人本而爲說法從無央數百千億那術諸佛聞無盡藏總持

以此數聞之故令乃如斯志念強勇獨步無礙辯才難及志懷智慧若有菩薩聞是無盡藏總持之名其有說者皆當逮得無著辯才所以者何由是總持後當來世是離垢總持所流布處皆是如來之所建立八萬四千法藏是總持門爲首面也八萬四千行皆來歸於總持八萬四千三昧皆從總持八萬四千總持無盡之藏總持爲本原佛語龍王假使菩薩無住無著於四解義則降大法雨皆來依倚此無盡之藏此無盡之藏總持所入正句次第順章諸天龍神香音神無善神鳳凰神恬柔神皆共營護

緣應意　隨順意　欣慈樂跡　直意　越度　無盡句　次第　曜面　光目　光英志造　淨意　行步入　勇力　濟冥所持爲上　寂門　入寂滅　離塵離居居善隨順　離次　無所至　所住　無所住　至處　無至處　要御　速智　慧根轉本根　月光　日轉　炎光　善離垢無垢　淨諸垢　覺所建立　諸天祐護諸魅告乘　梵知化　釋咨嗟　四天護衆聖愛　仙人歸　諸姓修行　解牢獄縛　天人所攝　捨諸塵勞　破壞衆魔降伏外道　攝欲明智　開化自大　不犯法師　不亂衆會　悅可樂法者　護於法音　不斷三寶　慈愍衆生　讚慕德義

佛告龍王是諸法句爲護無盡之藏總持其有法師受是章句六十二事若諷誦者得三十二無諸所畏何謂三十二博聞無畏咨嗟他人處處無畏言無缺短如應無畏棄捐鄭

重畏無所畏隨音所入辯才無畏無所罣礙其心無畏奉受道心其志無畏歡悅衆人行步無畏速決狐疑覺意無畏觀察衆人無闕無畏言行相應無沒無畏戒禁清淨心面無畏忍辱清淨堅强無畏於審諦頗而不轉還所處無畏心不謬亂辯慧無畏能悅衆會智慧無畏知深妙法降化無畏離於調戲師子無畏伏諸外道無受無畏無衣食悅無猒無畏降伏衆賊令住正見無罵無畏智者不毀導御無畏不亂衆經説等無畏隨時而教無諂無畏言行相應離慢無畏敬一切人謙順無畏於無盡句本行修善發遣所問無畏開化一切無量法教隨衆無畏已身淨故降魔無畏除諸塵勞大慈無畏心不懷害大哀無畏將護衆生智慧無畏以法治國佛語龍王菩薩聞是無盡之藏總持歡喜信受便得三十二無畏假使不斷是三十二無畏稍稍漸成如來四無所畏佛之所有無所畏諸天人前爲師子吼恣聽一切所可欲問都無有人能來窮極如來之智亦不敢斷佛所説是故菩薩欲致是無所畏者當學行無盡藏總持何所是總持所學行無眼行無色行無眼色識行無耳行無聲行無耳聲識行無鼻行無香行無鼻香識行無舌行無味行無舌味識行無身行無細滑行無身細滑識行無心行無法行無心法識行無色行無色生行無色滅行無色處行無痛想行識行無識行無識生行無識滅行無識處行一切無行是應總持行復次龍王其行色空心不空色是應總持行痛想行識其行識空心不空識是應總

持行復次其無想色行不念無想行是應總持行痛想行識亦復如是其無想識行不念無想識行是應總持行復次其不斷色行於色行無行不色生行不色起行不色寂行色如諦行色如本淨行亦不念色如諦本淨行是應總持行痛想行識亦復如是其不斷識行於識行無行不識生行不識起行不識寂行識如諦行識如本淨行亦不念識如諦本淨行是應總持行復次於種由法界行不想法界行不想法界識入本淨空行不想本淨空是應總持行若一切法緣起之行不想緣起是應總持行不著諸法行不倚不著行是應總持行諸法如本無行不壞諸法本無之行若於諸法住本際行不念本際住諸法行是應總持行復次其知貪欲行不於法界想念貪欲行是應總持行其知瞋恚行不於法界想瞋恚行是應總持行其知愚癡行不於法界想愚癡行是應總持行其知等分行不於等分行於法界有所壞行若於八萬四千諸所修行入于法界無若干行是應總持行若行若合行於行合行而無所行亦無不行所以者何其行無量亦無所度亦無所想是故彼行爲平等行於平等行亦無所毀亦不有爲亦不無爲亦不受亦無不受無處無住故曰平等行菩薩行如是則得無盡藏總持之門也於是世尊則説頌曰

其人心意則清淨　普入經卷度無極
悉解衆人之音聲　得總持時乃如是
觀知羣萌心所行　善惡所念及中間
分別本淨所造興　則爲説法隨所應

悉了因緣之報應　令不覩常及無常
皆以棄捐墮邊際　分別總持隨順化
明解文字之方便　知無央數之音響
曉了義理微妙法　得總持者乃如是
逮得天眼無垢汙　天耳清淨亦如是
無量智慧知衆行　念億千劫去來事
獲四神足亦如是　至無量國須臾頃
供無數億諸導師　聞所講法則總持
若干數魔至百千　一能覩知境界行
清淨之人無塵冥　講說經法無數千
譬如蓮華不著水　不倚世法亦如是
常以解脱諸有無　等心一切如虛空
持最色相而勇猛　衆人觀仰無猒足
進止安詳行無缺　愍傷羣萌故遊世
天帝釋梵及護世　皆以恭敬稽首禮
其心不以憍慢說　得總持時亦如是
口言柔輭如梵音　為衆人說可其心
溫潤流利言得時　所可教化無所侵
在於衆中無所畏　為師子吼妙無難
降伏一切衆庶人　得淨總持為如是
其諛諂人難調化　與于憍慠而自大
聞彼聖明所說法　即棄貢高稽首禮
入於本淨寂法界　以達義歸解諸法
以故所說無窮已　分別文字知法律
人之本性法界淨　曉衆生淨亦如是
解知本無人本無　所說經法無罣礙
所盡無盡不可知　無盡之事無能盡
覺了知是趣寂寞　則說無住億經卷
斯諸文字不處身　亦不在意不住心
文字本性空寂寞　譬如山中呼聲響

計總持者不著字　無意無言無説聲
以知文字所趣然　假使所説無罣礙
無意無想亦無心　設有所説無所念
又復解知去法慧　講順説經隨所應
以入分別四句義　曉了義理明識法
究暢音聲順所聽　故講無著不可量
翫習本原承其慧　故説深要若干法
所解之慧了逆順　有趣頂法度無極
方便所有諸怯弱　以用救攝諸卒暴
明識所作爲解説　得總持者乃如是
其身口意皆已寂　分別諸慧不著有
所言無猒除瞋恨　得住總持爲勇猛
其所總持心執御　意之所入住法慧
其有聞者不曾忘　順如聽采等經典
其總持義法不亂　計法所之無所入
以法等故曰平等　如應平等順清淨

分別名品第八

佛説此章句偈時海龍王眷屬萬三千龍皆發無上正眞道意則更啓白廣宣此言唯然世尊我等亦當逮是無盡之藏總持也當爲一切衆生之類廣説經法爾時賢者舍利弗白佛言至未曾有世尊乃令諸龍發無上正眞道意人乃不能發大道也佛告舍利弗是萬三千龍迦葉佛時皆作沙門從迦葉如來一反聞菩薩行同時歡喜讚曰善哉善哉説大乘事不可思議與族黨知友俱行分衛貪利不順不護禁戒以是之故壽終之後墮於龍中彼時從迦葉佛聞大乘教讚迦葉佛因由報應德本之緣今聞吾説咨嗟大乘讚無盡藏總持皆發無上正眞道意舍利弗觀是

至心之奇特今吾授決恒沙等劫供養諸佛積累道品自致得成無上正真道號慧上智上法上梵上得成佛時以是四事號世界曰無垢藏劫名大欣皆同一劫得成無上正真道最正覺猶如賢劫當興千佛

授決品第九

於是海龍王白佛言我從初劫住止大海從拘樓秦如來興於世來大海之中諸龍妻子眷屬甚少今海龍衆妻子眷屬繁裔弘多設欲計校不可窮盡唯然世尊如此云何有何變怪佛告龍王其於佛法出家奉律行戒不具現戒成就違戒犯行不捨真見不墮地獄如斯之類壽終已後皆生龍中佛語龍王拘樓秦佛時九十八億居家出家違其禁戒皆生龍中拘那含牟尼佛時八十億居家出家毀戒恣心壽終之後皆生龍中迦葉佛時六十四億居家出家犯戒壽終之後皆生龍中於我世中九百九十億居家出家若干鬪諍習若干行誹謗經戒皆生龍中今有生者佛語龍王以是之故仁者大海中龍諸妻子眷屬不可稱計我般泥洹後多有惡比丘惡優婆塞違失禁戒當生龍中或墮地獄海龍王白佛言於今棄家爲道犯戒比丘墮於龍中者有何殊特佛言棄家學行於今犯戒比丘墮龍中者行於方便不能清淨又有至心信於佛法以至心力龍中壽終生天上人間當見賢劫所興諸佛皆當見之假使不以解脫者悉於跋陀劫泥洹除志大乘者龍王且觀佛教廣大因緣出家之奇特棄諸惡法得超異類爾時有龍王子號曰威首前白佛言至

未曾有世尊親近如來難值難聞雖有所毀作衆罪殃發一善意心念佛法終不失德緣是之行至得滅度今我願發無上正眞道意用佛世尊難値難聞今菩薩行無有違鉄至于道場莫使心中忘失德本大慈大哀大喜大護所生之處常見諸佛得聞經法供養衆僧開化衆生時世尊告威首龍王子曰善哉善哉仁者之問乃發救護一切之心今汝至心興無極哀而起道意緣彼德本如來嗟嘆七日七月若至一年爲功德福而不可盡所植善行乃如是也佛見威首龍王子心之所念即時欣笑諸佛笑法無央數色色各異光光從口出照不可計諸佛世界遶身三帀還從頂入爾時賢者阿難以偈讚佛

百福功德莊嚴身　體諸相好三十二
清淨無垢如月光　今之所笑何歡欣
淨無塵埃離三垢　如百葉華行無倦
天人龍神所奉敬　安住今者何因笑
善哉平等齒普淨　十力威曜面香潔
已除生死之根原　今者世尊笑何感
心如虛空無瑕穢　意等善友及怨家
持志如地無憎愛　惟願世尊笑何欣
音聲所講踰梵天　猶雷哀鸞微妙響
所語柔輭莫不歡　惟願世尊笑所因
心於聖慧無所著　知三世人意所行
解衆人根得喜悅　導師今笑爲何感
以爲成醫王　療治衆生病　能施究竟安
世尊笑何緣　護德爲我說　諸天人民間
皆當懷喜踊　即志諸通慧

佛告賢者阿難寧見威首龍王子住於佛前

至意發無上正眞道不阿難對曰唯然已見佛言是威首龍王子過八百不可計會無央數劫當得作佛號慧見如來至眞等正覺世界名淨住劫曰明察是龍王子至誠奉行菩薩之道見無央數諸如來供養奉事當修梵行開化度脱無量衆生使立三乘慧見如來淨住世界豐熟安隱五穀平賤快樂難量天人充滿猶如燄天被服飲食其佛當壽百萬歲賢聖衆僧聲聞有六十億菩薩百三十萬慧見如來其有覲者皆得慈行三昧慧見如來説經聲聞行者若始見佛則得道跡再見得往來三見得不還四見得無著志菩薩乘者適覲慧見如來得柔順忍再見獲神通三見得總持辯才四見得不起法忍淨住世界無毁戒者意淨無邪皆住正見壽終之後無有惡趣悉生天上清淨佛土時威首龍王子聞佛授決歡喜踊躍善心生焉奉百千珠瓔用散佛上而叉十指以偈讚曰

人尊無垢如月光　威神無量衆所奉
其力無限總持勢　願稽首禮無邊慧
慈哀之聖不可限　慮智無瑕不可議
禁戒廣普住正定　稽首人尊如虚空
無量無限億劫數　所行究竟無可入
以故曉知諸衆生　心性所歸諸根本
若人覩覲尊顔容　一心察之無猒足
不爲塵埃之所惑　愛欲之穢皆滅盡
哀鸞拘夷諸鬼神　梵天之音亦如是
聲聞十方甚微妙　如來之音超於彼
譬若如日墜於地　海水當竭須彌壞
虚空尚裂地反覆　世尊所説終無異

世尊至誠以諦說　授我之莂大聖慧
吾無狐疑結綱除　得佛自在爲衆祐
十方無量億佛國　滿中珎寶供導師
假使有人發道心　前所植德不及此
供養正覺德第一　若人志發尊佛道
則爲報恩於十力　用不斷此導師命

龍王子說此偈讚佛已十千人皆發無上正眞道意悉說是言慧見如來速得最正覺時吾等同心共生淨住世界奉彼如來正法之教又供養之佛滅度後次補其處得最正覺佛皆授決悉當令生淨住世界

佛說海龍王經卷第二

音釋

憺怕憺徒覽切怕傍各切憺怕安靜也　湊食奏切趣也　髦莫高切髮也　髀頻彌切土藏也　齎徂奚切與臍同　脇虛業切腋下也　尻苦刀切脽也脊骨盡處爲尻　髕毗忍切膝端也　踹市兖切腓腸也　趺方無切足也　昵尼質切近也　撫芳武切慰勉也　篋苦協切箱屬　苞班交切與包同包容也　繒疾陵切帛也　塹七艷切城水也遶　僥堅堯切要求也　廠俞芮切明達也　謬靡幼切乖誤也　莂必列切記莂也

佛說海龍王經卷第三

西晉三藏法師竺法護譯

請佛品第十

爾時海龍王白世尊曰唯佛加哀諸天龍神及無量人令致安隱至于大海詣我宮中屈神小食所以者何大海之中有龍鬼神香音神及餘無數衆生之類見如來已皆植德本悉當往會因聞法音除斷無底生死之源吾等龍宮亦蒙其恩天上世間緣得度脫如來普現佛大道心令我等身近道品法佛愍龍王默受其請及無量人悉當廣植衆德之本時海龍王見佛就請歡喜踊躍稽首佛足右繞三帀與眷屬俱忽然不現還在大海聚會宮中而告之曰吾明日請佛佛垂矜許汝等同心當具供養海龍王又告燕居無善神誑惑縛補離垢錦等曰諸仁當知如來降神當詣此海乎宜用身故率諸眷屬來集吾宮獻饌世尊又勑龍王名曰生度王歎無量王離垢王錟光王戲樂王清淨王妙曜意王現諸難王及餘龍王百千之衆悉當來會至吾宮裹奉覲如來及勑龍子威首曰仁者致敬班宣吾命於無焚龍王令詣海宮供養如來至眞等正覺即時受教又勑龍王子強威詣安明山頂請歡喜龍王那歡喜龍王及天帝釋使諸仁者令詣大海集吾宮内供養如來時強威即時受教宣命如是時海龍王化作大殿以紺瑠璃紫磨黄金而雜校成則建幢幡造金交露寶珠瓔珞七寶爲欄楯而極廣大若干種香而以熏之散衆色華紛紛如雪於大殿上化立師子之座高四百八十里皆以

衆寶而共合成數無數百千天繒以爲綩綖諸菩薩及比丘衆所坐師子座各各嚴麗階級殊別饌具兼重若干種味寂然飲食供設以具爾時龍王明旦修敬住安明山十二之坎與眷屬俱遥請世尊以偈頌曰

殊特慧無量　於法得自在　明智成衆事
如空聖無限　離垢明清淨　於世爲最上
日時今已到　唯加哀自屈　清淨音如梵
柔輭聲仁和　響雷如哀鸞　爲衆現甘露
除若干塵冥　爲衆最上醫　人中寶願來
今正是其時　心調柔寂寞　志輭常安和
自度濟衆生　願救諸人民　開化衆黎庶
使越彼四瀆　造安度彼岸　唯屈今是時
調仁樂布施　學道戒清淨　忍辱力最上
已獲大精進　滅除禪脱門　智慧普無量
言誨如月明　枉聖時已到　智跡分別路
邪徑永以斷　七覺意根力　化現以四諦
平等四意止　四神足意定　總得普通達
時到宜屈神　三十二相明　英妙百功德
爲存得義者　示現大福田　尊稱爲衆祐
如春萌滋茂　唯愍傷加慈　大哀自屈神
志如須彌山　心等譬如地　除愛及瞋冥
所説如演空　人尊不自畁　未曾有貢高
歸於空脱門　屈神今正時　知義尋分別
曉了隨順要　究暢解經法　心行常知時
顯進人本性　觀察諸慧義　稽首最勝足
時到屈神臨

爾時世尊遥聞龍王啓白時到告諸比丘著衣持鉢當詣大海開化衆生就龍宫食比丘應曰唯然於時世尊與諸菩薩比丘衆俱眷

屬圍繞踊在虛空身放大光明而雨天華百千妓樂相和而鳴集于海邊至欣樂園有思夷華名曰意樂佛住止彼時海龍王往詣佛所稽首佛足陳敬以畢却住一面龍王自念吾欲化作寶階從海邊至海底令佛及比丘衆及諸菩薩由是下海至我宮中如昔世尊化作寶階從忉利天至閻浮利適設此念便從海邊化作三道寶階金銀瑠璃下至其宮甚微妙好爾時世尊以威神力化大海水令不復現使海生類不以爲患佛身放光照于大海普至三千大千世界其海居類身蒙此光皆懷慈愍柔仁之心不相嬈害相視如父如母如兄如弟如子無異於時欲行天人色行天人侍從世尊欲聽道化猶欲觀龍王莊嚴宮殿時佛與諸菩薩及大聲聞諸天龍神香音神無善神鳳凰神山神恬柔神釋梵四天王從欣樂園思夷華樹欲詣龍宮佛昇寶階陟於中階諸菩薩衆住于右階諸大聲聞住在左階時六十億釋而在前導六十億梵天皆在虛空各執寶蓋六十億天皆在佛後而雨天華六十億諸欲天人作諸妓樂而供養佛六十億魔衆皆於佛前香汁灑地六十億龍后在虛空中各現半身手執珠瓔垂散佛上六十億山神皆鼓妓樂歌佛功德六十億香音神手執華蓋以用奉佛六十億無善神各持若干百千種衣以覆佛上無焚龍王與億百千眷屬在於虛空皆以華香雜香擣香作衆妓樂莊嚴諸龍及諸天華以供養佛如是比類六萬龍王皆供養佛欲見世尊觀海龍王安樂世界無量壽如來佛土菩薩號

光世音大勢至大士與無央數億諸菩薩俱爲佛世尊示現莊嚴諸所有供養皆令前所嚴供隱蔽不見無能知者餤氣世界難逮如來佛土菩薩號法英法首大士妙樂世界無怒如來佛土菩薩號香首衆香首大士照明世界月辯如來佛土菩薩號師子師子音大士不眴世界善目如來佛土菩薩號導御諸法自在大士光曜世界普世如來佛土菩薩號寶場寶餤大士樂御世界寶首如來佛土菩薩號慧步慧見大士光察世界普觀如來佛土菩薩號雨王法王大士愛見世界尊自在王如來佛土菩薩號退魔石魔王大士取要言之如是十方各各無央數億諸菩薩皆來歡樂海中龍王欲見如來供養奉事於是世尊以大道力諸佛感動威德所鑒以佛弘威勸化無戲供養諸佛放大光明徹照十方無量世界以佛洪音大師子吼而講言化諸天百千皆作音樂而雨天華滅諸惡趣施於一切安隱之具有三昧名曰立於大哀歡悅羣萌以佛三昧正受已所作莊嚴光飾大海不可思議佛從寶階降神海宮自然音樂普聞十方無量世界佛之威神如來所感皆見能仁如來下于大海彼時億百千玉女魔妻無善神鳳凰神山神恬柔神羣神婦女皆以妓樂而行迎佛調諸音樂而歌頌佛德

施上戒清淨　忍力慈心尊　精進勤御義
禮樂禪脫門　心淨光慧智　嚴明奮威神
現在示解脫　故來除垢塵　施以甘露安
導御罄衆穢　無盡德如空　慧海傾降海
所說具足要　讚嘆度無極　施眼明清淨

一切人中上　歎頌深義句　愍人光無倫
等祠所宣普　降伏諸異道　施以法無慳
講經淨欲塵　讚歎寶慧光　道財敷演珍
見諦莫不受　正觀斷結著　不動如山根
願稽首導師　諸天金翅鳥　須倫眞陀羅
迦留鳩桓師　願稽首足下　尊相三十二
無比妙善現　體柔紫金色　爪足下安平
妙響如哀鸞　其聲踰梵天　大音超三千
稽首柔輭音　根調心寂寞　猶如月電光
言誠常平等　願稽首樂法　已度老病苦
救一切令脫　得勝伏衆魔　滅除生現盡
無著蠲塵勞　爲諸天所敬　歸尊普救護
導師開化衆

十德六度品第十一

於是王女及諸龍后無善神鳳凰神山神恬柔神后共讚佛已一切同等皆發無上正眞道意脫身瓔珞用散佛上佛與衆俱降于大海到其海域諸海龍王莊嚴大殿坐師子座時諸菩薩及比丘衆各各次坐其座於時海龍王與中宮眷屬俱見佛坐已手自斟酌寂然飲食無央數味供養佛及比丘僧飲食畢訖行澡水竟坐佛前聽經及諸天龍神香音神無善神鳳凰神恬柔神釋梵四天王及十方諸來會菩薩於是佛見衆會坐定從身放光光名善度說法柔和悉照大海諸居之類上中下品普目見佛歡喜踊躍願樂聞法各以恭敬遥稽首佛爾時世尊告海龍王倚世間者作若干緣心行不同罪福各異以是之故所生殊別龍王且觀衆會及大海若干種形顏貌不同是諸形貌皆心所畫又心無色

而不可見一切諸法誑詐如是因惑與相都無有主隨其所作各各自受譬如畫師本無造像諸法如是而不可議自然如幻化相皆心所作明者見諸法因惑與相則當奉行諸善德者其解惑相興成諸法陰種諸入當歡喜悅得好端正龍王且觀如來之身以百千福而得合成超於衆會普現巍巍其百千德由得自在而使梵釋覆蔽不現觀如來身自視不敢當其威光察諸大士色身相好莊嚴具足皆以善德校飾其體佛語龍王仁所嚴淨皆因福成諸釋梵天龍鬼神香音神無善神鳳凰神山神恬柔神所有莊嚴皆因福生今此大海若干種身善惡大小廣狹好醜強麤細微皆自從心而已獲之爲若干貌悉身口意之所作爲是故龍王自護身行救濟罪福當作是學汝等以護身行救濟罪福奉行諸善得成佛道滅棄邪見不住有常無常之見當求衆祐已植供養因供養故當爲諸天世人所敬佛語龍王菩薩有一法皆斷一切惡趣衆難何等一專察妙法云何正諦入於法樂多觀善法不聽諸惡衆邪之想已斷惡法奉行衆善在在所生與佛菩薩賢善性俱佛言何等善法已立德根天人之安不爲聲聞緣覺之本立道本者志無上正真道何謂立本謂行十事何謂十身不殺盜婬口不妄言兩舌惡口綺語意不貪恚癡是謂立本佛語龍王人不殺生得十善寂法何謂十常施安隱於一切人常樂慈心斷瞋恨心所生之處常無疾病常種長命爲非人所護臥安寤歡未曾惡夢不懷怨結不畏惡趣壽終之後

得生安處人不殺生得斯寂法已不殺生善本之德願志無上正眞之道若成佛時而得自在於壽命也佛告龍王人不盜竊得五信法何等五得大財富無有縣官水火盜賊怨家惡子能竊取者衆所愛敬所至到處寂然無難患畏永除以不取之福志存惠施植衆德本已願無上正眞之道已依如來無見之慧成最正覺使立神通佛語龍王人不犯邪婬得四明智所歎之德何等四攝護諸根調戲一切世間悉共稱歎已離邪婬無敢輕眄其妻室者以是德本志願無上正眞之道得大人相陰馬之藏佛語龍王人不妄語諸天世人以八法歎何謂八得面清淨語言中當一切世人所見任信自成其證天人所敬心懷至誠而無邪想心意清淨而無諛諂多所歡悅無患厭者能受禁誨無有麤言生天上人間獨見信任無有疑者以至誠言善德之本志願無上正眞之道因此所行常得至誠佛語龍王人不兩舌得五不別離何等五身不別離無散亂者眷屬不散不教他人得信無壞見於緣報他無壞法以行爲要得親友和用無欺故以是德本求最正覺得成如來眷屬無亂一切衆魔及與怨敵終不能壞如來眷屬佛語龍王人不惡口得八清淨言辭之報壽終之後得生天上何等八所說如諦所言柔輭所言如應所言和順所言能受所言光曜所言衆人莫不承樂所言衆所不譏因是德本志願無上正眞之道得成如來音聲超梵佛語龍王人不綺語得三正行何等爲三常爲衆明諸等敬愛心常專一入于至

誠不以多言於天上人間常得大尊不爲雜碎以是得本志願無上正眞之道爲佛所授決得成如來所言無異佛語龍王人不嫉妬得五威神何等五身口意明諸根具足得極財富而以自恣降伏諸怨樂於飲食美味生活之業福德巍巍爲諸國王所見恭敬而蒙覆蓋如已所有微妙之寶致差特家功德宿本不嫉他財因是德本志願無上正眞之道成等世尊三界所奉佛語龍王人不瞋恚得八心歡喜法何等爲八無害樂諦滅除瞋恚樂于誠實心不樂諍心樂質直安庠而和等於聖賢常懷慈心愍傷具足見人安悅端正姝好衆人所敬生於梵天不以爲難心以方便哀和之故是爲八因是八德本志願無上正眞道意得爲如來至眞等正覺觀無厭者

佛語龍王人不邪見得十德法何等十志性眞實得人善友信善惡之報若已沒命不傷犯人念行佛道心無有異不事天神志懷質朴捨於諛諂神呪之術與諸天人以爲朋友不與地獄餓鬼畜生而作伴侶與衆特異功德巍巍聖道爲上離於邪見離於貪嗔離於惡見都無罣礙於聖平等須臾之間生天上人間是爲十德法以是離邪見得本志願無上正眞之道得近諸佛道法速逮神通成爲如來佛語龍王菩薩離於殺生而行布施常得大富長壽無極行菩薩道一切外怨莫能當者已離盜竊而布施者既饒財寶人不敢取行菩薩道無能妨廢合聚一切功德之法離於邪婬而布施者後常大富妻無泆態在於人間無敢犯者其家女人而不色視離於

妄語而布施者常大富有不被誹謗以下劣人皆蒙擁護行菩薩道言行相應所願堅强離於兩舌而布施者常大富有眷屬不別行菩薩道則得菩薩一切眷屬質直等性已離惡口而布施者常大富有所言人受行菩薩道入於衆會莫不欣樂離於綺語而布施者常大富有所言輒行行菩薩道斷一切疑離於嫉妬而布施者常大富有喜好衣食牀卧具足行菩薩道已所喜者而以加施得大尊豪離瞋恚心而布施者常大富有威燿端正所言説者衆人愛樂行菩薩道心無加害諸根具足離於邪見而布施者常大富有立於正見生於族姓值佛世尊行菩薩道不離諸佛常得聞法發菩薩心佛語龍王是謂十善布施莊嚴廣大乃爾此十善行以戒莊嚴以自具願得諸佛法以忍莊嚴諸相種好成佛音聲以精進莊嚴降伏魔怨以佛道法有所超度以禪莊嚴心意所趣而以清淨以智慧莊嚴除諸住見行慈莊嚴當以仁和不害衆生行哀莊嚴不捨黎庶行喜莊嚴無懈厭心行護莊嚴得無所著斷諸疑結行思莊嚴勸化羣萌行意止莊嚴止身諸痛痒心法具足意斷莊嚴斷諸惡法具足善德神足莊嚴身心輕舉五根莊嚴堅固其行以上精進而無放逸以心修治除諸塵勞五力莊嚴以質直心降化衆怨覺意莊嚴曉了諸法如本所由八路莊嚴懷來正慧寂然莊嚴滅除一切諸垢塵勞以觀莊嚴觀諸法本審諦悉無善權莊嚴有數無數有爲無爲具足安隱佛語龍王取要言之十善之德具足十力四無所畏

成諸佛法以是之故於是十善之德廣普莊嚴常當精進譬如郡國縣邑村落丘聚百穀藥草樹木華果種植刈穫皆因地立十善之德天上人間皆依因之若學不學及得果證住緣覺道菩薩道行諸佛道法皆由從之於是海龍王白世尊曰何謂入法門菩薩所行入法門者除於宿世陰蓋之罪已除陰蓋得至超異佛語龍王菩薩有一法除諸罪蓋何等一立於擁護不捨所說悔過首罪復有二法除諸罪蓋何等二常觀淨法不造現在復有三法除諸罪蓋何等三入因緣慧具足悅心依本淨法了知本無復有四法除諸罪蓋何等四曉了於空不住無相趣於無願慧無所造復有五法除諸罪蓋何等五無我無人無壽無命無識復有六法除諸罪蓋何等六歡喜篤信而無狐疑往返進止觀察審諦所作至誠不失正信是爲六法除諸罪蓋龍王白佛何謂菩薩得至超異世尊曰菩薩有十事得至超異何等十常念心性清淨善權方便堅强精進觀察人物行無極哀修德無厭博聞不倦奉無放逸念於道場令得佛慧不捨道心是爲十事菩薩所行得至超異

燕居阿須倫受決品第十二

於是燕居無善神白世尊曰何謂菩薩超諸德上佛告無善神菩薩有八法超諸德上何等爲八菩薩於是離於貢高爲一切人下屈謙敬受教恭順言行相副謙順尊長一切德行諸法爲本所行堅强超諸善德樂於微妙若干種施寧失身命不求人便見有危懼施以無畏來歸命者不以捨棄求於一切福慧

之業不以厭足是爲八法無善神又問佛言菩薩有幾法行得身長大面部弘滿眷屬繁熾意廣無極佛告燕居無善神菩薩有四事得身長大何等爲四不説他人所作貪嫉作佛形像根相具足和合離别勸令志於無上正真之道向於衆生無傷害貌是爲四得身長大菩薩有四事面部弘滿若干瓔珞而用布施一切所愛施而不惜常以慈眼觀於如來見人端正不生嫉妬是爲四事得面色弘滿菩薩有四事得眷屬繁熾何等四離於兩舌未曾破壞他人眷屬見他友黨代其歡喜不捨道心并化他人令發道意是爲四菩薩有四事意廣無極何等爲四其心清淨而無諛諂除重愛欲所在中間而無厭疲志於微妙深入要法一切諸法本末皆空是爲四事菩薩意廣無極於是燕居無善神與三萬二千眷屬各各以若干種八千天華散世尊上以偈讃曰

其有於十方　人種不可量　須臾一時頃
則供養世尊　假使十方人　一切供養德
在於百千劫　等心給足之　不能及慈心
愍傷之福行　寂然極如應　供養安能報
是爲諸十方　供養之奉事　發心無與等
正諦住如應　於是吾自由　立志無諛諂
已覺了本無　自致得佛道　人中尊見愍
三界無證我　十力證明我　解我心性行
柔輭無怯弱　以離諸恐懼　布施調禁勝
持戒及忍辱　精進于定意　爲應住智慧
順從慈愍哀　常奉至誠行　加哀不爲我
勝不受吾決　人尊我便當　自剃受佛決

吾志不狐疑　謂不成自由　吾了了究竟
志淨在于道　人中尊時笑　月英尋問曰
今何故欣笑　唯聖解説之　化度時告曰
月英具聽之　吾所以示現　奮出大光明
時燕居廣普　志願尊大道　三萬二千人
諸所從眷屬　於百千劫中　常行菩薩道
一切心同等　當得聖佛道　當供養諸佛
等如恒邊沙　所開化人民　其數復過此
其劫曰歡喜　又號淨復淨　得佛離寂塵
覺了至無憂　此燕居廣普　當逮爲法王
超出精進力　號曰帝旛幢　其世界名曰
欣樂仁莊嚴　衣食豐平賤　譬如兜術天
其十力壽命　七十億萬歲　滿六十那術
比丘比丘尼　諸菩薩之衆　有八百那術
堅住於總持　所聞悉解了　彼於歡喜劫
又號淨復淨　皆以如是比　當成尊佛道
開化百千人　悉使住佛道　具觀是德勝
菩薩之道心　燕居無善神　彼聞佛受決
四千萬大衆　悉發菩薩心　三千界震動
則時雨天華　善哉總要德　心意之差特

無焚龍王受決品第十三

於是無焚龍王白佛言一切諸法皆無所住亦無有人何有受決者誰當成至無上正眞道爲最正覺乎佛言如是如仁所言一切諸法皆無所住亦無有人一切諸法亦復如是凡夫愚人處於顛倒住吾我人無人起人想菩薩發大哀爲除顛倒去吾我人被覺德鎧此正士等曉了諸法無吾我人開化誘立吾我人命屬仁所云誰受決者諸仁等解人空無我則爲受決一切法等觀諸法寂則爲受

決諸佛國等而無所取心淨無垢則爲受決慧觀諸佛等諸佛道不壞法界則爲受決於諸魔衆等一切魔於塵無塵了心本已則爲受決無名無相無應不應無念不念不受不捨則爲受決佛語龍王其心意識無所住立則爲受決諸法如是以無因緣諸法本諦覺了諸法平等無異則成無上正眞之道究竟求本無有受決及成佛道若受決者若受決已所以者何諸法無形本末悉斷皆無有主一切諸法從因緣轉諸法如空無從生相故諸法無從生相無所至相故諸法無所從來計本空故諸法無所至未發起故諸法無所住不可得處故諸法悉空用無身故諸法無著用無倚故諸法無所倚不可動故諸法不可動無處所故諸法皆如用自然故諸法自然無言教故諸法無言教無色像故諸法無色像用無念故諸法無念無因緣故諸法無因緣無所行故諸法無所行用寂然故諸法寂然無受陰故諸法無受陰本淨空故諸法無相用無二故諸法無二用本一故諸法本一離若干故諸法等差特用等覺故佛語龍王解諸法等無受決者不成等覺且觀于是如來堅固與無極哀及諸菩薩勸樂之力諸法如是以無央數爲人解說合會有數於諸法觀無解脫人法亦不度人如法者人亦如也道亦如也佛亦如也決亦如也諸法亦如也故曰如來了於本無住本無故而不可動故曰本無本無無像本無無壞解了本無故曰如來以如來故等住本無諸法如是等如本無住是爲如來等住之地其有菩薩聞是

說者不恐不怖不畏不難以是如來等住之地爲人解說佛說是時三千菩薩皆得法忍阿耨達龍王歡喜踊躍以自珠瓔珞價當是世而覆佛上

寶錦受決品第十四

爾時海龍王有女號名寶錦離垢錦端正姝好容顏英豔與萬龍夫人俱各以右手執珠瓔珞一心視佛目未曾眴禮佛而立時寶錦女及萬夫人以珠瓔珞奉上世尊同音歎曰今日吾等一類平心皆發無上正眞道意吾等來世得爲如來至眞等正覺當說經法將護衆僧如今如來於時賢者大迦葉謂女及諸夫人無上正覺甚難可獲不可以女身得成佛道寶錦女謂大迦葉心志本淨行菩薩者得佛不難彼發道心成佛如觀手掌適以能發諸通慧心則便攝取一切佛法女謂迦葉又如所云不可以女身得成佛道男子之身亦不可得所以者何其道心者無男無女如佛所言計於目者無男無女耳鼻口身心亦復如是無男無女所以者何唯仁者眼空故計於空者無男無女耳鼻口身心俱空如是虛空及寂無男無女若能解了分別眼本則名曰道耳鼻口身心亦復如是計於道者無男無女法是故迦葉又如諸法皆在自然道亦自然吾亦自然迦葉問女汝是道耶其女答曰尊者耆年謂我非是道乎迦葉答曰吾非佛道是聲聞耳女又問曰誰開化仁答曰如來女曰假令如來不成正覺寧能開化於耆年不答曰不也是故仁者當知在彼則爲以道無不覺道迦葉問女逆爲道乎答曰

唯然迦葉逆則道也所以者何以別本淨可覺了道者則無有逆解逆本淨則名曰道空者本無分別諸逆則名曰道假使諸法有合有散則非道也等一切法順如應者乃爲道耳迦葉問女誰以如此辯才相施女答曰尊者迦葉施我辯才設使仁者不問於我何因發辯譬如迦葉無有呼者何緣響應假使無問菩薩義者無因發辯迦葉問女汝爲供養幾何佛乎女答曰如仁者所斷塵勞迦葉答女曰吾不斷塵勞女又問仁者續有塵勞穢耶迦葉答曰吾無塵勞亦不斷矣女又問曰安置諸塵勞答曰不起不滅亦無所置所解如此如本無也又問本無寧可知耶答曰不也又問何故言仁其慧如道如所知了明無爲知如此如解本無是故名曰慧與凡夫等又問女汝所辯者斷一切言答曰吾無所斷亦無有言所以者何法界無所斷一切所說皆應法界迦葉又問女汝等我於凡夫法寧不有疑乎女答曰假使立仁凡夫慧法而各異者吾當有疑吾謂仁者凡夫無異以故無疑諸法皆等無若干故是謂平等等如虛空是謂平等又問女汝於凡夫等聖賢耶答曰吾不凡夫亦非聖賢所以者何假使吾等身與凡夫等不行菩薩設使賢聖等則斷佛法又問女設汝不與凡夫等亦不與聖賢等寧與佛等乎女答曰不也所以者何吾身本於佛法等又問女曰假使汝於佛法等者寧逮佛法乎女答曰仁者耆年寧信佛法有去來今現在緣耶有方面乎有所處青黃赤白黑不答女曰諸佛之法無有形皃女答曰假令

諸佛法無有形皃云何從我求乎迦葉問女佛法當於何求答曰當於六十二見求又問六十二見當於何求答曰當於如來解脱中求又問如來解脱者當於何求答曰當於五逆中求又問五逆當於何求答曰當於度知見求又問此言何謂女答曰無縛無脱無取無捨此爲本淨是爲諸法之深教言非若干言又問女是之言教不違如來言乎女答曰是眞諦言不爲違失如來之教所以者何如如來之道而無所得亦不可持亦無言説一切所言皆音聲耳曉了道本亦無音聲唯仁者解道寂然無跡以名跡自愛跡迦葉又問假使道無跡如是比相云何成最正覺答曰亦不從身亦不從意得最正覺所以者何身心自然乃成道耳其自然者都無所覺吾則是道不以爲道成最正覺迦葉問女設汝是道何不轉法輪女答曰我轉法輪耳迦葉問曰所轉法輪爲何等類女答曰無動之輪遠離一切諸所倚住其法輪者諸法界住故本無輪者順本無故無斷輪者如本淨住故無著輪者覺了一切諸法無所著故無二輪者等於一切法故無若干輪忍一行故無言法輪化諸音聲皆無所想入一味故清淨輪者一切無塵故斷諸不調輪不得有常無常無所住故無亂輪者善觀報應故至誠輪者無起無滅故空無輪者無相無願故唯迦葉輪已如是何所轉者大迦葉曰如女之辯才不久當成無上正眞道最正覺女答曰假令迦葉成最正覺時吾亦當成最正覺迦葉答曰吾終不得成最正覺女答曰如是了法身者

道住無所住無能得致成最正覺者女説是語時五百菩薩逮得法忍佛時讚曰善哉善哉快説此法爾時衆會中天龍鬼神無善神香音神心自念言是寶錦女何時當成無上正真道最正覺佛知諸天龍神香音神心之所念告諸比丘此寶錦女三百不可計劫後當得作佛號曰普世如來至真等正覺世界曰光明劫曰清淨其光明世界如來光常當大明菩薩九十二億佛壽十小劫於是萬龍后白佛言普世如來得爲佛時吾等願生彼國佛即記之當生其國

天帝釋品第十五

於是天帝釋白世尊曰此忉利天帝懷恐懼難無善神天與無善神共戰鬭時展轉共諍懷其怨結各有瞋毒唯願世尊慈愍衆生諸無善神皆悉來會此諸忉利天悉令共和佛告燕居無善神誑詐超度離垢錦無善神言諸仁者其仁慈心諸佛所歎人能行慈現世後世具足利義其命甚短當就後世合會有離國土豪貴皆歸無常汝等之身不免此患當觀後世和順同心無得懷瞋將護罪福因緣之對於是世尊爲説辛酸悲哀之言使無善神及忉利天悉共和解各自説言吾從今始當爲親友順于等行各各當懷慈心愍哀無瞋恚意佛言善哉善哉諸仁者是則第一供養如來用行慈故説是語時所教造福共和不諍謂慈心三昧有四事尊敬如來何等四一不違犯戒身口意慈不斷三寶志於佛道如所聞法爲人講説是爲四事尊敬如來爲供養也於是會中二萬二千天無善神聞説

此言皆發無上正眞道意

佛說海龍王經卷第三

音釋

矜（居陵切憐也）綩綖（綩於阮切綖以然切綩綖坐褥也）級（居立切階次也）坎（苦感切坑也）陟（竹力切登也）眴（松閏切）斟酌（斟職深切酌之若切）狹（胡夾切隘也）羸（力追切弱也）眄（彌箭切邪視也）泆（弋質切淫放也）態（他代切意也）痒（余兩切膚欲搔也）刈穫（刈牛制切割也穫胡郭切收穫也）豔（以贍切好而美也）

佛説海龍王經卷第四

西晉三藏法師竺法護譯

金翅鳥品第十六

爾時有龍王一名噏氣二名大噏氣三名熊羆四名無量色而白世尊曰於此海中無數種龍若干種行因緣之報來生於是或有大種或有小種或有羸劣獨見輕侮有四種金翅鳥常食斯龍及龍妻子恐怖海中諸龍種類願佛擁護令海諸龍常得安隱不懷恐怖於是世尊脱身皁衣告海龍王汝當取是如來皁衣分與諸龍王皆令周遍所以者何其在大海有値一縷者金翅鳥王不能犯觸所以者何持禁戒者所願必得爾時諸大龍王皆懷驚懅各心念言是佛皁衣甚爲少少安得周遍大海諸龍時佛即知諸龍王心所懷疑恐告海龍王假使三千大千世界所有人民各各共分如來皁衣終不減盡其欲取衣譬如虚空隨其所欲則自然生佛所建立不可思議巍巍之德其如斯矣時海龍王即取佛衣而自分作無央數百千段各各部分與諸龍王龍王之宫隨其所之廣狹大小自然給與其衣如故終不知盡於是海龍王告諸龍王當敬此衣如敬世尊如敬塔寺所以者何今此衣者如來所服以是之故如敬塔寺也假使一切供養如來有奉此衣等無差特於是世尊告海龍王如是如是如仁所言其奉此衣則供養如來且觀諸龍及龍妻息各各所分如來衣不對曰唯然已見佛言我皆授決即脱龍身於是賢劫修志大乘其餘諸龍皆得無著當般泥洹如是諸龍王如來在

世一切衆祐發一善心緣當致佛未甞有失爾時海中諸龍及龍妻息欣然大悦自投佛前同音說言如來所語終無有二至誠不虛授我等決至無爲度吾等今日住於大海歸命佛法及諸聖衆奉受禁戒恭順如來反復之義如來現在數數往造見佛稽首聽採法義般泥洹後供養舍利一切衆具而以奉事世尊舍利於是四金翅鳥王聞佛所建立惶懅速疾往詣佛所前稽首足何故世尊奪吾等食佛言都有四食坐趣三處何等四一曰網獵禽獸殘害羣畜殺生枉命以爲飲食是趣惡處二曰執帶兵仗刀矛斫刺逼迫格射劫奪他財以用飲食是趣惡處三曰慳貪諛諂憒亂犯禁邪見巧欺而以得食是趣惡處四曰非師稱師非世尊稱世尊墮邪稱正非寂志稱寂志非清淨稱清淨非梵行自稱梵行自稱詐求而以得食是爲四食坐趣地獄餓鬼畜生三惡之處吾所說法除此四食不當以此養身害衆生命所以者何一切衆生各自愛命無自憎者以是之故欲自護身當護他人安隱衆生明者如是不以危逼人所不當作愼勿爲也爾時四金翅鳥王各與千眷屬俱而白佛言今日吾等自歸命佛及法衆僧自首悔過前所犯殃奉持禁戒從今日始常以無畏施一切龍擁護正法至佛法住將順道法到于滅盡不違佛教佛告四金翅鳥王汝等之身金仁佛時爲四比丘名曰欣樂大欣樂上勝上友是四比丘違犯戒法貪於供養志迷醉惑隨親友種逐於豪貴意亂吾我墮墜於邪見輕諸比丘逼迫惱之不護身

口意作惡衆多供養金仁佛亦不可計以是之故不墮地獄墮此禽獸前後殺生不可稱計多所恐怖用不自護世尊應時即如其像現其神足令四金翅鳥識念宿命所可供養金仁佛及諸弟子彼時所作罪福普悉念之目覩悉見前世所作白世尊曰其心剛鞕難可調伏坐心貪嫉多所危害違金仁尊教我等今始寧没身命不敢犯惡佛爲説經授其决言彌勒佛時在第一會皆當得度

舍利品第十七

爾時海龍王子及一切龍白佛言未曾有世尊如來所説普安一切授諸龍決開化眷屬皆發無上正眞道意又以加恩乞施皂衣使諸龍分各以供養稽首奉事緣是得護因發道意慈愍衆生遵四等心慈悲喜護興隆四恩惠施仁愛利人等利一切救濟合聚由此行德沙不雨身離於衆患又寂意時不失天身變爲蛇蚖臨食竟後不遭蝦蟇金翅鳥王不敢食之佛化四鳥皆識宿命金仁佛時爲四比丘坐行凶暴不順正法逼迫同學故墮金翅鳥自首悔過改心易行發大道意行四等心不害羣黎以得善護吾等永安不復見食志不懷懼長夜無難皆蒙佛恩今者如來受龍王請所演廣覆譬如虛空無所不蓋于今世尊還閻浮利海中諸龍無所依仰唯加大哀佛滅度時在此大海留全身舍利一切衆類皆得供養華香妓樂被服幢旙轉加功德速脱龍身疾得無上正眞之道諸見救濟惟佛垂恩威德兼加所願得果佛言善哉從爾所志時須菩提謂諸龍子諸仁者等勿建

此心則爲妨廢一切之德所以者何佛泥洹後舍利分布八方上下天龍鬼神一切人民蚑行蠕息人物之類皆當供養華香妓樂稽首自歸變化現光見者歡喜知佛威神巍巍無極緣是信之皆發無上正眞道意或成緣覺或得聲聞或生天上還得人身與法相値世世得度如是之計普蒙獲濟今者卿等各自求願使佛世尊在於大海而取滅度供全舍利獨欲奉侍一切衆生何緣得度永爲窮厄無一救護以故吾言勿發此心令佛世尊海中滅度獨奉全舍利而供養乎諸龍答曰唯須菩提勿宣斯言無以己身限礙之智以限如來無極之慧如來功德聖道自在無不變現無遠無近無彼無此普遊十方其若虛空發意之頃能令海中諸龍神宮三千大千世界州城郡國縣邑丘聚人中曠野天上世間各各化現佛全舍利一切供養於佛身體不增不減分身十方無數佛土亦無所分普現一切不去不來譬如日影現於水中佛亦不生亦不滅度云何欲限如來慧乎欲限如來爲限虛空時須菩提聞諸龍子嘆如來德無窮無極不可譬喻默而無言海中諸龍虛空諸天及諸鬼神踊躍歡喜皆發無上正眞道意時佛嘆嗟諸龍子曰善哉善哉仁等賢明誠如所云無有異也佛道高妙無邊無際無方無圓無廣無狹無遠無近譬如虛空不可爲喻

法供養品第十八

於是世尊告海龍王吾於大海所當教化皆以周畢欲還精舍即從座起與大衆俱尋從

寶階出于大海以無極莊嚴廣普威神住於海邊爾時大海神名曰光耀則以此偈而讃歎曰

身相三十二　天人所恭敬　無善神奉宗
稽首人中上　光如百葉華　猶若日盛明
清淨德超異　稽首施安隱　顏容殊妙好
百福功德相　德慧度無極　稽首於導師
施與調順上　積於清淨戒　忍辱力最勝
稽首世之上　過於精進力　禪定思清淨
智慧如虛空　稽首以自歸　行慈以等心
修哀攝衆生　喜心導御衆　常護度彼岸
妙音如哀鸞　所說踰梵聲　其響甚柔輭
願以稽首禮　降伏於魔怨　其力無等倫
導修願道法　三處所奉持　淨除於三垢
講說三脫門　其名聞三千　是故稽首禮
善願常至誠　超度諸法上　尊勝諸國王
常施惠大財　以離諛諂塵　威神甚巍巍
光顏大殊妙　是以稽首禮　心堅如金剛
譬如須彌山　意至猶若地　故稽首德海
爲人說空義　常寂度無極　湛然心平等
願以自歸命　開演如甘露　無趣斷所趣
天人之所敬　願稽首最勝　聞天上人間
名稱無有比　德普不可量　稽首于德海
所作如所言　爲人說本行　所與爲人稱
稽首善調御　度於老病死　爲醫衆所奉
演說解脫句　稽首歸命佛　分别罪福應
淨除邪見冥　爲現正道行　歸命於最勝
以經寶布施　究暢于法樂　等心於怨友
以歸命世尊　我嗟歎導師　於德度無極
所以咨嗟福　願後如世尊

於是海神光燿說是偈讚佛已顯揚大海如來出海海無威神願佛垂恩遺以法教使此海中蒙其莊校而獲度脫佛告海神有十法行得至莊校何等爲十護於諸根十善清淨志乎慈心不害衆生意立大哀發無上正眞道一切布施以若干行莊嚴其願以大精進具足善法心常寂然不違本德好樂經法智慧清淨以愍哀行開化衆生立於正德入乎殊異以致欣悅逮得佛意導以佛教是爲十法致乎莊嚴時大海神光燿與二萬天神發無上正眞道意俱共歎曰今以莊嚴於是大海所以者何若發道意則爲莊嚴三千世界何況海乎我等以發諸通慧心一切莊嚴之功德也我在於海如來現在若滅度後擁護佛法令其宣布如來入城現衆莊嚴蒙以法恩化作講堂佛告光燿海神汝前後供養萬佛普立大殿又護正法次當供養賢劫興佛將導正法竟賢劫已當生無怒佛國妙樂世界轉女人身得爲男子無怒如來當授汝決為無上正眞道時大海神光燿聞佛授決歡喜踊躍則取珠瓔價踰海寶用散佛上即而頌曰

佛以聖諦音　能仁授吾決　我不懷猶豫
後當成佛不　可令三千界　地所有劈裂
亦令月墮地　佛所說不妄　觀慈志境界
心淨修精進　令察我莊嚴　恭敬慧法義
覩安住所行　以慧決狐疑　了心如野馬
所說審至誠　施安除衆苦　没命救恐畏
所療益無難　稽首最上醫　度脫諸惡趣
歸命光照世　導師明無上　稽首佛說道

其有聞佛聲　諸天人快利　佛法清淨行
志在乎佛道　不得歸惡趣　便棄于八難
生在天人間　後得寂然跡

於是海龍王子名曰受現白佛言無央數天龍神香音神無善神鳳凰神山神恬柔神供養佛我身亦當少少供養如來正覺假使世尊愍傷聽者當化大殿譬如忉利最上選宮佛及弟子悉處其上送至靈鷲山世尊曰如仁者願宜知是時受現龍王子自以神力承佛聖旨化大嚴殿如忉利宮佛及衆會皆處其上在虛空中與八萬四千龍王諸后鼓諸琴瑟而雨衆華及一切香送佛世尊詣靈鷲山海龍王子與中宮俱在世尊前自投歸命願周不及所以者何所興供養當如其寶佛爲一切無上福田世尊大寶假使三千大千世界滿中羅漢皆共供養於百千劫不如奉侍如來世尊如是乃應供養又世尊何謂菩薩供養如來佛言且聽菩薩所行供養如來其心清淨除於瑕穢而無諛諂本性自然不著一切諸善之本無加害心等視衆生除妖邪心所行鮮潔言行相應不侵欺世賢聖智足威儀至德一切平等而不違捨賢聖大願樂於空閑捨衆憒鬧自調其心聞法靜思解知本諦無我無人無壽無命入於空無入普達寂觀空無相無願至三脫法如是像法調諸邪見棄有常無常不起不滅逮得法忍本淨無人無身口心志行因緣是則應法供養如來身口心行則不供養無所造行不進不退淨三道場等於三世除去三垢不著三界入三脫門得三達智是則名曰供養如來時

海龍王問世尊曰其有人以華香雜香擣香繒蓋幢旛妓樂衣服飲食牀臥病瘦醫藥供養如來寧應供養不佛言龍王隨其所種各得其類此之供養不爲究竟離於垢塵植于德本逮至賢聖心之解脫不爲無德不至無上菩薩有四事應供養如來何等四不捨道心植諸德本心立大哀合集慧品建大精進嚴淨佛土入深妙法心得法忍是爲四尊敬如來爲供養也爾時王舍城中梵志長者及無央數人民尊者大臣上至摩竭國王阿闍世王聞佛在大海龍王宮就請來還還靈鷲山時七萬二千人皆詣佛所王阿闍世與官屬三萬二千出王舍城詣靈鷲山稽首佛足遶佛三帀却住一面前白佛言佛入大海水何所至佛言大王其有比丘威光定意心正受者普現滿火其水安在王對曰三昧自在之所致也天中天志心所爲也佛言王寧得聲聞所與三昧自在巳耶心之所爲乎如來常定等一切法曉了坐起而得自在於法爲尊心無所礙佛入大海其處水類續見如故其陸地人覩乎大海其水枯涸但見衆寶而莊嚴之譬如第六他化自在諸天宮殿所莊嚴也佛光普照諸龍宮殿香音神宮無善神宮其大海中含血之類皆行慈心仁意相向無懷害者阿闍世王白佛言其海龍王久如發無上正眞道意奉事幾佛何時當逮最正覺所號爲何佛告王曰乃往久遠無央數劫不可思議彼時有佛號光淨照耀如來至眞等正覺明行成爲善逝世間解無上士道法御天人師號佛世尊乃在東方世界曰善淨

現劫名可意寂其善淨現世界平正而悉莊嚴假使一劫嗟歎其德不能究竟時有轉輪聖王號曰護天常供養光淨照耀如來四百二十萬歲一切施安竟此之數寤於夢中自然瑞應聞此偈曰

王以供養大聖人　甚多無量難思議
常興慈哀於衆生　當發最上菩薩心
是供養尊妙第一　此則奉敬諸如來
其有能發菩薩心　則爲度世威神德

佛告阿闍世王其護天轉輪聖王夢聞此偈已寤自驚怪吾供養佛四百二十萬歲佛說經法章句各異初未曾聞如此偈經是佛說耶魔所云乎即疏偈文而諷誦之時光淨照耀如來行遊諸國聖王即與八萬四千王及八萬四千后國中臣民其諸往者各八萬四千俱往追佛欲決斯疑即遠見佛稽首足下敬問無量即白佛言吾供養佛四百二十萬歲佛說經法若干種義我昨夜夢夢中見佛說此二偈寤甚驚怪未從如來聞此偈教不審佛所歎乎魔所說耶今故遠來欲決此疑唯願世尊分別說之佛告護天是吾所讚非魔所云王又白佛言我奉事世尊若干億歲供養衣食無所乏少爲我說經章句各異爾時何故不歎此義佛即以偈答王曰

人心杳[illegible]劣未識遠　初習福事未見深
不可爲說微妙法　心中驚疑或能却
已解罪福信佛法　心堅意固不迴動
乃可爲說菩薩事　爾乃解至無極慧

時王及羣臣后民心中大悅皆發無上正眞道意尋立不退轉地則以偈而讚世尊曰

不以貪諸色　亦不倚音聲　香熏衆細滑
不以此得佛　離懈怠怯弱　避貪嫉犯法
除瞋恚憒亂　乃得成正覺　捨身諸所安
代衆生受惱　精進常樂法　如是乃得佛
我今志大道　佛與天證我　唯導師造行
令所言無異　夢中聞道心　適聞志大乘
所作慧無礙　得至佛法王

佛告阿闍世王欲知爾時轉輪聖王護天者不今海龍王是彼時初發無上正真道意又王所問何時成佛王且當聽過二百無央數劫當成爲佛號無垢淨無量德超所有王如來至真等正覺世界曰法音聲劫曰首華其法音聲世界衆寶合成若干種色地平如掌其地柔輭如天綩綖有萬億安明山廣普難量安隱豐熟五穀平賤天人充滿衣服飲食如第六天人所居法音聲世界諸樹根莖節華實皆以七寶悉出無數若干百千道法音聲其界人民猶若諸天所語變化柔輭之聲皆承法音寂然憺怕及佛法衆智度無極四恩之教善權方便滅定離欲空無相不願無爲無數以故其界名法音聲其有天人在彼土者樂法歡喜皆當入大聖分別諸慧審諦究竟發無上正真道意其佛欲說經時身放大光普照佛界其光明中則出億佛說講法聲時諸天人見光聞法欣然大悅往詣如來自歸供養則無央數以神足力飛行虛空化寶蓮華而坐其上如來應時亦在虛空坐師子座爲諸菩薩講說經道時諸十方無央數百千諸菩薩者皆當來會聽受經法其國人民皆樂經法亦無諸魔有所嬈害亦無衆

邪異道亦無橫死其佛壽十二劫諸菩薩行超過於空其國如是莊嚴無量說法無限菩薩無數

空淨品第十九

王阿闍世前白佛言唯然世尊常於諸法有大慜哀諸法誑詐因惑起想隨其所欲展轉相惑菩薩之行不可計量彼為菩薩當修道行至彼佛土具足嚴淨諸菩薩行皆當追學攝取佛土如海龍王國土嚴淨佛言如是如是大王一切諸法皆從念興隨其所作各各悉成諸法無住亦無有處爾時阿闍世王謂海龍王快哉龍王為得善利乃令如來授仁之決當成佛時國土清淨不可思議龍王答曰法無有決所以者何諸法皆淨因陰種入假名曰人其授決者無陰種入已有名色假名為人其授決者無名無色因緣報應見思想念假名曰人其授決者無有報應無見無思無想無念假使菩薩等行德本彼之德本亦無決矣諸法相空虛空無決一切諸法無相無願無為無數不授無相無願無為無數之決也龍王復謂王阿闍世諸佛大哀不可思議諸經無名無有思想而說名想諸佛世尊無名相識而隨習俗因而示現有授決也彼亦無法所授決也亦無內外當授決者阿闍世又問龍王言以得法忍逮平等行菩薩如是乃得決乎海龍王曰其忍悉空想不可盡究竟曉了至于本際無盡之際平等之際無我之際吾我之際審諦之際至于究竟無成就際其際以空至于脫際婬怒癡際有了是際則無所倚無所倚者設於音聲而無合

會無合會者不著無脱無脱無行行無所行亦無不行亦無所憂已無所憂於斯菩薩則覩一切諸所作行所見無見假使無所見不作審諦而已平等入已所住已平等度不殘不亂不卒不暴以等諸法然後得忍彼所謂忍及所授決若授決已及授決者是一切法皆平等法乎是諸法界究竟無法界不以決了亦無所成觀此法已察其義理諸法無能計者譬如虛空不可計數已度諸數諸法如是海龍王說是語時二萬菩薩得不起法忍百千比丘漏盡意解爾時王阿闍世白佛言至未曾有世尊龍王之辯佛言未足爲怪不以爲難新發意者聞是不恐不難不畏是乃爲難所以者何諸佛世尊本之道法如是難及少有信者天上世間人不能受不入不信而不喜樂以故當知其有聞是深經法者不以恐畏此乃爲難前世供養無央數佛安以爲難譬如有人虛空無形而現形像是爲難不對曰甚難天中天佛言其聞此經深奧之義一切信樂皆知無我無人無壽無命其有信者甫當信者此等則是如來順明平夷之類親友善師也則能堪任信除垢塵爲一切人講說經法能詣道場以慈降伏百千億魔及餘官屬爲於諸法而得自在其心清淨諸通之慧近在目前發意之頃成智慧明逮最正覺勸卹衆生知一切心羣萌諸根而轉無上大法輪也療一切病開化異道破壞怨敵吹大法螺於是海龍王所願皆獲不失本志聞所授決欣然大悅善心生焉踊在虛空以偈讚佛

如虛空本清淨　無色無受無數
安住說法如是　若虛空普自然
名不有而不無　造因緣及報應
安住講調不諍　無人命無壽識
一切法甚清淨　吾我淨悉平等
吾我淨法等淨　解是者則授決
察法界本清淨　人界淨亦如是
如衆生界淨者　佛法淨亦復然
若佛法清淨者　諸佛土淨亦等
設佛土清淨者　諸慧淨無差特
諸法淨因數號　以計數不得名
由相數名本空　其諸名無數礙
羣萌類志所念　無見無色無成
如無成心意識　諸法爾空無心
或有作則無作　有緣罪無受者

終始瑕無行者　名泥洹無寂然
入本際無起原　虛空本無我際
選諸際得等原　知衆生本審門
去來今現在際　順明智此諸際
於慧等無際門　究法界佛種性
不起滅最勝幢　空無相願本淨
無言聲眞諦法　是諸聖寂寞地
若解諸法憺怕　自然悅如捉空
彼無吾我身寂　假如此樂聖法
十方佛所說法　當來佛所宣揚
一切等未來聲　因音現入無聲
聲空自然如響　諸法空猶虛念
無法非法教化　誠本無可不得
一切法無主名　若干想念非明
人名淨不可得　諸法本淨如是

囑累受持品第二十

於是世尊告諸大士言諸正士汝等當持此如來説無上正真道使得久存誰能堪任受持講説如是像經即時三萬菩薩萬天子起住佛前同音白世尊曰吾等當受如是像經當令流布普周遠近佛又問言汝等云何而將御法持斯如來無上正真道乎彼有菩薩名曰慧英幢前白佛言唯然世尊隱省諸法都無所持寧能髣髴持佛道乎世尊答曰族姓子如斯則應持佛道也等見菩薩白佛言揆察佛道等乎五逆寧少髣髴持佛道乎世尊曰族姓子是故仁者則應持如來佛大道也無見菩薩曰唯然世尊我不見凡夫法亦不見學不學法不見緣覺及菩薩法亦不見佛法我爲持如來法乎世尊曰族姓子以是寂故應持如來佛大道也諸法無所願菩薩曰唯世尊我永不知一切諸法當所持者寧能爲持如來法乎世尊曰族姓子以是寂故應持如來佛大道也不眴菩薩曰唯世尊我自不行亦不遣心亦不發意我寧爲持如來法乎世尊曰族姓子以是寂故應持如來佛大道也無礙菩薩曰唯世尊其不説法及非法不演法聲除諸法想如是行者爲護一切法乎答曰族姓子是應寂然無在菩薩曰唯世尊其不聽受法應不應爲護正法乎答曰族姓子是應寂然虚空藏菩薩曰唯世尊其觀諸法等如虚空不見彼法有所執持爲護一切法乎答曰族姓子是應寂然度金剛作菩薩曰唯世尊不壞法界入於人界及以法界爲持正法乎答曰族姓子是應寂然度不

動跡菩薩曰唯世尊其於諸法無所動轉不倚佛法及非佛法爲持正法乎答曰族姓子是應寂然嘲魔菩薩曰唯世尊其至魔界佛界則於佛界及與魔界悉以爲入諸法境界爲護正法乎答曰族姓子是應寂然無著菩薩曰唯然世尊其於諸法都無所得一切毛孔皆出法聲爲護正法乎答曰族姓子是應寂然普寂菩薩曰唯世尊不護諸魔行菩薩道爲持正法乎答曰族姓子是應寂然海意菩薩曰唯世尊其以海印等一切法修一切解味而知自然爲護正法乎答曰族姓子是應寂然須深天子曰唯世尊其有所生不起不生諸陰種入無心意識爲護正法乎答曰族姓子是應寂然無垢光天子曰唯世尊其見諸法無垢塵者無衆瑕穢解脱諸受爲護正法乎答曰族姓子是應寂然度人天子曰唯世尊其度衆生不知萌類度無所度既有所度現周旋還不住彼此爲受正法乎答曰族姓子是應寂然賢王天子曰唯然世尊其於衆生而等一切諸法已等等諸國土等諸佛道爲受正法乎答曰族姓子是應寂然自在天子曰唯世尊其於諸法而得自在普於諸法不起不滅爲受正法乎答曰族姓子是應寂然善念天子曰唯世尊我不念法亦無所得亦不有想爲受正法乎答曰族姓子是應寂然蓮華天女曰唯世尊知一切法皆爲佛法不成正覺無所不覺爲受正法乎答曰族姓女是應寂然麻油上天女曰唯世尊我不得女亦不得男如佛法相及男女法相亦復同等此諸法相則爲非法亦非無法無二

無一亦無所至我爲受正法乎答曰族姓女是應寂然寶女曰唯世尊我不見佛道覲菩薩行爲被一切志德之鎧不察於本末我爲受正法乎答曰族姓女是應寂然無垢光女曰唯世尊於一切法不起法想於一切人不起人想亦不想念人法佛法覲諸佛法入一切法不見本末我爲受佛正法乎答曰族姓女是應寂然建行如是爲受佛法於是天帝釋白佛言未曾有也世尊此女人等所說辯才不可思議分別方便合若干音文字之說講乎法界不亂諸法諸法平等如演說道等不差特佛言如是拘翼是諸女等分別無量不可思議法供養奉事不可計佛已得法忍又拘翼是經卷者號不起忍持無所御當爲衆會廣說其義如來滅度後受是法者護持法城則爲供養佛世尊已天帝釋白佛我已奉持此經本已佛所建立當令廣普當爲將來諸大士故分別說之終不迷謬違佛之教所以者何如來護我授以法恩佛當建立此之經典令降衆魔志行於斯佛言拘翼有神呪名曰遮諸妨礙具聽今爲汝說神呪要言使一切魔及諸外徑令諸官屬自然降伏使未來法光明久立爾時世尊說神呪曰

無畏離畏　淨諸恐懼　施無畏　度於滅度　無所亂　淨所亂　無所諍　不鬪訟　無懷瞋　無以沒　淨威神　威神跡　大威神　寂滅　趣慇心　除於瑕　示現諦　無蹉踖　其同義　吉祥義　甘露句　見於要　以道御　無所懷　行次第　無所盡　光無生　清淨生　鮮潔淨　光

照句　等順於心等　至無上　佛所建立
戒清淨　無所犯　無所負　制魔場
降外徑　光耀法明　攝以法施　開法藏
今是神呪過去當來今現在佛所說以擁護法而順句義以此章句總攝降伏一切諸魔塵勞跡也於是普首梵天白佛言我當受此經典之要精進諷誦當令廣普所以者何於如來法則有反復長益法律布清白典我修反復擁護如來所賫法曰時有天子名曰德超白佛言若有受此如來之法其福云何於是世尊即說頌曰

吾今所見國　佛眼覩十方　皆滿中珍寶
則以持布施　其人所獲福　計當過於彼
至心受世吼　所說之經法　合集諸譬喻
一切歎廣說　終不能究竟　總持正法德

佛說是經時七十六那術人皆發無上正眞道意六萬菩薩得不起法忍三千大千世界六反震動其大光明普照世間而雨天華百千妓樂不鼓自鳴諸妓樂音出是輩聲如來之尊建立是經降伏衆魔化諸外徑如來以印印此經已順而不忘爾時海龍王雨大珠瓔供養此經周遍三千大千世界佛告賢者阿難以是經卷用相屬累受持諷誦普令流布爲他人說阿難對曰唯然世尊已受斯經經名何等云何奉持佛言是經名曰海龍王問龍總持品又名集諸法寶淨法門品當善奉持佛說如是海龍王及龍王子諸天人民十方諸來大會菩薩諸大聲聞釋梵四天王賢者阿難一切魔衆諸天龍神香音神無善神鳳凰神山神恬柔神及世間人民莫不歡

喜作禮奉行

佛說海龍王經卷第四

音釋

噏許及切與吸同 熊羆熊胡弓切羆彼爲切 皂昨早切黑色也 懅其據切懼也 矛莫浮切勾兵也 諛諂諛羊朱切面從也諂丑琰切佞言也 憒古對切心亂也 蝦蟇蝦胡加切蟇莫霞切 蚖吾官切毒虺也 蚑去智切蟲行也 蝔昌兗切足動蟲也 劈普擊切破也 涸下各切水渴也 卹雪律切收卹也 怳許往切怳惚也 髣髴髣撫兩切髴敷勿切髣髴猶依稀也 嘲陟交切 蹉踖蹉倉何切踖資昔切

佛爲海龍王說法印經

佛說右遶佛塔功德經

佛說妙色王因緣經

師子素馱娑王斷肉經

唐

三藏法師義淨奉制

于闐三藏實叉難陀譯

三藏法師義淨奉制

至相寺沙門智嚴

清刻龍藏佛說法變相圖

六經合卷

佛爲海龍王說法印經

唐三藏法師義淨奉制譯

如是我聞一時薄伽梵在海龍王宮與大苾芻衆千二百五十人俱幷與衆多菩薩摩訶薩俱爾時娑竭羅龍王即從座起前禮佛足

白言世尊頗有受持少法得福多不佛告海龍王有四殊勝法若有受持讀誦解了其義用功雖少獲福甚多即與讀誦八萬四千法藏功德無異云何爲四所謂念誦諸行無常一切皆苦諸法無我寂滅爲樂龍王當知是謂四殊勝法菩薩摩訶薩無盡法智早證無生速至圓寂是故汝等常應念誦爾時世尊說是四句法印經時彼諸聲聞大菩薩衆及天龍八部阿蘇羅健達婆等聞佛所說皆大歡喜信受奉行

佛爲海龍王說法印經

佛說右遶佛塔功德經

唐于闐三藏實叉難陀譯

如是我聞一時佛在舍衛國祇樹給孤獨園與大比丘僧及餘無量衆俱前後圍遶爾時長老舍利弗即從座起偏袒右肩右膝著地合掌向佛以偈請曰

大威德世尊　願爲我等說　右遶於佛塔
所得之果報

爾時世尊以偈答曰

右遶於佛塔　所得諸功德　我今說少分
汝等咸善聽　一切諸天龍　夜叉鬼神等
皆親近供養　斯由右遶塔　在在所受生
遠離於八難　常生無難處　斯由右遶塔
於一切生處　念慧常無失　具足妙色相
斯由右遶塔　往來天人中　福命悉長遠
常獲大名稱　斯由右遶塔　在於閻浮提
常生最尊勝　清淨種姓中　斯由右遶塔
儀貌常端正　富貴多財寶　恒食大封邑
斯由右遶塔　財寶恒盈積　而無慳悋心
勇猛廣惠施　斯由右遶塔　色相淨微妙
見者皆欣仰　所住常安樂　斯由右遶塔
或爲剎利王　妻子悉具足　威勢力自在
斯由右遶塔　或作婆羅門　持成善通達
呪術圍陀典　斯由右遶塔　或爲大長者
豪貴多財產　倉廩常豐足　斯由右遶塔
或爲正法王　自在王閻浮　率土咸歸化
斯由右遶塔　或爲具七寶　大勢轉輪王
十善御羣生　斯由右遶塔　從此生天上
常有大威德　淨信於佛法　斯由右遶塔
淨信速成已　於法無迷惑　見諸行皆空

斯由右遶塔　從天上捨命　下生於人中
入胎不迷亂　斯由右遶塔　在於母胎中
垢穢所不染　如淨摩尼珠　斯由右遶塔
處胎及生時　令母常安樂　飲乳亦復然
斯由右遶塔　父母及親戚　一切共鞠養
乳母常不離　斯由右遶塔　眷屬皆愛念
超過其父母　資財自增長　斯由右遶塔
夜叉諸惡鬼　不能暫驚怖　所須自然得
斯由右遶塔　經於百千劫　其身轉清淨
妙色相成滿　斯由右遶塔　淨眼脩且廣
猶如青蓮華　兼得淨天眼　斯由右遶塔
妙色常圓滿　諸相自莊嚴　成就大勢力
斯由右遶塔　或生帝釋宮　大威勢自在
忉利天中尊　斯由右遶塔　或生須夜摩
兜率陀天宮　化樂及他化　斯由右遶塔

或復生梵天　梵世最自在　諸天常供養
斯由右遶塔　億那由他劫　常爲諸智人
恭敬而供養　斯由右遶塔　其身及衣服
億劫常無垢　具足白淨法　斯由右遶塔
具大精進力　勤修種種行　未嘗有疲懈
斯由右遶塔　勇猛常精進　堅固不可壞
所作速成就　斯由右遶塔　深遠微妙音
聞者皆歡喜　安樂常無病　斯由右遶塔
如我所演說　猒捨三有苦　成就出世智
斯由右遶塔　常在四念處　及以四正勤
四如意神足　斯由右遶塔　了達四真諦
根力七覺分　正道及聖果　斯由右遶塔
滅一切煩惱　具足大威德　無漏六神通
斯由右遶塔　永離貪恚癡　及一切障礙
證獨覺菩提　斯由右遶塔　得妙紫金色

相好莊嚴身　現作天人師　斯由右遶塔
皆由以身業　及語業讃歎　右遶於佛塔
成此大利益　右遶諸佛塔　所得功德聚
我今隨所問　略說詎能盡
爾時世尊說此偈已舍利弗等一切衆會皆
大歡喜信受奉行

佛說右遶佛塔功德經

佛説妙色王因緣經

唐三藏法師義淨奉制譯

如是我聞一時薄伽梵在室羅伐城逝多林給孤獨園爾時世尊從定起已爲諸四衆演説無上甘露妙法時有無量百千大衆前後圍遶諸根不動聽聞法要時諸苾芻既見大衆身心寂靜慇懃聽法咸皆有疑白佛言世尊惟願慈悲爲斷疑網如來大師無上法主今此座中聽法諸人何故慇懃身心不動聽聞妙法如飲甘露世尊告曰汝等苾芻我於往昔爲求法故敬心慇重汝等諦聽善思念之吾當爲汝説彼因緣乃往古昔於婆羅痆斯大城中有王名曰妙色以法化世國土豐樂人民熾盛無諸鬪戰詐僞怨賊亦無病苦災横之事稻蔗牛羊在處充滿亦無瓦礫荒梗棘刺恩育兆人如觀一子其王敬信意樂賢善自利利人發堅固願有慈心希大法慇人衆愛羣官除去慳貪常爲大捨王之夫人名曰妙容顔貌端正威儀詳審衆德圓滿人所愛樂其王唯有一男名端正子年雖幼小忠孝仁慈王所愛念無離左右後於異時其妙色王心希勝法召集羣僚而告之曰我於妙法情生渴仰卿等宜應爲我詢訪時諸大臣前白王曰大王當知大覺世尊出興世者方有妙法王報臣曰今雖無佛試爲我求時王即便以箱盛妙金寶懸於幢上鳴鼓宣令普告四方若有爲我宣勝法者我以金箱報其恩德廣設音樂而慶讃之如是訪召經歷多時竟無一人能爲説法時王渴仰憂懷而住爾時帝釋徧觀下界誰善誰惡誰於勝因

情無懈倦遂見此王爲法憂惱便作是念此妙色王久希勝法我當試之其事虛實遂即化作大藥叉身手足異常面目可畏來至衆中而白王曰仁求勝法我能說之王聞法音歡喜踊躍告藥叉曰密跡主有妙法者幸願爲說我當諦聽藥叉告曰大王今者生輕法心謂爲易得即令宣說事不應然我身飢虛何能爲說王聞語已尋命膳官所有上食速宜奉進藥叉告曰王厨之食非我所飡人熱血肉是我常食王言人之血肉何可卒求藥叉曰王之愛子宜應見與王聞此語便作是念我久辛苦尋求勝法今聞法音便成無價時端正子在父邊立聞是語已跪白王曰惟願父王勿生憂惱父之所望當令滿足可持我身奉密跡主以充其食王曰汝見求法捨所愛身善哉丈夫隨汝所樂其端正子即便以身奉上藥叉藥叉受已對王大衆分裂其身噉肉飲血王雖見此慕法情深了無驚懼時密跡主復告王曰我仍未飽更與汝妻時妙容夫人亦在王側聞斯語已亦同其子身奉藥叉藥叉受已噉其血肉復告王曰然我飢腸尚未充足王復白言密跡主一子已施妻復重食尚云飢虛隨意當取我願供給無退轉心藥叉告曰王之自身宜與我食王曰善哉實不敢悋然我身死如何聞法今我先可聽其妙法既受持已當即捨身是時藥叉共王立要即於無量百千萬億大衆之中說勝妙伽他曰

由愛故生憂　由愛故生怖　若離於愛者

無憂亦無怖

王既聞此勝妙法已心生慶幸歡悅無量告容跡主曰我已聞法如説奉持今我此身隨意當食時天帝釋見王爲法身心不動如妙高山知其必當證無上覺捨藥叉像復天帝形信喜内充怡顏前進一手携子一手持妻而告王曰善哉善哉是善丈夫堅擐甲冑破煩惱軍濟度愚迷出生死海觀斯勇猛必當不久能成無上正等菩提汝之妻子今我相付時王即便白天帝曰善哉善哉天王憍尸迦降大慈悲爲善知識已能滿我樂法之心是時天帝於大衆中忽然不現爾時世尊告諸苾芻於汝意云何勿生異念彼時妙色王者即我身是端正子者羅怙羅是妻妙容者即耶輸陀羅是汝等當知我往昔時爲求法故捨所愛妻子及以己身尚無所悋何況餘物由此緣故今時所有一切大衆從我聞法專心聽受無有疲猒又由我昔求法忘勞今於長夜爲衆説法亦無疲倦汝等苾芻當學於我恭敬尊重勤求勝法既聞法已如説修行勿爲放逸爾時諸苾芻及人天衆聞佛説已歡喜奉行

佛説妙色王因緣經

師子素馱娑王斷肉經

唐至相寺沙門智嚴譯

我憶過去無量劫　有王名曰素馱娑
其王一時出遊山　羣臣部從獵蟲獸
忽逢雷雹惡風起　諸人分散悉驚惶
王獨走入深山林　臨河蘇息無人伴
牝母師子在山藪　見王獨坐逼王身
衆生惡業宿緣故　轉種地獄苦無量
王與師子夙因緣　欲情俱起共交會
多劫食肉殺生者　宿習故入師子胎
便生人身師子首　班足丈夫如獸王
長成迅速甚猛利　問母我是誰體胤
其母師子答子云　汝父竭國素馱王
子聞是已速往尋　摩竭提國父王所
引現具啓往因緣　王聞自悟收爲子
然爲父王年老邁　登樓册子立爲王
號爲師子素馱娑　御殿朝政理臣民
師子展轉惡習故　多劫食肉害衆生
雖居人王不食穀　唯飡鳥獸水陸蟲
供進雜肉時將至　闥拔獸肉狗銜將
闕肉厨人懼王斬　走出捕捉小嬰孩
密截頭項并手足　全煑鑊中供進王
王食其肉甚將美　長嗜肉味狀燒薪
王問食官是何肉　食官惶怖具啓王
王赦其罪勿憂愁　每日供進是肉來
厨人既承大王教　變服每日盜他兒
積年竊盜他男女　如行羅剎復如鷹
國内人民並持服　爲失子息各憧惶
兩兩執手互相問　氣噎無處告皇天
邑人守捕獲其賊　厨賊訴云不自由

國人聞此啓諫王　王聞忿怒大嗔責
此月令客進孩肉　從今每日料一人
親戚臣民次第食　如羊欄內被牽將
合國絶望無控告　普集王衙欲除君
王上高臺祈神鬼　請翅飛騰免斯難
若得翅飛取諸方　百國王頭祭山神
師子猛獸惡習故　立得翅飛接諸王
囚縶高峰峻巖上　已得九十九國王
唯少一王擬當祭　師子而下更尋求
於時王舍菩薩王　號爲聞月園苑浴
師子見王坐玉石　下捉右臂欲擒將
爾時聞月王悲泣　師子問王何故啼
我聞大王勇猛智　菩薩不顧身命財
若也如是當應忍　何得苦憂不自由
聞月答王師子云　一切憂惱不過慈
修行菩薩大慈悲　我今憂彼百國王
一生豪貴主天下　今日囚縶命欲終
我又百國求佛法　請得法師遠方來
未及聽法親授教　國人渴仰未曾聞
汝捨施我一七日　供養三寶聽法音
集會羣臣囑累法　八日當自迎大王
以其菩薩無詐妄　師子許王七日期
八日聞月出城迎　捨身施待師子王
於時師子如雲現　擒接聞月對衆將
師子問王可無畏　敢出我前如獸王
聞月答王師子言　是身虛假施大王
寧捨百千身命財　不犯前言失汝期
和顏悅色方便語　聽我少時說因緣
汝欲祭祀邪神鬼　諸部善神與汝殃
十方佛剎諸賢聖　多劫汝不更聞名

是身虛假合因緣　命若電光無停住
五根六識無人我　眼耳鼻舌觸爲因
如幻變化見衆像　衆生妄想執爲眞
從頭至足驗此軀　無有一事是常住
如水中泡刹那滅　老病死苦亦無常
汝今唯肉養其身　究竟無依無善路
殺生無量食噉肉　展轉受苦惡道中
爾時聞月無量偈　勸化師子素馱王
師子聞已漸廻心　聽聞無我實相體
師子問王如何計　祭祀無罪得神歡
聞月答云辦素味　無辜淨食祭祀天
師子依命祭山神　捨身施與聞月王
山中囚禁諸王者　並皆付囑聞月將
聞月各引還本國　依舊安置理人民
并將師子素馱王　摩竭提國坐本宮
和合諸臣及萬姓　闔國斷肉不殺生
爾時聞月發大願　願我成等正覺時
解脫一切普含生　此等諸王同成佛
所授師子王妙法　願其重罪得雪銷

又念過去阿僧祇劫釋提桓因處忉利宮以於過去食肉餘習變身爲鷹而逐於鴿我時作王名曰尸毗愍念其鴿秤身割肉代鴿償命尸毗王者我身是也後當作王名曰聞月其時帝釋化爲鷹者後當作王師子素馱釋試我故尚生惡道況餘衆生無慚專殺食噉血肉無止足時一切衆生從無始來靡不曾作父母親屬易生鳥獸如何忍食夫食肉者歷劫之中生於鳥獸食他血肉展轉償命若生人間專殺嗜肉死墮阿鼻無時暫息若人能斷一生食肉乃至成佛無由再食

師子素馱娑王斷肉經

佛說差摩婆帝受記經
佛說師子莊嚴王菩薩請問經

元魏三藏菩提留支
唐中天竺三藏法師那提譯

清刻龍藏佛說法變相圖

佛說差摩婆帝受記經

元魏三藏菩提留支譯

如是我聞一時佛住王舍城耆闍崛山中與大比丘衆二十千人俱多有諸菩薩謂彌勒菩薩文殊師利等諸大菩薩衆爾時世尊於晨朝時著衣持鉢彌勒菩薩相隨俱入王舍大城而行乞食遂爾往到頻婆娑羅大王宮殿到已欲入爾時即見頻婆娑羅大王夫人差摩婆帝在重樓上既見世尊心更清淨從樓而下敷大價衣名波都拏如來坐上彌勒菩薩坐尼師壇爾時世尊彌勒菩薩二俱坐已時王夫人差摩婆帝一切莊嚴莊嚴其身禮世尊足并即禮敬彌勒菩薩於世尊前斂容正坐心生敬重欲聞說法爾時世尊見王夫人差摩婆帝一切莊嚴莊嚴身已爲欲利

益一切衆生饒益一切諸衆生故知而故問差摩婆帝王夫人言差摩婆帝彼名何樹汝身今著如是色果第一光明端嚴殊妙時王夫人差摩婆帝以偈答曰

第一大丈夫　知而故問我　彼樹名何樹
汝著如是果　彼樹名福德　我於往世種
此果是彼果　我今如是食　又已種彼樹
於正覺聲聞　安住菩提道　求正覺者地
施戒水濕潤　令彼樹增長　彼樹增長已
生此端嚴果　忍辱精進力　能增長彼樹
彼樹增長已　生此無垢果　禪慧開敷華
令彼樹端嚴　我今食此果　如世尊所見
如樹林草等　一切依止山　枝葉等增長
上下皆不動　如是彼大樹　我前世善種
利益諸衆生　爲得諸佛法　如是福德樹
我此唯其華　我今且爾食　果猶故在後
第一菩提果　無上佛菩提　捨婦女劣身
後必得彼果　我當得丈夫　衆生中上上
一切法彼岸　一切智遍見　我解脫衆生
一切苦怖畏　一切當歸我　愍一切衆生

爾時世尊告王夫人差摩婆帝汝作如是言善哉善哉差摩婆帝汝能如是利益多人安樂多人憐愍世間饒益安樂一切大衆諸天人等時王夫人差摩婆帝聞佛讚已白言世尊世尊此身三十二種大丈夫相八十種好何因緣得十如來力四無所畏及四無礙復有十八不共佛法大慈大悲大喜大捨如是種種無量無等不可說盡無數佛法從何而生時王夫人差摩婆帝如是問已佛說偈言

我亦復如是　往世種彼樹　爲利益衆生

希求正覺智　修行施戒忍　精進禪和集
復於一切時　恒常習禪慧　於一切衆生
不曾起惡心　常行平等心　今日得成佛
常於愛不愛　善友怨平等　得平等心已
福德樹增長　我此身大樹　攝無量功德
曾爲轉輪王　亦作帝釋王　復作大梵天
種種多富樂　不思議佛法　相等今復得

時王夫人差摩婆帝聞說如是諸功德已讚言善哉於世尊語極生隨喜即向如來而說偈言

如勝人中勝　如是隨順學　如本學善學
無邊功德海　我今學佛學　諸功德彼岸
當離生死苦　得如是牟尼　我本諸生處
曾修行布施　願彼一切福　得佛無等智
過現諸生處　我護持禁戒　願彼一切福
當得如來智　我修忍精進　三昧般若等
願如是一切　皆成就佛法　我身口意業
所修行諸善　願得大菩提　求佛智功德
我捨婦女體　得勝丈夫身　得丈夫身已
次第得佛身　得勝菩提已　轉無上法輪
與縛生死獄　衆生除解脫

爾時世尊爲王夫人差摩婆帝偈說善哉而讚之言

善哉此語說　善哉心善願　汝當破壞魔
而得成正覺

時王夫人差摩婆帝既蒙世尊現自授記聞已歡喜起勝上心生決定意多奉世尊佉陀尼食蒲闍尼食娑陀尼食事事豐足如是并奉彌勒菩薩摩訶薩食爾時世尊既食食已離鉢洗手既洗手已爲王夫人差摩婆帝復

更説法示已教已勸已導已令歡喜已與授記言差摩婆帝汝於未來過無量劫當得作佛號曰功德寶勝如來應正遍知明行足善逝世間解無上士調御丈夫天人師佛世尊汝佛世界第一清淨無有惡道苦惱之事心喜心樂莊嚴殊妙第一清淨菩薩住處如是嚴淨佛之世界汝當得之佛説如是法門之時有多千數諸優婆塞一切皆發阿耨多羅三藐三菩提心多千衆生人天世間於法不疑得隨順心如來説已差摩婆帝彌勒菩薩一切衆會并諸天人及阿脩羅乾闥婆等聞世尊説皆大歡喜

佛説差摩婆帝受記經

師子莊嚴王菩薩請問經序

唐終南山釋氏道宣撰

觀夫法王利見權巧殊途或聲光動人或開智攝物立儀列相興像設之機緣聚沙塗地表乘時之淨養斯德有歸可略言也有師子莊嚴王菩薩者學周八藏智越五乘藉勝報而開教端寄善權而行圖範故使方壇外啓圓場内羅列八座而延八聖陳四報而成四德空有兩業自此修明大小諸乘因兹增長可謂總攝六度之玄略統顧行之明規其道易而可修其儀約而難隱智有通塞道涉汙隆時運所歸近聞東夏逮龍朔三年冬十月有天竺三藏厥號那提挾道開萌來遊天府皇上重法降禮眞人厚供駢羅祈誠甘露南海諸蕃遠陳貢職備述神藥惟提能致具表上聞霈然下遣將事首途出斯奥典文旨旣顯異由來之所傳道場不昧赴機縁之淨業輙以所聞序之云爾

佛說師子莊嚴王菩薩請問經

唐中天竺三藏法師那提譯

如是我聞一時佛在王舍城耆闍崛山中與大比丘衆千二百五十人俱菩薩摩訶薩五百人天龍夜叉乾闥婆阿脩羅迦樓羅緊那羅摩睺羅伽人非人等無量八部前後圍遶聽佛說法爾時衆中有菩薩摩訶薩名師子莊嚴王從座而起來詣佛所頂禮雙足遶無數帀而白佛言世尊我於過去億百千那由他諸佛所廣預大會然未曾覩如今所見欲有請問惟願聽許佛言隨汝所問當爲解說爾時師子莊嚴王菩薩白佛言世尊如來往昔修何勝行今獲如是人天中尊爲諸菩薩大聲聞衆天龍八部之所圍遶供養恭敬尊重讚歎願爲演說往昔因緣令諸衆生獲大善利佛告師子莊嚴王菩薩摩訶薩言善哉善哉汝今乃能安樂衆生故作是問諦聽諦聽善思念之當爲汝說善男子我憶過去無量世時有佛出興名不可思議光明如來應供正遍知明行足善逝世間解無上士調御丈夫天人師佛世尊時有長者名曰上施自恃豪富不信正法而於佛所無歸敬心有一比丘名毗闍耶三皤婆見是長者生憐愍心起大方便要令此人發心修行得成正覺作是念已往長者家爾時上施覩見比丘顏貌殊勝威德備足諸根寂定容光熾盛肅然敬重即起奉迎頂禮既訖設座令坐合掌白言自顧薄德忽蒙臨降爾時比丘告長者曰有大法門名八曼荼羅功德無量今爲汝說廣欲惠利諸天人故若有衆生聞此法門能修

行者在所生處獲四勝報一者與善知識諸大菩薩同處受生有大眷屬資財豐足二者眷屬既多自在無礙三者身相圓備無有疾病四者衆具自然隨念而至縱被山壓身無痛苦能知衆生心之所念慈悲憐愍將護拯濟爾時上施聞是法已歡喜踴躍重加頂禮讚言善哉願爲廣說八曼荼羅最勝法門我當修學比丘告曰汝欲知此最勝法者先發是願我欲供養三世諸佛大菩薩衆聲聞緣覺作是語已道場之處當作方壇名曼荼羅廣狹隨時其最小者縱廣四指或一搩手用種種香及以餘物或地上作方院之內列八圓場爲欲供養八菩薩故何等爲八觀世音菩薩彌勒菩薩虛空藏菩薩普賢菩薩執金剛主菩薩文殊師利菩薩止諸障菩薩地藏菩薩如是長者此八曼荼羅最勝法門是彼不可思議光明如來所說我親受持今爲汝說應當修學廣令流布用此善根迴向阿耨多羅三藐三菩提長者當知若有修行此八法者則爲供養三世諸佛大菩薩衆緣覺聲聞斯人常爲諸天擁護若諸國王能自修學若使人作所王國內諸惡皆滅諸善男子及善女人有能修學八法門者命終之後不墮惡趣邊地邪見不善律儀貧窮家生是故當知欲得現在未來勝上報者當學如上八種法門欲得受身端正聰明利智若欲上生四天王處亦應修學八曼荼羅如是欲生三十三天夜摩天兜率陀天化樂天他化自在天乃至帝釋梵王魔王轉輪聖王所生處者皆當修學如上八法欲得天上人中大姓家生

眷屬成就財寶盈溢身心安樂名稱遠聞所出教命無不信受於諸衆中最尊最勝皆應修學如上八法若欲修成須陀洹果斯陀含果阿那含果阿羅漢果辟支佛道入菩薩位乃至阿耨多羅三藐三菩提皆當修學八曼荼羅供養法門佛告師子莊嚴王菩薩摩訶薩言爾時比丘毗闍耶三瞄婆者豈異人乎今文殊師利菩薩是爾時長者上施者即我釋迦牟尼佛是我從是來經於多劫修行供養此八法門具獲如上功德利益餘有衆生隨能修學亦皆同獲如我所得善男子我行菩薩道來經三阿僧祇劫修滿六度利益衆生成等正覺所有光明威德勢力破魔兵衆斯誰力乎皆由供養八曼荼羅道場功德是故衆生聞説如上八種法門無宜不學若以

華香燈明若以飲食旛蓋衣服音樂讚歎禮拜發願懺悔隨其力能皆蒙福祐或行六波羅蜜時修立道場以諸香水若香塗地若水若土作方圓壇斯即名爲檀波羅蜜修供養時身口意業不惱衆生斯即名爲尸羅波羅蜜修供養時若有蟲蟻來入道場驅去還來爾時安忍斯即名爲羼提波羅蜜修供養時善心相續斯即名爲毗梨耶波羅蜜心不散亂一心供養斯即名爲禪波羅蜜作業之時方壇圓場無有偏斜善能通曉廢立機候斯即名爲般若波羅蜜善男子如是一法隨心變現即能具足六波羅蜜應當廣説教化衆生爲大利益乃至成佛説此經已師子莊嚴王菩薩摩訶薩及諸天龍夜叉乾闥婆阿脩羅迦樓羅緊那羅摩睺羅伽人非人等皆大

歡喜信受奉行

佛說師子莊嚴王菩薩請問經

音釋

婆羅痆斯梵語也此云鹿苑痆女黠切　礫郎擊切小石也　梗古杏切塞也　藪蘇后切　胤羊晉切嗣也　衕胡讒切口有所含也　噎烏結切氣窒不通也　訴桑故切　縶陟立切繫也　矴丁定切錘舟石也　闔轄臘切總合也　窊烏瓜切污下也　霈普蓋切霈然水流下貌　皤蒲我切　搩陟華切手度物　螘魚豈切

中陰經

姚秦涼州沙門竺佛念譯

清刻龍藏佛說法變相圖

中陰經卷上

姚秦涼州沙門竺佛念譯

如來五弘誓入中陰教化品第一

如是我聞一時佛在迦毗羅婆兜雙樹北四十九步耶維處八日夜半明星出時爾時如來忽然離碎身舍利如諸佛五弘誓法當生之時天地六反震動十方諸佛皆來扶助是謂一弘誓法云何爲六反震動東涌西沒西涌東沒北涌南沒南涌北沒四面都涌則中央沒中央涌則四面沒當其如來初舉一足行七步天下大動十方諸佛皆來扶助是謂二弘誓法如來往詣菩提樹下結跏趺坐吾不成佛不起于坐爾時天地大動十方諸佛皆來扶助是謂三弘誓法召魔波旬心不怯弱天地大動十方諸佛皆來扶助是謂四弘

誓法如來捨身壽命現取滅度入於中陰教化衆生爾時天地大動十方諸佛皆來勸請是謂五弘誓法爾時世尊入火餤三昧離碎身舍利去地七仞坐寶蓮華使無量無限那由他衆生天龍鬼神阿脩羅甄陀羅乾闥婆迦留羅鳩槃茶富單那人非人皆見如來坐寶蓮華爾時世尊向舍利而說頌曰

於無數劫中　養汝地種界　吾今離汝去
如蛇蜕皮樂　五道生死中　無處不有汝
權時得相離　寂滅無所著　威神接地種
非汝不得度　咄嗟别離苦　生死牽連著
諸佛威神接　所度阿僧祇

爾時世尊說此頌已從脚心上至肉髻放八萬四千億光普照三千大千世界上至虚空界其中衆生皆見光明或有尋光來者或有諸佛遣諸菩薩來至忍界者爾時世尊内自思惟此中陰形極爲微細唯佛世尊獨能覩見然此衆生有學無學一住二住乃至九住非彼境界所能覩見吾今以佛威神入照明三昧令四部衆比丘比丘尼優婆塞優婆夷覩此微形爾時世尊次入無礙定觀此空界衆生生者滅者如諸如來所行禁戒虚無寂寞觀不淨想百七十行苦本因縁乃至生死十二縳著爾時世尊復說頌曰

今當入微妙　極細中陰形　化彼衆生類
倍於閻浮提　常相無所著　樂相空無定
建立道德根　捨壽無所染　本從阿僧祇
濟彼難度人　況此微妙形　無過此最難
吾今弘誓心　無雜無所染　闡揚道德根
梵行究竟法

爾時世尊說此頌已復放眉間白毫相光普照東方無量無限那由他世界南方西方北方亦爾爾時世尊還攝光明繞佛七帀從頂上入爾時彌勒菩薩即從座起偏露右臂右膝著地合掌叉手前白佛言快哉世尊昔所未聞昔所未見中陰衆生形質極細壽命長短飲食好醜爲何等類願樂欲聞世尊告曰諦聽諦聽善思念之吾當與汝一一分別云何彌勒閻浮提兒生墮地乃至三歲母之懷抱爲飲嬰乳彌勒答曰飲乳一百八十斛除母腹中所食血分東弗于逮兒生墮地乃至三歲飲乳一千八百斛西瞿耶尼兒生墮地乃至三歲飲乳八百八十斛北鬱單越兒生墮地坐著陌頭行人授指嗽指七日成人彼土無乳中陰衆生飲吸於風閻浮提衆生壽命百歲東弗于逮壽命五百歲西拘耶尼壽命二百五十歲北鬱單越壽命千歲中陰衆生壽命七日閻浮提人面上廣下狹弗于逮人面正圓拘耶尼人面上狹下廣鬱單越人面正方中陰衆生面狀如化自在天自此以還釋迦牟尼名號已滅妙覺如來出現於世如來應供正遍知明行足善逝世間解無上士調御丈夫天人師佛世尊在虛空中坐寶蓮華放舌相光明照東方八十七億恒河沙數彼國名化佛名堅固十號具足一乘教化見此光明告諸菩薩諸族姓子等汝見此光明不乎對曰唯然已見世尊不審此光何佛光明照此世界彼佛告曰西方去此八十七億恒河沙數世界名娑訶佛號釋迦牟尼今取滅度捨身舍利欲入中陰教化衆生是妙

覺如來光明汝等欲往今正是時爾時彼土菩薩百三十億受佛教戒來至忍界佛告之曰汝到彼土禮事供養勿懷懈慢持吾名號問訊妙覺如來興居輕利遊步强耶菩薩受教禮彼佛足右遶七帀忽然不現來至娑訶世界南方去此八十七億恒河沙數世界名解脱佛號眞淨如來十號具足告諸菩薩汝等見此光明不乎對曰唯然見之不審此光是何佛光照此世界彼佛告曰北方去此八十七億恒河沙數世界名娑訶佛號釋迦牟尼今取滅度捨身舍利欲入中陰教化是妙覺如來光明汝等欲往今正是時爾時彼土菩薩百三十億受佛教戒來至忍界佛告之曰汝到彼土禮事供養勿懷懈慢持吾名號問訊妙覺如來興居輕利遊步强耶菩薩受

教禮彼佛足右遶七帀忽然不現來至娑訶世界北方去此八十七億恒河沙數世界名瑠璃佛號雷音如來十號具足告諸菩薩汝等見此光明不乎對曰唯然已見不審此光是何佛光明照此世界彼佛告曰南方去此八十七億恒河沙數世界名娑訶佛號釋迦牟尼今取滅度捨身舍利欲入中陰教化是妙覺如來光明汝等欲往今正是時爾時彼土菩薩百三十億受佛教戒來至忍界佛告之曰汝到彼土禮事供養勿懷懈慢持吾名號問訊妙覺如來興居輕利遊步强耶菩薩受教禮彼佛足右遶七帀忽然不現來至娑訶世界東北方去此八十七億恒河沙數世界名空淨佛號虚空藏十號具足菩薩百三十億東南方去此八十七億恒河沙數世界

名熾然佛號廣顯如來十號具足菩薩百三十億西南方去此八十七億恒河沙數世界名星宿佛號月光如來十號具足菩薩百三十億西北方去此八十七億恒河沙數世界名壞魔佛號勇猛伏如來十號具足菩薩百三十億上方去此八十七億恒河沙數世界名海跡佛號上妙如來十號具足菩薩百三十億下方去此八十七億恒河沙數世界名通達佛號無畏如來應供正遍知明行足善逝世間解無上士調御丈夫天人師佛世尊告諸菩薩汝等見此光明不乎對曰唯然已見不審此光明是何佛光明照此世界彼佛告曰上方八十七億恒河沙數世界名娑訶佛號釋迦牟尼今取滅度捨身舍利欲入中陰教化是妙覺如來光明卿等欲往今正是時彼佛土菩薩百三十億受佛教戒來至忍界佛告之曰汝到彼土禮事供養勿懷懈慢持吾名號問訊妙覺如來與居輕利遊步强耶菩薩受教禮彼佛足右遶七帀忽然不現來至娑訶世界禮事供養妙覺如來頭面禮足各一面坐爾時妙覺如來出廣長舌左右過耳如優鉢赤蓮華色吾從無數阿僧祇劫行至清淨無有虛妄吾所度衆生因緣已畢如棄屍骸在曠野中今復造緣更始立行今此菩薩有立根得力或有初發意者復有四衆來践跡者當以佛力威神接引令彼大衆知過去當來今現在佛不可思議難有之法

爾時世尊即說頌曰

世多愚惑人　不入無漏檢　還在五道中
染汙不淨行　我離於忍界　拔濟五欲苦

善哉昔所願　今日已成辦　如人唾於地
智者誰能飲　吾從無數劫　修佛清淨行
捨身復受身　非一劫二劫　若有明智者
把土盡舍利　況復覩我形　有不解脫者
生死晝夜長　愚在五道長　斷滅無道長
求佛泥洹長　本號釋迦文　留身舍利化
今當入空界　中陰度萌類

爾時世尊說是頌時八萬四千那由他衆生猒患生死皆發無上正眞道意復有七十億衆生諸塵垢盡得法眼淨魔界菩薩七千萬衆即從坐起收攝衣服摩訶而去

妙覺如來將諸菩薩入中陰教化品第二

爾時妙覺如來至眞等正覺察衆坐定純一無雜應入中陰受禁戒法多所饒益所度無量建立弘誓施行佛事爾時妙覺如來入無見頂三昧使諸大衆無數億千那由他恒河沙數諸菩薩衆皆同一色如妙覺如來無有差别爾時閻浮提大迦葉諸比丘比丘尼優婆塞優婆夷天龍鬼神迦留羅甄陀羅摩睺羅乾闥婆鳩槃荼富單那人非人八國王八億百千衆生以神足力將入中陰爾特世尊於其中間而說頌曰

中陰迷惑等　迷荒無三尊　轉身向五道
隨行所牽往　或墮三善道　或入三惡趣
善哉可愍傷　今日如來至　此類既得度
我願亦成辦　無形受形教　斷想斷滅本
三世諸佛等　無不行此法　色法自熾然
滅以定意道　如來眞實相　無生無起滅
觀身內外空　解知非常法　行由癡愛本
如灰覆火上　愚者謂爲滅　火本猶常存

心爲人毒本　善惡隨其形　行善即趣善
行惡即趣惡　如人作惡行　自謂後無報
臨其報至時　非親所能代　犯戒無法行
自稱世無雙　裸形食果蓏　奉事日月神
自墮三惡趣　不慮劫數期　此等非佛子
雖近離我遠

爾時妙覺如來說此頌已即以神力入中陰中化作七寶講堂七寶高座懸繒旛蓋金銀梯陛瑠璃爲地後園浴池皆七寶成鳧鴈鴛鴦異類奇鳥悲鳴相和爾時世尊復以神力使彼衆生應七日終者六日五日四日三日二日一日終者盡令住壽爾時世尊觀彼衆生心所趣向欲得分別各在一面四向四得各在一面初發意九住各在一面向辟支佛得辟支佛各在一面爾時世尊化作七百億那由他七寶高座一一高座盡有化佛一一化佛盡說四非常偈

一切行無常　識爲外塵垢　起者必有盡
彼滅最爲樂　不生老病死　亦不處三有
永處虛空界　諸佛之堂室　無畏無點汙
不爲欲愛染　香熏及五樂　永盡無有餘
若斷百八愛　集法亦復然　前滅後不生
及生道果證　佛法總要定　三十七道品
無願無相空　諸佛之徑路　利根衆生等
一聞不再受　斷以智慧劒　如火焚山野
難覺衆生類　億佛在前立　罪根深堅固
雖愍而難濟　中陰受身等　將導隨言教
雖非本發心　聞法則得度

爾時化佛說此頌時七十八億百千那由他中陰衆生起無上正眞道意發菩提心爾時

妙覺如來最在中央昇無畏坐十方諸神通菩薩在左面坐閻浮提摩訶迦葉并四部衆比丘比丘尼優婆塞優婆夷在右面坐諸天龍鬼神及大國王在佛後坐從四天王忉利天王燄天兜率天盧天波利陀天盧波魔那天阿會亘修天首訶天波利陀首訶天須滯天須滯祇耨天乃至阿迦膩吒天在虛空中散華供養作天妓樂中陰衆生在如來前聽受法教爾時世尊以佛威神令衆生等心自念言唯佛爲我說法不說餘者爾時世尊而說頌曰

如來無量覺　神變不可量　出入山石壁
如鳥遊虛空　本我阿僧祇　積行累功德
度彼不自爲　使發菩提心　泥洹無去來
亦不見受者　本我雙樹間　轉身來適此
我初發道心　誓度衆生類　一人不度者
吾要終不捨　觀此中陰人　各有上中下
但以三句義　四諦眞妙門　婬怒癡雖薄
要須禪定除　八百瘡疣病　八萬四千垢
施惠持戒忍　精進禪智慧　善權巧方便
拔斷三毒根　色本非我有　誰造此色本
了知色無形　可謂梵志行　吾本未成佛
爲色之所惑　墮四顚倒法　沒陷生死海
今方究色本　觀色非眞實　受想行識法
穢汙非眞道　陰入十八界　二十二根法
一一悉分別　寂然無所著　欲界中陰人
塵垢悉微薄　猶如新成衣　塵土所汙染
有目智慧人　抖擻塵悉去　中陰衆生類
譬之亦如是　婬怒癡微薄　聞法即得悟
一向心不移　即得須陀洹　三轉十二法

復得斯陀含　坐上下分滅　即得不還道
苦盡癡愛滅　得成阿羅漢　道跡八十億
頻來得道人　八萬四千億　不還得道人
百萬二千億　羅漢二恒沙　六通身清徹
各趣向佛者　八萬四千億　趣向菩提心
其數如微塵　吾本閻浮提　苦行不可數
國財妻子施　頭目血髓骨　意堅如金剛
不爲魔所動　快哉大福報　何願而不成

爾時座上衆生作是念言佛獨爲我說法不爲餘者趣聲聞道者得聲聞道者趣辟支佛道者得辟支佛道者趣菩提道者得菩提道者

妙覺如來入中陰分身品第三

爾時座上有菩薩名定化王即從座起偏露右臂右膝著地長跪叉手前白佛言善哉世尊快說斯義曉了衆生音響所趣聞法易度復有難度者觀見衆生有婬怒癡薄者無婬怒癡薄者或在有對法者或在無對法者或在可見法者或在不可見法者或在有漏法者或在無漏法者或在有爲法者或在無爲法者或在可記法者或在不可記法者或在欲界法者或在不可解法者或在色界法者或在無色界法者或在中陰微形法者或在中陰非微形法者或在五色識法者或在五色非識法者或在非想非不想識法者或不在非想非不想識法者或在一住至九住者有在一住非一住者有在九住非九住者唯願世尊一一敷演令諸菩薩永無猶豫衆生之類聞法解脫爾時世尊以梵清淨柔輭之音讚定化王菩薩曰善哉善哉族姓子乃能

於如來前作師子吼今當與汝一一分別諦聽諦聽善思念之汝所問者可見法不可見法者爲眼見色爲色入眼定化王菩薩言亦不眼見色亦不離眼亦不色入眼亦不離色佛告定化王菩薩族姓子眼非色色非眼何者是觀定化王菩薩白佛言識法實住觀法乃起佛告定化王菩薩云何族姓子識爲有法識爲無法定化王菩薩白佛言識非有爲不離有爲識非無爲不離無爲佛告定化王菩薩何謂有爲何謂無爲定化王菩薩白佛言起者有爲住者無爲於第一義法不見有起不見有住法性清淨無色無識於泥洹法無所染著眼非色色非眼無可見法無不可見法過去眼過去色過去識未來眼未來色未來識現在眼現在色現在識非有眼色識非無眼色識是謂泥洹清淨法爾時定化王菩薩今欲問如來說有對無對法佛告定化王菩薩曰族姓子聲爲有對耶無對耶定化王菩薩白佛言聲亦有對亦無對佛告定化王菩薩聲亦不有對亦不無對云何族姓子此聲彼應爲有爲無爲虛爲實云何族姓子虛空可畫得成字不對曰唯然世尊不可得也何以故如來習行於阿僧祇劫亦不見有亦不見無亦不見有三世亦不見無三世乃至非想非不想亦復如是爾時定化王菩薩白佛言上諸法觀一一悉知唯願如來至眞應供正遍知明行足善逝世間解無上士調御丈夫天人師佛世尊說三微妙法何者最妙中陰形耶五色識形耶非想非不想識耶爾時世尊知衆會心皆有疑即於座上而說

頌曰

吾受三界苦　愚惑癡愛心　經歷阿僧祇
在有亦在無　破壞生死劫　今乃得成佛
以本弘誓願　度於不度者　佛力無等倫
三界無比尊　一向無二心　自誓得成佛
吾從正灶佛　初發無等心　欲縛所纏裹
堅固難可拔　空定無相願　分别三三昧
先念出入息　分别善惡道　執心擎油鉢
行步不失儀　猶人見劫燒　焚燒重罪者
福昇光音天　輕者於他方　三品衆生類
中陰受形者　受化不思議　非我誰能説
五色識衆生　不同於三界　如來最勝尊
入彼識教化　一一分别説　不遭百八愛
應成須陀洹　爲説須陀洹　應成斯陀含
爲説斯陀含　應成阿那含　爲説阿那含
應成阿羅漢　爲説阿羅漢　應成辟支佛
爲説辟支佛　應菩薩道者　爲説菩薩法
得須陀洹者　三十二億人　得斯陀含者
四十二億人　得阿那含者　五十二億人
得阿羅漢者　六十二億人　得辟支佛者
七十二億人　得菩薩道者　八十二億人

爾時世尊重説頌曰

本我無心法　現以教化衆　見煙知有火
見雲知有雨　行步知君子　見星知有月
吾我心盡斷　不有我無我　經歷劫數期
非月非日數　佛以思惟得　非凡夫所及
善哉大聖尊　普照諸十方　去離欲界法
處中陰教化　此諸佛教法　處陰不見陰
比等衆生類　發願各各異　吾我自縛著
我本彼亦爾　佛以思惟本　思惟本末觀

一意一念頃　斷垢不自爲　垢本勝於我
墜我於三趣　令我勝於垢　滅汝入涅槃
善哉大聖尊　獨步無二跡　見我一跡者
閻浮人得度　身行有一事　口行有四事
意行有三事　塵垢生死海　九衆生居處
識之所經歷　分別我無我　無我亦無我
諸佛世尊等　心普無有邊　一意念衆生
所受不可限　身淨不行惡　口言常清淨
心淨如佛心　是諸佛之法　身爲苦器法
此非三世有　非我誰能知　誰知免此苦
如來之功德　諸相踵胜等　師子胸臆相
一一毛孔光　掌相千輻輪　示以善惡道
舌齒聲光淨　濟度阿僧祇　眼耳鼻及髮
肉髻頂無見　虛空猶可窮　佛相不可量

爾時世尊說此頌已八十億中陰衆生於無餘泥洹界發金剛心一一成佛與妙覺如來皆同一號佛告定化王菩薩所問有漏無漏有對無對可見不可見當來過去現在法當與汝說定化王菩薩白佛言世尊願樂欲聞佛告定化王菩薩諦聽諦聽善思念之吾當與汝一一分別云何定化王何者是緣盡何者非緣盡六入塵垢重染我癡愛法觀內外出入息法八萬四千度無極生生不可滅念念成其形有漏八萬四千無漏三十七有爲無爲法此非泥洹道身淨不犯惡口言無有失心淨與定合四等遍一切是謂菩薩行

賢護菩薩問事品第四

爾時賢護菩薩即從座起偏袒右臂右膝著地長跪叉手前白佛言善哉世尊欲色無色三分衆生其識難量何者有漏量何者無漏

量何者有為量何者無為量何者有色無色量何者有欲無欲量何者有記無記量爾時世尊聞賢護菩薩所問事即說頌曰

處在胞胎中　受形多種類　前滅後已生
其如恒沙數　三分識衆生　塵垢非一等
或聞聲而度　或見形得道　今我妙覺佛
降神入中陰　一一分別了　有漏無漏法
得道成果證　五色識易度　斯等一部界
不在有無漏　衆生在中陰　如我身無異
苦痛五陰形　如轉輪無盡　吾我本無字
聲響亦無名　觀身三十六　欲界有量法
三分留二分　此中陰衆生　五色識衆生
不染三界苦　無明癡愛惑　隱相非不相
有漏苦諦本　斷結不及色　集諦二十八
寂然塵垢除　三十七道品　道諦為實果
賢護汝今知　有漏無漏法　記法無記法
今當與汝說　有記善惡行　無記癡盲法
墜墮於生死　非我無能濟

當佛世尊說此語時九十一億衆生皆發無上道意四十七億那由他衆生盡得阿羅漢果

道樹品第五

爾時座上有菩薩名曰樹王即從座起偏露右臂右膝著地長跪叉手前白佛言善哉世尊如來所說甚奇甚特未知如來欲說有漏耶無漏耶唯願世尊句句說之何者有漏何者無漏佛告之曰有生有滅是謂有漏無生無滅是謂無漏有我有身是謂有漏無我無身是謂無漏眼是色對是謂有漏無眼無色是謂無漏有識有想有形是謂有漏無識無

想無形是謂無漏三識處所住有身者是謂有漏一識一處有一形者是謂無漏有形非想非非想是量法有用不用處三禪地猒患生死故名不用有願不願始發初禪快哉斯樂心不傾動念淨喜安自守五行成就有想有識斯出入息法喜行百八愛一念一億行中間想想不可盡況彼現在身無彼無我想吾從無數劫捨此就此三識所經處非有亦無我甚哉三界苦受身生死難譬如工幻法以拳誑小兒識神無形法起滅無常定我則無我身況有識形法想亦無想法亦不見有識四陰竟何在由識而分別苦陰有五行非我非汝有吾從無數劫經歷三識處除天鬼神龍何處無妙覺我行衆善法誓度阿僧祇隨形而教化受化不可量如來清淨行廣普無邊崖神通内外照觀察於三世有形無形類思惟十想結無復塵垢患虛空無邊際不見有往來心無中間念忍辱功德成積一成佛道寂滅泥洹樂起亦不見起生亦不見生況有起滅者諸天世人民能斷至彼岸縛著染三界經歷生死海貪欲自纏裹爲色之所惑永處三有中佛力無所畏威神接得度爲彼不自爲功德不可量恒以四意止五根及五力七覺意寶華三十七助道法空無相願及諸三昧門善權化生死六度至彼岸不以劫數期周旋虛空界度脱未脱者得道如微塵無我無彼想一音演微法受化無邊崖道心觀察法不見起滅者分別内外身繫於安般息息長亦知長息短亦知短亂想亦知亂定想亦知定一向無亂想清淨行正法爾時

世尊即說頌曰

佛力之所行　普潤天世人　學無學衆生
下及凡夫人　心念斷衆想　皆到無畏處
分別空無相　清淨修道場　莊嚴佛道樹
皆令同一色　轉無上法輪　闡揚法鼓音
非魔魔部衆　之所能轉者　甘露法藏開
普潤一切衆　濟渡阿僧祇　無量無等類
最勝所接度　無能量度者　善哉不思議
不度不可量　我本所造行　唯佛能稱量
不見吾我法　法利利益人　功勳過三界
得入泥洹界　清淨無塵穢　如月星中明

爾時世尊說此頌時八十四億那由他百千億中陰衆生諸塵垢盡得法眼淨復有十千億五色識衆生發心向菩提不退轉道

中陰經卷上

音釋

蜕 輸芮切蛇解皮也　哾 色角切吮也　裸 郎果切赤體也　果蓏 蓏郎果切在木曰果在地曰蓏　陛 部禮切升堂之階也　盬 古盡切　膩 女利切　疣 羽求切瘤也　抖擻 抖當口切擻蘇后切抖擻振舉貌　輭 而兗切與軟同　踵胜 踵之隴切足跟也胜部禮切股也　臆 於力切胷肉也

中陰經卷下

姚秦涼州沙門竺佛念譯

神足品第六

爾時妙覺如來即以神足化此三千大千剎土上至非想非非想天下至無救地獄皆紫金色皆如妙覺如來而無有異三十二相八十種好圓光七尺皆坐寶蓮華高座上坐演出梵音聲聞三千大千剎土一一諸佛說八萬四千雜行其覩光明者婬怒癡病皆自消滅異口同音而說頌曰

經法本無體　滅已令復興　斷除有漏法
獨步於三界　生死無數劫　遭遇良福田
金色普遍照　蒙光得解脫　神力不可盡
觀了本無形　大慈大悲心　拔濟無明等
五陰苦本源　流浪得濟渡　四駛生死河
法船度彼岸　善權無礙道　入彼無爲境
吾昔發誓願　要度未度者　修身清淨行
口言無虛妄　心念濟八難　諸惡何由生

爾時有菩薩即從座起偏露右臂右膝著地長跪合掌叉手前白佛言快哉世尊神足無量不可思議今欲所問若見聽者乃敢陳啓妙覺如來告彼菩薩善哉善哉族姓子恣汝所問吾當一一分別說之時彼菩薩白佛言世尊如來神足不可究暢今此三千大千世界烱然金色是何三昧有此神變佛告菩薩此神變者是三昧王三昧唯有諸佛乃能變現非聲聞辟支佛所能修行此三昧王三昧將從八萬四千或有三昧名虛空藏或有三昧名昇法堂或有三昧名月光清淨或有三昧名破有入無或有三昧名一意不亂或有

三昧名除去塵霧或有三昧名拔三毒根本或有三昧名滅過去當來今現在病或有三昧名開甘露法門爾時世尊欲解斯義重說頌曰

道力清淨行　身口意不犯　誓願阿僧祇
沒溺生死者　金剛難敗壞　非二乘所及
觀身苦根本　思惟四果證　積行不退轉
閑靜坐道場　一劫入定意　二三至七劫
地燋過劫燒　其心亦不動　壞破魔部界
悉成無上道　三昧定意力　福報不可量
令三聚衆生　得成無上道　觀察衆生心
難度易度者　不令在沒溺　流滯生死海
我本無此色　紫磨金光體　歷劫勤苦行
修定成此形

爾時妙覺如來說此頌時諸佛世尊同時舉手讚妙覺如來以偈頌曰

丈夫二足尊　世雄不可量　拔離三界苦
淡然爲一色　今聞如來說　定意神足道
其聞法性相　相相不可量　八種清淨音
十六特勝法　三十二行業　利益一切人
天人尊無比　光明照衆生　久在飢渴道
飲以八解脫　無欲清淨池　化以七覺華
不著五陰本　猶如青蓮華　香熏遠普聞
如來五分身　無處不流布　吾昔求佛道
誓願同一時　今日得果證　不違昔所願
一相無相道　分別微妙慧　曉了善權道

當時世尊說此頌時有百億希望中陰衆生求佛身色紫磨金形如我今日神變無量要當來世皆當成佛悉同一號妙覺如來應供正遍知明行足善逝世間解無上士調御丈

夫天人師佛世尊

破愛網品第七

爾時妙覺如來將欲破愛結使欲使四衆自見證驗即入不動三昧欲令彼衆知欲愛色愛無色愛爾時世尊重自思惟此欲界衆生亦愛非愛亦有漏無漏亦有爲無爲亦可記不可記色界衆生非有非無非想非不想識可見法三界欲最重染著不可離中陰衆生等要須聖教五識衆生有前有後非想非非想識衆生有取涅槃無取涅槃者云何中陰衆生遇聖得證彼有一病計無我命恒計無常前生非後生後生非前生此聖人語非本發心意要須聖人如聲聞法五色識者根本未成見佛識佛一一所著多受福地墮者非一不計吾我身是法非法行三界爲網所覆欲出難得脱猶如擲綖丸緒在猶復還三界衆生等捨此復還此爾時世尊即説頌曰

三界爲火宅　火燄極熾盛　愛心所染著
將入三惡道　前生非後生　愛有輕重法
五色識法者　今世後易度　生死八難道
與泥洹對門　無彼無此法　最勝無等侶
神足接衆生　見者無不度　當來過去人
乾闥阿須倫　天龍鬼神等　無不得濟度
善哉三界尊　善説微妙法　令受苦衆生
得至無爲岸　去身口意病　寂然無移動
如飢者得食　如渴者得飲　正觀除愛結
三脱甘露門　我發無上道　除愛無渴想
於火燄拔濟　得成於世雄　過去無數佛
當來現在等　如我今日化　不計彼我想
正法除邪法　塵垢永已除　無礙總持法

思惟分別觀　於億百千劫　遊戲諸三昧
四空定意法　往來不疲極　諸佛所遊處
多益無減損　舉足下足頃　所度不可量
當我下足處　有識衆生等　隨類而得度
遍滿三界中　隨心得三道　如是無窮已
八解無閡法　離捨壽命根　不計三界想
害彼五逆結　汝生知汝生　汝滅知汝滅
汝上知汝上　汝下知汝下　中間無脫處
過者何處去　當知佛力大　遍入總行法
由本誓願故　未度者令度　四等慈悲捨
遍滿諸十方　佛指出甘露　如慈母愛子
又母非父慈　又父非母慈　三界四顛倒
難化如金剛　如物初入爐　麤惡先燋滅
眞者不移動　如汙金蓮華　佛道實眞正
無畏無所著　不有想念累　心亦無往來

爾時座上有一菩薩名曰燄光即從座起偏露右臂右膝著地長跪合掌叉手前白佛言如今世尊說眞實之法或言有法或言無法或言有爲或言無爲或言有記或言無記今衆生受化者以何法化而得濟度爾時世尊以頌報曰

諸法正有一　無二亦無三　愛識非愛識
永離於胞胎　破一縛著愛　使衆生愛盡
如來神德力　自識宿命本　或在天王宮
轉輪王治處　或在貧賤處　下至無救獄
一一分別了　衆生垢著心

爾時世尊說此頌時六十八億那由他中陰衆生即從座起偏露右臂右膝著地長跪合掌叉手前白佛言咄嗟此苦乃是大苦於衆苦中此愛最苦唯願世尊聽爲出家爾時世

尊嘿然聽之爾時中陰衆生聞佛說法即得阿羅漢果

三世平等品第八

爾時座上有菩薩名不猒患劫即從座起偏露右臂右膝著地合掌叉手前白佛言善哉最勝如來神力極微妙不可思議如來神德出廣長舌不犯衆生過今此三聚衆生過去當來現在爲過去耶未來耶現在耶爾時世尊告不猒患劫菩薩曰善哉善哉汝之所問於三聚衆生多所饒益多所潤及斷無明本身業得清淨非一佛所說爾時世尊即說頌曰

人本在胎時　自識本宿命　捨彼今就此
三世炳然定　前識非今識　前身非今身
但爲愚惑迷　不知趣道門　念此在四使
發起若干想　咄嗟老病死　墜墮在三世

爾時世尊欲解斯義即說頌曰

本我無此色　受想識亦然　我虛彼亦無
豈有識想受　無色名色法　衆生亂想法
九品有差別　分別三世道　上上最妙道
非去非未來　上中最微細　上下無覺觀
中上斷三結　中中滅三垢　中下霍然悟
此名爲佛子　下上雖爲重　如彼水上泡
一生而一滅　下中衆生類　苦本最爲染
非我誰能知　下下衆生類　經歷於劫數
吾亦就彼化　不見漏失者　人心有若干
座上心不悟　或願當來佛　或願現在者
此等衆生類　難可濟度者　人本無形生
還入虛空中　生死相牽連　何者名泥洹
若言有衆生　身口意行淨　寂然入滅度

無有老病患　弘誓發一心　亦不自爲巳
虛空不可獲　何者名虛實　如來梵天音
分別實相法　解了空無慧　三界獨步尊
有覺空意法　觀身不戀著　無覺在三禪
進取不退道　自我成佛來　以此爲本業
成佛亦由此　泥洹亦復然　所以積功勤
未獲於實相　聞四不離四　此是諸佛印

爾時世尊說此頌巳無量無限那由衆生及中陰五色識非想非非想衆生欲得去離不樂三世爾時世尊重說頌曰

過去非今有　現在亦復然　當來彌勒身
教化無差別　我今說少少　如人爪上塵
欲說世界塵　誰能究盡者　今雖處中陰
移生無想天　地獄對門人　聞法乃得悟

爾時世尊即以神力接中陰衆生至非想非非想識天爾時世尊復以神力到彼至非想非非想識界施設莊嚴七寶高座皆有化佛一一化佛皆有四衆一一衆者威儀法則悉皆成就此衆生中或有誦經說義賢聖嘿然或有入定出定爾時妙覺如來復以神足十力接彼非想非非想識衆生如中陰形無有差別爾時世尊如諸佛常法威儀法則令無量化佛合爲一佛或以一身變爲無量或在樹下演說法教或入初禪定意不亂或在高巖閑靜寂處或坐虛空作十八變身下出火身上出水履水若空無有罣礙或取滅度亦無滅度或現無常身膖體脹爛臭如白鴿色或現手足各在異處爾時非想非非想識衆生見此變易心懷恐怖我本生心謂呼定是泥洹無病無老無諸痛苦今觀此法有生有

老有病死痛今遇如來降神在此若不順者無擇地獄即我舍宅吾本宿世同要之人先生彼識阿難陀迦蘭陀見佛禮拜善哉世尊尊中無比降神此界如遇優曇鉢華若佛不降此者我等永處邊地殺害無量迦蘭陀身復自宣白今遭大聖如日銷雪若不遭聖彼當墮墜作飛貍身飛走盡害無有脫者以此本誓願得脫苦際虛空無量界神得三界尊辟支聲聞等眼之所能見爾時迦蘭陀作是念我等同生生此識界罪福未分或墮邪見受飛貍身我本造身不獨三界中陰五色及無色形已生此念非想識衆皆生苦心我等諸人雖生此處非得泥洹非安隱處今遇如來說眞實法斷拔千萬門不去亦不來貪欲本生我我今還滅汝爲過所覆非今世後世生有老病苦如影重有影如月樹葉影現於水野干飲之終竟無獲我今三世尊有實無實法化不變易生者非有生善哉世微法難度而度世間愚癡人計我爲身實當其捨壽時鉤鏁骨相連分別彼身中何者命與壽生死纏裹苦捨彼復受此處胎冷熱苦出有生滅憂毋雖樂育我不生誰有患落漠如水泡識神染其形輪轉五趣中所往無脫處生死五道海無住而不經心爲殺身本汝滅我何患虛空無本末誰知常無常彼無想之識見阿難陀迦蘭陀一爲邊地王一爲著翅蟲三界最爲苦本處非泥洹如遊曠野指東謂爲西今遭大聖於一切衆苦都得解脫爾時非想非無想識衆生即於佛前尋聲而說頌曰

吾本事五火　燒炙身體爛　臥在荆棘上

身被髑髏衣　翹足向日月　無神不奉事
今生非非想　得見如來身　自恥本所行
在此無脫處　特知正法化　如來自降神
得脫無擇門　永住安隱處　五欲生死垢
纏縛四流中　心惑著三有　燒以智慧火
四趣五道人　不見生本末　著識吾我者
如我今無異
爾時妙覺如來復以頌報曰
卿等本謂眞　八萬四千劫　無常生死本
彼死還生此　汝等衆生類　未曾老病死
守一求泥洹　此非眞實法　垢盡識不滅
還在三惡中　非我汝不悟　誰能脫此難
吾從無量劫　誓度生老死　非我前身造
亦非後身受　本得金剛定　今乃教化汝
地不可作空　空不可作地　水不可作火
火不可作水　一切愚惑人　萬物皆我有
愚癡無明法　謂爲正眞道　如彼疲倦人
懈息須臾間　雖居八萬四　視之如一日
爲五苦衆生　何處不有我　分別身法相
分別空無法　生者不見生　死亦不見死
問生根本道　由行之所造　三惡之重者
癡病是其源　名色六入法　此是世之常
觸入更色法　受入更樂樂　一切衆生惑
不識十二緣　如蛾投火光　妙覺如來說
由汝垢重故　則我心垢重　如我成佛身
經歷不度界　破壞心垢相　識別想非想
結使之根源　無常謂爲常　以苦言是樂
計空以爲有　無我以爲我　此想非想類
習顚倒來久　如蛾貪火光　不避滅身難
迷惑墮六趣　生此非想天　譬如斫伐樹

根在由復生　迷惑四顛倒　無明之所裹
今開甘露門　聖諦眞如有　拔苦之根本
永盡無有餘　四使長流海　生生不斷絶
我今破三界　將到至彼岸　安隱無畏處
爾時世尊說此頌時非想非非想識衆生皆
發無上正眞道意於無餘泥洹而不般泥洹
或有應生天者與說十善法應生人中爲說
五戒或趣三惡道者與說刀山劒樹火車鑪
炭如此等類三百三十六億那由他歎患劫
壽聞清淨法即成道果爾時世尊復以神足
十力無畏接彼非想非非想識衆生將至五
色識界衆生修治道樹莊嚴刹土放大光明
一一光明皆有化佛一一化佛皆坐七寶高
座三十二大人之相說六度無極彼五色衆
生見如來變化心垢縛著坦然除盡不復顛

樂染著生死爾時世尊以清淨梵音而說頌
曰
苦本生死怨　除之以善權　四等大慈心
超越無量界　今此利根人　一聞不再受
覩佛色形相　普入寂滅處　乃知賢聖道
無量難思議　滅垢不復生　盡同賢聖道
當其世尊說此頌時無限無量五色識衆生
盡同一號於當來世號普廣如來應供正遍
知明行足善逝世間解無上士調御丈夫天
人師佛世尊

無生滅品第九

爾時妙覺如來將欲移到諸佛刹土告三聚
衆生發心趣向求泥洹道今我現在與汝說
法若有所疑即來問我泥洹有生有滅不耶
爾時三聚衆生聞如來語前白佛言從欲界

上至非想非非想發意趣大乘不思議法未曾聞有有爲無爲法何者有餘何者無餘何者是上人法何者非上人法爾時世尊與三聚衆生分別句義字義及無相義如來神力有三十二法何者爲三十二憶本宿命中根本所生知本所從一一所生彼死生此比死生彼以眼識通觀察如掌中觀珠以耳通蠅行蟻步及微細聲皆悉聞之本有三界今無三界汝等受道證發心各各異中聞等變易何者是三界何者非三界爾時世尊說此語時三聚衆生重生狐疑爾時世尊知彼衆生心之所念欲得與說無相法觀以頌說曰

何者名爲頭　何者名爲足　何者名爲華
何者名爲果　人命在於頭　滅如灰土塵
百草樹木根　拔去不復生　觀此衆相法
無頭亦無足　有餘無餘法　等此而可知
若言有泥洹　我身今現在　若言無泥洹
何處有三聚　佛以神力故　令汝知有無
我觀三界苦　此亦有亦無　前念非後念
前形非後形　吾從無數劫　舉足及中間
其中起大悲　非二乘所及　當我起大悲
三塗受苦者　如慈母乳子　無不飽滿者
吾本一把施　今得隨所願　七寶衆琦珍
隨念即時得　何況四等具　六度濟衆生
此者誰能別　唯佛佛知之　今當與汝說
分別有餘無　欲得觀我界　吾以神足徒
到彼逮作佛　名曰釋迦文　七十二恒沙
西南土莊嚴　盡以一道化　無辟支聲聞
其土甚快樂　所念即在前　不似此土界
爲婬怒癡縛　一音遍四方　聞者尋得度

彼土七寶樹　風吹樹葉時　葉葉共相向
皆說度無極　我彼剎土中　住壽阿僧祇
現取滅度時　遺法十二劫　欲知劫長短
賢劫爲一日　計此日月數　以成十二劫
汝等三聚人　知我功德不　適彼東方土
八十億由他　其土名不終　佛號名滅界
我現弟子學　剃除披袈裟　長跪受聖法
彼佛知我心　彼等衆生類　見我著法服
不樂於世欲　同心樂出家　威儀禮節具
不失禁戒法　當其屈伸時　見者衣毛竪
此皆本宿命　同共誓願者　離欲無所著
無有生滅相　盡修於梵行　以我佛神力
於死得脫死　念此無記等　不解生以滅
輪轉於五道　四聖甘露法　充飽一切人

當其世尊說此頌時見此初學弟子剃除鬚髮受聖教百七十億衆生願樂欲得思惟法觀不樂在家出家爲沙門佛告三聚衆生我今東北方無限無量恒河沙數彼有剎土名曰清明佛名明月彼土人民無婬怒癡亦無憍慢我慢不如慢彼土衆生恒樂安靜獨坐無爲繫念在前初無亂想雷電霹靂心無傾動爾時妙覺如來適彼剎土遇地而坐彼衆生見坐禪者悉共效之佛以神力以無想法觀廻衆生心如手轉物令彼衆生知有常無常知生老病死苦或有衆生令知有念或有衆生令知有待或有衆生令知有安或有衆生令知自守佛將欲現四禪功德即於三聚衆生前從初禪出入二禪三禪四禪從四禪起入三禪二禪初禪從初禪至三禪從第四至第二禪此名師子奮迅三昧爾時世尊現

此神足三昧定意度無限無量那由他衆生皆共同發無上正眞道有願樂須陀洹斯陀含阿那含阿羅漢法眼淨得辟支佛道當於爾時妙覺如來忽然不現

空無形教化品第十

爾時妙覺如來捨中陰形入虛空藏三昧以佛吼而吼出八種音聲何謂爲八非男聲非女聲非長聲非短聲非豪貴聲非卑賤聲非苦聲非甘露聲爾時世尊隱形不現演出八萬四千諸度無極何謂八萬四千度無極想非想有受入結使患本如月雲覆一切衆生爲欲所牽有四百病一生而一滅人犯五逆欲離泥犂去見入地獄衣毛皆竪南西方北東亦爾以聞響衆生故演此諸法當於爾時三聚衆生聞虛空語聲無色無形於其中間演出諸法善哉諸佛教無色形難可思議爾時三聚衆生異口同音以頌仰問虛空曰

如來本在此　三十二相具　慈悲愍一切
所潤難可量　爲我說微妙　八等聖道支
隱形聞聖音　萬物皆無常　如來黃金色
本有今不見　但聞音響聲　佛無我豈有
計我生死本　流轉而不住　但爲色所惑
福滅而罪至　如來大聖尊　示人代謝法
忽然離形相　音響來教化　以本宿緣故
形逝音接我　老病生憂悲　四蛇嬰我身
地種骨肉是　水種潤澤是　火種枯燥是
風種散壞是　無著三乘法　離有故在有
心垢久已離　四種故存在　如來大聖尊
無彼此四大　正言有四種　亦復無四種
正言無四種　亦復有四種　此是不定法

誰能究竟者

爾時如來答彼音聲即說頌曰

佛子知空不　一切法無常　人生非本生
豈有本生緣　我音及汝音　可得不可得
吾從無數劫　不爲一衆生　一念一息頃
度少不以愁　所度阿僧祇　亦不以喜悅
我本爲一人　閑靜不度人　後緣而對至
不失本誓願　處此閻浮提　四姓刹利勝
除彼婆羅門　餘姓最不如　以本法界觀
生老病死苦　我無彼亦空　何者有生死
生者言有本　生者從何生　設知生死本
泥洹在我前　解知泥洹法　無佛亦無我
法從何處生　去至何處滅　佛以真實法
現以有無法　此生此處滅　愚惑得正見
言有亦非有　言無亦非無　輪轉生死海
爲五欲所縛　無驅無鞭策　自墜生死淵
爾乃知罪福　知悔不悔者

爾時世尊說此頌時八十七億那由他三聚衆生解無形相法發無上正真道意

有色無色品第十一

爾時座上有菩薩聞空中有如來聲仰視空中嘆曰甚哉但聞其聲不見其形此色非本色餘陰亦復爾此欲界衆生難可免度要須智劍刎除令無餘我本修梵行非身口意造非一亦非二欲我從汝生由汝墮三塗一念欲滅衆想亦無去來今過去諸如來教化羣萌類說過去不說今未來今說未來不說過去現在說現在不說過去未來或言有三世或言無三世爾時世尊欲重解斯義而說頌曰

生老病死本　諸如來塵垢　要入中拔濟
何爲地獄人　不似妙覺尊　在中陰教化
於妙妙中最　下劣所不及　如人持鉢乞
隨彼所施與　持鉢者思惟　是有是無耶
未證自謂證　邪見之根本　正法言非法
流轉五道淵　正法分別法　不失於法性
若不失法性　此是諸佛教　法性無三事
亦無去來今　若言是現在　現在何者是
若言是過去　過去何者是　若言是未來
未來何者是　人能解此法　曉了三世事
解本無雜想　順一大乘行　有緣衆生善
濟此無不度　猶如負債人　償畢大歡喜
内外悉通達　周旋不怯弱

爾時大勢至觀世音菩薩承佛威神音響教化即以神口而說頌曰

生老病死本　諸如來塵垢　要入中拔濟
何處不往返　我師無量壽　永劫不滅盡
本我所誓願　何爲地獄人　不似妙覺尊
在中陰教化　於妙妙中最　下劣所不及
願我後成佛　如妙覺無異

爾時觀世音說此頌時三億衆生發無上正眞道意

歡喜品第十二

爾時妙覺如來入寂滅三昧將欲遊行他方世界顧見所度不可計衆生心懷踊躍猶如比丘入四禪法心意淡然無飢無渴善哉教化不失本願心懷自慶而說頌曰

如來神足力　離苦不著有　處處分身化
要度有緣者　賢劫千佛等　所度無有異
亦在三聚中　正法除非法　甘露法門開

掩閉三惡道　稱揚大智慧　拔出愚癡根
諸法自瓔珞　內外悉清淨　慈悲四等心
無方不遍滿　攝持身口意　超越生老死

爾時世尊說此頌時辟方三千大千世界滿中三聚衆生承虛空中教皆發無上正眞道意歡喜奉行作禮而去

中陰經卷下

音釋

駛　跡士切疾也
烱　古迥切光也
狸　呂支切狐狸也
鉤鏁　鉤古候切鏁蘇果切鉤鏁謂骨骼聯絡也
泡　匹交切水上浮漚也
唼　作答切齧也

占察善惡業報經

上下同卷
出六根聚經中

隋外國沙門菩提登譯

清刻龍藏佛說法變相圖

占察善惡業報經卷上 上下同卷 出六根聚經中

隋外國沙門菩提登譯

如是我聞一時婆伽婆一切智人在王舍城耆闍崛山中以神通力示廣博嚴淨無礙道場與無量無邊諸大衆俱演說甚深根聚法門爾時會中有菩薩名堅淨信從座而起整衣服偏袒右肩合掌白佛言我今於此衆中欲有所問諮請世尊願垂聽許佛言善男子隨汝所問便可說之堅淨信菩薩言如佛先說若我去世正法滅後像法向盡及入末世如是之時衆生福薄多諸衰惱國土數亂灾害頻起種種厄難怖懼逼繞我諸弟子失其善念唯長貪瞋嫉妒我慢設有像似行善法者但求世間利養名稱以之爲主不能專心修出要法爾時衆生覩世灾亂心常怯弱憂

畏已身及諸親屬不得衣食充養軀命以如此等衆多障礙因緣故於佛法中鈍根少信得道者極少乃至漸漸於三乘中信心成就者亦復甚尠所有修學世間禪定發諸通業自知宿命者次轉無有如是於後入末法中經久得道獲信禪定通業等一切全無我今爲此未來惡世像法向盡及末法中有微少善根者請問如來設何方便開化示導令生信心得除衰惱以彼衆生遭值惡時多障礙故退其善心於世間出世間因果法中數起疑惑不能堅心專求善法如是衆生可愍可救世尊大慈一切種智願興方便而曉喻之令離疑網除諸障礙信得增長隨於何乘速獲不退佛告堅淨信言善哉善哉快問斯事深適我意今此衆中有菩薩摩訶薩名曰地藏汝應以此事而請問之彼當爲汝建立方便開示演說誠汝所願時堅淨信菩薩復白佛言如來世尊無上大智何意不說乃欲令彼地藏菩薩而演說之佛告堅淨信汝莫生高下想此善男子發心已來過無量無邊不可思議阿僧祇劫久已能度薩婆若海功德滿足但依本願自在力故權巧現化影應十方雖復普遊一切刹土常起功業而於五濁惡世化益偏厚亦依本願力所熏習故及因衆生應受化業故也彼從十一劫來莊嚴此世界成熟衆生是故在斯會中身相端嚴威德殊勝唯除如來無能過者又於此世界所有化業唯除遍吉觀世音等諸大菩薩皆不能及以是菩薩本誓願力速滿衆生一切所求能滅衆生一切重罪除諸障礙現得安隱

又是菩薩名爲善安慰說者所謂巧演深法能善開導初學發意求大乘者令不怯弱以如是等因緣於此世界衆生渴仰受化得度是故我今令彼說之爾時堅淨信菩薩既解佛意已尋即勸請地藏菩薩摩訶薩言善哉救世眞士善哉大智開士如我所問惡世衆生以何方便而化導之使離諸障得堅固信如來今者爲欲令汝說是方便宜當知時哀愍爲說爾時地藏菩薩摩訶薩語堅淨信菩薩摩訶薩言善男子諦聽當爲汝說若佛滅後惡世之中諸有比丘比丘尼優婆塞優婆夷於世間出世間因果法未得決定信不能修學無常想苦想無我想不淨想成就現前不能勤觀四聖諦法及十二因緣法亦不勤觀眞如實際無生無滅等法以不勤觀如是法故不能畢竟不作十惡根本過罪於三寶功德種種境界不能專信於三乘中皆無定向如是等人若有種種諸障礙事增長憂慮或疑或悔於一切處心不明了多求多惱衆事牽纏所作不定思想繞亂廢修道業有如是等障難事者當用木輪相法占察善惡宿世之業現在苦樂吉凶等事緣合故有緣盡則滅業集隨心相現果起不失不壞相應不差如是諦占善惡業報曉喻自心於所疑事以取決了若佛弟子但當學習如此相法至心歸依所觀之事無不成者不應棄捨如是之法而返隨逐世間卜筮種種占相吉凶等事貪著樂習若樂習者深障聖道善男子欲學木輪相者先當刻木如小指許使長短減於一寸正中令其四面方平自餘向兩頭斜

漸去之仰手傍擲令使易轉因是義故說名爲輪又依此相能破壞衆生邪見疑網轉向正道到安隱處是故名輪其輪相者有三種差別何等爲三一者輪相能示宿世所作善惡業種差別其輪有十二者輪相能示宿世集業久近所作强弱大小差別其輪有三三者輪相能示三世中受報差別其輪有六若欲觀宿世作善惡業差別者當刻木爲十輪依此十輪書記十善之名一善主在一輪於一面記次以十惡書對十善令使相當亦各記在一面言十善者則爲一切衆善根本能攝一切諸餘善法言十惡者亦爲一切衆惡根本能攝一切諸餘惡法若欲占此輪相者先當學至心總禮十方一切諸佛因即立願願令十方一切衆生速疾皆得親近供養諮受正法次應學至心敬禮十方一切法藏因即立願願令十方一切衆生速疾皆得受持讀誦如法修行及爲他說次當學至心敬禮十方一切賢聖因即立願願令十方一切衆生速疾皆得親近供養發菩提心至不退轉後應學至心禮我地藏菩薩摩訶薩因即立願願令十方一切衆生速得除滅惡業重罪離諸障礙資生衆具悉皆充足如是禮已隨所有香華等當修供養修供養者憶念一切佛法僧寶體常遍滿無所不在願令以此香華等同法性普熏一切諸佛刹土施作佛事又念十方一切供具無時不有我今當以十方所有一切種種香華瓔珞幢旛寶蓋諸珍妙飾種種音樂燈明燭火飲食衣服卧具湯藥乃至盡十方所有一切種種莊嚴供養之

具憶想遥擬普共衆生奉獻供養常念一切世界中有修供養者我今隨喜若未修供養者願得開導令修供養又願我身速能遍至一切刹土於一一佛法僧所各以一切種莊嚴供養之具共一切衆生等持奉獻供養一切諸佛法身色身舍利形像浮圖廟塔一切佛事供養一切所有法藏及說法處供養一切賢聖僧衆願共一切衆生修行如是供養已漸得成就六波羅蜜四無量心深知一切法本來寂靜無生無滅一味平等離念清淨畢竟圓滿又應别復係心供養我地藏菩薩摩訶薩以當稱名若默誦念一心告言南無地藏菩薩摩訶薩如是稱名滿足至千經千念已而作是言地藏菩薩摩訶薩大慈大悲惟願護念我及一切衆生速除諸障增長淨信令今所觀稱實相應作此語已然後手執木輪於淨物上而傍擲之如是欲自觀法若欲觀他皆亦如是應知占其輪相者隨所現業悉應一一諦觀思驗或純具十善或純具十惡或善惡交雜或純善不具或純惡不具如是業因種類不同習氣果報各各别異如佛世尊餘處廣說應當憶念思惟觀察所現業種與今世果報所經苦樂吉凶等事及煩惱業習得相當者名爲相應若不相當者謂不至心名虛謬也若占輪相其善惡業俱不現者此人已證無漏智心專求出離不復樂受世間果報諸有漏業展轉微弱更不增長是故不現又純善不具純惡不具者此二種人善惡之業所有不現者皆是微弱未能牽果是故不現若當來世佛諸弟子已占善惡

果報得相應者於五欲衆具得稱意時勿當自縱以起放逸即應思念由我宿世如是善業故今獲此報我今乃可轉更進修不應休止若遭衆厄種種衰惱不吉之事繞亂憂怖不稱意時應當甘受無令疑悔退修善業即當思念但由我宿世造如是惡業故今獲此報我今應當悔彼惡業專修對治及修餘善無得止住懈怠放逸轉更增集種種苦聚是名占察初輪相法善男子若欲占察過去往昔集業久近所作强弱大小差別者當復刻木爲三輪以身口意各主一輪書字記之又於輪正中一面書一畫令麤長使徹畔次第二面書一畫令細短使不至畔次第三面作一傍刻如畫令其麤深次第四面亦作傍刻令使細淺當知善業莊嚴猶如畫飾惡業衰害猶如損刻其畫長大者顯示積善來久行業猛利所作增上其畫細短者顯示積善來近始習基鈍所作微薄其刻麤深者顯示習惡來久所作增上餘殃亦厚其刻細淺者顯示退善來近始習惡法所作之業未至增上或雖起重惡已曾改悔此謂小惡善男子若占初轉相者但知宿世所造之業善惡差別而不能知積習久近所作之業强弱大小是故須占第二輪相若占第二輪相者當依初輪相中所現之業若屬身者擲身輪相若屬口者擲口輪相若屬意者擲意輪相不得以此三輪之相一擲通占應當隨業主念一一善惡依所屬輪別擲占之復次若占初輪相中唯得身之善於此第二輪相中得身惡者謂無至心不得相應名虛謬也又復不相應

者謂占初輪相中得不殺業及得偷盜業意先主觀不殺業而於第二輪相中得身惡者名不相應復次若觀現在從生以來不樂殺業無造殺罪但意主殺業而於此第二輪相中得身大惡者謂名不相應自餘口意中業不相應義亦如是應知善男子若未來世諸衆生等欲求度脫生老病死始學發心修習禪定無相智慧者應當先觀宿世所作惡業多少及以輕重若惡業多厚者不得即學禪定智慧應當先修懺悔之法所以者何此人宿習惡心猛利故於今現在必多造惡毀犯重禁以犯重禁故若不懺悔令其清淨而修禪定智慧者則多有障礙不能尅獲或失心錯亂或外邪所惱或納受邪法增長惡見是故當先修懺悔法若戒根清淨及宿世重罪得微薄者則離諸障善男子欲修懺悔法者當住靜處隨力所能莊嚴一室內置佛事及安經法懸繒旛蓋求集香華以修供養澡沐身體及洗衣服勿令臭穢於晝日分在此室內三時稱名一心敬禮過去七佛及五十三佛次隨十方面一一總歸擬心遍禮一切諸佛所有色身舍利形像浮圖廟塔一切佛事次復總禮十方三世所有諸佛又當擬心遍禮十方一切法藏次當擬心遍禮十方一切賢聖然後更別稱名禮我地藏菩薩摩訶薩如是禮已應當說所作罪一心仰告惟願十方諸大慈尊證知護念我今懺悔不復更造願我及一切衆生速得除滅無量劫來十惡四重五逆顛倒謗毀三寶一闡提罪復應思惟如是罪性但從虛妄顛倒心起無有定實

而可得者本唯空寂願一切衆生速達心本永滅罪根次應復發勸請之願願令十方一切菩薩未成正覺者願速成正覺若已成正覺者願常住在世轉正法輪不入涅槃次當復發隨喜之願願我及一切衆生畢竟永捨嫉妬之心於三世中一切刹土所有修學一切功德及成就者悉皆隨喜次當復發迴向之願願我所修一切功德資益一切諸衆生等同趣佛智至涅槃城如是發迴向願已復往餘静室端坐一心若稱誦若默念我之名號當減省睡眠若惛蓋多者應於道場室中旋遶誦念次至夜分時若有燈燭光明事者亦應三時恭敬供養悔過發願若不能辦光明事者應當直在餘静室中一心誦念日日如是行懺悔法勿令懈廢若人宿世遠有善基暫時遇惡因縁而造惡法罪障輕微其心猛利意力强者經七日後即得清淨除諸障礙如是衆生等業有厚薄諸根利鈍差别無量或經二七日後而得清淨或經三七日乃至或經七七日後而得清淨若過去現在俱有增上種種重罪者或經百日而得清淨或經二百日乃至或經千日而得清淨若極鈍根罪障最重者但當能發勇猛之心不顧惜身命想常勤稱念晝夜旋遶減省睡眠禮懺發願樂修供養不懈不廢乃至失命要不休退如是精進於千日中必獲清淨善男子若欲得知清淨相者從始修行過七日後應當日日於晨朝旦以第二輪相具安手中頻三擲之若身口意皆純善者名得清淨如是未來諸衆生等能修行懺悔者從先過去久遠

以來於佛法中各曾習善隨其所修何等功德業有厚薄種種別異是故彼等得清淨時相亦不同或有衆生得三業純善時即更得諸餘好相或有衆生得三業善相時於一日一夜中復見光明遍滿其室或聞殊特異好香氣身意快然或作善夢夢見佛色身來爲作證手摩其頭歎言善哉汝今清淨我來證汝或夢見菩薩身來爲作證或夢見佛形像放光而爲作證若人未得三業善相但先見聞如此諸事者則爲虛妄誑惑詐僞非善相也若人曾有出世善基攝心猛利者我於爾時隨所應度而爲現身放大慈光令彼安隱離諸疑怖或示神通種種變化或復令彼自憶宿命所經之事所作善惡或復隨其所樂爲說種種深要之法彼人即時於所向乘得決定信或漸證獲沙門道果復次彼諸衆生若雖未能見我化身轉變說法但當學至心使身口意得清淨相已我亦護念令彼衆生速得消滅種種障礙天魔波旬不來破壞乃至九十五種外道邪師一切鬼神亦不來亂所有五蓋展轉輕微堪能修習諸禪智慧復次若未來世諸衆生等雖不爲求禪定智慧出要之道但遭種種衆厄貧窮困苦憂惱逼迫者亦應恭敬禮拜供養悔所作惡恒常發願於一切時一切處勤心稱誦我之名號令其至誠亦當速脫種種衰惱捨此命已生於善處復次未來之世若在家若出家諸衆生等欲求受清淨妙戒而先已作增上重罪不得受者亦當如上修懺悔法令其至心得身口意善相已即應可受若彼衆生欲習摩訶

衍道求受菩薩根本重戒及願總受在家出家一切禁戒所謂攝律儀戒攝善法戒攝化衆生戒而不能得善好戒師廣解菩薩法藏先修行者應當至心於道場内恭敬供養仰告十方諸佛菩薩請爲師證一心立願稱辯戒相先說十根本重戒次當總舉三種戒聚自誓而受此亦得戒復次未來世諸衆生等欲求出家及已出家若不能得善好戒師及清淨僧衆其心疑惑不得如法受於禁戒者但能學發無上道心亦令身口意得清淨已其未出家者應當剃髮被服法衣如上立願自誓而受菩薩律儀三種戒聚則名具獲波羅提木叉出家之戒名爲比丘比丘尼即應推求聲聞律藏及菩薩所習摩德勒伽藏受持讀誦觀察修行若雖出家而其年未滿二十者應當先誓願受十根本戒及受沙彌沙彌尼所有别戒既受戒已亦名沙彌沙彌尼即應親近供養給侍先舊出家學大乘心具受戒者求爲依止之師請問教戒修行威儀如沙彌沙彌尼法若不能值如是之人唯當親近菩薩所修摩德勒伽藏讀誦思惟觀察修行應勤供養佛法僧寶若沙彌尼年已十八者亦當自誓受毗尼藏中式叉摩那六戒之法及遍學比丘尼一切戒聚其年若滿二十時乃可如上總受菩薩三種戒聚然後得名比丘比丘尼若彼衆生雖學懺悔不能至心不獲善相者設作受想不名得戒爾時堅淨信菩薩摩訶薩問地藏菩薩摩訶薩言所說至心者差别有幾種何等至心能獲善相地藏菩薩摩訶薩言善男子我所說至心者

略有二種何等爲二一者初始學習求願至心二者攝意專精成就勇猛相應至心得此第二至心者能獲善相此第二至心復有下中上三種差別何等爲三一者一心所謂係想不亂心住了了二者勇猛心所謂專求不懈不顧身命三者深心所謂與法相應究竟不退若人修習此懺悔法乃至不得下至心者終不能獲清淨善相是名說占第二輪法善男子若欲占察三世中受報差別者當復刻木爲六輪於此六輪以一二三四五六七八九十十一十二十三十四十五十六十七十八等數書字記之一數主一面各三面令數次第不錯不亂當知如此諸數皆從一數而起以一爲本如是數相者顯示一切衆生六根之聚皆從如來藏自性清淨心一實境界而起依一實境界以之爲本所謂依一實境界故有彼無明不了一法界謬念思惟現妄境界分别取著集業因緣生眼耳鼻舌身意等六根以依內六根故對外色聲香味觸法等六塵起眼耳鼻舌身意等六識以依六識故於色聲香味觸法中起違想順想非違非順等想生十八種受若未來世佛諸弟子於三世中所受果報欲決疑意者應當三擲此第三輪想占計合數依數觀之以定善惡如是所觀三世果報善惡之相有一百八十九種何等爲一百八十九種一者求上乘得不退二者所求果現當證三者求中乘得不退四者求下乘得不退五者求神通得成就六者修四梵得成就七者修世禪得成就八者所欲受得妙戒九者所曾受得戒具十者

求上乘未住信十一者求中乘未住信十二者求下乘未住信十三者所觀人爲善友十四者隨所聞是正法十五者所觀人爲惡友十六者隨所聞非正教十七者所觀人有實德十八者所觀人無實德十九者所觀義不錯謬二十者所觀義是錯謬二十一者有所誦不錯謬二十二者有所誦是錯謬二十三者所修行不錯謬二十四者所見聞是善相二十五者有所證爲正實二十六者有所學是錯謬二十七者所見聞非善相二十八者有所證非正法二十九者有所獲邪神持三十者所能說邪智辯三十一者所玄知非人力三十二者應先習觀智道三十三者應先習禪定道三十四者觀所學無障礙三十五者觀所學是所宜三十六者觀所學非所宜三十七者觀所學是宿習三十八者觀所學非宿習三十九者觀所學善增長四十者觀所學方便少四十一者觀所學無進趣四十二者所求果現未得四十三者求出家當得去四十四者求聞法得教示四十五者求經卷得讀誦四十六者觀所作是魔事四十七者觀所作事成就四十八者觀所作事不成四十九者求大富財盈滿五十者求官位當得獲五十一者求壽命得延年五十二者求世仙當得獲五十三者觀學問多所達五十四者觀學問少所達五十五者求師友得如意五十六者求弟子得如意五十七者求父母得如意五十八者求男女得如意五十九者求妻妾得如意六十者求同伴得如意六十一者觀所慮得和合六十二者所觀人心

懷恚六十三者求無恨得歡喜六十四者求和合得如意六十五者所觀人心歡喜六十六者所思人得會見六十七者所思人不復會六十八者所請喚得來集六十九者所憎惡得離之七十者所愛敬得近之七十一者觀欲聚得和集七十二者觀欲聚不和集七十三者所請喚不得來七十四者所期人必當至七十五者所期人住不來七十六者所觀人得安吉七十七者所觀人不安吉七十八者所觀人已無身七十九者所望見得覲之八十者所求覔得見之八十一者求所聞得吉語八十二者所求見不如意八十三者觀所疑即爲實八十四者觀所疑爲不實八十五者所觀人不和合八十六者求佛事當得獲八十七者求供具當得獲八十八者求資生得如意八十九者求資生少得獲九十者有所求皆當得九十一者有所求皆不得九十二者有所求少得獲九十三者有所求得如意九十四者有所求速當得九十五者有所求久當得九十六者有所求而損失九十七者有所求得吉利九十八者有所求而受苦九十九者觀所失求當得一百者觀所失求不得一百一者觀所失自還得一百二者求離厄得脫難一百三者求離病得除愈一百四者觀所去無障礙一百五者觀所去有障礙一百六者觀所住得安止一百七者觀所住不得安一百八者所向處得安快一百九者所向處有厄難一百一十者所向處爲魔網一百一十一者所向處難開化一百一十二者所向處可開化一百一十三者所

向處自獲利一百一十四者所遊路無惱害一百一十五者所遊路有惱害一百一十六者君民惡饑饉起一百一十七者君民惡多疾疫一百一十八者君民好國豐樂一百一十九者君無道國灾亂一百二十者君修德灾亂滅一百二十一者君行惡國將破一百二十二者君修善國還立一百二十三者觀所避得度難一百二十四者觀所避不脫難一百二十五者所住處衆安隱一百二十六者所住處有障難一百二十七者所依聚衆不安一百二十八者閑靜處無諸難一百二十九者觀怪異無損害一百三十者觀怪異有損害一百三十一者觀怪異精進安一百三十二者觀所夢無損害一百三十三者觀所夢有損害一百三十四者觀所夢精進安一百三十五者觀所夢爲吉利一百三十六者觀障亂速得離一百三十七者觀障亂漸得離一百三十八者觀障亂不得離一百三十九者觀障亂一心除一百四十者觀所難速得脫一百四十一者觀所難久得脫一百四十二者觀所難受衰惱一百四十三者觀所難精進脫一百四十四者觀所難命當盡一百四十五者觀所患大不調一百四十六者觀所患非人惱一百四十七者觀所患合非人一百四十八者觀所患可療治一百四十九者觀所患難療治一百五十者觀所患精進差一百五十一者觀所患久長苦一百五十二者觀所患自當差一百五十三者觀所患向醫堪能治一百五十四者觀所療是對治一百五十五者所服藥當得力一百五

十六者觀所患得除愈一百五十七者所向醫不能治一百五十八者觀所療非對治一百五十九者所服藥不得力一百六十者觀所患命當盡一百六十一者從地獄道中來一百六十二者從畜生道中來一百六十三者從餓鬼道中來一百六十四者從阿脩羅道中來一百六十五者從人道中而來一百六十六者從天道中而來一百六十七者從在家中而來一百六十八者從出家中而來一百六十九者曾值佛供養來一百七十者曾親供養賢聖來一百七十一者曾得聞深法來一百七十二者捨身已入地獄一百七十三者捨身已作畜生一百七十四者捨身已作餓鬼一百七十五者捨身已作阿脩羅一百七十六者捨身已生人道一百七十七者捨身已爲人王一百七十八者捨身已生天道一百七十九者捨身已爲天王一百八十者捨身已聞深法一百八十一者捨身已得出家一百八十二者捨身已值聖僧一百八十三者捨身已生兜率天一百八十四者捨身已生淨佛國一百八十五者捨身已尋見佛一百八十六者捨身已住下乘一百八十七者捨身已住中乘一百八十八者捨身已獲果證一百八十九者捨身已入上乘善男子是名一百八十九種善惡果報差别之相如此占法隨心所觀主念之事若數合與意相當者無有乖錯若其所擲所合之數數與心所觀主念之事不相當者謂不至心名爲虛謬其有三擲而皆無所見者此人則名已得無所有也復次善男子若自發意觀於

他人所受果報事亦同爾若有他人不能自
占而來求請欲使占者應當籌量觀察自心
不貪世間内意清淨然後乃可如上歸敬修
行供養至心發願而爲占察不應貪求世間
名利如行師道以自妨亂又若内心不清淨
者設令占察而不相當但爲虚謬耳復次若
未來世諸衆生等一切所占不獲吉善所求
不得種種憂慮逼惱怖懼時應當晝夜常勤
誦念我之名字若能至心者所占則吉所求
皆獲現離衰惱

占察善惡業報經卷上

占察善惡業報經卷下

隋外國沙門菩提登譯

爾時堅淨信菩薩摩訶薩問地藏菩薩摩訶薩言云何開示求向大乘者進趣方便地藏菩薩摩訶薩言善男子若有衆生欲向大乘者應當先知最初所行根本之業其最初所行根本業者所謂依止一實境界以修信解因修信解力增長故速疾得入菩薩種性所言一實境界者謂衆生心體從本以來不生不滅自性清淨無障無礙猶如虚空離分別故平等普遍無所不至圓滿十方究竟一相無二無別不變不異無增無減以一切衆生心一切聲聞辟支佛心一切菩薩心一切諸佛心皆同不生不滅無染寂靜眞如相故所以者何一切有心起分別者猶如幻化無有眞實所謂識受想行憶念緣慮覺知等法種種心數非青非黄非赤非白亦非雜色無有長短方圓大小乃至盡於十方虚空一切世界求心形狀無一區分而可得者但以衆生無明癡暗熏習因緣現妄境界令生念著所謂此心不能自知妄自謂有起覺知想計我我所而實無有覺知之相以此妄心畢竟無體不可見故若無覺知能分別者則無十方三世一切境界差別之相以一切法皆不能自有但依妄心分別故有所謂一切境界各各不自念爲有知此爲自知彼爲他是故一切法不能自有則無別異唯依妄心不知不了内自無故謂有前外所知境界妄生種種法想謂有謂無謂彼謂此謂是謂非謂好謂惡乃至妄生無量無邊法想當如是知一切

諸法皆從妄想生依妄心爲本然此妄心無自相故亦依境界而有所謂緣念覺知前境界故說名爲心又此妄心與前境界雖俱相依起無先後而此妄心能爲一切境界源主所以者何謂依妄心不了法界一相故說心有無明依無明力因故現妄境界亦依無明滅故一切境界滅非依一切境界自不了故說境界有無明亦非依境界故生於無明以一切諸佛於一切境界不生無明故又復不依境界滅故無明心滅以一切境界從本已來體性自滅未曾有故因如此義是故但說一切諸法依心爲本當知一切諸法悉名爲心以義體不異爲心所攝故又一切諸法從心所起與心作相和合而有共生共滅同無有住以一切境界但隨心所緣念念相續故而得住持暫時爲有如是所說心義者有二種相何等爲二一者心內相二者心外相心內相者復有二種云何爲二一者眞二者妄所言眞者謂心體本相如如不異清淨圓滿無障無礙微密難見以遍一切處常恒不壞建立生長一切法故所言妄者謂起念分別覺知緣慮憶想等事雖復相續能生一切種種境界而內虛僞無有眞實不可見故所言心外相者謂一切諸法種種境界等隨有所念境界現前故知有內心及內心差別如是當知內妄相者爲因爲體外妄相者爲果爲用依如此等義是故我說一切諸法悉名爲心又復當知心外相者如夢所見種種境界唯心想作無實外事一切境界悉亦如是以皆依無明識夢所見妄想作故復次應知內

心念念不住故所見所緣一切境界亦隨心念念不住所謂心生故種種法生心滅故種種法滅是生滅相但有名字實不可得以心不往至於境界境界亦不來至於心如鏡中像無來無去是故一切法求生滅定相了不可得所謂一切法畢竟無體本來常空實不生滅故如是一切法實不生滅者則無一切境界差別之相寂靜一味名爲眞如第一義諦自性清淨心彼自性清淨心湛然圓滿以無分別相故無分別相者於一切處無所不在無所不在者以能依持建立一切法故復次彼心名如來藏所謂具足無量無邊不可思議無漏清淨功德之業以諸佛法身從無始本際來無障無礙自在不滅一切現化種種功業恒常熾然未曾休息所謂遍一切世界皆示作業種種化益故以一佛身即是一切諸佛身一切諸佛身即是一佛身所有作業亦皆共一所謂無分別相不念彼此平等無二以依一法性而有作業同自然化體無別異故如是諸佛法身遍一切處圓滿不動故隨諸衆生死此生彼恒爲作依譬如虛空悉能容受一切色像種種形類以一切色像種種形類皆依虛空而有建立生長住虛空中爲虛空處所攝以虛空爲體無有能出虛空界分者當知色像之中虛空之界不可毀滅色像壞時還歸虛空而虛空本界無增無減不動不變諸佛法身亦復如是悉能容受一切衆生種種果報以一切衆生種種果報皆依諸佛法身而有建立生長住法身中爲法身處所攝以法身爲體無有能出法身界

分者當知一切衆生身中諸佛法身亦不可毀滅若煩惱斷壞時還歸法身而法身本界無增無減不動不變但從無始世來與無明心俱癡闇因緣熏習力故現妄境界以依妄境界熏習因緣故起妄相應心計我我所造集諸業受生死苦說彼法身名爲衆生若如是衆生中法身熏習而有力者煩惱漸薄能猒世間求涅槃道信歸一實修六波羅蜜等一切菩提分法名爲菩薩若如是菩薩中修行一切善法滿足究竟得離無明睡者轉名爲佛當知如是衆生菩薩佛等但依世間假名言說故而有差別而法身之體畢竟平等無有異相善男子是名略說一實境界義若欲依一實境界修信解者應當學習二種觀道何等爲二一者唯心識觀二者眞如實觀學唯心識觀者所謂於一切時一切處隨身口意所有作業悉當觀察知唯是心乃至一切境界若心住念皆當察知勿令使心無記攀緣不自覺知於念念間悉應觀察隨心有所緣念還當使心隨逐彼念令心自知知巳內心自生想念非一切境界有念有分別也所謂內心自生長短好惡是非得失衰利有無等見無量諸想而一切境界未曾有想起於分別當知一切境界自無分別想故即自非長非短非好非惡乃至非有非無離一切相如是觀察一切法唯心想生若使離心則無一法一相而能自見有差別也常應如是守記內心知唯妄念無實境界勿令休廢是名修學唯心識觀若心無記不知自心念者即謂有前境界不名唯心識觀又守記內心

者則知貪想瞋想及愚癡邪見想知善知不善知無記知心勞慮種種諸苦若於坐時隨心所緣念念觀知唯心生滅譬如水流燈燄無暫時住從是當得色寂三昧得此三昧已次應學習信奢摩他觀心及信毗婆舍那觀心習信奢摩他觀心者思惟內心不可見相圓滿不動無來無去本性不生不滅離分別故習信毗婆舍那觀心者想見內外色隨心生隨心滅乃至習想見佛色身亦復如是隨心生隨心滅如幻如化如水中月如鏡中像非心不離心非來非不來非去非不去非生非不生非作非不作善男子若能習信此二觀心者速得趣會一乘之道當知如是唯心識觀名爲最上智慧之門所謂能令其心猛利長信解力疾入空義得發無上大菩提心

故若學習眞如實觀者思惟心性無生無滅不住見聞覺知求離一切分別之想漸漸能過空處識處無少處非想非非想處等定境界相得相似空三昧得相似空三昧時識想受行麤分別相不現在前從此修學爲善知識大慈悲者守護長養是故離諸障礙勤修不廢展轉能入心寂三昧得是三昧已即復能入一行三昧入是一行三昧已見佛無數發深廣行心住堅信位所謂於奢摩他毗婆舍那二種觀道決定信解能決定向隨所修學世間諸禪三昧之業無所樂著乃至遍修一切善根菩提分法於生死中無所怯畏不樂二乘以依能習向二觀心最妙巧便衆智所依行根本故復次修學如上信解者人有二種何等爲二一者利根二者鈍根其利根

者先已能知一切外諸境界唯心所作虚誑
不實如夢如幻等決定無有疑慮陰蓋轉微
散亂心少如是等人即應學習眞如實觀其
鈍根者先未能知一切外諸境界悉唯是心
虚誑不實故染著情厚蓋障數起心難調伏
應當先學唯心識觀若人雖學如是信解而
善根業薄未能進趣諸惡煩惱不得漸伏其
心疑怯畏墮三惡道生八難處畏不常值佛
菩薩等不得供養聽受正法畏菩提行難可
成就有如此疑怖及種種障礙等者應於一
切時一切處常勤誦念我之名字若得一心
善根增長其意猛利當觀我法身及一切諸
佛法身與已自身體性平等無二無别不生
不滅常樂我淨功德圓滿是可歸依又復觀
察已身心相無常苦無我不淨如幻如化是

可猒離若能修學如是觀者速得增長淨信
之心所有諸障漸漸損減何以故此人名爲
學習聞我名者亦能學習聞十方諸佛名者
名爲學至心禮拜供養我者亦能學至心禮
拜供養十方諸佛者名爲學聞大乘深經者
名爲學執持書寫供養恭敬大乘深經者名
爲學受持讀誦大乘深經者名爲學遠離邪
見於深正義中不墮謗者名爲於究竟甚深
第一實義中學信解者名爲能除諸罪障者
名爲當得無量功德聚者此人捨身終不墮
惡道八難之處還聞正法習信修行亦能隨
願往生他方淨佛國土復次若人欲生他方
現在淨國者應當隨彼世界佛之名字專意
誦念一心不亂如上觀察者決定得生彼佛
淨國善根增長速獲不退當知如上一心繫

念思惟諸佛平等法身一切善根中其業最勝所謂勤修習者漸漸能向一行三昧若到一行三昧者則成廣大微妙行心名得相似無生法忍以能得聞我名字故亦能得聞十方諸佛名字故以能至心禮拜供養我故亦能至心禮拜供養十方諸佛故以能得聞大乘深經故能執持書寫供養恭敬大乘深經故能受持讀誦大乘深經故能於究竟甚深第一實義中不生怖畏遠離誹謗得正見心能信解故決定除滅諸罪障故現證無量功德聚故所以者何謂無分別菩提心寂靜智現起發方便業種種願行故能聞我名者謂得決定信利益行故乃至一切所能者皆得不退一乘因故若雜亂垢心雖復稱誦我之名字而不名爲聞以不能生決定信解但獲世間善報不得廣大深妙利益如是雜亂垢心隨其所修一切諸善皆不能得深大利益善男子當知如上勤心修學無相禪者不久能獲深大利益漸次作佛深大利益者所謂得入堅信法位成就信忍故入堅修位成就順忍故入正眞位成就無生忍故又成就信忍者能作如來種性故成就順忍者能解如來行故成就無生忍者得如來業故漸次作佛者略說有四種何等爲四一者信滿法故作佛所謂依種性地決定信諸法不生不滅清淨平等無可願求故二者解滿法故作佛所謂依解行地深解法性知如來業無造無作於生死涅槃不起二想心無所怖故三者證滿法故作佛所謂依淨心地以得無分別寂靜法智及不思議自然之業無求想故四

者一切功德行滿足故作佛所謂依究竟菩薩地能除一切諸障無明夢盡故復次當知若修學世間有相禪者有三種何等爲三一者無方便信解力故貪受諸禪三昧功德而生憍慢爲禪所縛退求世間二者無方便信解力故依禪發起偏猒離行怖怯生死退墮二乘三者有方便信解力所謂依止一實境界習近奢摩他毗婆舍那二種觀道故能信解一切法唯心想生如夢如幻等雖獲世間諸禪功德而不堅著不復退求二有之果又信知生死即涅槃故亦不怖怯退求二乘如是修學一切諸禪三昧法者當知有十種次第相門具足攝取禪定之業能令學者成就相應不錯不謬何等爲十一者攝念方便相二者欲住境界相三者初住境界分明了了知出知入相四者善住境界得堅固相五者所作思惟方便勇猛轉求進趣相六者漸得調順稱心喜樂除疑惑信解自安慰相七者尅獲勝進意所專者少分相應覺知利益相八者轉修增明所習堅固得勝功德對治成就相九者隨心有所念作外現功業如意相應不錯不謬相十者若更異修依前所得而起方便次第成就出入隨心超越自在相是名十種次第相門攝修禪定之業爾時堅淨信菩薩摩訶薩問地藏菩薩摩訶薩言汝云何巧說深法能令衆生得離怯弱地藏菩薩摩訶薩言善男子當知初學發意求向大乘未得信心者於無上道甚深之法喜生疑怯我當以巧便宣顯實義而安慰之令離怯弱是故號我爲善安慰說者云何安慰所謂鈍

根小心衆生聞無上道最勝最妙意雖貪樂發心願向而復思念求無上道者要須積功廣極難行苦行自度度他劫數長遠於生死中夂受勤苦方乃得獲以是之故心生怯弱我即爲說眞實之義所謂一切諸法本性自空畢竟無我無作無受無自無他無行無到無有方所亦無過去現在未來乃至爲說十八空等無有生死涅槃一切諸法定實之相而可得者又復爲說一切諸法如幻如化如水中月如鏡中像如乾闥婆城如空谷響如陽光如泡如露如燈如目瞖如夢如電如雲煩惱生死性甚微弱易可令滅又煩惱生死畢竟無體求不可得本來不生實更無滅自性寂靜即是涅槃如此所說能破一切諸見損自身心執著想故得離怯弱復有衆生不解如來言說旨意故而生怯弱當知如來言說旨意者所謂如來見彼一實境界故究竟得離生老病死衆惡之法證彼法身常恒清涼不變等無量功德聚復能了了見一切衆生身中皆有如是眞實微妙清淨功德而爲無明闇染之所覆障長夜恒受生老病死無量衆苦如來於此起大慈悲意欲令一切衆生離於衆苦同獲法身第一義樂而彼法身是無分別離念之法唯有能滅虛妄識想不起念者乃所應得但一切衆生常樂分別取著諸法以顚倒妄想故而受生死是故如來爲欲令彼離於分別執著想故說一切世間法畢竟體空無所有乃至一切出世間法亦畢竟體空無所有若廣說者如十八空如是顯示一切諸法皆不離菩提體菩提體者非

有非無非非有非非無非有無俱非一非異非非一非非異非一異俱乃至畢竟無有一相而可得者以離一切相故離一切相者所謂不可依言說取以菩提法中無有受言說者及無能言說者故又不可依心念知以菩提法中無有能取可取無自無他離分別相故若有分別想者則爲虛僞不名相應如是等說鈍根衆生不能解者謂無上道如來法身但唯空法一向畢竟而無所有其心怯弱畏墮無所得中或生斷滅想作增減見轉起誹謗自輕輕他我即爲說如來法身自性不空有眞實體具足無量清淨功業從無始世來自然圓滿非修非作乃至一切衆生身中亦皆具足不變不異無增無減如是等說能除怯弱是名安慰又復愚癡堅執衆生聞如是等說亦生怯弱以取如來法身本來滿足非脩非作相故起無所得相而生怯弱或計自然墮邪倒見我即爲說修行一切善法增長滿足生如來色身得無量功德清淨果報如此等說令離怯弱是名安慰而我所說甚深之義眞實相應無有諸過以離相違說故云何知離相違相所謂如來法身中雖復無有言說境界離心想念非空非不空乃至無一切相不可依言說示而據世諦幻化因緣假名法中相待相對則可方便顯示而說以彼法身性實無分別離自相離他相無空無不空乃至遠離一切諸相故說彼法體爲畢竟空無所有以離心分別想念則盡無一相而能自見自知爲有是故空義決定眞實相應不謬復次即彼空義中以離分別妄想心

念故則盡畢竟無有一相而可空者以唯有眞實故即爲不空所謂離識想故無有一切虛僞之相畢竟常恒不變不異以更無一相可壞可滅離增減故又彼無分別實體之處從無始世來具無量功德自然之業成就相應不離不脫故說爲不空如是實體功德之聚一切衆生雖復有之但爲無明闇覆障故而不知見不能尅獲功德利益與無莫異說名未有以不知見彼法體所有功德利益之業非彼衆生所能受用不名屬彼唯依遍修一切善法對治諸障見彼法身然後乃獲功德利益是故說修一切善法生如來色身善男子如我所說甚深之義決定眞實離相違過當如是知爾時地藏菩薩摩訶薩說如此等殊勝方便深要法門時有十萬億衆生發阿耨多羅三藐三菩提心住堅信位復有九萬八千菩薩得無生法忍一切大衆各以天妙香華供養於佛及供養地藏菩薩摩訶薩爾時佛告諸大衆言汝等各各應當受持此法門隨所住處廣令流布所以者何如此法門甚爲難值能大利益若人得聞彼地藏菩薩摩訶薩名號及信其所說者當知是人速能得離一切所有諸障礙事疾至無上道於是大衆皆同發言我當受持流布世間不敢令忘爾時堅淨信菩薩摩訶薩白佛言世尊如是所說六根聚修多羅中名何法門此法眞要我當受持令末世中普皆得聞佛告堅淨信菩薩摩訶薩言此法門名爲占察善惡業報亦名消除諸障增長淨信亦名開示求向大乘者進趣方便顯出甚深究竟實義亦

名善安慰說令離怯弱速入堅信決定法門

依如是名義汝當受持佛說此法門名已一

切大會悉皆歡喜信受奉行

占察善惡業報經卷下

音釋

尠（息淺切少也）卜筮（筮時制切灼龜曰卜揲蓍曰筮）噎（於計切）

佛說蓮華面經 上下同卷

隋三藏法師那連提耶舍譯

清刻龍藏佛說法變相圖

佛說蓮華面經卷上（上下同卷）

隋三藏法師那連提耶舍譯

如是我聞一時佛住毗舍離獼猴池岸上大重閣中如來不久當捨壽命爾時佛告阿難我今共汝往波波城彼有長者名毗沙門德吾欲化之阿難言唯然受如來教即隨佛行未入彼城有跋提河佛告阿難我今疲極可入河浴爾時世尊脫鬱多羅僧置河岸上入河澡洗佛告阿難汝可至心觀如來身三十二相以自莊嚴如是之身却後三月當入涅槃復告阿難汝當更觀如來之身如優曇華久遠乃現時時一出難出難見如是佛身過於彼華百千萬倍難出難見如是之身却後三月更不復現復告阿難汝當更觀如來之身如華鬘師取貫華綫種種色華及種種香

結作華鬘彼鬘成已覩者歡喜如來身者三十二相八十種好以自莊嚴閻浮提金光色明燄圓光一尋如是身者却後三月當般涅槃復告阿難汝當更觀如來之身如三十三天所住之地百寶莊嚴復有種種音樂快樂彼諸天等於彼寶地及天音樂不能暫捨亦不能記彼地寶色如是佛身三十二相不可遍觀何以故觀一一相心不能捨如是身者却後三月當般涅槃復告阿難汝當更觀如來之身譬如日月有大威德神通光明在佛身邊悉蔽不現是故佛身過彼日月最尊最勝如是之身却後三月當般涅槃復告阿難譬如師子諸獸中王如天帝釋大伊羅鉢象諸象中王佛身亦爾具大勢力獨步無畏如是之身却後三月當般涅槃復告阿難汝當

更觀如來之身如須彌山王四寶所成處于大海安住不動其體堅實無有瑕隙如來之身過那羅延力百千萬倍不可爲比如是之身却後三月當般涅槃復告阿難如來之身於無足二足多足衆生有色無色有想無想非有想非無想衆生之中如來色身最尊最勝如是之身却後三月當般涅槃復告阿難如小千世界千日千月千須彌山千弗于逮千瞿耶尼千鬱怛羅越千閻浮提千四天王千三十三天千帝釋天王千燄摩天千燄摩天王千兜率陀天千兜率陀天王千化樂天千化樂天王千他化自在天千他化自在天王千梵身天千梵身天王如是小千世界滿中諸天欲見如來面貌周盡不能得見何以故如來面光如百千電燄出過世間所有光

明百千萬倍是故帝釋大梵天等常讚歎佛光明殊勝如是之身却後三月當般涅槃復告阿難莫作是念如來不盡貪瞋癡故自讚已身如來身者貪瞋癡使及彼習氣永盡無餘如是阿難如來應供正遍知有大威德汝常供侍如來生身以是因緣所得功德不可量不可數不可思議無量無邊阿僧祇阿難汝今欲聞如來滅後未來衆生供養如來碎身舍利因緣事不爾時阿難偏袒右臂右膝著地合掌白佛言世尊今正是時大德婆伽婆今正是時惟願如來爲我宣說佛涅槃後諸衆生等供養如來碎身舍利因緣等事我聞是法至心受持廣爲他說佛告阿難汝善諦聽我今當說阿難如來入涅槃時入金剛三昧碎此肉身猶如芥子如是一分舍利向諸天所爾時帝釋天王及諸天衆見佛舍利知佛涅槃即雨天曼陀羅華摩訶曼陀羅華曼殊沙華摩訶曼殊沙華供養舍利如見佛身禮拜右繞有種阿耨多羅三藐三菩提善根有種聲聞善根有種辟支佛善根有一分舍利向龍世界中爾時娑伽羅龍王無量龍等見佛舍利大設供養以因陀羅寶摩訶因陀羅寶火味寶清水寶如是無量種種諸寶持用供養碎身舍利禮拜右繞作供養已是時龍等各自發願有發阿耨多羅三藐三菩提願者有發聲聞菩提願者有發辟支佛菩提願者有一分舍利向夜叉世界爾時毗沙門王及餘無量大夜叉將見碎身舍利以種種華末香燒香燈明音樂如是無量供養舍利禮拜合掌右繞恭敬有發無上大菩提願

有發聲聞願有發辟支佛願彼餘舍利在閻浮提當來有王名阿輸迦統一閻浮提此王爲供養舍利故造作八萬四千塔置此舍利而供養之此閻浮提復有六萬諸王亦當供養碎身舍利以諸華鬘種種香等燈明音樂供養禮拜右繞恭敬有種無上大菩提善根有種聲聞善根有種辟支佛善根有即捨家出家於佛法中信心清淨剃除鬚髮而被法服精勤修道皆悉漏盡而般涅槃如是阿難如來應供正徧知有大威德以彼法身依生身故供養生身舍利因緣所得功德無量無邊阿僧祇不可數不可說爾時如來作如是念我此三阿僧祇劫勤苦所成佛法欲令久住於世間故當往諸天諸阿脩羅諸龍迦樓羅摩睺羅伽等所住之處付屬佛法爾時如來即於閻浮提沒三十三天中出爾時帝釋天王見世尊已即敷高座奉迎如來白佛言世尊願受此座爾時世尊即坐其座帝釋天王與百千萬衆頂禮佛足住在一面佛告帝釋言汝今當知吾亦不久當般涅槃以此佛法囑累於汝汝當護持如是至三帝釋天王悲泣雨面拭淚而言世尊涅槃一何疾哉如來涅槃何其太速世間法眼於茲永滅如佛所教是我力分即當護持恭敬供養如來昔於兜率陀天降神母胎我於爾時與忉利衆常作守護及佛生時亦與諸天共來守護如來坐於菩提樹下破八千萬億魔軍得阿耨多羅三藐三菩提時我與諸天亦常守護佛於波羅柰鹿野苑中三轉十二行法輪時我與天衆亦常守護我今無力能使如來不入

涅槃無力能護爾時世尊種種說法勸喻安慰示教利喜帝釋諸天令護佛法從天上沒即於娑伽羅龍王宮出爾時龍王見如來至即時敷座佛坐其座告龍王曰汝今當知如來不久入於涅槃我以佛法囑累於汝汝當守護無令斷絕龍王當知此龍世界有諸惡龍多生瞋恚不知罪福爲惡卒暴破壞我法是故我今以此佛法囑累於汝爾時龍王悲泣雨面抆淚而言世尊我諸龍等盲無慧眼是故今者生畜生中若佛滅後龍世界空我等捨命不知未來當生何處諸佛如來是衆生寶云何今者欲般涅槃世間眼滅爾時世尊示教利喜娑伽羅王令護佛法在龍宮沒於德叉迦龍王宮出爾時龍王爲佛敷座佛坐其座龍王復與百萬億龍頂禮佛足却住一面佛告龍王汝等當知如來不久入無漏界而般涅槃今以佛法囑累於汝至心守護爾時龍王悲泣雨面以手抆淚而白佛言如來滅度世間眼滅諸佛如來是衆生寶若佛滅度我今不知當生何處佛爲龍王種種說法示教利喜即從彼沒於黑色龍王宮中出爾時龍王爲佛敷座佛坐其座黑色龍王與百萬億龍衆頂禮佛足却住一面佛告龍王汝等當知如來不久入般涅槃我以佛法囑累於汝汝當至心而守護之爾時龍王悲泣雨面抆淚而言如來滅度世間眼滅諸佛如來是衆生寶若佛滅度我今不知當生何處佛爲說法示教利喜即從彼沒於夜叉世界出爾時毗沙門王爲佛敷座佛坐其座毗沙門王與百萬億夜叉之衆頂禮佛足却坐一

面爾時毗留勒叉天王與百萬億鳩槃荼衆頂禮佛足却坐一面爾時毗留博叉天王與百萬億諸龍之衆頂禮佛足却坐一面爾時提頭賴吒天王與百萬億乾闥婆衆頂禮佛足却坐一面爾時大夜叉將般脂迦槃折邏旃荼婆多耆利子摩跋多摩尼跋陀富那跋陀如是一切諸夜叉將頂禮佛足却坐一面爾時佛告四天大王及夜叉將乾闥婆將鳩槃荼將諸龍將言汝等當知如來不久入般涅槃我以佛法囑累於汝當好守護第二第三亦如是說汝等當知夜叉國中諸惡夜叉鳩槃荼國惡鳩槃荼乾闥婆國惡乾闥婆諸龍國土有諸惡龍如是衆生多起瞋恚不知罪福爲惡卒暴破我三阿僧祇劫勤苦所修無上佛法是故我今囑累汝等時四天王及夜叉將乃至龍將悲泣雨面抆淚而白佛言世尊涅槃何其太速如來滅度一何疾哉爲死摩竭之所呑噬爾時世尊種種說法示教利喜即從彼没閻浮提出爾時世尊作如是念我所作事今已作竟諸惡衆生今已調伏可入安隱寂滅涅槃佛告阿難生死可猒吾今不久欲入涅槃爾時阿難生大苦惱悲泣雨面如箭入心悶絶倒躃宛轉于地而作是言世尊涅槃何其太速如來滅度一何疾哉世間眼滅我復更當與誰持鉢更復持扇在誰邊立不復更聞甘露之法誰復與我說甘露味我今更復隨誰後行不復更見殊勝日月圓滿之面尊者舍利弗等大智慧人已入涅槃而佛如來今復滅度世間闇冥失智慧眼智須彌王今欲崩散佛樹欲倒法橋欲絶

法船欲沉法炬欲滅正法日月將墜於地解脱之門今欲閉塞三惡道門今將欲開三阿僧祇劫所集法聚將没不久爾時佛告長老阿難汝莫憂愁莫復啼哭莫大叫喚椎胸哽噎悶絶躃地何以故世間生者是有爲法會歸無常欲令此法不失不壞而常住者無有是處爾時世尊種種説法安慰勸喻示教利喜囑法藏已默然而住爾時世尊復作是念阿難比丘爲憂愁刺深入其心我今當拔彼憂愁刺告阿難言汝今欲見未來事不我見來世如觀現在當爲汝説爾時阿難偏袒右肩右膝著地合掌向佛頂禮佛足而白佛言大德世尊當爲我説今正是時我聞法已當奉受持廣宣流布佛告阿難諦聽至心我今當説阿難未來之時有諸破戒比丘身著袈裟遊行城邑往來聚落住親里家彼非比丘又非白衣畜養婦妾産育男女復有比丘住婬女家復有比丘婬比丘尼復有比丘貯畜金銀造作生業以自活命復有比丘通致使驛以自活命復有比丘專行醫藥以自活命復有比丘圍碁六博以自活命復有比丘爲他卜筮以自活命復有比丘爲他呪彼死屍令起遣殺怨家以自活命復有比丘爲他誦呪驅遣鬼神多取財物以自活命復有比丘專行殺生以自活命復有比丘住僧伽藍私自費用佛法僧物以自活命復有比丘内實犯戒外示護持受人信施復有比丘雖不破戒而懷慳惜衣服飲食及以鄙悋衆僧之物不與客僧復有比丘雖不破戒悋惜衆僧房舍牀座不與客僧復有比丘雖不破戒爲諸

檀越供養禮拜多得財利其心不欲令餘比丘受人信施惟欲自受復有比丘實非羅漢而常詐稱得羅漢果欲令人知我是羅漢復有比丘多受檀越四事供養内無實德惟增貪心但爲活命不爲修道復有比丘興利賣買以自養活復有比丘專行偷盜以自養活復有比丘畜養象馬駞驢牛羊乃至賣買以自養活復有比丘販賣奴婢以自養活復有比丘屠殺牛羊以自養活復有比丘受募入陣征戰討伐多殺衆人以求勳賞復有比丘穿窬牆壁盜他財物以自活命復有比丘專行劫奪攻破城邑及與聚落以自活命復有比丘毀壞佛塔取其寶物以自活命如是無量地獄因縁捨命之後皆墮地獄阿難譬如師子命絶身死若空若地若水若陸所有衆生不敢食彼師子身肉惟師子身自生諸蟲還自噉食師子之肉阿難我之佛法非餘能壞是我法中諸惡比丘猶如毒刺破我三阿僧祇劫積行勤苦所集佛法阿難譬如有人入於大海至寶渚中多取寶物置於船上欲度大海於中沉没佛之正法如彼寶船當來破戒諸惡比丘多樂造作種種惡業滅我佛法沉没不現阿難如來涅槃不久之間正法當亂正法亂已復有種種諸惡比丘出現於世不信如來得證無漏寂滅涅槃沉復信有世間餘人得阿羅漢入涅槃者阿難如來所有正法名味句義所謂修多羅祇夜鞞迦曷羅伽陀憂陀那尼陀那阿波陀那伊帝鼻利多伽闍多迦毗佛略阿浮陀達摩優婆提舍十二部經爲惡比丘之所毀滅彼諸人等樂

作文章綺飾言辭多有如是諸惡比丘破我佛法爾時阿難白佛言世尊當來之世如是破戒諸惡比丘而出生耶佛言如是如是阿難未來之世當有如是諸惡比丘出現於世雖被法服剃除鬚髮破我佛法爾時阿難作如是念以佛力故可令我見未來之世如是事不爾時如來以神通力即令阿難悉見未來諸惡比丘以兒坐膝置婦其傍復見種種諸非法事爾時阿難見此事已心大怖畏身毛皆竪即白佛言世尊如來速入涅槃令正是時何用見此未來之世如是惡事佛告阿難汝意云何如來向說諸惡比丘惡業果報豈是餘人所能知不阿難白佛言世尊唯有如來乃能知此未來之世諸惡業報佛言善哉善哉阿難實如汝說唯有如來乃能知之

阿難汝今頗見佛未涅槃諸惡比丘圍繞如來爲說法不阿難白言無如是事佛言阿難善哉善哉如汝所說如來現在實無如是諸惡比丘圍繞如來佛爲說法佛言阿難未來之世多有在家白衣得生天上多有出家之人墮於地獄餓鬼畜生復告阿難善惡之業終不敗亡我於過去曾作賨主入於大海活多人故手殺一人以是業緣乃至成佛猶尚身受金鏘之報爾時帝釋天王與三十三天衆疾至佛所頂禮佛足却住一面燄摩天王與百萬億燄摩天衆疾至佛所頂禮佛足却坐一面刪兜率陀天王與百萬億刪兜率陀天衆疾至佛所頂禮佛足却坐一面化樂天王與百萬億化樂天衆疾至佛所頂禮佛足却坐一面他化自在天王與百萬億他化自

在天衆疾至佛所頂禮佛足却坐一面爾時毗摩質多羅阿脩羅王與百萬億阿脩羅衆疾至佛所頂禮佛足却坐一面爾時娑伽羅龍王與百萬億龍衆疾至佛所頂禮佛足却坐一面皆於一念一刹那一無虛律多頃諸天阿修羅迦樓羅乾闥婆緊那羅摩睺羅伽等於虛空中遍滿十二由旬皆爲最後見如來故爾時佛告阿難此道場菩提樹最勝殊妙過去諸佛皆於此處證阿耨多羅三藐三菩提未來諸佛亦於此處得阿耨多羅三藐三菩提現在我身又於此處破十八億魔軍得阿耨多羅三藐三菩提如是阿難我今不久當般涅槃復次阿難藍毗尼園最勝最妙是佛如來最後生處復次阿難摩耶夫人是大福德乃能生出人中之寶復次阿難淨飯國王是大福德乃作一切諸衆生中最勝寶父復次阿難毗舍離城比耆離國最勝最妙王舍大城摩伽陀國最勝最妙七菴婆囉樹處亦勝亦妙瞿䭾摩若尼俱陀樹處亦勝亦妙裴囉多豆羅多豆羅尼慇處亦勝亦妙力士生地乃是過去轉輪聖王解寶天冠在此安置辟支佛塔是我焚身最勝妙地復次阿難此閻浮提最勝好處衆生於中樂貪壽命是故我今於此涅槃我於三阿僧祇劫所集之法不久當滅爾時世尊慰喻阿難令心歡喜除其愁刺付囑法已告阿難言吾今與汝可往諸國阿難唯然受如來教爾時世尊至波波城所應度者皆悉度訖復往諸國教化無量百億那由他衆生皆成就已爾時阿難隨從佛行如是次第至摩伽陀國道場菩提

之樹世尊繞樹行六帀已即於樹下結跏趺坐佛告阿難如來不久後十五日當般涅槃爾時諸天阿修羅迦樓羅乾闥婆緊那羅摩睺羅伽等作如是念如來不久於十五日當般涅槃我等皆當最後禮拜佛告阿難莫作是念謂佛世尊有貪瞋癡讚歎於此閻浮提處而如來者離貪瞋癡此三界處是衆生生處於三界中而此欲界是諸衆生習三惡業又造人身及與天業色界無色界業乃至非想非非想業說此語已佛起于座即時此地六種震動無量百千萬億那由他諸天於虛空中憂愁啼哭作如是言如是衆生中寶不久當滅

佛說蓮華面經卷上

佛説蓮華面經卷下

隋三藏沙師那連提耶舍譯

爾時世尊離菩提樹毗沙門王共百萬億夜叉之衆同時舉聲悲啼雨淚以手抆淚而説偈言

如來容色甚微妙　超勝衆生無比者
如是莊嚴殊特身　不久之間當滅度

爾時帝釋天王復與百千億三十三天衆同時舉聲悲泣雨淚以手抆淚而説偈言

如來面相正圓滿　形色殊勝於日月
一切人天應供者　我等不復得瞻見

爾時須燄摩天王與百萬億須燄摩天衆同時舉聲悲泣雨淚以手抆淚而説偈言

人中精進最雄猛　威力能破諸魔軍
甘蔗種中釋師子　今爲無常所食噉

爾時刪兜率陀天復與百萬億刪兜率陀天衆同時舉聲悲泣雨淚以手抆淚而説偈言

見者無猒如藥王　出世猶如大明燈
如是智眼今滅度　世間當復皆闇冥

是時化樂天王復與百萬億化樂天衆同時舉聲悲泣雨淚以手抆淚而説偈言

安步不動勝師子　面貌圓滿過月形
更不履行於此地　千輻相跡不復見

是時魔王他化自在天主心大歡喜安隱快樂復與百萬億他化自在天衆疾至佛所合掌向佛而説偈言

諸惡衆生巳調伏　大麤獷盡無有餘
何故猶住於世間　惟願如來速涅槃

是時大梵天王瞋彼魔王作如是言咄哉魔王大惡衆生諸佛如來是最勝寶汝今云何

欲令世尊速入涅槃爾時大梵天王復與百萬億諸梵天衆同時舉聲悲泣雨淚以手抆淚而說偈言

於此現在及未來　梵天世界餘天處
初未曾見如佛身　清淨滿足端嚴面

爾時毗摩質多阿修羅王復與百萬億阿修羅衆同時舉聲悲泣雨淚以手抆淚而說偈言

佛色功德無有量　無有能盡其邊際
利益脩羅及餘趣　今若滅度世間空

是時娑伽羅龍王與百萬億諸龍衆等同時舉聲悲泣雨淚以手抆淚而說偈言

伊羅鉢象數滿千　不比如來一節力
如是大力雄猛者　今為無常所破壞

是時毗留勒叉天王與百萬億鳩槃荼衆同時舉聲悲泣雨淚以手抆淚而說偈言

南無大覺妙蓮華　從彼清淨戒池生
示現無常不久相　今當傾墜永寂滅

是時毗留博叉天王與百萬億諸龍衆等同時舉聲悲泣雨淚以手抆淚而說偈言

如來面形如滿月　光明照曜猶日輪
如是不久住於世　示為無常所吞食

是時毗沙門天王與百萬億夜叉衆同時舉聲悲泣雨淚以手抆淚而說偈言

佛身金色最殊妙　三十二相自莊嚴
不久當為無常力　破壞清淨大牟尼

爾時提頭賴吒天王與百萬億龍衆同時舉聲悲泣雨淚以手抆淚而說偈言

如來色身甚希有　於三界中無有比
如是不久當滅度　為彼無常之所縚

爾時大夜叉將名般脂迦與百萬億夜叉衆等同時舉聲悲泣雨淚以手抆淚而說偈言

佛聲殊勝踰梵天　出過迦陵頻伽聲
如來不久當涅槃　不復更聞甘露法

爾時夜叉大將名般遮羅與百萬億夜叉衆等同時舉聲悲泣雨淚以手抆淚而說偈言

世尊金色光明身　功德莊嚴滿月面
眉間白毫殊特相　我今最後歸命禮

爾時大夜叉將摩尼跋陀羅與百萬億夜叉衆等同時舉聲悲泣雨淚以手抆淚而說偈言

三十有二上妙相　八十種好自莊嚴
當爲無常金剛主　摧碎大聖牟尼尊

爾時大夜叉將富那跋陀與百萬億夜叉衆等同時舉聲悲泣雨淚以手抆淚而說偈言

過去世中一切佛　及以未來諸世尊
大力釋種師子王　無常師子之所害

爾時大夜叉將摩候利地迦與百萬億夜叉衆等同時舉聲悲泣雨淚以手抆淚而說偈言

我今最後見牟尼　於是不復更奉覲
最後禮佛千輻輪　丘墟悉平脚足者

爾時大夜叉將佉陀羅迦與百萬億夜叉衆等同時舉聲悲泣雨淚以手抆淚而說偈言

咄哉大惡無常相　破壞一切諸衆生
如是衆生無上寶　亦入寂滅不久住

爾時大夜叉將名金毗羅與百萬億夜叉衆等同時舉聲悲泣雨淚以手抆淚而說偈言

我今歸依禮佛樹　生於持戒大地中
乃爲無常之斧鉞　不久斫倒大牟尼

爾時大夜叉將娑多姞利與百萬億夜叉衆悲泣雨淚以手抆淚而説偈言

眉間白毫相　照曜如月輪　目淨如青蓮
希有不復見

爾時地神天與百萬億夜叉衆悲泣雨淚以手抆淚而説偈言

我今禮雄猛　人中最殊勝　兩足中最上
南無大牟尼

爾時菩提樹天悲泣雨淚以手抆淚而説偈言

此處破魔王　及破魔眷屬　大牟尼不久
無常魔所滅

爾時祇林神悲泣雨淚以手抆淚而説偈言

祇洹林當空　竹林亦如是　無常坑極深
如來入不現

爾時金剛密迹與百萬億夜叉衆悲泣雨淚以手抆淚而説偈言

如是最勝城　亦是大豐地　捨釋迦種姓
當向何方所

爾時藍毗尼林神悲泣雨淚以手抆淚而説偈言

淨飯國王先已滅　摩耶夫人亦滅度
如來今欲入涅槃　如是寂滅不可見

爾時迦毗羅城神疾至佛所悲泣雨淚宛轉在地作如是言如來涅槃何期太速世尊涅槃一何疾哉世間眼滅而説偈言

藍毗尼園佛生處　長大在於迦毗城
其光出過於千日　今最後見更不見

爾時菩提樹神與諸天阿脩羅迦樓羅緊那羅摩睺羅伽於虛空中出大音聲悲啼號哭

而作是言佛是衆生最勝之寶不久當沒爾時世尊出于梵音而告諸天阿脩羅迦樓羅乾闥婆摩睺羅伽衆言汝等莫啼莫作異語莫生憂惱以手椎胷令心迷悶何有世閒而受生者因緣和合有爲之法而得久住若欲强令無常之法不滅壞者無有是處爾時世尊示教利喜諸天阿脩羅迦樓羅乾闥婆摩睺羅伽等生歡喜已是時諸天乃至摩睺羅伽等右繞世尊還向本處佛告阿難我昔於彼阿波羅龍王處記罽賓國我涅槃後其國熾盛安隱豐樂如鬱怛羅越佛法熾盛多有羅漢而住彼國亦有無量如來弟子此閻浮提所有羅漢皆往彼國猶如兜率天處如來所有名身句身謂

修多羅　祇夜　鞞迦曷羅那　伽他　優陀那　尼陀那　阿波陀那　伊帝鼻利多劒　伽闍多迦　裴富略　阿浮陀達摩　優波提舍

彼諸羅漢結集如來十二部經廣造諸論彼罽賓國猶如帝釋歡喜之園亦如阿耨清涼之池復有頗羅墮逝賓頭樓等皆樂住彼罽賓國土不退佛乘阿羅漢等亦住彼國復有因陀羅摩那阿羅漢白項阿羅漢等復於如來所說法藏有漏無漏之法皆悉撰集廣行流布阿難我涅槃已最後法身彼等建立於未來世復有金毗羅等五諸天子生罽賓國廣令我法流布於世大設供養我諸弟子於閻浮提初未曾有如是大會佛告阿難於未來世罽賓國土當作如是大法之會阿難彼五天子滅度之後有富蘭那外道弟子名蓮

華面聰明智慧善解天文二十八宿五星諸度身如金色此大癡人已曾供養四阿羅漢當供養時作如是誓願我未來破壞佛法以其供養阿羅漢故世世受於端正之身於最後身生國王家身爲國王名寐吱曷羅俱邏而滅我法此大癡人破碎我盋既破盋已生於阿鼻大地獄中此大癡人命終之後有七天子次第捨身生罽賓國復更建立如來正法大設供養阿難以破盋故我諸弟子漸汙淨戒盋初破時諸比丘等雖汙清淨戒智如牛王能破外道經第二時此閻浮提諸比丘等破清淨戒樂作不善身行偷盜耕田墾植多貪貯畜好衣好盋不樂讀誦修多羅毗尼阿毗曇如是阿難樂讀樂誦智慧之人悉皆滅度是時多有諸比丘等諂曲嫉妬多起非法以諸比丘不如法故諸國王等不依王法以王不如王法治故其國人民多行增上十不善業以惡業故此地多生荆棘毒草土沙礫石阿難當於爾時此閻浮提五種精味失力失味所謂酥油鹽石蜜蜜如是五種失力味故爾時衆生復更多行增上惡業以其多行惡不善故佛破碎盋當至北方爾時北方諸衆生等見佛破盋大設供養以種種華燒香塗香燈明華鬘種種音樂供養此盋有發阿耨多羅三藐三菩提心者有發聲聞心者有發辟支佛心者彼破碎盋當向波羅盋多國彼國人民見佛碎盋以種種華燒香末香塗香燈明華鬘種種音樂供養此盋有發阿耨多羅三藐三菩提心者有發聲聞心者有發辟支佛心者阿難此佛碎盋以佛力故亦

是衆生善根感故我此碎盋自然還復如本不異於後不久我盋即於閻浮提沒現於娑伽龍王宮中當沒之時此閻浮提七日七夜皆大黑闇日月威光悉不復現地大震動惡雷掣電於虛空中而出惡聲黒風卒起極大怖畏天人阿脩羅迦樓羅乾闥婆摩睺羅伽等皆大號哭淚下如雨如是阿難此盋當爾初沒之時如來法律亦沒不現爾時魔王見法律滅心大歡喜心大安隱於虛空中作如是言瞿曇法滅我當教化諸衆生等自作諸惡亦教化作以魔教故城邑聚落遞相殺害爾時魔王以教衆生廣作惡故生身陷入阿鼻地獄爾時娑伽羅龍王見佛盋已以種種寶因陀尼羅寶摩訶尼羅寶火珠寶清水寶如是大寶大設供養至于七日禮拜右繞是諸龍等有發無上菩提心者有發聲聞心者有發辟支佛心者爾時娑伽羅龍王以手捧盋而說偈言

諸相莊嚴手　受種種味食　盛置於此盋　如是持用食

佛告阿難如是我盋於娑伽羅龍王宮沒於四天王宮出爾時四天王毗留勒叉毗留博叉毗沙門提頭賴吒七日七夜大設供養以種種華種種華鬘種種塗香種種燒香種種燈明種種音樂供養禮拜已時諸天衆有發無上菩提心者有發聲聞心者有發辟支佛心者爾時毗留勒鳩槃茶王以手捧盋而說偈言

如來最後食　在於鐵師家　盋爲化衆生　而來於此處

佛告阿難如是我盋過七日已於四天宮沒三十三天宮出爾時佛母摩耶天人見佛盋已憂愁苦惱如箭入心難可堪忍宛轉于地猶如圓木作如是言如來涅槃一何疾哉修伽陀滅何其太速世間眼滅佛樹傾倒佛須彌山崩佛燈亦滅法泉枯竭無常魔日萎佛蓮華爾時佛母摩耶夫人以手捧盋告於一切諸天阿修羅迦樓羅乾闥婆緊那羅摩睺羅伽等言諸天諦聽此是釋迦如來常受用盋第一勇猛面貌圓滿過日月者影現此盋復次諸天如是之盋復於王舍大城之中受於尸利掘多毒食諸天諦聽釋迦牟尼大雄猛者滿腹城內修摩伽陀家用此盋食諸天諦聽如來爲化憂樓毗蠃迦葉及大毒龍以彼惡龍內此盋中諸天諦聽以業緣故於裴連多國四月之中復以此盋受馬麥食天衆諦聽釋迦如來以大悲故復以此盋受於最下極貧者食諸天諦聽釋迦如來復以此盋於娑伽羅龍王宮內受種種食諸天諦聽釋迦如來於夏四月復以此盋受我等食諸天諦聽釋迦如來復以此盋覆於訶利鬼母最小之子名必利盬迦羅夜叉以其惡心常食人血故調伏之于時佛母摩耶夫人以手捧盋而說偈言

隨佛心欲受　皆入於盋中　佛於我腹內
滿足於十月

爾時帝釋天王七日七夜以種種天華天香天栴檀香大設供養禮拜右繞作是供已時諸天衆有發無上菩提心者有發聲聞心者有發辟支佛心者爾時天王以手捧盋而說

偈言
今此殊勝盋　能長衆生智　佛身亦如是
成就諸功德
佛告阿難如是我盋過七日已於三十三天
中沒燄摩天中出爾時燄摩天主見佛盋已
七日七夜種種供養以天曼陀華天栴檀香
種種華種種音樂供養佛盋禮拜右繞是時
諸天有發無上菩提心者有發聲聞心者有
發辟支佛心者爾時燄摩天主以手捧盋而
説偈言
千萬億衆生　見盋皆歡喜　能生勝妙果
牟尼使來此
佛告阿難如是我盋過七日已於燄摩天沒
兜率陀天出爾時兜率陀天王見佛盋已七
日七夜以天曼陀華摩訶曼陀華及餘種種
妙華種種香種種音樂大設供養禮拜右繞
以手捧盋而説偈言
上中下衆生　佛起慈悲心　此盋受食已
佛使至於此
佛告阿難如是我盋過七日已於兜率天沒
化樂天出爾時化樂天王見佛盋已七日七
夜以種種天華種種天香種種天音樂大設
供養禮拜右繞是時天衆有發無上大菩提
心者有發聲聞心者有發辟支佛心者爾時
天王以手捧盋而説偈言
希有大導師　悲愍於衆生　爲利衆生故
使盋來於此
佛告阿難時諸天阿脩羅迦樓羅乾闥婆緊
那羅摩睺羅伽以天曼陀華摩訶曼陀華及
餘種種華種種香天栴檀香末香供養盋已

即以此盋送至娑伽羅龍王宫中佛言阿難此閻浮提及餘十方所有佛盋及佛舍利皆在娑伽羅龍王宫中佛告阿難如是我盋及我舍利於未來世於此地没直過八萬由旬住金剛際阿難我今語汝未來之世諸衆生等壽命八萬四千歲時彌勒如來應供正遍知三十二相八十種好身紫金色圓光一尋其聲猶如大梵天鼓迦陵伽音爾時我盋及我舍利從金剛際出至閻浮提彌勒佛所盋及舍利住虚空中放五色光所謂青黄赤白玻瓈雜色如是阿難彼五色光復至其餘一切天處到彼天已於其光中出聲說偈言

一切行無常　一切法無我　及寂滅涅槃
此三是法印

其光復至一切地獄而說偈言

一切行無常　一切法無我　及寂滅涅槃
此三是法印

佛告阿難佛盋舍利所放光明復更至於十方世界於其光中而說偈言

一切行無常　一切法無我　及寂滅涅槃
此三是法印

佛告阿難如是我盋及我舍利所放光明十方世界作佛事已還至本處在於舍利佛盋之上於虚空中成大光明雲蓋而住阿難舍利及盋現大希有如是等事現此神通希有事時八十百億衆生得阿羅漢果千億衆生剃髮出家信心清淨一萬衆生發阿耨多羅三藐三菩提心皆不退轉阿難此盋舍利廣行教化諸衆生已於彌勒前虚空中住爾時彌勒佛以手捧盋及佛舍利告諸天人阿脩

羅迦樓羅乾闥婆緊那羅摩睺羅伽言汝等當知此盋舍利乃是釋迦牟尼如來雄猛大士信戒多聞精進定智之所熏修汝等當知釋迦牟尼雄猛大士能令無量百千那由他億諸衆生等住涅槃城出過優曇鉢華百千億倍盋及舍利故來至此爾時彌勒三藐三佛陀爲我此盋及我舍利起四寶塔以舍利盋置此塔中爾時彌勒佛及諸天人阿脩羅迦樓羅乾闥婆緊那羅摩睺羅伽等大設供養恭敬禮拜盋舍利塔佛告阿難如來應供正遍知舍利及鉢有大威德阿難汝以給侍如來生身所生功德無量無邊不可思議阿僧祇爾時佛爲阿難説未來事已復告阿難吾當與汝往諸國土如來不久却後七日當入涅槃阿難白佛言唯然受教爾時佛與阿難次第至諸國土城邑度脱無量百千萬億那由他諸衆生已往鐵師子純陀之家此是如來最後食處爾時世尊受其食已而説偈言

我今最後食　在於純陀家　如是五衆身　不久當滅度

爾時佛與阿難至拘尸那城種種方便教化拘尸那力士已從拘尸那城出至憂波跋多那娑羅雙樹間爾時世尊北首而卧時須跋陀羅來至佛所頂禮如來向佛而坐佛爲説法得阿羅漢果

佛説蓮華面經卷下

音釋

綫私箭切與線同　隙乞逆切釁也　抆無粉切拭也　噬時制切啗也　躃房益切倒也　穿窬穿昌緣切鑽也窬羊朱切小竇也　鞞騈迷切　鏘七羊切與槍同　囉魯何切　憩去制切　縎古泫切繫也　墟丘居切大丘也　鉞王伐切大斧也　姞巨乙切　罽賓梵語也此云賤種罽居制切　吱指移切　邏郎佐切　盋北末切盂也　萎邑危切蔫也　𣎆盧戈切

佛說三品弟子經（一名弟子學有三輩經） 吳月支優婆塞支謙

佛說四輩經（一名四輩學經）

佛說當來變經

過去佛分衛經

西晉三藏法師竺法護

譯

圖相變法說佛藏龍刻清

七經同卷

佛說三品弟子經一名弟子學有三輩經

吳月支優婆塞支謙譯

聞如是一時佛在舍衛國祇樹給孤獨園與比丘千二百五十人共會說經賢者阿難從座起白佛言願欲有所問惟天中天解說欲

決狐疑佛言善哉悉汝所問多陀竭當爲汝解說之阿難問佛言優婆塞學道有上中下輩願佛解之佛語阿難汝乃爲當來後世發此問如來當爲汝說之諦聽諦受内著心中阿難言諾受教佛言上輩優婆塞優婆夷受持五戒不犯如毛髮者若行教授開解人者皆令發菩薩心何謂菩薩心者念十方人如視赤子度人入道作摩訶衍行具足教授無所希望不求供養衣被飯食珍寶錢財之物不爲小道以度人爲本何謂小道佛言以入大法作摩訶衍行求須陀洹斯陀含阿那含阿羅漢辟支佛是爲小道非菩薩法菩薩法者教授一切方便入般若波羅蜜解漚惒拘舍羅得薩雲若慧當知是人作行來久是過去佛時人供養師父如佛無異如是行者爲

上優婆塞優婆夷也中輩優婆塞優婆夷者亦受五戒不犯如毛髮者亦是過去佛時人本學道不值明師不聞般若波羅蜜不曉漚惒拘舍羅但行一波羅蜜布施持戒忍辱精進一心不於經法中見慧逮前功德得入人道頗有宿識得生法門守戒完具視於師父如佛無異終不犯戒如是行者爲是中輩優婆塞優婆夷下輩優婆塞優婆夷者雖受五戒悉還犯之若見明師曉法賢者便從受問法要當時歡喜向其悔過罪更精進五戒尢無反復懷惱欲想不復持佛戒自貢高還自憎明師賢者謗說長短我更見明師戒深慧當護方便不知是師但食供養反信受其言不精經戒是優婆塞優婆夷爲擔死人種不當與共會同坐起壞人好心行開化人民受

其法戒希望供養欲得錢財穀帛給活妻子假佛威神心不念十方五道中人欲令度脱反爲受者作想不語摩訶衍慧是爲不精佛正真之法語受經人言當避世間人因緣多少飲酒佛有百味之食不斷人酒家不持戒者若僮客奴婢請使他人手殺生耳趣手莫爲非佛弟子復限佛功德何等爲限佛功德佛言既行開授人民不欲令四輩聞知阿難長跪問佛何爲不欲令四輩聞知是優婆塞優婆夷愚心不解自謂爲黠實不曉了經中深要之慧不聦不知反爲新學賢者作限礙不欲令見明解好師所以者何欲得獨供養反蔽障大道是優婆塞優婆夷雖爲度人不見般若波羅蜜不解漚惒拘舍羅是爲盲冥專行小道滅教人作福無四等心施不普及請彼置此道法不使爾時四天王太子使者護佛道神一一記之稍稍去離之勑伺命計集積累其罪條䟽戒名録白上帝年壽未盡頓遣惡神因其犯戒之間奪其餘命自然墮落泥犁中當更十八獄罪至天地燒乃出或墮一禽獸中或入人道若在人道者當在愚癡不見法家生佛言阿難道宜數數聚會講説法義不可不彰愚人道當得斷法滅佛教罪諸弟子聞佛説經莫不戰慄皆正心受教爲佛作禮

佛説三品弟子經

佛説四輩經（一名四輩學經）

西晉三藏法師竺法護譯

聞如是一時佛在舍衛國祇樹給孤獨園爾時諸四輩弟子天帝龍鬼神質諒神皆詣祇樹稽首佛足却就常位坐佛告諸弟子吾今所出法經所可教戒皆自各守其意念末世毒然之時四輩弟子若出家若居家修道皆狂醉衆色不復承用佛經法專愚自用便使吾道薄淡令世人謗訕吾道信是弟子慠慢所致鶩鷺子正衣服叉手一心聽佛説四輩經如是佛言若末世男子能出家除剃頭髮爲道者第一去離愛欲志存大乘常當慈悲喜護爲主去想行普念一切蜎飛蠕動之類視之如身無異不得妄起恚怒深入明度常以明度權便誘致朦冥使入無極以戒德除心穢病不得爲世間之業能行此者便可出家名曰道士不可依恃吾法自以出家爲信不專念道或能有下賤之人倚道自活無益一切而但出意説爲人師主輕薄戲調不自檢察使尊法薄淡世人不信非吾出家弟子之法也佛言若有女人出家除髮爲道以去愛欲當專精靜處不得與出家男子同廟止若行師受當有等類不得獨往禀受常當晚出早還不得妄出廟宿止但得教授女人不得教授男子所著衣服不得刻繒帛綵色苾芬不得輕言戲語不得貪財寶物戒行清淨名曰出家道人若輕言戲謾未語預笑心志不定意行穢濁惡口罵詈輕言不節不能靜處憍慢自大不自檢勑者雖復出家故是賤人非出家弟子也佛言若有男子心志繫道

不能出家者在於愛欲之中當受持五戒月六齋第一孝順父毋治家養子朝暮燒香然燈稽首三尊悔過十方恭敬四輩不得慢經自大去離慳貪常以至誠不得欺殆世人不得與世間人妻婦坐起同席住行相隨同室異牀除去四事以四等心普視一切老者若父若毋少者若弟若子恒以明度法藥洗除衆病不得妄瞋恚罵詈常以無極方便誘解世人使入大乘不得爲新學者說深經與妙之義當爲除想識無罣礙者不得綺飾衣服不得與世間妻女戲譺言語往來報答以致因緣如是者爲清淨道人若行不清淨貪利財色或於世俗綺飾衣服互相翹舉但結非惡眄睞所欲輕言戲譺末語預笑託已同法口說妙言外似清虛內懷貪惑心存財帛以自供給活於妻子慢佛尊經不復修學反習外道之術世藥解奏符呪厭說療治衆病因緣外道解奏之術或於財帛約束上下賊意欲得因解奏之術不持吾法當來者却皆由斯輩是故非吾法學弟子也佛言若有女人不能出家在於愛欲之中心樂道者當持五戒月六齋孝順父毋姑嫜叔妹夫壻不得撾罵兒子婢使不得輕行來宿止他家不得與世間男子語言調弄戲笑不得妄瞋恚罵詈惡口不得證說他人惡不得陷人兒子妻妾奴婢過惡恒當專精念道爲上首不得與世間凡人說法顏貌不得與人男子相扠不得教他人男子不得說世間吉凶善惡灾變之相不得憍慢自大晝夜三時燒香稽首三尊悔過十方稟受經行言數自勸不得希望供

養貪利財帛不得嫉妬夫主當自賤女人身
願爲男子轉身受福可得上天宫觀自然是
清信女人學道之法若不孝順憍慢姑嫜嫉
妬夫主撾駡奴婢造惡自是怨恨恚怒毒意
向人行者如是是爲非法學女人弟子也佛
告諸弟子清慎汝心守護身口恒以四等濟
於衆生以道寶之慧恩施一切如佛教誡必
得度世弟子諸來會者聞佛説經歡喜奉行
作禮而去

佛説四輩經

佛說當來變經

西晉三藏法師竺法護譯

聞如是一時佛在舍衛國祇樹給孤獨園與大比丘衆俱比丘五百及諸菩薩爾時世尊告諸比丘將來之世當有比丘因有一法不從法化令法毀滅不得長益何謂爲一不護禁戒不能守心不修智慧放逸其意唯求善名不順道教不肯勤慕度世之業是爲一事令法毀滅佛告比丘復有二事令法毀滅何謂爲二一不護禁戒不攝其心不修智慧畜妻養子放心恣意賈作治產以相供活二伴黨相著憎奉法者欲令陷墮故爲言議謂之諛諂内私佷惡外揚清白是爲二事令法毀滅佛告比丘復有三事令法毀滅何謂爲三一既不護戒不能攝心不修經義二自讀文字不諦句逗以上著下以下著上頭尾顛倒不能解了義之所歸自以爲是三明者訶之不從其教反懷瞋恨謂相嫉妬識義者少多不別理咸自爲是是爲三事令法毀滅佛告比丘復有四事令法毀滅何謂爲四一將來比丘已捨家在空閑處不修道業二喜遊人間憒閙之中行來比丘談言求好袈裟五色之服三高望遠視以爲綺飾自以高德無能及者以雜碎之智比日月之明畜已四不攝三事不護根門行婦女間宣文飾辭多言合偶以動人心使清變濁身行荒亂正法廢遲是爲四事令法毀滅佛告比丘復有五事令法毀滅何謂爲五或有比丘本以法故出家修道廢深經教十二因緣三十七品方等深妙玄虛之慧智度無極善權方便空無相願

至化之即二及習雜句淺末小經世俗行故三者經典亂道之原好講此業易解世事趣得人心令其歡悅因致名聞四新聞法人淺解之士意用妙快深達之人不用爲佳天龍鬼神不以爲喜心懷悒慼口能發言大法欲滅故使其然捨妙化法反宣雜句諸天流淚速逝而去五由説是正法稍稍見捨無精修者是爲五事令法毀滅佛告比丘吾滅度後有此邪事十四之亂令法毀滅一何痛哉若有比丘欲諦學道棄捐綺飾不求名聞質科守眞宣傳正經佛之雅典深法之辭不用多言案其本經不捨正句希言屢中不失佛意麤衣趣食得美不甘得麤不惡衣食好醜隨施者意不以瞋喜護身口意守諸根門不違佛教壽命甚短恍惚已過如夢所見覺不知處三塗之難不可稱計勤修佛法猶救頭然五戒十善六度無極四等四恩智慧善權咸可修行雖復後生不值佛世出家爲道學不唐捐平其本心愍哀一切十方蒙恩佛説如是諸比丘悲喜前自歸佛作禮而去

佛説當來變經

過去佛分衛經

西晉三藏法師竺法護譯

佛言過去世有佛入城分衛與尊弟子諸菩薩俱弟子菩薩姿容相好皆悉端正如本所行各得其道有一母人妊娠數月見佛及僧有所至湊心自計願我所懷子生如此使爲沙門佛弟子日月滿足即生安隱兒亦姝好與衆人異母以恩愛無猒令兒行作沙門中有覺意即自念言我前有願若我生子當使爲道兒今已生有異凡人令我安隱復無惡露不可戀悴恩愛之故違我本心子年七歲家復貧狹即作二人飯具及三法衣手持澡瓶自將其子行詣佛所稽首佛足前白佛言願哀我子使爲沙門令後得道身形如佛佛即聽之令作沙門母以澡罐前洗兒手應時九龍從瓶口出吐水灌兒手中澡訖殘水散兒頭上水之滒滴於兒頭上化成華蓋珠交絡帳中有師子座上有坐佛佛笑口中五色光出照十億佛刹還遶佛身從兒頂入母以飯具前上佛并食其子子便發無上平等道意應時十億佛刹爲六返震動衆刹諸佛皆自然現佛以母飯飽爾所佛及諸比丘僧皆等飽足其飯如故亦不損減母即歡喜及無數天人皆得阿惟越致時兒髮墮成爲沙門即亦得立不退轉地母前白佛令我所見有三可怪我澡兒手九龍吐水此一可怪澡已殘水散兒頭上化成寶帳及師子座上有坐佛是二可怪佛笑口中光從兒頂入是三可怪願佛爲我分别説之佛言此兒却後十四劫當得作佛九龍當浴師子座華蓋寶帳佛

笑光從兒頂入皆是其應母聞佛言倍懷踊
躍後當得作母人轉輪聖王積七百世竟其
劫壽盡轉母人身當得阿惟越致佛言是時
小兒我身是我今於世功德如是諸天龍神
一切人民聞佛所說皆得阿惟越致
無熱佛性空佛天王佛金仁佛

過去佛分衛經

佛說法滅盡經

佛說甚深大迴向經

天王太子辟羅經

劉宋失譯師名出祐公録

僧祐録失譯人今附劉宋録

安公關中異經今附秦録

清刻龍藏佛說法變相圖

佛說法滅盡經

僧祐録失譯人今附劉宋録

聞如是一時佛在拘夷那竭國如來三月當般涅槃與諸比丘及諸菩薩無央數衆來詣佛所稽首于地眷屬圍遶渴仰聞法世尊寂靜默無所說光明不現賢者阿難作禮白佛言世尊前後說法威光獨顯今大衆會光更不現何故如此必有緣故願聞其意佛默不應如是至三佛告阿難吾涅槃後法欲滅時五逆濁世魔道興盛魔作沙門壞亂吾道著俗衣裳樂好袈裟五色之服飲酒噉肉殺生貪味無有慈心更相憎嫉時有菩薩辟支羅漢精進修德一切敬待人所宗尚教化平等憐貧念老救育窮厄恒以經像令人奉事作諸功德志性思善不侵害人捐身濟物不自

惜已忍辱仁和設有是人衆魔比丘咸共嫉之誹謗揚惡擯黜驅遣不令得住自共於後不修道德寺廟空荒無復修理轉就毀壞但貪財物積聚不散不作福德販賣奴婢耕田種植焚燒山林傷害衆生無有慈心奴爲比丘婢爲比丘尼無有道德淫泆濁亂男女不別令道薄淡皆由斯輩或避縣官依倚吾道求作沙門不修戒律月半月盡雖名誦戒猒倦懈怠不欲聽聞抄略前後不肯盡說經不誦習設有讀者不識字句爲强言是不諮明者貢高求名虛顯雅步以爲榮冀望人供養衆魔比丘命終之後精神當墮無擇地獄五逆罪中餓鬼畜生靡不經歷恒河沙劫罪竟乃出生在邊國無三寶處法欲滅時女人精進恒作福德男子懈慢不用法語眼見沙門如視糞土無有信心法將殄沒當爾之時諸天泣淚水旱不調五穀不熟疫氣流行死亡者衆人民勤苦縣官剋罰不順道理皆思樂亂惡人轉多如海中沙善者甚少若一若二劫欲盡處日月轉促人命轉短四十頭白男子淫泆精盡夭命或壽六十男子壽短女人壽長七十九十或至百歲大水忽起卒至無期世人不信故爲有常衆生雜類無有豪賤沒溺流飄魚鼈食噉時有菩薩辟支羅漢衆魔驅逐不與衆會三乘入山福德之地恬怕自守以爲欣快壽命延長諸王衛護月光出世得相遭值共興吾道五十二歲首楞嚴經般舟三昧先化滅去十二部經尋後化滅聖王去後沙門袈裟自然變白吾法滅時譬如油燈臨欲滅時光更明盛吾法滅時亦如燈

滅自此之後難可數説如是之後數千萬歲彌勒當下世間作佛天下泰平毒氣消除雨潤和適五穀滋茂樹木長大人長八丈皆壽八萬四千歲衆生得度不可稱計賢者阿難作禮白佛當何名斯經佛言阿難此經名爲法滅盡宣告一切宜令分别功德無量不可稱計四部弟子聞經悲慘惆悵皆發無上聖眞道意悉爲佛作禮而去

佛説法滅盡經

佛說甚深大迴向經

劉宋失譯師名出祐公録

如是我聞一時佛在舍衛國祇樹給孤獨園與大比丘衆八千人俱爾時世尊與諸大衆前後圍遶而爲説法於是會中有一菩薩號曰明天即從座起偏袒右肩右膝著地恭敬合掌前白佛言世尊欲有所問惟願世尊分別解說爾時佛告明天菩薩摩訶薩善男子欲有所問莫得疑難如來當爲隨問解說明天菩薩即白佛言云何菩薩少修善本而獲大果成多作功德福報無量佛告明天菩薩摩訶薩善哉善哉明天能於佛前問如是義汝已曾於過去無量諸佛所植衆德本供養諸佛親近善知識能爲樂福衆生發甚深問諦聽諦聽善思念之明天菩薩白佛言世尊唯然受教佛告明天諸菩薩摩訶薩當於過去當來今現在諸佛所修慈身行修慈口行修慈心行專心念佛所行功德復次明天菩薩摩訶薩當應往詣如來尊廟禮拜供養右膝著地合掌右遶散華燒香懸繒幡蓋作衆妓樂尊重恭敬以微妙音歌甚深句義讃佛功德隨喜歎善佛告明天云何菩薩摩訶薩於過去當來今現在諸佛所修慈身行修慈口行修慈心行念佛功德善男子菩薩摩訶薩當念如來堅固士無上士最勝士爲師子王勇猛無畏自度度彼自安安彼自滅滅彼說眞諦法安立衆生心無諂飾淨戒具足力無畏辯永除障習於法自在無與等者如是專心念佛功德已右膝著地散華燒香旛繒幢蓋妓樂供養是爲菩薩修慈身行以微妙

音歌甚深句義讚歎如來無量功德是爲菩薩修慈口行因彼身口善根念佛功德至誠恭敬是爲菩薩修慈心行明天是則菩薩摩訶薩於過去當來今現在諸佛所修慈身口意習行正念佛復告明天又菩薩摩訶薩於過去當來今現在諸衆生所亦應修慈身行修慈口行修慈意行等念衆生明天云何菩薩摩訶薩於三世衆生所應修慈身口意行等念衆生如是明天菩薩摩訶薩不殺衆生不盜他財不邪婬不妄語不綺語不兩舌不惡口不貪欲不瞋恚不邪見云何菩薩不殺衆生於一切衆生慈悲愛念慚愧愍傷永捨刀杖不偷盜者若於聚落空處所有遺物不與不取不邪婬者若女有主父母兄弟宗親所護乃至見彼授華一莖不起欲想不妄語者若於鄉邑若在王者堪爲證佐眞誠實語守死不虛不兩舌者常於彼此起和合想從彼所聞不向此說從此所聞不向彼說不惡口者輭語開喻先意問訊終不以苦切惡言加於衆生不綺語者時說實說知義而說爲利益彼說心口無差不貪著於他財利不起欲想見來取者心無悋惜不瞋恚者於一切衆生除諸恚恨起慈愍心饒益心安彼心隨順善攝一切衆生不邪見者有施有濟有說有父母有今世後世有苦樂行果報世間有阿羅漢自知身作證我生已盡梵行已成所作已辦自知不受後有明天當知彼不殺不盜不邪婬則是菩薩修慈身行不妄語兩舌惡口不綺語則是菩薩修慈口行不貪不恚不邪見則是菩薩修慈意行修慈身口意則

是菩薩等念衆生佛告明天菩薩摩訶薩於過去當來今現在諸佛所修慈身行修慈口行修慈意行及於過去當來今現在一切衆生所修慈身行修慈口行修慈意行所有功德果報悉與一切衆生共迴向阿耨多羅三藐三菩提明天菩薩作如是迴向者是爲菩薩少修善本獲大果報多作功德福報無量佛告明天是菩薩成就無量功德時持是功德迴向無量智慧又共一切衆生盡迴向阿耨多羅三藐三菩提是功德三種有三種迴向何等爲三謂過去空當來空現在空無有迴向者亦無迴向法亦無迴向處菩薩摩訶薩當作是迴向作是迴向時三處皆清淨以此清淨功德與一切衆生共迴向阿耨多羅三藐三菩提作是迴向者無有凡夫及凡夫法亦無信行亦無法行亦無八人亦無須陀洹向須陀洹亦無斯陀含向斯陀含亦無阿那含向阿那含亦無阿羅漢向阿羅漢亦無辟支佛向辟支佛亦無有佛及向佛者何以故法性無緣不生不滅無所住故是故菩薩摩訶薩應以是三種迴向三種清淨功德與一切衆生共迴向阿耨多羅三藐三菩提是菩薩作是迴向已又復願言若我生處常遇諸佛逮甚深三昧見無量佛成就多聞清淨智慧弘誓不捨一切衆生說是法時百千天人皆願欲往生阿閦佛國爾時佛告尊者阿難我向說此甚深法時百千天人皆願往生阿閦佛國阿難當知彼於此終皆當往生阿閦佛所妙樂國土從一佛國至一佛國供養諸佛聽受正法得陀羅尼如說修行皆當成

就不思議慧於五濁國當得作佛皆同一號號甘露音王如來應供等正覺當知彼天受記莂時百千衆生皆發阿耨多羅三藐三菩提心爾時釋提桓因白佛言世尊如我解佛所說義當知此爲大功德趣爲無量功德爲無邊功德佛言憍尸迦是法畢竟淨故世尊當何名此經云何奉持之佛告釋提桓因憍尸迦是經名大迴向亦名甚深法性迴向當奉持之佛告憍尸迦若有善男子善女人學是迴向者當知是人必逮得無所從生法忍能度未度者安樂百千無量衆生說是法時諸比丘衆釋梵天人阿脩羅等聞佛所說歡喜奉行

佛說甚深大迴向經

天王太子辟羅經

安公關中異經今附秦録

聞如是一時佛在舍衛國祇樹給孤獨園天王太子名曰辟羅飛從天來下至佛所五體投地稽首足下却叉手住問佛言普世之人皆求衣食七寶諸樂官爵國土寧有實行求人不乎世尊歎曰大哉問也亦有國土珍寶諸欲行求索人辟羅又曰可意之願行求人者其義云何世尊即曰凡有二行行善有福行惡有殃殃福追人猶影隨形辟羅言善哉善哉實如佛教惟我前世處世爲王念命無常意欲報施羣臣普會王曰吾欲作大鼓令其音震聞百里能有爲之者乎衆臣僉曰臣等無能爲者有一臣名曰匡上常忠於上慈濟國民前對曰臣能爲之當須資費王曰大善即開藏付之因華寶於王宮門鳴鼓令之令天仁之王施蓋慈欲濟黎民之窮乏供道士之衣食若有乏者悉詣宮門四國乏者襁負相扶塡國塞路仰天歎曰天民窮者今得活哉一歲之後王有詔曰鼓成未乎對曰已成王言何故不聞其聲臣白言願明王勞屈聖體出臨國内聽佛法鼓聲震十方王即嚴駕出行國中其民比肩王曰民多乎對曰王前勑臣令作大鼓使聞百里欲以揚德聲于四遠臣念枯木死皮不能揚王之德譬臣所受寶供沙門梵志之衣食以濟國民之窮乏也布告之來四隣歸潤猶飢子之慕慈母王問民曰爾從來乎民稽首曰百里來者二百里萬里外來者咸曰明王大潤四國欣懌是以去舊土之所生慕潤澤以自濟也王曰善

哉吾著矣國之不安猶身有病吾救之以藥臣飼之以糜粥王曰黎民所求恣之無落聞矣王後壽終魂靈上生天上作天眇王天上壽盡下生世間位爲飛行皇帝安所出入七寶飛行導從前後今復上天爲天王太子所以然者自身持戒覆濟衆生之所致也奉佛教戒正身心行無不獲其福者矣佛告辟羅凡人作行譬若影之隨身響之應聲無不報答矣辟羅歡喜作禮而去

天王太子辟羅經

音釋

漚惒俱舍羅（梵語也此云方便漚烏侯切惒胡戈切）訕（所晏切毀也）鶖鷺子（鶖七由切鷺洛故切鶖鷺子舍利弗也）蛸（烏玄切小飛也）蝡（而兗切蟲動貌）眄睞（眄莫甸切睞落代切眄睞邪視也）譺（魚記切嘲也）絇（口候切與怐同猶拘也）嫜（諸良切婦呼夫之父曰嫜）扠（初牙切以拳加人也）句逗（逗正作讀大透切凡經文語絕處謂之句語未絕而點之以便人誦味謂之讀）悒（於汲切憂也）妊娠（妊汝鴆切娠失人切妊娠懷孕也）㤘（郎到切悋物也）鑵（古玩切瓶也）擯黜（擯必仞切擯斥也黜敕律切貶黜也）殄（徒典切滅也）慘（七感切慘慼也）襁（舉兩切負兒衣也）懌（夷益切悅也）飼（音寺以食飼之也）

大吉義神呪經

元魏昭玄統沙門釋曇曜譯

清刻龍藏佛說法變相圖

大吉義神呪經卷上

元魏昭玄統沙門釋曇曜譯

南無諸佛衆生眞濟於一切法得自在者七佛眞濟毗婆尸尸棄比賒婆阜訖囉迦孫陀迦那迦牟尼迦葉釋師子兩足之尊有大名稱彌勒在兜率天上與大衆圍繞我至心念過去一切諸佛未來一切諸佛現在一切諸佛無上法王如是一切三世諸佛我皆歸命我悉歸依歸依於法而此法者一切所敬歸依僧衆此衆僧者名勝福田若少布施獲大果報是諸如來及諸聲聞今皆歸依又復歸命住色究竟摩醯首羅歸命首陀會天諸阿那含天歸命梵天王世間之祖歸命他化大自在天王歸命化樂天王歸命兜率陀天王歸命須耶門天王歸命天帝釋歸命四方護

世天王歸命諸依地者一切鬼神歸命一切龍乾闥婆欲界中諸王因陀樓炎羅婆樓㲉那素摩波羅墮闍仙波闍波提如此等今皆歸命二仙那囉達鉢婆力令說一切義吉神呪結甘露不死界能作五百事能使一切所爲事吉能斷一切蠱道惡呪能擁護一切世間能令一切諸惡鬼神皆令退散一切侵害人者盡能除滅能令一切所作悉皆吉善能使惡者懷於怖懼諸欲誦呪者當誠心以妙香華鬘塗香末香寶蓋幢旛作倡妓樂微妙之音供養於彼滅結世尊如來清淨斷諸煩惱斂心在定不曾馳散行四弘誓救護一切出妙梵音雷聲遠震如迦陵頻伽人所樂聞惟願受我最上供養南無過去未來現在一切諸佛南無毗婆尸佛尸棄毗舍婆佛迦羅

那迦孫陀佛迦那含牟尼佛迦葉佛釋迦師子彌勒上首十方世界如恒沙數多陀阿伽度阿羅訶三藐三佛陀爲諸衆生作大救護若有災患能使善吉審如是者我今至誠運香供養願此香氣至諸佛所即說呪曰

達遲　陀遲　阿遲　阿遲　痳遲　阿遲
那遲　彌遲

說是呪已燒諸名香蘇合香等供養三世一切諸佛人中師子常當憶念福祐於我復次至心燒衆名香薩闍賴闍香等運心供養摩醯首羅天王願此香氣至彼天宮即說呪曰

那那　那那　那那　囉囉　囉囉　囉囉
阿黎　呵黎　帝𠼪　俟羅帝　𠼪帝　斯
帝

復次誠心燒衆名香逼佉香等運心供養欲

界魔王有大勢力欲界之主願此香氣達彼王所即說呪曰

豆豆　豆豆　豆豆　豆尼　豆尼　豆尼
被那　訶呺　呵尼　陀遲　摩遲　喍帝

復次誠心燒衆名香佛迦香等運心供養化樂天王并化樂諸天願此香氣達彼王所若不憶念我當頭破作七分即說呪曰

尼梨　尼梨　尼梨　寐黎　寐黎　寐黎
脂鵌　脂鵌　彌脂鵌　彌脂盧

復次誠心燒衆名香運心供養他化天王願此香氣達彼王所當憶念我即說呪曰

迦隸　婆隸　那隸　呵隸　毗那隸　毗
舍隸　訶羅　彌帝　莎呵

復次我今誠心燒衆名香運心供養兜率陀天王願此香氣達彼王所當受我供養即說呪曰

摩私　摩私　摩私　摩摩私　婆羅摩私
摩那私　阿羅尼　呵富呵　波羅尼　賀
梨　寐帝　乾途婆　賀羅　莎呵

復次我今燒衆名香運心供養須耶門天王輔相將從願此香氣達彼王所即說呪曰

佉呥　佉尸呥　佉稚毗尼　薩旨遲　薩
持遲　地荼婆婆利　乾頭　婆賀羅　莎
呵

復次燒衆名香運心供養帝釋三十三天王願此香氣達彼王所即說呪曰

賀羅　賀羅　摩黎尼　遮羅私利　毗羅
私利

復次燒衆名香運心供養東方提頭賴吒天王輔相眷屬願此香氣達彼王所即說呪曰

阿夷　婆夷　那稚夷　那稚尼　那稚尼
波帝尼　波帝　波帝尼　莎呵
復次燒衆名香運心供養南方毗留勒叉天
王輔相眷屬願此香氣達彼王所即説呪曰
毗利私　毗利私　旨利私　寐利私　寐
尼利私
復次燒衆名香運心供養西方毗留博叉天
王輔相眷屬願此香氣達彼王所即説呪曰
豆曜　鼻豆曜　鼻吁　吁寐　呵吁寐寐
寐利　至寐利　至寐利帝　呵羅帝　莎
呵
復次燒衆名香運心供養北方毗沙門天王
輔相眷屬願此香氣達彼王所即説呪曰
佉稚　佉稚　佉佉稚　佉佉稚　摩稚
摩稚私　摩荼　呵梨膩

復次燒衆名香運心供養大海渚中楞伽城
内羅刹之主毗沙拏願此香氣達於彼所即
説呪曰
遮利　遮利　周利　周利　帝利　帝利
婆羅尼利　婆羅呵帝尼　呵羅審帝　莎
呵
復次燒衆名香運心供養毗摩質多羅阿脩
羅王居在海邊願此香氣達彼王所即説呪
曰
伊支　毗支　毗遮支　遮吒隸　摩吒隸
摩摩吒　呵羅審帝　莎呵
復次燒衆名香運心供養伽羅龍王居在海
中願此香氣達龍王所即説呪曰
迦利　迦迦　迦利　迦羅尼利　迦羅婆
梨尼　毗梨私利　呵羅審帝　莎婆呵

復次燒衆名香運心供養地神願此香氣達於彼所即說呪曰

毗陳地㘑 毗婆陳提㘑 遮隣提梨 舍囉摩㘑遲 摩摩囉囉遲 呵羅彌帝 莎呵

若不信我呪心裂作七分血從面門出若不聽佛所說善法終無吉利爲病所殺身壞命終當墮地獄

天阿脩羅共相鬪戰是時帝釋軍敗退還既入城已即作是念我今當詣婆伽婆所求索擁護於人天中佛爲最勝慈悲救濟一切衆生不害一切常爲擁護爾時世尊在憂波難陀山常所樂處與大比丘衆五百人俱菩薩千那由他月十五日布薩之時時兩足尊人天中上四衆圍繞如世明燈釋提桓因與其將從百千那由他三十三天來詣佛所頂禮佛足却坐一面一心合掌而說偈曰

大聖世雄天人尊 常以慈心愍一切
善哉一切智導師 世間黒闇作照明
一切諸天所不達 唯有瞿曇獨知之
今我歸命大慈悲 唯願爲我作擁護

爾時世尊聞此偈已告帝釋言天帝我佛法中有結呪界法能爲人天作大擁護若有聞是結呪界法若自持若教人持至心讀誦如說修行以呪力故刀不能傷毒火不害能却怨敵百由旬内無諸災患天阿脩羅一切鬼神無能越此呪界而作衰害是故天帝應當受持是結呪法至心讀誦不得忘失即說呪曰

闍隷 闍梨尼 摩闍隷 摩呵闍隷 摩

呵闍羅婆帝　阿闍利　阿者利　闍羅者
利　闍羅那利　闍吁隸　摩隸吁　摩摩
隸　闍囉帝　遮囉婆囉帝者羅帝　者囉
闍羅帝　那囉帝　婆羅闍隸　伊梨伊囉
婆帝　寐唎　寐羅婆帝　合鞞合鞞唎
毗唎　合兮　翅由唎　摩呵翅由囉　婆
帝　摩佉梨　摩呵摩佉唎　呵羅私唎
婆闍唎　婆伽鍮利　鍮囉婆利　婆囉婆
私唎　毗私唎　私利　私唎　私唎膩
以此寶呪擁護帝主衆患都除我今慈彼提
頭賴吒龍王裡囉婆尸龍王毗留博叉黒瞿
曇龍王如意珠龍王婆修翅龍王檀荼波陀
龍王滿賢龍王難陀龍王名色威力身體俱
大住須彌山天阿脩羅鬬時常佐帝釋而爲
擁護阿那婆達多龍王阿樓泥龍王般闍摩

翅龍王得叉迦龍王阿難提那龍王婆藪翅
龍王阿婆囉闍等龍王大自在意龍王自在
意龍王那荼黔龍王阿婆羅羅龍王等沙彌
勒迦龍王酪首龍王復有如意龍王分陀利
龍王方主龍王迦駒吒翅龍王黔婆羅龍王
阿尸婆多羅龍王如是龍王等我皆生慈心
婆翅羅龍王黔毗羅龍王毛針龍王憂囉伽
羯那龍王牛王龍王如是等龍王我亦皆生
慈心奮耳龍王車龍王聚積龍王善歡喜龍
王犢子龍王伊羅鉢龍王裡濫伏唎龍王如
是龍王我皆生慈心如是一頭二頭龍等我
於彼所都生慈心一切世界有足無足二足
四足多足皆於彼所生於慈心爾無足二足
四足多足諸龍夜叉及諸依地動以不動并
根生者皆莫害我以諸佛力及正法威勢阿

羅漢使我吉安卽說呪曰

郁企　目企　摩企　摩呵摩企　郁佉摩佉婆囉帝　婆囉婆帝　地唎　地囉　婆帝　守婆地唎　守婆那唎　那囉婆唎那囉地毗提利　叔呵般荼唎　迦荼翅迦荼髀　迦囉荼髀　翅由唎　牧囉婆跂牧羅婆羅跂　婆那跂　婆囉婆那跂　阿施　阿賒施　阿那囉髀　婆囉婆囉泥者羅　者梨尼　毗者羅涅唎　婆陀地阿婆陀地　伊吒陀地　呵吒吒唎　阿那吒囉虵　吒齡　伊吒齡　者齡毗荼髀毗囉婆囉陀　摩呵囉涅唎　婆囉陀唎波羅陀利　波伽陀利　跛那跛那　尼吒唎尼寐

說是大呪王時而此大地周徧俱時六返震動一切鬼神阿脩羅等皆大驚怖自相謂言怪哉瞿曇大名稱者爲諸天衆說是神呪而使諸天得於自在爾時佛告釋提桓因言假使呪師誦持是呪結於呪界徧滿三界動不動等無能越者四道天王有大威力名曰摩醯首羅處在阿那含聖果若有不順越此呪界無有是處大梵天王有大威德千世界主有自在力若能不順越此呪界亦無是處魔王波旬欲界之主欲越呪界亦無是處他化自在天王化樂天王欲越此呪界亦無是處償兜率天王焰摩天王欲越此呪界亦無是處帝釋千眼舍脂之夫欲越此呪界亦無是處護世四天王駒毗羅提頭賴吒毗陵博叉毗留勒等欲越此呪界亦無是處復有四王威力熾盛鳩那羅伽蘭荼毗勒駒摇訶竺欲

越此呪界亦無是處復有四王於欲界中最得自在帝釋閻羅主拔留那兊羅闍波闍波提欲過此呪界亦無是處復有四王有大威力簸尼毗呵呪帝婆留闍提呵婆帝奢欲過此呪界亦無是處有八龍王住於大海有大威德阿那婆達多龍王拔留那龍王毗留勒龍王修鉢囉龍王撳絺都龍王難陀龍王優波難陀龍王娑伽羅龍王等有大神變如是等龍王欲越此呪界亦無是處有八阿脩羅王毗摩質多羅阿脩羅王脩質多羅阿脩羅王羅睺阿脩羅王苫波唎阿脩羅王鉢羅度阿脩羅王茂至連達囉那阿脩羅王纏豆嚧那矅阿脩羅王等若能不順此呪欲過此呪界亦無是處有乾闥婆王質多羅斯那那廚羅闍闍柰沙婆毗尸娑蜜多羅尸騫遲提婆婆乇頭摩啅囉般者尸企乾闥婆鉢浮嘍守梵達囉迦摩埶絺栴檀那是乾闥婆等有大神力顏貌端正兼有名聞欲越呪界亦無是處佛告天帝此呪何故有是威力此呪乃有八十四億那由他百千恒河沙數諸佛神口之所共說我今現在亦復宣說如是呪王復告天帝諦聽諦聽善思念之此呪之力能爲衆生作大擁護遮諸鬼神不令嬈近所以擁護此諸人道者人道之中能爲生天作其種子能出一切諸天勝報此處出佛此處出生聲聞弟子此處出生諸大德仙此處出於沙門及婆羅門此處能出鬼神若有惱亂於衆生者能遮惡鬼不令加害故出此呪即說呪曰

阿羅池　毗羅池　婆羅池　婆那池　婆

羅毗囉羅毗　曇脾　曇脾一智　毗吒智
毗囉吒智　首慧　首慧　首呵曼荼唎
迦囉池　翅由唎　緊頭摩帝　陀囉　陀
唎　陀囉囉遲　陀陀婆毗　達陀曷帝
囉婆阿竭囉婆帝　頻頭迦唎　囉多那闍
梨

說此呪時大地大海悉皆六返震動諸鬼神等咸發大聲唱言苦哉諸羅刹等亦復如是共相謂言今者說呪我等大苦欲無生路如是猛呪諸佛所說爾時世尊復告天帝言汝今應當護此呪界由我護念此呪緣故一切人天無能越者復告四道面天王有大名稱住淨居天阿那舍處名摩醯首羅及其眷屬輔相大臣汝等宜應擁護此呪五阿那舍天神通威德色身名稱悉皆具足汝等眷屬亦應擁護如是明呪爾時大梵天王從蓮華生娑婆界主眷屬輔相汝等亦當擁護此呪四禪諸天乃至梵身神通色貌名聞具足及其眷屬輔相大臣亦應擁護如是神呪欲界之主魔王波旬眷屬輔相應護斯呪他化自在天王及其眷屬輔相大臣應護此呪化樂天王及其眷屬輔相大臣應護斯呪焰摩天王眷屬輔相應護此呪兜率天王眷屬輔相應護此呪帝釋千眼舍脂之夫眷屬輔相應護斯呪護世四王典領四方提頭賴吒領乾闥婆衆有九十一子皆名曰帝姿貌端正有大威力眷屬輔相應護此呪毗留博叉領究槃荼衆九十一子皆名曰帝姿貌端正亦有威力眷屬輔相應護斯呪毗留勒王領諸龍衆九十一子皆名曰帝眷屬輔相應護此呪毗

沙門王領夜叉衆九十一子同名曰帝眷屬輔相應護斯呪此四天王合三百六十四子能護十方復有天帝名曰因達囉次名監囉婆嘍那蘇摩婆囉沓婆闍波闍波提夜叉鬼衆汝等皆擁護斯呪有八龍王阿那婆達多龍王拔留那龍王毗留勒龍王修鉢囉龍王擻絺都龍王難陀龍王優鉢難陀龍王娑伽羅龍王等眷屬輔相應護此呪有八阿脩羅王毗摩質多羅阿脩羅王修質多羅阿脩羅王羅睺阿脩羅王茝婆唎阿脩羅王鉢羅度阿脩羅王茂至連達囉阿脩羅王那纏豆囉阿脩羅王那荼阿脩羅王等眷屬輔相應護此呪有釋提桓因典領四維大梵天王典領上方質多羅斯那乾闥婆王等晝夜殷勤無有懈倦擁護呪界夜叉主將摩尼跋達羅弗那跋達羅長臂長髮曠野鬼善意財富般闍迦與法護法略首般至予舍囉盧摩及大面等闍尼沙迦如是諸鬼神通色力名稱具足眷屬輔相咸皆擁護持呪之人即說呪曰

闍羅毗翅　摩呵婆他咩　首婆岐鉢羅拔唎絺帝　涅闍私帝　阿三彌　叔祇　阿霜祇　敢彌比不隸

說是呪時大地震動鬼神之衆唱言苦哉諸羅刹等咸作是唱各相謂言今此呪力破壞我等將無活路如此猛呪三佛陀說若在聚落若在城邑若在田野諸鬼神等皆無住處況復得食佛告帝釋過去無量無數阿僧祇劫我於爾時初發菩提心當於爾時北方有香山我於彼山在南面住作世俗仙名善音我於爾時已得離欲獲得五通當於爾時結

此神呪朝結此呪終日安隱若復夕結竟夜安泰爾時彼仙往至他所由不結呪有百千夜叉羅刹鳩槃茶富單那毗舍闍等又有一羅刹身體長大滿千由旬面廣百由旬牙長五十由旬眼二十由旬吐舌滿十由旬身如黒雲猶如大山一出入息傷害數百千人惟爲殘殺都無慈心遥見仙人修於苦行噉食菓根闍婆羅果而飲泉水不食餘食修清淨行意欲往加害斷其命根然彼仙人有大威德膽勇成就尋憶此呪而彼羅刹不敢加害佛告阿難欲知彼時仙人豈異人乎我身是也佛告帝釋汝應受持是神呪王讀誦憶念若有沙門婆羅門若天若魔若梵一切世間爲呪所護而有衆怨來侵擾者無有是處若天若龍若乾闥婆阿脩羅鬼神鳩槃茶緊那羅迦樓羅餓鬼夜叉羅刹金肩狂顛鬼阿鉢私摩羅富單那臂舍支摩樓多日月星災熱病極熱病如是諸怨欲伺其便求其過患欲侵害者無有是處若被繫閉應死之者讀誦此呪降受謫罰自此以下乃至鞭杖瞋責由誦呪故盡有差降佛告釋提桓因以是之故應自擁護若護於他應當受持如是神呪即說呪曰

三曼尼梨　摩呵脾柢　摩呵嚧祇　摩呵他彌　摩呵耆咩　阿周離　阿周囉耆咩　阿周浮那　陀囉散尼

說是勇猛呪已鬼神夜叉衆皆出大聲咸作是言怪哉大苦羅刹亦然我等之衆將無生路諸鬼神等尚不得住況復飲食

毗婆尸佛在無憂樹下尸棄佛在分陀利樹

下毗舍菩佛在娑羅樹下迦羅迦孫佛在尸利沙樹下迦那迦牟尼佛在鬱曇婆樹下迦葉佛在尼居陀樹下釋迦世雄在毗鉢羅樹下是諸如來依此諸樹成等正覺七佛世尊有大神力長夜擁護見持呪者使常安吉於經常日并諸宿會都無凶患等同於吉一切諸佛有大威德一切羅漢皆盡諸漏不受後有如是諸聖我今歸依以此實語擁護帝主延祚無窮即說呪曰

闍摩泥 闍摩泥 摩尼咩 摩尼咩 質致唎尼 蜜唎 蜜唎 尼離 摩羅質致唎 摩羅伽唎 吽離 吽離 蜜離蜜離蜜梨斯 寐寐梨彌 呵訖囉摩泥 摩訖羅泥 悉地 悉梨 悉㗚 呵呵唎 者岐 者岐尼 阿私阿㗚私 尤咩尤咩比迦尤咩 比迦尤彌離彌離 陀羅彌離陀囉拏陀唎 毗質泥 質多羅摩離 摩指彌 頻頭摩支 那支那支離 多多利毗摩彌 摩羅摩羅池 舍昌囉企 合羅者離 者囉 摩羅支

說是呪已大地震動依地諸鬼悉皆駭怖一切諸龍一切乾闥婆及放逸天持華鬘天曲脚天宮殿天四大天王三十三天及帝釋焰摩天兜率陀天化樂天他化自在天梵音天梵淨天淨居天果實天不煩天不熱天善見天善現天色究竟天悉皆震動首陀會天亦皆震動摩醯首羅有大威德共五淨居阿那舍天俱至佛所頭面禮足却住一面而說偈言

歸命佛世雄 正覺兩足尊 瞿曇所知見

諸天所不違
如來善說結呪之界猶如甘露我今亦樂助
佛說呪我所說呪威猛極惡擁護一切世間
衆生柔伏一切諸惡鬼等我今頂禮於世尊
足惟願導師慈愍於我哀受我呪世間之災
能作種種無量衆形能作怖畏能作種種衆
多恐怖能使世人心意倒錯亦使顛狂使諸
男女驚怖惶悸噏其精氣我今爲欲制此諸
惡故說此呪謫罰夜叉及諸鬼神諸惡徒衆
使不害人即說呪曰
涅唎泥　涅槃拏波帝　尼婆唎　那吩
呵唎私　婆耆槃　私耆　囉婆羅私　毗
唎毗利　毗迦　毗囉迦囉　迦囉婆　迦
迦卑羅　憂兜囉　鬱多囉泥　憂鉢囉泥
憂兜囉尼　憂兜莎唎　優企伽咩　郁負
達唎　憂囉婆唎　憂囉耆唎　阿兜賴斯
憂羅婆唎　憂婆支　憂負提　憂尤離
憂陀地　憂伽池　憂婁斯　憂羅岐　憂
阿泥　憂輸唎　烏負唎　憂兜負唎　毗
囉婆唎　尸囉那斯　尸囉婆囉私膩　憂
尤離　牟侯離　耆囉斯毗耆囉　斯那斯
毗那斯耆伽尼　伽囉婆尼　伽囉涅唎
伽那婆　那私唎　私羅婆唎拏
當說是呪時三千大千世界六種震動一切
鬼神亦皆駭怖盡生厭惡咸出大聲稱言怪
哉苦哉羅剎亦爾夜叉夜叉女緊那羅建陀
究摩陀顛狂鬼阿脩羅摩留陀龍并諸一切
能害物者悉皆驚動鬼衆悉壞咸作是言摩
醯首羅說是惡呪使於我等無有生路若持
是呪所在城邑聚落一切惡鬼悉皆捨走出

百由旬外能爲帝主作大擁護攘諸災患衆
善盈集應於四十里中結作呪界人天鬼神
無能越者此呪亦是諸佛所説越此呪者必
獲衰惱當有沸血從面門出心當焦熱而得
重病遂至於死身壞命終墮阿鼻地獄由違
呪故此呪眞實無有虚妄爾時有梵衆梵中
尊與色界萬七千梵圍繞來至佛所禮佛足
已在一面坐而説偈言

我今歸依讃大智　能證最勝甘露法
滅結最上大正覺　如是瞿曇我今禮
善説此經三佛陀　功德具足護一切
廣濟衆苦與安樂　一切鬼神皆摧伏
我於世間爲宗主　我最能滅諸鬼神
我於衆生爲其父　於千世界得自在
我今助佛欲説呪　諸天世間共印封
我今印封無能越　正覺垂矜憶念我

即説呪曰

憂佛㡓　毗佛㡓　佛㡓利　佛㡓利　負
羅移　毗負囉移　那也㗚　那囉也㗚
那摩也摩㗚　摩㗚摩摩尼　摩羅斯　南
茂斯　南無呵泥　那者㘑　摩那者㘑
摩呵也㘑　摩囉婆㘑　摩耽地唎泥　問
地㘑　尼㘑　摸呵尼梨　毗無呵尼㗚
毗達羅斯　毗曷達囉斯　槃陀㗚　婆囉
達帝　達囉尼　摸呵尼　勿達囉呵尼
毗勿地利尼　佛呵婆㘑　婆羅娑㗚　鉢
羅娑離　波囉娑離　波囉拏娑㗚　囉婆
伽囉婆帝　弗唎尼㗚　弗㘑弗㘑尼㗚
尼囉鉀尼囉鉀　企囉羅脾　羅毗㗚毗
囉利　毗囉利　毗呵那唎　旃達囉　尼

梨尼囉羅陛羅婆唎　那囉　地那囉捺地那羅斯

說是呪已三千大千世界六返震動夜叉羅刹乾闥婆須拔拏那竭富單那毗舍闍餓鬼建達羅阿脩羅摩樓多緊那羅究槃荼等阿跋摩羅之所為災恐怖之事此諸鬼神揚聲大叫作是唱言今聞此呪鬼神之衆即自散壞是諸人等皆以梵王印印此住處大梵天顯發此呪此呪住處諸鬼神等悉不得住一切人身猶如金剛此呪經者名為梵天所說諸鬼聞已於諸方面各自散走此呪若於所在城邑官府住處諸惡鬼等皆不得住不能伺求得其便也況復加害以此呪力願令帝主獲大擁護使得無上安善利吉以此呪界若一由旬二三四五由旬一十二十五十一百至千由旬隨於日月所照之處久近時節結於呪界隨所住處周帀十方若有能越此呪界者頭破作七分心自劈裂我等諸梵所住呪界今已說竟第六魔王波旬將無數魔天往至佛所頂禮佛足在一面坐衆坐已定合掌向佛而說偈言

我今歸命大導首　兩足之尊最勝覺
諸寂滅中為第一　是故我今稽首禮

說是偈已即白佛言世尊諸梵佐佛說呪界經我今亦欲助佛說呪為欲饒益一切世界擁護人天故說斯呪若聞於我說是呪者夜叉羅刹悉皆遠走百由旬外我於昔來初未曾更以清淨心至于佛邊我今為禮人中師子說結界經故至佛所我於欲界行住動中幷及人天為自在主其餘衆生住欲界者及

餘鬼神種種別類夜叉羅刹令一切驅使遠避我今以胡芥子白胡芥子擲著火中能使鬼神都如火然當說此呪極爲大驗即說呪曰

什婆利　什婆利　都是婆利　鉢羅什婆利　什婆羅　什婆羅　什婆羅私唎　什婆羅尸利離呵　什婆羅尼　欝婆頭婆離　阿那婆沙婆離　什婆離帝　什婆離尼尼　什婆離帝　什婆羅帝　摩什婆黎尼　憂利肌　憂梨迦達唎　郁六迦目企　什婆羅目企　什波羅舍婆㗚　闍羅膩　阿其尼羅　尤㗚什婆唎　檀荼波離　尤彌離　什婆離　什婆羅　什婆囉離　那羅離　什婆梨尼　什婆羅斯　子史𪘨　什婆隷　那史𪘨　什婆盧迦羅婆什婆離　軸迦什婆離　欝豆娑迦羅什婆離　摩離　什婆摩離　摩呵什婆離　那摩什婆梨私

說是呪時夜叉羅刹皆大火然一切鬼神咸皆火然各出大聲唱言苦哉擧聲號哭此諸鬼等於十方面悉皆逃走盡受大苦猶墮地獄諸鬼神等咸作是言今說是呪斷滅我等爾時魔王語諸鬼言速出我界汝若出界身體安樂無諸患苦若有此呪處若城邑聚落及諸官府皆不得住若越此界身即火然此魔所說呪結界經欲說呪時當言魔所說呪以結於界結此呪界乃至日月都盡此界乃盡於十方面各結呪界隨所結處鬼神羅刹身盡火然今爲帝主作大救護爲作守視得無上安隱諸有日月之災諸天之災夜叉羅刹諸鬼等災盡使除去爾時化樂自在天與

諸天眷屬來至佛所頂禮佛足却坐一面說偈讚佛

歸命上丈夫　具足大智尊　解脫諸煩惱
憐愍衆生故　說甘露呪界　摧伏諸鬼神
擁護有命者　我亦欲助佛　宣說大猛呪
唯願三佛陀　哀愍憶念我

即說呪曰

私離　毗私離　毗私羅　婆尼畢離　彌離　槃茶囉婆帝　婆囉羅帝　囉羅私毗羅私　那羅那私　那羅闍摩離　呵羅唎　那羅離　毗羅離　闍羅尼離　呼羅那離　波羅賜　波兜多畢　多畢尼　毗婆羅離　大尼大尼　陀羅婆地梨　婆羅賜　那羅賜　多那利畢　多呵呵唎尼唎致唎致　伊致　伊彌味　羅彌致　伊羅呵致　吒吒　吒唎尼

說是呪時大地震動夜叉羅剎諸鬼神等出大音聲唱言大苦時他化自在天而作是言呪之住處若城邑聚落以此呪勢汝等鬼神皆不得住況其飲食此大猛呪能斷汝等又是一切鬼神所牢閉處能滅一切諸爲患者若違此呪汝等便爲墮於地獄以此呪力擁護帝王使得善利能遮刀杖解諸災患日月薄蝕而得解脫復有他化天王將無數諸天來至佛所頂禮佛足在一面坐合掌向佛而說偈言

我今歸命讚　堅實大精進　最勝不思議
是故今敬禮

佛已說是結界大呪經已饒益世間及諸天人我今亦欲助佛讚說結呪界經決定熾盛

勇猛可畏爲擁護一切諸衆生故摧伏一切
諸惡鬼故諸鬼神等聞是呪已不復能害於
諸衆生即説呪曰
呵梨呵梨呵呵梨 毗梨毗梨 毗那賜
呵呵呵 尤尤 呼呼梨 耆梨耆梨 者
羅尼 呵那泥 毗離 尼離 毗拔池
迦池迦池 迦荼脾 迦荼迦荼脾 毗荼
荼脾 大大離 伽離奮唎 摩摩茂唎
毗尼拔提 婆囉賴提 陀陀陀 羅婆囉
婆羅 那唎呼唎毗闍毗視拔唎 婆羅拔
帝 賴思比賴私 毗那羅私 毗脂 者
至尼 呵那支 婆那支尼 優婆利尼
迦利 摩利 摩尼 摩梨 摩摩呵唎
摩那呵 唎尼 實伽利 迦卑利卑利
説是呪已大地震動夜叉羅刹衆拘槃荼富
單那等亦皆狂顛死建大遮神龍及金翅阿
脩羅等出大音聲時他化天而作是言若諸
城邑聚落并及官府呪所集處一切鬼神皆
不得住而復不得有所侵惱於諸衆生若有
侵惱諸衆生者爲呪所縛受諸衰惱若有違
失此神呪者血從面出苦惱而死墮於地獄
善兜率陀天王有大名稱及其眷屬一切諸
天往至佛所頂禮佛足退坐一面合掌向佛
而説偈言

歸命讚歎世所供　歸命無上世大師
歸命斷結世勇猛　能拔一切諸毒箭
最勝寂滅解脱尊　能解一切諸纏縛

世尊説是最上呪界我今亦欲助佛説呪佛
説呪界人天之中無與等者億數諸天聞説
是呪者各皆隨喜威光熾盛故説斯呪若聞

於我說是呪者夜叉羅刹悉皆避走百由旬外呪所住處若城邑聚落國土方面夜叉羅刹鬼神之衆不能惱害彼持呪者無能伺求令得其便先所憶經我今欲說決定必能擁護一切即說呪曰

遮囃 啁唎 茂唎 茂唎 毗唎 毗唎 呼唎 呼唎 呼唎 呼呼 畢唎 畢唎 奮畢唎 奮畢唎 奮嘍 奮嘍 尤嘍 尤嘍 波帝 波帝 那帝 那帝 尼利 尼唎 伽唎 伽唎 奮利 奮利 耆旨 耆旨 耆利 耆利 尸利 尸利 摩帝 摩帝 尤嘍 尤嘍 婁婁 婁婁 負婁 負婁 他利 他利 輸利 輸利 頗唎 頗唎 頗唎 頗唎 副副 唎尼 也帝 也帝 那絺 那絺 私唎 私唎 婆唎 婆唎 伊[齒*齊] 伊[齒*齊] 蜜[齒*齊] 蜜[齒*齊] 毗[齒*齊] 毗[齒*齊] 吒唎 吒唎 吒[齒*齊] 吒[齒*齊] 味咩 味咩 毗[齒*齊] 毗[齒*齊] 負味 負味 那囉 那囉 囉斯 囉斯 畢唎 畢唎 其[齒*齊] 其[齒*齊] 不[齒*齊] 不[齒*齊] 尼企 尼企 企尼 企尼 毗企 毗企 囉視 囉視 婆唎 尼

說此呪已大地震動百千夜叉出大音聲一切鬼神依樹依地及城郭中聞是威猛呪已極大恐怖擧聲號哭各自散走結此呪界處若城邑聚落尚不得住況復飲食聞此滅結之呪說設有違者得於逆罪以此呪力能護帝主爲作歸依除其災患

大吉義神呪經卷上

音釋

佉呲佉丘迦切呲亭夜切　翅式利切　鍮託侯切　禋於真切　數蘇后切　黔巨鹽切　企去智切　脾頻脂切　齏才詣切　⿱⺮奧乙六切　撴締撴竹利切締丑知切　苫失廉切　啅陟握切　銶巨尤切　咩彌也切　噉徒感切　謫陟革切責也　悸其季切心動也　噏許及切與吸同　禘徒諦切　鉀古洽切　劈普歷切破也　薄蝕薄伯各切侵迫也蝕乘力切虧敗也

大吉義神呪經卷下

元魏昭玄統沙門釋曇曜釋

爾時焰摩天王及其眷屬往至佛所頂禮佛足住一面坐合掌向佛即說偈言

歸命於大智　堅實功德聚　牟尼天人尊
無上法中王　瞿曇世大師　故我今敬禮

三佛陀說能與持呪之人作大利益我今亦欲說是神呪唯願世尊憶念於我為欲擁護一切衆生柔伏一切諸鬼神等即說呪曰

耆利斯　毗耆利斯　婆那斯　毗陀斯　波波唎　波波斯　那那唎　那那斯　毗耆支　耆羅支　摩摩支　摩摩支　摩大支　陀耆離　目呵離　毗呵離　呵羅離　毗囉離　毗婆離　多羅離　多羅斯　毗多離　多利尼　吁唎吁　旨唎吁　寐唎寐　波羅寐　唎私唎　呵那唎　呵那唎　波羅婆遲　婆囉光遲　婆囉耆利　婆囉拏私　婆囉呵私　毗離尼唎　毗離旨旨　婆囉舍施　婆囉拏施

說是呪時大地震動神鬼之衆皆大驚怖出聲大叫皆言大苦甚可厭惡若城邑聚落國土有此呪處一切鬼神尚不得住況復飲食此大猛呪是焰摩天王之所宣說如此呪與諸佛世尊之所顯說此結呪經所住之處都無鬼神能為衰害作大擁護百由旬內除諸怖畏及以鬪諍口舌譏嫌乃至兩陣共戰之時交刃相向由此呪力使不害身一切怖畏悉得消滅如佛世尊永離怖畏帝主亦爾以呪力故離諸恐懼

爾時帝釋為三十三天作自在主與其眷屬

往詣佛所即整衣服爲佛作禮合掌向佛而
說偈言
我今歸命堅實尊　法王智光照世間
能以正法導一切　大慈大悲救三界
濟度一切諸衆生　大聖瞿曇我今禮
善說此經而此經者是諸正覺之所顯現我
今亦欲助佛說呪唯願世尊憶念於我我所
說呪能遮諸鬼我當禁制諸鬼神等使不惱
害一切世人呪所住處使諸鬼等不得其便
即說呪曰
毗遲毗　毗遲毗　那荼毗　那荼毗　毗
利遲　毗利遲　婆那遲　婆那遲　呵呵
呵呵　吁吁吁吁　尤尤尤尤　尤婁尤婁
尤囉脾　毗羅脾　婆囉囉泥　囉囉囉
泥　囉者支　婆離　那陀羅泥　陀囉池
囉囉池　毗頗利私　婆陀利私　寐利
私利　婆囉迦斯　那囉婆𡅏　尤寐離　毗婆
跛囉呵離　跛陀呵離　毗婆呵離　毗婆
呵離　嘍嘍吒𡅏　負嘍吒𡅏　婆囉吒𡅏
吒𡅏　那囉荼離　那那荼𡅏　投投荼
𡅏　嘍紬荼𡅏　呵那荼𡅏　尤嘍荼𡅏
荼拏囉池　毗舍羅池　耆摩羅荼離
說是呪時大地震動巨海波蕩出大惡風日
月星辰凝住不行興雲注雨鬼神之衆皆大
驚怖逃走四散聞此呪者一切鬼神皆無活
路諸鬼神等自相謂言釋提桓因說是明呪
章句若國邑聚落我等都無住處諸鬼至處
身皆火然其所到處受大苦惱譬如地獄若
有越是天王呪者身壞命終當墮阿鼻若越
此呪而不隨順如違佛語等無有異如佛離

欲能越此呪而此神呪是過去諸佛之所顯
現擁護帝王利益安隱諸衰災害悉皆除滅
若有災害聞是呪名皆生驚怖百由旬內消
滅無餘日所行處所有鬼神皆不能得侵害
世人爾時毗沙門天王與諸鬼衆前後圍繞
往至佛所頭面禮已右繞而坐合掌說偈

歸命大聖智光明　離諸三有正導師
分別諸有及涅槃　是故歸命眞實尊
我今亦欲助佛說　願當憐愍憶念我

有諸夜叉羅刹鬼等作種種形師子象虎鹿
馬牛驢駝羊等形或作大頭其身瘦小或青
赤形或時腹赤一頭兩面或有三面或時四
面麤毛竪髮如師子毛或復二頭或復剪頭
或時一目鋸齒長出麤脣下垂或復嶚鼻或
復瞻耳或復促項以此異形爲世作畏或持
矛戟并三歧戈或特捉劒或捉鐵椎或捉刀
杖揚聲大叫甚可怖懼力能動地曠野鬼神
如是之等百千種形阿羅迦夜叉在彼國住
爲彼國王是故名爲曠野之主於彼曠野國
中有善化處凡有二十夜叉鬼母彼諸子夜
叉等身形姝大甚有大力能令見者生大驚
懼普皆怖畏又復能使見者錯亂迷醉失守
猖狂放逸飲人精氣爲諸人民作此患者今
當說彼鬼母名字

跋達那跋　達囉婆帝　那多　阿嘍那婆
嘍那　難陀婆頭摩　婆頭摩婆帝　蛇賒
阿帝那賒　婆娑婆　但那達多　婆達羅
達多　婆私多　婆私目企　那多　婆那
多　鬱那多　囉婆　那遲囉　那轉富佉
羅

說是名已彼鬼母等來至佛所毗沙門天白佛言世尊是鬼神等是我眷屬皆禮瞿曇是等夜叉以此呪力謫罰禁制使不惱害即說呪曰

佛阿邏邏那　尤尤嘍他　阿斯　摩迦斯　那那㘓　婆囉伽泥　婆羅伽泥　伽羅泥　伽羅呵㘓　伽匹離　匹羅摩祇　摩摩伽羅　摩摩囉羅㘓　呵那囉　佉泥　丘嘍　毚嘍　婆吒求㘓　伽那羅斯　絺毗　絺毗　摩呵　婆囉剃　優嘍剃　毗嘍剃　旃荼利　達囉毗　頭那囉脾　舍攡　羅　私利　勃囉囉私利　呵唎私唎　婆陀牟唎　大囉那羅帝　婆那賒羅那利　囉囉　嘍嘍　利唎　囉囉㘓㘓　多嘍　多嘍　帝帝帝帝　摩摩　摩摩寐寐　寐寐　其嘍　其嘍　其嘍　其嘍　者者者者　旨旨旨旨　摩帝摩帝　佉佉佉佉　棄棄棄棄　丘丘丘丘　佛唎　佛唎佛唎

說是呪已大地震動時諸夜叉鬼神之衆悉皆驚動自相謂言今說此呪我等鬼神將無活路由毗沙門說是明呪所住之處國邑聚落百由旬內一切鬼神不得其便以此呪力擁護帝主使諸災患皆自消滅天神之災人非人災悉得解脫

爾時提頭賴吒天王有大名稱與九十億那由他乾闥婆眷屬圍繞來詣佛所頭面禮已右繞而坐以偈讚曰

寂滅無爲最上尊　調伏諸根悉清淨
自得解脫亦脫彼　解脫一切生死輪
已自得度亦度他　能度生老及病死

最上調伏諸外道　今禮二足天人尊

時諸天世界梵世界乾闥婆世界人世界動不動世界如是諸界一切無能與佛等者能說如是大呪界經安樂利益一切世間我亦隨喜亦欲說呪使諸夜叉羅刹鬼等咸皆遠走百由旬外今當助佛說此呪經擁護一切摧伏一切諸惡鬼神唯願世尊憶念於我即說呪曰

羅池羅羅池　摩摩遲毗　離毗　梨尼
毗囉毗　毗尼耐地珊那　蘭地　佉勢
摩佉勢　摩摩佉勢　佉那地　那荼企
摩佉池　摩呵摩佉池　佉私唎　佉那私
利尼毗　婆囉毗唎毗　毗利匹匹匹唎利
匹那利　跋囉婆地　遮佉池吒佉齲吒佉
吒羅　佉羅毗　辛視利　視利　嘍受嘍
闍毗闍　那闍囉泥　闍摩那是　婆闍囉
婆闍　呵唎呵闍　那闥婆闍唎

說是呪已三千大千世界猶振寶器相觸作聲一切鬼神乾闥婆羅刹日月五星一切世間能爲災者皆大戰恐諸大天王咸言怪哉大呪之王結無上呪爲最上呪呪所住處城邑聚落官府之處百由旬内都無衰患諸惡徒衆盡不得住而此呪經即是四大天王之所供養能爲人天作大擁護又爲帝王能作無上大護吉利

爾時毗留勒叉天王領諸究槃荼與九十二那由他究槃荼衆眷屬圍繞來至佛所禮人中尊右繞而坐合掌向佛而說偈言

救濟一切世間苦　能與無量衆生樂
今禮如是滅結尊　能歸佛者得無畏

歸命世雄能度世　我今敬禮人中尊
鬼神之衆究槃茶　一切世人及非人
諸能惱害如是衆　今爲禁制願佛念
諸非人等皆應聽　今我爲世作擁護
即說呪曰
迦滯婆地　阿羅衹　毗羅衹　阿遮羅契
阿遮建提　婆闥蓮兮　阿羅伽泥　婆羅
伽泥　伊帝彌智細　阿邏　婆羅賒泥
波帝皮帝　彌知帝　皮知彌細　阿遮伽
叅　阿遮伽叅　波遮伽叅　阿斯目稚
阿斯目地　阿牟羅細　遮茶娑梨泥　遮
遮支叅
說是呪已大地震動百千夜叉出大音聲而
作是言怪哉善說大呪諸呪中上善能和合
結此呪界摧伏諸鬼護諸衆生此呪住處若
國邑聚落官府之處諸惡鬼等無能惱害亦
無伺求得其便者也是故應當受持讀誦此
呪爲擁護故應當祕藏世間及天應當結界
百由旬内此大呪王若有鬼神越此界者其
心破裂當爲七分此鬼面門當沸血出身壞
命終墮阿鼻獄
爾時毗留博叉諸龍之王有大力勢與八十
那由他龍來詣佛所禮佛足已在一面坐合
掌說偈
歸命於佛善說者　如來善導者衆生
能與一切衆眼目　滅結大師我今禮
善說此經度衆苦　無上法王衆中尊
能護一切諸世間　能遮一切諸惡鬼
我今亦欲助說呪　唯願世尊憶念我
即說呪曰

阿斯　阿婆斯　陀斯　陀婆斯德　阿那
斯　阿衆隸　婆羅羅細　遮羅遮　旃陀
羅那　那支隸　那那支隸　遮羅羅遮
那遮泥　那那遮泥　毗賒遮隸　毗婆
遮隸　陀羅尼　遮羅泥婆隸　婆那那婆
隸　婆那那隸　呵羅細　毗羅細　陀細
摩細　那栖隸　私呵栖隸　遮遮羅遮羅
那羅那

說是呪時大地震動巨海波蕩周徧俱時六種震動一切鬼神咸皆驚怖失聲大叫聞此事已天王歡喜一切諸鬼皆從座起而作是言嗚呼大呪徧于世界結是大呪諸天鬼神無能越者

爾時毗浮沙羅刹王與九十那由他羅刹眷屬圍繞來詣佛所此羅刹面如大雲五色斑駮其髮强硬如師子尾麤脣促鼻牙齒參差如是醜惡極大可畏其眼正黃如似獼猴耳長如驢復有聰耳發大音聲哮吼可畏齊聲唱叫能動大地各各皆能於須臾頃殘害百人但食人髓噏其精氣如是惡衆共至佛所即禮佛足合掌說偈

世尊大慈拔毒箭　如是最勝我今禮
能導世間諸衆生　法王妙法如甘露
善說此經護一切　今我歸命讃世雄
我亦助佛欲說呪　唯願世尊憶念我

巨海邊際有大住處名曰善化多有金銀眞珠碼碯水精瑠璃并有玻瓈及毗瑠璃我等所居有此好寶而於彼處有六十羅刹長髮黑髮極惡大音無畏人天不驚於外速得能得願佛念我其名曰

頗闍拔闍　波頭摩　那闍那羅闍　難途
耽摩　難提膩　鉢摩波地　難提羅娑
拔達那　難提拔達那　尼沙　尸沙翅沙
盧陀羅婆帝　富那羅　阿提尸沙　難徒
多羅　遮延地　遮闍鉢婆　毗那沙　毗
闍延大　毗羅婆　悉陀泰　修鉢羅提摩
修羅多　須多　娑羅多　賀羅多那邏毗
羅闍　毗蘭陀羅　旃陀羅目　阿樓沙那
婆婁那　婆邏　優婆邏　伽地　那荼羅
羅闍羅　婆邏羅闍　旃陀羅婆　優羅娑
脩羅　脩羅提胜　優娑提胜　婆羅羅闍
脩羅提胜　提毗羅　郁極羅羅　郁伽梨
羅　郁伽羅牟邏　娑羅大　娑羅婆帝
菴毘大　阿毘那大　阿羅陀聚阿車邏
阿婆邏　阿那闍

是等羅刹一一各有一億夜叉以爲眷屬皆有自然飲食天人阿脩羅不及彼鬼所有之女我有如是眷屬今禮於佛我當禁制惡衆勇猛進止與其謫罰使不害人即說呪曰

呵呵呵呵　拔羅　拔羅　拔羅　多多多
多　那那那那　喫喫喫喫　彌彌鵌　蔽
鵌彌鵌　目帝毗目帝　阿地阿地　優無
鵌牟尤鵌求休鵌　蔽蔽鵌　頗羅德　頗
那羅細　娑婆鵌　毗呵娑鵌　娑耐陀乾
地　迦羅那邏　那那羅　娑羅婆羅　囉
囉囉　囉囉囉囉囉　羽盧　羽盧　羽盧
羽盧梢　羽盧那　盧泥　羽盧羅細
羽盧　羽盧　羽盧　羽盧細　羽敷鵌
于摩鵌拘地　拘地　頗佉嚩　伽羅儺
伽羅儺　阿伽儺　阿囉儺　摩羅伽嚩

摩伽摩 伽㝹 摩那 伽㘉 摩摩伽㘉
施離 彌㝹
說是呪已一切羅刹皆大驚怖發大音聲咸作是言我等於今爲此神呪禁制所持都不得動不得自在無有住處我羅刹王今者遣諸羅刹之衆皆使速去諸方鬼神皆悉不得侵惱世人
爾時毗摩質多羅阿脩羅王有大威力與六十六億阿脩羅王等而自圍繞至于佛所禮人中尊合掌說偈
稽首大精進 世間之眞濟 能放智光明
照於世間闇 阿脩羅不了 如來悉通達
亦欲助佛說 唯願憶念我 爲護諸衆生
力能禁制鬼
即說呪曰

摩帝 摩帝 摩摩帝 陀帝陀多 阿那陀㝹 摩睇 居帝 那帝 究多帝 毗帝 婆羅羅 那羅婆泥 婆羅婆泥 阿帝 羅帝㝹 羅浮差泥 尤迷尤迷 休休迷 豆迷豆迷 頭頭迷 譚胜 譚婆伽僁 遮彌 遮彌 遮彌 遮摩 羅岐毗細 丘細 珂泥 毗那細 毗佉泥毗羅泥 質多 羅波帝 摩那羅差 呵呵睇 遮遮羅睇
說是呪時大地震動諸鬼神等皆悉驚怖失聲大叫而作是言怪哉大苦怪哉大苦阿脩羅摩婁多鬼神夜叉諸貌富單那等亦爾此經所住之處若國邑聚落諸惡鬼神不得中住不得飲食無有能得伺求其便百由旬內無諸衰患毗摩質多說是明呪

時娑伽羅龍王與九千億那由他諸龍圍繞往詣佛所頭面禮足瞻仰尊顏一心合掌以偈讚曰

歸命世所讚　最上無與等　三界大導師
能示正道者　成就大威德　永滅煩惱結
人中之勝龍　一切衆生父　於無量劫中
具真實功德　力能摧衆魔　魔軍悉退散
所證無上道　難可得思議　能轉妙法輪
顯現四眞諦　演斯眞要法　解脱衆苦縛
説大結界經　利益諸天人　諸惡鬼神等
聞佛説呪經　悉皆遠逃避　至百由旬外

説是偈已復白佛言世尊我今亦欲助佛説呪摧伏鬼神除諸災患即説呪曰

那地　那地　那地婆鵌　波羅羅地　質多羅賜　鼻多羅賜　毗那栖鵌　旃陀鵌　闍馱　摩帝摩登祇瞿利　乾陀利　婆尸利　摩訶婆尸利　婆尸羅陀鵌　陀羅婆尸　陀那狸鵌　阿帝　阿吒帝　吒吒吒　吒　姤姤姤姤　智智智智　毗知智　吒　掘彌　彌掘彌　彌智　彌智　羽黎　羽　黎　毗羽黎　那羅那雉　那陀　陀鵌　陀陀鵌

説是呪已大地諸山三千世界六種震動一切諸天皆悉歡喜三佛陀顯現此經城邑聚落官府諸處此經所在百由旬内不得中住如此猛呪過去諸佛之所顯現使爲帝主作大擁護無諸災害作一切吉祥一切衆患悉皆消除爾時地神往至佛所頂禮佛足説偈讚曰

我今歸命大悲愍　能盡一切諸苦際

能救衆生令解脱　能與一切諸快樂
誰得聞此善妙説　而當不生歡喜心
是深妙説爲天阿脩羅之所供養我今亦當助佛説是明呪勇猛必行即説呪曰
度彌度彌　度度彌　度彌　護彌　護彌呼呼呼呼呼　呵羅婆隸　呵躂荼　呵呵邏　娑陀那娑邏　支陀陀隸　質埵　婆羅泥　婆涕　婆他婆帝　婆泥　婆婆婆泥　呵羅婆帝　遮鉢羅賜　鉢羅卑賜恕羅　毚婁賜　毗陀婆帝　陀婆尼　迦摩婁卑尼　摩陀泥　摩訶摩陀尼　斯斯細奇細
説是呪巳大地諸山幷及大海悉皆震動夜叉鬼神衆叫呼失聲唱言嗚呼怪哉嗚呼怪哉羅刹亦爾此經所在國邑聚落官府諸處百由旬内我等不得住在其中結呪界周帀千由旬内爾時佛放眉間光明光名感悟大光徧照三千大千世界一切衆生覩斯光者盡皆感悟如來所説諸園苑神諸井泉潢池神根神果神地神龍神阿脩羅神放逸天持華鬘天曲脚天乘空夜叉乾闥婆羅刹鬼神究槃荼毗舍闍富單那餓鬼緊那羅陸生龍曠野神揵陀神顛鬼狂鬼癎鬼日月星辰護世四天王三十三天焰摩天兜率天化樂天他化自在天魔天魔眷屬天梵衆天梵輔天大梵天少光天無量光天光音天少淨天徧淨天無量淨天不廣身天不熱天善現天色究竟天摩醯首羅天此等諸天遇斯光巳皆自見身盡被五縛以佛神力令諸天衆一切同時飛來向佛禮世尊足在一面坐如來爾

時即變大地化成金剛一切世間無能壞者復化十方悉皆火起爾時世尊即以佛眼觀此三千大千世界誰有不來集在會者諦觀察已見此世界無有一人而不來者即說呪曰

闍隸　摩隸　闍羅　摩隸　摩隸泥　伊隸　㘓隸　呵㘓　摩㘓　那㘓　那羅那　㘓那　㘓隸　㘓婆隸　敷羅鞞隸　鞞鞞隸　鞞黎　俾那　俾泥　俾那婆伽隸　婆伽隸　卑泥　頞栖　頞羅頞栖　頞求迷　頞羅頞羅頞求迷　求俾隸　頞隸鞞頞羅地　賀羅羅地　蘇羅帝地　蘇羅地　優浮地　涅浮地　浮黎浮地　婆羅泥隸　泥黎羅彌隸　摩摩羅隸　摩訶那隸　竭羅闍泥隸　泥泥羅隸　年隸月帝　阿羅羅僡　毗羅僡　羅羅僡　羅闍羅僡　羅闍頞隸

說此呪已天龍阿脩羅夜叉羅剎皆大驚怖生於厭患身毛皆豎不樂聽是結大呪界欲陷形去地如金剛不得陷入周帀火然猶如地獄此諸天衆皆住空中一心聽呪即說呪曰

郁佉　郁佉　那佉那佉　佉那佉那佉佉驅彌隸　驅彌細　驅驅彌細　驅步驅步路步佉　步佉步　佉那佉步　佉雷　驅羅細　丘摩摩泥　驅驅摩泥　跂跂摩隸跂跂隸　佉羅佉跂隸　佉那佉泥隸　佉婆婆佉　黎泥　毗佉地佉陀婆僡　婆婆嗘　婆那　佉膩　嗘泥隸　嗘栖隸　嗘嗘栖隸　髀嗘嗘栖隸

說此呪已而此大地動徧動等徧動搖徧搖等徧搖六返震動諸鬼神等見是事已皆失聲大喚唱言嗚呼怪哉自相謂言是等天王共說此呪我等今者無有生路斷絕一切諸鬼神等爾時摩醯首羅白佛言世尊如來所說結呪界經若自能持若教人持若有讀者一切皆應離於婬欲修於梵行不食五物一黑石蜜二油三蜜四魚五肉終身不食若誦是呪諸夜叉羅剎恒伺其便爲作惱害或時輕蔑爲遮鬼故於五種味斷而不食若有外道邪見之人不信此呪詐爲讀誦者必損其壽如來爲欲護四衆故說是呪經我今亦欲助佛說呪即說呪曰

盧頭婆細　盧頭婆帝　盧呵䋭　羅婆婆羅泥　盧遮䋭　盧陀遮䋭　烏呵羅地盧細　盧栖泥　盧盧　栖泥　盧陀羅呵泥　盧陀羅呵䋭　盧盧呵泥　盧盧呵䋭盧多郅　注盧注路注路　牟那注路　牟賀呵郅　牟陀遮䋭　遮遮䋭　餘利　餘利　餘䋭　毗遮帝

說此呪已空中諸天其心調伏還下在地寂然聽法爾時世尊爲諸天衆說諸法要示敎利喜聞是經時無量那由他衆生遠離塵垢得法眼淨諸有夜叉羅剎究槃茶毗舍闍於佛法中不生信者爲驚動故如來爾時即出右臂示大地獄見地獄中燒炙煮爛而命不絕諸此罪人惡業未盡命則不斷佛告大衆如斯地獄楚毒無量是以汝等不應作惡諸鬼神等見大地獄心生驚怖身毛皆豎五體投地而白佛言世尊我等從今已往當受五

戒復白佛言佛涅槃後正法滅時若持如此結呪界經夜叉羅刹來輕蔑者當使其心劈裂七分有大沸血從面門出命終當墮無間地獄不可救濟佛告阿難汝當受持讀誦是結呪界經恭敬禮拜汝等天人當知過去諸佛亦說是呪未來諸佛亦說是呪現在十方諸佛亦說是呪結界經我今復說是大結界神呪之經即說呪曰

奚奚迷　奚奚迷　彌梨迷　彌梨迷　摩訶彌梨迷　呵羅駼　呵羅駼　呵羅駼　槃遮炎駼　波遮羅遮　囉囉　奚羅遮遮羅　遮羅　摩遮吒羅　摩吒羅那　摩訶因陀羅　牟羅那　牟牟羅那羅　遮陀娑羅　娑羅那　闍大囉馱　阿迦細　那迦細　那細那羅那細　毗娑那細　奚梨迷駼　毗陀駼

說是呪已十方焰火悉皆變滅一切天地還復如故諸天大衆皆悉右繞禮佛而退佛說經已諸比丘比丘尼及大菩薩阿難等歡喜頂受佛告阿難若有讀誦此經者當常食乳淨自洒浴著鮮潔衣於一切人不生嫌心於諸衆生當生慈心於佛像前作諸天龍王像及餘鬼神皆圖形像以牛糞塗地作七重界界場中央著諸華鬘燒百一種香爲燒蘇合香薩闍賴闍香與摩醯首天咄迦香與梵天徧迦香與魔王多迦羅香與化樂天阿貝婁香與他化自在天婆羅娑香與兜率陀天修富婁香與焰摩天牛王香與帝釋膠香與四天王零陵香與娑伽羅龍王熏陸香與毗摩質多阿脩羅王那賴婆香與毗浮沙羅刹王

多利婆香與地神甲香與地夜叉神毗羅貣香與放逸天那賴陀香與十方鬼神如是等燒百一種香各各於彼天像前燒誦此呪者右膝著地一百八徧燒香於天像前各塗地作七處呪場在此場上發大誓願捨自已身與三世佛有夜叉羅剎不信於佛欲害呪者滅結界經爲遮惡故應當捨身與佛願諸如來憶念於我當令呪者身如金剛一切世間無能壞者五體投地頂禮佛已應誦是呪應向四方散胡麻子當誦此呪一百七徧當誦呪時淨居善現天當現身在其人前身眞金色彼天安慰誦呪之人彼誦呪人應當驚悚彼諸天等各入已形像之中慰喻呪人而告之言善哉善哉汝之所誦結呪界經令得吉成我等爲汝隨汝所作汝於我前不應驚怖以金色身立呪者前安慰之言善哉善哉能誦此呪我等今者爲汝僕使爲汝所役此是結界勸成就相誦此呪時應以月十五日及月滿時夜誦令利隨意所樂若園苑若宮殿若大池若河邊若有飲食若乘騎衣服華鬘諸香等物皆毗首羯磨天之所化作在誦呪人前若求雨時燒藿香供養娑伽羅龍王呪四枚石有龍住處呪石擲中天即降雨若族姓子族姓女隨其所須雨之時節久近能稱其意若有欲得如意寶珠應於佛前向娑伽羅龍王像應詣生藕華池河所燒香供養龍王七徧誦是結呪界經應於池所呪場之中佛形像前作五種音樂而爲莊嚴爾時娑伽羅王即於佛前與如意珠得此珠已能雨珍寶爾時四方應有火起爾時應以酥和娑利

娑婆子置於火中應誦魔王呪若欲鬬戰求勝敵者應七徧燒香以七色線結爲七結七徧誦呪當應以此結繫幢頭設有刀箭欲來向身自然墮落終不傷害欲結界者諸天王所燒香供養在香烟上七徧誦呪復燒香以十色線結作七結以婆利沙擲置火中諸夜叉羅刹咸自見身自然火然界内有樹以此呪線繫於樹上若復欲使日月住者此呪神力亦能住之終不能得越此呪界若欲得象乘馬乘駱駝乘應於塚間作諸呪具應以膠香供養毗沙門誦此呪經爾時便得種種隨意所乘若欲使夜叉羅刹於月二十九日在塚間著白淨衣以香烟供養四大天王若欲動地應著白淨衣不嫌恨意於一切衆生心生平等應上車輪上以多利婆香供養地神誦此呪經大地震動若欲使火不横起把箭誦呪誦呪已竟即以此箭向方所射火即不起若爲毒箭所中應誦此呪呪水以所呪水飲之洒浴毒即消除若欲隱形應以香供養摩醯首羅天王以七色線繫作七結七徧誦呪以結繫頭置之頂上即得隱形若欲飛行應百徧誦此結呪界經呪娑羅幾子以置頂上燒香供養念佛地功德若此神呪實是恒沙諸佛之所説者願我飛行即能飛行諸佛憶念護持力故若欲使諸王大臣沙門婆羅門歡喜憶念得自在者應燒香供養四大天王當呪於油以此油塗四王像口一切見者皆生歡喜而得自在若欲見一切鬼神夜叉提婆利沙油塗色眼燒香供養四大天王日日誦念此結界經以四色線結作四結繫著

項上得如意見若往到處處天所與諸天等相娛樂者應自洗浴以香塗身著白淨衣上車輪上於諸衆生無嫌恨意燒一切香讀誦此經欲界天王自來現身在其人前即將其人詣諸天前以天莊嚴之具而莊嚴之以天音樂而娛樂之若爲一切鬼神所著所捉者喻人精氣者應以十色線七過燒種種香七徧誦經繫線作七結摩醯首羅天王梵衆之主釋提桓因四天大王還益其精氣除造逆罪及謗正法謗毀賢聖者若彼惡鬼毀誦呪者當墮無間泥犂受苦一劫不可救濟若欲入火火不燒者應七徧燒香燒一切香七徧誦此呪經以五色線繫作百結以此呪縷繫著胭下入大火中火不能燒欲得斷除厭魅蠱道及毗陀羅呪應以香供養魔王誦此呪經以酥婆利沙燒擲火中誦魔王呪一切厭魅蠱道毗陀羅呪消滅如灰令彼諸惡無有力勢呪咀之患自然不行欲止惡風暴雨者當驅烏令去燒烏巢窟以香供養毗浮沙羅刹王誦此呪經止惡風雨一切鬼神夜叉羅刹究槃茶金翅鳥毗舍闍若欲禁制遮一切惡立一切善當讀誦是大結呪界經以赤線繫作百結以香供養諸天諸天王等當集在一處爲其說法佛言我涅槃後諸天集會誦此呪能使鬼神皆受五戒若誦持此經者於諸衆生應慈心平等不害一切恒修實語終不虛誑見此結呪界經一切諸天世間皆應恭敬禮拜不生疑惑歸依供養佛告阿難汝於此結呪界經不應生疑此經如實終不虛妄若懷疑者當墮無間地獄受苦一劫不可

救濟所以者何此結呪界經是一切諸佛之所宣說阿難若有受持讀誦此經者以曾供養諸佛殖諸善根諸佛護故此經自然來在手中此人即是受持眞器持此經者天人世間皆應禮拜供養恭敬持此經者即是天人世間塔寺阿難若爲善提族姓男女於此經中能讀一四句偈受持讀誦若教他說如彈指頃心生隨喜當知此人必定當得菩提之道若求辟支佛若求聲聞乘能信解者於現在世得止諸漏若在家於三乘未有決定得此經者得於決定若有能持是經典者當知供養過去諸佛深種善根無量世中當作轉輪聖王若求帝釋無量世中當得帝釋若求梵王無量世中當得梵王我以決定記上四種人若有讀誦經人所於彈指頃生惡念者此愚癡人名爲遠離一切諸佛於三乘中即無種子此人當墮地獄阿難若有善男子善女人信解是呪界經使他讀誦作此經器者此人即成就梵福若不信此經者諸天即隱此經何以故此人必生不信疑惑之心當生惡道墮地獄中首陀會天當奪此經禮拜香華供養若能供養此經即爲供養恒沙諸佛阿難汝以是故應當受持此經爲於安樂利益擁護四衆阿難及諸弟子聞佛所說歡喜奉行

大吉義神呪經卷下

音釋

嵃五蹇切巘嵃山貌　聸丁含切與耽同耳大而垂也　跂丘智切　振直庚切觸也　駮北角切不純也　脞傍禮切　傂步拜切　睇特計切　駛踈士切　潢胡光切積水也　郅諸逸切　悚息拱切怖也

十三經同卷

清刻龍藏佛說法變相圖

十三經同卷

阿吒婆拘鬼神大將上佛陀羅尼經

佛說大普賢陀羅尼經

佛說大七寶陀羅尼經

六字大陀羅尼呪經

佛說安宅神呪經

幻師颰陀神呪經

佛說辟除賊害呪經

佛說呪時氣病經

佛說呪齒經

佛說呪目經

佛說呪小兒經

阿彌陀鼓音聲王陀羅尼經

佛說摩尼羅亶經

阿吒婆拘鬼神大將上佛陀羅尼經

失譯師名開元拾遺附梁録

如是我聞一時佛在王舍城迦蘭陀竹林中爾時王舍城內有一比丘爲賊所劫爲蛇所螫爲鬼所嬈受大苦惱爾時鬼神大將阿吒婆拘見是比丘受如是苦心生憐愍即往佛所至佛所已頭面禮足在一面立白佛言世尊以降伏一切極惡諸鬼神等我今憐愍一切衆生故爲降伏一切諸惡鬼神及一切惡人惡毒等故上佛世尊極嚴惡呪以用降伏諸鬼神等若有讀誦是呪之者其人威德乃至力能降伏梵天何況餘惡爾時佛告阿吒婆拘鬼神大將我不須此極嚴惡呪儻能傷害諸衆生等爾時阿吒婆拘重白佛言世尊後惡世之中惡鬼增盛惡人衆多惡毒蟲獸侵害衆生或值諸難所謂王賊水火刀兵恐畏怨憎惡鬼等難若佛弟子出家在家若作住寂靜乞食道人塚間樹下四部等衆若行曠野山林道中若在城邑村里巷陌當爲救護不令遇惡世尊慈矜願垂納受善逝世尊願垂顧録爾時世尊聞是語已默然受之爾時阿吒婆拘見佛默然心懷喜悅即於佛前而説呪曰

豆留咩　豆留咩　陀咩　陀咩　豆留咩　豆留咩　豆留咩　豆留咩　豆留彌[illegible]　尼利　尼利　尼利　那羅　那羅　那羅　尼利　尼利　尼利　尼利　那羅凫富尼利　豆留荼濘　豆留荼濘　摩訶豆留荼濘　豆留荼濘　究吒濘　究吒濘　摩訶究吒濘　究吒濘　多吒濘　多吒濘　摩

訶多吒濘　多吒濘　吒吒　吒吒　吒吒
吒吒　摩訶吒吒　吒吒　阿呲阿呲　摩
訶阿呲　阿呲利　阿呲利　摩訶阿呲利
阿呲利　阿婆阿呲　阿婆阿呲　阿婆阿
呲　阿婆阿呲　律師律師　摩訶律師律
師　梨濘梨濘　摩訶梨濘梨濘　首婁
首婁　摩訶首婁　首婁　仇婁　仇婁
摩訶仇婁　仇婁　留仇牟　留仇牟　留
仇牟　留仇牟　仇摩　仇摩　仇摩　仇
摩　晞利晞利晞利晞利　伊持伊持伊持
伊持　比持比持比持比持　呵羅呵羅呵
羅呵羅　晞逕晞逕晞逕晞逕　休逕　休
逕　休逕　醯逕　醯逕　呵那　呵那
呵那呵那　牟尼牟尼　牟尼牟尼　摩訶
牟尼牟尼　娑羅娑羅　娑羅娑羅　尸利

假究那切路迦遮利蛇　時那時那　時那時
那　無沙婆那暮蛇　修迦都多牟尼　迦
羅摩　迦羅摩　迦羅摩　闍竭提多蛇
奢摩陀摩　奢摩陀摩奢摩陀摩　閻摩陀
摩　閻摩陀摩　奢摩目多彌提　那婆羅
闍那咩　富留沙多摩牟尼　那呲闍那彌
修伽都多牟尼　那呲　闍那咩　莎呵
世尊此陀羅尼句爲一切衆生作護作救護
持是人悉皆令得安隱寂靜令離衰惱滅諸
惡毒離諸苦惱王難賊難怨憎之難若天龍
鬼神羅刹夜叉鳩槃荼復多那阿跋漆羅去
屈陀如是等所觸惱者所侵損者悉得除滅
又復世間一切諸毒若草若木根莖華果衣
裳飲食世間之物及蟲鳥禽獸諸能爲毒惡
傷人者悉令消壞不能爲惡毒惡傷人者悉

令消壞不能爲惡又復虛空日月星辰旋嵐
風輪鬼神起風欲來傷人諸鬼神等欲來求
食吸人精氣食人肉血者令人疫病熱病若
一日二日三日四日乃至七日或令冷病風
濕病寒病冷等病若身内若身外一切衆病
若七日若十六日悉令消滅不能爲害是等
諸鬼神若以手若以口若以脚若以舌若以
心欲惱人及以惡人欲爲人作惱害者先當
誦此呪力能禁持令彼惡人惡鬼噤碎失念
不令爲惡世尊我今當更神呪以守護之
阿車阿車瞋彌切　牟尼牟尼　摩訶牟尼牟尼
篡烏刀切　尼休休　摩訶那迦休休　鬪伽那
知阿呼　阿伽那知阿多那知　阿吒阿吒
那吒那吒　留豆　留豆　留豆　休休豆
留　晞涅晞涅晞涅晞涅　郁仇摩仇摩

仇摩　仇摩　晞梨晞梨　晞梨晞梨涅尼
利尼利　摩訶尼利　莎訶
此陀羅尼爲受持讀誦者作護若有鬼食人
精氣若損人資產耗人財物如是一切衆怖
恐等悉爲結界令爲某國某甲合家無量作
大擁護今當重更說防諸惡即說呪曰
留牟留牟　留牟留牟　留摩留摩　留摩
留摩　晞梨晞梨　晞梨晞梨　晞梨晞梨
仇那仇那仇那　仇那仇那　仇覔仇覔
仇覔仇覔　仇留仇留　仇留仇留　休婁
休婁　休婁　休婁　晞梨暮休暮休暮休
暮休　暮晞梨　暮晞梨　暮晞梨　暮晞
梨　休牟休牟　休牟休摩摩　咩提　摩
咩思摩阿提迦羅咩兜　莎訶
爾時大將重白佛言世尊此呪極有神力如

上所說莫令持此呪者有王畏賊畏火畏水畏風毒刀兵等畏日月星辰鬼神等畏或有餘惡知識心生忿妬意生惡害欲相侵惱者當先誦此呪爲其結界當令彼惡鬼惡人仇怨之人心生侵惡者令其愚癡迷悶噤碎自遇衆惡不越此界不能侵犯誦此呪者世尊若有善男子善女人誦此呪者一切天龍阿脩羅諸惡鬼神人非人等皆悉隨侍擁護不令遇惡世尊我是鬼神大將能降伏一切諸惡惡鬼若有誦此呪者我當將諸鬼神晝夜不離擁護其人令不見惡不令惡鬼惡人得其便也若侵損惱害誦此呪者我當以千輪輻轢碎其頭令諸鬼神爲作衰害世尊此呪極有神力極有威德惟願流布施衆安樂世尊誦此呪者其人德力惟佛知之世尊此大神呪應付賢德有智善人若不能誦者應以好紙書寫盛以綵囊著種種香常持隨身若有憂怖恐難常當憶念此呪無不消滅世尊若有事難憂怖惡鬼神惡夢欲令消滅先當結界使諸惡不起令彼惡人惡鬼惡賊自受其殃身體燋枯心意狂亂欲結界之時應淨洗浴著淨衣服好淨塗地安七器漿飲二器著少血一器著種種漿飲然八燈燒薰陸香運心供養我將諸鬼神至其人邊施其所願其人應誦此呪結赤縷然後持行即能消除一切諸難爾時佛告阿難此呪極有大神力能消除一切諸難并諸惡擁護衆生多所利益汝好受持廣令流布若城邑村落誦此呪者莫不蒙利若有國王大臣誦此呪者其人境土無有惡賊怖難災横疾疫水旱風霜若

遇惡賊應誦此呪若繫著高幢頭賊見此幢
賊尋退散降伏阿難此呪極有神力極有大
威德應令四衆善誦持之爾時衆會聞佛所
說歡喜奉行
阿吒婆拘鬼神大將上佛陀羅尼經

佛說大普賢陀羅尼經

舊失譯師名開元附梁錄

如是我聞一時佛在舍衞國祇樹給孤獨園時佛告阿難吾今說大普賢呪汝當受持

多擲哆 阿吒 那吒 荼彌荼 遮居梨居梨荼也 居梨荼也 拔坻 思提 思陀婆蔓坻

阿難此大普賢呪遮滅一切兵刃除一切怨仇諸怨除一切夜叉羅刹復多等畏除一切

不得食下鬼名

胡摩兜一 烏奢睺睺胡摩兜二 阿㝹羯畢胡摩兜三破波羅胡摩兜四 莎呵五

呪水七徧與病人飲之

腰脚痛鬼名

呼盧兜一波吒羅呼盧兜二毗摩羅呼盧兜三彌梨耆梨畢呼盧兜四莎呵五

呪三色縷青黃綠結作七結繫脚腕次繫胜後繫腰

頭痛鬼名

胡摩兜摩呵迦吒羅一毗摩迦吒羅二呼呼羅迦吒羅三伊呼迦吒羅四伊末迦知迦吒羅五莎呵六

七徧呪楊枝打二七下

闇鈍鬼名

呼吒吒一浮律置浮吒吒二阿支拏呼吒吒三浮律置支呼吒吒四伊呼破羅支呼吒吒五私蜜兜伊呼支破羅六莎呵七

三七徧呪七日日三徧

耳痛鬼名

比膩波一阿制置毗膩波二呼膩置毗膩波

三伊呼支膩置毗膩波四者摩膩置毗膩波五莎呵六

於月生一日設使左耳痛南向坐右耳痛北向東向門病人門内坐呪師門外坐水亦門外呪二七徧三瀮之

淋鬼名

破波羅一浮梨浮梨置破波羅二車暮那破波羅三呼呼羅車波羅四

熱病鬼神病方道蠱毒呪術毗多荼富多那等善男子善女人所至之處若行道中若水道中若急難處應念此呪無有夜叉復多毗舍遮拘槃荼迦咤富多那羅刹毗多荼等畏又無水火刀杖兵凶毒藥衰害呪術方道一切諸惡人非人等如是諸畏阿難若有恐怖急難應誦念此呪無能作衰惱者復次阿難若有受持讀誦此呪如上天龍鬼神二十八部人非人等不能越犯此呪鐵輪金剛輪當爲作苦患令頭破作七分四方四維上下若有於此人起惡心者悉皆繫其毒心令不發起是善男子善女人應善讀誦執持奉行

佛說大普賢陀羅尼經

佛說大七寶陀羅尼經

舊失譯師名開元附梁錄

如是我聞一時佛在祇樹給孤窮精舍佛告阿難汝受持此大七寶陀羅尼呪爾時世尊即便說之

寫地也　貸曇　坻闍　律提　波羅若波羅式叉仇拏　比荼

阿難若有受持讀誦修行此陀羅尼呪盡其形命一切怨仇能令歡喜火不能燒刀不能傷水不能溺無方道鬼魅所持若天龍阿脩羅乾闥婆乃至人非人等阿難此七寶呪若至水火中若怨賊中若食毒若方道毒應念此呪若怖畏毛竪等悉得解脫以毗婆尸佛威德尸棄神力比尸婆智慧拘婁孫佛力迦那牟尼戒迦葉功德釋迦牟尼精進令一切衆生悉除怖畏令得安吉爾時阿難聞佛所說歡喜奉行

佛說大七寶陀羅尼經

六字大陀羅尼呪經

舊失譯師名開元附梁錄

如是我聞一時婆伽婆住王舍城耆闍崛山中與大比丘衆五百人倶爾時長老阿難爲旃陀梨女呪術所收爾時長老阿難白佛言世尊我今强爲他收去婆伽婆我今强爲他收去修伽陀爾時婆伽婆告長老阿難言汝來阿難汝莫驚怖阿難汝當受持六字大陀羅尼呪爲今四衆利益安隱安樂吉祥行故而說呪曰

斯(須何切)地(除棃切)梯(吐稽切)曇(徒紺切)安(於軻切)茶(徒嫁切)棃　般茶(徒嫁切)棃　葛羅馳(除寄切)稽由棃

薩帝婆帝　耶賒婆帝　底闍婆帝　頻頭摩帝

阿難是呪能令宿食不消尋得消化能除吐下等病能除風病熱病冷病雜病能滅一切諸邪呪術能滅起屍能滅一切形像厭蠱阿難若有人知此神呪姓名者彼則不怖畏王難不怖畏怨敵難不怖畏賊難不怖畏火難不怖畏水難若於城邑聚落及在曠野悉無所畏亦不爲他人伺求其過無過可說若食毒藥毒不能害轉爲利益阿難此六字大陀羅尼呪乃是七三藐三佛陀所說亦是梵王娑婆主釋提桓因四大王所說亦皆隨喜破諸呪術消伏起屍一切形像厭蠱皆悉破壞斷滅長老阿難聞佛所說歡喜奉行

六字大陀羅尼呪經

佛說安宅神呪經

失譯師名出後漢錄

如是我聞一時佛住舍衛國祇樹給孤獨園與千二百五十比丘皆阿羅漢諸漏已盡身心澄靜六通無礙其名曰大智舍利弗摩訶目揵連摩訶迦葉摩訶迦旃延須菩提等復有菩薩摩訶薩八千人俱文殊師利菩薩導師菩薩虛空藏菩薩觀世音菩薩救脫菩薩如是等菩薩摩訶薩威德自在復有比丘比丘尼優婆塞優婆夷天龍夜叉八部鬼神共相圍繞說微妙法時有離車長者子五十人俱身坌塵土懷憂愁慼猶如有人生失父母所愛妻子來至佛所頭面作禮却住一面

爾時世尊知而故問諸長者子以何因緣而有惱色憂愁不樂失於常容時諸長者子同聲俱白佛言世尊未審人居世間亘有家宅吉凶以不佛即答言如是諸事皆由衆生心行夢想所造不得都無諸離車等白佛言世尊弟子等蒙宿緣一豪之福得覩如來慈化無遺開甘露門潤以法雨復有何罪生此五濁極惡之世懷憂抱苦怖懼萬端不捨須臾所以言者自唯弟子德淺福薄所居舍宅災怪頻疊惡魔日夜競共侵陵坐卧不安如懷湯火自頃已來失去善心無所恃怙唯願世尊受弟子請臨降所居賜爲安宅勑語守宅諸神及四時禁忌常來營衛使日夜安吉災禍消滅佛言善哉善哉當如汝說吾自知時

爾時世尊明旦勑諸弟子可各整衣服當入聚落各持應器往至長者子舍飯食旣畢敷轉輪座爲諸長者說微妙法令離怖畏身心

悦樂時諸離車各生歡喜猶如比丘入第三禪爾時世尊即呼守宅諸神來到佛所而告之言自今已後是諸神鬼不得妄作恐動令某甲等不安恒懷憂怖吾當使大力鬼神碎滅汝身令如微塵爾時世尊復告大衆諸善男子善女人等吾涅槃後五百歲中衆生垢重邪見轉熾魔道競興妖媚妄作闚人門戶各伺人便見人長短爲作不祥種種留難當爾之時是諸弟子應當一心念佛念法念比丘僧齋戒清淨奉持三歸五戒十善八關齋戒日夕六時禮拜懺悔勤心精進請清淨僧設安宅齋燒衆名香然燈續明露出中庭讀是經典某甲等安居立宅已來建立南序北堂東西之廂碓磨倉庫井竈門牆園林池沼六畜之欄或復移房動土穿鑿非時或犯觸伏龍騰蛇青龍白虎朱雀玄武六甲禁忌十二時神門庭戶伯井竈精靈堂上戶中溷邊之神我今持諸佛神力菩薩威光般若波羅蜜力勑宅前宅後宅左宅右宅中守宅神神子神母伏龍騰蛇六甲禁忌十二時神飛屍邪忤魍魎鬼神因託形聲寄名附著自今已後不得妄嬈我弟子等神子神母宅中諸神邪媚蠱道各安所在不得妄相侵陵爲作衰惱令某甲等驚動怖畏當如我教若不順我語令汝等頭破作七分如多羅樹枝爾時世尊而說呪曰

南無佛陀四野　南無達摩四野　南無僧伽四野

今爲弟子某甲承佛威力而說神呪

一足衆生莫惱我　二足衆生莫惱我

三足衆生莫惱我　四足衆生莫惱我
我有一切大慈大悲愍念一切衆生汝等四
魔各還所屬不得橫忤擾亂我弟子等復說
呪曰
白黒龍王　善子龍王　漚鉢羅龍王
阿耨大龍王
結界呪文
伽婆致　伽婆致　悉波阿
東方大神龍王　七里結界　金剛宅
南方大神龍王　七里結界　金剛宅
西方大神龍王　七里結界　金剛宅
北方大神龍王　七里結界　金剛宅
如是三說
東方婆鳩深山　娑羅伽　收汝百鬼頸著
枷　南方婆鳩深山　娑羅伽　收汝百鬼
頸著枷　西方婆鳩深山　婆羅伽　收汝
百鬼頸著枷　北方婆鳩深山　婆羅伽
收汝百鬼頸著枷
如是三說
主疾病者主頭痛者主人舍宅門戸者當斂
諸毒不得擾我諸弟子若不順我呪頭破作
七分爾時世尊而說偈言
造宅立堂宇　安育諸群生　園林并池沼
門牆及與圃　志心與舍室　動靜應聖靈
稽首歸命佛　衆魔莫能傾　明燈照無極
五眼因之生　法王大呪力　動破魔億千
如來慈普潤　威光徹無邊　我等咸歸命
衆邪各自遷
佛告日月五星二十八宿天神龍鬼皆來受
敎明聽佛告不得前却其甲之家或作東廂

西廂南房北堂勑日遊月殺土府將軍青龍白虎朱雀玄武歲月劫殺土府將軍青龍白虎朱雀玄武歲月劫殺六甲禁忌土府伏龍莫妄東西若有動靜燒香啓聞某甲宅舍是佛金剛之地面二百步佛有約言諸疾鬼神不得妄忤者頭破作七分身不得全不得水槃去離本宮宅舍已成富貴吉遷由作大得所願光榮行來在軍仕宦宜官門戶昌盛百子千孫父慈子孝男女忠貞兄良弟順崇義仁賢所願如意十方證明行如菩薩得道如佛佛告阿難若欲安宅露出中庭然四十燈掃灑燒香一心懺悔禮十方諸佛阿難又白佛言當何名斯經佛語阿難此經名如來大悲不可思議神力亦名愍念衆生安宅破魔神呪佛說經竟大衆歡喜作禮奉行

佛說安宅神呪經

幻師颰陀神呪經 亦云玄師颰陀所說神呪經

東晉西域三藏竺曇無蘭譯

聞如是一時佛遊於羅閱祇國竹園中鸜鵒樹間是時有一異比丘於竹園中去羅閱祇國適在中間道爲毒蛇所齧復爲鬼神所嬈復爲賊所見劫佛見爾時便往到是比丘所時幻師颰陀隨佛俱往幻師颰陀即白佛言我有術甚大神妙今欲爲呪佛言止止颰陀汝所說莫使有所傷害颰陀白佛言後當來世當國國相攻伐賊賊更相劫相憎者復更相劫鬼神亦更相劫毒毒更相害若有比丘在山中樹下坐披五納衣若在露地坐四輩弟子當令無有能嬈害者皆令安隱當令無有病痛如是

僧莎梨嗉呢　鬱遮梨　首黎　首黎　拔提珊提波陀尼　阿裴耶　達予　乙致甄闍耶兮拔蹄樓僁陀僧莎傺戟　散提波陀尼曼陀羅睺那　比闍睺那

如是祝斷口語斷諸術斷諸病痛是諸閱叉皆作此術

須摩鬼　摩訶閱叉　瞿沙難摩訶閱叉　梵摩具摩閱叉　因阿羅具摩訶閱叉　阿祇眵摩訶閱叉

是諸閱叉在鬼神中尊我字因偷諸相求者使諸欲病人者害人者我皆使不知處障蔽亂眼令不見一切人皆使不得其便當爾時呼言來還持鬼神摩訶還持鬼神來兜勒摩訶兜勒來因持兜勒羅摩訶因持兜勒羅來梵摩兜羅摩訶梵摩兜羅來因持兜羅摩訶因持兜羅來菩陀兜羅摩訶菩陀兜羅來閱

叉兜羅摩訶閦叉兜羅來阿多得兜勒摩訶阿多得兜勒來首羅瞿沙兜勒摩訶首羅瞿沙兜勒我字因偷諸𢘅家相求便者我皆救之覆蔽使兩不相見爲繩索所繫縛消滅所繫縛惡意所繫縛欲醉意所繫縛亂意所繫縛但歸命佛一切皆得解脫歸命佛時言南無佛告起作禮而去

幻師颰陀神咒經

佛說辟除賊害呪經

舊失譯人名今附東晉録

南無佛南無法南無比丘僧南無過去七佛南無諸佛南無諸佛弟子南無諸師南無諸師弟子南無黙利薜利鬼神王禮是已便說是呪令我所呪皆從如願北方有山名揵陀摩訶衍有鬼神王名黙利薜利居止彼有四姊弟何等爲四

安檀尼　閻摩尼　蹇摩尼　無呵尼

安檀尼　令賊目盲　閻摩尼　令賊住

蹇摩尼　令賊坐　無呵尼　令賊愚癡

癡如是　漚羅利　無羅利　壇坻遮

波頭摩　遮迦利　當使賊口齒噤

至解縷乃得脫說如是呪已便言我爲某甲若干人等作擁護辟邪害皆令得安隱始諷誦是經時當用月二十九日於佛前然七燈燒膠香散華說是呪七徧并呪願黙利羅鬼神王使得福德亦爲然燈燒香散華復爲鬼子母然七燈燒香散華亦當說是經七徧後呪乃吉當如是語即從如願

佛說辟除賊害呪經

佛說呪時氣病經

東晉西域三藏竺曇無蘭譯

南無佛南無法南無比丘僧南無過去七佛南無現在諸佛南無諸佛南無諸佛弟子令我所呪即從如願

阿佉尼尼佉尼阿佉耶尼佉尼阿毗羅慢多利波池尼波提梨

南無佛南無法南無比丘僧南無過去七佛南無現在諸佛南無諸佛南無諸佛弟子南無諸師南無諸師弟子令我所呪即從如願

若人得時氣病結縷七過呪之并書此上鬼神名字若紙槐皮上繫著縷頭讀是呪時當齋戒清淨澡嗽燒香正心乃說之

佛說呪時氣病經

佛説呪齒經

東晉西域三藏竺曇無蘭譯

南無佛　南無法　南無比丘僧

南無舍利弗大目犍連比丘南無覺意名聞邊北方健陀摩訶衍山彼有蟲名羞吼無在其牙齒中止今當遣使者無敢食其牙及牙根中牙根中牙邊蟲不即下器中頭破作七分如鳩羅勒蟢梵天勸是呪南無佛令我所呪皆從如願

佛説呪齒經

佛說呪目經

東晉西域三藏竺曇無蘭譯

頞吱數般吱數　頞吒般吱數　鳩離數鳩離比數　鳩羅鳩臘比數　沙離莎臘波提數伊離數　伊羅移數　伊臘鰲數

若目痛呪七徧即愈

佛說呪目經

佛說呪小兒經

東晉西域三藏竺曇無蘭譯

羅那多羅　摩羅提離　耽波羅提利
吼樓壽　無樓壽　闍闍輩　叉輩差
南無佛　南無法　南無比丘僧　南無過
去七佛　南無諸佛　南無諸佛弟子
令我所呪即從如願若小兒頭痛腹痛當說
七徧即愈

佛說呪小兒經

阿彌陀鼓音聲王陀羅尼經

失譯人名開元附梁錄

如是我聞一時佛在瞻波大城伽伽靈池與大比丘衆五百人俱爾時世尊告諸比丘今當爲汝演説西方安樂世界今現有佛號阿彌陀若有四衆能正受持彼佛名號以此功德臨欲終時阿彌陀佛即與大衆往此人所令其得見見已尋生慶悦倍增功德以是因緣所生之處永離胞胎穢欲之形純處鮮妙寶蓮華中自然化生具大神通光明赫弈爾時十方恒沙諸佛皆共讚彼安樂世界所有佛法不可思議神通現化種種方便不可思議若能有信如是之事當知是人不可思議所得業報亦不可思議阿彌陀佛與聲聞俱如來應正徧知其國號曰清泰聖王所住其城縱廣十千由旬於中充滿刹利之種阿彌陀佛如來應正徧知父名月上轉輪聖王其母名曰殊勝妙顔子名月明奉事弟子名無垢稱智慧弟子名曰攬光神足精勤名曰大化爾時魔王名曰無勝有提婆達多名曰寂靜阿彌陀佛與大比丘六萬人俱若有受持彼佛名號堅固其心憶念不忘十日十夜除捨散亂精勤修習念佛三昧知彼如來常恒住於安樂世界憶念相續勿令斷絶受持讀誦此鼓音聲王大陀羅尼十日十夜六時專念五體投地禮敬彼佛堅固正念悉除散亂若能令心念念不絶十日之中必得見彼阿彌陀佛并見十方世界如來及所住處唯除重障鈍根之人於今少時所不能覩一切諸善皆悉迴向願得徃生安樂世界垂終之

曰阿彌陀佛與諸大衆現其人前安慰稱善
是人即時甚生慶悅以是因緣如其所願即
得往生佛告諸比丘何等名爲鼓音聲王大
陀羅尼吾今當說汝等善聽唯然受教於時
世尊即說呪曰
多你他一 婆離二 阿婆離三 娑摩婆羅四 尼
地奢五 眤闍多禰六 眤茂邸七 眤茂企八 闍
羅婆羅車馱禰九 宿佉波啼眤地奢十 阿彌
多由婆離十一 阿彌多蛇十二 婆羅婆陀禰十三 涅
浮提十四 阿迦舍眤浮陀十五 阿迦舍眤提奢十六
阿迦舍眤闍啼十七 阿迦舍離十八 阿迦舍達奢
尼十九 阿迦舍提他禰二十 留波眤提奢二十一 遮
埵唎達摩波羅娑陀禰二十二 遮埵唎阿利蛇
娑帝蛇波羅娑陀禰二十三 遮埵唎末伽婆那
波羅娑陀禰二十四 婆羅毗梨耶波羅娑陀禰
二十五 達摩呻他禰二十六 夂舍離二十七 夂舍羅
眤提奢二十八 夂舍羅波羅啼他禰二十九 佛陀
夂舍離三十 毗佛陀波羅波斯三十一 達摩迦羅
禰三十二 眤專啼三十三 眤浮提三十四 毗摩離三十
五 毗羅闍三十六 羅闍三十七 羅斯三十八 羅娑正
三十九 羅娑伽羅婆羅四十 羅娑伽羅阿地他禰
四十一 夂舍離四十二 波羅啼夂舍離四十三 毗夂
舍離四十四 他啼四十五 修陀多至啼四十六 修波
羅奢多至啼四十七 修波羅啼癡啼四十八 修離
四十九 修目企五十 達咩五十一 達達咩五十二 離婆
五十三 遮婆離五十四 阿嵬舍婆離五十五 佛陀迦
舍眤求禰五十六 佛陀迦舍求禰五十七 娑婆呵
五十八
此是阿彌陀鼓音聲王大陀羅尼若有比丘
比丘尼清信士女常應至誠受持讀誦如說

修行行此持法當處閑寂洗浴其身著新淨衣飲食白素不噉酒肉及以五辛常修梵行以好香華供養阿彌陀如來及佛道場大菩薩衆常應如是專心繫念發願求生安樂世界精勤不怠如其所願必得往生於彼佛世界時阿彌陀佛與諸大衆坐寶蓮華其土叢林華果鮮敷間錯嚴飾復有樹王香風馥扇出和雅音純說無上不思議法復有妙香名日光明若干塗香亦是寶香阿彌陀佛於大寶華結加趺坐有二菩薩一名觀世音二名大勢至是二菩薩侍立左右無數菩薩周帀圍繞於此衆中若能深信無狐疑者必得往生阿彌陀國其地真金七寶蓮華自然涌出若有四衆受持讀誦彼佛名號乃至無有水火毒藥刀杖之怖亦復無有夜叉等怖除有過去重罪業障極至十日必果所願佛說是阿彌陀鼓音聲王陀羅尼時無量衆生皆悉發願志求生彼極樂世界於時世尊讚言善哉善哉如汝所願必得生彼聞佛說已天龍八部歡喜踊躍作禮奉行

阿彌陀鼓音聲王陀羅尼經

佛說摩尼羅亶經

東晉西域三藏竺曇無蘭第二譯

聞如是一時佛在舍衛國祇樹給孤獨園時與摩訶比丘僧說摩尼羅亶經佛問阿難言天下人民得不安隱用何等故用天下萬民多有疾病者病痛者用何等故用出母腹痛用湯心痛頭痛目眩不能飲食皆魔所爲令諸比丘大懼怖如是便前白佛言痛從何所來去至何所人民大愁憂不樂佛會諸比丘摩訶迦葉惟阿那律離越摩訶目揵連舍利弗阿難因持羅佛便說摩尼羅亶經佛便舉諸佛名字第一惟衞佛第二式佛第三隨葉佛第四拘留秦佛第五拘那含牟尼佛第六迦葉佛第七釋迦文佛令是經皆從諸佛口中出第一式叉羅第二揵陀羅第三揵頭羅第四彌佉羅第五揵朱羅第六摩油羅第七阿須輪第八隨沙門第九隨孫第十慢提都盧大小一切人民有得疾病者令佛令諸比丘僧比丘尼優婆塞優婆夷皆當說是經有國中鬼有山中鬼有林中鬼有草墓鬼有塚間鬼有塚中鬼有地上鬼有水中鬼有水邊鬼有火中鬼有火邊鬼有北斗鬼有虛空中鬼有市井鬼有死人鬼有生人鬼有飢餓鬼有道外鬼有道中鬼有堂外鬼有堂中鬼有身中鬼有身外鬼有飯食鬼有旴時鬼有令佛言赤色鬼有黑色鬼有長鬼有短鬼有大鬼有小鬼有中適鬼有白色鬼有黃色鬼有青色鬼有黑色鬼有蔓寤鬼有朝起鬼有步行鬼有飛行鬼有問人魂魄鬼有生人鬼有死人鬼佛言若有瞋恚刀仗起時皆當念是

摩尼羅亶經諸鬼神則爲破碎佛告諸比丘
若有受是經者若有病瘦當說是經若有頭
痛目眩寒熱湯心常當讀是摩尼羅亶經諸
鬼神則頭破作七分若有縣官盜賊水火則
當讀是摩尼羅亶經諸鬼神不得復嬈害人
令是經諸佛口中所出若有國中鬼一者名
深沙二者名浮丘是二鬼健行求人長短若
有頭痛目眩寒熱湯心即當舉是二鬼名字
便當說摩尼羅亶經是諸鬼神無不破碎者
若有青色鬼黃色鬼黑色鬼高大鬼卑小鬼
廣長鬼一切大小諸鬼神喜嬈天下人民者
其鬼名金曼鬼薛茘鬼飢餓鬼慳貪鬼懃苦
鬼病瘦鬼有痛痒鬼有思想鬼身中鬼身外
鬼形殘鬼跛蹇鬼痛狂鬼癡聾鬼瘖瘂鬼呻
吟鬼啼哭鬼閑病鬼虛耗鬼嫉妬鬼魍魎鬼
熒惑鬼遊光鬼鎮厭鬼呪咀鬼伏尸注鬼賴
死注鬼官舍注鬼軍營鬼亭傳鬼獄死鬼囚
死鬼水死鬼溺死鬼火死鬼燒死鬼客死未
葬鬼市死鬼道路死鬼渴死鬼餓死鬼暍死
鬼凍死鬼兵死鬼血死鬼腥死鬼逋禱死鬼
鬪死鬼棒死鬼絞死鬼自懸死鬼自刺死鬼
怨家死鬼强死鬼腐皮鬼斷人毛髮鬼飲人
血鬼飛行鬼騎乘鬼駕車鬼步行鬼逢忤鬼
山神鬼石神鬼土神鬼海邊鬼海中鬼橋梁
鬼溝渠鬼道中鬼道外鬼胡夷鬼羌虜鬼樹
木精魅鬼百蟲精魅鬼鳥獸精魅鬼谿谷鬼
門中鬼門外鬼戶中鬼戶外鬼井竈鬼汙池
鬼溷神鬼方道鬼蠱道鬼不臣屬鬼詐稱鬼
一切大小諸鬼神皆不得嬈害其身鬼神不
隨我言者頭破作七分若人得病瘦者當舉

是上諸鬼神名字呪病瘦者即得除差是經釋迦文佛口中所出諸鬼神聞是經從今已後悉破解愈佛說經已諸比丘比丘尼優婆塞優婆夷諸天龍鬼神人民皆受佛恩前爲佛作禮而去

佛說摩尼羅亶經

音釋

颰蒲撥切 亶多旱切 螫施隻切蟲行毒也 濘奴定切 埿奴低切 呿丘迦切 轢郎擊切車踐也 坻都禮切 腕烏貫切 喺息寸切與噀同含水噴也 坌蒲困切塵堬也 叵普火切不可也 闚去規切門中視也 庌五駕切廡也 溷胡困切廁也 忤五故切逆也 鴆直林切 圊七盈切廁也 齧五結切噬也 鞮都奚切 輚則前切 眵赤脂切 瘞於計切 輂居玉切 眤尼質切 邸都禮切 眩黃絹切目無常主也 跛蹇跛布火切蹇居偃切跛蹇足偏廢也 暍於歇切傷暑也

八經同卷

清刻龍藏佛說法變相圖

八經同卷

佛說檀持羅麻油述經

東晉西域三藏竺曇無蘭譯

佛在摩竭國因沙奪山中時佛子羅云隨佛在山中羅云夜卧爲鬼神所嬈驚起明日至佛所爲佛作禮却在一面樹下坐羅云以手

扶頰低頭不樂默然不語佛即問羅云何以低頭如鬼怖狀羅云言我昨日夜臥爲鬼神所嬈佛語羅云天下或生人嬈人或山神嬈人或道溝邊鬼神嬈人或善死鬼神嬈人來欲試人經道恐人欲知其心堅輭佛語羅云汝取佛辟鬼神呪後儻有鬼神來嬈汝者持是鬼神名字以慈心說之

阿波竭　證證竭　無多薩　憘遲比遲

沾波沾波　迦羅准　維陵無　因輪無

指輪無　漢沙無　因登羅　宋林羅　和

林羅　波耶越羅　檀持羅

佛言是檀持羅經佛故爲諸弟子結恩經佛告諸弟子有急者當讀之鬼神儻來嬈人者當持慈心哀心淨還自視五藏思念五藏佛說是經時日月尚有墮地佛語終不有異今佛說是檀持羅經以說生人欲來嬈人者不得嬈人山神亦不得嬈人道溝邊鬼神亦不得嬈人腥死鬼神亦不得嬈人善死鬼神亦不得嬈人聞是語火爲不然食飯得毒毒爲不行欲殺人刀爲不向溺深水中爲不沒難群有四子人行空閑處若行縣邑中大國中若對會若大座中耆老中伴侶中步行中坐臥中值有蠱道家者向讀是經蠱道爲不行佛即爲羅云說使羅云爲諸比丘比丘尼優婆塞優婆夷及諸白衣皆令諷誦之

佛說檀持羅麻油述經

佛說護諸童子陀羅尼呪經

元魏三藏法師菩提留支譯

爾時如來初成正覺有一大梵天王來詣佛所敬禮佛足而作是言

南無佛陀耶　南無達摩耶　南無僧伽耶
我禮佛足尊　照世大法王　在於閻浮提
最初說神呪　甘露淨勝法　及禮無著僧
已禮牟尼足　即時說偈言　世尊諸如來
聲聞及辟支　諸仙護世王　大力龍天神
如是等諸衆　皆於人中生　有夜叉羅刹
常喜噉人胎　非人王境界　强力所不制
能令人無子　傷害於胞胎　男女交會時
使其意迷亂　懷妊不成就　或歌羅安陀
無子以傷胎　及生時奪命　皆是諸惡鬼
爲其作嬈害　我今說彼名　願佛聽我說

第一名彌酬迦　第二名彌伽王　第三名騫陀　第四名阿波悉魔羅　第五名牟致迦　第六名魔致迦　第七名閻彌迦　第八名迦彌尼　第九名梨波坻　第十名富多那　第十一名曼多難提　第十二名舍究尼　第十三名揵吒波尼尼　第十四名目佉曼茶　第十五名藍婆

此十五鬼神常遊行世間爲嬰孩小兒而作於恐怖我今當說此諸鬼神恐怖形相以此形相令諸小兒皆生驚畏

彌酬迦者其形如牛　彌伽王者其形如師子　騫陀者其形如鳩魔羅天　阿波悉魔羅者其形如野狐　牟致迦者其形如獼猴　魔致迦者其形如羅刹女　閻彌迦者其形如爲　迦彌尼者其形如婦女　梨波坻

者其形如狗　富多耶者其形如豬　曼多難提者其形如猫兒　舍究尼者其形如烏　揵吒波尼尼者其形如雞　目佉曼茶者其形如熏狐　藍婆者其形如蛇

此十五鬼神著諸小兒令其驚怖我今當與説諸小兒怖畏之相

彌酬迦鬼著者小兒眼睛迴轉　彌迦王鬼著者小兒數數嘔吐　騫陀鬼著者小兒其兩肩動　阿波悉魔羅鬼著者小兒口中沫出　牟致迦鬼著者小兒把拳不展　魔致迦鬼著者小兒自齧其舌　閻彌迦鬼著者小兒喜啼喜笑　迦彌尼鬼著者小兒樂著女人　梨波坻鬼著者小兒現種種雜相　富多耶鬼著者小兒眠中驚怖啼哭　曼多難提鬼著者小兒眠中喜啼喜笑　舍究尼鬼著者小兒不肯飲乳　揵吒波尼尼鬼著者小兒咽喉聲塞　目佉曼茶鬼著者小兒時氣熱病下痢　藍婆鬼著者小兒數噫數噦

此十五鬼神以如是等形怖諸小兒及其小兒驚怖之相我皆已説復有大鬼神王名栴檀乾闥婆於諸鬼神最爲上首當以五色綖誦此陀羅尼一徧一結作一百八結并書其鬼神名字使人賷此書綖語彼使言汝今疾去行速如風到於四方隨彼十五鬼神所住之處與栴檀乾闥婆大鬼神王令以五色綖縛彼鬼神兼以種種美味飲食香華燈明及以乳粥供養神王爾時大梵天王復白佛言世尊若有女人不生男女或在胎中失壞墮落或生已奪命此諸女等欲求子息保命長

壽者當常繫念修行善法於月八日十五日受持八戒清淨洗浴著新淨衣禮十方佛至於中夜取少芥子置已頂上誦我所説陀羅尼呪者令此女人即得如願所生童子安隱無患盡其形壽終不中夭若有鬼神不順我呪者我當令其頭破爲七分如阿梨樹枝即説護諸童子陀羅尼呪

多經他　阿伽羅　伽寗那　伽伽寗　婆漏隸祇隸　伽婆隸　婆隸　婆隸　不隸不隸　羅扠祢　修羅俾　遮羅俾　婆陀尼　沙尼　婆囉呵　那易　彌那易　蘇波呵

世尊我今説此陀羅尼呪護諸童子令得安隱獲其長壽故爾時世尊一切種智即説呪曰

多經他　菩陀　菩陀　菩陀尭摩帝　菩提菩提　摩隸式叉夜　婆舍利　婆多禰婆羅陀　頭隸　頭隸　婆膩多　頭隸舍摩膩　扠鞞扠隸　婆膩帝扠藍　舍彌帝　槃他槃絺　婆呵膩　祇摩膩　陀波膩　蘇婆呵　膩婆　羅膩　蘇婆呵

此十五鬼神常食肉血以此陀羅尼呪力故悉皆遠離不生惡心令諸童子離於恐怖安隱無患處胎初生無諸患難誦此呪者或於城邑聚落隨其住處亦能令彼嬰孩小兒長得安隱終保年壽南無佛陀成就此呪護諸童子不爲諸惡鬼神之所嬈害一切諸難一切恐怖悉皆遠離蘇婆呵時此梵天聞説此呪歡喜奉行

佛説護諸童子陀羅尼呪經

諸佛心陀羅尼經

唐三藏法師玄奘奉　詔譯

如是我聞一時薄伽梵住如來境衆寶道場諸佛所都諸佛所樂智無疑滯菩薩妙宮具諸微妙種種嚴飾常演法音大功德殿與無央數大菩薩俱皆是如來法身眞子從諸佛土而來集會無量天人阿素洛等應眞大衆前後圍繞爾時世尊告諸菩薩摩訶薩言善男子有陀羅尼名諸佛心殑伽沙等諸佛同說能徧饒益諸怖畏者若有至心受持讀誦超百千劫生死劇苦定於無上正等菩提能速修行永無退轉乃至無上正等菩提終不枉生無佛世界恒善悟解諸陀羅尼常見如來親近供養恒憶宿命深信因果能使現世人非人等惱害皆除疾病不侵無有中夭諸惡魔事皆悉殄滅所有惡業無不消除一切魔軍驚怖退散善男子此陀羅尼文字章句是一切佛共所稱揚即是諸佛文字章句汝應諦聽陀羅尼曰

佛睇　蘇佛睇　莫訶佛睇　壹底佛睇　呾呾囉佛睇　佛睇佛睇　三摩佛睇　頞鞞佛睇　没栗度佛睇　佛陀末底佛睇　莫訶佛陀末底佛睇　薩縛佛陀頞奴末帝　薩縛佛陀頞奴若帝　佛陀佛陀佛陀佛陀佛陀佛陀佛陀佛陀佛陀佛陀佛陀　阿難都佛陀毗沙耶　阿難多達摩提舍那　堅建多末捺斯迦咯　僧泣多達摩婆筏那　堅多你薩縛佛睇毗　陀剌尼三般羅迦始多　頞奴劒波耶薩埵南　薩縛達摩喃母達羅尼　呾經他　黍睇蘇黍睇　輸達泥

僧輸達泥　涅末麗　末羅罯波揭帝　揭底三末底羯爛帝　羯朧謎羯臘摩娑揭囇娑揭咯末底　輸計毗輸計戍迦攝末泥扇帝鄔波扇帝　般剌扇多頞縛婆去聲細薩縛奔若般唎實稚帝　薩縛達摩般剌底曼稚帝　喝咯喝咯　末藍喝咯折咯折咯珊折咯　折羅折羅　珊折羅　呾羅呾羅珊呾羅　三摩呾羅　你囇你囇　蘇你囇纈履那末底　路迦達囇　路迦陀剌尼達咯達咯　宅咯宅咯　鶻魯陀鶻魯陀莫訶毗闍耶姿呬尼　喝那喝那　薩縛佛睇　呬閉囇史多　薩筏若般替　薩筏若般替　薩筏若波羅弭帝　莫訶般剌底姿去聲那珊半泥三縵多路計　佛陀毗沙曳佛陀般剌底曼稚帝　薄伽筏底　薩咯薩咯　般剌薩咯　般剌薩咯　毗薩咯毗薩咯　薩縛度沙阿波揭帝　莎訶

佛說如是一切佛心具大威德陀羅尼已即時三千大千世界大地大海妙高山王一切同時十八震動諸天宮殿皆悉傾搖兇悖魔軍威光失滅相顧惶恐戰懼懷憂時三千界所應度者驚覩此相俱三失聲惟諸天衆信三寶者歡喜踊躍各捧天華遥散佛上兼勸衆魔歸依佛法爾時世尊告諸菩薩吾今愍念一切有情說陀羅尼令脫苦難宜正憶念宣布世間皆令受持獲勝利樂時諸菩薩及餘衆會皆大歡喜信受奉行

諸佛心陀羅尼經

拔濟苦難陀羅尼經（一名勝福往生淨土經）

唐三藏法師玄奘奉　詔譯

如是我聞一時薄伽梵在室羅筏住誓多林給孤獨園與無央數聲聞菩薩摩訶薩俱及諸天人阿素洛等無量大衆前後圍繞爾時衆中有一菩薩名不可說功德莊嚴從座而起頂禮佛足合掌恭敬白佛言世尊今此世界無量有情煩惱因緣造諸惡業當墮地獄餓鬼傍生或天人中受諸劇苦唯願哀愍方便拔濟佛言善男子善哉善哉汝能哀愍一切有情作如是請諦聽諦聽吾今爲汝略說拔濟衆苦方便善男子有佛世尊名爲不動如來應正等覺爲欲利樂諸有情故說陀羅尼令衆誦念陀羅尼曰

羯羯尼羯羯尼　魯折尼魯折尼　咄盧磔尼　咄盧磔尼　怛邏薩尼　怛羅薩尼　般刺底喝那　般刺底喝那　薩縛羯莫般藍般邏尼謎　莎訶

若有善男子善女人至誠敬禮不動如來應正等覺受持此呪先所造作五無間業四重十惡毀諸聖賢謗正法罪皆悉除滅臨命終時彼不動佛與諸菩薩來現其前稱讚慰喻令其歡喜復告之言今來迎汝應隨我往所從佛國彼命終已決定往生不動如來清淨佛土善男子復有世尊名滅惡趣王一名大自在勝經如來應正等覺爲欲利樂諸有情故說陀羅尼令衆誦念陀羅尼曰

輸達泥輸達泥　薩縛播波毗輸達泥　戍睇毗戍睇　薩縛羯莫毗戍睇　莎訶

若有善男子善女人至誠禮敬滅惡趣王如

來應正等覺受持此呪萬四千劫常憶宿命所在生處得丈夫身具足諸根深信因果善諸技術妙解諸論好行惠施厭捨諸欲不造惡業離諸危怖具正念慧衆所愛重常近善友恒等正法求菩提心曾無暫捨以諸功德而自莊嚴具善律儀怖諸惡業恒無匱乏調柔樂靜於天人中常受快樂速證無上正等菩提終不退於十到彼岸常願利樂一切有情諸所修行非專自利在所生處常得見佛護持正法預賢聖衆時薄伽梵說此經已聲聞菩薩及諸天人阿素洛等聞佛所說皆大歡喜信受奉行

拔濟苦難陀羅尼經

八名普密陀羅尼經

唐三藏法師玄奘奉　詔譯

如是我聞一時薄伽梵在室羅筏住誓多林給孤獨園與大苾芻衆千二百五十人俱及無量無數菩薩摩訶薩并諸天人阿素洛等異類大衆前後圍繞爾時世尊告金剛手菩薩言善男子汝所受持諸上明呪神用威猛功業難成雖後爲益或初暫損今有八名普密神呪威德廣大事業易成神用祕密始終無損能受持者必獲利樂當爲汝說汝樂聞不時金剛手歡喜踊躍頂禮佛足右跪合掌請言世尊惟願爲說佛言諦聽極善思惟吾今爲汝分別演說何謂八名普密神呪一名功德寶藏二名莊嚴象耳三名善勇猛四名勝諦雲五名滅熾然六名微妙色七名嚴飾八名金剛若有得聞此八名呪於當來世經七俱胝那庾多百千大劫不墮地獄傍生餓鬼將命終時身心安隱見有諸佛及諸菩薩來現其前爲說大乘甚深法要既聞法已必得往生覩史多天奉事彌勒後隨彌勒下贍部洲行願漸增乃至究竟陀羅尼曰

頞蘇(摘界切已下同)筏蘇　捺蘇揭刺蘇　蘇謎蘇
摩蘇契　薩縛迦摩婆達泥　呬梨寐梨
薜梨薜梨　悉殿都謎薩縛迦摩　娑馱室
遮縵怛羅般陀莎訶

佛說如是普密呪時八十俱胝諸惡神鬼皆生歡喜捨離毒心歸佛法僧斷惡修善俱詣佛所發誠諦言願常護持此大神呪令受持者身心安樂佛言善哉如汝所願若有善男子善女人歸佛法僧及金剛手能處閑靜堅

修梵行親近制多受持讀誦所求善願無不皆得乃至無上正等菩提恒憶宿命無有忘失時薄伽梵說是經已金剛手等一切菩薩及諸天人阿素洛等一切衆會聞佛所說皆大歡喜信受奉行

八名普密陀羅尼經

佛説持世陀羅尼經

唐三藏法師玄奘奉　詔譯

如是我聞一時薄伽梵在憍餉彌國建磔迦林與大苾芻衆五百人俱菩薩摩訶薩過俱胝數及諸天人阿素洛等無量大衆前後圍繞時彼國中有一長者名爲妙月容範温華志願閑遠男女僮僕其數衆多於佛法僧深生敬信來詣佛所頂禮佛足繞百千帀却住一面合掌恭敬而白佛言世尊欲問如來應正等覺少所疑事唯願大慈垂愍聽許爾時世尊哀愍彼故以慈軟音告言長者恣汝意問吾當爲汝方便分別令汝心喜時彼長者歡喜踊躍稽首作禮合掌請言世尊云何善男子善女人諸貧賤者可得富貴諸有病者可令病愈諸有罪者可令罪滅諸危懼者可令安樂爾時世尊知而故問長者何緣作如是說時彼長者重白佛言世尊我等在家多諸眷屬資財乏少難可周濟又多疹疾罪累危懼故請世尊開示方便令貧賤者得大財位周給親屬廣修惠施饒益一切倉庫無盡令有病者四大康和勤修善業身心無倦令有罪者速得除滅身壞命終生於善趣令危懼者身心安樂親近供養佛法僧寶速證無上正等菩提爾時世尊告彼長者善男子我於過去無數劫前遇佛世尊名持金剛海音如來應正等覺明行圓滿善逝世間解無上丈夫調御士天人師佛薄伽梵爲欲利樂諸有情故説陀羅尼名曰持世我時聞已歡喜踊躍受持讀誦廣爲他説利益安樂無量有情由是因緣福慧增長速證無上正等菩提

爲諸天人説微妙法今爲汝説此陀羅尼汝天人等皆應諦聽聞巳受持廣爲他説此呪神力不可思議令諸有情皆獲利樂陀羅尼曰

蘇魯閉 跋達邏筏底 瞢揭麗 頞折麗
頞揩鉢麗 嗢伽哳尼 嗢鞞達尼 薩寫
罰底 馱娜罰底 達那罰底 室利沫底
鉢拉婆罰底 晉沫麗 毗沫麗 魯盧蘇
縷 波毗沫麗 頞捺捺悉諦 毗呾悉諦
毗濕縛繫始 狭矩麗 茫矩麗 毗毗謎
杜杜謎 呾呾麗 呾洛呾洛 罰折麗罰
折麗 羯鯠羯鯠去聲 罰栗殺尼 昵盌波
達尼 罰折洛達洛 娑揭洛 昵懼衫呾
他揭耽頞奴颰沫洛 呾他揭多薩點颰沫
洛 達磨薩點颰沫洛 僧伽薩點颰 沫洛
呾吒呾吒 譜洛譜洛 譜剌耶 跋洛跋
洛尼 蘇瞢揭麗 扇多沫底 瞢揭羅罰
底 蘇跋達洛罰底 阿揭車 阿揭車
三沫闍 阿奴颰沫洛莎訶 阿罰剌喃
頞奴颰沫洛莎訶 鉢剌婆去聲凡 頞奴颰
沫洛莎訶 經栗砧 頞奴颰沫洛莎訶
毗折闍 頞奴颰沫洛莎訶 薩縛薩埵毗
捺闍頞奴颰沫洛莎訶

此陀羅尼具大神力若有善男子善女人至心受持廣爲他説諸惡神鬼天龍藥叉人非人等皆不能害諸利樂事晝夜增長若能至誠供養三寶念誦如是大陀羅尼經七晝夜時無暫闕諸天龍神皆生歡喜自來冥護所須財穀飢饉疫癘皆悉消除所有罪障無不殄滅一切危懼並得安寧福慧漸增所求如

意速證無上正等菩提爾時佛告妙月長者
汝應信受此陀羅尼憶念誦持廣爲他說所
求利樂無不諧遂時彼長者聞佛所說歡喜
踊躍而白佛言我能受持廣爲他說利益安
樂無量有情唯願世尊慈悲護念世尊告曰
如是如是時彼長者合掌恭敬右繞世尊百
千帀已頂禮佛足歡喜而去爾時世尊告阿
難曰妙月長者諸庫藏中種種財穀今悉盈
滿尊者阿難歡喜白佛何因緣故妙月長者
諸庫藏中欻然盈滿佛告阿難妙月長者聞
我所說大陀羅尼深信歡喜受持讀誦願爲
無量有情宣說由斯福力庫藏皆滿汝等亦
應受持讀誦廣爲他說此陀羅尼令此三千
大千世界諸有情類皆得利樂我觀世間天
魔梵等無能毀越此陀羅尼文句正眞不可
壞故諸薄福者不可得聞所以者何如是章
句三世諸佛同所稱揚以不思議神力加被
令聞持者皆獲利樂尊者阿難深心歡喜以
妙伽他而讚頌曰

諸佛不思議　所說法亦爾　能正奉行者
果報亦復然　一切智法王　滅生老病死
已到勝彼岸　稽首大覺尊

爾時阿難踊躍歡喜禮佛合掌白言世尊今
此法門當名何等我等今者云何奉持佛告
阿難此名妙月長者所問亦名能感一切財
位亦名愈疾亦名滅罪亦名能除一切危懼
亦名諸佛同所稱揚亦名諸佛神力加被亦
名持世陀羅尼經汝當奉持勿令忘失利益
安樂一切有情時薄伽梵說此經已無量聲
聞及諸菩薩幷諸天人阿素洛等一切大衆

聞佛所説皆大歡喜信受奉行

佛説持世陀羅尼經

佛說六門陀羅尼經

唐三藏法師玄奘奉　詔譯

如是我聞一時薄伽梵在淨居天上依空而住衆妙七寶莊嚴道場與無央數菩薩衆俱爾時世尊告諸菩薩善男子若欲利益安樂衆生汝當受此六門陀羅尼法謂我流轉於生死中諸所受苦勿令衆生同受斯苦諸有所受富貴世樂願諸衆生同受斯樂我所作惡若未先悔終不發言稱無上法我諸所有衆魔之業若未先覺終不舉心緣無上法我諸所有波羅蜜多所攝一切世及出世廣大善根願諸衆生皆當速證無上智果我證解脫亦願衆生皆得解脫勿令住著生死涅槃

陀羅尼曰

懺謎懺謎莫閉切羼諦羼諦跛迭麗跛迭麗蘇跛迭麗蘇跛迭麗諦誓諦誓戰迭麗戰迭麗戰迭邏伐底低殊伐底達摩伐底薩縛結𨥥鑠毗輸達你　薩縛阿刺訖婆達你末諾僧輸達你　莎訶

若有淨信善男子善女人能於日夜六時讀誦如是六門陀羅尼者此人一切業障皆悉消滅疾悟阿耨多羅三藐三菩提時薄伽梵說是經已一切菩薩摩訶薩及諸大衆聞佛所說皆大歡喜信受奉行

佛說六門陀羅尼經

清淨觀世音菩薩普賢陀羅尼經

唐總持寺沙門智通譯

如是我聞一時婆伽婆在王舍城耆闍崛山中與大比丘衆五百人俱菩薩無央數爾時觀世音菩薩與九十二俱胝菩薩同坐時觀世音菩薩於晨朝時從座而起整衣服合掌恭敬頭面禮佛而白佛言世尊我欲說普賢陀羅尼爲憐愍利益一切衆生故我從過去月光佛所受得此呪今欲對佛說此陀羅尼唯願世尊聽我說之即說呪曰

那謨羅(上聲)怛那(二合)跢囉(二合)夜耶(一)那(上聲)謨阿唎耶婆路枳羝攝皤(上聲二合)羅(去聲)耶(二)菩(去聲)提薩埵(去聲)耶(三)摩訶薩埵(去聲)耶(四)摩訶迦(去聲)盧你迦(去聲)耶(五)跢姪他(六)佉(上聲)伽(去聲)鞞(七)佉(上聲)伽(去聲)鞞(八)佉(上聲)伽(去聲)鞞(九)者芻佉(上聲)鞞(十)輸嚕(二合)哆囉(二合)佉鞞(十一)紇囉(上聲二合)拏佉鞞(十二)是訶皤(上聲二合)佉鞞(十三)迦(去聲)耶佉鞞(十四)摩那(上聲)佉鞞(十五)薩囉(上聲)佉鞞(十六)鞞摩佉鞞(十七)輸(上聲)若佉鞞(十八)爾弭(上聲)哆佉鞞(十九)波囉(上聲二合)尼陀(去聲)那(上聲)佉鞞(二十)娑(上聲)麽(去聲)地(上聲)佉鞞(二十一)波(去聲)囉弭多(上聲)佉鞞(二十二)菩(去聲)提(上聲)佉鞞(二十三)娑(上聲)囉(上聲)娑囉娑囉(二十四)薩婆補陀地(上聲)瑟恥(二合)提(二十五)婆(重呼)囉婆囉(二合)婆囉(二十六)達囉摩(二合)地(上聲)瑟恥(二合)提(二十七)迦(上聲)囉(上聲)迦羅迦羅(二十八)僧(去聲)伽地瑟恥(二合)提(二十九)那(上聲)謨阿梨耶婆路枳帝攝皤(二合)囉(去聲)耶(三十)菩提薩埵(去聲)耶(三十一)摩訶薩埵(去聲)耶(三十二)摩訶迦(去聲)嚕尼迦(去聲)耶(三十三)那謨埵(去聲)那(去聲)皤地南(上聲三十四)菩(去聲)提(上聲)薩埵具智(去聲)南(上聲三十五)阿(上聲)地(上聲)瑟恥(二合)漢都麽闍(二合自稱名字三十六)阿秀囉皤(二合)藍

者三十七陀但視三十八路姪他三十九素囉上聲比素囉上聲比四十摩訶素囉上聲四十一比母爾母爾四十二摩訶母爾四十三麼地麼地四十四摩訶摩地上聲四十五那上聲謨阿唎耶婆路枳羝攝皤二合囉上聲耶四十六菩提薩埵去聲耶四十七摩訶薩埵去聲耶四十八摩訶迦去聲嚕尼上聲迦去聲耶四十九悉地案二合観婆上聲曼上聲路婆重呼陀囉二合陀囉尼五十莎去聲訶五十一已上根本呪也

結界陀羅尼呪曰

那上聲謨囉上聲怛那二合路囉二合夜耶一那上聲謨訶唎耶婆路枳羝攝皤二合羅上聲耶二菩提薩埵去聲耶三摩訶薩埵去聲耶四摩訶迦去聲嚕尼迦去聲耶五去聲路姪他六至里盤陀去聲弭七上聲弭里盤陀去聲弭八上聲至里弭上聲里盤陀去聲弭上聲九似磨上聲盤陀去聲弭十上聲似磨去聲磨迷上聲迦上聲施只知方三合陀地上聲迦囉三合麼都十一莎去聲訶十二

呪水二十一徧散灑十方即成結界此陀羅尼呪先須受持預前結界如我結界即得成就奉請陀羅尼曰

納謨囉上聲怛那二合路囉二合夜耶一那上聲謨阿梨耶婆路枳羝攝皤囉耶二菩提薩埵耶三摩訶薩埵去聲耶四摩訶迦嚕尼迦去聲耶五路姪他六至里至里七弭上聲里弭上聲里八至里黎九理醯上聲婆伽畔十阿唎耶婆路枳羝攝皤囉上聲十一莎去聲訶十二

若欲請我如我所説心請已後從白月八日至十五日日日三時香湯洗浴著新淨衣日日三時時别各誦八百徧呪至十五日倍勝供養誦無徧數即其夜半觀世音菩薩自來

爲現金色之身相好莊嚴種種光明放千種光爾時呪師心莫怖畏行者見已即得勝地勝陀羅尼三摩地已即見東方阿閦鞞佛南方寶相佛西方阿彌陀佛北方微妙界佛見如是等十方無量諸佛如來光明色相捨此身已生淨佛土一切處佛之所讚歎已說普賢陀羅尼竟爾時觀世音菩薩說是呪已九十二俱胝菩薩皆得住阿鞞跋地及得見一切諸佛得聞正法得滅一切三障重罪得大功德如閻浮履地微塵等數行者自身得種種功德莊嚴一切病苦及諸惡業並皆消滅又得捷疾辯又得自在心隨願悉滿得具足一切諸波羅蜜隨意往生十方淨土見一切諸佛聞說正法得首楞嚴等一切三昧又得七寶三摩提放光三摩提大海水三昧騰空三昧出沒三昧得如是恒河沙等三昧又得無量大力陀羅尼門此呪功德與八十萬陀羅尼功德無異由此呪力令我得成如是法身又能利益一切衆生速得種種聰明辯才清淨法身由此呪力一聞總持永不忘失由此呪力我所放索所著之處一切衆生重罪消滅一切惡人及惡魔惡鬼惡神自然降伏消滅一切衆生聞此呪名及受持者永不墮地獄餓鬼畜生佛言善哉善哉汝此呪力若有四衆能受持者所得功德及其威力如我無異爾時觀世音菩薩說是呪時三千大千世界六種震動上至阿迦尼吒天其中所有一切天龍夜叉一切鬼神人非人等悉恐怖不安身毛皆竪讚言善哉此呪神力不可思議一切衆生皆蒙利益時觀世音菩薩復白

佛言願佛證知佛言善哉一切四衆我所説呪悉皆用心受持恭敬供養爾時觀世音菩薩白佛言我今受持此呪一切大地六種震動一切衆生及諸天龍悉皆忙怕此呪神力不可思議以何因縁令我及一切衆生有受持者得金剛三昧令汝及一切衆生有受持者心得安隱所得功德及其神力如我無異此呪功能我更爲説旦起誦呪二十一徧午時二十一徧向暮二十一徧恒持不忘能除五逆重罪又得成就首楞嚴等一切三昧又得成就一切陀羅尼又得成就一切佛法若能恒常用心誦念不忘常見釋迦牟尼佛普賢菩薩觀世音菩薩及見天女請受佛法若欲造像當畫釋迦牟尼佛坐華座上身黄金色著五彩衣左廂畫普賢菩薩坐須彌山其山左邊有七頭龍繞山於左邊出七箇頭向菩薩看右邊有五頭龍繞山於右邊出五箇頭向菩薩看其菩薩結加趺坐兩手執經來讀著五色衣其佛右手作印文左手捉袈裟按膝説法右廂畫觀世音坐華座著五色衣胡跪合掌面向佛看聽佛説法左廂三手一手執華一手捉一澡鑵一手捉經夾右廂三手一手施無畏出寶一手捉索一手捉珠菩薩頂上有佛又向下作行者互跪燒香捉珠向菩薩看普賢下作毗陀天女互跪坐手捧華冠著白衣坐具上向菩薩看其像淨畫不得有膠畫依淨法

次説入壇受持法

右從白月八日入道場用牛糞塗地方作壇初四肘乃至八肘五色作須十六鑵子安水

及華果子須十六具香爐十六燈盞若作四肘壇安四鑵子四具香爐四枝燈盞飲食種種果子酥蜜石蜜燒種種香六時莫絶行者澡浴著淨衣如法唯得食粳米飯粥乳酪酥蜜果子石蜜乾薑胡椒蓽茇餘者不得其飲食從八日獻佛乃至十五日不收十六日收送擲水中及火燒却從初入道場八日依對佛壇前更作一肘壇牛糞作取乾穀木及桑木取一片呪一徧放壇中乃至二十一徧竟然後取七種穀子用手取呪一徧著火中乃至一十一徧白日亦得夜間亦得日別一度至十五日燒勿忘竟十五日夜不得睡眠一心誦呪其夜或時地動或時聞大聲行者莫生驚怪安心誦呪念二菩薩爾時普賢觀世音即爲現身語行者言汝須何願隨索皆能滿足若不得相現稱心從十六日除壇更作新壇准前法行道誦呪乃至以得見滿願爲限其行者入道場唯得見一人使令共語餘人更不得語不得見行者在道場内亦不得語須待出道場觀世音普賢陀羅尼法具足

清淨觀世音菩薩普賢陀羅尼經

音釋

頰古協切面旁也 騫去堅切 數噦數所角切頻也噦於月切嘔也 綖私箭切與線同 𡏳烏兮切 罯於感切 纈胡結切 磔陟革切 疹丑刃切病也 瞢莫亘切 嗢烏骨切 拉力荅切 颯蘇合切 𧛎音秀 堙於眞烏兮二切 跽巨几切長跪也 蓽茇蓽卑吉切茇北末切

諸佛集會陀羅尼經

唐三藏法師提雲般若等奉制譯

佛說智炬陀羅尼經

唐三藏法師提雲般若等奉制譯

佛說隨求即得大自在陀羅尼神呪經

唐天竺三藏法師寶思惟譯

清刻龍藏佛說法變相圖

三經同卷

諸佛集會陀羅尼經

佛說智炬陀羅尼經

佛說隨求即得大自在陀羅尼神呪經

諸佛集會陀羅尼經 與趙宋施護所出息除中天經同

唐三藏法師提雲般若等奉制譯

如是我聞一時佛在恒伽河邊護世四天王之所圍繞爾時世尊告毗沙門等四天王言汝等當知一切衆生若男若女若長若幼皆爲四種大怖所纏謂生老病死然於其中死怖一種最難除遣我今爲汝說除遣法爾時四天王即從座起合掌恭敬白佛言世尊我等今者獲大善利得值如來攝受世間施其命故爾時世尊從座而起面于東方彈指唱

言彼方所有諸佛如來應正等覺莫不皆爲一切衆生而成阿耨多羅三藐三菩提諸佛當知我今爲欲哀愍救護諸衆生故轉先未轉第二法輪當令衆生色力壽命皆悉增長永復無有非時夭横唯願諸佛來此會中爲護衆生共以威神除其横苦南西北方四維上下皆亦如是是時如來以佛眼觀十方世界一一世界皆有諸佛塡塞充滿猶如稻麻悉來此會而爲等侶然見十方一切世界一一方處諸佛世尊亦皆徧滿分明顯現如是一切諸佛如來俱時發聲而說呪曰

折礼一折羅折礼二毗那借音即此字之上聲下字傍註上去者皆倣此徵珍里切三莎蘇括切悉底都以切下同鷄四斫迦爛揭時五鉢羅舍漫都六薩婆嚕依嚕字本音而轉舌呼之其下口邊作加梨犂羅麗皆倣此伽七阿那上聲⿰齒來卓諧切八俱那上聲⿰齒來九摩訶捺⿰齒來十折嚟折嚟十一醯呼計切下同摩具嚟十二醯摩你産去聲地十三醯摩室尼十四吉囉陛十五吉囉上聲鞞十六醯引聲俱囉上聲嚟十七俱囉上聲嚟十八俱末底十九毗奢麼謀跛切泥二十戍暑輸矩切毗上聲婆二十一阿折礼毗折礼二十二摩毗上聲濫婆二十三呼去聲牟呼去聲牟二十四

爾時十方諸佛一一皆有金剛密跡王親近圍繞此無量金剛王衆復共同聲而說呪曰

⿰貝甘呼濫切引聲一⿰貝甘二室勢三颯婆去聲訶四

爾時毗沙門天王白佛言世尊我今亦爲擁護衆生說陀羅尼令其無有非時夭横唯願如來垂哀與力即說呪曰

稅低一稅怛犁二履梨三

爾時毗盧勒叉天王亦作是言我今爲欲護諸衆生說陀羅尼即說呪曰

摩蹬耆(瞿雞切)一摩蹬耆(祁里切)尼(你咨切)二署(輸矩切下同)
摩署毋三
爾時提頭賴吒天王亦爲擁護諸衆生故而說呪曰
折囉折囉颯婆(去聲)訶
爾時毗樓博叉天王亦說呪曰
跋凌(去聲)婆(上聲)婆
爾時世尊告四天王言諸天等此陀羅尼從於一切諸佛所生一切諸佛共所知見若善男子善女人乃至有能一日之中讀一徧者是人終不墮於惡趣當於是人起大師想若有人爲欲利益一切衆生於日日中讀誦斯呪能令衆生壽命增長亦令其人灾横怖畏並得消除無諸惡相及衆病苦水不能漂火不能燒刀不能傷毒不能害若在在處處有能讀誦此陀羅尼當知此處則爲十方一切諸佛常所護念若人自書若教人書其人則爲承事供養一切諸佛何以故若於衆生能作饒益則爲供養一切佛故若有專欲擁護其身當書此呪佩著身上若所在之處有深信法善男子善女人等或遇灾難欲令除滅疾應如法受持此呪持呪法者先當揀擇清淨之處以栴檀末而塗其地成一方壇縱廣七肘其人應從月初八日香湯洗浴著新淨衣受八戒齋唯食秔米石蜜牛乳取黑沉香及龍腦香共滿一兩置於壇上又取白檀香或沉水香或龍腦香或復丁香迦矩羅香而置於壇其人誦此陀羅尼呪呪此諸香於日日中皆七七徧滿于七日至十五日一日不食其日中時以鬱金香於其壇上作二十一

小壇其一處中名如來壇餘二十壇名金剛王壇又於壇外作四小壇名四天王壇復取麝香龍腦白檀鬱金之香及紫檀末於如來壇若散若塗而爲供養自餘諸壇隨取一香而供養之又取乳酪酥及沙糖如其次第以新瓶四口各別盛之置四天王壇上又以淨水著於瓶內採十二種果樹之華而置其中又以香油然十支燈置如來壇爲欲供養十方佛故自餘諸壇各然一支於前所呪諸香之內取龍腦及沉水於如來壇而燒供養其餘壇上然自餘香將然香時其如來壇及餘壇香復應各別誦此神呪而以呪之若有衆生得聞此香非時夭横靡不除滅先所呪香並燒盡已然後收彼四天王食散於淨處佛說此經已四大天王及一切世間天人阿脩羅乾闥婆等歡喜奉行

諸佛集會陀羅尼經

佛說智炬陀羅尼經（與趙宋施護出智光滅業障經同）

唐三藏法師提雲般若等奉制譯

如是我聞一時佛在日月宮中與無量大菩薩衆俱普賢菩薩文殊師利菩薩陀羅尼自在王菩薩執金剛菩薩如是等菩薩摩訶薩而爲上首爾時東方有佛號智炬如來南方有佛號金光聚如來西方有佛號實語如來北方有佛號雷音王如來各從本國而來此會爾時世尊與諸如來及菩薩衆共在金幢樓觀之中各坐寶嚴師子之座時日月天子來詣佛所頭面禮敬諸佛菩薩以衆妙物而爲供養供養畢已退坐一面互相謂言我等云何從諸如來及菩薩所而得發起一切衆生光明破諸黑暗滿十方智陀羅尼耶以是陀羅尼力故當令我等能爲衆生作大明炬

說是語時彼諸如來及菩薩衆即共同聲而說呪曰

娑（借音即此字細內之上聲下但有字傍註上去者皆倣此）野替（他地切）談（一）斫芻（上聲）達陀（二）斫芻（上聲）鉢邏婆（上聲三）杜羅米他（上聲四）迦（迦之上聲音紀伽切）羅（上聲）他（上聲五）伊（上聲）替（他止切）炭（他鄧切下同）娑（上聲六）蘇（上聲）囉（依羅字本音而轉舌呼之內有口邊作魯梨利履盧邏者皆倣此）乇（都假切七）蘇（上聲）囉柁（八）蘇（上聲）哆（丁佐切）娑（上聲九）壹炭娑（上聲十）陛羅（上聲）鞞羅鉢膩（尼履切下並同十一）遮（之箇切）嚕沒怛你（十二）阿囉膩阿囉膩（十三）迦（紀伽切下同）羅鉢膩迦羅鉢膩（十四）咄嚕杜斯咄嚕杜斯（十五）陀蘇（上聲）底（都履切下並同）陀蘇（上聲）底（十六）地㗚地㗚（十七）度嚕度嚕（十八）度囉度囉（十九）迦（去聲）羅迦（去聲）羅（二十）悉他（上聲）娑悉他（上聲）娑（二十一）祇（上聲）羅祇（上聲）羅（二十二）祇羅簸耶（以哥切二十三）杜蘇杜蘇（二十四）遜杜遜蒱（二十五）悉他（上聲）蘇窣

怛蘇二十六鷖於雞切闥蘇伊闥娑鉢膩二十七以豎嚟二十八提蘇上聲嚟二十九羯囉羯囉三十吉嚟吉嚟三十一屈居勿切下句並同嚕屈嚕三十二屈摩屈摩三十三羯摩羯摩羯摩鉢膩三十四計魯計魯三十五雞羅鉢膩三十六羯迦去聲唎羯迦去聲唎三十七羅嚕勃低三十八徒嚕低摩訶徒嚕低二十九羯囉羯囉四十吉嚗吉嚗四十一必柱斯必柱斯四十二柁蘇柁蘇四十三訶上聲蘇訶上聲蘇四十四訶去聲娑去聲鉢膩四十五颰婆去聲訶四十六怛姪他一徒那徵張里切下同摩訶徒那徵二窣蘇骨切嚕窣嚕三颰婆去聲訶四戍訖羅毗戍達你五怛羅怛羅六颰婆去聲訶七樹底鉢囉地箆補奚切八咄盧咄盧九颰婆去聲訶十鉢曇摩摩理你十一薩埵顛也切下並同曷囉多勃提徒咨切下同十二戶嚧戶嚧十三颰婆去聲訶十四薩埵勃提十五薩埵盧羯你十六咄嚧咄嚧十七颰婆去聲訶十八陀羅尼勃地十九頞鉢囉底喝多勃地一十注嚧注嚧二十一颰婆訶二十二洛唎拏長聲過質低二十三杜忙鉢嚟訶上聲唎二十四屈嚧屈嚧二十五颰婆訶二十六駄囉駄囉摩訶駄囉二十七駄囉駄囉二十八陀囉衍去聲底曳二十九颰婆訶三十蘇跋剌低三十一蘇答箆三十二阿上聲鉢囉底訶多勃提三十三駄囉駄囉三十四陀羅衍去聲底曳三十五颰婆訶三十六南無壞奴嗢迦上聲寫斯舸切下並同怛他揭多上聲寫三十七南無蘇跋囉拏鉢囉婆上聲矩吒曬奴吉切婆上聲薩寫怛他揭多上聲寫三十八南無薩埵婆地那怛他揭多上聲寫三十九南無鼻弫摩瓅蘇括切囉揭是多曷囉是瓢薩怛他揭帝瓢四十悉殿都漫怛囉鉢駄你四十一颰婆訶四十二

爾時普賢菩薩告日月天子言諸天子此陀

羅尼八十八億諸佛如來爲欲利益諸衆生故之所演説諸天子優曇鉢華猶可易現此陀羅尼出現甚難諸天子諸佛出世猶可值遇此陀羅尼得值甚難此陀羅尼猶可易得誦持之者斯復轉難諸天子若欲救拔造五逆罪謗正法人當受阿毗地獄苦者可於閑處淨塗其地隨其所辦種種香華而爲供養於三七日中晝夜六時誦此陀羅尼呪以是陀羅尼威神力故令阿毗地獄應時破壞爲百千分是中衆生即得解脱何況有人在於人間而得聞者當知是人則爲諸佛及我等菩薩之所護念諸天子於此所説勿生疑惑

佛説此經已日月天衆歡喜奉行

佛説智炬陀羅尼經

佛說隨求即得大自在陀羅尼神呪經

唐天竺三藏法師寶思惟譯

爾時世尊在王舍城耆闍崛山中大弟子共會說法於是娑婆世界主大梵天王來詣佛所右繞三帀頂禮佛足合掌向佛而白佛言唯願世尊爲利益衆生故說陀羅尼神呪令諸天人普得安樂佛言善哉善哉大梵天王汝能愍念一切衆生問此利益之事汝善思念之吾當爲汝分別演說此隨求即得大自在陀羅尼神呪能與一切衆生最勝安樂不爲一切夜叉羅刹及癲癇病餓鬼塞揵陀鬼諸鬼神等作諸惱害亦不爲寒熱等病之所侵損所在之處恒常得勝不爲鬬戰怨讎之所侵害能摧他敵厭蠱呪咀不能爲害先業之罪悉得消滅毒不能害火不能燒刀不能傷水不能溺不爲雷電霹靂及非時惡風暴雨之所損害若有受持此神呪者所在得勝若有能書寫帶在頸者若在臂者是人能成一切善事最勝清淨常爲諸天龍王之所擁護又爲諸佛菩薩之所憶念金剛密跡四天大王及天帝釋大梵天王毗紐天大自在天俱摩羅軍衆毗那夜迦大黑天難提鷄說天等晝夜而常隨逐擁護持此呪者又爲摩帝揵拏天衆及餘自在諸天神衆亦如是擁護又爲諸魔天衆及諸眷屬神呪諸神大威德者所謂鴦俱施神拔折羅神商羯羅神摩莫鷄神毗俱神多羅神摩訶迦羅神度多神斫羯羅波尼神大力神長壽天摩訶提毗神迦羅羯尼神華齒神摩尼珠髻神金髻神賔孽羅羅器神電鬘神迦羅羅利神毗俱知神堅

牢地神烏陀計施神什伐栗多那那衶大努神執劒神摩尼光神闍知尼神一闍吒神弗陀施羅波利尼神楞鷄説神并餘無量諸天神等彼諸天衆悉來擁護若此神呪在身手者鬼子父母摩尼拔陀神富那拔陀神力天大力天等勝棄尼神俱吒檀底神功德天大辯天等恒常隨逐而擁護之若有女人受持此神呪者有大勢力常當生男受胎之時在胎安隱産生安樂無諸疾病衆罪消滅必定無疑以福德力財穀增長所説教命人皆信受常爲一切之所敬事應當潔淨若男若女童男童女持此呪者當得安樂無諸疾病色相熾盛圓滿吉祥福德增長一切呪法皆得成就帶此呪者雖未入壇即成入一切壇與入壇者成其同行不作惡夢重罪消滅有起惡心來相向者不能爲害持此呪者一切樂欲所求皆得爾時世尊即説呪曰

那麽薩婆怛他揭哆南一那謨敎陀達摩僧祇岐曳切瓢二唵三毗戾惟切補羅入聲揭嚩四毗末鵌闍耶揭入聲嚩五伐扶揭切舌囉什嚩囉揭嚩六揭底　伽呵泥七伽伽上聲那毗輸達泥八薩婆跛波毗輸達泥九唵十瞿拏伐底丁以切十一伽伽上聲唎尼十二祇渠以切哩祇哩十三伽末哩十四伽呵伽呵十五伽揭哩伽揭哩十六伽伽哩伽伽哩十七鉗婆哩鉗婆哩十八揭底　揭底同上十九伽末泥　揭鵌二十瞿嚕瞿嚕瞿嚕尼二十一折黎鵌折鵌牟折鵌二十二社曳毗社曳二十三薩婆婆重平耶毗揭帝二十四揭婆三婆囉泥二十五死哩死哩蜜唎蜜唎以哩以哩二十六三曼多迦唎沙尼二十七薩婆設覩嚕鉢囉末他你

二十八唂叉唂叉麼麼某甲寫二十九毗利毗利毗
揭多囉尼三十婆耶那舍泥三十一蘇唎蘇唎三十
二質唎迦末隸三十三社曳三十四微社耶社耶
縛醯三十五社耶伐底三十六薄伽伐底三十七曷
羅怛那摩俱吒摩羅達唎三十八毗質多囉鞞
沙嚧波陀唎尼三十九薄伽伐底苾地耶提
毗四十唂叉覩曼莫甘切麼麼某甲寫四十一三曼多
迦羅毗輸達你四十二虎嚕虎嚕四十三諾能得切
刹怛囉摩羅陀唎尼四十四氈拏氈拏氈雉你
四十五鞞伽伐底四十六薩婆突瑟吒你縛囉尼
四十七設覩嚕博叉鉢囉末地你四十八毗社耶
婆咽你四十九虎嚕虎嚕五十姥嚕姥嚕五十一主
嚕主嚕五十二阿庚波刺你五十三蘇囉婆囉末
他你五十四薩婆提伐多補視低五十五地刹地
唎五十六三曼多婆盧吉帝五十七鉢臘鞞鉢臘

鞞五十八蘇鉢臘波秫提五十九薩婆跛波毗輸
達你六十駄囉駄囉駄囉尼六十一跋囉駄隸六十
二蘇姥蘇姥六十三蘇姥嚕折隸六十四折隸遮
羅耶突瑟吒陟更切六十五晡囉耶阿長呼賞六十六室
唎婆晡陀囉社耶迦末隸六十七器史尼器史
尼六十八薩婆提婆多縛囉陀鶩俱施六十九唵
七十鉢頭摩毗秫提七十一輸達你秫提七十二婆
囉婆囉七十三毗唎毗唎七十四步嚕步嚕七十五
瞢揭羅攝苾提七十六波苾多囉木谿七十七差
迦上唎七十八佉囉佉囉七十九什嚩嘌多室隸
八十三曼多鉢囉薩唎多嚩婆悉多秫提八十一
什嚩羅什嚩羅薩婆提嚩揭入聲拏八十二三摩
揭嘌沙尼八十三薩底伐底八十四怛囉怛囉八十
五娜伽毗盧吉你帝八十六羅虎羅虎八十七虎
努虎努八十八刹尼刹尼八十九薩婆揭羅呵薄

刹尼九十賓比蠅切揭唎賓揭唎九十一主姥主姥
蘇姥主九十二毗折𥿄九十三怛囉怛囉九十四多
囉耶覩曼莫甘切麽麽其甲切寫摩呵婆耶九十五三
慕達囉娑伽囉鉢利濵多波跛羅伽伽入聲那
九十六三曼帝那九十七伐折入聲囉什縛囉毗秫
提九十八步唎步唎九十九揭婆伐底揭婆肥
輸達你一百俱器初几切二合三晡囉尼一者羅者
羅遮栗你二鉢囉伐嘌沙覩提婆三曼帝那
三婬田涅切驃毗妙切俞度計那四阿蜜嘌多伐
嘌沙尼五提伐多阿伐多羅尼六阿毗訖者
覩曼莫甘切七阿蜜嘌多婆囉婆晡囇八咯又咯
又麽麽其甲切寫九薩拔怛囉十薩拔陀十一薩婆
婆曳瓢蒲藐切十二薩菩烏波達囉陛瓢十三薩菩
烏鉢薩祁渠曳切瓢十四薩婆突瑟吒婆耶弊十五
毗怛寫十六薩婆羯利羯羅呵十七毗揭羅呵毗

嚩陀十八突颰蘇合切乏鉢那十九嘌突你蜜多阿
芒刈瓢蒲藐切二十跛波毗那捨你二十一薩婆藥
叉囉刹娑你婆囉尼二十二娑囉尼薩𥿄二十三
婆羅婆羅二十四婆羅伐底丁以切二十五闍耶闍耶
覩曼莫甘切麽麽其甲切寫二十六薩跋怛囉二十七薩
婆迦嵐二十八悉殿徒演切覩苾地耶娑馱耶二十
九薩婆曼荼羅娑達你三十社耶悉提三十一悉
提蘇悉提三十二悉地耶悉地耶三十三勃地耶
勃地耶三十四晡囉尼晡囉尼三十五薩婆苾地
耶地揭多暮嘌低三十六闍瑜怛𥿄三十七闍耶
伐底丁以切三十八底瑟吒底瑟吒三十九三麽耶摩
奴波賴耶四十怛他揭多秫提四十一毗耶婆盧
迦耶覩曼麽麽其甲切寫四十二阿瑟吒苾頡嚧摩
訶婆耶陀嚕尼四十三薩囉薩囉四十四鉢囉薩
囉鉢囉薩囉四十五薩婆嚩囉拏毗輸達你四十

六三曼多迦羅曼荼羅秫提四十七毗揭帝毗
揭帝四十八毗揭多末鎍輸達你四十九器初几切
尼器尼五十薩婆跛波毗秫提五十一末羅毗秫
提五十二帝社伐底 伐折囉伐底丁以切五十三窒
丁結切鎍盧迦地瑟恥帝莎呵五十四薩婆怛他
揭多暮囉陀毗色吉帝莎呵五十五薩婆菩提
薩埵毗色吉帝莎呵五十六薩婆提伐多毗色
吉帝莎呵五十七薩婆怛他揭入聲多頡哩馱耶
地瑟恥帝莎呵五十八薩婆怛他揭入聲三昧耶
悉提莎呵五十九印姪鎍印陀囉伐底 印陀
囉瓢婆盧吉帝莎呵六十勃囉醯迷勃囉醯迷
勃囉呵摩地瑜瑟帝莎呵六十一鼻瑟努那麽
悉吉嘌帝莎呵六十二摩醯濕嚩囉那摩悉吉
嘌帝莎呵六十三伐折囉達囉伐折囉跛尼婆
羅肥唎耶地瑟恥帝莎呵六十四跌唎底囉瑟

吒囉耶莎呵六十五毗盧宅迦耶莎呵六十六毗
嚧博叉耶莎呵六十七裴室囉伐拏耶莎呵六十
八折咄摩訶囉闍那麽悉吉唎嘌多耶莎呵
六十九婆嚕拏耶莎呵七十闍摩布闍那摩悉吉
唎多耶莎呵七十一嚩嚕拏耶莎呵七十二娜伽
毗盧枳多耶莎呵七十三提婆揭你女計切瓢莎
呵七十四娜伽揭禰瓢莎呵七十五藥叉揭禰瓢
莎呵七十六揵闥婆揭禰瓢莎呵七十七阿蘇羅
揭禰瓢莎呵七十八伽嚕荼揭禰瓢莎呵七十九
緊那囉揭禰瓢莎呵八十莫呼囉伽揭禰瓢莎
呵八十一囉刹娑揭禰瓢莎呵八十二摩奴孋所計
切瓢莎呵八十三阿摩奴孋瓢莎呵八十四薩婆
揭喀醯去聲瓢莎呵八十五薩婆菩帝瓢莎呵八十
六閉鎍帝瓢莎呵八十七畢舍制瓢莎呵八十八
阿鉢薩麽鎍瓢莎呵八十九甘盤滯瓢莎呵九十

唵杜嚕杜嚕莎呵九十一唵覩嚕覩嚕莎呵九十
二唵姥嚕姥嚕莎呵九十三呵那呵那薩婆設
覩嚕南女間切麼麼某甲寫莎呵九十四馱呵馱呵
薩婆突瑟吒鉢囉突瑟吒麼麼某甲寫莎呵九十
五鉢者鉢者薩婆鉢喇底鐵迦吉切監鉢喇底
丁也切蜜多囉麼麼某甲寫莎呵九十六什縛嘌多
耶莎呵九十七鉢囉什嚩栗多耶莎呵九十八摯
地入切鉢多什嚩嘌多耶莎呵九十九三曼多鉢
囉什縛嘌多耶莎呵一百麼尼跋達囉耶莎呵
一布晡没切嘌拏跋陀囉耶莎呵二摩訶迦邏
耶莎呵三摩底哩伽拏耶莎呵四藥器初几切
尼南莎呵五囉刹思南莎呵六阿迦舍摩底
哩諵女感切莎呵七三暮達囉你婆悉你諵莎
呵八曷囉底丁以切唎折囉嚂諵莎呵九地地入
切伐婆折囉諵莎呵十底丁以切唎珊地塗邪切

折囉諵莎呵十一鞞羅折囉諵莎呵十二阿鞞羅
折囉諵莎呵十三揭入聲婆折𡄔鄹平聲莎呵十四揭
婆珊多囉尼虎嚕虎嚕莎呵十五唵莎呵十六薩
婆步莎呵十七步縛莎呵十八菩路步縛莎呵十九
質致質致莎呵二十費致費致莎呵二十一馱羅
尼莎呵二十二毗囉尼莎呵二十三阿者你莎呵
二十四帝殊婆布莎呵二十五只哩只哩莎呵二十
六你哩你哩莎呵二十七呬哩虛以切呬哩莎呵
二十八勃地耶勃地耶莎呵二十九曼荼羅悉提
曳莎呵三十曼荼羅畔提曳莎呵三十一思摩畔
達你莎呵三十二譫婆譫婆莎呵三十三悉眈婆
悉眈婆莎呵三十四瞋陀瞋陀莎呵三十五頻陀
頻陀莎呵三十六畔陀畔陀莎呵三十七牟呵耶
牟呵耶莎呵三十八摩尼毗秫提莎呵三十九素
嘌曳素嘌曳蘇唎耶毗秫提莎呵四十戰姪𡄔

蘇戰娙𩕳布(哺没切)栗拏戰娙𩕳莎呵(四十一)諾
(能得切)剎怛囉耶莎呵(四十二)濕吠莎呵(四十三)扇
底曳莎呵(四十四)蘇伐悉底(丁也切)禰莎呵(四十五)
始梵羯唎扇夜(丁以切)羯唎布(哺没切)瑟致伐栗
馱你莎呵(四十六)室唎羯唎莎呵(四十七)室唎耶
伐嘌馱你莎呵(四十八)室唎耶什嚩囉你莎呵
(四十九)那牟支莎呵(五十)摩嚕支莎呵(五十一)鞞伽
伐底莎呵(五十二)(已上二百五十二句根本呪竟)

一切佛心呪

唵(一)薩婆怛他揭(入聲)多暮嘌帝(二)鉢喇嚩(扶荷
切)囉揭(入聲)多婆曳(三)舍摩覩演麼麼(某甲)寫薩
婆婆閉瓢(四)薩婆婆曳瓢(五)莎悉底曷囉
婆伐覩(六)牟支牟支(七)毗牟支(八)折唎折囉
禰揭帝(九)婆耶呵囉禰(十)步地步地(十一)步陀
耶步陀耶(十二)勃地唎勃地唎(十三)薩婆怛他揭
多呬哩馱耶(十四)樹瑟龢(陟皆切)(十五)莎呵(十六)

一切佛心印呪

唵(一)伐舌囉伐底(丁以切)(二)伐舌囉鉢喇底瑟
恥帝秫提(三)怛他揭多暮陀囉(四)地瑟咤那
地瑟恥帝莎呵(五)

灌頂呪

唵(一)姥你姥你姥你伐𠼝(二)阿毗詵者覩迷
(三)薩婆怛他揭多曼(莫甘切)麼麼(某甲)寫(四)薩婆
苾地耶毗孋(跡礼切)雞(五)摩訶伐折囉迦伐遮
暮陀囉暮地唎帝(六)怛他揭多呬(虛以切)哩馱
耶(七)地瑟恥多伐折𠼝莎呵(八)

灌頂印呪

唵(一)阿蜜嘌多(二)伐𠼝嚩囉嚩囉(三)鉢囉嚩
囉(四)毗秫提(五)唅唅(六)泮吒泮吒(七)莎呵(八)

結界呪

唵一阿蜜嘌多吒盧羯你二揭婆喀剎尼三阿羯嘌沙尼四唅唅五泮吒泮吒六莎呵七

佛心呪

唵一毗麽録二闍耶伐底丁以切三阿蜜嘌帝四唅唅唅唅五泮吒泮吒泮吒六莎呵七

心中心呪

唵一蘇嚕蘇嚕二跋囉跋囉三跋囉三跋囉三印湼唎耶四毗輸達你五唅唅六嚕嚧遮録七迦嚕遮録莎呵八

爾時世尊說此神呪已告大梵言若有暫聞此陀羅尼者彼諸善男子善女人所有一切罪障悉得消滅若能誦持者當知是人即是金剛之身火不能燒大梵當知如迦毗羅大城羅睺羅童子在母胎時其母釋種女耶輸陀羅自投火坑於時羅睺羅在母胎中憶念此呪其大火坑尋即變成蓮華之池此是神呪力故以是因緣火不能燒佛告大梵毒不能害者如善遊城豐財長者子善持諸餘一切禁呪恃呪力故召攝得叉迦龍王忘不結界其龍瞋怒嚙損是人受大苦惱命在須臾無能救者於其城中有一優婆夷名曰無垢常持此隨求即得大自在陀羅尼神呪其無垢優婆夷起大慈悲心生憐愍往詣其所以此呪呪之纔經一徧其毒消滅還得本心時長者子於無垢邊受持此呪憶念在心是故當知毒不能害復次大梵波羅柰大城有王名曰梵施時鄰國王有大威力起四種兵來罰梵施時四種兵入至波羅柰城其王梵施既知是已勑城內人汝等勿怖我有神呪名隨求即得陀羅尼此呪神力能摧他敵及以

四兵其時梵施澡浴清淨著新淨衣書寫神呪持在身上即往入陣王獨共戰四兵降伏來歸梵施大梵當知此大神呪有大威力如來印可常應憶念當知此呪於佛滅後利益衆生復次大梵若有人帶此呪者當知如來以神通力擁護是人當知是人是如來身當知是人是金剛身當知是人是如來藏身當知是人是如來眼當知是人披金剛甲當知是人是光明身當知是人是不壞身當知是人能摧伏一切怨敵當知是人所有罪障悉皆消滅當知是呪能除地獄一切苦難大梵當知昔有比丘有少信心於如來戒有所缺犯而行偷盜現前僧物及常住僧物四方僧物獨將入已而是比丘後遇重病受大苦惱有一優婆塞婆羅門起大慈悲書此神呪繫病比丘頸下繫已應時一切病苦悉皆消滅於後壽盡命終墮於阿鼻地獄其比丘屍殯在塔中呪在屍上其比丘塔今由現在滿足城南因此比丘暫入地獄諸受罪者所有苦痛悉得止息普得安樂其地獄中所有火聚亦皆消滅是時獄卒見是事已甚大驚怪具以上事白閻羅王時閻羅王告獄卒言是大威德先身舍利汝等可往滿足城南看有何物於是獄卒受教而去於初夜分到彼塔所見塔光明如大火聚於其塔中見比丘屍上有此隨求即得大自在陀羅尼神呪復有諸天圍繞守護於時獄卒見此呪力不可思議遂號此塔名爲隨求即得是時獄卒尋即迴還具所見事白閻羅王其此比丘承此呪力罪障消滅即得生於三十三天因號此天名

爲隨求即得天子大梵當知如法書寫此呪帶持在於身者常無苦惱利益一切恐怖悉除復次大梵如消阿魏大城之中有一長者名毗藍婆庫藏盈溢金銀充滿多饒財穀於是長者身作商主乘大船舶入於大海於大海中遇氐彌魚欲壞其船海中龍王復生瞋怒起大霹靂雨金剛雹礮時諸人極大憂怖是時商主告諸商人汝等勿怖我有方計於此厄難畢得解脫衆商人言善哉善哉其時商主尋即如法書寫此呪安置幢頭其魚應時即見此船有大光明如大火聚其魚退縮彼諸龍等見是相已悉起慈心是時商主及諸商人心大歡喜得達寶所是故大梵當寫此呪安置幢頭能除一切惡風非時寒凍卒起黑雲雨下霜雹皆悉止息一切蚊虻蝗蟲

及諸餘類食苗稼者自當退散一切惡獸利牙爪者不能爲害一切苗稼華果藥草悉得增長果味甘美隨時成熟諸龍王等以時降雨復次大梵若人所求應當如法書寫此呪隨所願求悉得成就求男得男求女得女善持胎藏處胎安隱日月滿足安樂産生大梵當知於此摩伽陀國有王名慈慇手其王初生之時即伸右手執於母嬭其母兩嬭變成金色乳自流出於其手中又能出於無量珍寶施諸衆生以是因緣名慈慇手其王無子爲求子故設大施會供養諸佛及諸塔廟求子不得後於夜分其王夢見淨居天子來至王所而告王言大王當知有大神呪名隨求即得王可如法書寫與大夫人繫其頸下即當得子時王覺已至於明旦即如法書寫此

大神呪與夫人帶應時有胎日月滿足生一童子色相具足端嚴殊勝見者歡喜大梵當知此神呪力所求願者皆得稱心復次大梵其天帝釋共阿脩羅鬬戰之時帝釋帶持此大神呪帝釋天衆不被傷損而常得勝安隱還宮復次大梵若復有人帶持神呪在於身者一切諸佛以其神力加被是人爲諸菩薩之所讚歎於一切處一切諍訟鬬競言論而皆得勝常無疾病一切災横不能爲害心無憂惱恒爲諸天之所守護此八道呪書寫帶持心常憶念一切惡夢惡相不吉祥事不及其身此隨求即得陀羅尼神呪是九十九億百千那由他恒河沙等諸佛同共宣説同共印可同共讚歎同共隨喜有大勢力有大威光有大功用一切諸魔衆悉皆降伏此大神呪甚難可得復次大梵過去有佛名開顔含笑摩尼金寶赫弈光明出現王如來於菩提道場坐金剛座始成正覺有無央數魔及諸眷屬來詣佛所現諸神力作諸障難現諸惡相作瞋怒形雨諸器仗爾時世尊默然而坐以慈善根力憶念此呪纔憶念已彼諸魔衆見於世尊一一毛孔中出百千萬億兵衆身被衣甲放大光明於虚空中遊行自在時諸魔衆退失神通四散馳走復次大梵烏禪那城有王名曰梵施彼有一人犯王死罪王勑令殺即將罪人往於山中拔刀欲殺其人右臂先帶此呪由此呪力刀出火然散壞如塵是時法官見是事已怪未曾有即往白王具陳上事爾時大王語法官言於彼山中有夜叉窟無量夜叉止住其中可送罪人於彼窟

内罪人到窟時諸夜叉來欲食噉呪威力故諸夜叉等皆見其人身光赫弈時諸夜叉將此罪人送至窟外恭敬禮拜於是法官還以此事具白於王王復告言將此罪人擲置大河之中奉教往擲擲是人已而不沒溺履水如地還以是事啓白大王王甚驚怪王喚罪人問其所以汝何所解罪人白王臣無所解在身唯帶隨求即得大自在陀羅尼神呪王聞是已怪歎無量佛告大梵如上所說是神呪力汝可知之必須書寫持帶於身復告大梵若欲帶此呪者當如法書寫爾時大梵白佛言世尊若欲書寫此神呪者法則云何佛告大梵先當結壇於壇四角各安一缾盛滿香水壇内畫作二蓮華或三或四或五四面周帀作蓮華鬚又作一大開敷蓮華其莖盡

懸繒帛又作一八葉蓮華一一葉上作一三戟又莖上盡懸繒帛更作一八葉蓮華於華心中作一金剛杵一一葉上亦作一杵其華莖上盡懸繒帛又作一八葉蓮華一一葉上各作一鉞斧又作一蓮華於心中畫作一刀其莖亦盡懸繒帛又畫作一劒於劒鋒上作華其華莖上盡懸繒帛又作一蓮華於華上心中畫作一螺又作一蓮華於華心中畫作一羂索又作一蓮華於華心中畫作一火焰珠燒香散華飲食果子種種供養若欲書寫帶此呪者應當依法結如是壇餘壇方法不得相雜令寫呪人先澡浴清淨著新淨衣食三種白食所謂乳酪粳米飯無問紙素竹帛種種諸物皆悉許用書寫此呪若有婦人求産男者用牛黄書之於其帛上先向四面書

此神呪内畫作一童子以寶瓔珞莊嚴其頸手捧一金鉢盛滿珍寶又於四角各畫一童子身被衣甲又作種種印若轉輪王帶者於呪心中作觀世音菩薩及作帝釋形又於其上作種種佛印諸善神印悉令具足又於四角作四天王衆寶莊嚴各依本方若僧帶者於呪心中畫作一金剛神衆寶莊嚴下作一僧胡跪合掌金剛以手按此僧頂若婆羅門帶者於呪心中作大自在天若剎帝利帶者於呪心中作摩醯首羅天若毗舍帶者於呪心中作毗沙門天王若首陀帶者於呪心中作斫羯羅天若童男帶者於呪心中作俱摩羅天若童女帶者於呪心中作波闍波提天從此已上所擬帶者於呪心中所畫作諸天神者皆須形狀少年面貌喜悅若欲持帶此神呪者並須各各自依本法若懷胎婦人帶者於呪心中作摩訶迦羅神其面黑色若於幢上懸者當於高處竪一高幢於其幢頭置一火焰珠於其珠内安此神呪所有一切諸惡障礙及諸疾疫悉得消滅若亢旱時於呪心中作一九頭龍若滯雨時亦當依此作九頭龍並當安著有龍水中旱即下雨滯即得晴若商人帶者於呪心中作商主形所將商衆皆得安樂持此呪人自欲帶者於呪心中作一女天又於其内作星辰日月若凡人帶者唯當書寫此神呪帶之佛告大梵若諸人等能如法書寫持帶之者常得安樂所爲之事皆得成就現世受樂後生天上所有罪障悉得消滅常受持者恒爲諸佛菩薩之所護念於夜夢中常得見佛亦得一切之所尊敬

汝當護念持之廣令流布佛説此經已時大梵天王聞佛所説心大歡喜信受奉行

佛説隨求即得大自在陀羅尼神呪經

音釋

⿰土則初力切遏遮切　秔古莖切與稉同　孽魚傑切　譫之閻切　嚙五結切噬也　舶傍陌切大船也　氐都樫切　嬭奴蟹切乳也　罥古泫切

佛說一切法功德莊嚴王經

唐三藏法師義淨奉　制譯

佛說拔除罪障呪王經

唐三藏法師輸波迦羅譯

佛說善夜經

唐三藏法師義淨奉　制譯

佛說虛空藏菩薩能滿諸願最勝心陀羅尼求聞持法

唐三藏法師義淨譯

清刻龍藏佛說法變相圖

四經同卷

佛說一切法功德莊嚴王經

佛說拔除罪障呪王經

佛說善夜經

佛說虛空藏菩薩能滿諸願最勝心陀羅尼求聞持法

佛說一切法功德莊嚴王經

唐三藏法師義淨譯

如是我聞一時薄伽梵在王舍城羯蘭鐸迦池竹林園中與大苾芻眾五百人俱菩薩摩訶薩千二百人皆得陀羅尼辯才無滯獲無

染智遊無礙境善權方便攝引衆生觀察世間心行平等饒益慈悲意樂純淨於諸佛所甚深妙法悉能諮問其名曰慈氏菩薩摩訶薩常勤勇菩薩摩訶薩平等住菩薩摩訶薩大慧菩薩摩訶薩無邊辯菩薩摩訶薩勇慧菩薩摩訶薩觀自在菩薩摩訶薩除疑菩薩摩訶薩如是等諸大菩薩摩訶薩而爲上首并諸釋梵護世四天王龍神八部及諸外道數有六千各將眷屬悉皆雲集此等大衆咸至佛所禮佛足已右繞三帀雨妙天華奏天音樂燒衆名香而爲供養爾時大衆咸作是語善哉善哉如來教法具大威德有歸信者能斷煩惱作是語已各坐一面爾時世尊入能斷惑離垢三摩地入此定時大地即便六種震動雨天細末微妙栴檀及妙天華在處彌布放大光明周徧世界若諸有情墮惡趣者蒙光得脫亦至一切天龍藥叉八部之衆所居宮殿無不明照聞天音樂及天妙香彼諸天神見不思議希有事已皆生是念誰作如是殊勝神力令地大動雨天香華放大光明照耀宮室作是念已互相告曰此是如來現大威德非餘天等能有斯瑞我等今者應往竹園詣世尊所禮拜供養聽聞妙法彼各持天嗢鉢羅華拘物頭華分陀利華蘇健提華曼陀羅華摩訶曼陀羅華至世尊所頂禮雙足而爲供養雨衆天華彌滿大地積至于膝瞻仰尊顏合掌恭敬復有他方無量菩薩及執金剛菩薩莊嚴王菩薩并萬億諸天持呪神王見大光明各以威力作妙莊嚴香華音樂來至佛所并諸眷屬皆繞三帀虔誠合

掌禮佛雙足爲供養已皆具威儀退坐一面
爾時慈氏等諸大菩薩見諸大衆皆雲集已
作如是念我觀大衆咸至佛所必當演說不
可思議殊妙之法咸皆寂慮佇聽微言是時
世尊知諸菩薩一切大衆心之所念即從定
起告莊嚴王菩薩言善男子汝今宜去觀此
大地何所見耶時莊嚴王菩薩承佛教已從
座而起即觀大地既徧觀已還至佛所禮佛
雙足在一面立白佛言世尊我承佛教觀此
大地所有人天一切大衆並皆雲集惟願慈
悲爲諸衆生作饒益事爾時佛告莊嚴王菩
薩言汝當一心聽我所說我今當與六十四
億有緣衆生授無上菩提記爾時執金剛菩
薩即從座起合掌向佛白言世尊今有無量
億數天龍藥叉及諸羅刹乾闥婆阿脩羅揭
嚕茶緊那羅莫呼洛伽人及非人并諸外道
悉皆來集世尊今正是時惟願爲說一切法
功德莊嚴王經能消一切業障能滅一切罪
若能斷一切魔業未信有情令生敬信除去
飢饉常得豐樂消諸疾病遠離枉死亦令有
情永除追悔悉得安隱常受快樂世尊我往
昔時曾於電光佛所聽受此經纔得聞已一
切妙法皆得現前一切惡道悉皆關閉所有
業障咸得消除惟願慈悲爲衆演說作是語
已世尊默然爾時執金剛菩薩亦復如是再
三慇懃勸請爲說佛告執金剛菩薩言善男
子汝勿請我說一切法功德莊嚴王經何以
故我若說者於後惡世當有衆生不能信受
作如是語此經非是如來所說亦非讚毀此
經能招善惡土種之業然彼衆生爲慳貪故

不能恭敬供養是經於說法師亦不親近謗毁是經廣興不信於現世中造衆惡業未來之世墮地獄中受燒然苦善男子如此經王深可尊重猶如父母復能滅除諸惡業障然於五濁惡世非是說時亦非聽時何以故勿當令彼一切外道及諸有情墮於地獄餓鬼傍生長受諸苦然此衆生信心缺少樂著諸欲勤營俗務販賣諍訟於此經典必起謗心此等衆生命終之後墮八大地獄當受極苦爾時衆中有八萬人俱從座起頂禮佛足白佛言世尊我等深心信是經典尊重供養書寫讀誦廣爲他說若有愚人不信此法由慢法故亦當毁駡輕陵於我我於爾時悉皆忍受報此經恩終無恨忿惟願爲說殊勝經典所以者何此妙經王於當來世利益衆生如佛無異作是語已退坐一面執金剛菩薩白佛言世尊云何菩薩摩訶薩求善知識佛言善男子求善知識應當如是成就四法一者數往請問二者起精勤心三者意樂清淨四者尊重愛法執金剛菩薩白佛言世尊云何菩薩住阿蘭若佛言善男子成就四法住阿蘭若一者捨離俗家二者遠惡知識三者盡捨財物四者常攝自心爾時觀自在菩薩白佛言世尊我不見有聞此經人墮惡趣者世尊此經有大威德難可思量世尊若有暫聞此經禮拜讚歎供養恭敬獲無量福何況書寫讀誦受持種種香華而爲供養及說法師以衣食等而爲供養如是之人一切諸佛共所護念爲其授記當得往生安樂世界如是法師與佛無異佛言善哉善哉善男子我亦

供養如是法師亦為授記當得生於安樂世界速趣菩提若復有人於諸佛所及此經典尊重恭敬以妙香華塗香末香衣服瓔珞種種音樂幢蓋繒旛而供養者此人終無非時橫死無有怨賊兵戰之怖亦無父母妻子眷屬朋友知識憂慼之苦有所希求無不遂意善男子諸佛出世其事甚難得聞是經更難於彼若斯經典所在之處城邑聚落蘭若林中及餘住處當知此地即是諸佛世尊之所攝受爾時執金剛菩薩白佛言世尊觀自在菩薩者以何因緣名觀自在世尊告曰常以淨眼觀察世間所有衆生慰喻成熟慈悲利益便得安隱若稱名者有所願求咸令滿足以是因緣名觀自在復白佛言若有衆生但稱觀自在菩薩名者尚得滿足所求之事何況有人供養如來及此經典書寫讀誦廣為他說衣服香華而為供養此人得福無量無邊觀自在菩薩白佛言世尊此經大有威德能作佛事惟願世尊更為哀愍諸衆生故為說陀羅尼呪佛言善男子有陀羅尼名曰勝妙我昔為菩薩時於勝妙世界妙音佛所與諸大衆共聞此陀羅尼呪既受得已證十地法無量衆生悉皆獲得無生法忍爾時會中諸菩薩衆皆從座起白佛言世尊惟願慈哀憐愍我等說此陀羅尼呪爾時世尊以梵音聲即說呪曰

怛姪他　逝也逝也　逝耶縛訶(上聲)佉縛訶逝也縛訶　忽魯忽魯鉢頭摩(引聲)薜阿婆麼梵謎薩囉薩唎泥(去聲)地哩地哩地囉地哩提婆頞鉢利波唎泥(去聲)瑜陀嗢多喇你鉢囉斫

羯囉你娑喇　你脯喇也　娑伽梵　我名
某甲由佛加護一切所求咸願圓滿一切罪
業皆悉消除　莎訶
佛言善男子此勝妙陀羅尼呪能除一切罪
障能摧伏他軍永無飢饉疾疫災難病苦之
事常能豐饒倉廩盈實增益壽命此陀羅尼
呪是諸佛母若有善男子善女人信心頂禮
恭敬供養書寫讀誦受持此經亦復供養持
經法師此人業障皆得消滅不遭横死於現
身中常受歡樂父母妻子朋友眷屬悉皆安
隱所有願求無不遂意執金剛菩薩復白佛
言世尊我亦敬心持是經典若復有人以妙
香華弁諸飲食供養此經及法師者我亦隨
喜同心供養此經在其國土王及諸人我皆
擁護令離衰惱所求遂願世尊我今發起勇
猛之心爲彼國王及信受者亦爲宣説陀羅
尼呪而爲擁護佛言善男子汝能爲諸衆生
利益安樂説陀羅尼我當隨喜爾時執金剛
菩薩以佛神力所加持故説此陀羅尼呪
南麼薩婆勃陀　怛他揭多喃引　南麼阿彌
多婆也　怛他揭多也　南麼薩婆菩提薩
埵喃　南麼薩婆莫歟地雞弊毘也切　怛姪他
虎呼謎虎呼謎末底　莫訶末底　跋折羅
末底　姪栗荼跋折羅末底　怛他揭多
阿奴鉢哩婆利帝　薩囉薩囉　阿瑜目企
苾哩俱擻　毗俱多目企　訖栗閉　訖
栗波鹿計　薩帝丁也切　阿奴颯末囉　薄伽
梵跛折囉波你　薩婆波跛羯麼貴也　我
某甲自稱己名所有願求皆得遂意當與我願以
佛陀實語達摩實語菩薩實語聲聞實語

莎訶

世尊若復有人欲入菩薩地願見諸如來樂生淨土及希富貴財寶豐盈無病延壽者應當於此微妙經典及以法師書寫讀誦香華妓樂衣服飲食繒蓋幢旛而爲供養如是之人我當擁護所求願滿常起愛念猶如一子

世尊若復有人稟性癡鈍欲求聰明及護國土令無疾疫者當於白月八日起首一日斷食念誦此呪至十五日乃至月盡於中惟食三種白食謂白飯乳酪清淨澡浴誦此神呪滿十萬徧若有力者滿三十萬徧常可隨力供養三寶次令畫師受八戒齋身衣淨潔而畫其像於其鋪中安釋迦佛像處師子座作說法儀右邊安觀自在菩薩以諸嚴具而莊飾之於蓮華上立身有四臂右邊上手執梵本經下手執數珠左邊上手執白蓮華下手把君持左邊安執金剛神右手執金剛杵左手過承杵頭顏貌和悅瓔珞嚴身於其四邊安護世四天王此等尊像皆以繒帶感佛舍利挾在身中次於像前可作一壇隨時大小四面開門以牛糞塗拭種種香華散布其上香鑪五具別然五香所謂沉檀蘇合安悉熏陸於壇四門各安兩瓶或盛清水或復盛乳燈盞十六隨處安置懸繒旛蓋及衆音樂香水灑地香華飲食而爲供養於壇四角令人讀誦此經各各澡浴著鮮淨衣食三白食其所爲人置華手中令彼合掌說所求事起慈念心隨情發願以華散佛有所願者皆得從心於七日中我當爲現殊勝相狀令見好夢共其言語滿彼求心除不信者佛言善哉善

哉汝能愍諸有情説此呪法爾時觀自在菩薩告執金剛菩薩言此妙經典難可值遇薄福衆生於其國内雖有此經不能得見亦復不能書寫讀誦聽聞受持何以故由有惡魔爲障礙故復次善男子若有衆生書寫讀誦此經典時有四惡魔而爲惱亂云何爲四一者情生懈怠二者起不信心三者於法師處不生尊重四者心不能定此人即應知是魔事復有四種惡魔之業云何爲四一者遠離善知識二者不如理作意三者不解文字四者惟見現在言無未來造諸惡業心無怖懼説無因果我説者是餘皆非法樂營俗務貪染所纏如是衆生當墮地獄經無數劫受大苦惱復次有四種魔云何爲四一者貪著財物二者親近惡友三者障礙法師四者於法師説陳其罪過是等衆生由此業故當受貧窮不見善友遠離尊師作邪見想説無因果墮於地獄受諸劇苦佛告大衆我今再三實言告汝勿爲放逸輕此經典一心信受莫生誹謗爾時世尊欲重宣此義而説頌言

我曾宣説衆經王　令諸衆生得正覺
今更説斯眞妙典　汝聞恭敬善修行
勿受當來極苦痛　墮在地獄經多劫
能於此經生信心　世世常爲我眞子
又復供養此經者　當得生於淨土中
現無羅刹鬼神欺　亦無衆惡來侵擾
若此經王所住處　無諸災厄能害人
所有求願悉隨心　安樂能至菩提岸

爾時四天王聞此頌已悲泣流淚舉身顫掉禮佛雙足白言世尊我等四天王若見守持

此經法師我當供養彼說法時及諸聽衆皆當覆護若有國王於此經典書寫讀誦受持供養者我當擁衛及彼國人猶如一子亦以衣服瓔珞而供給之令彼國界豐饒財寶無所缺乏若戰陣時常令得勝念報佛恩我無懈怠世尊若復有人聞此經典不生信心供養法師者我於是人無有方便能爲救脫但生憂惱佛言善哉善哉汝護正法能生如是殷重之心爾時持國天王乾達婆主從座而起頂禮佛足合掌恭敬白佛言世尊當來之世有諸衆生常行不善不信如來於此經典不能供養書寫讀誦亦不行施不信布施有現世樂報世尊大慈爲如是等不信人故說此經典令彼受行佛言善男子有二種事令諸衆生墮大地獄生死輪迴一者婬欲二者瞋恚復有四法令諸衆生生人天中云何爲四一者於諸衆生心行平等二者於三寶所起殷重心三者所有資生皆悉能施四者堅持梵行無令有缺爾時世尊欲重宣此義而說頌言

布施能有大威神　於三惡趣拔衆苦
衆生慳貪癡所惑　種種染欲惱其情
聞此經典不敬受　於佛法中無信施
捨身當墮於惡趣　當受無邊大劇苦
饒益國主及人民　我說斯經具威德
令離惡病衆邪惱　不被藥叉等所害
若有信經書寫人　供養能生無量福
一切衆生智如佛　多劫說福不能盡
若有經於多劫數　供養一切諸菩薩
不如於此妙經王　暫時信心書一字

持前功德比此福　此爲億分不及一
是故智人於此經　一心奉行無懈怠

爾時觀自在菩薩白佛言世尊當來之世若有善男子善女人於此經典深生敬信以妙者華及諸飲食衣服卧具咸悉供養説法之師及寫此經讀誦之者此人現世必當獲得無量福利饒益其身離諸病苦眼等六根清淨無患不遭水火飢饉厄難亦無惡毒之所中傷一切有情見者歡喜命終之時見不動佛來相慰喻告言善男子汝修善根其福無量十方淨土極樂世界隨意受生爾時觀自在菩薩白佛言世尊善哉善哉世尊爲欲哀愍贍部洲中諸衆生故説此經典當來之世廣作佛事利益衆生此大明呪能除一切極重業障佛言善男子惡業衆生其罪深重不聞此經不能書寫受持讀誦若有衆生聞此經典書寫受持尊重供養當知皆是佛之威神力故若復有人於此經典能爲他人説一字者供養此人與佛無異何以故善男子此經乃是過去七千諸佛之所宣説一切菩薩悉皆隨喜諸天擁護是菩薩母爾時執金剛菩薩白佛言世尊此之經典於未來世當於何處具足流通佛言善男子此經當於海龍王宮及三十三天皆具足有贍部洲中但有少分隨處流通佛言善男子我今以此經典付囑於汝應當受持供養擁護與佛無異在處流通勿令斷絶利益衆生廣爲佛事執金剛菩薩白佛言世尊我今受佛教勅流布此經亦復護彼持經法師佛言善哉善哉善男子此實是汝所作之事復次觀自在菩薩白

佛言世尊我今至誠敬禮如是微妙經典於說法者及書寫人悉皆供養世尊若有薄福之國無道君王設有此經不能供養及以法師此經隱沒彼國當有灾難惡事禍變現前如是當知正法欲滅智者見已殷心供養佛言善哉善哉善男子如汝所說假使有人滿足千歲以種種樂具供養諸大菩薩及聲聞衆數若恒河沙復以七寶同此沙數而爲布施後捨自身善男子如是之福比於供養持經之福乃至一句一字百千萬分彼不及一何况盡能書寫讀誦何以故此經及呪有大威力若受持者了身無堅如幻如夢知法無我蒙佛授記得大菩提爾時大衆一切菩薩及天龍藥叉阿蘇羅揭路荼人非人等皆共一心同聲讚佛善哉善哉此是第二轉大法輪我等悉皆恭敬供養此經所在國土城邑亦當擁護并說法者若有衆生謗此經者現身獲得無量重罪命終之後當墮地獄我捨是人不爲擁護佛言善男子我今亦以經典付囑於汝當來之世廣爲宣揚勿令斷滅此經有大利益安樂人天增長福田離三惡趣勿生疑惑常勤受持佛說此經時六萬四千人皆得無生法忍觀自在菩薩復白佛言世尊若有衆生信心書寫受持讀誦供養此經者此人命終當生何處得幾所福佛言善男子汝能問此殊勝福事此人命終永離惡趣當生淨土假使有人行菩薩行捨頭目手足及以妻子亦復不如持此經典此經在處其地方所則爲是塔皆應供養觀自在菩薩復白佛言世尊當來之世持此經者我爲授記

消滅五逆極重罪障九萬劫中常受富貴於八萬劫作轉輪聖王佛言如是如是善男子我憶過去無量劫時有佛世尊名無邊功德法智清淨星宿王如來我於爾時作婆羅門於彼佛所得聞此經受持讀誦得法眼淨其同聽者從是已來不墮惡趣漸次當得無上菩提善男子我於無量曠大劫中為此法故捨諸財寶頭目手足妻子城邑修淨梵行無悔惱心汝等亦當如是修習是時大衆聞說過示苦行之事咸皆泣淚白佛言希有世尊當來之世有能受持讀誦供養此經典者得無量福若有苾芻苾芻尼鄔波索迦鄔波斯迦等於此經王不能讀誦陀羅尼呪不肯受持亦復不能勤修六度於苦惱者無憐愍心如是之人於無量劫墮生死海受諸苦惱善男子譬如婦人身懷重孕乃至十月時此婦人加諸病苦支節痠疼猶如刀解不能飲食欲産之時受大劇苦作如是念我若免難永不婬欲常修梵行纔産之後還行惡法便忘先時苦切之患善男子當來之世愚癡衆生亦復如是不信此經亦不讀誦布施持戒忍辱精進修定修慧貪著俗情樂世間事不行三業清淨之因此等衆生墮於地獄始生悔心如懷孕婦人身遭極苦受苦惱已從地獄出既得人身耽五欲樂其地獄苦不能記念還造惡業善男子譬如有人多飲藥酒飲已昏迷不知家處佛法僧寶父母妻子曾不憶念無恭敬心由昏醉故遂往屍林險難之處亦無怖畏惶懼之心作如是念豈有天龍藥叉之類能怖於我如是醉人雖於此時委卧

荆棘便生樂想醉醒之後心懷追悔自知非法言我從今乃至命盡更不飲酒作衆過失後遇惡緣還復耽飲同前造過愚癡有情亦復如是由貪染故多畜珍財作諸憍逸不念三寶棄背尊親亦不修行施戒忍等不欲希求淨佛國土此等有情常處生死無涯海中當墮地獄長受衆苦設得爲人處胎之時受衆苦惱被苦逼身便作是念我若得免此厄難者更不作罪受斯極苦恒修善業願生淨土彼得人身由愚癡故作衆罪業還墮惡道是故汝等當善修行勿爲放逸是我要略之所教誡爾時具壽阿難陀白佛言世尊此經復有何名云何受持佛言此經凡有五名一名救一切衆生苦厄二名菩薩真實所問三名神通莊嚴王四名能成諸佛正覺五名一切法功德莊嚴王佛說是經已諸大菩薩及聲聞衆天龍藥叉阿蘇羅乾達婆人非人等皆大歡喜信受奉行

佛說一切法功德莊嚴王經

佛說拔除罪障呪王經

唐三藏法師義淨奉　制譯

如是我聞一時薄伽梵在淨居天上爲諸大衆說微妙法是時曼殊室利菩薩摩訶薩於大衆中即從座起偏露右肩右膝著地合掌向佛瞻仰尊容目未曾捨白佛言世尊此大法門甚深微妙實爲希有然於當來五濁世時惡業衆生具貪恚癡欺誑不信樂行非法不修戒品專行諂偽彼於呪法所有威力神通變現於諸國土隨其方處求者獲益功德成就念誦儀軌祭祠法式皆不信受亦不依行謂非佛說而爲謗毀惡障纏心即便命過墮大地獄受極苦惱無有出期世尊此等衆生既遭大苦云何救護惟願慈悲救濟令出

爾時釋迦牟尼如來即便舒手摩曼殊室利法王子頂告言善哉曼殊室利爲欲利益一切有情能問如來如是義利汝當諦聽極善作意我今爲汝說此呪法安樂人天利益一切於諸呪法最爲殊勝祕密甚深順菩提道依眞法界獲大功德於臨終時必能憶此大力呪王正念現前當生善處即說呪曰

南麼薩婆怛他揭羝驃　阿羅曷驃　唵　拘麼囉乎嚧比那　毗輸和二婆婆阿揭車　阿揭車　洛呼洛呼　勃纜勃纜　唅唅　氏那市　曼殊室利也　蘇室哩也　多賴也漫引聲薩婆毒溪驃發發　苫麼也　苫麼也　阿弭都嗢婆菩嗢婆　婆波跛　謎那勢也　莎訶

曼殊室利此即是汝最勝根本呪藏心王神呪能除一切苦惱厄難諸惡罪障悉皆消滅

長壽無病富樂無窮言詞聰辯衆人愛敬亦能通利一切呪王時釋迦牟尼如來説是語時諸佛刹土及此大地山河江海盡有情界六種震動一切惡趣餓鬼傍生琰魔王界地獄有情苦惱停息皆得安樂佛復告曼殊室利若天若人若男若女在家出家諸有情類若能志心受持此呪王者不被惡人之所欺謗魔不得便怨不能害毒不能傷一切障礙毗那夜迦皆自退散其受持者應起此心諸佛世尊難思議法惟佛與佛乃能證知我今豈敢輒生誹謗爾時世尊説此法已彼諸大衆并淨居天及餘諸天無量百千俱胝天龍藥叉健達婆阿脩羅等禁呪成就諸大仙人及曼殊室利法王子觀自在菩薩慈氏菩薩大勢至菩薩執金剛菩薩如是等諸大菩薩及阿僧祇世界諸佛刹土一切如來并諸菩薩當共證知此大呪王是不思議法是大神呪是大明呪是無上呪是無等等呪能除罪苦障眞實不虛爾時諸天大衆聞説呪王皆大歡喜頂戴奉行

佛説拔除罪障呪王經

佛說善夜經

唐三藏法師義淨奉　制譯

如是我聞一時薄伽梵在王舍城竹林園所去斯不遠有一苾芻住温泉側時有一天顏貌端嚴光明殊妙過初夜分詣苾芻所彼天威光周圓赫奕悉皆照耀普偏温泉合掌禮敬在一面坐白苾芻言大德仁頗先聞善夜經不苾芻答曰我未曾聞如是經典復問天言仁先知不天曰我亦不知苾芻曰誰有知者天曰無上慈父在竹林園仁今可往詣彼請問如佛所說當奉行之說是語已忽然不現時彼苾芻至天曉已詣世尊所頂禮雙足在一面立白言世尊昨夜有天過初更後來詣我所光明照耀周偏温泉而問我言仁頗先聞善夜經不我言未聞我問彼天仁先知不答言不知我復問言誰有知者彼言無上慈父在竹林園仁可往問如佛所說當奉行之說是語已忽然不現我緣斯事故來至此請問世尊佛告苾芻汝識彼天不答言不識汝今當知彼是三十三天勝妙天子威德大將名曰栴檀爲欲利益諸衆生故來覺悟汝問是經名時彼苾芻復白佛言世尊我今願聞善夜經典惟願世尊哀愍爲說爾時世尊告苾芻言此善夜經具大功德若有聞者能斷煩惱速證菩提汝等諦聽善極作意吾當爲說過去諸法不應追念未來諸法亦不希求現在諸法勿生染著如是行者名眞解脫

爾時世尊即說頌曰

過去不應念　未來不希求　於現在時中
皆如法觀察　妄想心難遣　智人應善觀

宜可速勤修　焉知至明日　由彼死王來
與汝鎮相隨　是故我牟尼　善夜經令說
常願諸有情　離苦獲安樂　不造諸惡業
恒修於衆善
爾時世尊爲欲利益一切衆生令於長夜得
安隱樂離諸障惱於生生處增長善根常遇
三寶不墮惡趣復更說此陀羅尼曰
怛姪他　毗尼婆(引)喇你　跋挖摩畢滯
摩膩你撥撥撥撥　瞿里健陀里　栴荼里
摩登祇(上聲)薩囉爛帝　莫呼剌膩攝鉢利
斫羯囉婆(引)枳　攝伐里莫訶攝伐里　步
精揭(巨列切)你　你弭你名揭你訖栗多(引)你
莎(引)訶(引)　僧拽體(天移切)曇(去聲)　頞嚩伽帝
捺囉伽帝　謗蘇迦波(引)褰　劫布得(都谷切)
迦波(引)褰　答布檀泥(去聲)莎訶

若有苾芻苾芻尼鄔波索迦鄔波斯迦及餘
善男子善女人等於此善夜經中若一伽他
若一句呪讀誦受持供養尊重明解其義爲
他演說當知是人於一切時無諸災厄亦無
非橫及諸衰惱能知過去七生之事亦不忘
失大菩提心決定能趣涅槃正道若有善男
子善女人受持讀誦此善夜經者於未來世
所生之處必定當得宿住之智常受尊貴安
隱快樂復說頌曰
此人一切時　無有枉橫事　由造順時業
永離非時死　擁護諸衆生　令離病憂怖
不祥及惡夢　險路常安隱　若男子女人
戴持此經者　具相人敬重　所願皆圓滿
若於身語意　所有諸不善　由此經威力
終無有惡報　若水火王賊　雷電毒害等

怨家戰諍時　念經皆得脱　又復有明呪
若能讀誦者　於一切時中　長善滅諸惡
即説呪曰
怛姪他　你弭尼民達哩　窒哩盧迦引盧
枳你　窒哩輸攞咃刹你惡矩比　姪哩底
奴麗　矩都軍底　矩都屈此　雞嘌底矩
比你　擁護擁護我某甲於一切恐怖處於
一切疾病苦痛處於一切憂愁相惱處於一
切毒蟲毒藥處於一切鬼魅厭禱處於一切
王賊水火處於一切猛獸驚怖處於一切謗
讟言訟處於一切寃家鬭諍處於一切身意
惡業處所有語業四過處於一切厄難危亡
處并執金剛神常擁護我某甲并諸眷屬莎
引訶引
復説呪曰
怛姪他　呬哩呬哩弭里一里　畢舍脂鉢
拏　攞伐里止里莎訶
爾時世尊説是經已時彼苾芻及諸大衆人
天八部諸鬼神等皆大歡喜信受奉行
佛説善夜經

佛說虛空藏菩薩能滿諸願最勝心陀羅尼求聞持法出金剛頂經成就一切義品

唐三藏法師輸波迦羅譯

爾時薄伽梵入諸波羅蜜平等性三摩地從定起已即說此能滿諸願虛空藏菩薩最勝心陀羅尼曰

南牟一阿迦去聲引捨舒可切二揭魚褐切婆去聲引耶余可切三唵四阿唎五迦叺麽唎六慕唎七莎縛訶八

薄伽梵言此陀羅尼是過去現在一切諸佛之所同說若能常誦此陀羅尼者從無始來五無間等一切罪障悉皆消滅常得一切諸佛菩薩共所護念乃至未成佛來所生之處虛空藏菩薩恒隨守護令諸有情常所樂見諸有善願無不滿足一切苦患皆悉消除常生人天不墮惡趣生生之處常憶宿命設不加法但能常誦獲福如是若欲加法持此陀羅尼求聞持者當於絹素白氎或淨板上先畫滿月於中畫虛空藏菩薩像其量下至不減一肘或復過此任其力辦菩薩滿月增減相稱身作金色寶蓮華上半加而坐以右壓左容顏殊妙作熈怡喜悅之相於寶冠上有五佛像結加趺坐菩薩左手執白蓮華微作紅色於華臺上有如意寶珠吠瑠璃色黃光發焰右手復作與諸願印五指垂下現掌向外是與願印相畫像了已當於空閑寂靜之處或在淨室塔廟山頂樹下隨在一處安置其像面正向西或容向北淨物覆之別作一方木曼荼羅下至一肘過此亦任其壇下安四足或以編附上面去地恰須四指其板若

用檀沉作者最爲殊勝不爾或以栢等有香之木爲之亦得如法作已置於像前次應嚴辦五種供具所謂塗香諸華燒香飲食燈明塗香者磨白栴檀爲之華以隨時藥草所生者充若無時華當以粳米或燒蕎麥或取橘栢等葉或用丁香以充華用燒香但以沉檀龍腦隨應用之食除葷穢每須新淨燈用牛酥油亦通許當欲具辦此物之時必須晨朝盥洗手面護淨如法具辦足已置在壇邊然後出外復以淨水重洗手已即作手印掌承淨水誦陀羅尼三徧便即飲之其手印相先仰舒右手五指屈其頭指與大拇指相捻狀如捻香此是虚空藏菩薩如意寶珠成辦一切事印復以此印如前承水誦陀羅尼三徧竟已灑頂及身即令内外一切清淨次應往詣像所至心禮拜面向菩薩半加而坐舉去像上所覆之物次即須作護身手印其手印相先舉右手然後以頭指與大拇指相捻狀若捻香其頭指屈第二節其第一節極令端直方始印相如法作此印已置於頂上誦陀羅尼一徧次置右肩復誦一徧左肩心喉亦復如是作此護身法已一切諸佛及虚空藏菩薩攝受此人一切罪障即皆消滅身心清淨福慧增長一切諸魔及毗那夜迦皆不得便復作前印掌承淨水誦陀羅尼一徧灑塗香等諸供養物并壇及近壇之地復如前作護身手印置塗香上誦陀羅尼一徧餘華香等乃至木壇各皆如是作此法已華香等物即便清淨復作護身手印右轉三帀兼指上下但運其印身不動揺誦陀羅尼七徧隨其

自心遠近分齊結十方界次應閉目思惟虚空藏菩薩眞身即與此像等無有異復用護身印作意請虚空藏菩薩誦陀羅尼二十五徧已即舉大拇指向裏招一度頭指如舊復作此印誦陀羅尼三徧㡧上蓮華以之爲座復想菩薩來坐此華即便開目見菩薩已生希有心作眞身解又誦三徧手印如前作是念言今者菩薩來至於此是陀羅尼力非我所能惟願尊者暫住於此次取塗香誦陀羅尼一徧用塗其壇次復取華亦誦一徧布散壇上燒香飲食燈明次第取之皆誦一徧手持供養置在壇邊復作念言一切諸佛菩薩福慧熏修所生旛蓋清淨香華衆寶之具悉皆嚴好復作手印誦陀羅尼一徧如前想念諸供養物悉得成辦即持供養一切如來及諸菩薩如是運心供養中最如其不能辦塗香等供養之物但作第二運心供養法亦成就即以手印掐珠誦陀羅尼明記徧數誦時閉目想菩薩心上有一滿月然所誦陀羅尼字現滿月中皆作金色其字復從滿月流出澍行人頂復從口出入菩薩足如自發言諮啓菩薩足下誦陀羅尼未止息來所想之字巡還往來相續不絶如輪而轉身心若倦即須止息至誠瞻仰便坐禮拜閉目復觀滿月菩薩極明了已應更運心令漸增長周徧法界復漸略觀於最後時量如本已方始出觀又作前手印誦陀羅尼三徧已舉大拇指發遣菩薩作是念言惟願慈悲布施歡喜後會法事復垂降赴如是誦陀羅尼隨其力能或一日一上或一日兩上從始至終每如初日

徧數多少亦如初上不得增減前後通計滿百萬徧其數乃終亦無時限然於中間不容間闕後於日蝕或月蝕時隨力捨施飲食財物供養三寶即移菩薩及壇露地淨處安置復取牛酥一兩盛貯熟銅器中并取有乳樹葉七枚及枝一條置在壇邊華香等物加常數倍供養之法一一同前供養畢已取前樹葉重布壇中復於葉上安置酥器還作手印誦陀羅尼三徧護持此酥又以樹枝攪酥勿停其手目觀日月兼亦看酥誦陀羅尼無限徧數初蝕後退未圓已來其酥即有三種相現一者氣二者煙三者火此下中上三品相中隨得一種法即成就得此相已便成神藥若食此藥即獲聞持一經耳目文義俱解記之於心永無遺忘諸餘福利無量無邊今且略說少分功德如至却退圓滿已來三相若無法不成就復應更從初首而作乃至七徧縱有五逆等極重罪障亦皆消滅法定成就

佛說虛空藏菩薩能滿諸願最勝心陀羅尼求聞持法

音釋

頦丁可切　謎莫計切　顫掉顫之膳切掉徒弔切顫掉寒動也　痠疼痠素官切疼徒冬切　驃毗召切　癹匹葛切　裔余制切　窒陟栗切　讟徒谷切怨而謗也　蕎巨驕切　拇莫厚切大指也　捻奴協切拈捻也　幀豬孟切開張畫繒也　掐苦洽切爪刺也

佛說佛地經

百千印陀羅尼經

莊嚴王陀羅尼咒經

香王菩薩陀羅尼咒經

唐三藏法師玄奘奉　制譯

于闐三藏實叉難陀譯

唐三藏法師義淨奉　制譯

清刻龍藏佛說法變相圖

四經同卷

佛說佛地經

百千印陀羅尼經

莊嚴王陀羅尼呪經

香王菩薩陀羅尼呪經

佛說佛地經

唐三藏法師玄奘奉　制譯

如是我聞一時薄伽梵住最勝光曜七寶莊嚴放大光明普照一切無邊世界無量方所妙飾間列周圓無際其量難測超過三界所行之處勝出世間善根所起最極自在淨識爲相如來所都諸大菩薩衆所雲集無量天龍人非人等常所翼從廣大法味喜樂所持作諸衆生一切義利滅諸煩惱灾橫纏垢遠離衆魔過諸莊嚴如來莊嚴之所依處大念

慧行以爲遊路大止妙觀以爲所乘大空無相無願解脱爲所入門無量功德衆所莊嚴大寶華王衆所建立大宫殿中是時薄伽梵最清淨覺不二現行趣無相法住於佛住逮得一切佛平等性到無障處不可轉法所行無礙其所成立不可思議遊於三世平等法性其身流布一切世界於一切法智無疑滯於一切行成就大覺於諸法智無有疑惑凡所現身不可分别一切菩薩正所求智得佛無二住勝彼岸不相間雜如來解脱妙智究竟證無中邊佛地平等極於法界盡虚空性窮未來際與諸無量大聲聞衆俱一切調順皆是佛子心善解脱慧善解脱戒善清淨趣求法樂多聞聞持其聞積集善思所思善説所説善作所作捷慧速慧利慧出慧勝決擇慧大慧廣慧及無等慧慧寶成就具足三明逮得第一現法樂住大淨福田威儀寂靜大忍柔和成就無減已善奉行如來聖教復有無量菩薩摩訶薩從諸佛土俱來集會皆住大乘遊大乘法於諸衆生其心平等離諸分别及不分别種種分别摧諸魔怨遠離一切聲聞獨覺繫念分别廣大法味喜樂所持超五怖畏一向趣入不退轉位息諸衆生一切苦惱所逼迫地而現在前妙生菩薩而爲上首爾時世尊告妙生菩薩妙生當知有五種法攝大覺地何等爲五所謂清淨法界大圓鏡智平等性智妙觀察智成所作智妙生當知清淨法界者譬如虚空雖徧諸色種種相中而不可説有種種相體惟一味如是如來清淨法界雖復徧至種種相類所知境界而

不可説有種種相體性一味又如虛空雖徧諸色不相捨離而不爲色過所染汙如是如來清淨法界雖徧一切衆生心性由眞實故不相捨離而不爲彼過所染汙又如虛空含容一切身語意業而此虛空無有起作如是如來清淨法界含容一切智所變化利衆生事清淨法界無有起作又如空中種種色相現生現滅而此虛空無生無滅如是如來淨法界中諸智變化利衆生事現生現滅而淨法界無生無滅又如空中種種色相現增現滅而此虛空無增無減如是如來淨法界中顯示甘露聖教有增有減而淨法界無增無減又如空中十方色相無邊無盡是虛空界無邊盡故而此虛空無去無來無動無轉如是如來淨法界中建立十方一切衆生利益安樂種種作用無邊無盡清淨法界無邊盡故而淨法界無去無來無動無轉又如空中三千世界現壞現成而虛空界無壞無成如是如來淨法界中現無量相成等正覺或復示現入大涅槃而淨法界非成等覺非入寂滅又如依空種種色相壞爛燒燥變異可得而虛空界非彼所變亦無勞弊如是依止如來淨界衆生界内種種學處身語意業毀犯可得而淨法界非彼變異亦無勞弊又如依空大地大山光明水火帝釋眷屬乃至日月種種可得而虛空界非彼諸相如是依止如來淨界戒蘊定蘊慧蘊解脱解脱智見諸蘊可得而淨法界非彼諸相又如空中種種因緣展轉生起三千大千無量世界周輪可得而虛空界無所起作如是如來淨法界中具

無量相諸佛衆會周輪可得而淨法界無所起作復次妙生大圓鏡智者如依圓鏡衆像影現如是依止如來智鏡諸處境識衆像影現惟以圓鏡爲譬喻者當知圓鏡如來智鏡平等平等是故智鏡名圓鏡智如大圓鏡有樂福人懸高勝處無所動摇諸有去來無量衆生於此觀察自身得失爲欲有得捨諸失故如是如來懸圓鏡智處淨法界無間斷故無所動摇欲令無量無數衆生觀於染淨欲爲取淨捨諸染故又如圓鏡極善磨瑩鑒淨無垢光明徧照如是如來大圓鏡智於佛智上一切煩惱所知障垢永出離故極善磨瑩爲依止定所攝持故鑒淨無垢作諸衆生利樂事故光明徧照又如圓鏡依緣本質種種影像相貌生起如是如來大圓鏡智於一切時依諸緣故種種智影相貌生起如圓鏡上非一衆多諸影像起而圓鏡上無諸影像而此圓鏡無動無作如是如來圓鏡智上非一衆多諸智影起圓鏡智上無諸智影而此智鏡無動無作又如圓鏡與衆影像非合非離不聚集故現彼緣故如是如來大圓鏡智與衆智影非合非離不聚集故不散失故又如圓鏡周瑩其面於一切處爲諸影像徧起依緣如是如來大圓鏡智不斷無量衆行善瑩爲諸智影徧起依緣謂聲聞乘諸智影像獨一覺乘諸智影像無上大乘諸智影像爲欲令諸聲聞乘人依聲聞乘而出離故獨一覺人依獨覺乘而出離故大乘之人依無上乘而出離故如圓鏡中大影可得所說大地大山大樹大宮舍影而是圓鏡不等彼量如是

如來圓鏡智上從極喜地乃至佛地智影可得及與一切世出世法智影可得而圓鏡智非彼分量又如圓鏡非處障質影像起緣如是如來大圓鏡智非惡友攝聞不正法障礙衆生智影起緣非彼器故又如圓鏡非處暗質影像起緣如是如來大圓鏡智非處樂惡愚昧衆生智影起緣彼非器故又如圓鏡非處遠質影像起緣如是如來大圓鏡智非處不淨感匱法業不信衆生智影起緣彼非器故復次妙生平等性智者由十種相圓滿成就證得諸相增上喜愛平等法性圓滿成故證得一切領受緣起平等法性圓滿成故證得遠離異相非相平等法性圓滿成故弘濟大慈平等法性圓滿成故無待大悲平等法性圓滿成故隨諸衆生所樂示現平等法性圓滿成故一切衆生敬受所説平等法性圓滿成故世間寂靜皆同一味平等法性圓滿成故世間諸法苦樂一味平等法性圓滿成故修植無量功德究竟平等法性圓滿成故復次妙生妙觀察智者譬如世界持衆生界如是如來妙觀察智住持一切陀羅尼門三摩地門無礙辯説諸佛妙法又如世界是諸衆生頓起一切種種無量相識因緣如是如來妙觀察智能爲頓起一切所知無礙妙智種種無量相識因緣又如世界種種可玩園林池等之所莊嚴甚可愛樂如是如來妙觀察智種種可玩波羅蜜多菩提分法十力無畏不共佛法之所莊嚴甚可愛樂又如世界洲渚日月四天王天三十三天及夜摩天覩史多天樂變化天他化自在梵身天等妙飾

間列如是如來妙觀察智世及出世衰感因果聲聞獨覺菩薩圓證無餘觀察妙飾間列又如世界爲諸衆生廣大受用如是如來妙觀察智示現一切諸佛衆會雨大法雨爲令衆生受大法樂如世界中五趣可得所謂地獄餓鬼畜生人趣天趣如是如來觀察智上無邊因果五趣差别具足顯現如世界中欲色無色諸界可得如是如來觀察智上無邊因果三界差别具足顯現如世界中蘇迷盧等大寶山王顯現可得如是如來觀察智上諸佛菩薩威神所引廣大甚深教法可得如世界中廣大甚深不可傾動大海可得如是如來觀察智上一切天魔外道異論所不傾動甚深法界教法可得又如世界大小輪山之所圍繞如是如來妙觀察智不悉一切自

相共相之所圍繞復次妙生成所作智者如諸衆生勤勵身業由是衆生趣求種種徇利務農勤工等事如是如來成所作智勤身化業由是如來示現種種工巧等處摧伏諸技傲慢衆生以是善巧方便力故引諸衆生令入聖教成熟解脱又如衆生受用身業由是衆生受用種種色等境界如是如來成所作智受身化業由是如來往諸衆生種種生處示同類生而居尊位由其示現同類生故攝伏一切異類衆生以是善巧方便力故引諸衆生令入聖教成熟解脱又如衆生領受身業由是衆生領受所作善惡業果如是如來成所作智領身化業由是如來示現領受本事本生難修諸行以是善巧方便力故引諸衆生令入聖教成熟解脱又如衆生慶慰語

業由是衆生展轉談論遮相慶慰如是如來成所作智慶語化業由是如來宣暢種種隨所樂法文義巧妙小智衆生初聞尚信以是善巧方便力故引諸衆生令入聖教成熟解脱又如衆生方便語業由是衆生展轉指授務專所作毀惡讃善更相召命如是如來成所作智所起方便語變化業由是如來立正學處毀諸放逸讃不放逸又復建立隨信行人隨法行等以是善巧方便力故引諸衆生令入聖教成熟解脱又如衆生辯揚語業由是衆生展轉開示所不了義宣諷諸論如是如來成所作智辯語化業由是如來斷諸衆生無量疑惑以是善巧方便力故引諸衆生令入聖教成熟解脱又如衆生決擇意業由是衆生決擇可作及不可作如是如來成所作智決意化業由是如來決擇衆生八萬四千心行差別以是善巧方便力故引諸衆生令入聖教成熟解脱又如衆生造作意業由是衆生造作種種諸所起業如是如來成所作智造意化業由是如來觀諸衆生所行之行行與不行若得若失爲令取捨造作對治以是善巧方便力故引諸衆生令入聖教成熟解脱又如衆生發起意業由是衆生發起諸業如是如來成所作智發意化業由是如來爲欲宣說彼對治故顯彼所樂名句字身以是善巧方便力故引諸衆生令入聖教成熟解脱又如衆生受領意業由是衆生受領苦樂如是如來成所作智受意化業由是如來於定不定及問置記爲記莂故隨其所應受領去來現在等義以是善巧方便力故引

諸衆生令入聖教成熟解脱爾時妙生菩薩摩訶薩白佛言世尊爲獨如來於淨法界受用和合一味事智爲諸菩薩亦能如是佛告妙生菩薩亦能受用和合一味事智妙生菩薩復白佛言何等菩薩受用和合一味事智佛告妙生證得無生法忍菩薩由彼菩薩無生法中得忍解時對治二想由遣自他二種想故得平等心從此已上彼諸菩薩自他異想不復現前受用和合一味事智妙生菩薩復白佛言惟願如來廣説譬喻令諸菩薩悟甚深義隨所化緣廣宣流布令諸衆生聞已疾悟無生法忍佛告妙生譬如三十三天未入雜林終不能於若事若受無我我所和合受用若入雜林即無分别隨意受用由此雜林有如是德能令諸天入此林者天諸果報若事若受無所思惟和合受用如是菩薩若未證得無生法忍終不能得平等之心平等之捨乃與一切聲聞獨覺無有差别有二相故彼不能住受用和合一味事智若已證得無生法忍遣二想故得平等心遂與聲聞獨覺差别由平等心而能住捨受用和合一味事智復次妙生譬如種種大小衆流未入大海各别所依異水少水水有增減隨其水業所作各異少分依持水族生命若入大海無别所依水無差别水無限量水無增減所作業一廣大依持水族生命如是菩薩若未證入如來清淨法界大海各别所依異智少智智有增減隨其智業所作各異少分衆生成熟善根之所依止若已證入如來清淨法界大海無别所依智無差别智無限量智無增

滅受用和合一味事智無量衆生成熟善根之所依止爾時世尊而説頌曰

一切法眞如　二障清淨相　法智彼所緣
自在無盡相　普徧眞如智　修習證圓滿
安立衆生二　諸種無盡果　身語及心化
善巧方便業　定及總持門　無邊二成就
自性法受用　變化差別轉　如是淨法界
諸佛之所説

時薄伽梵説是經已妙生菩薩摩訶薩等諸大聲聞世間天人阿素洛等一切大衆聞佛所説皆大歡喜信受奉行

佛説佛地經

百千印陀羅尼經

唐于闐三藏實叉難陀譯

如是我聞一時佛在王舍城耆闍崛山中與大比丘衆及無量菩薩俱爾時世尊告諸比丘有陀羅尼名百千印當共受持誦此呪時應先歸命金色廣顏光明幢佛釋迦牟尼佛即說根本陀羅尼曰

怛姪他一唵二引聲菩提菩提菩提菩提三薩婆怛他揭多瞿折囉四馱囉馱囉五訶囉訶囉六鉢囉呵囉鉢囉呵囉七莫訶菩提質多八注盧注盧九設多曷審彌珊招地低十薩婆怛他揭多地瑟他長聲阿毗瑟低十一具儜具那鉢底十二勃陀具那婆娑去下聲嘶十三蔑囇蔑囇十四伽伽那怛囇十五薩婆怛他揭多地瑟恥低那婆薩怛囇十六睒摩睒摩十七鉢囉睒摩十八薩婆播波鉢囉睒摩寧十九薩婆播波毗戍達寧二十虎盧虎盧菩提末伽三鉢囉嘶替低二十一薩婆怛他揭多鉢囉底瑟恥多戍提薩婆訶二十二

爾時世尊復爲大衆說心呪曰

唵一薩婆怛他揭多吠婆盧吉帝二社耶社耶薩婆訶

爾時世尊復更宣說隨心呪曰

唵虎嚧虎嚧一社耶目䞘薩婆訶二

若有比丘比丘尼優婆塞優婆夷及餘淨信善男女等造塔之時書此陀羅尼句置於塔中便得具足造百千塔殊勝功德無異時諸比丘天龍八部一切衆會聞佛所說歡喜奉行

百千印陀羅尼經

莊嚴王陀羅尼呪經

唐三藏法師義淨奉　制譯

如是我聞一時薄伽梵在布怛洛迦山爲諸人天一切大衆演說法要徧觀十方以妙音聲告觀自在菩薩妙吉祥菩薩言善男子有經名一切如來所護觀察衆生示現佛剎莊嚴王陀羅尼我昔初發心時於華光顯現如來所與九十俱胝衆生一聞此法皆得如來智慧之分我蒙授記於諸佛剎當得作佛我亦於中蒙佛授記善男子我以佛眼觀見過去三萬如來爲諸衆生說此法要汝觀自在及妙吉祥於說法時皆爲導首爾時世尊說是語已現前大衆菩薩聲聞諸來聽者咸發信心供養彼佛于時無量百千俱胝那庚多衆生皆蒙授記亦得菩薩勝妙等持病苦悉除蓋纏消滅所願滿足善根成就顏容端正財寶豐盈國王大臣諸衆生類見者歡喜念慧神通無不圓備於佛法僧得不壞信壽命色力有大威勢無愛別離怨憎會苦若有善男子善女人等能於此經五輪著地生希有心以諸華香瓔鬘旛蓋恭敬供養歸依讃歎讀誦受持若自書寫若教人書無量功德皆悉成就見受持者生信敬心亦於現身衆德具足皆得菩薩勝妙等持口中恒出栴檀香氣其目皎淨如青蓮葉於晝夜中見佛形像及大菩薩若有五無間等業障之罪悉皆消滅諸天衛護命終之時得見諸佛菩薩心不錯亂必得往生極樂國土我與斯人授記作佛彼見我身恭敬供養於妙菩提心不疑惑若復有人於此法門讀誦受持供養恭敬若

自書寫若教人書及有得聞此經名者當知此人即是菩薩應修供養若復此人由先惡業財命色力內外所資悉皆短乏所求不遂親愛別離國土荒殘王賊衰難由此經力現身輕受或暫頭痛或得惡衣惡食或遭罵詈及餘毀辱彼諸業障即自消除善男子彼持經之人應生此念我昔流轉生死海中於諸有情造作衆惡不善之業日夜增長今時覺了不敢覆藏發露罪源誠心懺悔於佛法僧起不壞信若復彼人曾於佛法僧寶獨覺聲聞父母師長作諸惡業衣食果報皆當散盡由經力故此業咸除衣食充足若復彼人有捺洛迦受苦之業愛別離苦生盲之苦無根二根異熟之業亦皆消滅又復彼人由先嫉妬瞋恚惡業之力當墮琰摩王界傍生餓鬼諸惡趣中由經力故所有惡業無不消滅一切福德悉皆增長善男子若於方處有此法門彼諸人等常爲此經之所擁護功德具足所求圓滿恒受富樂惡業消除亦無橫死及諸惡夢無有病苦鬬戰常勝壽命延長色力具足有大威勢一切世間人及天龍諸鬼神等皆隨意轉不遭惡毒水火灾横乃至由持神呪力故常蒙諸佛之所授記若善男子善女人得聞如是神呪受持讀誦若自書若教人書恭敬供養彼善男子善女人皆獲如前所說功德爾時世尊說此語已大地忽然六種震動此諸大衆以妙華香塗香鬘蓋勝妙衣服奉上世尊同聲唱言善哉善哉我等云何得聞如來所說神呪爾時世尊即說呪曰

南謨薩婆怛他揭多喃一 但姪他二 勃睇三

蘇勃睇(四)盧迦毗盧計(五)盧迦伐底羯囒帝(六)薩埵阿伐盧羯泥(去聲七)薩婆怛他揭多阿提瑟恥帝(八)薩婆阿奢鉢唎脯唎泥(去聲九)聚丁達囉(十)捺羅提婆布侍帝(十一)呾他揭多愼若那達睇(十二)呾他揭多阿提瑟侘泥娜(十三)薩婆盧迦速企婆跋襯(十四)薩婆羯磨鉢唎釵邪野(十五)麽麽阿木羯寫(自稱巳名十六)薩婆薩埵難者(十七)曷洛叉婆跋襯(十八)呾他揭多阿提瑟侘泥娜(十九)莎訶(二十但是口邊作字者皆可彈舌道之)

善男子此之神呪乃是三萬如來之所宣說共所加護我今亦復說此神呪爲欲利益一切有情令得安樂常作擁護除其病苦生諸佛國若復有人作如是念如佛所說神呪功德我今云何而能成就即於晨朝早起清淨於一切有情與大慈悲發憐愍心除諸疾妬憍慢瞋恚恭敬一心於佛像前香華飲食廣與供養禮十方佛心祈所願誦此神呪滿一百八徧於一一徧各呪一華以一一華供養於佛此人即便隨所願求悉皆如意亦於夢中得見諸佛臨命終時覩佛菩薩捨身之後必得往生極樂世界壽命色力悉皆具足一切怨讎並生歡喜說此呪時六萬有情得無生法忍永除諸障所願滿足

爾時世尊說此經已觀自在菩薩妙吉祥菩薩一切大衆聞佛所說歡喜奉行

莊嚴王陀羅尼呪經

香王菩薩陀羅尼呪經

唐三藏法師義淨譯

南謨曷喇怛娜怛喇夜引也一南謨阿離耶跋盧吉羝說囉引也二菩提薩埵引也二莫訶薩埵引也四南謨健陀引羅曷囉社引也五菩提薩埵引也六莫訶薩埵引也七伊只擻八彌只擻九漢底丁里切十曼底十一薩婆頞他上聲十二婆引彈你十三迦利沙般拏引十四地錦謎引十五鉢唎拽吒十六莎引訶十七

此陀羅尼呪須志心誦十萬徧然於觀世音像前作四肘方壇取華等名香供養夜用淨牛酥然燈莫令斷明其夜半呪師須起著淨潔衣應好裝束像前誦此陀羅尼一千八徧至曉須了不得惛睡其日呪師自有人送錢財等物更若別求大事須畫香王菩薩於絹帛上其畫匠不得過中食須受八齋戒其畫像法任其大小身肉皆白面貌端正頭戴天冠頸有瓔珞右臂垂下五指皆伸施無畏手其五指端各雨甘露施於五道衆生手下并畫黑鬼三五箇左臂屈肘手當左嬭以把蓮華其華從脚下蓮華生出其華白紅色足下蓮華亦白紅色項背圓光上有傘蓋五色錦綺以爲衣服兩重珠絛絡於髆上一赤色一黃色其像當日須成不得用皮膠像前燒香誦十萬徧一日一夜不食先須作一大水方壇訖然即以栴檀磨之作十二指小方壇八箇初以三壇一用供養佛一用供養法一用供養僧第四壇供養阿彌陀佛第五供養觀世音菩薩第六供養大勢至菩薩第七供養香王菩薩第八供養諸善神等皆取好淨食

果子香華四邊安置其法隨以何月十四十五日作然取闍帝華(此云苣藘華)一千八莖誦一徧擲像身胷上作法以後每夜半須起像前常誦一千八徧至自有人送錢財其錢財亦不得積聚慳貪即須用度及施貧乏此是香王菩薩法

復次有一別行要略法

持呪之法行者洗浴著新淨衣受八戒齋結淨一如壇法依次第而布供養散華燒香然燈從夜半起在壇內端坐誦呪一千八徧須薝蔔華一千八莖誦呪一徧擲一莖華著菩薩身上當誦呪之時不用聞烏鳴聲用三白食解齋燒安息香供養日別濾水香湯洗浴別著衣裳大小行來皆須洗淨平旦夜半入壇之時須嚼楊枝然後入壇一心誦呪莫思量外事即見神驗光明見驗即休不見光亦有動相所行之處大獲果報持呪之法不得破戒身亦不得近觸著女人觸著女人者即無驗

香王菩薩陀羅尼呪經

音釋

嘶(先稽切) 睒(失冉切) 磎(苦奚切) 晡(博孤切) 絛(土刀切編絲繩也) 髆(補各切肩髆也) 濾(良遇切漉也)

優婆夷淨行法門經

出安公涼土録失譯師名

清刻龍藏佛說法變相圖

優婆夷淨行法門經卷上

出安公凉土錄失譯師名

修行品第一

如是我聞一時佛住舍衛國彌伽羅母弗婆羅園歡喜殿中於是毗舍佉母與千五百清信優婆夷來詣佛所稽首佛足却住一面

爾時佛告毗舍佉何緣晨朝而來至此毗舍佉母白佛言世尊已聞如來先所略說甚深難解無上之法名曰優婆夷淨行惟願世尊哀愍我等廣演分別微妙法相令我等輩聞此已當來長夜安隱快樂天上人中乃至菩提佛語毗舍佉母善哉善哉善女人汝於往昔無量劫中常樂聞法與諸眷屬曾於我所貪求廣說毗舍佉母聞佛所說往昔因緣歡喜踊躍而白佛言世尊惟願如來爲我宣說

令得開解佛告毗舍佉諦聽諦聽我當爲汝分別略說善女人過去久遠無量劫中爾時有國名波羅柰王號梵與其王夫人名跋陀羅王有一女名曰蓮華形貌端正禀性儒賢聰慧明了志樂多聞精勤勇猛常修善行於世技藝善能通達恒爲父母之所愛重爾時雪山有一梵志名那羅䭾勤修梵行得五神通恒爲大衆廣說諸法名聞遠徹流於四方爾時女從善友所聞讃於梵志神通如是功德難量常爲大衆宣揚妙法心生歡喜便自念言善人難見法亦難聞身命難保是故我今宜應遠往禮拜問法作是念已往父母所而自啓曰聞人稱歎梵志修行道德巍巍惟願父母聽許我等往詣梵志聽受法味父母答言汝今年幼生長深宫禀性柔輭初未曾出雪山懸遠路險艱難汝今云何當能到彼吾國多有耆舊梵志神智無二善能宣說甚深妙法我當爲汝請入宫内講論道法恣汝所聞勿須去也女又請曰波羅柰國耆舊梵志皆悉尊重推其道術惟願聽許得聞法要王以愛念不違其願勉而許之爾時父王即勑四臣及宫中婇女莊嚴供養皆使具足臣白王言大王所勑皆悉已辦於是王女心自念言我求聽法今正是時便與宫中婇女眷屬千五百人齎持香華往詣梵志而便聽法佛告毗舍佉爾時王女者汝身是也雪山梵志者即我身是汝於往昔曾求廣說今亦如是我當爲汝分別演說淨行法門毗舍佉母白佛言善哉世尊如來大慈哀愍衆生願爲解說我當修行佛告毗舍佉汝等諦聽我今

爲汝廣演分別優婆夷淨行法門如是法者乃是諸佛之所護念汝今應當精勤修學毗舍佉若善女人捨惡知識親近善友應供養者而供養之是則名爲優婆夷淨行宿因所感處好國土善安置身亦名淨行供養父母奉事夫主瞻視兒息亦名淨行勿於小罪而生輕想所應作者次第作之亦名淨行常樂布施修習作法愛念親友亦名淨行遠離飲酒不爲衆惡常修愛語亦名淨行多聞技藝善學威儀研尋所聞不令廢忘亦名淨行恭敬尊重少欲知足受恩能報亦名淨行不爲八法之所動轉顏貌怡悅亦名淨行心不憂感常得安隱若能如是一切無退衆務休息亦名淨行能於善法不生懈怠疾證無上解脫涅槃亦名淨行忍辱隨語樂見沙門身行正直猶於大蔭亦名淨行能以智火燒滅煩惱具足善法勇猛無退亦名淨行不毀謗人不行杖楚善護諸根攝心不亂亦名淨行直心不貪常樂靜處精勤修習永無退轉亦名淨行於菩提道進而不退厭惡三界猶如死屍深觀如此亦名淨行心常樂捨難捨之身善能護持難持禁戒樂修禪定而不散亂亦名淨行無量衆生於菩提道而生退想而我能進一切進者而我今退行住亦爾是名淨行一切衆生燒滅善根而我生之人所樂生我今滅之生死無極我得其邊亦名淨行毗舍佉母聞佛所說歡喜踊躍得未曾有而白佛言世尊優婆夷法門復有幾行佛告毗舍佉有十行法汝應修學何謂爲十一者見慳貪過樂修行施二者見五根過樂持禁戒三

者見在家過樂欲出家四者見疑惑過樂修智慧五者見懈怠過樂勤精進六者見瞋恚過樂行忍辱七者見妄語過而樂忠信八者見亂心過常樂禪定九者見罪苦過而樂慈悲十者見苦樂過樂行捨心爾時世尊欲重宣此義而說偈言

從施得大富　能捨所愛身　離欲樂出家
持戒攝諸根　修學得智慧　精進斷懈怠
忍辱除瞋恚　實語不虛妄　若遇世八法
安住心不動　心常樂禪定　永無有散亂
慈悲利衆生　修捨離苦樂　若能行此法
是名大勇猛　得度法海岸　而證菩提道

毗舍佉母聞佛所說心生歡喜白佛言世尊初有幾事應當遠離復有幾法應當親近佛告毗舍佉有五十八法應當修學亦應遠離何謂也謂離一切不淨之法親近淨法應離惡法親近善法不應育養不將養之不應往處勿往親近所應往者即便應往不應作者終不妄作所應作者方便應作非法求得不應用之如法而得應當受用善調身心常樂靜處捨離欺誑行於正語厭離懶惰樂行精進善攝諸根不令放逸先意謙敬捨於貢高常行忍辱不生瞋恚自不諍訟善和合衆捨不覆藏住於覆地捨無義語住於義語捨於邪命正命自活善能量身受於飲食不樂多求住於少欲捨於剛强住調柔地修習輭語遠離麤言捨不安樂住安樂處捨不同見共等類住捨無問處往諮問處厭離三界住不樂三界捨一切作住無所作捨於我見修學空法毗舍佉此五十八初法如是汝應修行

爾時世尊重説偈言

若一切所學　初後無有餘　應遠離親近
已作得安樂　一切法學已　所願皆具足
捨愛身命故　而證無上道　若有如是學
於淨行法門　非聲聞緣覺　亦非諸菩薩
於無量劫中　稱歎其功德

佛説偈已毗舍佉母心大歡喜更增上問世尊淨行法門復有幾種名爲大行佛言有三大行汝應修行何者名三大行一者大信心二者大精進三者大智慧世尊云何大信心佛言大信心者信佛是佛是婆伽婆阿羅訶三藐三佛陀明行足善逝世間解無上士調御丈夫天人師佛世尊是名大信心何者大精進若能於中成精進行一切惡法棄捨遠離一切善法應當攝取於善法中勇猛不息是名大精進何者大智慧若人以智慧眼見生滅法聖人所度無常若盡是名大智慧是則名爲三種大行爾時世尊重説偈言

共大信心　深著不離　諸行具足　而求菩提
共大精進　堅固難捨　勤修已滿　而求菩提
共大智慧　究竟明了　具波羅蜜　而求菩提
初法增已　知大名聞　增長盡已　隨所修行
以此知故　解過人法

佛説偈已毗舍佉母心生歡喜更增上問世尊優婆夷淨行法門進趣佛地復有幾行佛告毗舍佉更有四行而取佛地何謂爲四一者翹勤精進二者無惑智慧三者逝定不退四者行慈利益衆生毗舍佉以此四法進趣佛地爾時世尊重説偈言

翹勤樂精進　智慧無迷惑　逝定不退轉

行慈利衆生 以此四法故 而證薩婆若

佛説偈已毗舍佉母心自歡喜更增上問世尊復於幾法安住得觀云何法集無有分散初合法者復有幾事佛告毗舍佉於四法中安住得觀謂慈悲喜捨其中法集無有分散謂得聲聞智辟支佛智薩婆若智佛初合法者有三十二觀法所謂念佛念法念僧念戒念施念天阿那念般那念觀滅想觀身想觀寂靜想觀地水火風想觀青黄赤白想觀虚空想觀識處想觀脖脹想觀臭穢想觀穿漏想觀爛壞想觀處處分散想觀骨肉縱横想觀骨濕想觀白骨色想觀一切無常想觀一切法無我想是名三十二觀法四無量心是名安住得觀聲聞智辟支佛智薩婆若智佛智是名法集無有分散爾時世尊重説偈言

若以下觀 得聲聞智 善修中觀 得縁覺智
上觀滿足 得菩提智

佛説偈已毗舍佉母心大歡喜更增上問世尊於不淨法門云何心住疾離煩惱通達六門佛告毗舍佉有三十二法門於不淨中心所樂住疾離煩惱便通六門何者二十二法門謂身中有髮毛爪齒皮肉筋骨肪膏髓腦心腎肝膽大腸小腸脾肺肚胃膿血痰汗涕唾涎淚屎尿不淨毗舍佉是爲三十二不淨之觀令心樂住淨行法門疾捨煩惱得通六門爾時世尊重説偈言

猶如江流 聚入大海 於法門中 流觀亦爾
善觀麤細 淨以不淨 無上智法 佛悉通達

佛説偈已毗舍佉母心大歡喜更增上問世尊前諸菩薩於淨行法門有幾戀著住於世

間不得解脱佛告毗舍佉淨行法門前諸菩薩有七縛著住於世間何謂爲七一者若我得度世間未度我欲度之二者若我得脱世間未脱我欲脱之三者若我已覺世間未覺我欲覺之四者若我已調世間未調我欲調之五者若我已安世間未安我欲安之六者若我成道世間未道我欲導之七者若我已得涅槃世間未得我欲令其入於涅槃毗舍佉是爲菩薩七種戀著住於世間不得解脱

爾時世尊重説偈言

已度度衆生　已脱脱衆生　已覺覺衆生
已調調衆生　已安安衆生　已導導衆生
我已得涅槃　令衆生涅槃　三界如火宅
貪欲如泥網　一切滅斷之　而證菩提道

爾時世尊説此偈已毗舍佉母心大歡喜更增上問世尊淨行法門修幾善行一切法滿佛言修三善行令一切法滿何謂爲三善行法一者身善行二者口善行三者意善行此三善滿令一切法滿所謂得布施滿得持戒滿得出家滿得智慧滿得精進滿得忍辱滿得眞實滿得誓願滿得慈悲喜捨滿得四思滿得四定滿得四神足滿得五根滿得五力滿得七菩提滿得八正道滿得九智滿得十力智滿得須陁洹道智滿得須陁洹果智滿得斯陁含道智滿得斯陁含果智滿得阿那含道智滿得阿那含果智滿得阿羅漢道智滿得阿羅漢果智滿得四智滿所謂法智未知智名字智他心智滿得盡智滿得無生智滿得雙神力滿得大慈三昧智滿得一切智滿得無礙智滿毗舍佉是名修三善行滿令

一切法滿爾時世尊而說偈言

修三善行已　一切法皆滿　滿一切法已
而證菩提道

佛說偈已毗舍佉母心大歡喜更增上問世尊淨行法門有幾大人念佛言有八大人念何謂爲八一者少欲非不少欲二者知足非不知足三者寂靜非不寂靜四者遠離非不遠離五者精進非不精進六者禪定非不禪定七者智慧非不智慧八者無礙非不無礙毗舍佉是名八大人念爾時世尊重說偈言

善定諸念　念非善法　若毀此念　而生厭離
善定諸念　念非善法　觀練法相　得進無上

修學品第二

佛說偈已毗舍佉母心大歡喜更增上問世尊初學菩薩於淨行法門云何修學而得菩提佛言初學菩薩有五十修學而得菩提何者五十所謂深入法性不捨不減不墮不退修學捨心修學多聞修學威儀修學降伏衆魔修學光明修學佛相好修學禁戒修學三昧修學波若修學大波若修學善行修學大善行修學色相修學無二語修學如意足修學上如意足修學大如意足修學妙如意足修學意行修學已意行修學大意行修學佛所王領修學自在修學佛心相修學滿心相修學神通修學大神通修學眞實修學王領正法令得久住修學至極處修學佛刹土修學佛壽命修學菩提樹修學蓮華修學佛說法修學大法輪修學轉法輪修學善知識修學不捨衆生修學手圓滿修學劫波樹衣修學師子座修學右脇卧牀修學佛所食味修

學毗䄷闍修學如來水相毗舍佉是爲五十學法初行菩薩應當修學深入不捨不減不墮不退汝應當知爾時世尊而說偈言

一切行具足　而求寂靜法　光明照佛刹
爲慈衆生故　引導諸衆生　得度三界難
一切法無窮　如來已到彼

爾時世尊說此偈已毗舍佉母心大歡喜更增上問世尊如來有幾光明初學菩薩云何修行佛告毗舍佉如來有六種光明何謂爲六一者青光二者黃光三者赤光四者白光五者紅光六者光色照明毗舍佉是名如來六種光明初學菩薩云何修行得此光明毗舍佉菩薩爲得青光明故恒以青華青塗香末香青疊青寶而以供養若入禪定常觀青色作已而願當來之世願得青光云何菩薩修學黃光恒以黃華黃塗香末香黃疊黃寶而以供養若入禪定常觀黃色作已而願當來之世願得黃光云何菩薩修學赤光恒以赤華赤塗香末香赤疊赤寶而以供養若入禪定常觀赤色作已而願當來之世願得赤光云何菩薩修學白光恒以白華白塗香末香白疊白寶而以供養若入禪定常觀白色作已而願當來之世願得白光云何菩薩修學紅光恒以紅華紅塗香末香紅疊紅寶而以供養若入禪定常觀紅色作已而願當來之世願得紅光云何菩薩修學光色照明恒以光明華光明塗香末香光明疊光明寶而以供養若入禪定常觀光明作已而願當來之世願得光明照曜毗舍佉是名菩薩修學如來六種光明爾時世尊而說偈言

佛光有六種　青色黄色光　赤白及紅色
光相最照明　若有智慧人　常當勤修行
若樂妙色光　應學廣大行　華香燈供養
恒施無上尊　修學六種行　所願皆成就
佛説偈已毗舍佉母心大歡喜更增上問世
尊大人之相凡有幾種初學菩薩云何修學
佛言大人之相有三十二菩薩所修有二十
行與大人相合得成二道無有餘也何謂二
道若在家者得作轉輪聖王王四天下降伏
諸國七寶隨從一金輪寶二白象寶三白馬
寶四摩尼寶五玉女寶六藏臣寶七主兵寶
復有千子勇健威猛能伏怨敵盡大海際以
法降伏不用兵杖若出家者得成爲佛天上
人中最尊第一具三十二大人之相何者三
十二相所謂身黄金色圓光一尋猶如融金

梵身方直項後日光頂有肉髻其髮紺青佛
身圓滿如尼俱律樹眉間毫相如兜羅綿上
下俱眴目睫紺青舌能覆面梵音八種如迦
陵頻伽聲口四十齒齒白齊密師子頰皮膚
細薄不受塵垢一一孔一毛生紺色細輭皆
起右旋師子臆胷有卍字七合處滿手足合
縵網指纖長手内外握立手過膝陰馬藏脚
牖直鹿腨腸奩底相千輻輪足跟長是名三
十二大人之相身毗舍佉何者二十事修大
人相如來往昔作凡人時於善法中成就堅
固不易受持身作善行口爲善行心念善行
一切布施與衆生共堅持禁戒恒住布薩供
養父母沙門婆羅門者舊宿德六親眷屬於
諸善法皆悉行已修集滿足積聚高廣生死
無量乃至一生補處如意自在常受天樂壽

命色力王位名聞色聲香味觸受天樂已下生人間得大人相成足下平蹈地皆著舉足俱上脚跗隆起猶如龜背以此相故若在家者得作轉輪聖王若出家者得成阿耨多羅三藐三菩提永斷生死得常樂涅槃內外怨家梵魔沙門婆羅門所不能壞是名爲佛爾時世尊重說偈曰

於諸法調柔　恒持齋禁戒　布施心平等
深觀無常法　一切所行業　堅固心受持
以此行業故　常生天人中　受天上樂已
還生於人中　受世間福報　而得足下平
蹈地皆悉著　隨蹈地起迎　若在家出家
皆有如是相　若梵天魔王　沙門婆羅門
一切諸怨家　皆悉已降伏　出家行學道
斷絕生死原　衆行已滿足　得成無上尊

復次毗舍佉云何修行千輻輪相如來往昔作凡人時荷負衆生除其恐怖施無畏樂凡所布施悉共衆生積業高廣不可稱計於此命終往生天上常受妙樂如是展轉無量無邊下生世間得大人相足下千輻輪輪相具足如眞金輪得此相已若在家者作轉輪聖王王四天下七寶隨從常爲沙門婆羅門居士大臣長者及諸四兵之所圍繞若出家者得成爲佛大衆圍繞比丘比丘尼優婆塞優婆夷天龍夜叉乾闥婆阿脩羅迦樓羅緊那羅摩睺羅伽等恭敬尊重爾時世尊重說偈言

我於無量世　展轉三界中　荷負衆生樂
爲除怖畏處　善護不休息　以此功德業
常生人天中　至一生補處　兩足千輻輪

光曜如金輪　千行業所感　記成人中尊
得大衆圍繞　降伏諸魔怨　若獲刹利種
得成轉輪王　若出家學道　得成無上尊
天人阿脩羅　摩睺羅伽等　四足及非人
皆恭敬供養　名聞滿十方　衆生良福田
復次毗舍佉云何修行三大人相如來往昔作凡人時不害衆生捨殺生想不行杖楚一切器仗悉不畜之恒生慙愧修習慈悲積業高遠不可思議生死無量乃至一生補處下生人間得三大人相一者足跟長二者指纖長三者梵身圓直以此相故記壽命長現久住相亦護壽命終不中夭若出家者得成爲佛壽命長遠一切世間天人沙門婆羅門無有能害如來壽命爾時世尊而說偈言
一切畏死怖刀仗　以己爲喻勿行杖
是故遠離不思念　以此善行生天上
受天果報無量樂　壽盡下生得三相
指足跟長梵身滿　安置地上如金鎚
柔軟纖長如金杵　身體光曜如須彌
三相記成天人尊　亦表如來壽命長
復次毗舍佉云何修行七處滿相如來往昔無量劫中作凡人時恒作施主餚饍飲食種種甘果香美諸漿勤修布施積集高廣不可稱計乃至一生補處常受天樂下生世間得七處滿相肩頸臂脚皆悉圓滿以此相故若在家者得作轉輪聖王世間上味具足而得若出家者得成爲佛所受飲食於天上人間味中最上爾時世尊而說偈言
食噉舐嘗無上味　施主恒修如是行
以此善行無有量　難陀園中受快樂

業報一生下世間　得大人相七處滿
手脚柔輭無有比　以此相故得上味
在家出家皆如是　如來永斷三界漏
是故得成無上尊

復次毗舍佉云何修行手足柔輭合縵網相佛於往昔作凡人時常以四攝攝取衆生布施愛語利益同事有所求索不違衆生積業高廣乃至一生補處常受天樂下生世間得二大人相一手足柔輭二手足合縵網以此相故若在家者作轉輪聖王攝四天下若出家者得成法王善攝一切無量衆生比丘比丘尼優婆塞優婆夷天龍夜叉乾闥婆阿脩羅迦樓羅緊那羅摩睺羅伽人非人等爾時世尊而說偈言

修布施愛語　行利益同事　恒以四攝法
攝衆無有餘　以此行業故　常生天人中
下生於世間　得二大人相　手足悉柔輭
俱有合縵網　微妙極細薄　外黃裏紅色
以此二相故　在家轉輪王　若以善法化
一切皆順行　堅受持不犯　歡喜讚聖王
施恩無有比　慈潤於四方　若棄捨五欲
出家得成佛　爲衆生說法　聞者悉頂受

復次毗舍佉云何修行如來脚相臃直身毛旋起佛告毗舍佉我於往昔作凡人時恒以善法饒益衆生常行法施初未曾說無義之語以此業故增長廣大乃至一生補處下生世間得二大人相一脚臃直踝骨不現二者毛端旋起以此相故若在家者得作轉輪聖王人中最尊高妙上勝於五欲中歡喜快樂七寶千子隨從侍衛若捨家業入山學道得

成爲佛天上人中最尊最上無有二者一切衆生恭敬尊重爾時世尊而説偈言

恒以善法　利益衆生　恒以善語　教導衆生
恒以善力　將侍衆生　歡喜快樂　恒行法施
無有嫉妬　以此業故　積行無量　下生人間
得大人相　一脚膞直　踝骨不現　二毛端起
悉皆右旋　若在家者　作轉輪王　王四天下
若出家者　得成爲佛　天上人中　最尊最上

復次毗舍佉云何修行鹿腨腸相如來於昔無量劫中作凡人時善勤教人一切典籍威儀工巧醫方呪術教持禁戒悉皆具足恒自思惟云何令人善解義趣速得通達不生疲倦厭惡之心以此業故勤積高廣乃至一生補處常受天樂下生世間得大人相成鹿腨腸若在家者作轉輪聖王王四天下一切所須供養之具隨念速得若出家者得成爲佛天上人中所須供養皆悉疾得爾時世尊重説偈言

諸典悉教學　工巧及呪術　醫方察衆疾
恒自作思念　云何令速成　於學不疲倦
展轉教餘人　以此行業故　積聚不可量
至一生補處　成大人相好　而得鹿腨腸
纖好成圓滿　皮細薄柔輭　毛起皆右旋
以此大人相　記成人中尊　在家轉輪王
所求皆速得　若出家作佛　一切諸供養
隨念悉具足

復次毗舍佉云何修行皮膚細輭不受塵垢佛於往昔作凡人時若沙門婆羅門刹利居士來至我所而問我言大德何者名善行何者名不善何者應親近何者應遠離何者行

業得受安樂何者行業而受苦惱我於往昔爲人分別是法應作是不應作是法應行是不應行是法得快樂是法不安樂以此業故積行無量乃至一生補處受天福樂下生人間得大人相皮膚細輭不受塵水譬如蓮華雖在水中水不能汙如來身相亦復如是以此相故若在家者作轉輪聖王聰明智慧於諸世間沙門婆羅門刹利居士無有及者若出家學道得成爲佛智慧廣大利疾智慧最上最勝諸天世人梵魔沙門婆羅門諸有智慧無能及者爾時世尊而說偈言

佛於無量世　凡人時修行　若有來問者
勤教令速成　恒在出家地　善分別義趣
以此行業故　若天上人中　常行大智慧
一生下人中　得皮膚細輭　以此相好故
成就大智慧　若獲刹利種　在家轉輪王
若不樂在家　出家得成佛　獲一切種智
天上及人中　無有能及者

優婆夷淨行法門經卷上

音釋

翹渠堯切舉也　胖脹胖匹絳切脹知亮切　肪甫良切脂也　腎時忍切水藏也　肺放吠切金藏也　胃于貴切穀府也　䪜式連切　眴舒閏切目動也　睫即葉切目旁毛也　卍無販切　𦟛丑凶切均直也　腨市兗切腓腸也　奩力鹽切鑑匣也　跗甫無切與趺同　踝胡瓦切足骨也

優婆夷淨行法門經卷下

出安公涼土錄失譯師名

復次毗舍佉云何修行身黃金色光明照耀猶如金山如來往昔無量劫中常樂修善不瞋不恚若有衆生惡罵捶打悉皆能忍不生瞋恨恒自慙愧生大悲想皆是過去先業所報常自剋責復行布施柔輭氎毛氀㲪𣰽劫貝憍奢耶衣如是等衣恒以施人如是展轉無量世中積功高大常受天樂下生人間得大人相身黃金色於諸金色最上最勝以此相故若在家者作轉輪聖王王四天下於四天下若有柔輭氎毛氀㲪具㲪𣰽劫貝憍奢耶衣欽婆羅衣一切世間柔輭之物王悉得之若出家者得成爲佛人中細輭衣服卧具劫貝㲪𣰽欽婆羅衣如是等物如來悉得爾時世尊重說偈言

不生瞋恚心　恒慙愧剋責　布施細妙衣
上氎無價物　恒施與衆生　施已心歡喜
踊躍無悋惜　譬如人失火　出物大歡喜
積業無有量　生天受快樂　從此生人間
而得大人相　身體黃金色　猶如金山王
在家轉輪王　善護四天下　大得柔輭觸
一衣直千萬　若學道成佛　化天人龍神
衣服亦如是

復次毗舍佉云何修行陰馬藏相如來於過去無量劫中作凡人時常樂修行善和合衆若與父母男女兄弟姊妹親戚眷屬善友知識乃至畜生若有別離樂和合者悉隨所樂善能和合令其歡喜以此業故所積高廣常生天上受天福樂下生人間如是展轉無量

無邊至一生補處得陰馬藏以此相故記成千子作轉輪王王四天下千子勇健能伏怨敵若出家者得成爲佛從法生子過於千萬勇猛多力能却魔怨爾時世尊而說偈言

我於無量世　本作凡人時　常爲和合衆
令得安樂住　若父母男女　兄弟及姊妹
親戚諸眷屬　善友知識等　若離别苦者
善和合安樂　以此行業故　常生天人中
受天上快樂　下生於人間　得陰馬藏相
現成得千子　勇健無有比　能降伏怨敵
恒供養父母　令得歡喜樂　若出家作佛
法子有千萬　戒定神通力　能摧伏魔怨

復次毗舍佉云何修行梵身圓滿如尼俱律樹立身正直手得摩膝如來往昔作凡人時恒修弘慈善能觀察善惡麤細等不等法此是智慧此是愚癡此是精進此是懈怠此是瞋恚此是忍辱如是分别隨其等類而教導之以此業故展轉無量天上人中乃至一生補處下生人間得二大人相一者梵身圓滿如尼俱律樹二者立身正直手得摩膝以此相故若在家者作轉輪王王四天下財富無量金銀瑠璃硨磲碼碯珊瑚琥珀真珠等寶五穀豐熟庫藏盈溢若出家者得成爲佛具足七財信戒施聞慧慚愧如來亦有如是等物無量無邊爾時世尊重說偈言

我於過去世　善稱量衆生　選擇分别已
觀察悉平等　能常别衆生　隨類應施與
以此行業故　常生天人中　下生於人間
立身直不曲　兩手得摩膝　猶如尼俱樹
從地生方圓　佛身亦如是　從無量劫來

行業地所生　二相現財富　令天下太平
在家受五欲　得成轉輪王　捨五欲出家
得成無上尊

復次毗舍佉云何修行三大人相一者師子臆二者項出日光三者肩頸團圓如來過去作凡人時恒利益衆生樂安樂住信心持戒多聞惠施財穀田宅奴婢牛羊象馬車乘妻妾男女侍從左右眷屬親戚令得增長以此業故常生天上下生人間得三大人相一者師子臆二者項出日光三者肩頸團圓以此相故若在家者作轉輪王王四天下法常增長財物田宅五穀豐熟妻子眷屬奴婢侍從善友知識一切具足無有減少若出家者得成爲佛七財具足四部眷屬亦無減少爾時世尊重說偈言

信心持戒　多聞惠施　奴婢象馬　牛羊田宅
妻子眷屬　善友知識　恒作善念　云何令其
色力安樂　得大增長　以此業故　常生天上
下生人間　得大人相　半師子臆　項出日光
肩頸圓直　三相記成　若在家者　眷屬妻子
奴婢象馬　悉皆興盛　若出家者　得成爲佛
眷屬增長　得無減法

復次毗舍佉云何修行胷有卍字如來於往昔作凡人時不惱衆生不行杖楚亦不籠繫以此業故積行高廣常生天上下生人間得大人相胷有卍字若在家者作轉輪王無諸疾病四時調適不寒不熱若出家者得成爲佛亦無諸病常得調和不冷不熱身體輕利堪入三昧爾時世尊重說偈言

不籠繫衆生　亦不行杖楚　不以諸刀杖

加害於衆生　以此行業故　常生天人中
受天上快樂　至一生補處　下生於人間
而得大人相　胷字有卍數　以此相好故
無有諸疾病　若在家出家　常得受快樂
若獲刹利種　得王四天下　若出家學道
得成無上尊　純受上妙樂

復次毗舍佉云何修行眼下紺色如青蓮華目睫捲起紺色光明佛於過去無量劫中作凡人時恒修善行不以惡心張眼低目棄視衆生不以欲心眄睞看之恒以喜心離瞋愛癡直視衆生以此業故常生天上受天快樂下生人間得二大人相一者眼下紺青上下俱眴二者目睫細輭捲起纖長紺色光焰以此相故若在家者作轉輪王王四天下一切人民沙門婆羅門刹利居士妻子眷屬群臣侍人觀視無厭若出家者得成爲佛爲諸四衆比丘比丘尼優婆塞優婆夷天人阿脩羅摩睺羅伽乾闥婆等一切衆生善心歡喜瞻仰如來無有厭足爾時世尊而說偈言

佛於過去世　本作凡人時　恒修諸善行
不以瞋恚心　張眼低棄視　亦不以愛染
欲心看衆生　眼淨離垢濁　歡喜心直視
以此行業故　常生天人中　至一生補處
下生於人間　得眼睫紺色　目如青蓮華
上下俱眴明　以此大人相　記聰明智慧
一切諸衆生　樂視無厭足　在家轉輪王
成就大智慧　七寶悉具足　能伏四天下
出家得成佛　而獲一切智

復次毗舍佉云何修行頂有肉髻頭髮紺青如來於過去世作凡人時於功德中恒在人

前身口意業布施持戒月修六齋供養父毋
沙門婆羅門親友眷屬耆舊宿德復有善行
不可稱計以此行故積聚無量常受天樂乃
至一生補處下生人間得二大人相一者頂
有肉髻二者頭髮紺青以此相故若在家者
作轉輪王王四天下爲諸人民之所依憑若
出家者得成爲佛爲諸四衆比丘比丘尼優
婆塞優婆夷天龍夜叉乾闥婆阿脩羅迦樓
羅緊那羅摩睺羅伽人非人等所歸依處爾
時世尊而說偈言

我於過去世　修善中導首　恒修持梵行
爲人所依憑　命終生天上　受諸天快樂
下生於人間　得二大人相　頂上有肉髻
頭髮鬈紺青　在家轉輪王　而王四天下
以五戒十善　覆護於人民　若出家學道
得成無上尊　恒以戒定慧　教授諸衆生
常爲諸天人　龍神夜叉等　乾闥阿脩羅
而作歸依處

復次毗舍佉云何修行一一毛孔一毛生眉
間白毫如兜羅綿佛於往昔作凡人時修不
妄語捨離妄語恒修實語護持實語正心實
語亦不綺語發言柔輭隨順衆生以此業故
常生天上受天快樂下生人間得二大人相
一者一一毛孔一毛生其毛細輭皆起右旋
不受塵水二者眉間白毫光明鮮澤如兜羅
綿以此相故若在家者作轉輪王王四天下
一切人民熾盛增長快樂無極若出家者得
成爲佛增長比丘比丘尼優婆塞優婆夷四
部眷屬無量無邊充滿世界爾時世尊而說
偈言

我於過去世　恒修不妄語　口初未曾說
空誑不實語　隨順於世間　發言無過失
以此行業故　常生天人中　下生於人間
得二大人相　眉間白毫光　柔輭如兜羅
毛孔無二生　一一皆右旋　以此二相故
在家轉輪王　普王四天下　令人民增長
若捨家學道　得成大法王　教授諸天人
令正法增長

復次毗舍佉云何修行口四十齒齒白整密如來於往昔無量劫中恒修不兩舌棄捨兩舌遠離兩舌從此聞已不向彼說從彼聞已不向此說彼此聞已利益歡喜乃為說之以此業故常受天樂下生人間得二大人相一者口四十齒二者齒白齊密以此相故若在家者作轉輪王王四天下無有盜賊眷屬清淨堅固無壞若出家作佛得四部衆比丘比丘尼優婆塞優婆夷堅固受持如來法藏不為四魔之所能破爾時世尊重說偈言

如來過去世　修行不兩舌　不鬬亂衆生
善能和合衆　行業生天上　受諸天快樂
下生於人間　得二大人相　口有四十齒
齒白淨齊密　若獲剎利種　在家王四地
王有四兵衆　堅固難沮壞　剎利婆羅門
常不能動轉　若出家作佛　四部衆亦爾
常為諸天人　所恭敬尊重

復次毗舍佉云何修行廣長舌相出梵音聲如迦陵頻伽聲佛於往昔作凡人時不行麤語棄捨麤語遠離麤語恒修善語柔輭之語能入其心令其樂聞大慈悲語不捨語弘恩語人所愛念以此業故勤積高廣常受天樂

下生人中得二大人相一者廣長舌出能覆面二者梵音柔輭如迦陵頻伽聲令人樂聞以此相故若在家者作轉輪王王四天下有所言說一切人民皆悉樂聞歡喜受持若不樂在家出家學道得成爲佛若有所說比丘比丘尼優婆塞優婆夷天龍夜叉人非人等皆悉頂受歡喜奉行爾時世尊重說偈言

佛於過去世　恒修行善語　不瞋亦不恚
不鬪亂麤語　常修慈悲語　決定正柔輭
如是一味語　然後乃發言　以此行業故
得舌廣長相　梵音清柔輭　如迦陵鳥聲
以二大人相　在家轉輪王　若有所言說
人民皆受行　出家得成佛　能轉無上輪
若所說妙法　天人阿脩羅　龍神夜叉等
聞者皆奉行

復次毗舍佉云何修行師子頷佛於過去世作凡人時恒修不綺語棄捨綺語遠離綺語應時而語義語法語威儀語常住語有邊語以此業故積功無量常受天樂下生人間得大人相師子頷以此相故若在家者作轉輪王王四天下一切人民無能伐者若出家者得成爲佛天人阿脩羅梵魔沙門婆羅門内外怨家無有能得伐如來者爾時世尊而說偈言

我於過去世　恒修不綺語　亦不自稱譽
及以諸雜語　斷截無義語　常修應時語
發言令喜樂　利益諸衆生　以此行業故
常受天人樂　下生於人間　成就師子頷
在家轉輪王　威伏四天下　以此大人相
現無有伐者　出家得成佛　沙門梵魔王

天人阿脩羅　羅睺緊那羅　内外諸怨家
無有能伐者

復次毗舍佉云何修行四牙齊密白淨光明佛於往昔作凡人時捨離惡活正命自活亦不行於斗秤欺誑不以威勢横取人物以虚僞物欺誑於人變形誑愛誑觸誑精進誑如是一切欺誑之法皆悉斷滅以此業故積聚高廣命終生天於天人中十處受樂何謂爲十一者天壽二者天妙色三者天樂四者天名聞五者天王六者天色七者天聲八者天香九者天味十者天觸是名爲十受天樂已下生人間得大人相一者齒無大小二者牙色白淨以此相故若在家者作轉輪聖王王四天下四部兵衆婆羅門衆刹利衆聚落城邑大臣長者妃后婇女及諸千子皆悉嚴淨若出家者得成爲佛亦有四衆比丘比丘尼優婆塞優婆夷天人阿脩羅乾闥婆等皆亦清淨爾時世尊而説偈言

我於過去世　捨離諸惡活　以清淨法利
修正命自活　能除衆生苦　令其得安樂
以此行業故　受天十種樂　常爲諸天人
所尊重讚歎　娱樂快樂已　下生於人間
積業之所感　得二大人相　齒無有麤細
牙色光白淨　若獲刹利種　在家轉輪王
四兵衆圍繞　清淨無垢穢　若出家作佛
常爲諸四衆　比丘比丘尼　優婆塞婆夷
天人阿脩羅　龍神夜叉等　清淨無垢濁
悉恭敬圍繞

毗舍佉是名二十修行得三十二大人之相以此相故莊嚴如來微妙之身復次毗舍佉

佛身復有八十種好云何名爲八十種好一者指甲紅赤二者指甲隆起三者指甲滑淨四者指甲滿足五者指團圓六者指纖直七者指間密八者指淨潔九者手足肥膩十者手足裏赤十一者手足平等十二者手足內滿十三者掌文深現十四者掌文端直十五者掌文纖長十六手足潤澤十七掌文不亂十八踝骨小現十九膝頭圓滿二十膝次第滿足二十一行步齊正二十二師子王行二十三鵝王行二十四龍王行相二十五牛王行相二十六行不顧視二十七行步不亂二十八半身正直二十九佛身遲人三十一切滿足三十一佛身皆好三十二身體平正三十三身體滿足三十四身體正直三十五身體滑澤三十六身次第大小三十七身體淨潔三十八身體柔輭三十九身體寂靜四十身體緊細四十一身體緊密四十二身體端嚴四十三諸根方正四十四身色不黑四十五身體無黶四十六身毛淨潔四十七腹相團圓四十八腹無橫文四十九身體明淨見諸色像五十臍深五十一臍孔團圓五十二臍文右旋五十三臍孔不凹五十四臍口不長五十五臍口不短五十六臍毛下連五十七得龍牙相五十八牙不過脣五十九四牙團圓六十四牙鋒利六十一四牙纖長六十二四牙齊密六十三舌廣柔輭六十四舌色赤好六十五梵聲深妙六十六象王聲六十七迦陵頻伽聲六十八齒根肉滿六十九鼻不下垂七十鼻高脩長七十一鼻孔淨潔七十二鼻脩方廣七十三目姝廣大表裏滑淨

七十四眼睛黑光七十五目睫次第七十六眉如半月圓廓脩長七十七眉毛黑澤長短隨次七十八眉毛純色滑淨光明七十九耳皆垂埵內外俱淨八十頭髮細輭右旋不亂次第纖長一切皆好毗舍佉是名如來隨相之好有八十種爾時世尊而說偈言

長夜受持　一切禁戒　無量菩行　名大梵志
三十二相　八十隨好　瓔珞其身　天人中尊
光明赫烈　照曜無極　青黃赤白　更相入間
宛轉旋起　徧滿虛空　放大光明　照無量界
中光照曜　三千世界　如來常光　照於一尋
若放大光　日月隱蔽　猶如日出　衆星不現
若放中光　照於世界　日光如月　月色如星
萬行所感　得如是身　爲諸衆生　之所樂見
歡喜瞻仰　無有厭足

瑞應品第三

爾時世尊說此偈已毗舍佉母歡喜踴躍而白佛言世尊菩薩處胎初生之時有幾奇特微妙之相現於世間佛告毗舍佉菩薩生時有十六種奇特瑞相何謂十六種相所謂菩薩捨兜率天身憶念分明而處母胎是爲一未曾有奇特之法菩薩捨天身已處胎之時自然光明照於世間世界中間幽冥之處日月星光所不能照悉皆大明其中衆生各得相見咸作是言此中云何忽生衆生一切世間梵魔沙門婆羅門所有光明無能及者又復三千大千世界六種震動諸須彌山震動不停是爲二未曾有奇特之法菩薩處胎有四天子執持威儀四方侍衛守護菩薩及菩薩母不令世間人非人等之所惱害是爲三

未曾有奇特之法菩薩處胎能令其母自然持戒不殺盜婬妄語飲酒是爲四未曾有奇特之法菩薩處胎其母清淨無有欲心外人見之亦不生染是爲五未曾有奇特之法菩薩處胎常令其母大得利養色香味觸自然而至是爲六未曾有奇特之法菩薩處胎母常安樂無諸疾病飢渴寒熱疲極之患菩薩亦然菩薩胎中母常見之譬如眞摩尼毗瑠璃寶八楞清淨内外明徹一切具足以五色縷而以貫之明眼之人執在手中見珠八楞及五色縷青黃赤白了了分明菩薩處胎亦復如是母見其身頭目手足一切身分悉皆無有障礙是爲七未曾有奇特之法毗舍佉菩薩生七日已其母命終生兜率天受天快樂是爲八未曾有奇特之法凡人受胎或九

月日或至十月而便産生菩薩不爾要滿十月然後乃生是爲九未曾有奇特之法世間女人臨欲産時身體苦痛或坐或卧不安其所然後乃生菩薩生時其母安樂無諸疾惱歡喜遊戲舉手立生是爲十未曾有奇特之法菩薩出胎天人承接後爲世人之所捧持是爲十一奇特之法世人受已有四天子捧接敬受置於母前心大歡喜俱發聲言善哉夫人生大威德勇健之子是爲十二奇特之法菩薩初生無有水血及以胎膜諸不淨物其身清淨如摩尼珠以加私國氎而以裹之不相染著何以故彼此淨故菩薩初生亦復如是清淨無染如摩尼珠其母鮮淨亦如彼氎是爲十三奇特之法菩薩生時於虛空中自然而有二飛流水一冷二暖浴菩薩身是

爲十四奇特之法菩薩生已北行七步爾時空中自然白繖覆菩薩身行七步已徧觀十方發師子吼唱如是言一切世間惟我爲上天人中尊我爲最大從此生盡無復後生是爲十五奇特之法菩薩生時於三千大千世界一切衆生蠕動之類皆大歡喜是爲十六奇特之法毗舍佉是名如來處胎初生有十六種奇特之法爾時世尊而說偈言

兜率天命終　下生於人間　處胎及初生
清淨無所染　十六種奇特　微妙未曾有
胎中及生時　不與衆生共　生時無迷惑
名聞最第一　現相非一種　佛生瑞如此

爾時世尊說此偈已毗舍佉毋心大歡喜更增上問世尊菩薩生時有幾瑞相一時俱現

佛告毗舍佉菩薩生時有三十二瑞相一時俱現何謂三十二瑞一者三千大千世界地大震動自然大明光照世界二者一切樂器自然音樂三者不鼓自鳴四者一切繫縛自然解脫五者一切怨家皆生慈心六者一切疾病自然除愈七者生盲得眼能見諸色八者生聾得耳能聞音聲九者生跛能行隨意遊戲十者生狂得念憶想分明十一者瘖瘂能言十二者乘船漂落還得本處十三者地及虛空所有七寶自然光明十四者衆川萬流停住不行十五者一切飛鳥有翅之屬歡喜而住十六者風不動搖一切寂然十七者一切衆生相噉食者皆生慈心十八者一切諸天還其宮殿嬉笑快樂十九者阿鼻地獄猛火自滅二十者飢得飽滿二十一者一切餓鬼無有渴乏二十二者於四天下普興大

雲等注大雨二十三者月光明曜二十四者衆星晝現二十五者日盛清明二十六者一切華樹即便生華二十七者一切果樹自然成果二十八者三千大千世界出大天香無有臭穢二十九者菩薩生時即行七步三十者虛空白繖自然蔭覆三十一者行七步已顧視十方三十二者作師子吼毗舍佉是名菩薩初生之時三十二法一時俱現毗舍佉母白佛言世尊菩薩生時以何因緣震動三千大千世界佛告毗舍佉菩薩生時地大震動者菩薩現此生盡無復煩惱一切衆生應得道者煩惱將滅是故地動毗舍佉菩薩生時自然光明照世界者菩薩爲得三達智故毗舍佉菩薩生時世間樂器自然鳴者菩薩爲得入三昧故毗舍佉菩薩生時不鼓自鳴者菩薩爲欲擊大法鼓故毗舍佉菩薩生時一切繫縛自然解脫者菩薩爲欲度脫一切衆生老病死故毗舍佉菩薩生時一切怨家生慈心者菩薩爲得四無量心故毗舍佉菩薩生時疾病除愈者菩薩爲欲滅除一切煩惱病故毗舍佉菩薩生時盲得眼者菩薩爲得聖智眼故毗舍佉菩薩生時聾得耳者菩薩爲得聖天耳故毗舍佉菩薩生時跛能行者菩薩爲得四神足力故毗舍佉菩薩生時狂得念者菩薩爲得安那般那念故毗舍佉菩薩生時瘂能言者菩薩爲得通達如來所知法故毗舍佉菩薩生時漂船還者菩薩爲得八直正道開示衆生故毗舍佉菩薩生時地及虛空七寶光明者菩薩爲得四無礙智故毗舍佉菩薩生時衆川萬流住不行者菩

薩爲得煩惱四流已停住故毗舍佉菩薩生時一切飛鳥歡喜住者菩薩爲破諸邪見故毗舍佉菩薩生時風不動揺者菩薩爲得常樂滅盡三昧故毗舍佉菩薩生時衆生相瞰生慈心者菩薩爲得四部眷屬尊卑貴賤得和合故毗舍佉菩薩生時諸天還宫喜笑住者菩薩成佛時諸善男子及善女人出家學道得阿羅漢所作已辦斷絶三界生死之源棄捨重檐無爲無欲常樂静處熈怡喜笑各相謂言我等今者已得度脱生老病死更不受胎處於生死清淨無染猶如水滴在蓮荷上無所染著毗舍佉菩薩生時阿鼻地獄猛火滅者菩薩爲欲滅除衆生三毒煩惱熾然火故毗舍佉菩薩生時飢得飽滿者菩薩爲得身念三昧故毗舍佉菩薩生時餓鬼渴乏無渴乏者菩薩爲得解脱水故毗舍佉菩薩生時大雲注雨者菩薩爲欲雨大法雨普潤衆生故毗舍佉菩薩生時月光曜者菩薩成佛時爲諸衆生歡喜瞻仰故毗舍佉菩薩生時衆星晝現者菩薩成佛時爲令聲聞弟子現於世間故毗舍佉菩薩生時日光赫烈者菩薩爲得六通大聲聞故毗舍佉菩薩生時華樹生華者菩薩爲令聲聞弟子得解脱華故毗舍佉菩薩生時果樹生果者菩薩爲令聲聞弟子得四沙門果故毗舍佉菩薩生時大千世界出天香者菩薩爲得如來戒香徧滿世間故毗舍佉菩薩生時蹈地七步者菩薩爲得七菩提道故毗舍佉菩薩行時白繖蔭覆者菩薩爲得涅槃蔭故毗舍佉菩薩行已示東方者爲諸衆生作導首故毗舍佉示

南方者爲諸衆生作良福田故毗舍佉示西方者我生已盡是最後身故毗舍佉示北方者於一切衆生我得阿耨多羅三藐三菩提故毗舍佉示下方者爲欲破魔兵衆令其退散故毗舍佉示上方者爲諸天人之所歸依故毗舍佉作師子乳者於天人中最尊最上一切衆生無能及者故爾時世尊而説偈言

世間之導首　無上大聖尊　生時現瑞相
衆生良福田　輪轉三界中　此爲最後生
於世間智慧　如來最第一　破魔兵衆已
應供大名聞　世間未曾有　天人所歸依
世尊初生時　三十二瑞應　微妙奇特相
悉皆一時現　菩薩從胎出　地六種震動
自然大光明　徧照於十方　令衆生毛豎
各各相謂言　願速得成佛　當雨大法雨
洗除煩惱垢　令我得解脱　是故我今者
歸命無上尊

爾時世尊説此偈已告毗舍佉諸佛如來不可思議佛所説法不可思議諸善男子及善女人信佛所説亦不可思議所得果報亦不可思議譬如大雨潤澤一切人非人等皆得充足及諸草木亦得生長如來法雨亦復如是普潤一切無量衆生應得度者聞此法已皆得道果若於人天受果報者隨其所願皆悉得之是故汝今應當專心受持此法於未來世令諸四輩皆得修行説是法時六萬天人得法眼淨餘諸天龍阿脩羅乾闥婆迦樓羅緊那羅摩睺羅伽人非人等皆悉奉行毗舍佉母得法眼淨所將眷屬千五百人於佛法僧得堅固信無有退轉皆大歡喜作禮而

去

優婆夷淨行法門經卷下

音釋

氍毹氍其俱切毹力朱切氍毹毛席也 **氎**徒協切細毛布也 **捲**逵員切曲也 **紺**古暗切青而含赤色也 **眄睞**眄莫甸切睞洛代切眄睞傍視也 **鬈**渠員切鬈曲也 **頷**胡感切 **黶**於琰切黑痕也 **凹**烏交切與坳同 **膜**慕各切肢膜也 **繖**蘇旰切與傘同 **蠕**而兗切蟲動貌

諸法最上王經

隋天竺三藏法師闍那崛多等譯

清刻龍藏佛說法變相圖

諸法最上王經

隋天竺三藏法師闍那崛多等譯

復次說此法時婆伽婆遊於王舍竹林迦蘭陀精舍與大比丘衆一千二百五十人俱舊結髮優樓頻螺迦葉爲首悉阿羅漢諸漏已盡應作者作所作已辦棄捨重擔得到自利盡諸有結正智心好解脫皆心自在到第一岸惟除一人謂命者阿難陀時婆伽婆於十五日當作布薩露地而坐諸比丘僧圍繞恭敬面皆向佛爾時有一比丘出家未久彼日受具足戒來詣佛所到已頂禮佛足右繞三帀合掌白言世尊我近出家今日受戒願爲我說云何受聚落食而名善食云何食已爲淨福田當得第一利益時彼比丘向佛說此伽他

我出家未久　今日受具戒　世尊爲我說
云何得淨施　我爲此故行　捨家不畜家
如是淨於施　彼義復爲說

如是語已佛言比丘善聽善作正念當爲汝說如比丘不虛受聚落食食已淨施是故善家子善家女捨家不畜於家行無上行當得究竟勝處如是比丘入僧中見僧業合僧利具此三法不虛受聚落食食已淨施當得第一利益爾時世尊說此伽他

衆生若入僧　亦念於僧業　復合於僧利
彼能淨施福

時彼比丘白言世尊我今聞佛如是略教不解其義世尊云何比丘入僧中見僧業合僧利時彼比丘說此伽他

云何入於僧　而見於僧業　爲我說僧利
聞已我等知

如是語已佛言比丘善作心聽我今爲汝說僧及以僧業僧利比丘白言甚善世尊如是樂聞佛言比丘云何名僧僧者四雙八輩富伽羅是名爲僧當善與食向其合掌是能淨施名爲福田諸天及人皆須供養爾時世尊說此伽他

我今說四雙　八輩富伽羅　是等名爲僧
無上勝福田

比丘云何名爲僧業其僧業者四念處四正斷四神足五根五力七覺分八聖道是名僧業爾時世尊說此伽他

常勤最勝道　所謂八聖分　如彼所說僧
彼業正如是

比丘云何名爲僧利其僧利者四沙門果何

者爲四一者須嚧多阿般那果二者塞訖利陀伽彌果三者阿那伽彌果四者阿羅漢果是名僧大利爾時世尊説此伽他

大身有大利　彼僧富伽羅　如沙門四果
能淨於施福

如是語已比丘白言世尊如世尊所説入僧中見僧業合僧利彼人善受聚落施食食已得淨施福到第一利世尊若復有人發於大乘爲知徧智捨家出家彼富伽羅僧中見不見僧業不合僧利不如是語已佛言甚善比丘汝於如來應正徧知乃能念問是義比丘汝大吉祥辯才勝妙善問是義比丘汝善思念故能問如來是義比丘此皆佛威神力令汝今生如是辯才欲得問此句義亦是汝宿願力能如是問是故比丘善聽善念我爲汝説比丘白言甚善世尊我今樂聞佛言比丘汝意所云彼富伽羅發於大乘爲知徧智捨家出家彼富伽羅僧中見不見僧業不見僧利不比丘彼富伽羅僧中不見僧業僧利皆亦不見爾時世尊説此伽他

彼僧中不見　僧業亦不見　僧利亦不見
彼發菩提故

如是語已比丘白言世尊何因何縁聽彼富伽羅等出家聽彼受聚落食而彼富伽羅僧中不見僧業僧利皆亦不見世尊云何彼類富伽羅能淨施福而彼富伽羅僧中不見僧業僧利皆亦不見如是語已佛言比丘汝何須以此問而問彼比丘復言世尊彼富伽羅云何能淨施福佛復告言汝何須以此問而問彼比丘復言世尊彼富伽羅僧中不見僧

業僧刹皆亦不見云何能淨施福爾時世尊見彼比丘三度請已即現微笑便作神通依如是類神通作已眉間毫相出大光明其光復有無量百千種種異色此光威力徧照三千大千世界乃至諸大海内所有衆生彼皆未曾見聞是光今見光故心驚毛竪其非想非非想天彼等亦悉於一念時以佛力故知此光明佛眉間出見此光已心驚毛竪時三千大千世界四天王天乃至色界無色界天悉詣王舍大城竹林迦蘭陀精舍到已頂禮佛足右繞無量百千帀已在於佛前正念合掌恭敬曲躬不動不倚目未曾瞬生尊重心愛心喜心躍心堪心輭心淨心無障礙心樂欲聽法却住一面時此三千大千世界大神力諸天等諸龍夜叉囉刹乾闥婆阿脩羅伽留荼緊那羅摩睺羅伽人非人等諸天主龍主夜叉主乾闥婆主阿脩羅主伽留荼主緊那羅主摩睺羅伽主人非人主等從於地下乃至有頂無有一竪杖處而不充滿彼時三千大千世界所有比丘比丘尼優婆塞迦優婆斯迦及諸世間依地行住雜類衆生以佛神力悉見佛光心驚毛竪譬如大力丈夫屈伸臂頃如是彼皆以佛威力於一念時向王舍城竹林迦蘭陀精舍到已頂禮佛足右繞三帀在於佛前正念合掌恭敬曲躬生尊重心愛心喜心躍心堪心輭心淨心無障礙心目未曾瞬瞻仰世尊其身不動於一面住時此三千大千世界若城内外及障隔間有大小河諸水生處彼皆依法順流少聲又復所有諸障隔内及虛空裏衆鳥等聲以佛神力

各相應和如是象馬牛羊乃至山牛水牛等以佛神力皆安本處及諸大海衆生亦以佛力各住自分不相觸惱時此世界所有諸天以佛神力皆默然住及天音樂亦悉無聲時此世界諸惡衆生嚴熾毒心樂造衆惡乃至作諸逆等皆以佛力於一念時各各相愛猶如親友生利益心樂心輭心能作業心喜心淨心無障礙心笑顏先語眉不顰蹙語則柔滑不急不麤其所發言令人愛樂老少中年各得其所當於爾時此大千界乃至無有謦欬等聲以佛神力衆生默住所有風氣温柔且香衆生樂觀莫不歡喜亦不吹動諸樹枝葉及藥草等皆以佛力有如是事如第八人入滅盡定無出入息此諸大衆默然而住亦復如是以彼比丘宿願功德勝住持力故及佛功德勝住持力故爾時命者舍利弗知皆默然承佛神力從座而起一肩郁多羅僧伽作已右膝著地合掌曲躬一心瞻仰爲令大衆安隱利益心淨無障欲聞法門如彼比丘所問佛義及佛放光諸天人等來集因緣白言世尊非無因緣如來現笑及放光明今者瑞相有何因緣乃至諸大衆集默然而住時舍利弗說此伽他

諸佛最勝非無因　勝人何故現瑞相
世尊今速說此義　何緣作是大神通
百千多衆生　及那由多等　今來於此集
以見神通故　世尊此何因　世尊此何緣
何故大衆身　今日來集此　佛能知此義
何緣故衆集　世尊慈愍我　爲我說是義
諸天及世人　普皆起尊重　合於十指掌

瞻仰二足尊　悉捨天宮殿　天子等來此
尊重樂聽法　瞻仰二足尊　捨離於龍宮
無量龍來集　世尊當說何　如是神變義
捨離夜叉宮　無量夜叉集　佛今當說何
如是神變義

時奢利弗說此伽他已默然而住

是梵音丈夫　雷鼓聲大吼　爲奢利弗說
如是神變義　其彼新比丘　今日受具戒
奢利彼問我　以爲諸菩薩　彼云何出家
彼業復何似　受於聚落食　云何得淨施
奢利是義故　出眉間毫光　此光大威力
徧照於世界　奢利是義故　諸天衆悉集
合於十指掌　瞻仰二足尊　奢利是義故
龍夜叉來集　欲吼雲雷聲　至於如來所
奢利是義故　不思億衆集　皆得阿羅漢
漏盡到涅槃　奢利是義故　不思億衆集
悉當發是意　爲獨覺因緣　奢利是義故
不思億衆集　鎧甲當自嚴　爲於佛智故
奢利是義故　不思億衆集　於大乘不退
得最勝菩提　聞此句義已　因是故佛記
剛志悔惡行　億衆得如是　聞此句義已
於後末世時　千億數衆生　住於最勝道
除彼菩薩已　於後末世時　若能持此經
終無有是處　除彼菩薩已　於後末世時
若聞此經者　無智者不信　彼衆生少信
不能發菩提　若聞此經時　數數生疑惑
若不信此經　常住於生死　泥犂爲行處
畜生是園林　彼於天人道　皆破無有分
不破此經者　於後末世時　彼諸天人等
皆得阿羅漢　若在彼前說　彼亦生疑心

若得獨覺道　滿於十方界　若在彼前説
彼心不生疑　無有不修善　得聞如是説
若建成就義　乃能聽此道　爲於菩薩故
我説此經法　於中修行已　當成二足尊

爾時世尊説此伽他已告奢利弗言彼新比丘出家未久今日受戒彼來問我發大乘人云何受聚落食而名善食食已能淨施福奢利弗以彼比丘問是義故無量阿僧祇百千俱致那由多衆生來集皆欲聞我解説是義奢利弗我今若欲解説顯示分別是義令淺易解彼無量衆得大利益如是語已奢利弗白言世尊今正是時願爲解説佛言奢利弗我今若説此句義時或有衆生其心迷悶何以故此大施主不可思施戒忍精進定智大師子吼皆不可思此大衆生不可思法其諸凡夫及二乘等不能分別信入解知惟除不退菩薩摩訶薩等奢利弗我見此故彼雖三請猶默不説奢利弗復言婆伽婆如來應正徧知願爲解説乃至令多衆生當得正信佛言奢利弗我若解説此句義時衆生迷悶何以故施等諸法皆不可思乃至我見此故彼雖三請猶默不説奢利弗復言世尊爲多衆生利益安樂慈愍彼等願爲説之於未來世有菩薩摩訶薩發大乘者聞此句義生愛重心當得正信修種種業以大鎧甲而自莊嚴爾時世尊見奢利弗三度請已告奢利弗言菩薩摩訶薩不須淨施何以故菩薩摩訶薩從初發心乃至成道畢竟常淨施故何以故菩薩摩訶薩於諸衆生是無上福田故若諸衆生以諸樂具供養菩薩猶不能報菩薩之

恩爾時世尊說此伽他

若有發心者　爲佛智因緣　從初發心來
彼即淨於施　若有發心者　爲佛道因緣
彼不須淨施　本來淨施訖　諸天及世人
當須精勤意　承事彼健者　大智慧菩薩
彼諸天人道　皆由菩薩成　智者一發心
已能淨諸施　不依欲色界　及於無色界
以無依倚心　諸施皆已淨

爾時世尊說此伽他已告奢利弗言奢利弗爲汝說喻令此義滿何以故我說喻者令諸智人正知義故奢利弗假使菩薩受諸衆生所奉衣服大如閻浮洲等從初發心日日受用如是衣服皆能淨施何以故菩薩於諸衆生是無上福田故奢利弗假使菩薩受諸衆生所奉飲食大如須迷留山等從初發心日日受用如是飲食皆能淨施何以故菩薩於諸衆生是無上福田故奢利弗假使菩薩受諸衆生所奉牀座廣四天下高須迷留山亦如彼山七寶莊飾敷以天衣其衣細軟從初發心日日受用如是妙座皆能淨施何以故菩薩於諸衆生是無上福田故奢利弗若有如是重閣寶殿及以無量樓閣窻牖旛蓋鈴網雜色莊嚴七寶垣牆七重圍繞譬如他化自在天宮亦有無量諸劫波樹諸音樂樹香華果樹瓔珞樹等處處安置無量香瓶滿諸華池具八分水美而清冷無穢無泥諸華覆上金沙布底水色澈淨猶如鞞瑠璃夜七寶欄楯七重周帀四方正齊有四階道諸華池中皆有寶殿復有寶池七行圍繞懸諸繒綵及安寶瓶雜色莊嚴甚可愛樂其中牀座七

寶所成無量百千那由多數東西南北隨方而敷燒香散華覆以寶帳奢利弗假有斯等寶殿寶牀衆生悉以奉上菩薩菩薩取之從初發心日日受用皆能淨施何以故菩薩於諸衆生是無上福田故奢利弗汝今當知世及出世所有善法悉由菩薩而得出生所謂剎帝利大家婆羅門大家長者大家若王若轉輪王若四天王天三十三天須夜摩天删兜率多天善化天他化自在天及色界無色界天若住初果乃至四果若趣獨覺及得獨覺若得無上正徧知道轉正法輪若人聞彼所說正法如聞能行行已即住聲聞四果乃至或發求獨覺意或發無上正徧知心若聞說施即修施業修已得生剎帝利婆羅門長者等家乃至或得轉輪王位若聞說戒即修戒業修已得生四天王天乃至他化自在天若聞演說四無量意如聞能行行已得生色無色界奢利弗是故當知此等悉由菩薩出生奢利弗譬如阿那婆恒龍多龍王以其威力出四大河何者爲四所謂恒伽辛豆博叉私多如是四河一一皆有五百小河以爲眷屬恒伽大河及其眷屬流入東海令彼海滿辛豆大河及其眷屬流入南海令彼海滿博叉大河及其眷屬流入西海令彼海滿私多大河及其眷屬流入北海令彼海滿於意云何此四大河及其眷屬次第入海其所行處四方衆生有利益不奢利弗言世尊於諸衆生作無邊益若人非人悉蒙大潤所有近河稻麻荳麥種種田苗皆得其潤佛言奢利弗於意云何彼四大海誰能滿之奢利弗言世

尊此四大河令彼海滿佛言奢利弗於意云何彼四大河於諸衆生有利益不奢利弗言與諸水陸所有衆生作大利益所謂黿魚等類及捕魚人復有夜叉羅刹阿脩羅畢奢遮龍蛇摩睺羅伽等并餘無量雜類衆生若是衆生宮舍住處種種寶滿所謂珊瑚靺瑠璃夜帝釋青寶硨磲摩尼珠貝等珍并餘無邊諸寶住處皆出大海與諸雜類而作利益人得受用其益甚多佛言奢利弗於意云何四大海水從何而出奢利弗言世尊從阿那婆怛皺多池出佛言奢利弗其阿那婆怛皺多龍王免於三怖何者爲三所謂金翅鳥怖熱沙燒怖行婬欲時作蛇形怖如是三怖悉已免之奢利弗其阿那婆怛皺多龍王宮舍惟是神通禪定者居若有入者若有見者皆不

被燒奢利弗言世尊彼大龍宮具足希有奇特勝法所謂諸龍怖者彼大龍王悉無是事彼處所生諸衆生等及入彼者亦無是怖以是神通有威德者所居處故世尊阿那婆怛皺多大龍王乃有無量功德具足出四大河趣四方海利益衆生當得安樂佛言如是如是奢利弗當知菩薩摩訶薩亦復如是奢利弗如阿那婆怛皺多大龍王得免三怖菩薩摩訶薩亦免三怖何者爲三所謂泥犂耶怖畜生怖閻摩世怖奢利弗如阿那婆怛皺多大池出四大河四方流注如是菩薩以四攝事攝取衆生何者爲四所謂布施愛語利行同事奢利弗如彼大海從阿那婆怛皺多大池所出如是諸佛徧智從菩薩生奢利弗如彼大海無量百千那由多俱致諸衆生等之

所依住具足安樂當知如是三有諸所生類皆依諸佛徧智而住所謂欲有色有及無色有奢利弗以是義故當知所有三千大千世界諸安樂具悉由菩薩而得出生何以故菩薩發心便有修行既修行已便有受記既受記已便得阿耨多羅三藐三菩提得菩提已便轉法輪如是法輪於先未轉若沙門若婆羅門若天若魔若梵及以餘衆無能轉者彼爲衆生轉法輪時其所說法初中後善義味具足淳一清淨說於梵行令四衆知何者爲四所謂比丘比丘尼優婆塞迦優婆斯迦以是因緣無量無數諸衆生等受天人樂無有斷時永捐衆苦不離諸樂奢利弗於意云何如是樂法從何處生奢利弗言世尊從菩薩生奢利弗於意云何汝見三有所出諸法從誰而生奢利弗言世尊從菩薩生奢利弗於意云何三有所出諸供養具以此供具供養菩薩能報菩薩於先所作利益恩不奢利弗言不也世尊何以故從彼生故世尊如有貧人貧無財物更有富人發大慈悲乃以百千無量無數諸財寶等與彼貧人復有第二第三貧人亦如是與乃至以諸財寶與彼百千無量無數諸衆生等皆使富足若有驚怖鬬諍繫縛等苦悉令免脱復免所有惡道衆苦令具無量諸天人樂其衆生中若有一人以水精珠破爲百分於百分中取其一分將至彼先得恩人所語彼人言汝先與我作利益事我今故來報汝此事世尊彼於衆生作大利益一人但以一分水精與彼丈夫是爲報不佛言不也奢利弗言如是婆伽婆如是修

伽多當知彼菩薩者如彼丈夫於諸衆生作大利益一人但以一分水精不能報恩如是世尊發大乘人衆生若以隨意樂具乃至命盡常逐供養雖作是事不能報恩佛言甚善甚善奢利弗善順佛教如佛弟子所爲作事奢利弗若諸衆生以巳皮肉筋血骨髓或捨其身乃至百千欲報菩薩所爲利益於百分中不報一分乃至俱致百千分阿僧祇分筭數譬喻亦不能報何以故奢利弗若發阿耨多羅三藐三菩提心者於諸衆生作大利益奢利弗譬如此閻浮洲有栴檀那樹若芽生時童男童女所有患者與此樹芽悉差其患若葉出時丈夫婦人童男童女所有患者與此樹葉悉差其患若樹大時入其陰者衆生諸患亦皆除愈於後成果其光徧照十方世界若有衆生念此光者彼亦當得無老病死若斫此樹取其木者不畏貧窮彼木破已猶有此益若取其木將作宅舍入其内者諸怖悉除亦皆無有寒熱飢渴如是奢利弗其栴檀那樹芽葉華果長大時乃至所取或積爲舍無不皆與諸衆生等作大利益如是奢利弗當知菩薩摩訶薩發阿耨多羅三藐三菩提心時以四攝法攝取衆生何者爲四所謂布施愛語利行同事令彼衆生悉得安樂令彼樂已便能順入三解脱門何者爲三所謂空無相無願彼既增長便得具足無生法忍乃至究竟得徧智果既得果已當於無餘大涅槃界而取滅度於滅度時自碎舍利如芥子許亦作住持奢利弗如栴檀那樹斫取其木諸方將去入彼木舍諸欲熱惱後不復發

如來舍利亦復如是奢利弗以是義故當知若善家子善家女等發阿耨多羅三藐三菩提心者乃得報彼先所作恩何以故奢利弗若發阿耨多羅三藐三菩提心者彼即不斷如來教行不斷聲聞獨覺等地能斷衆生所有諸苦及人天苦奢利弗於意云何更有餘人共彼人相似不奢利弗言不也世尊彼人若人若天若魔若梵若沙門若婆羅門若復餘衆以諸樂具與彼菩薩無能報彼先所作恩奢利弗若以一劫若減一劫若百劫若千劫若百千劫若百千俱致那由多劫與諸樂具能得報不奢利弗言不也世尊佛言是故奢利弗若善家子善家女等欲得報彼所作恩者當發阿耨多羅三藐三菩提心然可共彼相似一等報其先恩奢利弗言如是世尊當知如彼所與還須似彼所與而報若於世漏無等人所欲報恩者還發無上無與等心於未來佛欲作無上報者彼善家子善家女等亦須發阿耨多羅三藐三菩提心如是乃得名爲報恩奢利弗有二種富伽羅以無上供供養如來何者爲二有富伽羅到諸漏盡有富伽羅發阿耨多羅三藐三菩提心爾時世尊說伽他言

二種富伽羅　彼能供養佛　漏盡發覺心
是名爲二種　三有諸世間　亦無有財施
欲與彼大士　而能報其恩　諸色香味等
所愛及稱心　而施於彼人　亦不名供養
若發菩提心　爲於菩提果　此乃無所求
而名上供養　諸天及世人　及以諸魔世
所須者皆與　亦不名報恩　彼無所乏少

彼亦不生欲　故於大士所　不名爲供養
若有人欲得　供養於佛者　彼須發是欲
當求於菩提　若欲作功德　數數無有量
彼須發菩提　當疾作尊重　若欲求諸禪
欲修無量念　彼須生精進　爲佛智因緣
若欲得諸樂　破壞於諸苦　彼須發是欲
爲於佛菩提　若欲見無量　阿僧祇諸佛
作尊重心已　喜樂發菩提　若人欲詣彼
無邊諸世界　須發大精進　喜樂發菩提
若人心喜樂　過去佛菩提　須發菩提心
當修菩薩行　若人疾欲見　未來諸佛者
須發菩提心　當修菩薩行　若人欲得見
現在諸佛者　彼須常喜樂　爲修於菩提
若人起慈意　欲徧諸衆生　須生是欲心
爲佛菩提故　若欲於衆生　令脫諸苦者
數數當須學　彼無上智慧　若欲與衆生
無量無邊樂　彼須發是欲　求勝佛菩提
若人欲捨彼　所有諸惡趣　彼須發是欲
爲求於菩提　彼功德無邊　不能具盡說
若發如是意　當覺上菩提

佛說伽他已舍利弗白言世尊說是法門幾許衆生發阿耨多羅三藐三菩提心佛言舍利弗汝今何須問如是義何以故舍利弗如來大智若說是者無邊衆生心皆迷惑何以故舍利弗如來所有戒定智通悉無有量舍利弗於意云何有人能知虚空邊不舍利弗言不也世尊何以故虚空邊際過去世中無有知者未來現在亦無人知佛言如是舍利弗如來大智諸有衆生聲聞獨覺去來現在悉無知者何以故舍利弗此是佛智非諸聲

聞獨覺地境奢利弗白言世尊未曾有也彼諸衆生發阿耨多羅三藐三菩提心者當得如是善決了智佛言奢利弗如是如是如汝所言彼諸衆生菩薩摩訶薩當得如是善決了智奢利弗白言世尊彼菩薩摩訶薩云何當得善決了智佛言奢利弗於意云何此閻浮洲所有衆生若陸若水若空若地漸次修行悉得人身若復有人教持五戒或住十善奢利弗是善家子善家女以此因緣功德多不奢利弗言甚多婆伽婆甚多修伽多乃至不可爲喻佛言奢利弗我今更説令汝樂聞其閻浮洲所有衆生悉教五戒具十善道其人於此所得功德復有一人唯教一人住信行地此善家子善家女功德多彼奢利弗於意云何若有教一閻浮洲中所有衆生住信行地功德多不奢利弗言甚多婆伽婆甚多修伽多彼人功德不可爲喻無量無邊多於前者又奢利弗若有善家子善家女唯教一人住法行地功德多彼教諸衆生住法行地若教一人住八人地功德多彼教諸衆生住八人地若教一人住於初果功德多彼教閻浮洲所有衆生住於初果若教一人住第二果功德多彼教閻浮洲所有衆生住第二果若教一人住第三果功德多彼教閻浮洲所有衆生住第三果若教一人住第四果功德多彼教閻浮洲所有衆生住第四果若教一人住獨覺道功德多彼教閻浮洲所有衆生住獨覺道若教一人住阿耨多羅三藐三菩提心功德多彼教閻浮洲所有衆生住阿耨多羅三藐三菩提心若教一人住不退法功

德多彼教閻浮洲所有衆生住不退法若教一人疾得徧智功德多彼教閻浮洲所有衆生疾得徧智若復有人於此法門生菩薩智破魔羅業捨五聚不共界離諸入壞煩惱攝助白法滅助黒法以此諸法最上王經爲他廣說所得功德多彼無量奢利弗置閻浮洲乃至四洲如是若千世界若二千世界若三千大千世界乃至東方恒伽河沙數等世界衆生若有色若無色若有想若無想若非有想非無想若水若陸卵生胎生濕生化生如是等類漸次修行悉得人身乃至十方世界衆生亦漸次行悉得人身若人盡教住於五戒具十善道奢利弗於意云何彼人所得功德多不奢利弗言甚多婆伽婆甚多修伽多無量無邊不可爲喻佛言奢利弗若有善家子善家女於此諸法最上王經聞而不謗若更增聽若受若持若讀若誦若爲他說以先功德於百分中不及一分千分百千分俱致分百千那由多俱致分乃至筭數譬喻所不能及又奢利弗若教十方世界諸衆生等悉住信行法行八人四果獨覺等地乃至發心住不退法無生法忍疾得徧智若有善家子善家女於此諸法最上王經受持讀誦爲他廣說此功德聚於前功德爲最勝爲最上爲最多爲最妙爲最微妙爲無比爲無上爲無上上爲無相似於無似中得無似福奢利弗以是義故應當知彼衆生有是善決了智發阿耨多羅三藐三菩提心聞此法門生信心者奢利弗如是衆生當云不退轉當云解脫當云度當云寂當云大寂當云濕浴當云調

伏當云無上當云無上上當云到涅槃當云
已滅度當云能說法當云能說義當云說實
當云說真當云如語而作當云捨重擔當云
離欲當云離瞋當云離癡當云無垢當云洗
已清淨當云到彼岸當云聞者當云吐欲當
云吐瞋當云吐癡當云盡諸惡當云佛子當
云福田當云猛健當云健丈夫當云勝色分
當云降伏他軍當云師子當云丈夫當云大
丈夫當云勝丈夫當云無畏丈夫當云有志
丈夫當云大有志丈夫當云調順丈夫當云
丈夫牛王當云超越丈夫當云能降健丈夫
當云人師子當云人牛當云龍當云天當云
天中天當云婆羅門當云離惡當云無礙當
云無縛當云無慳當云無毒當云不愚當云
不共當云不離當云不雜言當云正念言當
云無上言當云無上上言當云最勝言當云
不染言當云不著言當云不縛言當云決了
言當云所言皆實當云所言皆真當云具諸
功德當云應作者作當云作者已辦當云諸
作者達當云具足慚愧當云多作當云多作
利益當云慈當云具諸功德法當云棄諸非
功德當云諸事具足當云不染當云普不染
當云不怯當云不怖當云不驚當云不恐當
云不弱當云不馳散當云無量無邊功德法
行具足當云山當云須迷留山當云迷留山
當云輪山當云大輪山當云不可動當云施
者當云施主當云所有皆捨當云善施當云
和顏悅色當云具施當云持戒當云忍當云
精進當云定當云智當云修神通當云神通
已達當云到諸處當云大勢至當云力至當

云到安隱處當云已度彼岸當云學諸佛當云不斷佛行當云於諸佛法悉得願滿當云破魔羅怨當云摧諸毒刺當云令魔羅力弱當云散魔羅軍衆當云令魔羅黨壞當云坐佛道場當云已却毒刺當云除魔羅敵當云隨順覺當云令順流者逆流當云岸當云能度當云已度當云自得脱教當云破暗當云月當云日當云無邊光當云無礙光當云不可思光當云難稱光當云不可量光當云至諸處光當云普光當云不著欲界當云不著色界當云不著無色界當云泥犁耶解脱當云畜生解脱當云閻魔世解脱當云令泥犁耶清涼當云令畜生清涼當云令閻魔世清涼當云能與所須當云棄捨諸衰當云滅諸苦當云示諸樂當云轉輪王當云世間父當云出世間當云世間解脱當云免世間當云示伏藏當云建立菩薩當云發起菩薩當云開伏藏當云示昔諸佛祕藏當云不可思處能思當云無邊無際功德法具足爾時世尊以無數劫淨心莊嚴所出言音具足功德所謂最上者示教他者順義者甚深者不可伏者微妙者可聞者喜者清淨者悦耳者向心者可愛者滿足者多人喜愛者滑澤者不澀者善度前後際者愛如已子者善出者善合者可入者文字相續決了者善斷諸疑者淳直行者膏潤者似梵天音者雷聲妙者真善決了者似迦陵頻伽鳥聲者淨直行者能淨直友者斷無量疑惑者無依倚者能安慰他者可念者能薄諸使者諸入圓者斷諸諍論者前際已來不詐善者非句真出者多種百

千相應者智慧讚歎令世間愛及安樂者與第一義門者無過失者共相應者與善時相應者能鳴者善分別字句者決了諸淨句者滅多欲刺者滅多瞋刺者滅多癡刺者能示多義者證無邊義者離六趣者離諸道者離諸道言論者說天句者說龍句者說夜叉句者說揵闥婆句者說阿脩羅句者說伽留荼句者說緊那羅句者說摩睺羅伽句者說音慈忍令喜信教者不諂者無處不行者無處著者無顛倒者自重不挑者常實法定者無曲者無偏者離暗顇者成利善相應者教授具足者最勝信者能破流轉暗者離惡違失句者能出分別諸句者除諸外論句者能決疑惑者滅諸苦法沒處者最上如如淨自然行者與諸善法相應令喜者說諸善法與寂相應者離諸垢者純淨第一義相應者斷多疑相應者淨如心淨相應者所言不與非義相應者諸言辯才能說相應者隨其所欲而為廣引者以諸世語令眾生喜者多人愛敬者相應者解脫者善解脫者最勝者聲王者說安隱聲善相應者攝諸白法相應者善究竟者無邊光者作無邊光者能釋所問無邊法智者善能度者說諸樂法相應者說畢竟字句善究竟者說義字句相應者說字句無畢相應者說知足字句相應者說示樂具字句相應者示無量善根者說無量善根相應者以佛莊嚴而莊嚴相應者說無邊句相應者說不去不來字句端正者說無礙字句善究竟者說諸天阿脩羅言教不絕相應者說字句相應不缺少者說字句相應不雜亂者

說字句相應不緩者示明者作明者示明及作明者示超越者過超越者示超越及過超越者說善持衣鉢行者於阿遮犂夜尊重勤攝相應者於憂波弟耶夜尊重勤攝相應者常淨法智淨已復能淨者勤攝第一字句者善說陀羅尼修多羅　王者善說三輪修多羅菩薩藏般若波羅蜜出生者善說流轉摩尼藏華者善說八萬四千法聚復示現百千者發起菩薩令發菩提心者如願得三世諸佛法不著者已脫畢竟脫者聲至梵天者梵音者鳴音者離欲聲者離瞋者離癡者諸佛隨喜者諸佛歎可者如是等類所出言音世尊持三十二相法王輪如來具足八分最爲第一無量千種而以讚歎當於爾時說此伽他

若發菩提心　此人決定到　不須生疑惑
我不得如來　此人所有福　不可譬喻比
此人所有福　得出生菩提　無量無有邊
所有衆生界　此人福勝彼　如我前所說
此人所得福　於彼最勝上　發於菩提心
無有福勝此　餘經決定說　不止於此經
從此經學者　是名爲福利　若聞此經者
佛子隨順教　福田及調伏　我說是寂靜
若聞此經者　是天龍師子　健人無恐怖
名解脫調柔　信向是經時　大經無有上
天中天上天　衆生中無上　何況得聞之
能說及尊重　彼所有辯才　不可得窮極
得聞是經者　如是彼辯才　亦如於虛空
無有得其盡　若持此經者　具忍無有瞋
戒行無怯弱　大智慧明眼　若信此經者
是智彼邊得　愛重於教師　亦如愛父母

能持此經者　菩薩大智慧　不倚於欲界
色界及無色　能持此經者　菩薩摩訶薩
疾得趣向彼　無上菩提場　能持此經者
菩薩大智慧　已怖波旬衆　證無上菩提
能持此經者　菩薩大智慧　當轉於法輪
世所不能轉　能持此經者　菩薩大智慧
世尊與其記　當見如三佛　能持此經者
菩薩大智慧　當云已滅度　無餘如諸佛

佛說伽他已奢利弗白言希有婆伽婆如來爲諸菩薩略說教法所謂菩薩摩訶薩阿僧祇劫修菩薩行而未覺無上正徧知道亦未得無上正徧知智世尊於此經中說無有上彼諸衆生極得善利現於佛前得聞說此最上經名所謂諸法上王法門甚善世尊如此法門今更說之何以故如我解佛所說義意諸過去佛已滅度者爲諸衆生所說正法以此爲上所謂諸法上王法門諸未來佛亦以此經爲說法上所謂諸法上王法門我亦於世尊所聞說無量法門於義文字決定得解如我曾聞無勝此者甚善婆伽婆數數爲我廣說此勝法門佛言奢利弗隨彼時節隨彼衆生心所信解隨彼衆生心所思惟而攝受之奢利弗此是佛智非諸聲聞獨覺地境說此法門時八萬四千人發阿耨多羅三藐三菩提心六萬衆生發菩提心七十俱致欲行天未曾發阿耨多羅三藐三菩提心者今悉發心三十俱致衆生得無生法忍無量地居諸天龍等未曾發菩提心者今悉發心奢利弗以是義故今更廣說此勝法門復於此時有無量千衆生比丘比丘尼優婆塞迦優婆

斯迦向佛合掌瞻仰尊顔默然而住爾時世尊即便微笑諸佛笑時法從面門出雜色光無量百千種色所謂青黄赤白紫色玻瓈色等普照三千大千世界靡不周徧蔽諸日月乃至梵世還來到此繞佛三帀從佛頂入時奢利弗見佛神通即從座起一肩郁多羅僧伽作已右膝著地合掌白言大德世尊有何因縁而現此笑諸佛非無因縁而笑佛言奢利弗汝見比丘比丘尼優婆塞迦優婆斯迦向我合掌目未曾瞬不奢利弗言如是婆伽婆如是修伽多佛言奢利弗彼四衆者悉發大乘心欲聞菩薩行奢利弗於中如來心行智慧若如來過去不可得未來不可得現在不可得是名菩薩行奢利弗若不得菩提若不得心是名菩薩行奢利弗不得聚不著界不取入是名菩薩行當隨順行説此菩薩行時此三千大千世界六種震動爾時魔羅波卑惶怖倒地及魔羅衆天等亦皆倒地以是因縁而説伽他言

破我及軍衆　走避不能脱　如今最勝上
世依之所言　云何魔煩惱　諸力皆已失
今到無力處　聞此空法故　魔怖迷悶死
聞此無作法　無將去無行　何處有死者

爾時魔羅天子等從倒處起而作是言甚善婆伽婆甚善大龍甚善大慈作悲益心於諸衆生今日世尊令我甦息世尊大悲勿令我等非時横死爾時世尊説伽他言

汝魔著大鎧　如來所説是　信我者甚少
住此富伽羅

爾時魔羅波卑得如來慰喻已歡喜踊躍還

得本心身及眷屬皆隱不現

諸法最上王經

音釋

瞬舒閏切目動也　顰蹙顰毗賓切蹙子六切顰蹙愁貌　謦欬謦苦挺切欬苦蓋切謦欬逆氣聲也　鎧可亥切甲也　楯食尹切欄檻也　盪徒朗切盪滌也　甦桑姑切死而更生也

文殊師利般涅槃經

異出菩薩本起經

西晉 優婆塞 聶道眞 譯

清刻龍藏佛說法變相圖

二經同卷
文殊師利般涅槃經
異出菩薩本起經

文殊師利般涅槃經

西晉優婆塞聶道眞譯

如是我聞一時佛在舍衛國祇樹給孤獨園與大比丘僧八千人俱長老舍利弗大目揵連摩訶迦葉摩訶迦旃延如是等衆上首者也復有菩薩摩訶薩十六人等賢劫千菩薩彌勒爲上首復有他方菩薩千二百人觀世音菩薩而爲上首爾時世尊於後夜分入于三昧其三昧名一切光入此三昧已舉身皆放金色光明其光大盛照祇陀林猶若金色

迴旋宛轉照文殊房化爲七重金臺一一臺上有五百化佛臺中經行時文殊師利房前自然化生五百七寶蓮華圓若車輪白銀爲莖黃金爲葉阿茂咤碼碯以爲其臺雜色真珠以爲華鬚其華有光照佛精舍從精舍出還入文殊師利房爾時會中有菩薩摩訶薩名跋陀波羅此瑞現時跋陀波羅即從房出禮佛精舍到阿難房告阿難言汝應知時今夜世尊現神通相爲饒益衆生故說妙法汝鳴揵椎爾時阿難白言大士世尊今者入深禪定未被勑旨云何集衆作是語時舍利弗至阿難所告言法弟宜時集衆爾時阿難入佛精舍爲佛作禮未舉頭頃空中有聲告阿難言速集衆僧阿難聞已即大歡喜鳴揵椎集衆如此音聲遍舍衛國上聞有頂釋梵護世四天王與無數天子將天華香詣祇陀林爾時世尊從三昧起即便微笑有五色光從佛口出此光出時祇洹精舍變成瑠璃爾時文殊師利法王子入佛精舍爲佛作禮一一膝上生五蓮華文殊佛前合指掌時手十指端及手掌文出十千金色蓮華以散佛上化成七寶大蓋懸諸幢旛十方無量諸佛菩薩映現蓋中遶佛七帀却坐一面爾時跋陀波羅即從座起整衣服爲佛作禮長跪合掌白佛言世尊是文殊師利法王子已曾親近百千諸佛在此娑婆世界施作佛事於十方面變現自在却後久遠當般涅槃佛告跋陀波羅此文殊師利有大慈悲生於此國多羅聚落梵德婆羅門家其生之時家內屋宅化如蓮華從母右脇出身紫金色墮地能語如天

童子有七寶蓋隨覆其上詣諸仙人求出家法諸婆羅門九十五種諸論議師無能酬對唯於我所出家學道住首楞嚴三昧以此三昧力故於十方面或現初生出家滅度入般涅槃現分舍利饒益衆生如是大士久住首楞嚴佛涅槃後四百五十歲當至雪山爲五百仙人宣暢敷演十二部經教化成熟五百仙人令得不退轉與諸神仙作比丘像飛騰空中至本生地於空野澤尼拘樓陀樹下結加趺坐入首楞嚴三昧三昧力故身諸毛孔出金色光其光遍照十方世界度有緣者五百仙人各皆見火光從身毛孔出是時文殊師利身如紫金山正長丈六圓光嚴顯面各一尋於圓光內有五百化佛一一化佛有五化菩薩以爲侍者其文殊冠毗楞伽寶之所嚴飾有五百種色一一色中日月星辰諸天龍宮世間衆生所希見事皆於中現眉間白毫右旋宛轉流出化佛入光網中舉身光明焰焰相次一一焰中有五摩尼珠一一摩尼珠各有異光異色分明其衆色中化佛菩薩不可具說左手執鉢右手擎持大乘經典現比相已光火皆滅化瑠璃像於左臂上有十佛印一一印中有十佛像說佛名字了了分明於右臂上有七佛印一一印中有七佛像七佛名字了了分明身內心處有真金像結加趺坐正長六尺在蓮華上四方皆現佛告䟦陀波羅是文殊師利有無量神通無量變現不可具說我今略說爲未來世盲瞑衆生若有衆生但聞文殊師利名者除却十二億劫生死之罪若禮拜供養者生生之處恒生

諸佛家爲文殊師利威神所護是故衆生當勤繫念念文殊像念文殊像法先念瑠璃像念瑠璃像者如上所說一一觀之皆令了了若未得見應當誦持首楞嚴經稱文殊師利名一日至七日文殊必來至其人所若復有人宿業障者夢中得見夢中見者於現在身若求聲聞以見文殊師利故得須陀洹乃至阿那含若出家人見文殊師利者已得見故一日一夜成阿羅漢若有深信方等經典是法王子於禪定中爲說實義令得深法若使亂心多者於其夢中爲說實義令其堅固於無上道得不退轉佛告跋陀波羅此文殊師利法王子若有人念若欲供養修福業者即自化身作貧窮孤獨苦惱衆生至行者前若有人念文殊師利者當行慈心行慈心者即是得見文殊師利是故智者應當諦觀文殊師利三十二相八十種好作是觀者首楞嚴力故當得疾疾見文殊師利作此觀者名爲正觀若他觀者名爲邪觀佛滅度後一切衆生其有得聞文殊師利名者見形像者百千劫中不墮惡道若有受持讀誦文殊師利名者設有重障不墮阿鼻極惡猛火常生他方清淨國土值佛聞法得無生法忍說是語時五百比丘遠塵離垢成阿羅漢無量諸天發菩提心願常隨從文殊師利爾時跋陀波羅等白佛言世尊是文殊師利誰當於上起七寶塔佛告跋陀波羅香山中有八大鬼神自當擎去置香山中金剛山頂上無量諸天龍神夜叉常來供養大衆集時像恒放光其光演說苦空無常無我等法跋陀波羅此法王

子得不壞身我今語汝汝好受持廣爲一切
諸衆生說說是語時跋陀波羅等諸大菩薩
舍利弗等諸大聲聞天龍八部聞佛所說皆
大歡喜禮佛而退
文殊師利般涅槃經

異出菩薩本起經

西晉優婆塞聶道真譯

釋迦文佛前世宿命爲人時在夫妻多摩國世世爲善無數世乃得爲佛佛爲菩薩時名摩納居山中衣鹿皮衣時入城城名鉢摩訶王名耆耶菩薩見中忽忽因問道中行者言今日城中何以忽忽行人對言佛今日當來到菩薩聞佛當來到内獨心喜口言今日見佛來者欲從佛求我心中所欲願者須臾有一女人名曰俱夷持應水瓶有華七枚華名優鉢菩薩隨而呼之曰大姊且止俱夷即止待之菩薩言請夫人手中優鉢華俱夷言今日佛當來到大王在浴室我當以華上之華不可得菩薩言雇華百錢俱夷曰華不可得菩薩曰可自更取俱夷曰不可得菩薩復言雇華五百錢俱夷心自念此華裁直兩三錢今乃雇百錢便以優鉢華五枚與之俱夷自留二枚菩薩探懷中齎錢適得五百盡以與之各自別去俱夷心念言此道人衣鹿皮衣耳適有五百銀錢盡用雇華疑此非恒人也即隨而呼之曰男子男子且止菩薩即止待之俱夷曰卿以誠告我我以華與卿不者我奪卿華去菩薩言我買華從百錢上至五百何故奪我華俱夷曰此華王家華我力勢能奪卿菩薩即以誠告之我聞佛今日當來到欲以華上之從佛求心中所欲願者俱夷曰大善願我後生爲卿作婦卿後生好惡者我當爲卿作婦必置我心令佛知之菩薩曰可便以手中華二枚與菩薩令上佛俱夷言婦人不能得前願以華累卿菩薩便受之各自

別去須臾佛來到國王以下至萬民皆以百
種雜華散佛頭上華皆墮地菩薩持華五枚
散佛頭上華皆留止上向成行如根生不墮
地菩薩持俱夷華散佛頭上華復留止上向
成行在兩肩不墮地佛知菩薩至心佛言令
汝得心中所欲願者却後九十劫名拔羅劫
汝當爲釋迦文佛菩薩聞佛語心中大歡喜
即布髮令佛足蹈之故立於佛前踊躍佛以
神力接之即去地四丈九尺無所播持從上
來下佛復言令汝後世得道度世亦當如我
作佛是時佛者先世佛號曰題惒竭羅佛佛
般泥洹去菩薩還入山中壽終已後即上生
第二忉利天上諸天皆共護視天上壽盡即
復來下生鳩夷那竭國爲飛行皇帝主四天
下壽終即復上生第二忉利天上作帝釋如
是終而復始凡三十六爲天帝釋八萬四千
世爲飛行皇帝如是壽終以後即上生第四
兜率天上即復下生迦維羅衛國迦維羅衛
國者天地之中央也佛生者不可邊生餘國
地爲之傾側迦維羅衛國王爲人仁賢即下
入王夫人腹中但有不淨故無所附近左右
羣臣及鄰國請可屬迦維羅衛國者閱王夫
人有娠皆來賀大王前爲夫人作禮太子從
腹中見外人如蒙羅縠中視見外人外人作
禮太子於腹中以手攘之所以攘之者何不
欲煩擾天下人也夫人懷抱太子時天上諸
神日持天上飯食來置夫人前夫人不知飯
食所從來不能復食王家飯食王家飯食苦
且辛太子以四月八日夜半時生從母右脇
生墮地行七步之中舉足高四寸足不蹈地

即復舉右手言天上天下尊無過我者四天王即來下作禮把持太子置黃金几上和湯浴形王與夫人左右皆驚太子生時上至三十三天下至十六泥犁傍行八極萬二千天地皆爲大明天地爲之震動乃下爲兒其乳母以氎布囊授其母即亦自乳養名爲悉達悉達生身有三十二相明日王與夫人議吾子生不與人同國中有大道人年百餘歲大工相人字爲阿夷寧可俱行相太子夫人曰大善王與夫人共行到道人所王以黃金一囊白銀一囊以上道人道人不受金銀即開氎布而視之太子有三十二相神光表現道人即垂泣而悲王夫人問道人吾子將有何不善耶王今日故相太子欲知善惡何以故悲泣道人曰昨日天地震動正爲太子我傷年老今我當去世恨不侍此人恨不聞是人經戒以故悲泣王聞道人所言即爲太子選擇國中名倡妓得四千人令千人一番歌樂晝夜不休息又欲宿衛太子王深知道人工相人王即爲太子更治宮室門户垣墻皆令完堅若欲開之持門户者其聲當聞四十里中太子生時廄中有倉頭亦生有一白馬亦生倉頭名車匿馬名曰揵德王令倉頭侍太子馬爲太子養護當乘騎之太子生七日其母終矣太子年十歲前白大王爲王太子未曾出遊王曰大善即令左右百官隨太子行遊太子乘車出東城門第二忉利天王釋即化作病疾人在前腹大身腫肌肉盡索著壁而息太子問其馭者是何等人馭者對曰是病疾人太子曰何如爲病疾人馭者對曰是

人宿命爲惡今生爲人食飲不節卧起無常中得爲病太子曰吾國王之子飲食不節卧起無常當復得是病駁者曰人皆當得是太子即迴車而還愁憂不樂念天下人悉當病令我當復病不復飲食大王悔令太子出遊復閉宫門不復使出還作倡妓樂之太子甫愁憂益劇不能飲食至後稍稍差復數年所太子復報大王令在宫中閉日久思樂復一出遊大王不忍逆太子意復可之預令國中太子當出勿令病人諸不淨潔在道傍皆勑令太子復乘車出南城門天王釋復化作熱病人頭髮不理屎尿相塗還自卧其上命在呼吸太子問駁者是何等人駁者對曰是人宿命爲惡不肯自尅飲食不節卧起無常中得是病命在須臾太子曰吾亦飲食不節卧起無常當得此病駁者曰人皆當病太子即復迴車而還太子復愁憂不肯飲食大王曰傍臣左右故先勑令國中勿令病人諸不淨潔者當太子何故令病人見太子後爲作倡妓樂太子太子愁不解不以樂爲樂後稍差稍差後復數年所太子復報大王閉其宫中不樂復欲出遊王曰汝一出來還常愁憂不樂不欲復飲食何爲復出遊耶太子曰我不復爾王復令國中太子欲出遊勿令病人諸不淨潔當道見太子乘車出西城門天王釋復化作一老人羸瘦背傴拄杖而行太子問駁者是何等人駁者曰是老人太子曰何如爲老人駁者曰人生地上從年一至竟壽命欲盡氣力衰微飲食不能故曰老人太子曰吾亦當復老耶駁者曰人生皆當老太子曰

迴車而還吾亦不久居世間便復大憂人皆當復老衰微飲食消盡當終亡我何爲久於世間不肯復飲食愁憂低頭大王復誘訹諫曉我獨有汝一子耳當持國付汝奈何一出還輒憂愁不肯飲食王大爲作樂樂之後復稍稍解如是久久後復報王我欲出遊王答言汝一出來還輒愁憂不樂不肯飲食發痟瘦從死還何爲復欲出遊太子曰我年長大當差王復遣出北城門天王釋復化作喪車中外男女持旛啼哭隨車而送之太子問其馭者是何等人聲馭者曰是哭聲太子曰何如爲哭聲馭者曰有人死者太子曰何如爲死馭者曰人生地上懸命在天壽有長短故曰死死者無所復知身體皆消盡終無有期家室哀痛隨而送之太子曰吾亦當死耶馭者曰人皆當歸死太子曰吾不能久居天地之間吾當值是死遂迴車而還王問馭者太子還何以疾左右白言太子出遊道見喪車心爲不樂故還疾王曰吾亦不欲令太子出遊太子年二十王欲爲太子取婦太子曰我不娶婦王爲太子閱一國中女得數十萬女令太子目閱視之迄無有可太子意者最後一女名曰俱夷太子曰吾欲娶是女王即爲太子取之爲太子娶婦是女平生可持華賣與菩薩者宿命時字俱夷今生續字俱夷太子謂婦曰我兩人同牀併首願得好華置我兩人間共視亦好耶其婦曰華可得即取華置中央夫妻夾之卧婦人之意欲附太子太子固謂婦言若來附我必迫此華此華有汁流汙牀席其婦即自却久久復謂婦言我兩

人同牀併首願欲得好氍布置我兩人中央顧視之不亦好耶婦曰氍布可得即取氍布置中央婦人之意欲身前近太子太子曰若來附我必有汙垢汙氍布其婦即却不敢大親太子意疑太子坐起常隨太子夜半時四天王從天窻中來呼太子曰時到可去太子曰我欲去不能得去四天王即令舞歌者伏鞁眠無所復知其婦卧出太子徐據牀起視其婦恐婦覺知太子遂下牀而起得去徐呼同日所生倉頭車匿令鞁白馬揵德於中庭車匿即鞁馬太子上馬欲去恐門有聲故徘徊中庭太子馬行蹄聲常聞二十里是門聲聞四十里故太子不敢開門四天王即使諸鬼神抱持馬足踰屋出城自到王家佃上止樹下明日王不知太子所在宮中騷動王曰

吾子未曾出遊今且在佃舍耳王即自到佃舍遥見太子坐樹下日光欲照太子樹曲其枝葉扇之不得令日光照太子王恐心且惶下馬為太子作禮太子亦為王作禮太子曰我為王作子未曾出遊今一出遊今王復追我我馬與奴續在一傍願大王歸宮我數日自歸王即上馬而歸謂其婦俱夷太子今在佃上數日來歸太子在樹下專精長思惟累劫之事上至三十三天下至十六泥犁無一可者見田中犁者出土中蟲或有傷者或有死者烏復隨而食之太子歎曰人生地上死當入泥犁不亦苦乎吾不能久居世間即上馬而去行十數里見一男子名曰賁識賁識者鬼神中大神為人剛憋左手持弓右手持箭腰帶利劒當道而立賁識所立處者有三

道一者天道二者人道三者泥犁惡人之道太子遥見心爲不樂直以馬前趣之貰識即惶怖顫慄解劒持弓箭却路而立太子問曰何道可從貰識即以天道示之此道可從太子行數十里道逢獵者太子曰我欲從卿有所倩寧可得耶獵者言所索者可得太子曰欲得麞鹿皮獵者即以皮與太子太子亦以珍物與之太子行數十里駐馬而下謂車匿若從是而還車匿言我隨太子不可還太子曰歸謝大王及我舍妻言我欲入山爲道終身不復還太子取頭上無利著身珍衣授與車匿車匿啼哭受之其白馬前屈膝垂泣而舐太子足車匿步牽馬而還車匿亦啼白馬亦啼從後望太子取麞鹿皮著之欲變其服婦曰望太子當歸及見空馬啼哭自投殿下前抱馬頸謂車匿太子所在車匿曰太子上謝大王及我舍妻言我入山爲道終身不復還俱夷曰我何薄命如亡我夫我當於何所求我夫我夫在天上地下人間耶我當行求之謂白馬言太子與汝俱出若反空還左右皆爲感慟王聞太子去泣下交横謂俱夷人生地上皆當歸死吾子學道度世不亦善耶欲以解俱夷意王亦念太子無已王即請國中賢智之士得數千人王復選數千人得數百人復於數百人中得數十人復於數十人中選擇得五人王呼五人問言卿等日夜於家抱子弄孫亦獨樂乎今吾有一子未曾出遊不知天下白黑一旦捨吾遠處行入名山歷涉窈林趣度溪谷寒暑飢渴誰當知之或有虎狼猛獸吉凶之事誰當見者今卿等五

人各遣一子追求吾子得者便隨侍之吾子終身不復還卿等五人有中道捨吾子去之吾滅卿等家族五人即遣五子追求太子得之於名山隨而侍之如是數歲太子亦不問五人所從來太子所行者皆窈林之處五人患而苦之自相謂言是王太子不行學道病狂癡耳行不擇道我五人不能隨還者王滅吾家不如於此而止五人皆言可五人所止處者大水上其水上有果蓏異類之物冬夏常有所敢故不飢五人止留太子亦不問也太子遂入深山無人之處取地橐草於樹下正坐一心自念言今日肌骨筋髓皆枯腐於此不得佛不起太子便得一禪復得二禪復得三禪復得四禪便於一夜中得阿術闍自知所從何生無數世時宿命二夜時得第二

術闍得天眼徹視洞見無極知人生死所行趣善惡之道向明時便得佛佛自念我以得佛矣難得難知難了得佛道便到龍水所龍名文隣文隣者所止水邊有樹佛便正坐自念言往昔無數劫時有題和竭羅佛言我當爲釋迦文佛我今日以得佛矣我從無數劫已來求佛適今得佛耳我從無數劫已來所施爲入六波羅蜜不忘我功德也今皆得之佛適念是便入禪波羅蜜佛在水邊樹下坐禪光影入水照徹龍所居處龍見佛光大驚毛甲爲竪文隣龍曾已更見三佛一者名拘婁孫佛二者名拘那含牟尼佛三者名迦葉佛皆在樹下坐光影皆入水中徹照龍所居處龍見佛光影如前三佛光影世間得無復有佛龍便大喜出水左右顧視見佛坐樹下

身有三十二相正金色端正如日月佛三十二相遥見如樹有華文隣龍便前趣佛遶佛七帀龍有七頭便以覆佛上龍出水侍佛便風雨七日佛禪七日不動不揺不喘不息佛意快無極過七日後風雨便止佛用初得道故歡喜不食七日龍見佛歡喜侍佛亦不食七日七日竟佛自覺龍便以作年少婆羅門長跪叉手問佛言得無寒得無熱得無爲蟲蛾蚊䖟所嬈佛報言經説言人在屏處快昔者所聞今我皆以更見之是快居世間不爲人所嬈亦快不嬈世間人及蜎飛蠕動之類亦快過度不復作世間人不復作天亦快無有瞋恚淫泆亦快於世間得佛泥洹之道亦快龍白佛言從今已去我自歸佛自歸經佛語龍言比後當有衆阿羅漢比丘僧汝亦當

復務自歸之畜生中文隣爲於前自歸佛佛神通洞達諸天集會皆稽首前謁佛閑居實處精念天下衆善悼哀萬民竟欲教之當先教誰吾王遣五人侍我五人不能及我今在水上吾當先教之佛即復故道而還五人遥見佛來不知何人自相謂是人來者愼無作禮愼無與語五人皆言可佛遥聞五人所道者佛至五人皆惶怖前爲佛作禮佛言卿等五人何故無堅心耶屬自相謂是人來者愼無作禮今何故作禮五人不敢復語佛將五人俱去行數日佛以手摩五人頭鬚皆爲沙門有三道人各教授弟子一道人教五百弟子一道人者教三百弟子一道人者教二百弟子凡爲千人佛將五沙門到三道人所諸弟子皆大喜皆隨佛而去佛將諸弟子行至

諸國到城門鍾鼓自作聲琴瑟自鳴病者得愈老更少肓者得視聾者得聽傴者得伸跛者得行百獸相和悲鳴諸天飛來散華作樂其上佛光照無數天其領三千日月萬二千天地皆屬焉前後授弟子教數千萬億人皆得道度世

異出菩薩本起經

音釋

惒戶戈切 縠胡谷切縐紗也 鞬居言切 傴於武切傴僂也 訹辛律切誘也 鞁皮彼平義二切 憋并列切急性也 顫之善切 慄良質切顫慄悚懼也 麏舉云切麏麞也 蓏郎果切蓏實也 槀古老切稈也 跛布火切足偏廢也

佛說賢首經
千佛因緣經
八大人覺經

乞伏秦沙門釋聖堅
姚秦三藏法師鳩摩羅什 譯
後漢沙門安世高

清刻龍藏佛說法變相圖

三經同卷
佛說賢首經
千佛因緣經
八大人覺經

佛說賢首經

乞伏秦沙門釋聖堅譯

聞如是一時佛在摩竭提國清淨法座處爾時都大會諸菩薩彌勒菩薩等比丘比丘尼優婆塞優婆夷諸天龍鬼神阿須倫共會佛告舍利弗十方佛今日亦大會爲諸菩薩說經清淨法座中有優婆夷名颰陀師利即蓱沙國王夫人也叉手白佛言願欲聞十方佛名菩薩及剎土名佛言善哉善哉當爲汝說之東方有佛名入精進剎名持討樹菩薩名

敬首南方有佛名不捨樂精進剎名世念樹菩薩名覺首西方有佛名長精進剎名蓮華樹菩薩名寶首北方有佛名日精進剎名辛已樹菩薩名施首東北方有佛名哀精進剎名青蓮樹菩薩名功德首東南方有佛名百藍精進剎名香樹菩薩名令首西南方有佛名上精進剎名寶樹菩薩名精進首西北方有佛名一度精進剎名思惟樹菩薩名善首下方有佛名梵精進剎名水精樹菩薩名智慧首颰陀師利聞十方佛名菩薩及剎土名踊躍歡喜前以頭面著地爲佛作禮白佛言我今雖發阿耨多羅三藐三菩提心當用何行離母人身佛言善哉善哉是佛所問佛言颰陀師利奉行十事可得離母人身有一事行疾得男子自致阿耨多羅三藐三菩提何等一事以發薩芸若意作無央數功德能不望是爲一事復有二事母人疾得男子自致阿耨多羅三藐三菩提何等二事一者所作如語不事天但自歸諸佛二者所作不信邪是爲二事復有三事母人疾得男子自致阿耨多羅三藐三菩提何等爲三事一者常淨護身三二者淨護口四三者淨護意三是爲三復有四事母人疾得男子自致阿耨多羅三藐三菩提何等四事一者所施與不諛諂二者於戒不諛諂三者自守淨四者不諛諂聽聞六法是爲四事復有五事母人疾得男子自致阿耨多羅三藐三菩提何等爲五事一者以用法二者所作如法三者聞法直住四者不樂母人身五者念作男子是爲五事復有六事母人疾得男子自致阿耨多羅三

藐三菩提何等爲六事一者不懈怠所作而不安二者其心柔軟三者質朴四者不諛諂五者無有態六者所作至誠是爲六事復有七事毋人疾得男子自致阿耨多羅三藐三菩提何等爲七一者常念佛法身二者常念法得佛慧三者常念僧爲來屬四者常念戒所求淨五者常念施與去諸垢六者常念天念菩薩心七者常念人欲一切度故是爲七事復有八事毋人疾得男子自致阿耨多羅三藐三菩提何等爲八一者不以飲食被服自娛樂二者亦不華三者亦不香四者亦不衆雜香五者亦不嬉戲至觀廬六者亦不倡妓七者不歌舞八者但月六齋是爲八事復有九事毋人疾得男子自致阿耨多羅三藐三菩提何等爲九一者無所斷二者無所著三者無我四者不念有人五者不念有壽六者不念有命七者不念所生處八者不念無所生處九者但離十二因緣是爲九事復有十事毋人疾得男子自致阿耨多羅三藐三菩提何等爲十一者爲有慈於一切二者不貪一切人物三者不念他人男子身四者不兩舌五者不惡口六者不妄言七者不綺語八者人持妓樂樂之不以爲樂九者亦不起意亦無所恨但正住十者不興邪因緣福事與人相知是爲十事佛説經竟颰陀師利摩竭提國六萬優婆夷聞是法行皆發阿耨多羅三藐三菩提心諸菩薩彌勒等比丘比丘尼優婆塞優婆夷諸天龍鬼神阿須倫前持頭面著地爲佛作禮歡喜而去

佛説賢首經

千佛因緣經

姚秦三藏法師鳩摩羅什譯

如是我聞一時佛在王舍城耆闍崛山中與大比丘衆五千人俱其名曰尊者阿若憍陳如尊者優樓頻螺迦葉尊者伽耶迦葉尊者那提迦葉尊者摩訶迦葉尊者舍利弗尊者大目揵連尊者迦旃延尊者阿那律尊者阿難等皆大阿羅漢而衆所知識如調象王所作已辦三明六通具八解脫菩薩摩訶薩八萬四千人梵德菩薩淨行菩薩無邊行菩薩而爲上首跋陀波羅應與無邊俱爲上首也他方月音菩薩月藏菩薩妙音菩薩而爲上首如是等諸大菩薩皆久修梵行安隱清淨住首楞嚴三昧皆悉具足八萬四千諸波羅蜜於娑婆世界及十方國示現作佛轉妙法輪現般涅槃於耆闍崛山昇仙講堂皆師子吼是諸菩薩摩訶薩等各各自説過去因緣如是音聲遍滿三千大千世界天龍夜叉乾闥婆阿修羅迦樓羅緊那羅摩睺羅伽人非人等一切大衆皆悉集會爾時世尊從石室出問阿難言今諸聲聞諸菩薩等皆何講論阿難白佛言世尊諸菩薩衆各各自説宿世因緣爾時世尊安詳徐步如大龍象被僧伽梨入大衆中告諸菩薩言汝等今者各説何義其大音聲遍滿世界跋陀波羅菩薩即從座起自爲世尊敷師子座頭面禮足請佛就坐白佛言世尊我於今日欲少諮問唯願世尊爲我解説説是語時八萬四千諸菩薩等各脫瓔珞散佛供養所散瓔珞住佛頂上如須彌山嚴顯可觀有千化佛坐山窟中時諸

菩薩頂禮佛足異口同音白佛言世尊世尊與賢劫千佛過去世時種何功德修何道行常生一處同共一家於一劫中次第當得阿耨多羅三藐三菩提化度濁惡諸衆生等令其堅發三種清淨菩提之心願爲我等及未來世諸衆生故當廣分別賢劫千菩薩過去世時諸波羅蜜本事果報爾時世尊告諸菩薩言諦聽諦聽善思念之吾當爲汝分別廣說跋陀波羅汝今當知乃往過去無量無數百千萬億阿僧祇劫復過是數爾時此娑婆世界名大莊嚴劫名大寶有佛世尊名寶燈焰王如來應供正遍知明行足善逝世間解無上士調御丈夫天人師佛世尊出現於世彼佛世尊出現世時亦以三乘教化衆生佛壽半劫正法化世住於一劫像法化世住於二劫於像法中有一大王名曰光德十善化民國土安樂如轉輪王爾時大王教諸人民誦毗陀論時學室中有千童子年各十五聰敏多知聞諸比丘讚佛法僧有一童子名蓮華德白善稱比丘言云何名佛云何名法云何名僧比丘偈答曰

波羅蜜滿足　淨性覺智慧　勝心得成就
故號名爲佛　無染性清淨　永離於世間
不觀世五陰　常住名爲法　身心常無爲
永離四種食　爲世良福田　故稱比丘僧

時千童子聞三寶名各持香華隨從比丘行詣僧坊入塔禮拜見佛色像彼像身量高六十二那由他由旬八萬四千諸相好門皆悉具足時千童子見佛像已白比丘言如此勝人大無上士過去世時修何功德乃得如是

無上勝相比丘答言善男子汝今諦聽佛世尊者過去修行八萬四千諸波羅蜜亦復修習三十七品助菩提法故得如此端嚴之身如來身者不但有此八萬四千諸相好門亦有十力四無所畏十八不共大悲三念處三明六通八解脫等時千童子聞於比丘讚歎佛已五體投地即於像前發弘誓願我等今者各各應發阿耨多羅三藐三菩提心過筭數劫必得成佛如今世尊等無有異第三童子名蓮華藏復發誓願我等今者因比丘故聞三寶名復得見於如來色像於未來世成佛無疑未成佛間恒與比丘共生一處跋陀波羅汝今當知時千童子聞三寶名身心歡喜隨壽長短皆悉命終臨命終時以聞三寶善根因緣力故除却五十一劫生死之業命終之後得生梵世諸天生法生梵宮已即得三念自憶往世聞三寶名以是因緣得生天上時千梵王各乘宮殿與諸梵俱持七寶華至故塔前供養佛像時千梵王異口同音而說偈言

慧日大名稱　久住善寂地　聞名除諸惡
自然生梵世　我今頭面禮　歸依大解脫

說此偈已各還梵世跋陀波羅汝今當知時彼國王十善化人者久已成佛毗婆尸如來是善稱比丘尸棄如來是時千童子豈異人乎今拘留秦佛乃至最後樓至如來是跋陀波羅汝今當知我與賢劫千菩薩從彼佛所聞三寶名始發阿耨多羅三藐三菩提心其事如是佛告跋陀波羅汝今當知我念過去無量無數阿僧祇劫此娑婆界有一大國名

波羅柰王名梵德常以善法化諸人民彼時人壽八萬四千劫時王梵德自見衰相以國付子出家學道於仙人生地優曇鉢林中晨朝出家端坐思惟經一食頃逆順觀於十二因緣往復觀察凡十八遍應時即得辟支佛道涌身虛空作十八變優曇林中有五百梵志見辟支佛足下有十二因緣文字無明緣行行緣識識緣名色名色緣六入六入緣觸觸緣受受緣愛愛緣取取緣有有緣生生緣老死憂悲苦惱五百梵志見此文字有觀無明緣行無所依起有三百人應時即得辟支佛道又二百人觀無明緣行及愛取有應時即得成辟支佛又觀無明乃至老死憂悲苦惱因無常行成辟支佛優曇鉢林一日之中有五百一辟支佛出現於世是時大地六種震動乃至梵世諸天宮殿時千梵王各以衣裓盛曼陀羅華摩訶曼陀羅華曼殊沙華摩訶曼殊沙華至優曇林中供養辟支佛頭面禮足白言大德爲我説法時辟支佛涌身虛空作十八變舒手現足時千梵王見其足下十二因緣文字相現見其掌中有十善文於頂光中見五戒法八支齋文時千梵王身心歡喜受持讀誦發弘誓願我等今者見諸快士結加趺坐如入禪定身分光明有此文字令我讀誦時梵衆中有一梵王名曰慧見告餘梵言我於今者見辟支佛受持五戒八支齋法當行十善觀諸緣起以此善根迴向甚深阿耨多羅三藐三菩提願我等作佛時説法度人過於辟支佛百千萬倍我成佛時聞我名者見我形者速得除滅無量障礙如我

今者見辟支佛時千梵王供養畢已各還所安隨梵天壽後各命終命終之後於娑婆界千四天下爲千轉輪王十善教化本善願故不隨因緣壽命八萬四千歲臨欲終時雪山之中有一婆羅門聰明多智壽命半劫於先經中聞過去有佛號栴檀莊嚴如來十號具足彼佛世尊說甚深檀波羅蜜不見施者及以受者心行平等而行布施時大仙人聞此事已從雪山出詣千聖王求索財寶廣爲諸王讚說甚深檀波羅蜜翹於右足而舉右手住立王前而說偈言

施爲妙善藥　服者常不死　不見身與心
觀財物空寂　受者如虛空　如是行布施
無財及受者　乃應菩薩行

時千聖王各以國土付其太子告下諸國我等今者欲修一切施諸有貧窮須財寶者可詣我所當隨意施爾時諸國一切人民皆悉來集千聖王所白言聖王我等今者唯乏二事餘無所須何等二事一者天樂二者天女時千聖王持摩尼珠置高幢上發大誓願我等福德受善果報眞實不虛令如意珠普雨天樂供給一切應念即雨種種樂器時諸樂器住虛空中不鼓自鳴復更生念若我福善眞實不虛令如意珠普雨天女應念即雨種種天女容儀庠序如魔天后一一天女各有五百眷屬以爲侍者時千聖王滿衆願已即捨國土出家學道時王千子及諸臣民皆悉號咷隨從王後奉送大王至於雪山時千聖王告諸民臣諸行無常我身無主性相皆空有者歸滅我於今者信解此義是以棄國無

所戀著即隨婆羅門入於雪山王子臣民辭退還國時千聖王於雪山中各立草菴端坐思惟發弘誓願當度一切求無上道思大施義聖王宿世十善報故雪山千神各獻仙果日日供給更不求食應時即得獲五神通飛騰虛空壽命一劫時雪山中有大夜叉身長四千里狗牙上出高八十里面十二眼眼出迸血光如鎔銅左手持劒右手持叉住聖王前高聲唱言我今飢渴無所飯食唯願聖王慈悲矜愍施我少食時千聖王告夜叉言我等誓願一切施與各各以水澡夜叉手授以仙果而令食之夜叉得果怒棄置地告聖王言我父夜叉噉人精氣我母羅刹恒噉人心飲人熱血我今飢急唯須人心血何用果為時千聖王告夜叉言一切難捨無過己身我等今日不能捨心持用相與是時夜叉即説偈言

觀心無心相　四大色所成　一切悉能捨
乃應菩薩行

時雪山中有婆羅門名牢度跋提白夜叉言唯願大師為我説法我今不惜心之與血即脱單衣敷為高座即請夜叉令就此坐時大夜叉即説偈言

欲求無為道　不惜身心分　割截受眾苦
能忍猶如地　亦不見受者　求法心不悔
一切無悋惜　猶如救頭然　普濟眾飢渴
乃應菩薩行

時牢度跋提聞此偈已身心歡喜即持利劒刺胷出心是時地神從地涌出白牢度跋提唯願大仙愍憐我等及山樹神莫為一鬼捨

於身命時牢度跋提告諸神言

此身如幻焰　隨現即變成　猶如呼聲響
呼已更不應　四大五陰力　其勢不久停
於千萬億歲　未曾爲法死　我今爲法故
以心血布施　愼勿固遮我　障我無上慧
以此布施報　誓願成佛道　若後成佛時
要先度汝等

說此偈已卧夜叉前以劒刺頸施夜叉血即復破胷出心與之是時天地大動日無精光無雲而雷有五夜叉從四方來爭取分裂競共食之食之大叫涌立空中告千聖王誰能行施如牢度跋提如此行施乃可成佛時千聖王驚怖退沒不欲菩提生變悔心各欲還國時五夜叉即說偈言

不殺是佛種　慈心爲良藥　大悲常安隱
終無老死異　一切受身者　畏殺壽害人
是故諸菩薩　教行不殺戒　汝今若畏死
當行不殺事　云何欲還國　捨靜求憒丙

時千聖王聞此語已皆默然住佛告跋陀波羅汝今當知第一婆羅門讀檀波羅蜜者過去定光明王佛是牢度跋提者過去然燈佛是時千聖王出家學道見然燈佛修諸苦行心生悔恨於一劫中墮大地獄雖墮地獄菩薩願力莊嚴心故火不能燒從是已後復得值遇燈明王菩薩爲其說法從地獄出廣爲讚歎過去千佛解脫稱莊嚴佛乃至最後妙自在王佛時千聖王聞千佛名歡喜敬禮以是因緣超越九億那由他恒河沙劫生死之罪跋陀波羅汝今當知時千聖王豈異人乎我等賢劫千佛是也佛說是時一切大衆聞

佛所說皆大歡喜八十人發無上道心二百五十人漏盡意解成阿羅漢復次跋陀波羅乃往過去無量無數阿僧祇刧此閻浮提有大國王名須闍提國名勝旛其王生時七寶承足天降瑞應三十有四墮地即行七寶自至四方諸山各有一億神仙五通具足飛集殿前復有百萬億恒河沙七寶大山涌出殿前列住空中以應神仙須闍提王漸漸長大王四天下威德自在十善化人王德力故一切人民皆受快樂如忉利天時諸仙人各持仙經授王令讀王讀經已聞過去有佛號寶華瑠璃功德光照如來十號具足王聞佛名身心歡喜即脫寶冠向四方禮發大誓願我於今日捨四天下一切所珍出家學道坐於光明菩提樹下身心不動若不得阿耨多羅三藐三菩提我終不起是時六欲天王名金剛摩尼珠與諸魔衆八萬億千一一鬼兵作百億變狀甚可怖畏競集道樹時須闍提王端坐樹下入智印慈心王三昧三昧力故時魔兵衆同時碎壞經七七日得成阿耨多羅三藐三菩提時諸神仙俱來勸請轉妙法輪仙人衆中有一大仙名曰光果說偈請曰

大德須闍提　金輪王四域　今捨此七寶
如鳥去一毛　坐於光明樹　降伏萬億魔
甘露法已聞　學道已成就　相好特無比
威光照十方　當號大善寂　願必度我等
我今頭面禮　勸請轉法輪

第二仙人名曰光藏復說偈言

大聖愍衆生　誓願坐樹下　摧伏諸魔軍
結使海已竭　願爲衆生故　廣說甘露法

爾時世尊默然受於諸仙人請於光明菩提樹下轉妙法輪舉身放光照十方界皆如金色廣說四諦及十二因緣凡百億偈初會聞法四山諸仙皆得無生法忍百千人發無上道心出家學道無數四部得須陀洹道有發菩提心數不可知佛壽二十五萬劫正法住世二百萬劫像法住世四百萬劫彼佛世尊法欲滅時有諸比丘遊行教化時有一國名曰電光有一長者名牢度跋提修行外道事梵天法電光大王遣千童子供給彼人灑掃天廟時千童子各持天華欲往天寺於其中路見諸比丘持佛像行童子問言此是何神端正威光巍巍乃爾諸比丘言此大善寂像童子問言大善寂者生何種姓有何等義比丘答言汝不知乎過去久遠須闍提王棄國出家成無上道號大善寂於淨光林入般涅槃我等今者是其弟子今我所持是善寂像時千童子聞佛因緣各持蓮華以供養像頂禮像足跋陀波羅汝今當知以是供養佛像因緣時諸童子隨壽長短各自命終命終之後即得值遇六十億那由他諸佛親覲供養於無上道得不退轉跋陀波羅汝今當知彼佛世中四山仙人數不可知者今十方面各得成佛時千童子華供養者豈異人乎我等賢劫千佛是也跋陀波羅汝今當知佛滅度後若諸四衆若持一華供養佛像得二種福何等爲二一者常得化生二者形色端正復得二果一者恒得值遇諸佛二者多生天上時諸比丘聞佛所說皆大歡喜佛告跋陀波羅汝今當知我念過去無量無數千萬億劫

彼時有佛號寶蓋照空如來應供十號具足彼佛出時此三千大千世界如金剛佛刹等無有異寶蓋照空如來亦以三乘教化衆生佛滅度後於像法中有一長者名日月集遊行聚落教化衆生以偈讚歎寶蓋照空如來名號

寶蓋照空正遍知　無上調御天人師
久離生死釋師子　無染清淨應真慧
能爲世間良福田　普濟一切如醫王
聞名必得大解脱　我今頂禮無上勝

時彼長者説此偈已以種種華香供養寶蓋照空佛像華供養已有千比丘來入講堂見大長者華香供養讚誦佛偈第一比丘名曰日藏問長者言汝今日日香華供養讚歎佛名欲求何等長者白言大德比丘應一心聽今我供養欲求無上平等大道比丘問言云何名爲無上大道長者答言

無著無所依　無累心寂滅　本性如虛空
是名無上道　大人心所行　慈悲爲最勝
三十七滅意　覺道力莊嚴　乘於六度船
永度生死流　彼處心無著　故名無上道
佛慧如須彌　亦若蓮華數　久達解空性
故名無上道　調御知心如　實際性亦然
三界一切有　皆入如寂中　不設無生相
同入法界性　如此無所有　故稱無上道

是時長者説此偈已白比丘言唯願大德行無上道日藏比丘復説偈言

如仁所説義　無行無所依　本性相空寂
我當行何法　我所問大道　欲知佛覺智
今説法界相　無知如虛空　於此無知中

無欲無所求　如是性海滅　我當何所行
是時長者復說偈言
日光住空中　普照於一切　彼亦無心相
欲破諸闇暝　光明力照耀　超過諸黑闇
黑闇與光明　二俱無心意　本無心性闇
闇性不暫停　佛慧亦如是　無滅無所生
智力道莊嚴　從於五眼起　六通如蓮華
不染著世間　戒定慧莊嚴　超度世間相
是故應歸依　無上平等道
是時長者說此偈已白比丘言大德汝今欲求無上道不日藏比丘聞長者言深解義趣頂禮佛足而說偈言
頂禮佛足大解脫　久住涅槃滅諸有
無漏智力所莊嚴　如長者說寂滅慧
我今欲求無染累　超越世間諸空相
我今求於寂滅道　不縛不解不住色
亦復不入縛解中　無有生死解脫相
此處名爲甘露道　如我所願得成果
修行六度無礙累　必定得住首楞嚴
具佛職位威儀行　滿足佛智如先佛
金剛不壞性空慧　是一切智大人事
摩尼寶珠如意王　我亦當得一合相
平等度意無上性
是時比丘說此偈已告長者言汝今當知我已解汝所說偈義我已堪任爲菩提器我等千比丘從今日乃至成佛常修大慈普愛一切於諸衆生不生毀呰何況殺害我從今日乃至菩提常起大悲普攝一切而於大悲不起悲相不生戀著我從今日乃至成佛見他得樂心生忻悅猶如比丘得三禪樂不起樂

觸及樂覺相我從今日乃至成佛不見衆生及衆生相亦不住喜不入捨中我從今日乃至成佛終不造作九十五種諸惡律儀我從今日乃至成佛終不爲已畜養八種不淨之物若有畜積必爲饒益諸衆生故我從今日乃至成佛終不毁謗菩薩法藏若有辯才智慧無極説邪見論滿百千歲我寧碎身猶如微塵終不信受我從今日乃至成佛設有衆生造不善業造五逆罪必當教化令得饒益我從今日乃至成佛誓願當度五濁惡世没苦衆生我從今日乃至成佛常當修行諸波羅蜜盡其邊際到大智岸我從今日乃至成佛終不放捨一切衆生必當安慰以義饒益我從今日乃至成佛普願莊嚴一切佛事修諸淨行十種珍寶以爲脚足無願解脱以爲眼目遊於大空畢竟涅槃時千比丘發此誓已五體投地遍禮諸佛而説偈言

佛智不可動　從於解脱生　本性相自空
遊戲金剛心　已摧煩惱魔　陰蓋永已除
清淨大慧者　我今頭面禮

説此偈已遍禮十方一切諸佛是時空中無雲而雷諸天龍神普雨天華以爲供養而説偈言

善哉勝大士　出家修梵行　淨命乞自活
常離四種食　染衣執應器　大數滿一千
今復發最上　微妙菩提心　福田中最勝
無過比丘僧　我今頭面禮　修行大乘者

時千比丘聞偈歎德倍加精進即得甚深觀佛三昧告長者言善哉長者我因汝故發菩提心汝亦應於佛法海中出家學道爾時長

者受比丘教於正法中出家學道常修頭陀備諸苦行經七七日得無生忍跋陀波羅汝今當知時大長者教化多人發菩提心者久已成佛殊勝月王佛是也若有善男子善女人聞是佛名恒得值佛於菩提心得不退轉即得超越十二億劫極重惡業時千比丘發誓願者我等賢劫千佛是也說是語時百千梵王發菩提心思佛千優婆塞等得無生法忍鬱多羅母善賢比丘尼等五百比丘尼不受諸漏心得解脫成阿羅漢說是語時時會大衆聞佛所說皆大歡喜佛告跋陀波羅汝今當知我念過去無量無數阿僧祇劫彼時有佛號淨音如來十號具足彼佛出時此三千世界七寶莊嚴如寶莊嚴國等無有異佛壽二十大劫正法住世四十劫像法倍壽八十劫亦以三乘教化衆生於像法中有一比丘名一切忍持菩薩藏行菩薩法遊巡村落常說此偈

佛住平等空　法性相亦然　僧依無爲會
三寶義無異　了本性相空　歸依處寂滅
常行眞如道　乃應菩薩行

忍辱進大比丘常說此偈時華光林中有千梵志修四梵行慈悲喜捨聞此比丘讚三寶義名身心歡喜即白比丘於何經中有如此義比丘白言大調御師於大方等眞實經中說佛法僧平等空慧住一相中時千梵志聞佛法僧平等空慧即思甚深大空智義八千歲中端坐正受於空法中而不決了復更思惟一切法空於如實際亦不決了然不生疑亦不誹謗作此思惟時有一比丘名曰智藏

告諸梵志汝等知不過去有佛名三昧尊豐如來十號具足如是同字百千億佛皆說甚深般若波羅蜜其經中說不住諸法法性皆空如是凡夫於空法中心不明了但當一心歸於空義時千梵志聞此語已心大歡喜白比丘言般若波羅蜜是大空智我等今者無明所覆於空義中無由解了但於大德所說法中身心隨喜佛告跋陀波羅彼二比丘善說法者第一比丘今已成佛於妙樂國歡喜莊嚴珠王佛是若有四衆聞彼佛名五體投地歸依頂禮即得超越五百萬億阿僧祇劫生死之罪第二比丘久已成佛號帝寶幢摩尼勝光如來十號具足若有四衆聞彼佛名五體投地歸依頂禮即得超越七百萬億阿僧祇劫生死之罪時千梵志以聞甚深般若波羅蜜身心歡喜不生驚疑怖畏誹謗即得超越五十億劫生死之罪捨身他世即得值遇六億佛於諸佛所得念佛三昧以莊嚴心念佛三昧莊嚴心故漸漸於空法中心得開解跋陀波羅時千梵志豈異人乎我等賢劫千佛是以得聞空法心無疑故於娑婆世界次第得成阿耨多羅三藐三菩提是故一切衆生應於空義心無疑惑佛說此語時時會大衆聞佛所說有得初果有發無上正眞道意數甚衆多不可具說一切大衆聞佛所說皆大歡喜頂禮佛足佛告跋陀波羅我念過去無量無數阿僧祇劫彼世有佛名海慧如來十號具足國名淨樂七寶莊嚴地生寶華如須彌山七寶合成嚴顯可愛彼佛世尊常入禪定默然不言終不說法但於白毫大人

相光施作佛事或有衆生見白毫光如十善印說十善義或有衆生見白毫光如五戒印說五戒義及五戒緣或有衆生見白毫光如八戒印說八戒義及八戒緣或有衆生見白毫光如波羅提木叉印說波羅提木叉義及波羅提木叉緣或有衆生見白毫光如六波羅蜜印說八萬四千諸度義或有衆生見白毫光如四諦印說四諦義及三十七助菩提分法或有衆生見白毫光如獨覺印說十二因緣義或有衆生見白毫光如智相印演說菩薩初地境界乃至十地說首楞嚴光印三昧說金剛定不壞境界跋陀波羅如是白毫大人相中現無量無數恒河沙印或有印中演法無畏或有印中說九十五種外道邪術或有印中說諸天衆上妙報應或有印中說於劫成及與劫壞或有印中說日月五星二十八宿災異變怪一切世事或有印中說諸神仙及鬼神道此白毫印普照十方化度衆生隨有緣者顯現佛事彼佛壽命十二大劫正法住世亦十二劫像法住世二十四劫於像法中有千婆羅門第一婆羅門名檀那世寄其最後名分若世羅千婆羅門聰明博智各皆通達四毗陀論海慧如來像法之中有一比丘名曰淨龍豐莊嚴與諸婆羅門共相難詰婆羅門說毗陀論經神我之法沙門復以十二部經甚深空義演說無相破其貪著千婆羅門聞無相義白比丘言汝於何處得此無我空寂之法比丘答言三世諸佛十號具足所共宣說海慧如來白毫印中常說此偈

本性義不生　無受無取者　四大性如幻
五陰如焰電　一切諸世間　猶如旋火輪
皆隨無明轉　業力莊嚴生　觀性相無常
無我無有主　智者應諦觀　本末因緣義
本性實際空　縛著橫見有　若能達解空
無願無作處　無相無所依　必得道如佛
降伏衆魔怨　度脱諸人天　亦入大解脱
知空是本報　是名律所説　無我及空義
説此偈已千婆羅門心大歡喜禮比丘足各自還歸端坐林野思無我空經八千萬歲於大空義心不決了以思空義功德力故即於空中得見百千佛於諸佛所得念佛三昧即於三昧中見海慧佛白毫印中説甘露偈
若欲發道心　修持菩薩戒　欲求眞實空
隨學菩薩道　常當行慈心　除去恚害相
悲愍於一切　觀彼身空寂　我身無性相
假於四大生　隨順諸佛法　不殺不起瞋
悉堪受諸法　其心猶如地　常行無所著
一心住一意　悉觀法平等　無彼亦無此
正心思此義　乃應菩薩行
時千婆羅門聞此偈已身心歡喜倍加精進即得諸佛現前三昧於三昧中堅固正受不退轉於阿耨多羅三藐三菩提心跋陀波羅爾時龍豐莊嚴比丘者久已成佛華光國土龍自在王佛是千婆羅門豈異人乎我等賢劫千佛是跋陀波羅我與賢劫千佛於海慧如來遺法之中聞大空偈端坐思惟心不決了猶得超越無量億劫生死之罪是故汝等應於空義思惟取正是時衆會聞佛所説有得初果有發無上正眞之道有種辟支佛道

因緣者時會大衆聞佛所説皆大歡喜踧陀波羅我念過去無量億世彼時有佛號自在勝如來十號具足彼佛世尊出現世時此娑婆世界其地金色金華金光充遍世界自在勝如來壽五十大劫正法住世三十大劫像法住世百二十大劫於像法中有千居士多饒財寶各儲一億雖獲俗利不以喜悦常修苦空無常之相彼時世中有一優婆塞聰明多智名摩訶那伽至居士所高聲説偈

財爲無主物　王賊所侵劫　水火風吹盡
不安不久居　此身屬無常　恒爲老病使
忽忽營衆務　不覺死賊害　無常風刀解
財如大毒蛇　毒害猛於龍　亦爲世怨俱
諸佛及賢聖　視財如瘡疣　捐之於大地
如人棄洟唾　善士修布施　恒觀於無我
財物及受者　三法俱空寂　以此莊嚴心
乃應菩薩行

時千居士聞優婆塞所説偈義深心歡喜得未曾有即共相隨到於僧坊到僧坊已白諸比丘此大衆中誰有智者唯願爲我説甘露法爾時衆中有一比丘名曰淨音爲諸居士廣讃菩薩檀波羅蜜即説此偈

過去有佛　號自在勝　彼佛世尊　常説此法
施爲妙聚　受報無窮　諸天世人　因施得立
是故智者　應行修施　施爲寶蓋　覆護窮者
今世後世　生處安樂　若能廣意　修空慧心
不住諸有　而行布施　如此施者　必成佛道
古昔諸佛　所説檀法　長者應念　宜時修行

時千居士復聞比丘讃於布施身心歡喜即詣王所啓大王言我等今日聞諸比丘讃説

檀波羅蜜唯願大王為我宣令一切國內貧
苦衆生普使聞知

千佛因緣經

八大人覺經

後漢沙門安世高譯

爲佛弟子常於晝夜至心誦念八大人覺第一覺悟世間無常國土危脆四大苦空五陰無我生滅變異虛僞無主是心惡源形爲罪藪如是觀察漸離生死第二覺知多欲爲苦生死疲勞從貪欲起少欲無爲身心自在第三覺知心無猒足惟得多求增長罪惡菩薩不爾常念知足安貧守道惟慧是業第四覺知懈怠墜落常行精進破煩惱惡摧伏四魔出陰界獄第五覺悟愚癡生死菩薩常念廣學多聞增長智慧成就辯才教化一切悉以大樂第六覺知貧苦多怨橫結惡緣菩薩布施等念怨親不念舊惡不憎惡人第七覺悟五欲過患雖爲俗人不染世樂念三衣瓦鉢法器志願出家守道清白梵行高遠慈悲一切第八覺知生死熾然苦惱無量發大乘心普濟一切願代衆生受無量苦令諸衆生畢竟大樂如此八事乃是諸佛菩薩大人之所覺悟精進行道慈悲修慧乘法身船至涅槃岸復還生死度脫衆生以前八事開導一切令諸衆生覺生死苦捨離五欲修心聖道若佛弟子誦此八事於念念中滅無量罪進趣菩提速登正覺永斷生死常住快樂

八大人覺經

音釋

颰 蒲撥切　翹 祈堯切舉足也　號咷 號胡刀切咷徒刀切號咷大哭聲也　迸 比諍切涌也　憒丙 憒胡對切亂也丙奴教切與鬧同不靜也　疩 束甬切瘡也

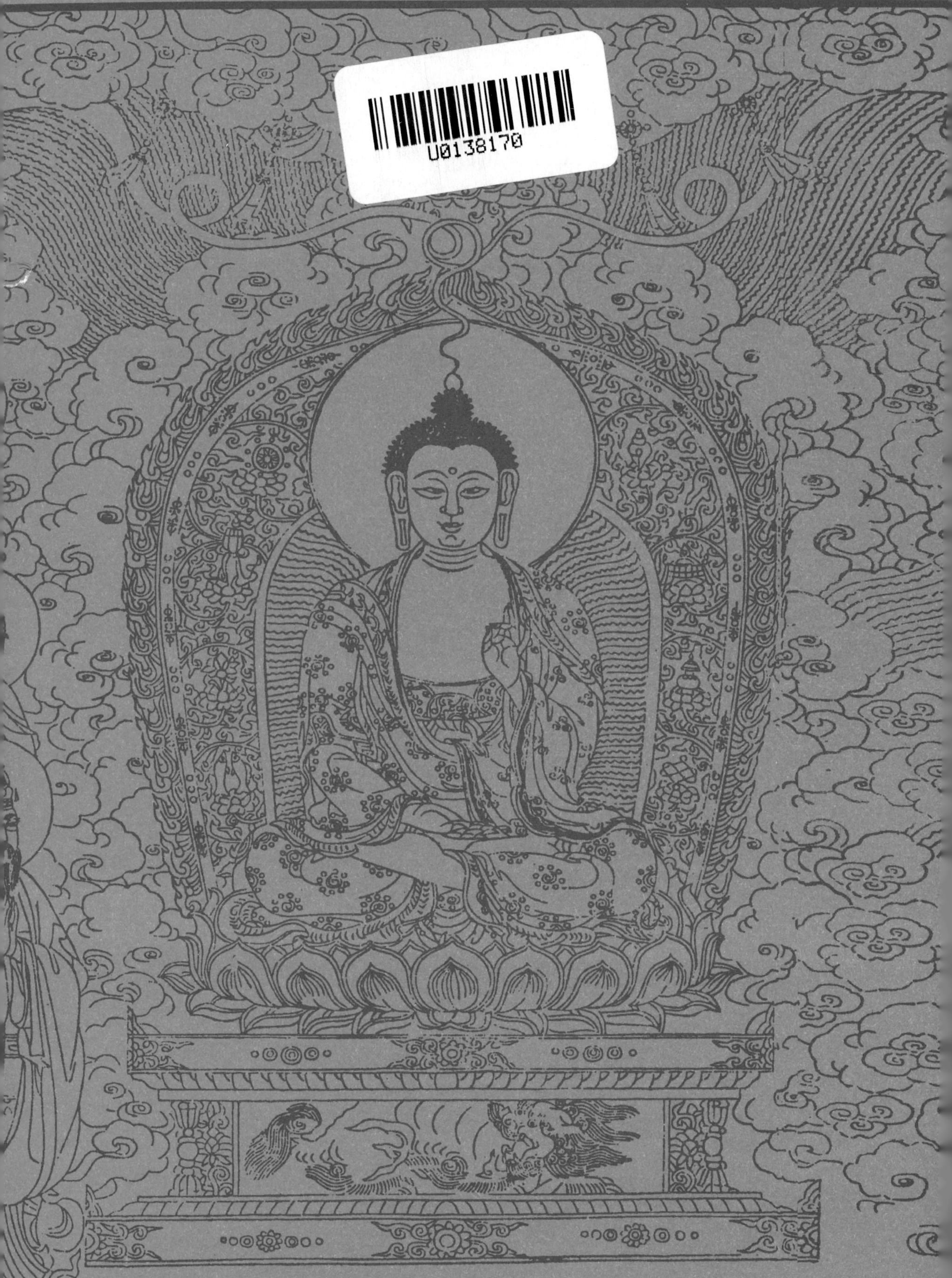